LIONEL SHRIVER

Wir müssen über Kevin reden

LIONEL SHRIVER

Wir müssen über Kevin reden

Roman • Aus dem Englischen von
Christine Frick-Gerke und Gesine Strempel

List

Die Originalausgabe erschien 2003 unter dem Titel
We Need to Talk About Kevin bei Counterpoint, New York.

List ist ein Verlag der Ullstein Buchverlage GmbH

ISBN-13: 978–3-471-78679-6
ISBN-10: 3-471-78679-1

Gesetzt aus der Sabon bei LVD GmbH, Berlin
Druck und Bindung: Clausen & Bosse, Leck
Printed in Germany

Für Terri

Ein Katastrophenszenarium, dem wir beide entkommen sind

Ein Kind braucht deine Liebe am meisten, wenn es sie am wenigsten verdient.

Erma Bombeck

8. NOVEMBER 2000

Lieber Franklin,

ich bin nicht sicher, warum ein unwesentliches Ereignis heute nachmittag mich bewogen hat, dir zu schreiben. Aber seit wir getrennt sind, vermisse ich wohl am meisten, daß ich dir beim Nachhausekommen nicht mehr die Kuriositäten des Tages erzählen kann – sie dir nicht mehr zu Füßen legen kann wie eine Katze Mäuse: anspruchslose kleine Gaben, die Paare sich darbieten, nachdem sie eben noch jeder für sich getrennte Felder beackert haben. Wenn du jetzt in meiner Küche sitzen und, so kurz vor dem Abendessen, eine Scheibe Vollkornbrot dick mit grober Erdnußbutter bestreichen würdest, hätte ich meine Einkaufstüten noch gar nicht abgestellt – die eine hinterläßt eine klare klebrige Spur –, und diese kleine Geschichte käme zum Vorschein, noch vor meinem Geschimpfe, daß es heute abend Pasta gibt und du bitte nicht das ganze Sandwich aufessen sollst.

Früher waren meine Berichte natürlich exotische Importe, aus Lissabon, aus Katmandu. Aber eigentlich hört keiner gern Geschichten aus der Fremde, und an deiner verräterischen Höflichkeit merkte ich gleich, daß du heimatliche Anekdoten lieber mochtest: vom absonderlichen Schlagabtausch mit dem Mann in der Maut-Bude an der George-Washington-Brücke, zum Beispiel. Solche lokalen Kleinodien festigten deinen Glauben, daß meine Fernreisen eigentlich Schummelei waren. Meinen Souvenirs – einer Packung altbackener belgischer Waffeln oder dem britischen Wort für Stuß »*Codswallop!*« – dichtete ich magische Kräfte an, allein weil sie von so weit her stammten. Wie bei diesem Krimskrams, den sich Japaner schenken –

in einer Schachtel in einer Tüte in noch einer Schachtel in noch einer Tüte –, war das Glanzvolle meiner ausländischen Mitbringsel eigentlich reine Verpackungskunst. Dagegen ist es eine beträchtliche Leistung, im Alltagsmüll des Allerweltsstaats New York herumzustochern und dem Besuch des Grand-Union-Supermarkts in Nyack eine gewisse Pikanterie abzugewinnen.

Was genau der Ort ist, an dem meine Geschichte spielt. Ich begreife anscheinend endlich, was du mir immer beibringen wolltest, nämlich daß mein eigenes Land so exotisch und sogar so gefährlich ist wie Algerien. Ich war in dem Gang mit Butter, Käse, Eiern und brauchte nicht viel; wieso auch. Ich esse keine Pasta mehr, weil du nicht mehr den Großteil der Schüssel verputzt. Mir fehlt dein Appetit.

Es fällt mir immer noch schwer, mich in der Öffentlichkeit zu zeigen. Man sollte annehmen, daß ich in einem Land, dem es notorisch an Geschichtssinn mangelt – wie die Europäer behaupten –, von der berühmt-berüchtigten amerikanischen Amnesie profitieren könnte. Weit gefehlt. Niemand in dieser »Gemeinde« läßt Anzeichen von Vergessen erkennen, nicht – auf den Tag genau – nach einem Jahr und acht Monaten. Also muß ich immer noch allen Mut zusammennehmen, wenn mir die Vorräte ausgehen. Oh, für die Verkäufer im 7-Eleven in der Hopewell Street bin ich keine Sensation mehr, und ich kann dort, ohne beglotzt zu werden, Milch holen. Aber in unserem alten Grand-Union-Supermarkt bleibt es beim Spießrutenlauf.

Dort fühle ich mich immer wie eine Diebin. Deswegen halte ich mich kerzengerade, mache mich breit. Jetzt weiß ich, was »den Kopf hoch tragen« heißt, und manchmal staune ich, wieviel innere Verwandlung ein aufrechter Gang auslösen kann. Wenn mein Körper stolz dasteht, fühle ich mich einen Deut weniger gedemütigt.

Ich überlegte, ob ich mittelgroße oder große Eier nehmen sollte, und blickte zum Joghurt. Ein paar Meter vor mir glänzte das fusselige schwarze Haar einer Kundin am Ansatz einen

Fingerbreit weiß, und nur die Enden waren noch lockig: eine herausgewachsene Dauerwelle. Das lavendelfarbene Kostüm war vielleicht einmal schick gewesen, doch jetzt schnitt die Bluse unterm Arm ein, und das Schößchen betonte die breiten Hüften. Das Ganze verdiente, aufgebügelt zu werden, und auf den gepolsterten Schultern verlief ein verblichener Strich, der Abruck vom Drahtkleiderbügel. Ein Fundstück aus den hinteren Regionen des Kleiderschranks, vermutete ich – weil alles übrige schmutzig oder auf dem Fußboden gelandet war. Als der Kopf der Frau sich zum Weichkäse neigte, entdeckte ich ein Doppelkinn.

Versuch nicht zu raten; nach dieser Beschreibung kämst du nie drauf. Früher war sie geradezu zwanghaft adrett, immer Hochglanz, wie ein professionell verpacktes Geschenk. Obwohl die Vorstellung von abgemagerten Hinterbliebenen romantischer sein mag, kann man mit Pralinen offenbar ebenso wirkungsvoll trauern wie mit Leitungswasser. Außerdem halten sich manche Frauen weniger deshalb rank und schlank, weil sie ihren Ehemann beglücken wollen, sondern weil sie mit ihrer Tochter konkurrieren, und dank uns fehlt ihr dieser Ansporn ja nun.

Es war Mary Woolford. Ich bin nicht stolz darauf, aber ich konnte ihr nicht gegenübertreten. Ich machte kehrt. Mit klammen Händen griff ich den Eierkarton und prüfte, ob die Eier heil waren. Ich setzte die Miene einer Kundin auf, der gerade etwas aus dem übernächsten Gang eingefallen war, und packte die Eier, ohne mich umzudrehen, in den Kindersitz des Einkaufswagens. Trat mit gekonntem Täuschungsmanöver den Rückzug an. Den Einkaufswagen ließ ich stehen, weil die Räder quietschten. In der Suppenabteilung atmete ich auf.

Ich hätte darauf gefaßt sein sollen, und häufig bin ich es – gewappnet, gewarnt, oft grundlos, wie sich herausstellt. Aber ich kann nicht für jede blöde Besorgung in voller Rüstung aus dem Haus gehen, und außerdem, wie soll Mary mir jetzt noch schaden? Sie hat schon alles versucht; sie hat mich vor Gericht gebracht. Dennoch war ich machtlos gegen mein Herzklopfen, und zurück zu Butter, Käse, Eiern konnte ich auch nicht, dabei hatte ich den bestickten ägyptischen Beutel mit meinem Portemonnaie im Einkaufswagen gelassen.

Das war der einzige Grund, warum ich den Grand Union nicht auf der Stelle verließ. Ich mußte zu meiner Tasche zurück, und deshalb drückte ich mich vor Campbell's Spargel und Käse herum, wobei mir durch den Kopf ging, wie entsetzt Warhol über das neue Design wäre.

Bei meiner Rückkehr war die Luft rein, und ich schnappte mir meinen Wagen, ganz die vielbeschäftigte Karrierefrau, die in Null Komma nichts ihre Hausfrauenpflichten erledigt. Eine vertraute Rolle, sollte man meinen. Aber ich habe mich schon lange nicht mehr so gesehen; ich war mir sicher, daß die Leute vor mir an der Kasse meine Ungeduld nicht als typische Zweitverdiener-Hektik empfanden – Zeit ist Geld –, sondern als panisches Fluchtverhalten.

Als ich mein Lebensmittel-Sammelsurium aufs Band stellte, klebte der Eierkarton, worauf die Kassiererin ihn öffnete. Aha. Mary Woolford hatte mich also entdeckt.

»Volltreffer!« rief das Mädchen. »Ich lasse Ihnen eine andere Packung holen.«

Ich hielt sie davon ab. »Nein, nein«, sagte ich. »Ich hab's eilig. Ich nehme sie so.«

»Aber sie sind total –«

»Ich nehme sie so!« In diesem Land setzt man seinen Willen am besten durch, wenn man nicht-ganz-richtig-im-Kopf mimt. Nachdem sie das Etikett mit einem Kleenex gesäubert hatte, scannte sie die Eierpackung ein und wischte sich dann augenrollend die Hände an dem Papiertuch ab.

»Khatchadourian«, sagte das Mädchen überdeutlich, als ich ihr meine Kundenkarte reichte. Sie sprach so laut, als richtete sie sich an die ganze Schlange. Es war spätnachmittags, die beste Schicht für jobbende Schüler; das Mädchen, etwa siebzehn, hätte eine von Kevins Klassenkameradinnen sein können. Wobei es in dieser Gegend sicher ein halbes Dutzend Highschools

gibt, und vielleicht war ihre Familie ja gerade erst aus Kalifornien hergezogen. Doch ihre Augen sprachen dagegen. Sie fixierte mich mit einem harten Blick. »Das ist ein ungewöhnlicher Name.«

Ich weiß nicht, was über mich kam, aber ich habe es so satt. Natürlich schäme ich mich. Ich bin nur schon völlig erschöpft vom Schämen, überall ganz klebrig davon, wie mit Eiweiß überzogen. Scham ist ein Gefühl, das zu nichts führt. »Ich bin die einzige Khatchadourian in New York State«, sagte ich herausfordernd und riß ihr die Karte weg. Sie warf die Eier in eine Einkaufstüte, wo sie noch ein bißchen mehr ausliefen.

Jetzt bin ich also zu Hause – wenn man es so nennen will. Natürlich warst du nie hier, deshalb beschreibe ich es für dich.

Du wärst entsetzt. Nicht nur, weil ich in Gladstone geblieben bin, nachdem ich mich so gewehrt hatte, überhaupt in einen Vorort zu ziehen. Aber ich wollte Kevin noch mit dem Auto erreichen können. Außerdem – sosehr ich mich nach Anonymität sehne, ich möchte nicht, daß meine Nachbarn vergessen, wer ich bin; *ich* will vergessen, aber keine Stadt der Welt würde mir das ermöglichen. Dies ist der einzige Ort, wo die Verstrickungen meines Lebens restlos zu spüren sind, und heute ist mir weniger wichtig, daß man mich mag, als daß man mich versteht.

Mir blieb, nachdem die Rechtsanwälte bezahlt waren, genug Geld, um mir etwas Kleines kaufen zu können, doch das Provisorische eines Mietverhältnisses paßte mir. Zudem entsprach dieses zwei-etagige Spielzeugreihenhaus stimmungsmäßig meiner Existenz. Oh, du wärst fassungslos; die jämmerlichen Preßspanschränke verhöhnen das Motto deines Vaters: »Das Material ist alles.« Aber genau dieses Unsolide mag ich.

Hier ist alles riskant. Die steile Treppe zum zweiten Stock hat kein Geländer; nach drei Gläsern Wein bekomme ich beim Aufstieg ins Bett Höhenangst. Die Fußböden knarren, und die Fensterrahmen sind undicht; das Ganze strahlt eine Brüchigkeit und Unsicherheit aus, als könnte die gesamte Konstruktion plötzlich nachgeben und sich in nichts auflösen wie eine schlechte Idee. Unten flackern winzige Halogenlampen an rostigen Kleiderbügeln, die an einem Elektrodraht unter der Decke schaukeln, und das zittrige Licht unterstützt mein neues Lebensgefühl – mal an, mal aus. Aus meinem einzigen Telefonstecker hängen die Eingeweide heraus; meine ungewisse Verbindung zur Außenwelt baumelt an zwei schlecht gelöteten Drähten, die manchmal kurzschließen. Obwohl der Vermieter mir einen richtigen Herd versprochen hat, stört mich die Kochplatte mit dem defekten Schalter nicht. Oft fällt mir die Klinke der Haustür in die Hand. Bis jetzt habe ich sie immer wieder festmachen können, doch der bloße Klinkenstumpf erinnert mich an meine Mutter: unfähig, das Haus zu verlassen.

Außerdem habe ich festgestellt, daß die Energieversorgung meines Häuschens schnell an ihre Grenzen stößt. Die Heizung ist schwach, Wärme steigt wie schlechter Atem von den Heizkörpern auf, und schon Anfang November habe ich die Thermostate voll aufgedreht. Beim Duschen verbrauche ich das ganze heiße Wasser und kein kaltes; dann ist es gerade so warm, daß ich nicht zittere, doch das Wissen, daß es keine Reserven gibt, beunruhigt mich bei meinen Waschritualen. Der Kühlschrank läuft auf Hochtouren, dennoch hält die Milch nur drei Tage.

Die Farbgestaltung hat etwas Unechtes, Spöttisches, das sich durchaus passend anfühlt. Unten ist der Anstrich grell gelb, wie mit Buntstiften gemalt – das Weiß darunter ist an manchen Stellen sichtbar. Oben in meinem Schlafzimmer sind die Wände laienhaft türkis gekleckst, wie von Vorschulkindern. Dieses wacklige kleine Haus – es fühlt sich nicht ganz *real* an, Franklin. Ich mich auch nicht.

Doch ich hoffe, du bedauerst mich nicht; das will ich nicht. Ich hätte etwas Feineres finden können, wenn ich gewollt hätte. Irgendwie gefällt es mir hier. Es ist unernst, wie Spielzeug. Ich wohne in einem Puppenhaus. Selbst die Möbel haben falsche Proportionen. Die Eßtischplatte reicht mir bis zur Brust, so daß ich mich minderjährig fühle, und der kleine Tisch im Schlafzimmer, auf dem dieser Laptop steht, ist zum Schreiben zu niedrig – man könnte daran Kindergartenkindern Kokosplätzchen und Ananassaft servieren.

Vielleicht erklärt diese zusammengeschusterte, jugendliche Atmosphäre, warum ich gestern bei der Präsidentschaftswahl nicht gewählt habe. Ich habe es einfach vergessen. Alles um mich herum scheint weit entfernt. Und anstatt meiner Entwurzelung einen soliden Gegenpol zu bieten, ist das Land mir in die Gefilde des Surrealen gefolgt. Die Wählerstimmen sind ausgezählt. Aber wie in einer Geschichte von Kafka scheint keiner zu wissen, wer gewonnen hat.

Nun stehe ich hier mit dieser Packung Eier – vielmehr mit dem, was davon übrig ist. Ich habe alles in eine Schüssel gekippt und die Schalen herausgefischt. Wenn du hier wärst, würde ich uns eine schöne Frittata backen, mit gewürfelten Kartoffeln, frischem Kreuzkümmel, und – unerläßlich – einem Teelöffel Zucker. Allein kippe ich alles in eine Pfanne, rühre und stochere trotzig. Aber immerhin, ich esse. Marys Geste war übrigens, auf eine etwas unausgereifte Weise, ziemlich elegant.

Essen ekelte mich anfangs. Zu Besuch bei meiner Mutter in Racine wurde mir vom bloßen Anblick ihrer gefüllten *dolma* ganz übel, und das, obwohl sie den ganzen Tag Weinblätter blanchiert und die Lamm-Reis-Füllung zu ordentlichen Päckchen gerollt hatte; ich erinnerte sie daran, daß man sie einfrieren konnte. Wenn ich in Manhattan, auf dem Weg zu Harveys Anwaltspraxis, am Deli in der 57. Straße vorbeikam, drehte sich mir beim Pfeffergeruch des Pastrami-Fetts der Magen um. Doch die Übelkeit verging, und dann fehlte sie mir. Als ich nach vier, fünf Monaten Hunger bekam – Heißhunger –, fand ich den Appetit unpassend. Also spielte ich weiter die Frau, die jedes Interesse am Essen verloren hatte.

Doch nach etwa einem Jahr mußte ich zugeben, daß dieses Theater sich nicht lohnte. Niemanden kümmerte es, wenn ich abmagerte. Worauf wartete ich – daß du meinen Brustkorb mit deinen Bärenpranken umfassen, mich hochheben und streng mahnen würdest, die heimliche Freude einer jeden westlichen Frau: »Du bist zu dünn«?

Also esse ich jeden Morgen ein Croissant zu meinem Kaffee und tupfe jeden Krümel mit meinem angefeuchteten Zeigefinger auf. Methodisches Kohlhacken füllt einen Teil der langen Abende. Einfach abgesagt habe ich die paar Einladungen, die manchmal noch mein Telefon aufschrillen lassen, meist von ausländischen Freunden, die ab und zu eine E-Mail schicken die ich aber seit Jahren nicht gesehen habe.

Abgesagt erst recht, wenn sie nicht Bescheid wissen, und das erkenne ich immer an der Stimme; Unwissende krakeelen fröhlich drauflos, während Eingeweihte stottern und die Stimme dämpfen wie in der Kirche. Ich will ganz sicher nicht die Geschichte erzählen. Ich will auch nicht das stumme Mitgefühl von Freunden, die *gar nicht wissen, was sie sagen sollen,* und es mir überlassen, mein Herz auszuschütten und Konversation zu machen. Aber der eigentliche Grund für meine Standard-Ausrede, ich sei zu »beschäftigt«, ist meine panische Angst, daß wir nur einen Salat bestellen und uns schon um halb neun oder neun die Rechnung bringen lassen, und dann komme ich zurück in mein Minihaus und habe nichts mehr kleinzuhakken.

Eigentlich lachhaft, daß ich, die so lange für A Wing and a Prayer unterwegs war – jeden Abend ein anderes Restaurant, Thai oder Spanisch sprechende Kellner, marinierter Fisch oder Hund auf der Speisekarte –, inzwischen so fixiert auf diese Routine bin. Schrecklich, ich bin wie meine Mutter. Aber ich brauche diese exakte Abfolge (ein paar Stückchen Käse oder sechs, sieben Oliven; Hähnchenbrust, Gemüsepfanne oder Omelett; ein einziger Vanillekeks; genau eine halbe Flasche Wein), als würde ich auf dem Schwebebalken balancieren – ein falscher Schritt, und ich stürze ab. Erbsen sind von der Speisekarte gestrichen, weil die Vorbereitung zu mühelos ist.

Jedenfalls weiß ich trotz unserer Entfremdung, daß du dich sorgst, ob ich genug esse. Das hast du immer getan. Dank Mary Woolfords kläglicher Rache bin ich heute abend reich verpflegt. Nicht alle fixen Ideen unserer Nachbarn hatten einen solch positiven Nebeneffekt.

Als ich noch in unserem neureichen Ranch-Haus in der Palisades Parade wohnte, kippten sie literweise blutrote Farbe über die Vorderfront (ob es dir paßt oder nicht, Franklin, eine Ranch – genau das war's). Über die Fenster, die Haustür. Sie kamen in der Nacht, und als ich am nächsten Morgen erwachte, war die Farbe fast trocken. Damals, kaum einen Monat nach – wie soll ich diesen *Donnerstag* nennen? –, dachte ich, daß mich nun nichts mehr entsetzen oder verletzen könnte. Wenn man so am Boden zerstört ist, redet man sich offenbar ein, daß diese totale Zerstörung einen nun beschützt.

Als ich aus der Küche um die Ecke ins Wohnzimmer bog, begriff ich, daß all das Stuß war. Ich schnappte nach Luft. Die Sonne schien durch die Fenster – durch jene ohne Farbstreifen. Sie schien auch durch die Stellen, wo die Farbe dünn war, und warf rotes Licht auf die fast weißen Wände, wie in einem kitschigen chinesischen Restaurant.

Ich hatte immer die Angewohnheit – was du bewundert hast –, mich meinen Ängsten zu stellen, wobei diese Angewohnheit noch aus Zeiten stammte, als ich mich am meisten davor fürchtete, mich in einer fremden Stadt zu verlaufen – ein Kinderspiel. Was würde ich heute dafür geben, wenn ich mich in jene Tage zurückversetzen könnte, als ich noch keine Ahnung hatte, was mich erwartete (*Kinderspiele*, zum Beispiel). Dennoch, alte Gewohnheiten sind nicht totzukriegen, so daß ich mich nicht wieder unter die Decken unseres Betts verkroch. Ich beschloß, die Verwüstung zu besichtigen. Aber die Haustür ging nicht auf, die dicke rote Lackfarbe hatte sie versiegelt. Lackfarbe ist nicht wasserlöslich wie Binderfarbe. Und Lackfarbe ist teuer, Franklin. Sie hatten es sich etwas kosten lassen. Klar, in unserer alten Nachbarschaft mangelte es an allem Möglichen, aber sicher nicht an Geld.

Also ging ich im Morgenmantel durch die Seitentür vors Haus. Als ich sah, was die Nachbarn angerichtet hatten, fühlte ich, wie mein Gesicht wieder zu der »teilnahmslosen Maske« wurde, die die *New York Times* in ihrem Prozeßbericht beschrieben hatte. Die *Post* hatte, weniger freundlich, meinen Gesichtsausdruck »trotzig« genannt. Und unser Lokalanzeiger war noch weiter gegangen: »Aus Eva Khatchadourians versteinerter, unversöhnlicher Miene zu schließen, hatte ihr Sohn nichts Unerhörteres verbrochen, als einen Zopf in ein Tintenfaß zu tauchen.« (Ich gebe zu, daß ich mich im Gerichtssaal um Haltung bemühte, daß ich blinzelte und mir von innen in die Wangen biß; ich weiß noch, daß ich mir deine Devise für harte Männer vor Augen hielt: »Zeig nie, daß du schwitzt.« Aber Franklin, »trotzig«? Ich habe mich bemüht, nicht zu weinen.)

Der Effekt war durchaus grandios, wenn man Sensationen mag – was ich gewiß nicht mehr tue. Das Haus sah aus, als hätte ihm jemand die Kehle durchgeschlitzt. Wilde, triefende Formen bedeckten die Wände, in einem sorgfältig ausgewählten Farbton – tief, satt und üppig, eine Spur Blau, wie extra gemischt. Wenn die Übeltäter die Farbe hatten anrühren lassen, könnte die Polizei sie ausfindig machen, dachte ich benommen.

Nur würde ich freiwillig kein Polizeirevier mehr betreten.

Mein Kimono, der, den du mir zu unserem ersten Hochzeitstag 1980 geschenkt hast, war ziemlich dünn. Er ist für Sommerwetter geeignet, das einzige Kleidungsstück, das ich von dir habe, und ich wollte nichts anderes suchen. Ich habe soviel weggeworfen, aber nichts, was du mir geschenkt oder hinterlassen hast. Ich gebe zu, daß es eigentlich eine Qual bedeutet, diese Dinge als Talisman aufzubewahren. Schon deshalb behalte ich sie. Diese Typen, die mir mit ihrem therapeutischen Anspruch auf die Nerven gehen, würden behaupten, meine vollgestopften Schränke seien nicht »gesund«. Ich bitte doch, dabei zu differenzieren. Verglichen mit dem jämmerlichen, schmutzigen Schmerz, den Kevin, die Farbe, die Straf- und Zivilverfahren auslösten, ist dieser Schmerz *heilsam*. Die sechziger Jahre haben Heilsamkeit ziemlich in Verruf gebracht – aber inzwischen halte ich sie für ein rares Gut.

Tatsache ist, daß ich in meiner blaßblauen Baumwolle und angesichts des ungefragten Action Painting meiner Nachbarn zu frieren begann. Es war Mai, aber kühl, und der Wind pfiff. Früher hätte ich angenommen, daß nach einer persönlichen Apokalypse die kleinen Scherereien des Daseins praktisch verschwänden. Aber das stimmt nicht. Man fühlt noch Kälte, man rauft sich noch die Haare, wenn ein Päckchen in der Post verlorengeht, und man ärgert sich immer noch, wenn man bei Starbucks zu wenig Wechselgeld herausbekommt. Auch wenn es angesichts der Umstände unangebracht scheint, daß ich immer noch einen Pullover brauche oder einen Muff, oder daß ich mich wehre, wenn man mich um einen Dollar fünfzig betrügt. Doch seit jenem *Donnerstag* ist mein ganzes Leben in ein solches Unangebrachtsein gehüllt, daß ich diese vorübergehenden Mißlichkeiten geradezu tröstlich finde, Zeichen einer überlebenden Normalität. Für die Jahreszeit unangemessen bekleidet, oder schimpfend, daß in einem viehmarktgroßen Wal-Mart kein einziges Päckchen Streichhölzer aufzutreiben ist, schwelge ich in emotionalen Alltäglichkeiten.

Ich tappte wieder zur Seitentür und rätselte, wie die Frevler dieses Haus mit solcher Gründlichkeit attackieren konnten, während ich drinnen ahnungslos schlief. Ich schob es auf die hohe Dosis Beruhigungsmittel, die ich jede Nacht einnahm (kein Kommentar bitte, Franklin, ich weiß, daß du es nicht gut findest), bis ich begriff, daß ich mir die Szene ganz falsch vorstellte. Es geschah einen Monat danach, nicht einen Tag. Es hatte kein Toben und Heulen gegeben, keine Vermummten und keine Gewehre mit abgesägtem Lauf. Sie kamen klammheimlich. Nur das Zweigeknacken war zu hören gewesen, ein dumpfes Klatschen, als der Inhalt des ersten Eimers unsere polierte Mahagonitür traf und eine Farbwelle sich am Fenster brach, ein leises Rat-a-tat-tat der Spritzer, nicht lauter als starker Regen. Unser Haus war nicht im ersten Zorn mit Neonfarbe besprüht, sondern mit einem Haß übergossen worden, der so lange eingekocht war, bis er die Konsistenz und Würze einer französischen Soße hatte.

Du hättest darauf bestanden, daß wir jemanden bestellen, der alles saubermacht. Du hattest dieses uramerikanische Faible für Spezialfirmen – für jeden Zweck einen Experten –, und manchmal hast du zum reinen Vergnügen im dicken gelben Branchenbuch geblättert. »Farbentfernung: Blutroter Lack.« Aber in der Zeitung hatte soviel darüber gestanden, wie reich wir waren, wie verwöhnt Kevin war. Ich gönnte Gladstone das Naserümpfen nicht: Seht ihr, sie läßt immer andere die Drecksarbeit für sich machen, zuerst der teure Rechtsanwalt und jetzt dies. Nein, sie durften Tag für Tag zuschauen, wie ich eigenhändig alles abkratzte und für die Ziegel ein Sandstrahlgerät auslieh. Eines Abends schaute ich nach meinem Tagewerk in den Spiegel – verschmierte Kleider, abgeknickte Fingernägel, gesprenkeltes Haar – und schrie auf. So hatte ich schon einmal ausgesehen.

Ein paar Spalten um die Tür glänzen vielleicht noch rot; in den Ritzen zwischen den pseudo-antiken Ziegeln schimmern noch ein paar Tropfen, an die ich mit der Leiter nicht herankam. Ich verkaufte das Haus. Nach dem Zivilprozeß mußte ich es.

Ich dachte, es wäre schwierig, die Immobilie loszuwerden. Abergläubische Käufer würden sicher zurückschrecken, wenn sie erfuhren, wem das Haus gehörte. Was nur bewies, wie wenig ich mein eigenes Land verstand. Du hast mir einmal vorgeworfen, daß ich meine ganze Neugier an »beschissene Dritte-

Welt-Löcher« vergeuden würde, während sich vor meiner Nase das mit Abstand außergewöhnlichste Reich in der Geschichte der Menschheit befände. Du hattest recht, Franklin. Es geht nichts über zu Hause.

Sobald die Immobilie inseriert war, kamen die Angebote. Nicht weil die Interessenten es nicht wußten. Sondern weil sie es wußten. Unser Haus brachte viel mehr, als es wert war – über 3 Millionen Dollar. In meiner Naivität hatte ich nicht begriffen, daß gerade sein fragwürdiger Ruhm den Marktwert steigerte. Während neureiche Käuferpaare unsere Vorratskammer inspizierten, stellten sie sich offenbar bereits den krönenden Augenblick ihrer Einweihungsparty vor.

(Kling-kling!) Alle mal herhören. Bevor ich mit euch anstoße – ihr werdet nicht glauben, von wem wir dieses Superhaus gekauft haben. Seid ihr bereit? Eva Khatchadourian … *Schon mal gehört? Klar. Wohin sind wir gezogen? Gladstone! … Ja, genau* die *Khatchadourian, Pete, wie viele Khatchadourians kennst du denn? Mensch, bist du schwer von Begriff.*

… Genau, »Kevin«. Irre, was? Mein Sohn Lawrence hat sein Zimmer. Hat versucht, mir letztens abends einen Streich zu spielen. Sagte, er müsse aufbleiben und Henry: Portrait eines Serienkillers *gucken, weil »Kevin Ketchup« in seinem Zimmer »spuken« würde. Tut mir leid, sagte ich, Kevin Ketchup spukt ganz sicher nicht in deinem Schlafzimmer, weil der kleine miese Nichtsnutz noch quicklebendig im Jugendgefängnis in Upstate New York einsitzt. Wenn es nach mir ginge, hätte die Ratte den elektrischen Stuhl gekriegt … Nein, so schlimm wie Columbine war's nicht. Wie viele waren's noch, Honey? Zehn? Neun, aha, sieben Kinder und zwei Erwachsene. Die Lehrerin, die er umgelegt hat, war auch noch seine große Förderin oder so. Und ich weiß nicht, man kann nicht alles auf die Videos und Rockmusik schieben. Wir sind doch auch mit Rockmusik aufgewachsen, oder? Keiner von uns hat 'nen Rappel gekriegt und ist in der Highschool Amok gelaufen. Oder nimm Lawrence. Der Kleine liebt Horror im Fernsehen, egal, wie drastisch, er verzieht keine*

Miene. Aber als sein Kaninchen überfahren wurde? Da hat er eine Woche geweint. Der kennt doch den Unterschied.

Wir erziehen ihn, daß er Recht und Unrecht unterscheiden kann. Vielleicht ist es unfair, aber über die Eltern muß man sich schon wundern.

Eva

15. NOVEMBER 2000

Lieber Franklin,

du weißt, ich versuche immer höflich zu sein. Wenn meine Kollegen – du liest richtig, ich arbeite, und zwar gern, in einem Reisebüro in Nyack, du wirst es kaum glauben –, wenn sie sich also ereifern über die unverhältnismäßig hohe Stimmenzahl für Pat Buchanan in Palm Beach, warte ich geduldig, bis sie aufhören, und bin deshalb ein rarer Schatz: Ich bin im Büro die einzige, die jeden ausreden läßt. Auch wenn die Atmosphäre in diesem Land an Karneval erinnert – heiter, mit drastischen Meinungsäußerungen –, nehme ich an dieser Party nicht teil. Mir ist egal, wer Präsident ist.

Dennoch kann ich mir ausmalen, wie ich die vergangene Woche erlebt hätte, wenn nicht ... Ich hätte für Gore gestimmt, du für Bush. Wir hätten vor der Wahl hitzige Diskussionen geführt, doch das jetzt – das –, oh es wäre wunderbar gewesen. Laut, gellend, Fäuste ballend und Türen knallend, ich mit ausgewählten Zitaten aus der *New York Times,* du mit Meinungen aus dem *Wall Street Journal* – und die ganze Zeit verkneifen wir uns ein Lächeln. Wie sehr ich es vermisse, mich über Bagatellen aufzuregen.

Vielleicht war es unaufrichtig von mir, zu Beginn meines letzten Briefs so zu tun, als ob ich am Ende eines Tages, wenn wir uns trafen, immer alles erzählte. Im Gegenteil, der Impuls, dir zu schreiben, rührt auch daher, daß mir der Kopf wegen all der kleinen Geschichten fast platzt, die ich dir nie erzählt habe.

Glaub nicht, daß ich meine Geheimnisse genossen habe. Sie haben mich gefangengenommen, umzingelt, und ich hätte dir für mein Leben gern mein Herz ausgeschüttet. Aber Franklin, du wolltest nichts hören. Ich glaube, du willst es immer noch nicht. Und vielleicht hätte ich damals hartnäckiger versuchen sollen, dich zum Zuhören zu zwingen, doch schon früh vertraten wir gegensätzliche Positionen. Für viele streitende Paare sind diese gegensätzlichen Positionen nicht klar umrissen, es gibt nur eine vage Trennlinie – eine Geschichte, ein undefinierbarer Groll, ein unsinniger Machtkampf, der sein Eigenleben entwickelt: unfaßbar. Wenn sich diese Paare versöhnen, trägt die Unwirklichkeit dieser Trennlinie zu ihrer eigenen Auflösung bei. *Schau doch,* sehe ich – voller Neid – sie feststellen, *es steht nichts zwischen uns; keine dicke Luft mehr.* Doch in unserem Fall war das Trennende nur allzu greifbar, und wenn es gerade nicht im Raum stand, konnte es jederzeit hereinschneien.

Unser Sohn. Der keine Anekdotensammlung ist, sondern eine einzige lange Geschichte. Und obwohl geborene Geschichtenerzähler natürlich anfangen, wo es anfängt, verkneife ich mir das. Ich muß noch weiter ausholen. So viele Geschichten sind bereits entschieden, bevor sie ihren Anfang nehmen.

*Welcher Teufel ritt u*ns? Wir waren so glücklich! Warum setzten wir alles, was uns lieb war, auf diese eine, wahnsinnige Karte und spielten um ein Kind? Natürlich findest du schon die Fragestellung widernatürlich. Obwohl die Unfruchtbaren ein Recht darauf haben, sich einzureden, daß sie nicht viel verpassen, gehört es sich nicht, wenn man ein Baby hat, das Leben »vorher« und »nachher« gegeneinander abzuwägen. Ich ziehe dennoch, widerborstig wie ich bin, den verbotenen Vergleich. Ich besitze Phantasie, und ich bin gern wagemutig. Und ich wußte schon im vorhinein: Ich bin die Sorte Frau, die – wie schrecklich es auch sein mag – dazu fähig ist, selbst etwas so Unwiderrufliches wie einen anderen Menschen zu bereuen. Aber auch Kevin betrachtete die Existenz anderer Menschen nicht als unwiderruflich – oder?

Verzeih, aber erwarte nicht, daß ich mir das Thema verkneife. Ich finde vielleicht keine adäquate Bezeichnung für jenen *Donnerstag*. *Die Katastrophe* klingt wie aus der Zeitung; *das Ereignis* spielt das Geschehene bis an den Rand der Obszönität herunter; und *der Tag, an dem unser Sohn einen Massenmord beging* ist zu lang, stimmt's? Wenn man darüber reden will. Und ich will darüber reden. Ich wache jeden Morgen mit seiner Tat auf und gehe jeden Abend mit ihr zu Bett. Sie ist ein schäbiger Ersatz für einen Ehemann.

Also habe ich mir das Hirn zermartert und mir wieder jene Monate in Erinnerung gerufen, in denen wir offiziell »unseren Entschluß« faßten. Wir wohnten damals noch in meinem höhlenartigen Loft in Tribeca – umgeben von Homosexuellen, bindungslosen Künstlern, die du selbstbezogen schimpftest, und unverheirateten berufstätigen Paaren, die jeden Abend beim Mexikaner aßen und sich anschließend bis um drei im Limelight austobten. Kinder waren in jener Umgebung ähnlich rar wie der Fleckenkauz oder andere gefährdete Arten. Kein Wunder also, daß unsere Überlegungen etwas Künstliches, Abstraktes hatten. Wir setzten uns sogar einen Termin, um Himmels willen – meinen siebenunddreißigsten Geburtstag im August –, weil wir kein Kind wollten, das noch bei uns zu Hause wohnte, wenn wir über sechzig waren.

Sechzig! Wir! Damals ein Alter, so unfaßbar theoretisch wie das potentielle Baby. Dabei werde ich in fünf Jahren auch dieses fremde Territorium erreichen – es ist so simpel wie eine Fahrt mit dem Bus. 1999 machte ich einen Zeitensprung, obwohl mir mein Älterwerden weniger im Spiegel auffiel als an den Reaktionen anderer Leute. Als ich im Januar den Führerschein verlängerte, war der Beamte gar nicht erstaunt über meine vierundfünfzig. Ich war auf diesem Sektor verwöhnt, weißt du noch, ich bekam regelmäßig Komplimente, daß ich mindestens zehn Jahre jünger aussähe. Die Komplimente versiegten über Nacht. Einmal in Manhattan, kurz nach dem *Donnerstag*, machte mich ein Fahrkartenverkäufer der U-Bahn peinlicherweise darauf aufmerksam, daß ich mit über fünfundsechzig ein Recht auf Ermäßigung hätte.

Wir waren uns einig, daß die Elternfrage »die mit Abstand wichtigste Entscheidung war, die wir je gemeinsam treffen würden«. Doch wegen ihrer Tragweite wirkte die Entscheidung nie wirklich echt, sondern eher wie eine fixe Idee. Immer wenn einer von uns die Elternfrage anschnitt, kam ich mir wie eine Siebenjährige vor, die sich zu Weihnachten eine Babypuppe wünscht, die pinkeln kann.

Ich erinnere mich an eine Reihe von Gesprächen damals, die mit schöner Regelmäßigkeit entweder auf ein Dafür oder ein Dagegen hinausliefen. Das optimistischste war sicher jenes nach einem Sonntags-Lunch mit Brian und Louise am Riverside Drive. Sie luden nicht mehr zum Abendessen ein, weil das zu elterlicher Apartheid führte: Ein Elternteil spielte Erwachsensein bei Kalamata-Oliven und Cabernet, der andere jagte, badete und bettete diese beiden übermütigen kleinen Mädchen. Ich treffe mich lieber abends mit Leuten – man ist eindeutig ausgelassener –, aber ausgelassen war kein Adjektiv mehr, das ich in Zusammenhang mit diesem freundlichen, soliden Fernsehdrehbuchautor brachte, der seine eigene Pasta machte und dünne Petersilienpflänzchen im Balkonkasten goß.

Im Fahrstuhl nach unten wunderte ich mich: »Und er war mal ein richtiger Kokser.«

»Du klingst wehmütig«, stelltest du fest.

»Oh, er ist jetzt sicher glücklicher.«

Ich war mir nicht sicher. Damals fand ich Normalsein noch suspekt. In der Tat war es zusammen richtig »nett« gewesen, was mich merkwürdig ratlos machte. Ich hatte die eichene Eßzimmergarnitur bewundert, die sie für einen Apfel und ein Ei bei einem Lagerverkauf in Upstate New York erstanden hatten, und du hattest dir mit einer Engelsgeduld von dem kleineren Mädchen ihre komplette Cabbage-Patch-Puppensammlung vorführen lassen, worüber ich nur staunte. Wir lobten überschwenglich den ausgefallenen Salat – in den achtziger Jahren waren Ziegenkäse und getrocknete Tomaten noch nicht passé.

Vor Jahren hatten wir beschlossen, daß du dich mit Brian nicht mehr über das Thema Ronald Reagan in die Haare kriegen würdest – deiner Ansicht nach ein gutmütiger Kerl, blitzgescheit und ein Finanzgenie, der unserer Nation ihren Stolz zurückgegeben hatte, für Brian ein gefährlicher Idiot, der das Land mit seinen Steuergeschenken an die Reichen in den Bankrott treiben würde. Wir blieben also bei den unverfänglichen Themen, während im Hintergrund in Erwachsenenlautstärke »Ebony and Ivory« lief und ich mein Unbehagen unterdrückte, daß die kleinen Mädchen falsch mitsangen und immer wieder den gleichen Song dudelten. Du beklagtest, daß die New York Knicks es nicht in die Basketball-Playoffs geschafft hatten, und Brian tat dir zuliebe, als interessierte er sich für Sport. Wir bedauerten alle, daß bald die letzte Staffel von *All in the Family* laufen würde, waren uns aber einig, daß die Serie eigentlich ausgedient hatte. Den einzigen Konflikt des Nachmittags gab es anläßlich von *M*A*S*H*, weil dieser Sendung ein ähnliches Schicksal drohte. Wohl wissend, daß Brian Alan Alda vergötterte, hast du ihn als »scheinheilige Schnarchnase« verrissen.

Doch der Streit verlief bestürzend gutmütig. Brian war in bezug auf Israel auf einem Auge blind, und so war ich versucht, ganz ruhig etwas über »Juden-Nazis« zu sagen, um dieses leutselige Treffen platzen zu lassen. Statt dessen fragte ich ihn nach dem Thema seines neuesten Drehbuchs, bekam aber keine Antwort, weil das ältere Mädchen sich ihr barbieblondes Haar mit Kaugummi verklebt hatte. Es gab ein langes Hin und Her über Lösungsmittel, dem Brian ein Ende setzte, indem er die Locke mit einem Küchenmesser absäbelte, was Louise etwas schockierte. Das war aber auch der einzige Aufruhr, ansonsten trank keiner zuviel und keiner war beleidigt; die Wohnung war nett, das Essen war nett, die Mädchen waren nett – nett, nett, nett.

Ich war selbst enttäuscht darüber, daß ich unser durchaus angenehmes Essen mit durchaus angenehmen Leuten ungenügend fand. Warum hätte ich lieber einen Krach gehabt? Waren die beiden Mädchen nicht absolut hinreißend, was machte es schon, wenn sie ständig dazwischenredeten und ich den ganzen Nachmittag keinen klaren Gedanken fassen konnte? War ich nicht mit dem Mann verheiratet, den ich liebte? Wieso wünschte sich dann etwas Böses in mir, daß Brian mir unter den Rock faßte, als wir zusammen die Schüsseln mit Häagen-Dazs-Eis aus der Küche holten? Rückblickend war es richtig, daß ich mich verurteilte. Nur ein paar Jahre später hätte ich bares Geld für eine normale, gutgelaunte Familienfeier gegeben, wo Kaugummi-in-die-Haare-Kleben das Schlimmste war, was die Kinder anstellten.

Du jedoch hast großspurig im Hauseingang verkündet: »Das war toll. Ich finde die beiden klasse. Wir müssen sie unbedingt bald einladen, wenn sie einen Babysitter finden.«

Ich hielt den Mund. Dir war jetzt nicht nach meiner Nörgelei, ob dieser Lunch nicht ein bißchen harmlos gewesen war; ob du nicht auch fandest, daß diese *Vater-ist-der-Beste*-Nummer ein bißchen schlicht und bieder und einfältig wirkte, wo Brian doch früher so ein Wahnsinnstyp gewesen war (endlich kann ich zugeben, daß ich vor deiner Zeit auf einer Party einen Gästezimmer-Quickie mit ihm abgezogen habe). Womöglich hast du genau das gleiche gefühlt wie ich, und dieses oberflächlich so erfolgreiche Treffen kam auch dir platt und abgeschmackt vor, doch anstelle eines anderen Modells, das man hätte anstreben können – wir wollten ja nicht gleich zu Koks greifen –, hast du einfach die Augen verschlossen. Diese Leute waren gut, und sie waren zu uns gut gewesen, und deshalb hatte es dir gut gefallen. Eine andere Logik machte Angst, beschwor den Geist einer unbenennbaren Größe, ohne die wir nicht leben, die wir aber auch nicht auf Wunsch herbeirufen konnten, am wenigsten, indem wir tugendhaft nach bewährtem Rezept handelten.

Du warst der Ansicht, Erlösung sei ein Willensakt. Du hast Leute verachtet (Leute wie mich), die immer ein Haar in der

Suppe fanden. Du empfandest es als Charakterschwäche, sich nicht an den Dingen des einfachen Lebens zu erfreuen. Wählerische Esser, Hypochonder und Snobs, die über Filme wie *Zeit der Zärtlichkeit* – nur weil sie gerade »in« waren – die Nase rümpften, hast du gehaßt. Nettes Essen, nette Wohnung, nette Leute – was wollte ich mehr? Außerdem fällt dir das gute Leben nicht in den Schoß. Freude ist harte Arbeit. Wenn du also mit einiger Mühe zu dem Ergebnis kamst, daß es bei Brian und Louise theoretisch schön gewesen war, mußte es auch de facto schön gewesen sein. Das einzige Indiz, daß der Nachmittag auch dich angestrengt hatte, war deine übertriebene Begeisterung.

Als wir durch die Drehtür am Riverside Drive kreiselten, waren meine Zweifel diffus und flüchtig. Später würden diese Gedanken zurückkehren und mich verfolgen. Doch ich konnte nicht ahnen, daß deine Neigung, diese störrische, verunglückte Erfahrung ordentlich zu verdrängen, wie jemand, der ein wirres Bündel Treibholz in einen festen Samsonite-Koffer stopft, daß diese bedenkliche Verwechslung des *Ist* mit dem *Sollte-Sein* – deine herzzerreißende Neigung, das, was du tatsächlich hattest, mit dem zu verwechseln, was du dringend wolltest –, daß dies alles so verheerende Folgen haben würde.

Ich schlug vor, zu Fuß nach Hause zu gehen. Wenn ich für A Wing and a Prayer unterwegs war, ging ich überallhin zu Fuß, es war mir in Fleisch und Blut übergegangen.

»Es sind sicher sechs, sieben Meilen nach Tribeca«, gabst du zurück.

»Du nimmst ein Taxi, um dann vor dem Spiel der New York Knicks siebentausendfünfhundertmal seilzuspringen, aber ein ordentlicher Spaziergang, der dich dahin bringt, wohin du willst, ist dir zu anstrengend.«

»Zum Teufel, ja. Alles zu seiner Zeit.« Deine Macken waren hinreißend, solange sie sich auf deine Fitneß oder deine Hemden-Faltmethode beschränkten. Aber in einem ernsteren Kontext, Franklin, war ich weniger begeistert. Ordnungsliebe führt mit der Zeit zu Angepaßtheit.

Also drohte ich, allein nach Hause zu gehen – damit kriegte ich dich rum; drei Tage später sollte ich nach Schweden fahren, und du warst hungrig nach meiner Gesellschaft. Wir tobten den Fußweg hinunter in den Riverside Park, wo die Gingko-Bäume blühten und die leicht abfallende Wiese voller Magersüchtiger war, die Tai Chi übten. Aufgekratzt, weil ich vor meinen eigenen Freunden flüchtete, kam ich ins Stolpern.

»Du bist betrunken«, sagtest du.

»Zwei Gläser!«

Dein Blick wurde streng. »Am hellichten Tage.«

»Drei wären besser gewesen«, sagte ich bissig. Abgesehen vom *Fernsehen* war bei dir jedes Vergnügen rationiert, und ich wünschte mir manchmal, daß du dich wieder gehenlassen würdest, wie damals, als du um mich warbst und mit zwei Pinot Noir, einem Sechserpack St. Pauli Girl und einem geilen Blick vor meiner Tür auftauchtest – was alles nicht danach aussah, als wolltest du warten, bis wir uns die Zähne mit Zahnseide gesäubert hatten.

»Wenn du Brians Kinder siehst«, begann ich förmlich, »möchtest du dann auch welche?«

»Mmm, vielleicht. Sie sind niedlich. Aber ich muß die Racker ja auch nicht in die Falle schaffen, wenn sie einen Keks wollen, ihren Lieblingshasen und fünf Millionen Gläser Wasser.«

Ich verstand. Unsere Dialoge folgten Spielregeln, und dein Auftakt war unverbindlich. Einer von uns übernahm immer die Rolle des Spielverderbers, und das letzte Mal hatte ich die Figuren auf dem Brett umgeworfen: Ein Kind war laut, machte Dreck, engte ein und war undankbar. Diesmal übernahm ich den kühneren Part: »Wenn ich schwanger würde, dann würde wenigstens was *passieren*.«

»Offensichtlich«, sagtest du trocken. »Du bekämst ein Kind.«

Ich zog dich auf den Weg zum Flußufer. »Mir gefällt die Idee, einfach eine neue Seite aufzuschlagen.«

»Das kann alles heißen.«

»Ich meine, wir sind doch glücklich. Oder?«

»Klar«, fuhrst du vorsichtig fort. »Davon gehe ich aus.« Aus deiner Sicht durfte man unser Glück nicht zu genau fixieren – als wäre es ein scheuer Vogel, leicht zu verschrecken, und in dem Augenblick, wo einer von uns riefe, *Sieh doch den schönen Schwan!,* würde es auf und davon flattern.

»Na, vielleicht sind wir zu glücklich.«

»Genau, deswegen wollte ich schon ein ernstes Wort mit dir reden. Mach mich doch ein bißchen unglücklicher.«

»Hör auf. Ich rede von Geschichten. Im Märchen heißt es am Schluß immer: Und wenn sie nicht gestorben sind ...«

»Tu mir einen Gefallen: Sprich mit mir wie mit einem Normalsterblichen.«

Oh, du hast genau gewußt, was ich meinte. Nicht, daß Glück langweilig war. Es eignete sich nur nicht so gut zum Erzählen. Und einer unserer liebsten Zeitvertreibe, wenn wir älter werden, ist, daß wir unsere Geschichte erzählen, nicht nur den anderen, auch uns selbst. Ich sollte das wissen; ich bin täglich vor meiner eigenen Geschichte auf der Flucht, und sie bleibt mir auf den Fersen wie ein treuer Straßenköter. Dementsprechend habe ich mich gegenüber meinem jüngeren Ich verändert: Heute halte ich Leute, die kaum eine oder gar keine Geschichte zu erzählen haben, für schrecklich glücklich.

An den Tennisplätzen im hellen Aprillicht gingen wir langsamer, blieben stehen und bewunderten durch eine Lücke im grünen Windschutz eine kräftige Rückhand. »Alles scheint so geordnet«, jammerte ich. »A Wing and a Prayer ist so erfolgreich; das einzige, was mir beruflich *passieren* könnte, wäre ein Firmenbankrott. Ich könnte immer mehr Geld verdienen – aber eigentlich bin ich ein Secondhand-Fan, Franklin, und weiß gar nicht, was ich mit soviel Geld anfangen soll. Geld ödet mich an, und ich mag nicht, wie es unseren Lebensstil verändert. Viele Leute haben keine Kinder, weil sie sich keine leisten können. Für mich wäre es eine Erleichterung, etwas Wichtiges zu haben, für das sich die Ausgaben lohnen.«

»Ich bin nicht wichtig?«

»Du bist nicht kostspielig genug.«

»Neues Springseil?«

»Zehn Dollar.«

»Na ja«, hast du eingelenkt, »wenigstens wäre ein Kind die Antwort auf die Große Frage.«

Auch ich konnte störrisch sein. »Welche Große Frage?«

»Du weißt schon«, sagtest du leichthin und fuhrst in gedehntem Südstaaten-Dialekt fort, »das alte *existentielle* Dilemma.«

Ich grübelte nicht lange, warum, doch deine Große Frage rührte mich nicht. Mir gefiel das *Neue-Seite-Aufschlagen* besser. »Ich könnte mich immer noch in ein neues Land verkrümeln –«

»Gibt's da noch welche? Du sammelst Länder wie andere Leute CDs.«

»Rußland«, sagte ich. »Obwohl ich mein Leben ungern bei Aeroflot aufs Spiel setze. In letzter Zeit ... kommt es mir überall irgendwie gleich vor. Alle Länder haben unterschiedliches Essen, aber sie haben alle *Essen,* verstehst du, was ich meine?«

»Wie nennst du das noch? Genau! Stuß.«

Siehst du, damals hattest du die Angewohnheit, so zu tun, als hättest du keine Ahnung, wenn ich von etwas Komplexem oder Subtilem sprach. Später verkam diese spielerische Strategie des Sich-dumm-Stellens zur dumpfen Unfähigkeit, meine Anliegen zu begreifen, nicht weil sie zu abstrus, sondern weil sie nur allzu klar waren – und das mochtest du nicht.

Erlaube mir einen Exkurs: Alle Länder haben anderes Wetter, aber alle haben sie irgendein Wetter, irgendeine Architektur, eine Haltung zu der Frage, ob Rülpsen beim Essen ein Kompliment oder eine Unhöflichkeit ist. Deshalb hatte ich angefangen, mir weniger Gedanken darüber zu machen, ob ich in Marokko meine Sandalen vor der Tür stehenlassen mußte, als vielmehr über die generelle Tatsache, daß – egal, wo ich mich befand – jede Kultur auf dem Schuh-Sektor ihre besonderen Bräuche hatte. Reisen schien mir ein großer Aufwand – Gepäck, Jetlag etc. –, wenn man sich doch immer wieder nur innerhalb des Wetter-Schuh-Kontinuums bewegte; dieses Kontinuum immergleicher Faktoren wurde selbst zu einer Art Ort, so daß ich im Grunde regelmäßig und gnadenlos an dieser gleichen Stelle landete. Obwohl ich manchmal über die Globalisierung schimpfte – ich konnte deine schokoladenbraunen Lieblingstreter bei Banana Republic in Bangkok kaufen –, war es doch im Grunde die Welt in meinem Kopf, die monoton geworden war; das, was ich dachte, was ich fühlte und was ich redete. Mein Kopf würde erst an einem wirklich anderen Ort ankommen, wenn ich mich in ein anderes Leben begab und nicht an einen anderen Flughafen.

»Mutterschaft«, brachte ich es im Park auf den Punkt, »das ist ein fremdes Land.«

Aber wenn ich, selten genug, wirklich Ernst machen wollte, wurdest du nervös. »Vielleicht bist du deinen Erfolg leid«, sagtest du. »Aber Location-Scouting für Madison-Avenue-Werbeagenturen ist für mich auch nicht der Gipfel der Selbstverwirklichung.«

»Gut.« Ich blieb stehen, lehnte mich rücklings gegen das warme Holzgeländer am Hudson River und breitete die Arme seitlich darauf aus, um dir offen gegenüberzutreten. »Also, was soll *passieren*? Was meinst du, worauf warten und hoffen wir beruflich?«

Du hast den Kopf geschüttelt, mir prüfend ins Gesicht gesehen. Du schienst zu begreifen, daß ich weder deine Leistung noch die Wichtigkeit deiner Arbeit anfechten wollte. Es ging um etwas anderes. »Ich könnte als Scout beim Film arbeiten.«

»Aber du hast immer gesagt, das sei derselbe Job: Du findest die Leinwand, ein anderer malt die Szene. Und Werbeagenturen zahlen besser.«

»Da ich mit einer goldenen Gans verheiratet bin, ist das ja egal.«

»Ist es dir aber nicht.« Dein erwachsener Umgang mit mir als der deutlich besser Verdienenden hatte seine Grenzen.

»Vielleicht mache ich was völlig anderes.«

»Was denn, läßt du dir endlich einreden, daß du ein eigenes Restaurant aufmachen sollst?«

Du mußtest lächeln. »Das schafft keiner.«

»Genau. Du bist viel zu praktisch veranlagt. Vielleicht machst du etwas anderes, aber doch immer etwas auf der gleichen *Ebene*. Ich rede von Topographie. Von der emotionalen, narrativen Topographie. Wir leben in Holland. Aber manchmal zieht es mich nach Nepal.«

Da New Yorker gemeinhin als zielstrebig galten, hättest du beleidigt sein können, daß ich dich nicht ehrgeizig fand. Aber du sahst dich selbst ausgesprochen pragmatisch und warst mir nicht böse. Du warst ehrgeizig, was dein Leben anging – wie es war, wenn du morgens aufwachtest –, doch du warst nicht hinter irgendwelchen Errungenschaften her. Wie die meisten Menschen, die nicht von klein auf eine besondere Berufung verspürt hatten, kamst erst du und dann deine Arbeit; deine Beschäftigung füllte deinen Tag, aber nicht dein Herz. Das mochte ich an dir. Ich mochte es wirklich sehr.

Wir gingen weiter, und ich schwenkte deine Hand. »Unsere Eltern werden bald sterben«, fing ich wieder an. »Über kurz oder lang werden alle, die wir kennen, ihre irdischen Verstrikkungen im Suff ertränken. Wir werden alt, und irgendwann verlierst du mehr Freunde, als du gewinnst. Sicher können wir in die Ferien fahren, zu guter Letzt noch Rollkoffer anschaffen. Wir können mehr essen, können mehr Wein trinken und mehr Sex haben. Aber – und versteh mich nicht falsch – ich fürchte, daß alles etwas langweilig wird.«

»Einer von uns könnte immer noch Bauchspeicheldrüsenkrebs kriegen«, schlugst du gutgelaunt vor.

»Stimmt. Oder im Pick-up mit einem Betonmischer zusammenstoßen, das macht die Geschichte noch ein bißchen raffinierter. Aber genau das meine ich. Alle größeren Ereignisse, die ich mir von unserer Zukunft erwarte – ich meine keine liebevollen Postkarten aus Frankreich, sondern ernstzunehmende Ereignisse –, sind schrecklich.«

Du gabst mir einen Kuß aufs Haar. »Ganz schön trübe Gedanken an so einem wunderschönen Tag.«

Ein paar Schritte gingen wir halb umarmt, aber unsere Schritte kamen aus dem Takt; ich hakte meinen Zeigefinger in deine Gürtelschlaufe. »Du kennst doch diesen Euphemismus, *sie ist froher Erwartung*? Genau das. Die Geburt eines Kindes ist, wenn es gesund ist, etwas, worauf man sich freuen kann. Etwas Gutes, ein großes, gutes, enormes Ereignis. Und von da an geschieht alles Gute, was dem Kind geschieht, auch dir. Alles Schlechte natürlich auch«, fügte ich hastig hinzu, »aber auch erste Schritte, erste Freundschaften, erster Platz im Sackhüpfen. Kinder machen einen Schulabschluß, sie heiraten, sie bekommen selbst Kinder – man erlebt gewissermaßen alles zum zweiten Mal. Selbst wenn unser Kind Probleme hätte«, sagte ich naiv, »wären es wenigstens nicht unsere alten Probleme ...«

Genug. Dieses Gespräch noch einmal wiederzugeben bricht mir das Herz.

Rückblickend war meine Aussage, daß ich mehr »Geschichte« wollte, vielleicht meine Art anzudeuten, daß ich noch jemanden brauchte, den ich lieben konnte. So etwas sprachen wir nie laut aus; wir waren zu schüchtern. Und es ängstigte mich, je nahezulegen, daß du mir nicht genug sein könntest. Jetzt, wo wir getrennt sind, finde ich eigentlich, daß ich es dir viel öfter hätte sagen sollen: Mich in dich zu verlieben war das Erstaunlichste, was mir je passiert ist. Nicht allein das Verlieben, dieses seichte Ereignis an sich, sondern das In-dich-verliebt-Sein. An jedem Tag, den wir getrennt verbrachten, stellte ich mir deine breite warme Brust vor, die Wölbung, fest und rund von deinen täglichen hundert Liegestützen, die Schlüsselbeinmulde, in die ich an jedem herrlichen Morgen meinen Kopf kuschelte, an dem ich nicht pünktlich am Flughafen sein mußte. Manchmal hörte ich dich von irgendwoher meinen Namen rufen: »Eee-VA!« Gereizt, kurz, fordernd riefst du mich, weil ich dir gehörte, wie einen *Hund*, Franklin! Aber ich gehörte dir ja, und ich hatte nichts dagegen, und ich mochte diesen Anspruch: »Eeeeeee-VA!«, immer auf der zweiten Silbe betont, und an manchen Abenden konnte ich kaum antworten, weil ich einen dicken Kloß im Hals verspürte. Ich mußte aufhören, die Äpfel für den Kuchen in Scheiben zu schneiden, weil meine Augen feucht wurden und die ganze Küche verschwamm und ich mir sonst in den Finger geschnitten hätte. Du hast mich immer angeschrien, wenn ich mich geschnitten habe; du wurdest dann wütend, und dein irrationaler Zorn war so betörend, daß ich es am liebsten gleich noch einmal getan hätte.

Ich habe dich nie und nimmer für selbstverständlich gehalten. Dazu hatten wir uns zu spät getroffen. Ich war damals fast dreiunddreißig, und meine Vergangenheit ohne dich war mir zu karg und zu eindringlich in Erinnerung, als daß ich das Wunder der Zweisamkeit normal gefunden hätte. Aber nachdem ich so lange von den Brosamen meines eigenen emotionalen Tischs gelebt hatte, verwöhntest du mich mit einem täglichen Festmahl verschwörerischer So-ein-Arschloch-Blicke auf Partys, grundloser Überraschungsblumensträuße und Nachrichten am Kühlschrankmagneten, die immer mit »1000 Küsse, Franklin« unterschrieben waren. Du machtest mich gierig. Wie ein Süchtiger wollte ich mehr Stoff. Und ich war voller Neugier. Ich wollte wissen, wie es sich anfühlte, wenn ein Kinderstimmchen schon von weitem »Mamm-MIII?« rief. Du hast damit angefangen – wie jemand, der einem einen einzelnen Ebenholz-Elefanten schenkt, und plötzlich denkt man, wie schön es wäre, so was zu *sammeln*.

Eva

P. S. (3.40 Uhr nachts)
Ich habe versucht die Schlaftabletten abzusetzen, schon weil ich weiß, daß du dagegen bist, wenn ich sie nehme. Aber ohne Tabletten wälze ich mich nur herum. Morgen werde ich im Travel R Us nicht zu gebrauchen sein, aber ich will noch eine Erinnerung aus jener Zeit loswerden.

Erinnerst du dich, wie wir mit Eileen und Belmont im Loft Krebse gegessen haben? Das *war* ein ausgelassener Abend. Selbst du schlugst über die Stränge und holtest um zwei Uhr nachts noch den Himbeergeist hervor. Ohne Unterbrechungen, weil es Puppenkleider zu bewundern gab, ohne ein »Morgen ist schließlich ein *Schultag*« schlemmten wir, aßen Obst und Sorbet und schenkten großzügig gefüllte zweite Gläser des klaren, hochprozentigen Framboise nach, juchzten über unglaubliche Geschichten in einer Orgie ewiger Jugend, typisch für Kinderlose mittleren Alters.

Wir redeten über unsere Eltern – besser gesagt, machten uns kollektiv über sie lustig. Wir veranstalteten einen inoffiziellen Wettbewerb: Wessen Eltern hatten die schlimmsten Macken. Du warst im Nachteil; der unerschütterliche Neu-England-Stoizismus deiner Eltern war schwer zu parodieren. Dagegen bot der Erfindungsreichtum meiner Mutter, mit dem sie vermied, das Haus zu verlassen, Anlaß für großen Jubel, und ich gab auch den Standardspruch von meinem Bruder und mir zum besten: »Wie ungemein praktisch!« – was in unserer Familie gleichbedeutend war mit »Sie liefern frei Haus«. Früher (bevor er vermied, seine Kinder in meine Nähe zu lassen) brauchte ich nur zu sagen: »Wie ungemein praktisch!«, und Giles prustete los. Im Morgengrauen konnte ich auch Eileen und Belmont gegenüber bemerken: »Wie ungemein praktisch!«, und sie schrien vor Lachen.

Mit diesem multikulturellen Varieté-Gespann aus zwei welterfahrenen Bohemiens konnten wir allerdings beide nicht mithalten. Eileens Mutter war schizophren, ihr Vater ein professioneller Falschspieler; Belmonts Mutter hatte früher als Prostituierte angeschafft und kleidete sich immer noch wie Bette Davis in *Was geschah wirklich mit Baby Jane?* Sein Vater war ein halbberühmter Jazz-Schlagzeuger, der mit Dizzy Gillespie aufgetreten war. Ich spürte, daß sie diese Geschichten schon oft erzählt hatten – sie erzählten sie um so besser. Und nach soviel Chardonnay, mit dem wir die Krebsberge hinunterspülten, lachte ich, bis mir die Tränen kamen. An einem Punkt hätte ich beinah das Gespräch auf die Wahnsinns-Entscheidung gebracht, mit der wir uns herumtrugen, aber Eileen und Belmont waren mindestens zehn Jahre älter, und ich war mir nicht sicher, ob ihre Kinderlosigkeit gewollt war; ich wollte nicht taktlos sein.

Sie gingen erst nachts um vier. Und vertu dich nicht: Diesmal hatte ich mich blendend amüsiert. Es war einer der raren Abende, an dem es sich gelohnt hatte, daß ich zum Fischmarkt gerannt war, daß ich eine Menge Obst kleingeschnitten hatte, und wo sich eigentlich selbst das Küche-Putzen hätte lohnen sollen, in der überall Mehl und Mangoschalen klebten. Ich glaube, daß ich ein bißchen ernüchtert war, weil der Abend vorbei war, oder vom Alkohol nur mehr ein bißchen schwerfällig und nicht mehr so euphorisiert. Ich war wacklig auf den Beinen, hatte müde Augen und mußte mich zusammenreißen, die Weingläser nicht fallenzulassen. Aber nicht deshalb hatte ich Katzenjammer.

»So still«, bemerktest du beim Tellerstapeln. »Fix und fertig?«

Ich aß die letzte einsame Krebsschere, die in den Topf zurückgerutscht war. »Wir haben – wie lange – vier, fünf Stunden über unsere Eltern geredet.«

»Und? Wenn du Schuldgefühle hast, weil du über deine Mutter hergefallen bist, tue bitte Buße bis 2025. Das ist doch dein Lieblingszeitvertreib.«

»Ich weiß. Das ist es ja, was mich beunruhigt.«

»Sie konnte dich nicht hören. Und niemand am Tisch hat dir, als du dich über sie lustig gemacht hast, unterstellt, du fändest sie nicht auch tragisch. Oder daß du sie nicht lieben würdest.« Du hast hinzugefügt: »Auf deine Art.«

»Aber wenn sie stirbt, werden wir ... werde ich nicht so weitermachen können. Dann kann ich unmöglich weiter so zynisch sein, ohne daß ich mir wie eine Verräterin vorkomme.«

»Also mach die arme Frau lächerlich, solange du kannst.«

»Aber sollten wir überhaupt noch über unsere Eltern reden, stundenlang, in unserem Alter?«

»Wo ist das Problem? Du hast dermaßen gelacht, wahrscheinlich hast du dir dabei in die Hosen gepinkelt.«

»Als sie gingen, sah ich uns plötzlich – uns vier, alle über achtzig, überall Leberflecken, wie wir uns immer noch voll laufen lassen, immer noch die gleichen Geschichten erzählen. Wie wir immer noch, vielleicht mit ein bißchen mehr Wehmut oder Bedauern, weil sie inzwischen tot sind, über unsere komischen Eltern reden. Ist das nicht ein bißchen erbärmlich?«

»Du würdest dich lieber über El Salvador aufregen.«

»Das ist es nicht –«

»Oder Kultur-Gemeinplätzchen zum Kaffee reichen: Belgier sind unhöflich, Thais hassen Gefummel in der Öffentlichkeit, Deutsche sind analfixiert.«

Die Bitterkeit solcher Sticheleien hatte zugenommen. Meine hart erarbeiteten anthropologischen Erkenntnisse sollten mich wohl daran erinnern, daß ich mich in der Fremde ins Abenteuer stürzte, während du in New Jerseys Vororten nach einer heruntergekommenen Garage für Black and Decker fahnden mußtest. Ich hätte dir über den Mund fahren können – schade, daß meine Reisegeschichten dich anöden –, aber eigentlich machtest du Spaß, es war spät, und ich hatte keine Lust, mich zu streiten.

»Sei nicht blöd«, sagte ich. »Ich bin wie alle: Ich rede gerne über andere Leute. Nicht *fremde* Leute. Leute, die ich kenne, Leute, die mir nahestehen – Leute, die mich aufregen. Aber ich finde, ich mache zuviel Gebrauch von meiner Familie. Mein Vater war tot, bevor ich geboren wurde; ein Bruder und eine Mutter bieten wenig Angriffsfläche. Ehrlich, Franklin, vielleicht sollten wir ein Kind bekommen, damit wir mal ein anderes Gesprächsthema haben.«

»Also *das*«, du hast den Spinattopf in die Spüle geknallt, »ist naiv.«

Ich griff deine Hand. »Ist es nicht. Was wir reden, ist, was wir denken, ist, was unser Leben ausmacht. Ich bin mir nicht sicher, ob ich mein ganzes Leben lang über meine Schulter auf meine Elterngeneration zurückschauen möchte – wo ich doch auf dem besten Wege bin, meine Sippe endgültig auszulöschen. Keine Kinder zu kriegen ist nihilistisch, Franklin. Als würde man nicht an die *Menschheit* glauben. Wenn jeder es uns nachmachen würde, wäre die Spezies Mensch in hundert Jahren ausgestorben.«

»Raus«, hast du geschimpft. »Kein Mensch kriegt Kinder, um die Spezies zu erhalten.«

»Vielleicht nicht bewußt. Aber eigentlich können wir solche Entscheidungen erst seit den sechziger Jahren treffen, ohne ins Kloster zu gehen. Außerdem wäre es nach Abenden wie diesem eine Art poetischer Gerechtigkeit, wenn meine erwachsenen Kinder später bei ihren Freunden stundenlang über *mich* herziehen würden.«

Wie sehr wir uns selbst in Sicherheit zu wiegen wissen! Mir gefiel die Aussicht, dermaßen unter die Lupe genommen zu werden. *War Mama nicht hübsch? War Mama nicht mutig? Mensch, sie ist immer mutterseelenallein in diese fürchterlichen Länder gereist!* In meiner Phantasie sprachen meine Kinder in ihren nächtlichen Diskussionen nur in den höchsten Tönen von ihrer Mutter – keine Spur der boshaften Vivisektion, die ich an meiner Mutter vornahm. Ein Versuch: *Mama ist so eine Angeberin! Hat sie nicht eine Riesennase? Und diese Reiseführer, die sie sich abringt, sind tooоodlangweilig.* Am schlimmsten ist, daß Söhne und Töchter ihre Eltern deshalb so leicht denunzieren können, weil sie Zugang zu allen vertraulichen Informationen haben, was das Ganze zu einem doppelten Vertrauensbruch macht.

Doch selbst rückblickend war diese Sehnsucht »nach einem anderen Gesprächsthema« alles andere als naiv. Tatsächlich ließ ich mich anfangs durch verlockende kleine Phantasien – wie Kino-Vorschauen – für eine Schwangerschaft erwärmen: Wie ich dem Jungen, der die erste Liebe meiner Tochter ist, die

Tür öffne (ich muß zugeben, ich stellte mir immer eine Tochter vor); wie ich seine Unbeholfenheit durch einen freundlichen Plausch vertreibe; wie ich ihn endlos, spielerisch, gnadenlos durchdiskutiere, nachdem er wieder weg ist. Meine Sehnsucht, mit Eileen und Belmont bis in die Nacht einmal über junge Leute herzuziehen, die ihr Leben noch vor sich hatten – die *neue* Geschichten hervorbrachten, über die ich *neue* Ansichten hatte, und deren Stoff nicht schon ganz abgedroschen vom vielen Erzählen war – diese Sehnsucht war echt und keine fixe Idee, keine Spinnerei.

Oh, aber ich habe nie darüber nachgedacht, was ich denn eigentlich zu erzählen haben würde, wenn ich denn endlich mit meinem heißersehnten frischen Gesprächsstoff versorgt wäre. Wirklich nicht vorhersehen konnte ich die tragische Ironie, daß ich über mein abendfüllendes neues Thema eben den Mann verlieren würde, mit dem ich am liebsten darüber reden wollte.

28. November 2000

Lieber Franklin,

es sieht nicht so aus, als ob dieser Zirkus in Florida demnächst ein Ende haben wird. Unser Büro ist in hellem Aufruhr wegen einer Staatsbeamtin mit viel Make-up, und einige meiner überarbeiteten Kollegen sagen eine »Verfassungskrise« voraus. Obwohl ich die Geschichte nicht in allen Einzelheiten verfolgt habe, bezweifele ich das. Was mir – angesichts der Leute, die an der Imbißtheke, wo sie vor kurzem noch schweigend gegessen haben, nun lautstark übereinander herfallen – zu denken gibt, ist nicht, wie sehr sie sich bedroht fühlen, sondern wie sicher. Nur ein Land, das sich unantastbar fühlt, kann es sich leisten, politische Wirren als Unterhaltung zu betrachten.

Wenige Amerikaner armenischer Abstammung, deren Angehörige noch vor gar nicht allzu langer Zeit beinah ausgerottet worden wären (ich weiß, du kannst es nicht mehr hören), teilen dieses überhebliche Sicherheitsgefühl. Die Daten meines eigenen Lebens sind apokalyptisch. Ich wurde im August 1945 geboren, als die Sporen zweier Giftpilze uns einen warnenden Vorgeschmack auf die Hölle gaben. Kevin kam während des bangen Countdowns zum Jahr 1984 zur Welt – von vielen gefürchtet, du erinnerst dich. Obwohl ich die Nase rümpfte über Leute, die sich George Orwells Zufallstitel zu Herzen nahmen, begann für mich mit diesen Zahlen eine Ära der Tyrannei. Der *Donnerstag* schließlich fand 1999 statt, jenem Jahr, für das man den Weltuntergang vorausgesagt hatte. Und das mit Recht.

Seit meinem letzten Brief habe ich meine Erinnerung nach meinen ursprünglichen Bedenken gegen eine Mutterschaft durchforstet. Ich weiß, daß ich einen ganzen Packen Ängste hatte, nur nicht die richtigen. Hätte ich die Nachteile der Elternschaft aufgelistet, hätte dort niemals gestanden: »Sohn könnte ein Killer werden.« Die Liste hätte eher folgendermaßen ausgesehen:

1. Streß.
2. Weniger Zeit für uns beide. (Besser gesagt, *keine* Zeit für uns beide.)
3. Andere Leute. (Elternabende. Ballettlehrerinnen. Die unerträglichen Freunde des Kindes und ihre unerträglichen Eltern.)
4. Daß ich eine Kuh werde. (Ich war zierlich und wollte es gerne bleiben. Meine Schwägerin hatte während der Schwangerschaft dicke Krampfadern bekommen, die sich nie zurückbildeten, und die Aussicht auf Unterschenkel mit blauen verästelten Adern versetzte mich in größere Panik, als ich zugeben konnte. Also sagte ich nichts. Ich bin eitel oder war es einmal, und eine meiner Eitelkeiten bestand darin, so zu tun, als wäre ich es nicht.)
5. Unnatürlicher Altruismus: der Zwang, Entscheidungen an dem Wohl eines anderen Menschen auszurichten. (Ich bin ein Schwein.)
6. Einschränkung meiner Reisen. (Wohlgemerkt: *Einschränkung*. Nicht *Ende*.)
7. Tödliche Langeweile. (Kleine Kinder ödeten mich schrecklich an. Das habe ich mir von Anfang an eingestanden.)
8. Das Ende aller guten Beziehungen. (Ich hatte noch nie ein anständiges Gespräch unter Freunden erlebt, wenn ein Fünfjähriger dabei war.)
9. Gesellschaftlicher Abstieg. (Ich war eine angesehene Unternehmerin. Mit einem Kleinkind im Schlepptau würde jeder Mann in meinem Bekanntenkreis – jede Frau deprimierenderweise auch – mich weniger ernst nehmen.)
10. Vergeudete Investition. (Eltern zahlen eine Schuld ab. Aber wer möchte schon eine Schuld abzahlen, der man

entrinnen kann? Kinderlose kommen auch so davon. Außerdem, was bringt es, wenn die Zahlung an die falsche Adresse geht? Nur die kaputteste Mutter könnte es als Belohnung für ihre Mühen empfinden, daß ihre Tochter ebenfalls ein erbärmliches Dasein fristet.)

Das sind, nach bestem Wissen und Gewissen, die klitzekleinen Bedenken, die ich vorher abwog, und ich habe versucht, ihre erschütternde Naivität nicht mit dem zu vermischen, was tatsächlich geschah. Die Argumente für eine andauernde Unfruchtbarkeit – was für ein verheerendes Wort – entpuppten sich als kleinere Unannehmlichkeiten und harmlose Verzichtsleistungen. Sie waren egoistisch, gemein und engstirnig, so daß jeder, der einen solchen Katalog aufstellte und sich danach immer noch für ein aufgeräumtes, stickiges, statisches, sackgassenartiges, saftloses familienfreies Dasein entschied, nicht nur ein kurzsichtiger, sondern auch ein schrecklicher Mensch war.

Wenn ich diese Liste jetzt betrachte, fällt mir auf, daß die konventionellen Einwände gegen eine Elternschaft, egal, wie entschieden sie ausfallen, immer praktischer Natur sind. Seit Kinder nicht mehr die elterlichen Felder bestellen oder ihre inkontinenten Erzeuger im Alter zu sich nehmen, gibt es doch keinen vernünftigen Grund mehr, Kinder zu kriegen, und es ist kaum zu fassen, daß sich Menschen, seit es wirksame Verhütungsmittel gibt, überhaupt noch freiwillig fortpflanzen. Im Gegensatz dazu sind Liebe, Geschichte, Sinn, der Glaube an das Menschliche – kurz, die modernen Anreize zur Fortpflanzung – wie Luftschiffe: aufgeblasen, freischwebend und rar; optimistisch, großherzig, auch inhaltsschwer, aber beängstigend wenig geerdet.

Jahrelang hatte ich die vielzitierte überwältigende Sehnsucht erwartet – den betörenden Kinderwunsch, der kinderlose Frauen im Park wie hypnotisiert fremde Kinderwagen anpeilen läßt. Ich wäre gerne vom hormonellen Imperativ überwältigt worden, wäre gern eines Tages aufgewacht, hätte dich umarmt, dich gesucht, hätte, als meine Iris schwarz zuckte, gebetet, daß du mir ein Kind gemacht hattest. (*Mit Kind:* was für ein Klang, warm, archaisch, zärtlich, neun Monate nicht allein, wohin du auch gehst. *Schwanger* assoziiere ich mit anstrengend, unförmig, und es klingt immer nach schlechten Nachrichten: »Ich bin *schwanger.*« Dabei stelle ich mir instinktiv eine Sechzehnjährige beim Abendessen vor – blaß, unwohl, mit einem Tunichtgut als Freund artikuliert sie die schlimmsten mütterlichen Ängste.)

Keiner dieser Impulse packte mich – ich fühlte mich hintergangen. Als ich Mitte Dreißig immer noch keine Muttergelüste entwickelt hatte, befürchtete ich, daß etwas mit mir nicht stimmte, daß etwas fehlte. Als ich mit siebenunddreißig Kevin bekam, machte ich mir Vorwürfe, warum ich diesen zufälligen, vielleicht nur chemischen Defekt nicht einfach akzeptiert, sondern zu Shakespeareschen Dimensionen hochstilisiert hatte.

Also, was lockte mich schließlich aus der Defensive? Du, vor allem. Denn obwohl *wir* glücklich waren, warst du es nicht, nicht ganz, und das wußte ich wohl. In deinem Leben klaffte eine Lücke, die ich nicht ausfüllen konnte. Du hattest eine Arbeit, und sie paßte zu dir. Versteckte Ställe und Kasernen aufspüren, ein Feld mit einem Holzzaun suchen, einen kirschroten Silo und schwarzweiße Kühe (Kraft-Scheibletten aus echter Milch) – du konntest dir deine Zeit einteilen, deine Vorstellungen umsetzen. Du mochtest deine Arbeit, Location Scouting. Aber du hast sie nicht geliebt. Du liebtest Menschen, Franklin. Als ich dich mit Brians Kindern spielen, ihre Plüschaffen knuddeln und ihre abwaschbaren Tattoos bewundern sah, sehnte ich mich danach, dir etwas zu geben, das dich so begeisterte wie mich A Wing and a Prayer – oder wie du es nanntest, AWAP.

Ich weiß noch, daß du das einmal ausdrücken wolltest, zögernd und untypisch für dich, das Gefühl, die Sprache. Dir war immer unwohl, wenn über Gefühle geredet wurde, allerdings nicht angesichts der Gefühle an sich. Du hattest Angst, daß die Gefühle Schaden nehmen könnten, wenn man sie zerpflückte, ähnlich wie ein Salamander, den große, ungeschickte Hände wohlmeinend, aber brutal befingerten.

Wir lagen im Bett, noch in unserem sich über uns wölbenden Loft in Tribeca, dessen klappriger Aufzug immer kurz vorm Zusammenbruch war. Höhlenartig, staubüberzogen, nicht mit Beistelltischchen in zivilisierte Räume unterteilt, erinnerte mich das Loft immer an das Versteck, das mein Bruder und ich uns in Racine aus rostigem Alteisen gebaut hatten. Du und ich, wir hatten Liebe gemacht, und ich war gerade am Eindösen, als ich aufschreckte. In zehn Stunden ging mein Flugzeug nach Madrid, und ich mußte noch den Wecker stellen. Als ich damit fertig war, sah ich, daß du auf dem Rücken lagst. Deine Augen waren offen.

»Was ist?«

Von dir kam ein Seufzen. »Ich weiß nicht, wie du das schaffst.« Als ich mich hinlegen und ein weiteres Loblied auf meine enorme Unternehmungslust und meinen Mut anstimmen wollte, hast du gemerkt, daß ich dich falsch verstanden hatte, denn du fügtest hastig hinzu: »Weggehen. Immer so lange weggehen. Von mir weggehen.«

»Aber ich bin nicht scharf drauf.«

»Das ist die Frage.«

»Franklin, ich habe mir meine Firma nicht aufgebaut, um deinen Fängen zu entkommen. Vergiß nicht, sie war schon da.«

»Oh, wie könnte ich das vergessen.«

»Es ist mein Job!«

»Das müßte es nicht sein.«

Ich setzte mich auf. »Meinst du –«

»Nein.« Du schobst mich sachte zurück; es lief nicht wie geplant, und offenbar hattest du es geplant. Du hast dich auf mich gerollt, die Ellenbogen neben mir aufgestützt, meine Stirn mit deiner Stirn berührt. »Ich will dir deine Reiseführer nicht wegnehmen. Ich weiß, was sie dir bedeuten. Das ist es ja. Aber andersrum könnte ich es nicht. Ich könnte nicht morgen früh aufstehen und nach Madrid fliegen und dir dann noch ausreden, mich nach drei Wochen am Flughafen abzuholen. Einmal, zweimal würde ich das schaffen. Aber nicht immer wieder.«

»Wenn du müßtest, könntest du es auch.«

»Eva. Du weißt es, und ich weiß es. Du mußt nicht.«

Ich wand mich. Du warst so nah, mir war heiß, und ich fühlte mich zwischen deinen Ellenbogen gefangen. »Das hatten wir doch schon.«

»Nicht oft. Deine Reiseführer laufen von selbst. Du könntest College-Studenten für die Basisarbeit in den Billighotels anstellen, die du jetzt selbst machst. Sie erledigen ohnehin schon die meiste Recherche.«

Ich war ärgerlich; das hatte ich bereits einmal durchgespielt. »Wenn ich ihnen nicht auf die Finger gucke, pfuschen sie. Sie behaupten, daß sie einen Eintrag überprüft haben, und scheren sich nicht darum, sondern trinken lieber einen. Später stellt sich dann raus, daß ein B&B den Besitzer gewechselt hat und die Läuse gleich mit eingezogen sind oder daß die Adresse sich geändert hat. Ich kriege Beschwerden von Fahrradtouristen, die hundert Meilen fahren und vor einer Versicherungsagentur landen und nicht in ihrem wohlverdienten Bett. Sie sind wütend, und mit Recht. Und ohne die Chefin, die allen über die Schulter schaut, nehmen manche Studenten Schmiergelder. AWAPs kostbarstes Gut ist sein ausgezeichneter Ruf ...«

»Du könntest auch jemanden für die Ortsbesichtigungen einstellen. Du fährst morgen nach Madrid, weil du es willst. Daran ist nichts Schlimmes, außer daß ich es nicht tun würde und könnte. Weißt du, daß ich die ganze Zeit an dich denke? Stündlich frage ich mich, was du wohl gerade ißt, wen du wohl gerade triffst –«

»Aber ich denke doch auch an dich!«

Du hast gelacht, und dein Lachen war brüderlich; du wolltest keinen Streit. »Red keinen Stuß, Eva. Du grübelst, ob der Falafel-Stand an der Ecke die nächste Auflage überlebt und wie du die Farbe des Himmels beschreiben könntest. Gut. Aber in diesem Fall empfindest du bestimmt etwas anderes für mich als ich für dich. Mehr will ich gar nicht sagen.«

»Willst du allen Ernstes behaupten, daß ich dich nicht genauso liebe?«

»Du liebst mich nicht auf dieselbe Weise. Es ist keine Frage der Intensität. Da ist etwas – das du für dich behältst«, versuchtest du zu erklären. »Vielleicht beneide ich dich deswegen. Eine Art Reservekanister. Du gehst hier aus der Tür und zapfst diese andere Energiequelle an. Du tuckerst durch Europa oder Malaysia, bis deine Reserve erschöpft ist, und dann kommst du nach Hause.«

In Wirklichkeit paßte deine Beschreibung eher auf mein Prä-Franklin-Ich. Früher einmal war ich eine effiziente kleine Einheit gewesen, wie eine von diesen zusammenklappbaren Reisezahnbürsten. Ich weiß, daß ich jene Zeiten übermäßig romantisiere, aber besonders zu Beginn war ich wie beflügelt. Ich war fast noch ein Teenager. Ich hatte die Idee für A Wing and a Prayer mitten während meines ersten Europatrips, für den ich viel zu wenig Geld mitgenommen hatte. Der Plan zu einem unkonventionellen Reiseführer gab meiner Reise einen Sinn – sonst hätte ich womöglich die meiste Zeit herumgesessen und Kaffee getrunken. Von da an nahm ich überallhin ein zerfleddertes Notizbuch mit, merkte mir Preise für Einzelzimmer, ob es heißes Wasser gab, ob das Personal Englisch sprach und die Toiletten richtig funktionierten.

Jetzt, wo AWAP so viele Nachahmer gefunden hat, vergißt man leicht, daß die Globetrotter Mitte der sechziger Jahre fast völlig dem *Guide Bleu* ausgeliefert waren, dessen Zielgruppe mittleren Alters war und zur Mittelschicht zählte. 1966, als *Western Europe on a Wing and a Prayer* beinah über Nacht in die zweite Auflage ging, begriff ich, daß ich einen großen Wurf gelandet hatte. Ich beschreibe mich selbst gern als clever, aber wir wissen beide, daß ich Glück hatte. Ich hätte niemals die Schwemme der Rucksacktouristen voraussehen können, und ich verfügte noch nicht über ausreichende demographische Grundkenntnisse, um auf die vielen rastlosen Sprößlinge des Babybooms zu zählen, die alle auf einen Schlag erwachsen wurden; die in einer Ära des Wohlstandes von Daddys Kleingeld lebten und mit viel Optimismus Italien erobern wollten – und dabei dringend Rat brauchten, damit ihre Reise, die so gar nicht in Daddys Sinne war, so lange wie möglich andauerte. Ich ging davon aus, daß der nächste Entdeckungsreisende nach mir genausoviel Angst hatte wie ich, genauso fürchtete, daß man ihn übervorteilte; und wenn ich es schon in Kauf nahm, eine Lebensmittelvergiftung zu bekommen, konnte ich später wenigstens dafür sorgen, daß unser Novize nicht gleich seinen ersten magischen Abend in der Fremde über der Kloschüssel verbrachte. Ich will nicht sagen, daß ich selbstlos war, aber ich schrieb den Reiseführer, den ich selbst gern gehabt hätte.

Du rollst mit den Augen. Die Geschichte ist abgedroschen, und vielleicht ist es unvermeidlich, daß genau die Dinge, die an jemandem zunächst attraktiv erscheinen, einem später auf die Nerven gehen. Habe Nachsicht mit mir.

Du weißt, daß ich immer panische Angst hatte, wie meine Mutter zu werden. Komisch, Giles und ich lernten den Begriff »Agoraphobie« erst, als wir über dreißig waren, und ich war immer verwundert über die strenge Definition, die ich mehr als einmal nachgeschlagen habe: »Angst vor offenen oder öffentlichen Räumen«. Keine, wie ich fand, besonders zutreffende Beschreibung ihres Leidens. Meine Mutter hatte keine Angst vor Fußballstadien, meine Mutter hatte Angst davor, aus dem Haus zu gehen, und ich hatte den Eindruck, daß ihre Panik offene wie geschlossene Räume betraf, solange sich die geschlossenen Räume nicht in der Enderby Avenue 137 in Racine, Wisconsin, befanden. Aber es schien dafür kein Wort zu geben (Enderby-philie?), und wenigstens wissen die Leute, was ich meine, wenn ich meine Mutter als agoraphob bezeichne.

Mensch, ist das komisch, habe ich unzählige Male gehört.

Wenn man bedenkt, wo du überall warst. Andere Leute ergehen sich über die Symmetrie scheinbarer Gegensätze.

Aber laß mich ehrlich sein. Ich *bin* meiner Mutter sehr ähnlich. Vielleicht, weil ich als Kind immer Besorgungen machen mußte, für die ich viel zu jung war und vor denen ich deshalb ein bißchen Angst hatte; mit acht wurde ich losgeschickt, um neue Gummidichtungen für die Küchenspüle aufzutreiben. Indem meine Mutter mich zu ihrer Botin machte, als ich noch klein war, vererbte sie mir die gleiche übertriebene Angst vor harmlosen Interaktionen mit der Außenwelt, die sie mit zweiunddreißig empfand.

Mir fällt keine einzige Auslandsreise ein, die ich – egal, wie gern ich fahren wollte – nicht dennoch fürchtete und verzweifelt zu umgehen suchte. Immer wieder zwang mich nur die Verknüpfung bereits eingegangener Verpflichtungen: das gekaufte Ticket, das bestellte Taxi, all die bestätigten Reservierungen. Und um mich noch ein bißchen mehr festzulegen, malte ich die Reise, bevor es an den überschwenglichen Abschied ging, meinen Freunden jedesmal in den schillerndsten Farben aus. Im Flugzeug wäre ich selig gewesen, wenn der breite Rumpf für immer und ewig in die Stratosphäre entschwunden wäre. Anzukommen war eine Qual, das Bett für die erste Nacht zu finden war eine Qual, doch die folgende Verschnaufpause – meine persönliche Reproduktion des Enderby-Avenue-Szenariums – war phantastisch. Über kurz oder lang wurde ich geradezu süchtig nach dieser Abfolge sich steigernder Qualen, die erst in dem entkräfteten Fall auf meine angemietete Matratze ihr Ende fand. Mein ganzes Leben habe ich mich angespornt, etwas zu unternehmen. Ich bin nie nach Madrid gefahren, weil ich Lust auf Paella hatte; und jede Recherche-Reise, die ich dir zufolge unternahm, um dem sicheren Hafen unseres heimischen Friedens zu entkommen, war in Wirklichkeit ein Fehdehandschuh, den ich mir selber hinwarf. Ich war vielleicht glücklich, daß ich die Reise gemacht hatte, aber ich habe mich nie gefreut, sie anzutreten.

Doch der Widerwille legte sich mit den Jahren, und die Überwindung eines bloßen Ärgernisses ist nicht mehr so befriedigend. Nachdem ich gelernt hatte, meine inneren Hürden zu überwinden – wiederholt zu beweisen, daß ich unabhängig, kompetent, mobil und erwachsen war –, verkehrte sich die Angst mit der Zeit ins Gegenteil: Mehr als vor einer Reise nach Malaysia fürchtete ich mich vor dem Zuhausebleiben.

Ich hatte also nicht nur Angst, wie meine Mutter zu werden, sondern *eine* Mutter zu werden. Ich fürchtete mich davor, ein fester, stabiler Anker zu werden, Sprungbrett für einen jungen Abenteurer, den ich um seine Reisen beneidete und dessen Zukunft noch nicht festgelegt und verplant war. Ich fürchtete mich davor, diese archetypische Figur im Hausflur zu werden – ein bißchen schludrig, rundlich –, die zum Abschied winkt und Kußhände wirft, während ein Rucksack im Kofferraum verstaut wird; die sich im Auspuffmief des abfahrenden Wagens die Augen mit dem Schürzenvolant abtupft; die sich verloren umdreht und den Riegel vorschiebt und das Geschirr – plötzlich viel zu wenig – abwäscht, während die Stille auf dem Raum lastet wie eine abgesengte Decke. Mehr als vor dem Verlassen hatte ich eine Panik vor dem Verlassenwerden entwickelt. Wie oft hatte ich dir das angetan, hatte dir die Baguette-Krusten unseres Abschiedsessens hinterlassen und war in mein wartendes Taxi verschwunden. Ich glaube, ich habe dir nie gesagt, wie leid es mir tat, wenn ich dich wieder und wieder verließ, dich all diese kleinen Tode sterben zu lassen und dir gerade mal geraten zu haben, dein verständliches Gefühl der Vernachlässigung auf gelegentliche spitze Bemerkungen zu beschränken.

Franklin, ich hatte *panische Angst davor, ein Kind zu bekommen.* Wenn ich mir vor meiner Schwangerschaft das Kinderhaben ausmalte – vor dem Einschlafen Geschichten über fröhliche kleine Lokomotiven vorlesen oder Babybrei in schlaffe Münder löffeln –, waren es immer Bilder einer anderen Frau. Mir graute vor der Konfrontation mit meinem womöglich verschlossenen, versteinerten Wesen, meiner Selbstsucht und meiner mangelnden Großzügigkeit, der harten, zähen Macht meines Widerwillens. Wie verlockend die Idee des »Eine Neue-Seite-Aufschlagens« auch schien, ich hatte eine Sterbensangst vor der Aussicht, mich hoffnungslos in der Geschichte eines anderen Menschen zu verfangen. Und ich glaube, genau diese Panik gab schließlich den Ausschlag – so wie eine Klippe zum Absprung verführt. Gerade diese Unüberwindlichkeit der Aufgabe, gerade das Abstoßende daran war am Ende, was mich anzog.

Eva

2. Dezember 2000

Lieber Franklin,

ich sitze in einem kleinen Café in Chatham, deshalb dies handschriftlich; aber du konntest meine Krakelschrift auf Postkarten immer entziffern, schließlich hattest du darin reichlich Übung. Das Paar am Nachbartisch läßt sich in aller erschöpfenden Ausführlichkeit über das Beantragen von Briefwahlunterlagen in Seminole County aus – die Sorte Haarspalterei, die zur Zeit das ganze Land erfaßt zu haben scheint, denn jeder in meiner Umgebung ist ein pedantischer Verfahrensexperte geworden. Jedenfalls empfinde ich ihre hitzige Diskussion als herzerwärmend. Von meiner Apathie ist mir kalt bis aufs Mark.

Das Bagel Café ist ein gemütliches Etablissement, und die Kellnerin nimmt mir sicher nicht übel, wenn ich mich mit einer Tasse Kaffee über meinen Schreibblock beuge. Auch Chatham ist gemütlich, authentisch – es hat die heimelige Ausstrahlung des mittleren Amerika, für deren Imitation wohlhabendere Städte wie Stockbridge oder Lennox viel Geld ausgeben. Am Bahnhof kommen noch Züge an. In der Hauptgeschäftsstraße gibt es die traditionelle Reihe Antiquariate (voller Romane von Loren Estleman, die du verschlungen hast) neben Bäckereien mit braungebackenen Kleiemuffins, Wohlfahrts-Trödelläden, einem Kino mit der Aufschrift »Filmtheater« und einer Getränkehandlung mit Taylor-Magnum-Bier für die Einheimischen und erstaunlich kostspieligem kalifornischem Zinfandel für Leute von außerhalb. Einwohner von Manhattan mit ihren Zweitwohnungen halten den bunt zusammengewürfelten Ort inzwischen am Leben, seit die ansässige Industrie abgewickelt wurde – diese Sommergäste und natürlich das neue Strafgefängnis am Rand der Stadt.

Auf der Fahrt hierher habe ich, kein Wunder, an dich gedacht. Zur Abwechslung habe ich mir die Art Mann vorgestellt, auf die es für mich hinauszulaufen drohte, bevor wir uns kennenlernten. Das Bild entsprach zweifellos einer Collage jener Reisefreundschaften, auf denen du immer herumgehackt hast. Manche meiner romantischen Zufallsbekanntschaften waren wirklich lieb, aber wenn eine Frau einen Mann *lieb* findet, ist die Liebschaft schon verloren.

Wenn man aus der Ansammlung von Kurzzeit-Kameraden in Arles oder Tel Aviv ernste Schlüsse ziehen wollte (Verzeihung – aus den »Verlierern«, wie du sie nanntest), hielt das Schicksal einen sehnigen, kopflastigen Typen für mich bereit, dessen hastiger Stoffwechsel jedes Kichererbsengericht mit rasender Geschwindigkeit verbrannte. Spitze Ellenbogen, vorstehender Adamsapfel, schmale Handgelenke. Ein strenger Vegetarier. Ein zorniger junger Mann, der Nietzsche liest und Brille trägt, gegenwartsfremd und Autos verachtend. Ein begeisterter Fahrradfahrer und Bergwanderer. Eine berufliche Randfigur – vielleicht ein Töpfer, der Harthölzer und Kräutergärten mag, dessen Vorliebe für das einfache Leben, körperliche Arbeit und das Schwelgen in Sonnenuntergängen auf der Veranda ein bißchen unglaubwürdig wirkt angesichts der stahlharten, kaum zu bändigenden Wut, mit der er mißlungene Vasen in eine Öltonne knallt. Eine Schwäche für Gras, für Grübelei. Ein verborgener, aber gnadenloser Humor, ein trockenes distanziertes Lachen. Rückenmassagen. Recycling. Sitar-Musik und ein Flirt mit Buddha, den er – zum Glück – hinter sich hat. Vitamine und Kartenspielen, Wasserfilter und französische Filme. Ein Pazifist mit drei Gitarren, ohne Fernseher, mit unglücklichen Kindheitserinnerungen an Mannschaftssport, bei dem man ihn hänselte. Eine Verletzlichkeit, nur erkennbar an den sich andeutenden Geheimratsecken, ein weicher, dunkler Pferdeschwanz den Rücken hinab. Blasse olivfarbene Haut, fast kränklich. Zärtlicher, flüsternder Sex. Ein komischer holzgeschnitzter Talisman als Halskette, über den er nicht spricht und den er nie ablegt, auch nicht im Bad. Tagebücher, die ich nicht lesen darf, in denen zum Beweis für die Schlechtigkeit der Welt gruselige Zeitungsausschnitte kleben. (Grausiger Fund: Die Polizei hat eine Ansammlung männlicher Körperteile, unter anderem ein Paar Hände und zwei Beine, in sechs Gepäckfächern im Hauptbahnhof von Tokio entdeckt. Nach Durchsicht aller 2500 Münzfächer stießen die Beamten auf ein Gesäß in einer schwarzen Plastikmülltüte.) Zyniker in bezug auf Mainstream-Politik, unerschütterliche ironische Distanz zur Popkultur. Und vor allem? Flüssiges Englisch mit hübschem Akzent, ein *Ausländer*.

Wir würden auf dem Land leben – in Portugal, oder in einem kleinen Dorf in Mittelamerika –, wo ein Bauernhof ein Stückchen weiter Rohmilch verkauft, süße, frische Butter und große, kernige Kürbisse. Unser steinernes Haus ist von Ranken überwuchert, in den Balkonkästen leuchten rote Geranien, und wir würden für unsere ländlichen Nachbarn grobes Roggenbrot und Karotten-Brownies backen. Gebildet wie er ist, würde mein Phantasiepartner auch in dieser Idylle seine latente Unzufriedenheit kultivieren. Und sich angesichts der überbordenden Natur zum boshaften Asketen entwickeln.

Lachst du schon? Denn dann kamst du. Ein großer, breiter Fleischfresser mit widerspenstigem Blondhaar und rosiger Haut, die zum Sonnenbrand neigte. Ein Appetitbündel. Schallendes, auftrumpfendes Lachen; ein Mann, der blöde Witze erzählt. Hot Dogs – nicht einmal Bratwurst von der 86. Straße East, sondern mehlige, fettige, furchterregende, rosafarbene Schweinedärme. Baseball. Werbe-Kappen. Wortspiele und Hollywoodfilme, Leitungswasser und Sechserpacks Bier. Ein furchtloser, treuherziger Konsument, dem die Zusatzstoffe auf dem Etikett nie ausreichen. Ein Fan der Landstraße, ein Landrover-Lover, für den Fahrräder Mädchenkram sind. Der hart fickt und dreckig redet, der nichts dabei findet, daß er Pornos mag. Krimis, Thriller und Science-Fiction; *National Geographic*-Abonnent. Grillpartys am 4. Juli und potentieller Golfspieler, ausgerechnet. Futtert mit Vorliebe alle Sorten Snacks: Burgles. Curlies. Cheesies. Squigglies – du lachst, aber ich esse so was nicht –, alles, Hauptsache, es sieht mehr nach Verpakkung als nach Eßbarem aus und ist vom Bauernhof so weit entfernt wie möglich. Bruce Springsteen, die frühen Alben, ganz laut, bei offenem Autofenster, mit wehendem Haar. Du singst mit, wenn auch falsch – wieso habe ich mein Herz an einen Menschen ohne Ohren verloren? Beach Boys. Elvis – du leugnest deine Wurzeln nicht, liebst den guten alten Rock 'n' Roll. Pathos. Aber nicht unverdaulich; ich weiß noch, wie du Pearl Jam für dich entdecktest, in dem Moment, als Kevin sie für völlig out erklärte ... (sorry). Hauptsache laut; du hattest keine Zeit für meinen Elgar, meinen Leo Kottke, nur bei Aaron Copland machtest du eine Ausnahme. Beim Tanglewood Festival wischtest du dir verstohlen die Augen, als wolltest du Mücken verscheuchen, in der Hoffnung, ich sähe nicht, daß du bei »Quiet City« weintest. Und normale Durchschnittsvergnügen: der Bronx-Zoo und der Botanische Garten, die Achterbahn auf Coney Island, die Staten-Island-Fähre, das Empire State Building. Du bist der einzige New Yorker, der tatsächlich mit der Fähre zur Freiheitsstatue gefahren ist. Einmal hast du mich überredet mitzukommen, und wir waren die einzigen Touristen, die englisch sprachen. Repräsentative Kunst – Edward Hopper. Und, o Gott, Franklin, ein *Republikaner*. Der Glaube an eine starke Verteidigung, aber ansonsten wenig staatliche Kontrolle und niedrige Steuern. Auch körperlich warst du eine echte Überraschung – ebenfalls verteidigungsstark. Manchmal sorgtest du dich, ob ich dich zu schwer fand, weil ich viel über deine Größe redete. Eigentlich wogst du normale achtzig Kilo – höchstens ein, zwei Kilo Käsekräcker saßen dir in der Taille. Dennoch, für mich warst du *ein Riese*. Stämmig und stabil, breit, fest, nirgends zarte Gelenke wie in meiner Vorzeit. Gebaut wie eine Eiche, gegen die ich mein Kissen lehnen und lesen konnte; morgens konnte ich mich in deine Arme rollen wie in eine Astgabel. Welches Glück, wenn uns erspart bleibt, was wir haben wollen! Wie leid wäre ich all die dummen Tontöpfe und unnötigen Diäten gewesen. Und wie ich Sitar-Gewimmer hasse!

Aber die allergrößte Überraschung war, daß ich einen *Amerikaner* geheiratet hatte. Nicht nur irgendeinen Amerikaner, keinen Mann, der zufällig amerikanisch war. Nein, du warst Amerikaner von Geburt und aus Überzeugung. Du warst tatsächlich ein Patriot. Ich hatte vorher noch keinen gekannt. Hinterwäldler, ja. Blinde, ignorante Leute, denen die USA die ganze Welt bedeuteten und die noch nie irgendwo anders waren, so daß man ihr Universum ins Wanken brachte, wenn man etwas Kritisches sagte. Du dagegen warst durchaus gereist – nach Mexiko, nach Italien, letzteres leider ein katastrophaler Trip mit einer Frau, die neben vielem anderen gegen Tomaten allergisch war – und hattest beschlossen, daß du dein eigenes Land mochtest. Nein, daß du dein Land *liebtest,* seine Effizienz, Tüchtigkeit und betonte Ehrlichkeit, seinen Hang zu praktischen Lösungen und seinen breiten, unaffektierten Akzent. Ich habe oft gesagt – sagte damals immer –, daß du eine archaische Version der Vereinigten Staaten in dein Herz geschlossen hattest, ein lange vergangenes, vielleicht nie dagewesenes Amerika; du hattest eine Idee ins Herz geschlossen. Und du hast gesagt – sagtest damals –, daß Amerika zum Teil darauf gründet, eine Idee zu sein, und daß dies mehr sei, als die meisten Länder von sich behaupten konnten, die kaum mehr als eine zusammengestückelte Vergangenheit und Grenzen auf der Landkarte vorzuweisen hatten. Außerdem sei diese Idee schön, wunderschön; und du hast zu Recht darauf hingewiesen, daß eine Nation, die danach strebt, ihren Bürgern größtmögliche Freiheit zu garantieren, eigentlich genau das Richtige für mich sein müßte. Aber es funktioniert ja nicht, gab ich zu bedenken, und du kontertest, doch, besser als anderswo, und dabei blieb es.

Es stimmt, daß ich entzaubert wurde. Aber ich möchte dir trotzdem danken, daß du mir mein eigenes Land gezeigt hast. Haben wir uns so nicht kennengelernt? Wir beschlossen, daß AWAP in *Mother Jones* und *Rolling Stone* inserieren würde, und als ich mich nicht für die dazugehörigen Fotos entscheiden konnte, schickten Young & Rubicam dich. Du erschienst in meinem Büro im Flanellhemd und staubigen Jeans, was ich angenehm dreist fand. Ich versuchte mit aller Macht, professionell zu wirken, weil mich deine Schultern ablenkten. Frankreich, schlug ich vor. Das Rhône-Tal. Und dann war ich unschlüssig, was es kosten durfte – deine Reise, deine Unterkunft. Du lachtest. Keine Bange, winktest du ab. Das Rhône-Tal finde ich auch in Pennsylvania. Und so war es.

Bis dahin hatte ich die USA immer für ein Land gehalten, das ich verlassen wollte. Nachdem du mich, frech wie du warst, eingeladen hattest – eine Managerin, deine Geschäftpartnerin –, brachtest du mich zu dem Eingeständnis, daß ich, wäre ich woanders geboren, die Vereinigten Staaten von Amerika an die oberste Stelle meiner Reiseziele setzen würde: Egal, wie ich darüber dachte, es war das Land, das das Sagen hatte und in dem die Strippen gezogen wurden, das die Filme machte, das Coca-Cola verkaufte und *Star Trek* bis nach Java exportierte; der Mittelpunkt des Geschehens, ein Land, zu dem man eine Beziehung haben mußte, auch wenn sie feindselig war; ein Land, das Anerkennung oder Ablehnung verlangte – Hauptsache, man übersah es nicht. Das Land im Angesicht jedes anderen Landes, das dich fast überall auf diesem Planeten heimsuchte, ob du wolltest oder nicht. Okay, okay, protestierte ich. *Okay*. Ich sehe es mir an.

Also sah ich es mir an. Weißt du noch, wie du damals immer wieder stauntest? Daß ich noch nie ein Baseballspiel gesehen hatte. Den Yellowstone Park nicht kannte. Den Grand Canyon nicht. Ich lästerte, aber ich hatte auch noch nie bei McDonald's eine heiße Apfeltasche gegessen. (Ich muß zugeben: Ich mochte sie.) Eines Tages, sagtest du einmal, wird es kein McDonald's mehr geben. Und nur weil es allgegenwärtig schien, mußte das nicht bedeuten, daß die heißen Apfeltaschen nicht vorzüglich waren und daß es kein Privileg war, in einer Zeit zu leben, in der man sie für 99 Cent kaufen konnte. Das war eins deiner Lieblingsthemen: daß Überfluß, Imitation, Popularität an sich nichts Entwertendes waren und daß die Zeit alle Dinge irgendwann rar machen würde. Du lebtest für die Gegenwart, und du warst dir mehr als jeder andere, der mir je begegnet ist, bewußt, daß alles im Fluß war.

Und das war auch deine Sicht auf dein Land: daß es nicht von Dauer sein würde. Natürlich war es eine Weltmacht, was keine Schande war. Geschichte wird von Weltmächten gemacht, und die Vereinigten Staaten waren bei weitem die größte, reichste und gerechteste Weltmacht, die je die Erde beherrscht hatte. Ihr Fall war unvermeidlich. Alle Weltmächte zerfielen. Aber wir hatten Glück, sagtest du. Wir hatten Teil am faszinierendsten gesellschaftlichen Experiment aller Zeiten. Natürlich war es nicht perfekt, fügtest du mit der gleichen Hast hinzu, mit der ich vor Kevins Geburt feststellte, daß natürlich manche Kinder »Probleme hatten«. Aber würden die USA zu deinen Lebzeiten fallen oder wanken, die Wirtschaft zusammenbrechen, das Land von einem Aggressor überrannt oder von innen heraus bösartig korrumpiert werden, dann, so bekanntest du, würdest du weinen.

Ich glaube, das hättest du wirklich getan. Aber manchmal, wenn ich mich ins Smithsonian Institute schleppen ließ, wenn du mich piesacktest, alle Präsidenten der Reihe nach aufzusagen, wenn ich nach den Ursachen der Haymarket-Aufstände gelöchert wurde, dann schien ich irgendwie doch nicht das Land zu besichtigen. Ich besichtigte *dein* Land. Eins, das du dir zurechtgelegt hattest, so wie sich ein Kind ein Blockhaus aus Eisstielen baut. Es war eine wunderschöne Nachbildung, ehrlich. Selbst jetzt, wenn ich nur den Anfang der Präambel zur Verfassung höre: *We, the people ...*, kriege ich eine Gänsehaut. Denn ich höre deine Stimme. Die Unabhängigkeitserklärung: *We hold these truths* – deine Stimme.

Ironie. Ich habe mir über dein Verhältnis zur Ironie Gedanken gemacht. Du hast dich immer aufgeregt, wenn meine europäischen Freunde zu Besuch kamen und behaupteten, unsere Landsleute hätten »keinen Sinn für Ironie«. Dabei stand (ironischerweise) im späten zwanzigsten Jahrhundert gerade die Ironie hoch im Kurs in den Vereinigten Staaten, in völlig übertriebener Weise. Ich war es eigentlich leid, aber das wurde mir erst bewußt, als wir uns trafen. Anfang der achtziger Jahre war alles »retro«, alles hatte etwas Unechtes, Imitiertes, Distanzierendes an sich – diese Diner im Stil der fünfziger Jahre mit Chromhockern und überdimensionierten Milchshakes. Ironie heißt gleichzeitig Haben und Nichthaben. Ironie hat etwas Naserümpfendes, zugleich Oberflächliches, etwas Nicht-ernst-Nehmendes. Wir hatten Freunde, deren Wohnungen völlig mit albernem Kitsch dekoriert waren – Sammelpüppchen, gerahmte Kellogs-Cornflakes-Reklamen aus den zwanziger Jahren (Schau, wie ganze Schüsseln dahingehen!), – die nur witziges Zeug besaßen.

Du wolltest so nicht leben. Oh, »keinen Sinn für Ironie« zu haben hieß in den Augen anderer, die Ironie nicht zu verstehen, ein Schwachkopf zu sein, keinen Humor zu haben. Aber du wußtest genau, worum es ging. Du lachtest, ein bißchen, über die gußeiserne Figur eines laternenschwingenden schwarzen Jockeys, den Belmont für seinen Kamin ausgesucht hatte. Du hattest den Witz verstanden. Du fandest ihn nur nicht so komisch, du wolltest in deinem Leben lieber Gegenstände, die wirklich schön waren und nicht nur zum Lachen. Als intelligenter Mensch warst du mit Absicht ernst und nicht nur von Natur aus, ein *Amerikaner* aus persönlicher Überzeugung, und daraus übernahmst du alles Gute. Ist es auch naiv, wenn man naiv aus Überzeugung ist? Du gingst gern picknicken. Du fuhrst in den Ferien zu den nationalen Sehenswürdigkeiten. Du gröltest bei den Spielen der Mets, so laut es ging, *O'er the la-and of the free!*, obwohl du keinen Ton halten konntest, und verzogst dabei keine Miene. Die Vereinigten Staaten, so deine

Behauptung, waren in ihrer Existenz beispiellos. Sie besaßen einen nie dagewesenen Wohlstand; es hatte praktisch jeder genug zu essen; sie waren ein Land, das nach Gerechtigkeit strebte und jede Unterhaltung, jeden Sport zu bieten hatte, jede Religion, jede ethnische Zugehörigkeit, jede Beschäftigung und politische Orientierung; das einen ungeheuren Reichtum an Landschaften besaß, an Flora, Fauna und Wetter. Wenn man in diesem Land kein gutes, reiches, üppiges Leben führen konnte, mit einer schönen Frau und einem gesunden, sich gut entwikkelnden Jungen, dann war es nirgends möglich. Und ich glaube immer noch, daß du vielleicht recht hattest. Aber vielleicht ist es nirgends möglich.

21 Uhr (wieder zu Hause)
Die Kellnerin war großzügig, doch das Bagel Café machte dann zu. Und ein Computerausdruck ist vielleicht unpersönlicher, aber besser fürs Auge. Aber nicht deshalb befürchte ich, daß du den handschriftlichen Teil nur überflogen hast, um weiter hinten wieder einzusteigen. Ich befürchte, daß du in dem Moment, wo du weiter vorn »Chatham« gelesen hast, an nichts anderes mehr denken konntest und daß dir dieses eine Mal meine Ansichten über die Vereinigten Staaten restlos egal sind. *Chatham*, ich fahre nach *Chatham*?

Genau. So oft es geht. Glücklicherweise sind diese vierzehntäglichen Besuche in der Claverack-Jugendstrafanstalt nur in einem begrenzten Zeitrahmen möglich, so daß ich nicht die Wahl habe, eine Stunde oder einen Tag später hinzufahren. Ich verlasse am ersten Samstag des Monats genau um 11.30 Uhr das Haus, weil ich direkt nach der zweiten Mittagessen-Schicht um 14 Uhr da sein muß. Ich grüble nicht erst lange, ob ich Angst davor habe, ihn zu sehen, oder, was unwahrscheinlicher ist, ob ich mich darauf freue. Ich fahre einfach los.

Du staunst. Das solltest du nicht. Er ist auch mein Sohn, und eine Mutter sollte ihr Kind im Gefängnis besuchen. Ich habe als Mutter unendlich viele Fehler gemacht, aber ich habe immer die Regeln befolgt. Wenn überhaupt, dann war dieses Befolgen der ungeschriebenen elterlichen Regeln einer meiner Fehler. Das kam bei dem Prozeß heraus – dem Zivilverfahren. Ich war entsetzt, wie rechtschaffen ich auf dem Papier wirkte. Vince Mancini, Marys Anwalt, beschuldigte mich vor Gericht, daß ich meinen Sohn deshalb so brav besuchte, weil ich geahnt hätte, daß ich wegen elterlicher Vernachlässigung angeklagt werden würde. Ich würde nur eine Rolle spielen, behauptete er, so tun als ob. Natürlich ist das Problem der Jurisprudenz, daß Feinheiten hier keinen Platz haben. Mancini wollte auf etwas Bestimmtes hinaus. Sicher hatten diese Besuche etwas Theatralisches. Aber sie erfolgen weiterhin, auch wenn keiner zuschaut, denn wenn ich jemandem beweisen möchte, daß ich eine gute Mutter bin, dann schrecklicherweise mir selbst.

Selbst Kevin war von meinem hartnäckigen Auftauchen überrascht, was nicht, zumindest anfangs nicht, zu verwechseln ist mit erfreut. Damals, 1999, mit sechzehn, war er immer noch in einem Alter, wo es peinlich war, sich mit seiner Mutter sehen zu lassen; wie bittersüß diese Teenager-Wahrheiten sich noch bei den erwachsensten Problemen durchsetzen. Und bei den ersten Besuchen betrachtete er meine bloße Anwesenheit als Anschuldigung, so daß er schon böse wurde, bevor ich überhaupt irgend etwas sagte. Es war mir unerklärlich, daß *er* böse auf *mich* war.

Aber es war so und erinnerte darin an Situationen, in denen einen ein Auto auf dem Zebrastreifen fast umfährt und der Fahrer, wie so häufig, wütend wird – gestikuliert, schreit, flucht –, obwohl man eindeutig im Recht ist. Diese Dynamik ist typisch bei Kontroversen mit männlichen Fahrern, die um so ungehaltener werden, je mehr sie im Unrecht sind. Ich glaube, die emotionale Logik, die dahintersteckt, ist transitiv: Du machst, daß ich mich schlecht fühle; wenn ich mich schlecht fühle, werde ich wütend; also machst du mich wütend. Wenn ich die Geistesgegenwart besessen hätte, den ersten Teil dieser Ableitung zu erfassen, hätte ich in Kevins unverzüglichem Groll einen Hoffnungsschimmer gesehen. Aber damals war mir seine Wut einfach rätselhaft. Sie schien so ungerecht. Frauen reagieren eher mit Gekränktsein, nicht nur im Verkehr. Also gab ich mir die Schuld, und er gab mir die Schuld. Es war, als hätte sich alles gegen mich verschworen.

Deshalb führten wir am Anfang seiner Haft keine wirklichen Gespräche. Wenn ich vor ihm saß, fiel ich in mich zusammen. Er entzog mir selbst die Energie zu weinen, was sowieso wenig produktiv gewesen wäre. Nach fünf Minuten fragte ich ihn vielleicht mit heiserer Stimme nach dem Essen. Er glotzte mich ungläubig an, als sei die Frage unter diesen Umständen so abstrus, wie sie tatsächlich war. Oder ich fragte: »Behandeln sie dich gut?«, wobei ich mir nicht sicher war, was das hieß, oder ob ich überhaupt *wollte,* daß seine Aufseher ihn »gut« behandelten. Er nuschelte, *klar, sie geben mir jeden Abend ein Gute-Nacht-Küßchen*. Es dauerte nicht lange, bis sich mein Mama-Fragen-Repertoire erschöpfte, worüber, glaube ich, wir beide erleichtert waren.

Wenn es also nicht viel brauchte, bis ich nicht mehr die brave Mutter mimte, deren einzige Sorge darin bestand, ob ihr Söhnchen auch sein Gemüse aß, haben wir doch immer noch mit Kevins Pose als Soziopath zu kämpfen, den nichts berührt. Das Problem ist, daß meine Rolle als Mutter, die, egal, was kommt, zu ihrem Sohn hält, ausgesprochen entwürdigend ist – sie ist hirnlos, irrational, blind und seicht, so daß ich froh wäre, sie abzulegen –, während Kevin immer noch zuviel Bestätigung aus seinem eigenen Rollenbild bezieht, als daß er sich ohne weiteres davon trennen würde. Er ist nach wie vor darauf bedacht, vor mir zu demonstrieren, daß er in meinem Haus zwar ein Untertan war, der seinen Teller selbst abwaschen mußte, daß er inzwischen aber ein Star ist, der es auf das Titelblatt von *Newsweek* geschafft hat und dessen vor Reibelauten strotzender Name *Kevin Khatchadourian* – oder »KK« in den Massenblättern, wie Kenneth Kaunda in Sambia – für jeden Nachrichtensprecher der großen Sender zum Zungenbrecher wurde. Er hatte sogar die nationale Agenda bestimmt, hatte wieder Rufe nach körperlicher Züchtigung provoziert, nach der Todesstrafe für Jugendliche und nach dem V-Chip für den Fernseher, der Gewaltsendungen blockiert. In seinem Gefängnis, so läßt er mich wissen, ist er nicht irgendein unbedeutender Delinquent, sondern die Verkörperung des Unmenschen, vor dem seine weniger vollkommenen Mitinsassen in Ehrfurcht erstarren.

Einmal zu Beginn (nachdem er gesprächiger geworden war) fragte ich ihn: »Wie sehen sie dich, die anderen Jungen? Reden sie ... Kritisieren sie dich? Wegen deiner Tat?« Deutlicher konnte ich meine eigentliche Frage nicht formulieren: Stellen sie dir im Gang ein Bein, spucken sie dir in die Suppe? Weißt du, anfangs hielt ich mich zurück, war voller Respekt. Er machte mir angst, körperlich angst, und ich wollte ihn um nichts in der Welt reizen. Natürlich gab es überall Gefängniswärter, aber in der Highschool hatte es auch einen Sicherheitsdienst gegeben, in Gladstone Polizei, und was hatte es genützt? Ich fühle mich nie mehr beschützt.

Kevin grunzte, es war sein hartes, freudloses, durch die Nase gepreßtes Lachen. Und sagte dann so etwas wie: »Ist das dein Ernst? Sie beten mich verdammt noch mal an, *Mumsey*. In diesem Knast gibt es kein Kid, das nicht schon vor dem Frühstück fünfzig Arschlöcher aus seiner Clique umgelegt hat – im Kopf. Ich bin der einzige, der den Mumm hatte, es im wirklichen Leben zu tun.« Wenn Kevin das »wirkliche Leben« zitierte, geschah dies mit jenem extremen Nachdruck, mit dem Fundamentalisten über Himmel oder Hölle sprachen. Als wollte er sich selber etwas einreden.

Ich hatte natürlich nur Kevins Wort, daß er durchaus nicht gemieden wurde, sondern bei den Rowdys, die lediglich Autos geklaut oder rivalisierende Drogenhändler niedergestochen hatten, geradezu eine Legende geworden war. Aber ich nahm ihm ab, daß er einiges an Prestige erlangt hatte, denn indirekt deutete er heute nachmittag an, daß sein Stern am Sinken war.

Er sagte: »Weißt du, ich habe es verdammt satt, die gleiche verdammte Geschichte zu erzählen« – woraus ich eher schloß, daß seine Mitinsassen nichts mehr davon hören wollten. Mehr als anderthalb Jahre sind für Teenager eine lange Zeit, und Kevin ist bereits Schnee von gestern. Er ist inzwischen alt genug, um einzusehen, daß einer der Unterschiede zwischen einem, wie es so schön heißt, »Übeltäter« und dem Durchschnittszeitungsleser darin besteht, daß die Zuschauer sich den Luxus gönnen können, »die ganze verdammte Geschichte verdammt satt zu haben«, und obendrein das Privileg besitzen, sich mit etwas anderem zu beschäftigen. Verbrecher dagegen stecken in einer gleichsam tyrannischen Wiederholung derselben alten Geschichte. Kevin wird für den Rest seines Lebens die Treppe zur Aerobic-Ecke in der Turnhalle der Gladstone Highschool hinaufsteigen.

Also ärgert er sich, und ich werfe ihm nicht vor, daß er sich mit seiner eigenen Greueltat schon langweilt oder andere beneidet, die sie hinter sich lassen können. Heute schimpfte er unaufhörlich über einen »Dreikäsehoch«, einen dreizehnjährigen Neuankömmling in Claverack. Zu meiner Belustigung fügte Kevin hinzu: »Sein Schwanz ist so groß wie ein Tootsie-Roll-Bonbon. Die Kleinen, weißt du?« Kevin wackelte mit seinem kleinen Finger. »Drei für 25 Cent.« Mit Hingabe gab Kevin die Geschichte zum besten, die dem Frischling zu Ruhm verhelfen soll: Ein älteres Ehepaar hatte sich beschwert, weil er um drei Uhr nachts in der angrenzenden Wohnung laut seine CD von den Monkees abspielte. Am nächsten Wochenende fand die Tochter des Ehepaars die Eltern in ihren Betten, vom Unterleib bis zum Hals aufgeschlitzt.

»Entsetzlich«, sagte ich. »Unfaßbar, daß heute noch einer die Monkees hört.«

Ich erntete ein mißfälliges Schnauben. Dann erklärte er mir, daß die Polizei die Eingeweide nie gefunden habe, ein Detail, auf das sich die Medienwelt, ganz zu schweigen von der über Nacht entstandenen Claverack-Fan-Gemeinde, gestürzt hatte.

»Dein Freund ist frühreif«, sagte ich. »Die fehlenden Eingeweide – hast du mir nicht beigebracht, daß man sich etwas Unerwartetes ausdenken muß, um in dieser Branche Beachtung zu finden?«

Du magst entsetzt sein, Franklin, aber es hat mich gut und gern zwei Jahre gekostet, mit ihm so weit zu kommen, und unsere bösen Sprüche, bei denen wir nicht mit der Wimper zukken, sind ein Fortschritt. Doch Kevin ist unwohl, wenn ich mich auf sein Spiel einlasse, ich stehle ihm seinen Text. Und ich hatte ihn eifersüchtig gemacht.

»Für so schlau halte ich ihn nicht«, sagte Kevin erhaben. »Wahrscheinlich hat er beim Anblick dieser Därme bloß gedacht: *Cool! Würstchen umsonst!*«

Wobei Kevin mir einen heimlichen Blick zuwarf. Daß ich nicht reagierte, enttäuschte ihn eindeutig.

»Alle hier finden dieses Ekel so toll«, fuhr Kevin fort. »Alle meinen: ›Mann, meinetwegen kannste auch *Sound of Music* voll aufdrehen, sag ich auch nix.‹« Sein afroamerikanischer Akzent war inzwischen ziemlich perfekt und hatte sich mit seiner alten Sprechweise vermischt. »Aber ich bin nicht beeindruckt. Er ist nur ein Kind. War viel zu klein, um zu wissen, was er da anstellt.«

»Und das warst du nicht?« fragte ich scharf.

Kevin verschränkte die Arme und blickte zufrieden: Ich war in meine Mutterrolle zurückgerutscht. »Ich wußte genau, was ich tat.« Er stemmte sich auf seine Ellenbogen. »*Und ich würde es wieder tun.*«

»Klar, ich weiß auch, warum«, sagte ich steif und deutete in den fensterlosen Raum, dessen Wände zinnoberrot und blaßgelb getüncht waren. Keine Ahnung, warum Gefängnisse immer wie Turnhallen gestrichen sind. »Ist für dich ja bestens gelaufen.«

»Habe ein Drecksloch gegen ein anderes eingetauscht.« Er schwenkte seine rechte Hand mit zwei gestreckten Fingern, woraus ich schloß, daß er angefangen hatte zu rauchen. »Ist geil gelaufen.«

Thema beendet, wie gehabt. Aber ich registrierte, daß es unseren Sohn kränkte, wie dieser dreizehnjährige Streber ihm in Claverack die Schau gestohlen hatte. Offensichtlich hätten wir uns um seinen Mangel an Ehrgeiz nicht sorgen müssen.

Wie mein Abschied von ihm heute verlief, wollte ich eigentlich auslassen. Aber was ich dir am liebsten vorenthalten möchte, ist wohl, was ich dir am dringendsten mitteilen muß.

Der Wärter mit dem von Muttermalen gesprenkelten Gesicht hatte das Ende der Besuchszeit verkündet; wir hatten immerhin die ganze Stunde genutzt, ohne die meiste Zeit auf die Uhr zu starren. Wir standen uns am Tisch gegenüber, und ich wollte gerade so einen Füllsatz wie: »In zwei Wochen komme ich wieder« murmeln, als ich spürte, daß Kevin mich die ganze Zeit frontal anstarrte, obwohl er mich sonst meist von der Seite ansah. Ich hielt inne, es brachte mich aus der Fassung, und ich fragte mich, warum ich je gewünscht hatte, daß er mir in die Augen schaut.

Nachdem ich nicht mehr mit meinem Mantel beschäftigt war, sagte er: »Vielleicht kannst du deinen Nachbarn was vormachen mit deinen ach-so-gutgemeinten Besuchen, und den Wärtern und Jesus und deiner verrückten Mutter, aber mir machst du nichts vor. Mach weiter so, wenn du dir ’ne Goldmedaille verdienen willst. Aber reiß dir meinetwegen nicht den Arsch auf.« Dann fügte er hinzu: »Denn ich hasse dich.«

Ich weiß, Kinder sagen so was ständig, vor Wut: *Ich hasse dich, ich hasse dich!* Und zerquetschen dabei Tränen. Aber Kevin wird bald achtzehn, und er sagte es emotionslos.

Ich wußte, was ich erwidern sollte: *Komm, das meinst du doch nicht ernst,* obwohl ich wußte, daß er es ernst meinte. Oder: *Ich liebe dich trotzdem, junger Mann, ob du willst oder nicht.* Aber irgendwie hatte ich den Eindruck, daß ich so nur genau den Elternregeln folgen würde, die dazu geführt hatten, daß ich in diesem grellbunten, überheizten Raum gelandet war, der wie eine Bustoilette roch, an einem ansonsten schönen, ungewöhnlich milden Dezembernachmittag. Also sagte ich statt dessen, genauso sachlich: »Ich hasse dich auch oft, Kevin«, und machte auf dem Absatz kehrt.

Du verstehst also, warum ich unbedingt einen Kaffee brauchte, um mich aufzurichten. Sonst wäre ich in einer Bar gelandet.

Auf der Heimfahrt ging mir durch den Kopf, daß es – auch wenn ich nur zu gern einem Land entrinnen würde, das seinen Bürgern »größtmögliche Freiheit« garantierte, woraufhin diese ihre alten Leute abschoben – durchaus Sinn machte, daß ich einen Amerikaner geheiratet habe. Ich hatte gute Gründe, Ausländer passé zu finden, denn ich hatte ihre Exotik und ihre wechselseitigen Aversionen durchschaut. Außerdem war ich mit meinen dreiunddreißig Jahren müde; ich litt unter permanenter Erschöpfung vom täglichen Stehen, was mir erst bewußt wurde, wenn ich mich setzte. Immerzu war ich selbst Ausländerin, bleute mir fieberhaft Sprachführer-Italienisch für »einen Korb Brot« ein. Selbst in England durfte ich nicht vergessen, *pavement* anstelle von *sidewalk* zu sagen. Ich hielt mich für eine Art Botschafterin und trotzte schon deshalb dem täglichen Sperrfeuer fremdenfeindlicher Vorurteile, bemühte mich, in aller Öffentlichkeit nicht arrogant, aufdringlich, gedankenlos, anmaßend, unverfroren oder laut zu sein.

Doch allein die Tatsache, daß ich mir den ganzen Planeten als mein persönliches Wohnzimmer angeeignet hatte, charakterisierte mich in ihrer Überheblichkeit als hoffnungslos amerikanisch, genau wie die Illusion, daß ich mich in ein tropisch internationales Mischwesen verwandeln könnte, wo ich doch aus diesem schrecklich spezifischen Ort Racine, Wisconsin, stammte. Selbst die Sorglosigkeit, mit der ich mein Herkunftsland hinter mir ließ, war geradezu typisch für unsere neugierige, ruhelose, aggressive Gesellschaft, die (du ausgenommen) selbstgefällig davon ausging, daß Amerika eine dauerhafte Einrichtung war. Europäer sind da besser dran. Ihnen ist die Dynamik bewußt, die Gleichzeitigkeit der Geschichte und ihre plötzliche Raubgier; sie eilen oft zurück in ihr kleines vergängliches Reich, Dänemark, zum Beispiel, hegen und pflegen es, um ganz sicherzugehen, daß es noch da ist. Aber wir, in deren Köpfen eine Invasion ausschließlich im Weltraum stattfinden kann, halten unser Land für ein uneinnehmbares Bollwerk, das für immer intakt auf unsere Rückkehr wartet. Mehr als einmal hatte ich ausländischen Freunden mein Vagabundieren mit der Feststellung erklärt, daß »die Vereinigten Staaten mich nicht brauchten«.

Eigentlich ist es peinlich, seinen Lebenspartner danach auszuwählen, welche Fernsehsendungen er als Kind gesehen hat, aber im Grunde habe ich genau das getan. Ich wollte einen kleinen drahtigen Versager »Barney Fife« nennen können, ohne qualvoll erklären zu müssen, daß Barney eine Figur aus einer freundlichen, selten exportierten Serie namens *The Andy Griffith Show* war, in der ein unfähiger Polizist aufgrund seiner eigenen Überheblichkeit immer Ärger bekam. Ich wollte die Erkennungsmelodie von *The Honeymooners* summen, und du solltest einstimmen: »How sweet it is!« Und ich wollte sagen können: »Das kam vom linken Außenfeld«, ohne mir ins Bewußtsein rufen zu müssen, daß Baseball andernorts nicht so bekannt war. Ich wollte nicht immer so tun müssen, als sei ich ein kultureller Freak ohne eigene Sitten und Gebräuche; ich wollte ein Haus haben, in dem es selbstverständlich auch Schuh-Regeln gab, denen sich meine Besucher fügen mußten. Du hast mir wieder einen Begriff von Zuhause gegeben.

Das *Zuhause* ist genau das, was Kevin mir genommen hat. Meine Nachbarn beäugen mich jetzt so mißtrauisch wie sonst illegale Einwanderer. Sie suchen nach Worten und reden übertrieben deutlich mit mir, wie mit einer Frau, für die Englisch Zweitsprache ist. Und seit ich zu einer seltenen Spezies gehöre – Mutter eines dieser »Columbine-Jungen« –, seit ich sozusagen ins Exil verfrachtet wurde, suche auch ich nach Worten, unsicher, wie sich meine Gedanken, die nicht von dieser Welt sind, in die Alltagssprache der Zwei-für-den-Preis-von-einem-

Schnäppchen und Strafmandate fassen lassen. Kevin hat mich zu einer Fremden im eigenen Land gemacht. Und vielleicht lassen sich auch daraus meine zweiwöchentlichen Samstagsbesuche erklären, denn nur in der Claverack-Jugendstrafanstalt muß ich meinen fremden Wortschatz nicht in die Sprache der Allerwelts-Vororte übersetzen. Nur in der Claverack-Jugendstrafanstalt können wir Anspielungen ohne Erklärungen machen, können wir eine gemeinsame kulturelle Vergangenheit voraussetzen.

Eva

8. Dezember 2000

Lieber Franklin,

ich bin im Reisebüro diejenige, die freiwillig länger bleibt und Liegengebliebenes aufarbeitet, aber die meisten Weihnachtsflüge sind gebucht, und heute nachmittag ermunterte man uns, zur »Belohnung«, weil Freitag ist, früher Schluß zu machen. Daß auf diese Weise, um kaum 17 Uhr, ein weiterer trostloser Marathon in dieser Bude anfängt, bringt mich fast an den Rand der Hysterie.

Wenn ich vor dem Fernseher im Hähnchen stochere und die leichteren Antworten im Kreuzworträtsel der *New York Times* ausfülle, habe ich häufig das qualvolle Gefühl, auf etwas zu warten; ich meine nicht das geradezu klassische Warten darauf, daß das Leben anfängt – wie so ein Dussel auf der Startlinie, der den Startschuß verpaßt hat. Nein, ich warte auf etwas ganz Spezielles, auf ein Klopfen an der Tür, und das Gefühl kann ziemlich hartnäckig werden. Heute abend ist es wieder da. Mit halbem Ohr horchend, wartet etwas in mir die ganze Nacht, jede Nacht, daß du nach Hause kommst.

Was mich unvermeidlich an jenen fruchtbaren Abend im Mai 1982 erinnert, als meine Erwartung, daß du jeden Augenblick die Küche betreten würdest, weniger unbegründet war. Du warst in der Kiefern-Ödnis im Süden New Jerseys auf der Suche nach einer Location für eine Ford-Kampagne und wolltest gegen 19 Uhr zu Hause sein. Ich war erst kurz zuvor – wegen der Neuauflage des Griechenland-Führers *Greece on a Wing and a Prayer* – von einer einmonatigen Geschäftsreise zurückgekommen, und als du um 20 Uhr noch nicht da warst, beruhigte ich mich, daß mein Flugzeug schließlich auch sechs Stunden Verspätung gehabt hatte, was deine Pläne durchkreuzte, mich vom Kennedy-Flughafen schnurstracks ins Union Square Café zu verfrachten.

Aber um 21 Uhr wurde ich unruhig, vom Hunger ganz zu schweigen. Geistesabwesend kaute ich ein Stück Pistazien-Halwa aus Athen. Ich war immer noch auf dem Ethno-Trip und hatte Moussaka gemacht, womit ich dich davon überzeugen wollte, daß du Auberginen, mit reichlich Zimt und Lammhackfleisch geschichtet, doch mochtest.

Um halb zehn wurde die Béchamel-Soße braun und an den Ecken hart, obwohl ich den Ofen auf 125 Grad runtergeschaltet hatte. Ich holte den Auflauf heraus. Unentschlossen zwischen Ärger und Angst knallte ich gereizt die Schublade mit der Alufolie zu und schimpfte, daß ich all die vielen Auberginenscheiben umsonst angebraten hatte, und jetzt war alles ein *dicker, trockener, verkohlter Matsch*! Ich zerrte meinen griechischen Salat aus dem Kühlschrank und entsteinte wütend die Kalamata-Oliven, aber dann ließ ich alles auf der Küchenanrichte stehen, denn meine Stimmung kippte. Ich konnte nicht mehr böse sein. Ich war starr vor Angst. Ich sah nach, ob die Hörer der beiden Telefone eingehängt waren. Ich versicherte mich, daß der Aufzug funktionierte, obwohl du immer auch die Treppe nehmen konntest. Zehn Minuten später kontrollierte ich die Telefone noch einmal.

Deshalb rauchen Leute, dachte ich.

Als das Telefon um zwanzig nach zehn läutete, schrak ich zusammen. Die Stimme meiner Mutter enttäuschte mich maßlos. Ich erklärte ihr kurz und bündig, daß du drei Stunden überfällig seist und wir die Leitung nicht blockieren dürften. Sie zeigte Mitgefühl, eine seltene Regung bei meiner Mutter, die damals mein Leben als einen ständigen Vorwurf empfand – als wollte ich ihr mit meinen Auslandsreisen immerzu unter die Nase reiben, daß sie auch an diesem Tag ihre Veranda nicht verlassen hatte. Ich hätte daran denken sollen, daß sie mit dreiundzwanzig genau diese, meine Erfahrung durchgemacht hatte, nicht stundenlang, sondern wochenlang, bis ein dünner Umschlag vom Kriegsministerium durch den Briefschlitz in der Haustür fiel. Statt dessen war ich grausam und grob und legte auf.

Zehn Uhr vierzig. Im Süden von New Jersey war es nicht gefährlich – Holz und Landwirtschaft, nicht wie in Newark. Aber manche Autos rasten wie gezündete Raketen, und es gab Fahrer, deren Dummheit mörderisch war. *Warum riefst du nicht an?*

Mobiltelefone gab es damals noch nicht, ich mache dir also keinen Vorwurf. Und mir ist klar, daß diese Erfahrung nur allzu normal ist: Dein Ehemann, deine Frau, dein Kind verspätet sich, und dann kommen sie doch nach Hause, und alles klärt sich auf. Diese leichten Kollisionen mit einem Paralleluniversum, in dem sie nie nach Hause kommen – wofür es zwar eine Erklärung gibt, aber eine, die dein Leben in Vorher und Nachher trennen wird –, lösen sich meistens in Luft auf. Die Stunden, die sich wie ein ganzes Leben in die Länge ziehen, fallen wie ein Fächer in sich zurück. Auch wenn die salzige Panik in meinem Mund vertraut schmeckte, konnte ich mich an keine frühere Situation erinnern, in der ich in unserem Loft auf und ab getigert war, den Kopf voller Katastrophen: eine geplatzte Ader, ein unzufriedener Postangestellter mit einer Automatikpistole im Burger King.

Gegen elf legte ich Gelübde ab.

Ich kippte ein Glas Sauvignon herunter; es schmeckte wie Wasser aus dem Gurkenglas. Das war Wein ohne dich. Die Moussaka, eine trockene, tote Masse: Das war Essen ohne dich. Unser Loft, angefüllt mit internationaler Beute, Körben und Schnitzereien, wirkte plötzlich zusammengewürfelt und vollgestopft wie ein Import-Shop: Das war unser Zuhause ohne dich. Noch nie hatten Gegenstände so leblos ausgesehen und so aggressiv signalisiert, daß sie kein Ersatz waren. Deine Sachen lachten mir höhnisch ins Gesicht: dein Springseil, schlaff am Haken; die schmutzigen Socken, steif, wie geschrumpft, Karikaturen deiner Füße, Größe 44.

Oh, Franklin, natürlich wußte ich, daß ein Kind keinen Ehemann ersetzen kann – ich hatte doch erlebt, wie mein Bruder von dem Druck, »der kleine Mann im Haus« zu sein, seine geduckte Haltung bekam. Ich hatte doch erlebt, wie es ihn quälte, daß Mutter in seinem Gesicht immer nach Ähnlichkeiten mit dem alterslosen Foto auf dem Kaminsims suchte. Es war nicht fair. Giles konnte sich an unseren Vater nicht einmal erinnern. Er starb, als er drei war, und aus dem Vater aus Fleisch und Blut, der Suppe auf seine Krawatte kleckerte, war dieser große, drohende Übermensch in makelloser Luftwaffenuniform geworden, der über unserem Kamin thronte und alles verkörperte, was der Junge nicht war. Bis heute fehlt ihm Selbstvertrauen. Als er sich im Frühjahr 1999 zwang, mich zu besuchen, sprachlos und hilflos, war er ganz rot im Gesicht vor Empörung, weil ich die alten Versagensängste in ihm wachgerufen hatte, die seine Kindheit beherrschten. Noch mehr verübelte er mir die öffentliche Aufmerksamkeit, die unser Sohn erzeugt hatte. Kevin und der *Donnerstag* haben ihn aus seinem Schlupfwinkel gezerrt, und wegen dieser Bloßstellung ist er wütend auf mich. Sein einziges Ziel ist Unsichtbarkeit, denn jede genauere Betrachtung bedeutet, für ungenügend befunden zu werden.

Ich hätte mich ohrfeigen können, daß wir uns am Vorabend noch geliebt hatten und ich wie immer geistesabwesend das Gummihütchen über meinen Muttermund gestülpt hatte. Was hatte ich von deinem Springseil, deinen schmutzigen Socken? Gab es nicht nur ein einzig wahres Andenken an einen Mann, ein Wesen, das zum Valentinstag Karten malt und lernt, wie man Mississippi buchstabiert? Zwar konnte kein Kind dich ersetzen. Aber wenn ich dich je vermissen sollte, für immer vermissen, dann wollte ich jemanden neben mir, der dich ebenso vermißte, der dich genauso als Lücke in seinem Leben erlebte, wie du eine Lücke in meinem Leben wärst.

Als kurz vor Mitternacht das Telefon klingelte, zögerte ich. Es war schon so spät, es konnte gut ein Anruf aus dem Krankenhaus sein, von der Polizei. Ich ließ es zweimal klingeln, hielt die Hand auf den Hörer, wärmte das Plastik wie eine Wunderlampe, die einen letzten Wunsch gewährt. Meine Mutter behauptet, daß sie 1945 den Umschlag stundenlang auf dem Tisch liegen ließ, sich einen bitterschwarzen Tee nach dem anderen aufbrühte und wieder kalt werden ließ. Sie war schon schwanger mit mir und mußte häufig auf die Toilette; sie schloß die Badezimmertür und machte kein Licht, so als versteckte sie sich. Stockend hat sie mir einen geradezu gladiatorischen Nachmittag beschrieben: Sie bot einem Gegner die Stirn, der größer und wilder war als sie, und all das im Bewußtsein, daß sie verlieren würde.

Du klangst erschöpft, deine Stimme so matt, daß ich sie einen häßlichen Augenblick lang wieder für die meiner Mutter hielt. Du entschuldigtest dich für die Aufregung. Der Pick-up hatte mitten in der menschenleeren Gegend eine Panne. Du warst zu Fuß zwölf Meilen bis zum nächsten Telefon gelaufen.

Lange reden brachte nichts, dennoch kostete es mich Überwindung, das Gespräch zu beenden. Beim Abschied kamen mir die Tränen; ich bedauerte, daß ich beim Küßchen an der Tür jemals »Ich liebe dich!« gealbert hatte – daß ich die Leidenschaft so verulkt hatte.

Ich war verschont geblieben. In der Stunde, die das Taxi nach Manhattan brauchte, erlaubte ich mir den Luxus und schlüpfte in meine alte Welt zurück, kümmerte mich um Kasserolen – ob du wohl doch Auberginen mochtest? – und zeterte, daß du gefälligst die Wäsche machen solltest. Es war genau die Welt, die mir erlaubte, unser gemeinsames Kind wegen unserer vielen Vorbehalte auf eine andere Nacht zu verschieben, und es gab doch noch so viele Nächte.

Aber ich konnte mich nicht völlig entspannen, konnte nicht in die selbstverständliche Sorglosigkeit zurückfallen, die den Alltag möglich machte und ohne die wir uns für immer und ewig in unseren Wohnzimmern verschanzen würden wie meine Mutter. Für ein paar Stunden hatte ich wahrscheinlich eine Kostprobe der mütterlichen Nachkriegsexistenz bekommen; vielleicht war es nicht der Mut, der ihr fehlte, sondern die nötige Fähigkeit zum Selbstbetrug. Ihr Volk wurde von den Türken umgebracht, ihr Ehemann von bösen kleinen gelben Männchen vom Himmel geholt. Meine Mutter sah das Chaos ständig an ihrer Türschwelle lauern, während wir übrigen auf einer künstlichen Spielwiese lebten, deren Gutartigkeit eine kollektive Illusion war. 1999, als ich ein für allemal das Universum meiner Mutter betrat – einen Ort, an dem alles geschehen konnte und oft geschah –, betrachtete ich ihre, von mir und Giles so genannte, Neurose viel freundlicher.

Du kamst bald nach Hause – dieses Mal noch. Aber als ich den Hörer auflegte, machte es klick: Es konnte immer noch ein Tag kommen, an dem du nicht wiederkehrtest.

Deshalb dehnte sich die Zeit nicht wieder träge ins Unendliche, sondern fühlte sich immer noch wahnsinnig kurz an. Als du hereinkamst, warst du so müde, daß du kaum sprechen konntest. Das Abendessen ließen wir ausfallen, aber ich ließ dich nicht schlafen. Heiße sexuelle Gier kannte ich gut, doch diese Dringlichkeit war von anderer Art. Ich wollte eine Sicherungskopie, für dich und für mich – als ob ich Kohlepapier in meine alte IBM Selectric einspannte. Ich wollte sichergehen, daß außer Socken etwas übrigblieb, wenn einem von uns etwas zustieß. Genau an jenem Abend wollte ich dringend ein Baby, so wie Geld im Sparstrumpf, so wie willensschwache Alkoholiker für versteckte Wodkaflaschen sorgen.

»Ich habe mein Diaphragma nicht eingesetzt«, murmelte ich, als wir fertig waren.

Du bewegtest dich. »Ist es gefährlich?«

»Es ist sehr gefährlich«, sagte ich. Tatsächlich konnte neun Monate später so ziemlich jeder Fremde auftauchen. Wir hätten genausogut die Tür nicht verriegeln können.

Am nächsten Morgen sagtest du beim Anziehen: »Gestern abend – du hast es nicht einfach vergessen?« Ich schüttelte den Kopf, zufrieden mit mir. »Bist du dir sicher?«

»Franklin, wir werden nie sicher sein. Ich habe keine Ahnung, wie es ist, ein Kind zu haben. Und es gibt nur einen Weg, das herauszufinden.«

Du packtest mich unter den Armen und stemmtest mich hoch, und ich stellte fest, daß du so begeistert aussahst wie beim Flugzeug-Spielen mit Brians Töchtern. »Phantastisch!«

Ich hatte so zuversichtlich geklungen, aber nachdem du mich wieder abgesetzt hattest, wurde ich panisch. Selbstzufriedenheit stellt sich gewöhnlich schnell wieder ein, und meine Sorge, ob du die Woche überleben würdest, war schon wieder verflogen. Was hatte ich getan? Als ich später im Monat doch meine Periode bekam, erzählte ich dir, daß ich enttäuscht sei. Es war meine erste Lüge, und zwar eine ganz dicke.

In den folgenden sechs Wochen schliefst du jede Nacht mit mir. Dir gefiel deine Aufgabe, und du gingst ihr mit dem gleichen Wennschon-dennschon nach, mit dem du unsere Bücherregale aufgebaut hattest. Ich selbst war mir nicht so sicher über dieses landmännische Vögeln. Das Freche am Sex hatte mir immer Spaß gemacht, und ich mochte es verderbt und verrucht. Die Tatsache, daß nun selbst die armenisch-orthodoxe Kirche beifällig auf uns niedergeschaut hätte, brachte mich um meine gute Laune.

Inzwischen begann ich meinen Körper in neuem Licht zu sehen. Zum ersten Mal erkannte ich die kleinen Hügel auf meiner Brust als Zitzen für Junge, und ihre physische Ähnlichkeit mit Kuheutern oder den baumelnden Anhängseln stillender Hündinnen war plötzlich unübersehbar. Komisch, daß selbst Frauen vergessen, wozu Brüste da sind.

Der Spalt zwischen meinen Beinen verwandelte sich ebenfalls. Er verlor seine Unverschämtheit, seine Obszönität, oder besser, er gewann eine neue Obszönität. Die Schamlippen schienen sich nicht mehr zu einer engen Sackgasse zu öffnen, sondern zu einem klaffenden Abgrund. Die Passage wurde zu einem Weg woandershin, an einen richtigen Ort und nicht nur in die Finsternis meines Kopfes. Der fleischliche Knoten vorn bekam etwas Verschlagenes, seine Existenz schien nicht mehr frei von Hintergedanken, er war eine Versuchung, Versüßung der Schwerstarbeit der Spezies – wie die Dauerlutscher, die ich früher beim Zahnarzt bekam.

Aha, alles was mich hübsch machte, war auf Mutterschaft ausgerichtet, und meine Sehnsucht, daß Männer mich schön fänden, war der Kunstgriff eines Körpers zur Produktion seines Eigenersatzes. Ich will nicht behaupten, daß ich die erste Frau war, die das Gesetz der Bienen für sich entdeckte. Aber dies alles war *mir* neu. Und ehrlich gesagt, es verunsicherte mich. Ich kam mir abgeschrieben vor, wie ein Wegwerf-Wesen, verschluckt von einem großen biologischen Projekt, zu dem ich nicht den Anstoß gegeben und das ich mir nicht ausgedacht hatte, das mich zwar erschaffen hatte, mich aber auch zerkauen und ausspucken würde. Ich fühlte mich benutzt.

Sicher erinnerst du dich an unsere Zankereien über Alkohol. Du warst der Meinung, ich sollte gar nichts trinken. Ich war störrisch. Sobald ich feststellte, daß ich wirklich schwanger wäre – *ich* wäre schwanger, nicht *wir* –, würde ich keinen einzigen Tropfen mehr trinken. Aber die Empfängnis konnte Jahre dauern, und ich hatte nicht vor, mir bis dahin jeden Abend mit Milch zu verderben. Unzählige Generationen von Frauen hatten während ihrer Schwangerschaften gutgelaunt ein Gläschen gehoben, und sie hatten doch nicht alle zurückgebliebene Kinder in die Welt gesetzt?

Du schmolltest. Du verstummtest, wenn ich mir ein zweites Glas Wein genehmigte, und deine mißbilligenden Blicke verdarben mir den Spaß (das sollten sie auch). Du hast geschimpft, daß *du* an meiner Stelle mit dem Trinken aufhören würdest, und zwar, wenn nötig, jahrelang, was ich nicht bezweifelte. In meinen Augen sollte eine Elternschaft unser Verhalten beeinflussen, in deinen Augen sollte sie unser Verhalten diktieren. So geringfügig der Unterschied scheint, für mich ist er wie Tag und Nacht.

Das Kino-Klischee der Schwangeren über der Kloschüssel blieb mir erspart, aber es war wohl nicht im Interesse der Filmemacher, daß manchen Frauen morgens nicht übel wurde. Du wolltest mich mit meiner Urinprobe zum Arzt begleiten, aber ich brachte dich davon ab: »Ich mache doch keinen Krebstest.« An diese Bemerkung erinnere ich mich noch. Was Menschen verneinen, verrät manchmal sehr viel.

Bei der Gynäkologin gab ich mein Glas »marinierte Artischocken« ab und überspielte forsch die Peinlichkeit des Aushändigens einer übelriechenden Flüssigkeit an eine fremde Person. Dr. Rhinestein – für ihren Berufsstand eine kühle junge Frau, unnahbar, klinisch, sie hätte besser pharmazeutische Versuche mit Ratten angestellt – rauschte nach zehn Minuten herein und lehnte sich über ihren Schreibtisch, um einen Vermerk zu notieren. »Der Test ist positiv«, sagte sie knapp.

Als sie aufsah, stutzte sie. »Ist alles in Ordnung? Sie sind ganz blaß.«

Mir war merkwürdig kalt.

»Eva, ich dachte, Sie *wollten* schwanger werden. Dies ist doch eine gute Nachricht.« Sie sagte das streng, vorwurfsvoll. Ich hatte den Eindruck, wenn ich darüber nicht glücklich wäre, würde sie mir mein Baby wegnehmen und jemandem geben, der die richtige Einstellung hatte – der auf und ab hüpfen würde wie der Kandidat in einer Game-Show, der das Auto gewonnen hat.

»Legen Sie den Kopf auf die Knie.« Ich war ins Wanken geraten.

Mit Mühe richtete ich mich wieder auf, wenn auch nur, weil Dr. Rhinestein so gelangweilt wirkte und anfing, mir eine lange Liste dessen aufzuzählen, was ich nicht tun und was ich nicht essen und trinken durfte, wann ich wiederkommen *müsse* – mein Vorhaben, *WEEWAP*, die Westeuropa-Ausgabe von A Wing and a Prayer, auf den neuesten Stand der Dinge zu bringen, hatte ich bereits abgeschrieben. So wurde ich mit der Tatsache vertraut, daß ich nach Überschreiten der Schwelle zur Mutterschaft plötzlich Allgemeinbesitz war, das wandelnde Äquivalent eines öffentlichen Parks. Der dumme Spruch »Du ißt jetzt *für zwei*, Schätzchen« beinhaltete, daß Essen keine Privatangelegenheit mehr war. Und angesichts der Tatsache, daß unser *Land der Freiheit* inzwischen generell mehr Zwang ausübte, war damit wohl gemeint: »Du ißt jetzt für *uns* mit« – für 200 Millionen Mitbürger, die sich einmischen und höchstpersönlich Einspruch erheben durften, wenn ich Lust auf einen Himbeer-Doughnut hatte und nicht auf eine komplette Mahlzeit mit Vollkorn und Blattgemüse, die alle fünf Hauptnahrungsgruppen abdeckte. Das Recht, schwangere Frauen herumzukommandieren, war auf dem besten Wege, in der Verfassung verankert zu werden.

Dr. Rhinestein empfahl spezielle Vitaminhersteller und belehrte über die Gefahren weiteren Squashspiels.

Ich hatte den ganzen Nachmittag, um aus mir eine strahlende werdende Mutter zu machen. Instinktiv zog ich ein einfarbiges Baumwollsommerkleid an, eher proper als sexy, und suchte die Zutaten für eine durch und durch nahrhafte Mahlzeit zusammen (die gedünstete Lachsforelle würde nicht paniert, im Salat gab es reichlich Keimsprossen). Zwischendurch probierte ich mögliche Varianten einer abgedroschenen Szene aus: schüchtern, stockend; durcheinander, ganz nebenbei; überschwenglich – *oh, Darling!* Alles unpassend. Während ich im ganzen Loft frische Kerzen in die Kerzenständer steckte, versuchte ich tapfer ein Liedchen zu summen, aber mir fielen nur die Songs der großen Musicals ein, *Hello Dolly!*

Ich hasse Musicals.

Sonst war der krönende Abschluß aller Vorbereitungen immer die Auswahl des Weins gewesen. Trübsinnig betrachtete ich unser üppiges Vorratsregal, das bald Staub fangen würde. Was für eine Feier!

Als der Fahrstuhl klappernd auf unserer Etage hielt, kehrte ich der Tür den Rücken zu und versuchte das richtige Gesicht zu ziehen. Mit einem Blick auf meine angestrengte Mimik war dir mein Zustand klar, und du nahmst mir die Erklärung ab: »Du bist schwanger.«

Ich zuckte die Achseln: »Sieht so aus.«

Du gabst mir einen Kuß, keusch, keinen Zungenkuß. »Als du es erfahren hast – wie hast du dich gefühlt?«

»Ein bißchen wacklig, ehrlich gesagt.«

Zärtlich strichst du mir übers Haar. »Willkommen in deinem neuen Leben.«

Da meine Mutter genausoviel Angst vor Alkohol wie vor der nächsten Straße hatte, besaß ein Glas Wein für mich immer noch den Reiz des Verbotenen. Ich hatte kein Alkohol-*Problem,* aber ein ordentlicher Schluck Rotwein zum Tagesabschluß war für mich das Sinnbild des Erwachsenseins, des gerühmten amerikanischen Grals der Freiheit. Doch ich ahnte schon, daß wahres Erwachsensein sich nicht besonders von der Kindheit unterschied. In beiden Seins-Zuständen mußte man sich genau an die Regeln halten.

Also goß ich Preiselbeersaft in ein Sektglas und stieß munter an: *»La chaim!«*

Komisch, wie man sich schrittchenweise das eigene Grab schaufeln kann – ein minimaler Kompromiß, ein winziges Aufrunden oder geringes Umformen der Gefühle zu etwas, das eine Spur netter oder schmeichelhafter ist. Das verbotene Glas Wein per se war es nicht. Aber so wie jede Reise mit dem sprichwörtlichen ersten Schritt beginnt, hatte ich mich bereits auf einen ersten Anflug von Bitterkeit eingelassen.

Es war nur ein kleiner Widerwille, aber das ist es meistens. Und wegen dieser Geringfügigkeit fühlte ich mich verpflichtet, mir das Gefühl zu verkneifen. Und genau das ist das Wesen der *Bitterkeit* – ein Einwand, den wir nicht fest umreißen können. Schweigen gehört dazu eher als Klagen, was das Gefühl so toxisch macht wie eine giftige Substanz, die der Körper beim Pinkeln nicht ausscheidet. Sosehr ich mich bemühte, erwachsen zu sein und Preiselbeersaft zu trinken, den ich sorgsam ausgewählt hatte, weil er dem jungen Beaujolais glich – tief in meinem Innern war ich eine ungezogene Göre. Während du Namen suchtest (für einen Jungen), zermarterte ich mir das Hirn, was ich an alldem – den Windeln, den schlaflosen Nächten, den Fahrten zum Fußballtraining – eigentlich gut finden sollte.

Weil du ganz wild darauf warst, ebenfalls an der Schwangerschaft teilzuhaben, wolltest du für diese Zeit auch auf Alkohol verzichten, obwohl es sich auf die Munterkeit unseres Babys nicht auswirken würde, wenn du deinem Spezialbier vor dem Abendessen abschworst. Um mich zu übertrumpfen, begannst du mit großer Feierlichkeit, Preiselbeersaft in dich hineinzuschütten. Du sonntest dich in dem Beweis, wie wenig dir am Trinken lag. Ich war sauer.

Aber Aufopfern war immer dein Ding. Das mag bewundernswert sein, doch deine Bereitschaft, dein Leben einer anderen Person zu überlassen, rührte vielleicht auch daher, daß du nicht recht wußtest, was tun, wenn es dir ganz zur Verfügung stand. Aufopferung war eigentlich Eskapismus. Ich weiß, wie unfreundlich das klingt. Aber ich glaube, daß dein verzweifelter Drang, dich von dir selbst zu befreien – falls das nicht zu abstrakt ist –, unseren Sohn enorm belastete.

Erinnerst du dich an jenen Abend? Wir hätten soviel zu besprechen gehabt, aber wir waren unbeholfen, gehemmt. Wir waren nicht mehr Eva und Franklin, sondern Mama und Papa; dies war unsere erste Mahlzeit als *Familie,* ein Wort und Konzept, das mir nie geheuer war. Und ich hatte wenig Geduld, schmetterte alle Namen, mit denen du ankamst, Steve, George und Mark, als »viel zu gewöhnlich« ab, und du warst verletzt.

Ich konnte nicht mit dir reden. Ich fühlte mich befangen, belastet. Ich wollte sagen: Franklin, ich weiß nicht, ob dies eine gute Idee ist. Weißt du, daß sie dich in den letzten drei Monaten nicht einmal mehr in ein Flugzeug lassen? Und ich hasse dieses ganze redliche *Getue,* daß man *gut* essen soll, mit *gutem* Beispiel vorangehen soll, eine *gute* Schule finden soll …

Es war zu spät. Eigentlich hätten wir feiern sollen, und ich hätte im siebten Himmel schweben müssen.

In meiner Panik, mir wieder die Sehnsucht nach einer »Sicherungskopie« vor Augen zu führen, die mir dies alles beschert hatte, rief ich die Erinnerung an die Nacht wach, als du in der Kiefern-Ödnis gestrandet warst – *öde* und *unfruchtbar,* hatte das den Ausschlag gegeben? Doch daß ich mich übereilt an jenem Maiabend entschieden hatte, war eine Illusion. Ich hatte mich schon lange vorher entschieden, als ich mich so dermaßen in dein argloses amerikanisches Lächeln verliebte, deinen herzzerreißenden Glauben an Picknicks. Egal, wie sehr ich es auch leid gewesen war, neue Länder zu erkunden, mit der Zeit war es schließlich unvermeidlich, daß Essen, Trinken, Farben und Bäume – daß das Lebendigsein an sich ein wenig an Frische verlor. Aber auch wenn der Glanz verblaßte, war es immer noch das Leben, das ich liebte: eins, in das Kinder nicht ohne weiteres paßten. Das einzige, was ich noch mehr liebte, war Franklin Plaskett. Du hast so wenig gefordert; es gab nur eine große Sache, die du dir wirklich gewünscht hast und deren Beschaffung in meiner Macht lag. Wie hätte ich dir das Leuchten in deinem Gesicht verweigern können, das aufschien, als du Brians quietschende kleine Mädchen hochhobst?

Ohne Flasche, über der wir noch hätten dasitzen können, gingen wir ziemlich früh zu Bett. Du warst unsicher, ob wir Sex haben »durften«, ob es dem Baby weh täte, und ich verlor langsam die Geduld. Ich kam mir schikaniert vor, wie eine Prinzessin, die von einem erbsengroßen Organismus belästigt wird. Ich wollte zum ersten Mal seit Wochen richtigen Sex, endlich einfach vögeln, weil wir Lust hatten, und nicht, um die Art zu erhalten. Du gabst nach. Aber du warst von deprimierender Zärtlichkeit.

Ich erwartete, daß mein ambivalentes Gefühl sich in Luft auflösen würde, doch der Konflikt wurde schärfer und deshalb heimlicher. Am Ende würde ich schon mit mir ins reine kommen. Daß die Ambivalenz letztlich nicht verschwand, liegt in meinen Augen daran, daß sie nicht war, was sie schien. Es stimmte nicht, daß ich die Mutterschaft mit zwiespältigen Gefühlen betrachtete. Du wolltest ein Kind. Ich wollte keins. Zusammengenommen hatte das etwas Ambivalentes, aber auch wenn wir ein fabelhaftes Paar waren, waren wir nicht dieselbe Person. Ich habe dich nie dazu gekriegt, Auberginen zu mögen.

Eva

9. Dezember 2000

Lieber Franklin,

ich habe dir erst gestern geschrieben, aber jetzt brauche ich dich, um Chatham abzuhaken. Kevin war in besonders angriffslustiger Stimmung. Er warf mir sofort vor: »Du wolltest mich nie haben, oder?«

Bevor er wie ein bissiges Haustier in Sicherheitsgewahrsam genommen wurde, war Kevin nie darauf ausgewesen, mehr über mich zu erfahren, und ich fand die Frage eigentlich vielversprechend. Ich weiß, er hat in seiner gelangweilten Rastlosigkeit nach ihr gegriffen, als er in seinem Käfig auf und ab tigerte, doch vor Langeweile fast *den Verstand zu verlieren* zeigt wenigstens, daß man welchen hat. Er muß schon früh gemerkt haben, daß ich über ein eigenes Leben verfügte, sonst hätte er nicht losziehen und es derart gezielt zerstören können. Aber jetzt hat er außerdem erfaßt, daß ich die Wahl gehabt hatte: Ich hatte mich entschieden, ein Kind zu bekommen und andere Wünsche zurückzustellen, die mit seiner Ankunft nicht vereinbar gewesen wären. Seine plötzliche Erkenntnis stand in so krassem Widerspruch zur Diagnose der Therapeutin – »Gefühlsarmut« –, daß ich fand, er verdiene eine ehrliche Antwort.

»Ich dachte, ich wollte dich«, sagte ich. »Und dein Vater, der hat dich geradezu verzweifelt gewollt.«

Ich wandte den Blick ab; fast sofort war auf Kevins Gesicht der Ausdruck müden Spotts erschienen. Vielleicht hätte ich nicht gerade deine Verzweiflung anführen sollen. Ich – ich habe deine Sehnsucht geliebt; ich habe von deiner unstillbaren Einsamkeit profitiert. Aber Kinder müssen einen derartigen Hunger als beunruhigend empfinden, und Kevin überführte Beunruhigung für gewöhnlich in Verachtung.

»Du *dachtest, du wolltest mich*«, sagte er. »Du hast deine Meinung geändert.«

»Ich dachte, ich brauchte eine Veränderung«, sagte ich. »Aber niemand braucht eine Veränderung zum Schlechteren.«

Kevin sah aus, als hätte er einen Sieg errungen. Jahrelang hat er mich dazu verleitet, häßlich zu ihm zu sein. Ich hielt mich an die Tatsachen. Gefühle als Tatsachen zu präsentieren – was sie sind – bietet nur wenig Schutz.

»Mutter zu sein war schwerer, als ich erwartet hatte«, erklärte ich. »Ich war an Flughäfen gewöhnt, die Aussicht aufs Meer, Museen. Plötzlich saß ich in ein paar Zimmern fest, mit Legosteinen.«

»Aber ich habe mir große Mühe gegeben«, sagte er mit einem Lächeln, das leblos hochstieg, wie an Fäden, »um dich bei Laune zu halten.«

»Ich hatte mir vorgestellt, Erbrochenes aufzuwischen. Weihnachtsplätzchen zu backen. Ich hatte nicht erwartet –« Kevins Blick forderte mich heraus. »Ich hatte nicht erwartet, daß allein der *Aufbau einer Bindung* zu dir«, ich formulierte so diplomatisch, wie ich nur konnte, »soviel Arbeit machen würde. Ich dachte –« Ich holte Luft. »Ich dachte, dieser Teil sei gratis.«

»Gratis!« höhnte er. »Nicht mal jeden Morgen aufwachen ist gratis.«

»Nicht mehr«, gestand ich traurig ein. Kevins und meine Erfahrung des täglichen Lebens haben sich angenähert. Die Zeit hängt an mir herunter wie sich ablösende Haut.

»Mal auf die Idee gekommen«, sagte er hinterhältig, »daß *ich euch* nicht haben wollte?«

»Du hättest jedes andere Paar auch nicht lieber gemocht. Egal, womit es seinen Lebensunterhalt verdiente, du hättest es dämlich gefunden.«

»Reiseführer für Geizkragen? Eine weitere Haarnadelkurve

für eine Jeep-Cherokee-Anzeige finden? Mußt doch zugeben, das ist *besonders* dämlich.«

»Siehst du?« Ich explodierte. »Ehrlich, Kevin – würdest *du dich* haben wollen? Wenn es so etwas wie Gerechtigkeit gibt, wirst du eines Tages aufwachen, und in der Wiege neben deinem Bett liegst *du selbst*!«

Statt zurückzuzucken oder zurückzuschlagen, schaltete er einfach ab. Diese Seite an ihm ist für alte Menschen typischer als für Kinder: Die Augen werden trübe, wenden sich ab, und die Muskulatur wird schlaff. Eine so absolute Apathie, daß sie wie ein Loch ist, in das man hineinfallen könnte.

Du denkst, daß ich gemein zu ihm war und daß er sich deshalb zurückzog. Das glaube ich nicht. Ich glaube, er will, daß ich gemein zu ihm bin, so wie andere Leute sich kneifen, um sich zu vergewissern, daß sie wach sind, und wahrscheinlich hat er vor Enttäuschung abgeschaltet, weil ich ihm endlich ein paar halbherzig verletzende Bemerkungen entgegenschleuderte und er nichts dabei empfand. Außerdem, glaube ich, war es das Bild, dieses »mit dir selbst aufwachen«, das gewirkt hat, denn das ist genau das, was er erlebt und warum ihn jeder Morgen soviel Überwindung kostet. Franklin, ich habe niemals jemanden kennengelernt – und man *lernt sie kennen,* die eigenen Kinder –, der sein Leben stärker als Last oder Schmach empfunden hätte. Solltest du auf den Gedanken kommen, daß ich unserem Jungen ein *niedriges Selbstwertgefühl* eingebleut habe, denk noch mal darüber nach. Ich habe denselben finsteren Ausdruck in seinen Augen gesehen, als er ein Jahr alt war. Wenn überhaupt, hat er eine sehr hohe Meinung von sich, besonders, seit er eine solche Berühmtheit geworden ist. Es ist ein großer Unterschied, ob man sich selbst nicht leiden kann oder ob man einfach nicht auf der Welt sein will.

Als ich ging, warf ich ihm einen Knochen hin. »Ich habe schwer gekämpft, dir meinen Nachnamen geben zu können.«

»Klar doch, hat dir viel Arbeit erspart. Das ewige *K-h-a …?*«

nuschelte er. »Dank mir weiß jetzt das ganze Land, wie man das buchstabiert.«

Wußtest Du, daß Amerikaner schwangere Frauen anstarren? In der Ersten Welt mit ihrer niedrigen Geburtenrate ist Schwangerschaft eine Sensation, und in den Zeiten von Titten & Ärschen an jedem Zeitungskiosk ist sie die wahre *Pornographie* – die aufdringlich intime Bilder von gespreizten Schinken, inkontinentem Sickern, der glitschigen Schlüpfrigkeit der Nabelschnur heraufbeschwört. Auf der Fifth Avenue habe ich die Augen niedergeschlagen, als mein Bauch anschwoll, und ungläubig registriert: Jeder einzelne hier entstammt der Fotze einer Frau. In meinem Kopf benutzte ich das gröbste Wort, das ich dafür kenne, um diesen Punkt auch wirklich klarzumachen. Genau wie der Sinn und Zweck von Brüsten ist dies eine jener offenkundigen Tatsachen, die wir gern verdrängen.

Trotzdem habe ich einmal im Minirock Leute dazu gebracht, sich umzudrehen, und die flackernden Blicke von Fremden in den Geschäften gingen mir mit der Zeit auf die Nerven. Neben der Faszination, sogar Bezauberung auf ihren Gesichtern entdeckte ich das ein oder andere Mal auch einen Anflug von Ekel.

Du denkst, das ist übertrieben. Ich nicht. Hast du je bemerkt, wie viele Filme Schwangerschaft als Heimsuchung zeigen, als heimtückische Kolonisierung? *Rosemarys Baby* war nur der Anfang. In *Alien* bricht ein widerliches außerirdisches Monster mit seinen Klauen aus John Hurts Bauch hervor. In *Mimic* gebiert eine Frau eine zweifüßige Made. Und später, in *Akte X*, werden Aliens mit Insektenaugen, die in einem wahren Blutbad aus der Mitte menschlicher Körper platzen, zu einem gängigen Thema. In Horror- und Science-Fiction-Filmen wird der Körper entweder aufgefressen oder annektiert, er wird auf eine Hülse oder einen Nährboden reduziert, so daß irgendein Alptraumgeschöpf darin überleben kann.

Es tut mir leid, aber ich habe mir diese Filme nicht ausgedacht, und jede Frau, deren Zähne verfaulten, deren Knochen porös wurden, deren Haut sich gedehnt hat, kennt den demütigenden Preis für einen Neun-Monats-Nassauer. Diese Naturfilme über weibliche Lachse, die mühsam stromaufwärts schwimmen, um ihre Eier abzulegen, nur um sich dann aufzulösen – die Augen werden trübe, Schuppen lösen sich ab –, machten mich wahnsinnig. Die ganze Zeit, in der ich mit Kevin schwanger war, bekämpfte ich die Idee von Kevin, die Vorstellung, daß ich mich selbst von der Fahrerin zum Fahrzeug degradiert hatte, von der Hausbesitzerin zum Haus.

Physisch war die Erfahrung leichter als erwartet. Die größte Belastung im ersten Drittel war eine Wasseransammlung, die man einfach als Schwäche für Mars-Riegel auslegen konnte. Mein Gesicht wurde voller, meine androgynen, kantigen Züge verflachten zu den weichen, sanften Konturen eines Mädchens. Mein Gesicht sah jünger aus, fand ich, aber auch dümmer.

Ich weiß nicht, warum ich so lange gebraucht habe, bis ich merkte, daß du einfach davon ausgingst, unser Baby würde deinen Nachnamen tragen, und sogar bei den Vornamen hatten wir nicht denselben Geschmack. Du hast *Leonard* oder *Peter* vorgeschlagen. Als ich mit *Engin* oder *Garabet* konterte – oder *Selim,* nach meinem Großvater väterlicherseits –, hast du das gleiche tolerante Gesicht aufgesetzt wie ich, als Brians Töchter mir ihre Cabbage-Patch-Puppen zeigten. Schließlich sagtest du: »Du kannst doch unmöglich vorschlagen, daß ich meinen Sohn *Garabet Plaskett* nenne.«

»Nnnein«, sagte ich. »*Garabet Khatchadourian.* Das hat einfach mehr Klang.«

»Das klingt nach einem Kind, das nicht mit mir verwandt ist.«

»Komisch, genauso geht es mir mit *Peter Plaskett.*«

Wir waren im Beach House, dieser charmanten kleinen Bar um die Ecke in der Beach Street; es gibt sie nicht mehr, fürchte ich, was angesichts des Orangensafts, der mir gleich wieder hochkam, nicht weiter schade ist, aber sie machten ein exzellentes Chili.

Du trommeltest mit den Fingern. »Können wir wenigstens *Plaskett-Khatchadourian* ausschließen? Da die Bindestrich-Menschen mit Doppelnamen jetzt ins heiratsfähige Alter kommen, brauchen deren Kinder bald ganze Telefonbücher. Und da irgendeiner verlieren muß, ist es am einfachsten, sich an die Tradition zu halten.«

»Im Sinne der *Tradition* hatten Frauen kein Recht auf Besitz, in manchen Staaten bis 1979 nicht. Im Nahen und Mittleren Osten laufen wir *traditionell* in einem schwarzen Sack herum, und in Afrika wird uns *traditionell* die Klitoris wie ein Stück Knorpel herausgeschnitten –«

Du hast mir den Mund mit Maisbrot gestopft. »Genug doziert, Baby. Wir reden nicht über weibliche Beschneidung, sondern den Nachnamen unseres Kindes.«

»Männer haben die Kinder immer nach sich selbst benannt, aber sich *nie an der Arbeit beteiligt.*« Maisbrotkrümel sprühten aus meinem Mund. »Zeit, es mal umzudrehen.«

»Warum gerade bei mir? Mein Gott, findest du nicht, die amerikanischen Männer sind schon ausreichend mösengeschädigt? Du beschwerst dich doch immer, daß es nur noch Quiche essende Schwuchteln gibt, die an Wein-mal-wieder-Workshops teilnehmen.«

Ich verschränkte die Arme und fuhr schwere Artillerie auf. »Mein Vater wurde in einem Konzentrationslager in Dier Ez Zor geboren. In den Lagern wüteten Seuchen, und die Armenier hatten kaum etwas zu essen, es gab nicht mal Wasser – es ist erstaunlich, daß das Baby überlebte, denn seine drei Brüder überlebten nicht. Sein Vater, Selim, wurde erschossen. Zwei Drittel der weitverzweigten Familie meiner Mutter, die Serafians, wurden so gründlich ausgelöscht, daß nicht mal ihre Geschichten überlebt haben. Tut mir leid, daß ich ein Ranking vornehme. Aber die Angelsachsen stehen wohl kaum auf der

Liste der bedrohten Völker. Meine Vorfahren wurden systematisch ausgerottet, und darüber verliert niemand ein Wort, Franklin!«

»Anderthalb *Millionen* Menschen«, hast du mir zugestimmt und wild gestikuliert. »Ist dir *bewußt,* daß das, was die Jungtürken den Armeniern 1915 angetan haben, *Hitler* auf die *Idee* mit dem *Holocaust* gebracht hat?«

Ich funkelte dich an.

»Eva, dein Bruder hat zwei Kinder. Allein in den USA leben eine Million Armenier. Niemand wird mehr verschwinden.«

»Aber du legst Wert auf deinen Nachnamen, weil es deiner ist. Ich lege Wert auf meinen – nun, er kommt mir wichtiger vor.«

»Meine Eltern würden einen Anfall kriegen. Sie würden denken, daß ich sie verleugne. Oder daß ich unter deinem Pantoffel stehe. Sie würden glauben, daß ich ein Arschloch bin.«

»Und ich soll Krampfadern wegen eines *Plaskett* bekommen? So ein ordinärer Name!«

Du sahst gekränkt aus. »Du hast nie gesagt, daß du meinen Namen nicht magst.«

»Dieses breite *A,* das ist irgendwie laut und primitiv –«

»Primitiv!«

»Er ist einfach so schrecklich *amerikanisch*. Er erinnert mich an fette näselnde Touristen in Nizza, deren Kinder alle ein Eis wollen. Die sich zurufen: *Liebling, sieh dir mal dieses ›Pla-askett‹ an,* dabei ist es Französisch und heißt richtig ausgesprochen *plah-skee.«*

»Es heißt nicht *Plah-skee,* du antiamerikanischer Snob. Es heißt Plaskett, das ist eine kleine, aber alte und angesehene schottische Familie, und es ist ein Name, den ich voller Stolz an meine Kinder weiterreichen würde! Jetzt weiß ich, warum du ihn nicht angenommen hast, als wir geheiratet haben. Du hast meinen Namen gehaßt!«

»Es tut mir leid! Natürlich liebe ich deinen Namen in gewisser Weise, schon deshalb, weil es *dein* Name ist –«

»Weißt du was«, setztest du an – in diesem Land erfreut sich der Geschädigte großer Vorrechte –, »wenn es ein Junge ist, ist es ein Plaskett. Ist es ein Mädchen, kannst du dein *Khatchadourian* haben.«

Ich schob den Brotkorb weg und boxte dich in die Brust. »Aha. Ein Mädchen zählt also für dich nicht. Wenn du ein Iraner wärst, dürfte es nicht in die Schule. Wärst du ein Inder, würde es für eine Kuh an einen Fremden verkauft. Wärst du ein Chinese, würde man es verhungern lassen und hinter dem Haus verscharren –«

Du hobst die Hände. »Wenn es ein *Mädchen* ist, ist es also eine Plaskett. Aber nur unter einer Bedingung: Kein *Gara-Souflaki*-Zeug als Vorname für einen Jungen. Etwas *Amerikanisches*. Abgemacht?«

Abgemacht. Und im nachhinein war das die richtige Entscheidung. 1996 tötete der vierzehnjährige Barry Loukaitis eine Lehrerin und zwei Schüler, als er eine ganze Klasse in Moses Lake, Washington, als Geisel nahm. Ein Jahr später erschoß der dreizehnjährige Tronneal Mangum einen Jungen seiner Mittelschule, der ihm vierzig Dollar schuldete. Im nächsten Monat tötete der sechzehnjährige Evan Ramsey einen Schüler und seine Rektorin und verletzte zwei weitere Menschen in Bethel, Alaska. Im selben Herbst ermordete der sechzehnjährige Luke Woodham in Pearl, Mississippi, seine Mutter und zwei Schüler und verletzte sieben weitere. Zwei Monate später erschoß der vierzehnjährige Michael Carneal in Paducah, Kentucky, drei Schüler, fünf wurden verletzt. Im Frühling 1998 eröffneten der dreizehnjährige Mitchell Johnson und der elfjährige Andrew Golden das Feuer auf ihre Highschool in Jonesboro, Arkansas; sie töteten eine Lehrerin und vier Schüler, zehn Menschen wurden verletzt. Einen Monat danach tötete der vierzehnjährige Andrew Wurst in Edinboro, Pennsylvania, eine Lehrerin und verwundete drei Schüler. Wieder einen Monat später massakrierte der fünfzehnjährige Kip Kinkel in Springfield, Oregon, seine Eltern, tötete dann zwei Schüler und verwundete fünfundzwanzig Menschen. 1999, gerade zehn Tage nach einem gewissen *Donnerstag,* legten der achtzehnjährige Eric Harris und der siebzehnjährige Dylan Klebold in ihrer Highschool in Littleton, Colorado, mehrere Bomben und schossen dann wild um sich. Sie töteten einen Lehrer, zwölf Schüler, verwundeten dreiundzwanzig und erschossen sich schließlich selbst. Also hat sich der junge Kevin – deine Namenswahl – zu einem echten Amerikaner entwickelt, so echt wie eine Smith & Wesson.

Was seinen Nachnamen betrifft, hat unser Sohn mehr als irgend jemand sonst in meiner Familie dazu beigetragen, den Namen *Khatchadourian* am Leben zu halten.

Wie so viele unserer Nachbarn, die auf den Zug einer Tragödie aufspringen, um sich von der Masse abzuheben – Sklaverei, Inzest, ein Selbstmord –, hatte ich mein ethnisches Trauma um des Effekts willen aufgeblasen. Seitdem habe ich gelernt, daß man eine Tragödie nicht wie einen Schatz hüten kann. Nur die Unberührten, die Wohlgenährten und Zufriedenen können es sich leisten, Leid wie eine Designerjacke zu begehren. Ich wäre sofort bereit, meine Geschichte der Heilsarmee zu schenken, so daß irgendein anderes Mauerblümchen, das Farbe braucht, sie auftragen könnte.

War der Name so wichtig? Ich glaube, ich wollte einfach dieses Baby zu meinem machen. Ich konnte das Gefühl nicht abschütteln, daß ich in Besitz genommen worden war. Selbst beim Ultraschall, wenn Dr. Rhinestein mit ihrem Finger um die sich bewegende Masse auf dem Monitor fuhr, dachte ich: *Wer ist das?* Der Umriß, der da direkt unter meiner Haut in einer anderen Welt schwamm, schien weit weg zu sein. Und hatte ein Fötus Gefühle? Ich hätte mir nie vorstellen können, daß ich mir dieselbe Frage noch stellen würde, als Kevin fünfzehn war.

Ich gestehe, daß mir das Herz schwer wurde, als Dr. Rhinestein auf den leuchtenden Fleck zwischen den Beinen zeigte. Obwohl ich, wie »abgemacht«, jetzt einen Khatchadourian austrug, würde mein Name allein das Kind nicht mit seiner Mutter verknüpfen. Und auch wenn ich die Gesellschaft von Männern genoß – ich mochte ihren Pragmatismus, ich neigte dazu, Aggressionen mit Ehrlichkeit zu verwechseln, und ich verachtete Feinfühligkeit –, war ich mir bei *Jungs* nicht so sicher.

Als ich acht oder neun war und wieder einmal von meiner Mutter losgeschickt wurde, um irgend etwas Erwachsenes und Kompliziertes zu besorgen, wurde ich von einer Gruppe von Jungs gestellt, die nicht viel älter waren als ich. O nein, ich wurde nicht vergewaltigt; sie haben mir das Kleid hochgeschoben und mir die Unterhose runtergerissen, mich mit Dreckklumpen beworfen, und dann sind sie weggerannt. Trotzdem war ich verängstigt. Als ich schon deutlich älter war, machte ich in Grünanlagen immer noch einen großen Bogen um Elfjährige, die im Gebüsch mit offenem Hosenschlitz irgend etwas taten, dabei über die Schultern spähten und kicherten. Lange bevor ich selber einen bekommen hatte, hatte ich vor Jungs richtig Angst. Und heute, nun, ich glaube, heute habe ich einfach vor allen Menschen Angst.

Wir können noch soviel damit liebäugeln, die Unterschiede zwischen den beiden Geschlechtern zu verwischen, wenige Herzen werden anfangen, furchterfüllt zu rasen, wenn sie an einer Schar schnatternder Schulmädchen vorbeikommen. Aber jede Frau, die einen Haufen testosterontrunkener Halbstarker passiert, ohne den Schritt zu beschleunigen, ohne Blicke zu vermeiden, die als Herausforderung oder Einladung verstanden werden könnten, ohne innerlich vor Erleichterung an der nächsten Ecke aufzuatmen, ist ein *zoologischer* Dummkopf. Ein Junge ist ein gefährliches Tier.

Ist das für Männer anders? Ich habe nie gefragt. Vielleicht kannst du sie durchschauen, siehst ihre heimliche Seelenqual, wenn sie sich fragen, ob es normal ist, einen krummen Penis zu haben, verstehst ihre unverhohlene Angeberei untereinander (obwohl es genau das ist, wovor ich Angst habe). Natürlich hat dich die Nachricht, daß du bald einen der heiligen Schrecken in deinem eigenen Haus beherbergen würdest, so entzückt, daß du deine Begeisterung ein wenig verbergen mußtest. Und das Geschlecht unseres Kindes gab dir noch mehr das Gefühl, daß das Baby deins war, deins, *deins*.

Ehrlich, Franklin, deine besitzergreifende Attitüde war unangenehm. Immer wenn ich knapp vor einem Auto über die Straße ging, hast du dir nicht um meine Sicherheit Sorgen gemacht, nein, du warst über meine Verantwortungslosigkeit empört. Diese »Risiken«, die ich einging – und die ich als völlig normal ansah –, verrieten in deinen Augen eine nachlässige Haltung deinem Eigentum gegenüber. Jedesmal wenn ich aus dem Haus ging, ich schwöre, hast du mich leicht grollend angesehen, als würde ich ohne zu fragen eins deiner wertvollsten Güter wegschleppen.

Du hast mir noch nicht einmal erlaubt zu *tanzen*, Franklin! Es gab wirklich mal einen Nachmittag, an dem sich meine unterschwellige, aber unerbittliche Angst gnädigerweise verflüchtigt hatte. Ich legte die Talking Heads auf, *Speaking in Tongues*, und begann ausgelassen in unserem spärlich möblierten Loft herumzuhopsen. Ich war immer noch beim ersten Lied der Platte, »Burning Down the House«, und noch kaum ins Schwitzen gekommen, als der Aufzug schepperte und du hereinmarschiert kamst. Dein selbstherrliches Abheben der Nadel hat einen Kratzer im Refrain hinterlassen, so daß diese Platte jetzt einen Sprung hat und für immer *Baby what did you expect* wiederholt und es nur zu *Gonna burst into fla-ame* schafft, wenn ich den Tonarm vorsichtig mit dem Zeigefinger weiterschiebe.

»He!« sagte ich. »Was soll das?«

»Was zum Teufel machst du denn da?«

»Ich habe endlich einmal Spaß. Ist das verboten?«

Du packtest mich am Oberarm. »*Willst* du eine Fehlgeburt? Oder gibt es dir einfach einen Kick, das Schicksal herauszufordern?«

Ich riß mich los. »Neulich habe ich gelesen, daß eine Schwangerschaft keine Gefängnisstrafe ist.«

»Herumzutoben, dich über die Möbel zu werfen –«

»Ach, hör doch auf, Franklin. Es ist noch nicht lange her, da haben die Frauen bis unmittelbar vor der Geburt auf dem Feld gearbeitet, und dann haben sie sich zwischen die Gemüsereihen gehockt. In der guten alten Zeit sind die Kinder tatsächlich aus den Kohlfeldern gekommen.«

»In der *guten alten Zeit* war die Säuglings- und Müttersterblichkeit haushoch!«

»Warum zerbrichst du dir über Müttersterblichkeit den Kopf? Solange sie das Kind aus meinem leblosen Körper schälen können und sein Herz noch schlägt, bist du doch überglücklich!«

»Das ist scheußlich von dir, so was zu sagen.«

»Ich bin in einer scheußlichen Stimmung«, sagte ich düster und ließ mich auf die Couch plumpsen. »Doch bevor Papa Doc nach Hause kam, ging es mir großartig.«

»Nur noch zwei Monate. Ist es ein so großes Opfer, sich für das Wohlergehen eines kleinen anderen Menschen zu schonen?«

Mann, ich war schon ganz krank davon, das *Wohlergehen eines kleinen anderen Menschen* vorgehalten zu bekommen. »*Mein* Wohlergehen zählt offenbar nicht.«

»Es gibt nichts, was gegen das Hören von Musik spricht – allerdings in einer Lautstärke, die John nicht zwingt, von unten gegen die Decke zu klopfen.« Du hast die Nadel wieder auf den Anfang der A-Seite gesetzt und den Ton so leise gedreht, daß sich David Byrne wie Minnie Mouse anhörte. »Aber wie jede normale Schwangere kannst du dich dabei hinsetzen und mit den *Füßen den Takt klopfen.*«

»Da bin ich mir nicht so sicher«, sagte ich. »Diese ganzen Erschütterungen – sie könnten bis zum Kleinen Lord vordringen und seinen Schönheitsschlaf stören. Und sollten wir nicht Mozart hören? Vielleicht sind die Talking Heads nicht mal in der

Baby-Bibel aufgeführt. Wenn wir ›Psycho Killer‹ spielen, füttern wir ihn vielleicht mit schlechten Gedanken. Schlag lieber nach.«

Du warst derjenige, der sich durch die Wie-mache-ich-was-Elternratgeber gearbeitet hat, durch alles über Atmen und Zahnen und Entwöhnen, während ich eine Geschichte Portugals gelesen habe.

»Hör auf, dir selbst leid zu tun, Eva. Ich dachte, Mutterwerden hat etwas mit Erwachsenwerden zu tun.«

»Wenn ich gewußt hätte, daß das für dich bedeutet, ein aufgesetztes, freudloses Erwachsensein zur Schau zu tragen, dann hätte ich mir das Ganze noch mal überlegt.«

»Sag das *nicht, niemals*«, stießest du mit puterrotem Gesicht hervor. »Jetzt ist es zu spät, es sich anders zu überlegen. Sag bloß *niemals,* daß du es bereust, unser Kind zu bekommen.«

Genau da fing ich an zu weinen. Ich habe mit dir meine schmutzigsten sexuellen Phantasien geteilt, so verstörende Verstöße gegen heterosexuelle Normen, daß ich es nicht über mich bringe, sie hier zu formulieren, ohne im Gegenzug deine eigenen schamlosen Geheimnisse zu vernehmen – seit wann hat es zwischen uns etwas gegeben, das einer von uns niemals aussprechen durfte?

Baby what did you expect – Baby, was hast du denn erwartet.

Die Platte hatte einen Sprung.

Eva

12. Dezember 2000

Lieber Franklin,

also, ich hatte nicht das Bedürfnis, heute noch länger im Reisebüro herumzuhängen. Die Kollegen sind vom gutherzigen Geplänkel zum offenen Krieg übergegangen. Ich halte mich aus diesen erbitterten Auseinandersetzungen in unserem kleinen Büro heraus, schaue zu und finde sie leicht komisch, es wirkt alles wie Fernsehen ohne Ton.

Ich weiß nicht genau, wie »Florida« zu einer Rassenfrage geworden ist, abgesehen davon, daß in diesem Land früher oder später alles zu einer Rassenfrage wird – in der Regel früher. Die drei anderen Demokraten hier werfen mit Schlagworten wie »Jim Crow« nach den beiden belagerten Republikanern, die sich im Hinterzimmer aneinanderdrängen und sich gedämpft unterhalten, was der Rest als das konspirative Gemurmel miteinander geteilter Bigotterie auslegt. Komisch, vor der Wahl hat keiner von ihnen das geringste Interesse an diesem allgemein als langweilig angesehenen Wettstreit gezeigt.

Heute jedenfalls war irgendeine Entscheidung des Obersten Gerichtshofs fällig, und das Radio lief den ganzen Tag. Die Argumente der Kollegen flogen so schnell und wütend hin und her, daß mehr als ein am Tresen allein gelassener Kunde einfach ging. Schließlich bin ich auch gegangen. Während die beiden Konservativen dazu neigen, platt für *ihre Seite* zu argumentieren, wägen die Liberalen alles in Hinblick auf Wahrheit, Gerechtigkeit oder Menschlichkeit ab. Ich war zwar mal eine unerschütterliche Demokratin, habe es aber schon lange aufgegeben, die Menschlichkeit zu verteidigen. An den meisten Tagen schaffe ich es nicht mal, mich selbst zu verteidigen.

Ich hoffe wirklich, daß diese Korrespondenz nicht zu einer schrillen Rechtfertigungsarie verkommt, mache mir aber genauso Sorgen, vielleicht das Fundament für die Behauptung zu legen, daß Kevin allein mein Fehler sei. Darin schwelge ich tatsächlich manchmal, und dann schlucke ich die Schuld mit mächtigem Durst. Aber ich habe *schwelgen* gesagt. Es liegt eine Überheblichkeit in diesem Suhlen in mea culpas, eine Eitelkeit. Schuld verleiht große Macht. Und sie vereinfacht die Sache, nicht nur für Zuschauer und Opfer, sondern am meisten für die Sünder. Sie zwingt dem Geröll eine Ordnung auf. Eine Schuldzuweisung übermittelt klare Lehren, aus denen andere vielleicht Trost schöpfen: *Hätte sie nur nicht* – und hilft folglich, Tragödien zu vermeiden. Es mag sogar ein brüchiger Frieden in der Übernahme der ganzen Verantwortung liegen, und ich sehe diesen Frieden manchmal bei Kevin. Es ist ein Aspekt, den seine Wärter mit Erbarmungslosigkeit verwechseln.

Aber bei mir funktioniert dieses gierige Verschlingen von Schuld nie. Ich werde nie fähig sein, mir die ganze Geschichte einzuverleiben. Sie ist größer als ich. Sie hat zu vielen Menschen Schaden zugefügt, Tanten und Cousinen und besten Freundinnen, die ich nie kennenlernen werde und nicht erkennen würde, wenn wir uns begegneten. Ich kann nicht mit einem Mal die Trauer so vieler Familienessen, bei denen ein Stuhl auf ewig leer bleibt, in mich aufnehmen. Ich habe nicht darunter gelitten, daß das Foto auf dem Klavier für immer verdorben ist, weil es der Schnappschuß war, der der Zeitung zur Verfügung gestellt wurde, oder weil die Geschwisterporträts zu beiden Seiten Zeichen von Reife und Erwachsenwerden zeigen – College-Abschlüsse, Hochzeiten –, während das statische Foto für das Schuljahrbuch in der Sonne seine Farbe verliert. Ich bin nicht eingeweiht in die Monat für Monat voranschreitende Zerstörung von Ehen, die früher stabil waren; ich habe nicht zu immer früheren Tageszeiten den ungesund süßen Gin-Atem eines einst erfolgreichen Grundstücksmaklers gerochen. Ich habe nicht das Gewicht der vielen Umzugskartons gespürt, die in einen Transporter geschleppt wurden, weil die Nachbarschaft mit den üppig belaubten Eichen, den über glatte Kiesel sprudelnden Bächen, die so lebendig war und erfüllt vom Lachen der gesunden Kinder anderer Leute, über Nacht unerträglich geworden ist. Mir scheint, um mich auf eine sinnvolle Weise schuldig zu fühlen, müßte ich all diese Verluste in meinem Kopf aufreihen. Doch wie bei diesen Spielen, die man im Auto spielt, *ich gehe auf eine Reise und nehme mit: einen artistischen Affen, ein brabbelndes Baby, einen cadmiumroten Cadillac …*, vergesse ich immer ein oder zwei Teile bis zum Ende des Alphabets. Ich jongliere mit Marys unnatürlich schöner Tochter, dem kurzsichtigen Sohn der Fergusons, diesem Computercrack, dem spindeldürren Rotschopf der Corbitts, der in Schulaufführungen immer chargierte, und dann nehme ich noch die außergewöhnlich anmutige Englischlehrerin Dana Rocco hinzu, und alle Bälle fallen auf die Erde.

Nur weil ich es nicht schaffe, all die Schuld zu schlucken, bedeutet das natürlich nicht, daß die anderen mich nicht trotzdem damit überhäufen, und ich wäre glücklich, ihnen als nützlicher Sammelkasten zu dienen, wenn ich dächte, daß diese Anhäufung ihnen guttäte. Ich komme immer auf Mary Woolford zurück, deren Erfahrung mit Ungerechtigkeit sich bis dahin auf besonders ungünstige Einbahnstraßen beschränkt hatte. Ich glaube, ich würde sie verwöhnt nennen; sie hat ein ziemliches Theater gemacht, als Laura es nicht in das Leichtathletik-Team schaffte, obwohl ihre Tochter, wie hübsch auch immer, körperlich träge und kein bißchen athletisch war. Aber es ist vielleicht unfair, es als Charakterfehler zu bezeichnen, wenn das Leben eines Menschen wie geschmiert verlaufen ist, ohne nennenswerte Widerstände. Sie war überdies eine ungeduldige Frau und wie meine demokratischen Mitarbeiter von Natur aus immer bereit, sich aufzuregen. Vor *Donnerstag* war sie es gewohnt, diese große Ungeduld, die sich sonst vermutlich bis zur Explosionsgefahr aufgebaut hätte, in Kampagnen zu überführen – für einen Zebrastreifen, den der Gemeinderat beantragen sollte, oder gegen Obdachlosenunterkünfte in Gladstone; folglich hatten bis dahin die Nicht-Finanzierung eines Zebrastreifens oder die Ankunft haarigen Gesindels in den Außenbezirken der Stadt ihren Begriff von Katastrophe ausgemacht. Ich weiß nicht, wie solche Menschen es schaffen, mit richtigen Katastrophen klarzukommen, wenn sie immer wieder ihre geballte Empörung am Straßenverkehr auslassen.

Ich kann also verstehen, daß es einer Frau, die lange unruhig auf Erbsen schlief, schwerfallen muß, auf einem Amboß zu liegen. Trotzdem ist es traurig, daß sie nicht in ihrem ruhigen heiteren Tunnel reiner Begriffsstutzigkeit bleiben konnte. Ja, ich weiß schon, daß man nicht dauerhaft bestürzt sein kann – das Bedürfnis, zu verstehen oder wenigstens so zu tun, ist zu groß –, aber ich habe für mich herausgefunden, daß weite weiße Fassungslosigkeit ein Ort gesegneter Stille in meinem Kopf ist. Und ich befürchte, daß Marys alternative Wut, ihr protestantischer Eifer, die Schuldige aktenkundig zu machen, ein lauter Ort ist, der die Illusion einer Reise schafft, eines Ziels, das erreicht werden muß, aber nur so lange, wie das Ziel außer Reichweite bleibt. Ehrlich, ich mußte während des Zivilprozesses den Impuls unterdrücken, sie beiseite zu nehmen und freundlich zu ermahnen: »Sie können sich nicht wirklich vorstellen, daß Sie sich besser fühlen werden, wenn Sie gewinnen, oder?« Tatsächlich kam ich allmählich zu der Überzeugung, daß sie mehr Trost darin gefunden hätte, wenn der Fall, der sich als überraschend geringfügige elterliche Vernachlässigung entpuppte, eingestellt worden wäre, weil sie dann die Möglichkeit gehabt hätte, dieses theoretische alternative Universum zu hegen und zu pflegen, indem sie ihren Schmerz erfolgreich auf eine gefühllose, gleichgültige Mutter abwälzen konnte, die das verdiente. Irgendwie schien Mary nicht zu begreifen, worum es überhaupt ging. Es ging nicht darum, wer wofür bestraft wurde. Es ging darum, daß ihre Tochter tot war. Obwohl ich nicht mitfühlender hätte sein können, dieses Problem konnte man nicht auf jemand anderen abwälzen.

Außerdem würde ich vielleicht freundlicher über diese ultraprofane Vorstellung urteilen, daß für alles Schlechte, das geschieht, jemand verantwortlich zu machen sein muß, wenn nicht ein merkwürdiger kleiner Heiligenschein der Rechtschaffenheit genau all jene Menschen umgäbe, die meinen, ständig von den Handlangern des Bösen umzingelt zu sein. Das heißt, es scheinen genau die gleichen Leute zu sein, die einerseits sofort die Baufirma verklagen, weil die sie nicht hundertprozentig vor den Verwüstungen eines Erdbebens geschützt hat, und andererseits als erste für sich in Anspruch nehmen, daß ihr Sohn den Mathetest wegen einer krankhaften Konzentrationsstörung verhauen hat und nicht, weil er den Abend davor mit Videospielen verbracht hat, statt zu üben. Außerdem, wenn dieser übelnehmerischen Beziehung zu Katastrophen – dem Markenzeichen der amerikanischen Mittelklasse – die starke Überzeugung zugrunde läge, daß böse Dinge einfach nicht passieren dürften, Punkt, könnte ich diese Naivität vielleicht entwaffnend finden. Aber die Grundüberzeugung dieser gereizten Sorte Menschen – die bei Unfällen auf der Autobahn gierig gaffen – scheint eher die zu sein, daß böse Dinge *ihnen* nicht passieren dürfen.

Du weißt ja, daß ich nie besonders religiös gewesen bin, seit mir der orthodoxe Quatsch als Kind eingetrichtert wurde (obwohl sich meine Mutter, seit ich elf war, glücklicherweise nicht mehr traute, in die vier Blocks entfernte Kirche zu gehen, und regelmäßig halbherzige »Gottesdienste« zu Hause abhielt), aber ich wundere mich noch immer über eine Rasse, die sich selbst dermaßen als Nabel der Welt betrachtet, daß alle Ereignisse, von Vulkanausbrüchen bis hin zu globalen Klimaveränderungen, zu etwas geworden sind, für das einzelne Mitglieder der Gesellschaft geradezustehen haben. Der Mensch ist ein Werk Gottes, ich kann es nicht anders ausdrücken. Ich persönlich würde sogar sagen, daß auch die Geburten einzelner gefährlicher Kinder Gottes Werk sind, aber genau das war Gegenstand der Gerichtsverhandlung.

Harvey war von Anfang an der Meinung, daß ich einen Vergleich anstreben sollte. Du erinnerst dich an Harvey Landsdown; du hieltest ihn für einen Wichtigtuer. Das stimmt, aber er hat so wunderbare Geschichten erzählt. Jetzt trifft er andere Leute zum Dinner und erzählt Geschichten über mich.

Harvey hat mich tatsächlich etwas aufgerüttelt, denn er ist ein Komm-auf-den-Punkt-Typ; in seinem Büro machte ich den Fehler und schweifte ab, er blätterte in den Papieren herum und sagte, ich würde seine Zeit oder mein Geld verschwenden – in seinen Augen das gleiche. Wir hatten unterschiedliche Ansichten über das, was Wahrheit ausmacht. Er wollte direkt zum Wesentlichen kommen, um seine Verteidigung darauf aufzubauen. Ich glaube allerdings, daß man nur zum Wesentlichen kommt, wenn man all die winzigen, pointenlosen Anekdoten, die als Dinnerkonversation durchfallen würden, sammelt, bis man einen ganzen Haufen zusammenhat. Vielleicht ist es das, was ich hier versuche, Franklin, denn obwohl ich mir Mühe gab, auf seine Fragen direkt zu antworten, und einfache, rechtfertigende Sätze sagte wie: »Natürlich liebe ich meinen Sohn«, fühlte ich, daß ich log und daß jeder Richter, jede Jury mir das auf den Kopf zusagen könnte.

Harvey machte das nichts aus. Er gehört zu den Anwälten, die sich die Welt des Rechts als Spiel vorstellen, nicht als Lehrstück. Mir wurde versichert, so sei es am besten. Harvey gefällt sich darin zu verkünden, im Recht zu sein habe noch nie zum Gewinn eines Prozesses geführt, und er hat mir sogar das vage Gefühl gegeben, daß es ein leiser Nachteil ist, im Recht zu sein.

Natürlich war ich mir überhaupt nicht sicher, daß das Recht auf meiner Seite war, und Harvey fand die Art, wie ich die Hände rang, ermüdend. Er befahl mir, nicht mehr zitternd die Meinung der anderen zu fürchten, sondern den Ruf als schlechte Mutter zu akzeptieren, und es war ihm tatsächlich völlig gleichgültig, ob ich wirklich eine schlechte Mutter war. (Und, Franklin, ich war es. Ich war furchtbar. Ich frage mich, ob du mir je verzeihen kannst.) Seine Beweisführung war unverhüllt ökonomisch ausgerichtet, und ich glaube, daß viele Fälle so entschieden werden. Er vermutete, daß wir die Eltern außergerichtlich mit einer sehr viel kleineren Summe entschädigen könnten, als eine sentimental gestimmte Jury ihnen zusprechen würde. Entscheidend war, daß es keine Garantie gab, und das war entscheidend, daß wir überhaupt für die Kosten entschädigt werden würden, selbst wenn wir gewinnen sollten. Heißt das also, folgerte ich langsam, daß mich in diesem Land, in dem die Unschuldsvermutung gilt, irgend jemand wegen irgend etwas verklagen kann, und ich könnte Hunderttausende verlieren, selbst wenn ich bewiese, daß die Anklage unbegründet ist? Willkommen in den Vereinigten Staaten von Amerika, sagte er fröhlich. Du fehlst mir beim Dampfablassen. Harvey interessierte meine Empörung nicht. Er fand diese juristischen Ironien amüsant, denn es war nicht seine Firma, die mit einem einzigen Charterflugticket aufgebaut worden war und die auf dem Spiel stand.

Im nachhinein gesehen, hatte Harvey absolut recht – mit dem Geld, meine ich. Und ich habe seitdem darüber nachgedacht, was mich veranlaßt hat, Mary dazu zu bringen, mich vor Gericht zu zerren, trotz vernünftiger juristischer Beratung. Ich muß wütend gewesen sein. Wenn ich irgend etwas falsch gemacht haben sollte, dann war ich dafür schon genug gestraft, schien mir. Kein Gericht hätte mich zu etwas Schlimmerem verurteilen können als zu diesem schalen Leben in einem schäbigen kleinen Haus, zu Hähnchenbrust und Kohl, zu den flackernden Halogenleuchten, zu meinen roboterhaften Besuchen in Chatham alle zwei Wochen – oder, was vielleicht noch härter war, zu beinahe sechzehn Jahren Leben mit einem Sohn, der mich, wie er erklärte, nicht als Mutter wollte und der mir fast täglichen Grund gab, ihn nicht als Sohn zu wollen. Aber genauso wie der Schuldspruch einer Jury Marys Schmerz niemals besänftigen würde, konnte ein wohlwollenderes Urteil auch meine Schuldgefühle nicht mildern. Ich muß leider zugeben, daß ich zu einem nicht unbeträchtlichen Teil von dem verzweifelten Drang motiviert gewesen sein muß, öffentlich entlastet zu werden.

Und doch war es nicht die öffentliche Entlastung, die ich wirklich ersehnte, und deshalb sitze ich hier Nacht für Nacht und versuche jedes belastende Detail aufzulisten. Sieh dir dieses erbärmliche Exemplar von Mensch an: Eine reife, glücklich verheiratete Frau von fast siebenunddreißig erfährt von ihrer ersten Schwangerschaft und wird vor Entsetzen fast ohnmächtig, eine Reaktion, die sie vor ihrem entzückten Ehemann mit einem hübschen Baumwollsommerkleid versteckt. Mit dem Wunder eines neuen Lebens gesegnet, regt sie sich über ein entgangenes Glas Wein auf und die Krampfadern in ihren Beinen. Sie tobt zu einem geschmacklosen Popsong in ihrem Wohnzimmer herum, ohne einen Gedanken an ihr ungeborenes Kind. In einer Zeit, in der sie besser daran täte, die wahre Bedeutung von *unser* zu verinnerlichen, beschließt sie statt dessen, sich Sorgen darüber zu machen, ob das kommende Baby *ihr* gehören wird. Selbst an dem Punkt, an dem sie ihre Lektion in- und auswendig gelernt haben müßte, regt sie sich immer noch lautstark über einen Film auf, in dem die Geburt eines Menschen mit dem Ausstoßen einer überdimensionalen Made verwechselt wird. Und sie ist eine Heuchlerin, der man nichts recht machen kann: Irgendwann hat sie zugegeben, daß das Flitzen um den Globus keine Magical Mystery Tour ist, wie sie immer suggeriert hat – daß dieses oberflächliche Nomadisieren in der Tat anstrengend und monoton wurde –, aber in dem Moment, als ihr Umherstreifen von den Bedürfnissen eines anderen gefährdet wird, fängt sie an, von den glücklichen Zeiten zu schwärmen, als es darum ging, zu vermerken, ob die Jugendherbergen in Yorkshire Kochgelegenheiten boten oder nicht. Am schlimmsten war, daß sie, noch bevor ihr unseliger Sohn es geschafft hatte, das ungastliche Klima ihres verkrampften, unwilligen Schoßes zu überleben, etwas beging, was du selber, Franklin, offiziell für tabu erklärt hattest: Sie hat kapriziöserweise ihre Meinung geändert, als ob Kinder einfach kleine Kostüme wären, die man zu Hause noch einmal anprobiert, um dann – nach ein paar kritischen Drehungen vor dem Spiegel – zu beschließen, nein, tut mir leid, schade, aber es *steht* mir nicht richtig, und es ins Geschäft zurückzutragen.

Ich merke, daß das Porträt, das ich hier zeichne, nicht *attraktiv* ist, und was das anbelangt, kann ich mich nicht daran erinnern, wann ich mich das letzte Mal als attraktiv empfunden habe, weder für mich selbst noch für jemand anderen. Jahre bevor ich selber schwanger wurde, traf ich vor dem White Horse im Village eine junge Frau, mit der ich in Green Bay aufs College gegangen bin. Obwohl wir seit jener Zeit nicht mehr miteinander geredet hatten und sie kurz zuvor ihr erstes Kind bekommen hatte, brauchte ich sie nur zu grüßen, und schon fing sie an, ihre Verzweiflung auszuspucken. Rita war eine attraktive Frau, kompakt, mit ungewöhnlich breiten Schultern und kurzem lockigem schwarzem Haar. Ohne daß ich sie ermuntert hätte, erging sie sich über ihren tadellosen körperlichen Zustand vor der Empfängnis. Offenbar hatte sie im Fitneßstudio täglich an den Geräten trainiert, und ihre Figur war noch nie so wohldefiniert gewesen, ihr Fett-Muskel-Verhältnis nicht von dieser Welt, ihre aerobische Kondition am obersten Ende der Skala. Dann die Schwangerschaft, also es war *schrecklich*! Im Fitneßstudio machte es einfach keinen *Spaß* mehr, und sie mußte aufhören. Jetzt, jetzt war sie ein *Wrack*. Sie schaffte kaum mehr als einen *Sit-up*, geschweige denn drei Folgen anständiger Crunches, sie fing wieder bei null an oder sogar *schlimmer*! Diese Frau kochte, Franklin. Sie schimpfte laut vernehmlich über ihre Bauchmuskeln, tobte auf offener Straße. Doch an keinem Punkt erwähnte sie den Namen ihres Kindes, sein Geschlecht oder seinen Vater. Ich erinnere mich, daß ich zurückwich, mit einer Entschuldigung Richtung Bar verschwand, ohne Rita auf Wiedersehen zu sagen. Was mich am meisten verletzt hatte, wovor ich eigentlich floh, war, daß sie nicht nur gefühllos und narzißtisch klang, sondern *genau wie ich*.

Ich bin mir nicht mehr sicher, ob mich unser erstes Kind reute, noch bevor es geboren wurde. Es fällt mir schwer, diesen Zeitraum zu rekonstruieren, ohne die Erinnerungen mit dem überdimensionalen Bedauern späterer Jahre zu verseuchen – ein Bedauern, das die Fesseln der Zeit sprengt und den Lebensabschnitt überflutet, in dem Kevin noch gar nicht da war, um weggewünscht zu werden. Aber das letzte, was ich will, ist, meinen eigenen Anteil an dieser schrecklichen Geschichte zu übertünchen. Nachdem ich das ausgesprochen habe, bin ich entschlossen, die angemessene Verantwortung für jeden eigensinnigen Gedanken, jede Launenhaftigkeit, jeden selbstsüchtigen Moment zu übernehmen, nicht um alle Schuld auf mich zu laden, sondern um zuzugeben, *dies* ist mein Fehler, und *das* ist mein Fehler, aber *da, da,* genau *da* ziehe ich die Grenze, und auf der anderen Seite, *das da,* Franklin, *das* ist es *nicht.*

Doch um diese Grenze ziehen zu können, muß ich mich ihr, fürchte ich, bis zum Äußersten nähern.

Im letzten Monat hat die Schwangerschaft beinahe Spaß gemacht. Ich war so unförmig, daß der Zustand etwas aberwitzig Neues hatte, und für mich als eine Frau, die sich immer so bewußt zurechtgemacht hatte, war es wie eine Erleichterung, sich vor aller Augen in eine Kuh zu verwandeln. So zu sein wie die andere Hälfte, wenn man so will, mittlerweile mehr als die Hälfte, denn 1998 war das erste Jahr, in dem es in den Vereinigten Staaten offiziell mehr Dicke als Dünne gab.

Kevin kam zwei Wochen zu spät. Im nachhinein bin ich abergläubischerweise davon überzeugt, daß er sogar in der Gebärmutter absichtlich trödelte – daß er sich versteckte. Vielleicht war ich nicht der einzige Teilnehmer dieses Experiments, der Vorbehalte hatte.

Warum haben dich unsere Vorahnungen nie gequält? Ich mußte dich davon abhalten, schon vor der Geburt Unmengen an Bärchen und Buggys und Babydecken zu kaufen. Was, merkte ich an, wenn etwas schiefging? Kommt Hochmut nicht vor dem Fall? Du hast verächtlich gesagt, wer mit der Katastrophe rechnet, lädt sie ein. (Das heißt also, weil ich über einen dunkleren Zwilling des strahlend gesunden und glücklichen Jungen, mit dem du gerechnet hattest, nachdachte, entließ ich einen Wechselbalg in die Welt.) Ich war die Mutter über 35, die ganz wild darauf war, den Fötus auf das Down-Syndrom testen zu lassen, und du warst eisern dagegen. Sie können dir doch nicht mehr sagen als die statistische Wahrscheinlichkeit, hast du argumentiert. Willst du mir erzählen, daß du bei einer Chance von 1 zu 500 weitermachst, und bei 1 zu 50 spülst du es runter und fängst von vorne an? Natürlich nicht, sagte ich. 1 zu 10, dann. 1 zu 3. Wann ist Schluß? Warum sich zu einer solchen Entscheidung zwingen?

Deine Argumente waren überzeugend, obwohl ich mich frage, ob dahinter nicht eine kaum zu Ende gedachte Romanze mit einem behinderten Kind lauerte: mit einem dieser tolpatschigen, aber herzigen Abgesandten Gottes, der die Eltern lehrt, daß das Leben mehr zu bieten hat als nur Schlauköpfe. Eine arglose Seele, die mit derselben Haare zausenden Zärtlichkeit überschüttet wird wie ein Haustier. Begierig darauf, herunterzustürzen, was immer unsere DNA für einen irren genetischen Cocktail servieren würde, mußt du mit der Aussicht auf all die Bonuspunkte für Selbstaufopferung geflirtet haben: Deine Geduld, wenn unser süßer Schwachkopf sechs Monate braucht, bis er seine Schuhe zubinden kann, wird sich als übermenschlich erweisen. Unermüdlich und leidenschaftlich beschützend, entdeckst du in dir eine offenbar nie versiegende Quelle der Großmut, aus der deine Ich-fahre-morgen-nach-Guyana-Frau niemals schöpft, und früher oder später gibst du deine Arbeit als Location Scout auf, um dich lieber ganztags um unseren 1,65 m großen Dreijährigen zu kümmern. Alle

Nachbarn loben deine optimistische Ergebenheit in das dir zugeteilte Schicksal, deine Steck-die-Schläge-ein-Reife, mit der du erträgst, was andere unserer Rasse und Klasse als vernichtenden Körpertreffer empfinden würden. Du warst einfach verzweifelt darauf aus, dich in diese Elternschaft zu stürzen, nicht wahr? Von der Klippe zu springen, dich auf den Scheiterhaufen zu werfen. War unser Leben so unerträglich für dich, so öde?

Ich habe es dir nie erzählt, aber ich machte den Test hinter deinem Rücken. Das optimistisch stimmende Ergebnis (ungefähr 1 zu 100) erlaubte mir noch einmal, dem Übermaß unserer Verschiedenheiten auszuweichen. Ich, ich war wählerisch. Meine Haltung zur Elternschaft war an Bedingungen geknüpft, und die Bedingungen waren streng. Ich wollte keinen Schwachsinnigen oder Gelähmten bemuttern; wann immer ich übermüdete Frauen sah, die ihre steifgliedrige Nachkommenschaft mit Muskelschwund zur Wassertherapie ins Nyack-Krankenhaus rollten, schmolz mein Herz nicht dahin, es wurde schwer. Eine ehrliche Liste von allem, was ich tatsächlich nicht aufziehen wollte, vom gewöhnlichen Trottel bis zum grotesk Übergewichtigen, würde fast die nächste Seite füllen. Doch im nachhinein gesehen, lag mein Fehler nicht darin, daß ich den Test heimlich machte, sondern daß mich das Ergebnis wieder ermutigte. Dr. Rhinestein hat nicht auf Bösartigkeit getestet, auf gehässige Gleichgültigkeit oder angeborene Gemeinheit. Wenn das ginge, frage ich mich, wie viele Fische zurückgeworfen werden würden.

Was die Geburt selbst betraf, so hatte ich Schmerz gegenüber immer eine Machohaltung zur Schau getragen, die nur verriet, daß ich nie an einer schweren Krankheit gelitten, einen einzigen Knochen gebrochen hatte oder aus einem Haufen verkeilter Autos hervorgekrochen war. Ehrlich, Franklin, ich weiß nicht, woher ich dieses Bild von mir als starker Frau habe. Ich war die Mary Woolford der körperlichen Welt. Mein Konzept von Schmerz stammte von angestoßenen Zehen, abgeschürften Ellbogen und Menstruationskrämpfen. Ich wußte, wie sich ein leichter Muskelkater nach dem ersten Tag der Squash-Saison anfühlte. Ich hatte keine Ahnung, wie es ist, eine Hand an einer Maschine zu verlieren oder ein Bein unter dem Seventh-Avenue-Zug. Aber wie bereitwillig kaufen wir uns gegenseitig unsere Heldensagen ab, egal, wie weit hergeholt sie sein mögen. Du hast meine wegwerfende Reaktion, wenn ich mir in der Küche in die Finger schnitt – ein allzu durchsichtiges Werben um deine Bewunderung, Lieber –, als ausreichenden Beweis dafür akzeptiert, daß ich mit der gleichen stoischen Gelassenheit ein Gebilde vom Umfang eines Gartengrills durch eine Öffnung pressen würde, die vorher nichts Größeres als eine Bratwurst beherbergt hatte. Es verstand sich von selbst, daß ich eine Narkose ablehnte.

Ich begreife überhaupt nicht mehr, was wir zu beweisen versuchten. Du vielleicht, daß ich tatsächlich die überlebensgroße Heldin war, die du dir zur Frau erwählt hattest. Und ich bin vielleicht in den kleinen Gebärwettbewerb unter Frauen hineingesogen worden. Selbst Brians zimperliche Frau Louise verkündete, daß sie die sechsundzwanzigstündigen Wehen bei Kiley allein mit der Linderung durch »Himbeerblättertee« überstanden habe, eine beliebte familiäre Anekdote, die sie bei drei verschiedenen Anlässen erzählte. Es waren Begegnungen dieser Sorte, die die Teilnehmerzahl des Kurses über natürliche Geburt an der New School anschwellen ließen, obwohl ich wette, daß viele Teilnehmerinnen, die bei diesem »Ich möchte mitbekommen, wie es sich anfühlt«-Spiel mitredeten, zusammenbrachen und bei der ersten Wehe um eine Rückenmarksnarkose bettelten.

Ich doch nicht. Ich war nicht tapfer, aber ich war stur und stolz. Reiner Starrsinn hält länger als Mut, wenn er auch nicht so hübsch ist.

Als sich also zum ersten Mal meine Innereien verdrehten, als würden sie wie ein nasses Laken ausgewrungen, traten meine Augen leicht hervor, die Lider öffneten sich überrascht, meine

Lippen preßten sich zusammen. Ich beeindruckte dich mit meiner Ruhe. Das war Absicht. Wir aßen gerade wieder zu Mittag im Beach House, und ich beschloß, mein Chili nicht aufzuessen. Du erwidertest meinen Gleichmut, indem du erst noch ein Stück Maisbrot verschlangst, ehe du einen Stapel Papierhandtücher von der Toilette holen gingst: Meine Fruchtblase war geplatzt, literweise Wasser, so kam es mir vor, hatte die Bank durchtränkt. Du hast die Rechnung bezahlt und sogar an ein Trinkgeld gedacht, ehe du mich an der Hand zu unserem Loft zurückführtest und dabei auf die Uhr sahst. Wir würden uns nicht aus der Fassung bringen lassen und Stunden, bevor mein Gebärmuttermund sich zu öffnen begann, im Beth-Israel-Krankenhaus erscheinen.

Später am Nachmittag, als du mit mir in deinem babyblauen Pick-up über die Canal Street fuhrst, hast du gemurmelt, daß alles gut werden würde, obwohl du das gar nicht wissen konntest. Bei den Aufnahmeformalitäten wurde mir der alltägliche Charakter meines Zustands bewußt, die Schwester gähnte, was mich in meinem Vorsatz bestärkte, mich als mustergültige Patientin zu erweisen. Ich würde Dr. Rhinestein mit meiner rauhen praktischen Art verblüffen. Ich wußte, daß es sich um einen natürlichen Vorgang handelte, und ich würde kein Theater machen. Deshalb stieß ich, als mich eine neue Wehe zusammensacken ließ, als hätte mich unerwartet ein rechter Haken getroffen, lediglich ein leises *Ufff* aus.

Das Ganze war eine lächerliche und vollkommen sinnlose Show. Es gab keine Veranlassung, Dr. Rhinestein verblüffen zu wollen, ich mochte sie noch nicht mal besonders. Sollte ich die Absicht gehabt haben, dich stolz zu machen – du würdest einen Sohn bei diesem Geschäft bekommen, eine mehr als ausreichende Entlohnung für ein bißchen Geschrei und Gefluche. Es hätte dir vielleicht sogar gutgetan zu erkennen, daß die Frau, die du geheiratet hast, eine gewöhnliche Sterbliche war, die Bequemlichkeit über alles schätzte und Schmerzen haßte und deshalb vernünftigerweise die Narkose wählen würde.

Statt dessen machte ich auf meinem Rollbett im Korridor flaue Witze und hielt deine Hand. Das war die Hand, die ich dir fast gebrochen hätte, hast du später erzählt.

Ach Franklin, es ist zwecklos, jetzt noch etwas vorzutäuschen. Es war entsetzlich. Vielleicht bin ich tough bei bestimmten Schmerzen, aber wenn dem so ist, liegt meine Stärke in meinen Waden oder Unterarmen, nicht zwischen meinen Beinen. Das war ein Teil meines Körpers, den ich nie mit Ausdauer in Verbindung gebracht hatte, mit etwas so Verhaßtem wie Training. Und als die Stunden schleppend vergingen, kam mir langsam der Verdacht, daß ich einfach zu alt war, zu unelastisch mit meinen fast Vierzig, um mich für dieses neue Leben zu dehnen. Dr. Rhinestein bemerkte spitz, daß ich schmal sei, als wollte sie auf eine Unzulänglichkeit hinweisen, und nach ungefähr fünfzehn Stunden drängte sie mich in ernster Verzweiflung: *Eva! Sie müssen sich wirklich anstrengen.* Soviel zum Thema, ihr Erstaunen erringen zu wollen.

Nach etwa vierundzwanzig Stunden kullerten hin und wieder ein paar Tränen meine Schläfen hinunter, und ich wischte sie hastig weg, wollte nicht, daß du sie siehst. Mehr als einmal wurde die Rückenmarksnarkose angeboten, und meine Entschlossenheit, diese Erleichterung auszuschlagen, hatte schon etwas Irrsinniges an sich. Ich klammerte mich an diese Weigerung, als ob es darum ginge, diesen kleinen Test zu bestehen, und nicht, einen kleinen Sohn hervorzubringen. Solange ich die Nadel ablehnte, würde ich gewinnen.

Schließlich war es die Androhung eines Kaiserschnitts, die wirkte. Dr. Rhinestein machte keinen Hehl aus der Tatsache, daß in ihrer Praxis noch andere Patienten warteten und daß sie von meiner glanzlosen Vorstellung abgestoßen war. Ich hatte eine anormale Angst davor, aufgeschlitzt zu werden. Ich wollte keine Narbe. Genau wie Rita, ich schäme mich, es zuzugeben, hatte ich Angst um meine Bauchmuskeln, und die Prozedur erinnerte mich zu sehr an all diese Horrorfilme.

Also *strengte ich mich an,* was mich erkennen ließ, daß ich mich gegen die Geburt gewehrt hatte. Wann immer sich die riesige Masse dem winzigen Kanal näherte, hatte ich sie wieder hineingesogen. Weil es schmerzte. Es schmerzte *sehr*. In diesem Kurs an der New School hatten sie einem eingebleut, daß Schmerz *gut* war, man sollte sich *ihm überlassen, in den Schmerz hineinpressen,* und erst als ich auf dem Rücken lag, merkte ich, was das für ein schwachsinniger Ratschlag war. Schmerz, *gut*? Verachtung überkam mich. Tatsächlich habe ich dir das noch nie erzählt, aber das Gefühl, an das ich mich klammerte, um über die kritische Schwelle zu pressen, war *Abscheu*. Ich haßte es, dazuliegen wie ein Exponat auf einer Landwirtschaftsausstellung und Fremde zwischen meine gespreizten Beine glotzen zu lassen. Ich haßte Dr. Rhinesteins spitzes kleines Rattengesicht und ihre energische strenge Art. Ich haßte mich selbst, daß ich je in dieses demütigende Schauspiel eingewilligt hatte, dabei war es mir vorher *gut* gegangen, und ich hätte jetzt auch in *Frankreich* sein können. Ich verfluchte alle meine Freundinnen, die früher ihre Vorbehalte gegenüber einer angebotsorientierten Wirtschaftspolitik diskutiert oder mich zumindest halbherzig nach meiner letzten Auslandsreise gefragt hatten und jetzt seit Monaten nur über Schwangerschaftsstreifen und Patentrezepte gegen Verstopfung plauderten oder fröhlich Horrorgeschichten zum besten gaben von tödlichen Eklampsien oder autistischem Nachwuchs, der den ganzen Tag nur hin und herschaukelt und sich in die Hände beißt. Dein ewig hoffnungsvoller, ermutigender Gesichtsausdruck machte mich *krank*. Alles sehr einfach für dich, *Daddy* werden zu wollen, all diesen Plüschtierkitsch zusammenzukaufen, während ich diejenige war, die fett wie eine Sau werden mußte, ich war diejenige, die sich in eine tugendhafte vitaminschluckende Abstinenzlerin zu verwandeln hatte, ich war diejenige, die zusehen mußte, wie ihre Brüste sich aufblähten, weich und wund wurden, dabei waren sie immer so hübsch und fest gewesen, ich war diejenige, die in Fetzen gerissen werden würde, weil sie sich eine Wassermelone durch eine Passage von der Größe eines Gartenschlauchs rammen würde. Wirklich, ich haßte dich und deine kleinen Koselaute und dein Gemurmel, ich wünschte, du würdest aufhören, meine Brauen mit dem feuchten Waschlappen abzuwischen, als ob das auch nur den leisesten Unterschied machte, und ich glaube, ich wußte, daß ich deiner Hand weh tat. Und ja, ich haßte sogar das Baby – das mir bis jetzt keine Hoffnung auf Zukunft, *Geschichte,* Sinn und »das Aufschlagen einer neuen Seite« gebracht hatte, sondern Schwerfälligkeit und Scham und eine grollende unterirdische Erschütterung, die den Meeresgrund dessen, was ich zu sein glaubte, erzittern ließ.

Aber als ich über die Schwelle hinauspreßte, überfiel mich ein so rotglühender Schmerz, daß ich mir den Mehraufwand an Haß nicht mehr leisten konnte. Ich schrie, und es war mir egal. In dem Moment hätte ich alles getan, damit er aufhörte: meine Firma verpfändet, unser Kind in die Sklaverei verkauft, meine Seele der Hölle verschrieben. »Bitte –«, keuchte ich, »geben Sie mir diese Narkose!«

Dr. Rhinestein sagte strafend: »Dafür ist es jetzt zu spät, Eva. Daß Sie es nicht aushalten können, hätten Sie mir früher sagen müssen. Der Kopf des Babys kommt gleich durch. Um Himmels willen, geben Sie *jetzt* nicht auf.«

Und plötzlich war es vorbei. Später witzelten wir darüber, wie lange ich es ausgehalten und daß ich erst um eine Narkose gebettelt hatte, als sie schon nicht mehr möglich war, aber in dem Moment war es nicht komisch. Seit der Sekunde seiner Geburt assoziierte ich Kevin mit meinen eigenen Grenzen – nicht nur mit Schmerz, sondern mit Niederlage.

Eva

13. DEZEMBER 2000

Lieber Franklin,

als ich heute morgen zur Arbeit kam, konnte ich an der feindseligen Verdrießlichkeit der Demokraten sofort erkennen, daß Florida verloren war. Das Gefühl der Ernüchterung in beiden Lagern ist wie eine postnatale Depression.

Doch wenn meine Kollegen beider Fraktionen enttäuscht sind, daß diese so erfrischende Rauferei beendet ist, bin ich noch ein bißchen untröstlicher, weil ich sogar aus der ihnen gemeinen und sie verbindenden Erfahrung des Verlusts verbannt bin. Mehrmals multipliziert, muß meine heutige Einsamkeit der Erfahrung meiner Mutter gegen Kriegsende nahekommen, denn mein Geburtstag am 15. August fällt mit dem Tag des Sieges über Japan zusammen, als Hirohito im Rundfunk den Japanern die Kapitulation mitteilte. Die Krankenschwestern waren offenbar so aus dem Häuschen, daß sie kaum dazu zu bringen waren, auf den Rhythmus ihrer Wehen zu achten. Während sie hörte, wie die Sektkorken auf den Fluren knallten, muß sie sich schmerzlich ausgeschlossen gefühlt haben. Die Ehemänner vieler Krankenschwestern würden nach Hause kommen, aber mein Vater nicht. Mochte der Rest des Landes den Krieg gewonnen haben, die Khatchadourians aus Racine, Wisconsin, hatten ihn verloren.

Später muß sie genauso im Konflikt mit den einbalsamierten Gefühlen der Grußkartenfirma gelegen haben, für die sie arbeitete (alles, nur keinen Job im Firmensitz von Johnson Wax). Wie gespenstisch, anderer Leute Glückwünsche zum Hochzeitstag zu verpacken, ohne Bedarf zu haben, eine Karte einzustecken, wenn sich ihr eigener Freudentag näherte. Ich habe meine Zweifel, ob ich darüber froh sein sollte, daß diese Arbeit ihr eingab, ihr eigenes Grußkartengeschäft aufzuziehen, wodurch sie sich für immer in die Enderby Avenue zurückziehen konnte. Aber ich kann sagen, daß die Karte »Zur Geburt Deines ersten Kindes«, die sie extra für mich angefertigt hatte – gefüttert mit einem changierenden Gewebe in Grün- und Blautönen –, nun, daß sie entzückend war.

Tatsächlich mußte ich an meine Mutter denken, als mein Kopf im Beth-Israel-Krankenhaus wieder klar wurde, und ich kam mir undankbar vor. Mein Vater hatte nicht ihre Hand halten können, so wie du meine. Doch ich, der die Hand eines lebendigen Ehemannes angeboten wurde, ich zerquetschte sie.

Aber wir wissen alle, daß in Wehen liegende Frauen beleidigend werden können, deshalb bin ich versucht, meine Beichte dabei zu belassen, daß ich im Eifer des Gefechts etwas feindselig geworden bin. Schließlich war ich sofort beschämt und küßte dich. Das war vor der Zeit, als die Ärzte das Neugeborene gleich auf die Brust der Mutter schoben, mit geronnenem Blut und allem, und wir hatten ein paar Minuten für uns, während sie die Nabelschnur abbanden und ihn säuberten. Ich war aufgeregt, streichelte und drückte deinen Arm, schmiegte meine Stirn in die weiche Beuge deines Ellbogens. Unser Kind hatte ich noch nicht gehalten.

Aber so leicht kann ich mich nicht vom Haken lassen.

Bis zum 11. April 1983 hatte ich mir selbst geschmeichelt, daß ich ein außergewöhnlicher Mensch war. Aber seit Kevins Geburt vermute ich, daß wir alle stinknormal sind. (Was das betrifft: Sich selbst als Ausnahme zu sehen ist wahrscheinlich eher die Regel als umgekehrt.) Wir haben in bestimmten Situationen explizite Erwartungen an uns selbst – mehr als das, Ansprüche. Manche sind harmlos: Wenn wir eine Überraschungsparty geschenkt bekommen, werden wir Freude zeigen. Andere sind beträchtlich: Wenn ein Elternteil stirbt, sind wir tief bekümmert. Aber vielleicht geht mit diesen Erwartungen die heimliche Angst einher, daß wir im Ernstfall den Konventionen nicht entsprechen könnten. Daß wir den schicksalhaften Anruf bekommen, und unsere Mutter ist tot, und wir empfinden nichts. Ich frage mich, ob diese stille, unaussprechliche kleine Angst nicht sogar größer ist als die Angst vor der schlechten Nachricht an sich: daß wir uns selbst als monströs erkennen könnten. Falls das nicht zu schockierend wirkt – während unserer ganzen Ehe lebte ich mit einer großen Furcht: daß ich zerbreche, wenn dir etwas zustößt. Aber es war immer ein seltsamer Schatten dabei, eine unterschwellige Angst, wenn du so willst: daß es nicht so wäre, daß ich am selben Nachmittag fröhlich abschwirren würde, um Squash zu spielen.

Die Tatsache, daß diese *unterschwellige* Angst selten die Oberhand gewinnt, entspringt blankem Vertrauen. Du mußt darauf vertrauen, daß die Verzweiflung dich ganz von selbst überkommt, wenn das Undenkbare eintrifft; daß Trauer, zum Beispiel, keine Erfahrung ist, die du heraufbeschwören, oder eine Fähigkeit, die du trainieren mußt, und dasselbe gilt für vorgeschriebene Freude.

Auf diese Weise kann sogar die Tragödie mit einer Spur von Erleichterung einhergehen. Die Entdeckung, daß bei Herzschmerz das Herz schmerzt, versöhnt uns mit unserem Menschsein (wenn man bedenkt, was Menschen fertigbringen, ist Menschsein allerdings ein kurioser Begriff, um ihn gleichzusetzen mit Mitgefühl oder auch nur mit emotionaler Kompetenz). Um es deutlich für dich zu machen, Franklin, nimm zum Beispiel den gestrigen Tag. Ich fuhr auf der Route 9 W zur Arbeit, als ein Ford Fiesta nach rechts abbog und auf dem Seitenstreifen einen Radfahrer schnitt. Die Beifahrertür machte eine Acht aus dem Vorderrad des Fahrrads, und der Fahrer wurde über das Autodach katapultiert. Er landete in einer Position, die schlechthin unmöglich war, so als wäre sie von einem wenig versprechenden Kunststudenten gezeichnet worden. Ich war schon vorbeigefahren, aber im Rückspiegel sah ich, daß hinter mir drei andere Autos hielten, um zu helfen.

Es wirkt pervers, Trost in einem solchen Unglück zu finden. Doch ich nehme an, daß keiner der Fahrer, die ausstiegen, um den Rettungsdienst anzurufen, den Radfahrer persönlich kannte oder ein bestimmtes Interesse an seinem Schicksal hatte. Trotzdem nahmen sie Anteil genug, um sich selbst einer Unbequemlichkeit auszusetzen, eventuell sogar bis zu dem Punkt, vor Gericht aussagen zu müssen. Was mich betrifft, so hatte das Drama mich körperlich mitgenommen – meine Hände zitterten am Lenkrad, mein Mund blieb offenstehen und wurde trocken. Aber ich hatte meine Sache gut gemacht. Das Leid anderer Menschen ließ mich immer noch erbleichen.

Doch ich weiß, wie es ist, aus der Rolle zu fallen. Überraschungsparty? Komisch, daß ich dieses Beispiel gewählt habe. In der Woche, in der ich zehn wurde, spürte ich, daß etwas in der Luft lag. Es wurde geflüstert, an einen bestimmten Schrank durfte ich nicht gehen. Als ob das nicht genug Andeutungen gewesen wären, sagte Giles zuckersüß: »Du wirst überrascht sein!« In der zweiten Augustwoche kapierte ich, welch besonderer Tag näher rückte, und als er da war, platzte ich vor Spannung.

Am Nachmittag meines Geburtstages schickte man mich in den Garten.

»Überraschung!« Als ich wieder hereingebeten wurde, entdeckte ich, daß inzwischen fünf Freundinnen von mir heimlich durch die Vordertür gekommen waren, während ich versucht hatte, durch die zugezogenen Gardinen des Küchenfensters zu spähen. In unserem bauchigen Wohnzimmer saßen sie am Spieltisch, der mit einer Spitzentischdecke aus Papier überzogen und mit bunten Papptellern gedeckt war, neben die meine Mutter farblich passende Platzkarten gestellt hatte, beschriftet in der fließenden Kalligraphie ihres Berufs. Es gab auch käuflich erworbene Partyhits: kleine Bambusschirmchen und Krachmacher, die schnalzten und hupten. Auch der Kuchen war vom Bäcker, und meine Mutter hatte die Limonade knallrosa gefärbt, damit sie festlicher aussah.

Zweifellos sah meine Mutter mein langes Gesicht. Kinder sind so schlechte Heuchler. Während der Party war ich nervös, einsilbig. Ich öffnete und schloß mein Schirmchen und hatte es schnell satt, was seltsam war; ich hatte andere Mädchen mächtig beneidet, die auf Partys gewesen waren, zu denen ich nicht eingeladen worden war, und die mit genau diesen rosa-hellblauen Schirmchen in die Schule kamen. Doch irgendwie merkte ich, daß sie im Zehnerpack verkauft wurden und sogar für Leute wie uns erschwinglich waren, und das minderte ihren Wert mehr, als ich sagen konnte. Zwei meiner Gäste mochte ich nicht besonders, Eltern kriegen es mit unseren Freundinnen nie richtig hin. Der Kuchen war mit Zuckerguß versiegelt wie ein Plastikpuck und schmeckte nach gar nichts, nur süß. Meine Mutter buk besser. Es gab mehr Geschenke als sonst, aber ich kann mich nur noch daran erinnern, daß jedes unerklärlich enttäuschend war. Und ich wurde von einem Vorgeschmack aufs Erwachsensein heimgesucht, einem unvermittelten Gefühl der Ausweglosigkeit, das Kinder selten plagt: Wir saßen in einem Zimmer zusammen, und es gab nichts zu sagen oder zu tun. In dem Moment, als alles vorbei war, der Fußboden voller Krümel und Geschenkpapier, brach ich in Tränen aus.

Ich muß mich verwöhnt anhören, aber ich war nicht verwöhnt. Früher wurde wenig Getue um meine Geburtstage gemacht. Wenn ich zurückblicke, finde ich mich auch ziemlich gemein. Meine Mutter hatte sich soviel Mühe gegeben. Ihr Geschäft warf meistens nicht viel Geld ab, sie arbeitete mehr als eine Stunde an einer Karte und verkaufte sie dann für einen Vierteldollar. Ein Preis, über den die Kunden immer noch mekkerten. Gemessen an unserem winzigen Haushaltsbudget, waren die Unkosten beträchtlich gewesen. Sie muß bestürzt gewesen sein, eine andere Mutter hätte mir den undankbaren Hintern versohlt. Was hatte ich mir bloß ausgemalt, daß im Vergleich dazu meine Überraschungsparty zu einer solchen Enttäuschung wurde?

Nichts. Oder nichts Besonderes, nichts, was ich konkret im Kopf gehabt hätte. Das war das Problem. Ich hatte etwas Großes und Gestaltloses erwartet, etwas so Riesiges und Wunderbares, daß ich es mir noch nicht einmal vorstellen konnte. Die Party, die sie für mich gab, war nur allzu vorstellbar. Selbst wenn sie eine Blaskapelle und Zauberer aufgefahren hätte, ich wäre immer noch niedergeschlagen gewesen. Es gab keine Extravaganz, die ich nicht abgelehnt hätte, denn jede wäre konkret und festgelegt gewesen, nur eine Sache und keine andere. Eben nur das, was es war.

Worauf ich hinauswill, ist, daß ich nicht genau weiß, was ich erwartete, als Kevin mir zum ersten Mal an die Brust gelegt wurde. Ich hatte mit nichts *Bestimmtem* gerechnet. Ich wollte etwas, das ich mir nicht vorstellen konnte. Ich wollte verändert werden. Ich wollte mitgerissen werden. Ich wollte, daß sich eine Tür öffnete und sich mir eine völlig neue Sicht darbot, von der ich nie geahnt hatte, daß es sie da draußen gab. Ich wollte nichts weniger als eine Offenbarung, und Offenbarungen lassen sich von Natur aus nicht vorwegnehmen. Sie versprechen etwas, in das wir noch nicht eingeweiht sind. Wenn ich etwas aus meinem zehnten Geburtstag gelernt habe, dann, daß Erwartungen gefährlich sind, wenn sie sowohl hochgespannt als auch unkonkret sind.

Vielleicht habe ich mich hier falsch dargestellt. Natürlich hatte ich Befürchtungen. Aber meine Erwartungen an die Mutterschaft *waren* hochgespannt; sonst hätte ich nicht eingewilligt, mich darauf einzulassen. Ich hatte hungrig den Berichten von Freundinnen gelauscht: *Du hast keine Ahnung, wie es ist, bis du ein eigenes hast.* Wann immer ich zugab, daß ich von Säuglingen und Kleinkindern nicht fasziniert war, wurde mir versichert: *Das ging mir genauso! Konnte die Kinder anderer Leute nicht ausstehen! Aber es ist anders – es ist völlig* anders –, *wenn es deine sind.* Das liebte ich, die Aussicht auf ein *anderes Land*, ein fremdes Land, in dem sich gemeine Schurken auf wunderbare Weise in eine Antwort auf die »Große Frage« verwandelten, wie du selbst gesagt hast. Vielleicht habe ich sogar meine Gefühle gegenüber fremden Ländern falsch dargestellt. Ja, ich war reisemüde, und ja, ich mußte immer eine ererbte Angst bekämpfen, ehe ich in ein Flugzeug stieg. Aber das erste Mal den Boden von Namibia oder Hongkong oder sogar Luxemburg zu betreten brachte mich in Hochstimmung.

Was ich nicht wußte, bekannte Brian, *ist, daß du dich in deine eigenen Kinder verliebst. Du liebst sie nicht nur. Du verliebst dich. In dem Moment, wo du sie zum ersten Mal ansiehst – das ist unbeschreiblich.* Ich wünschte, er hätte es trotzdem beschrieben. Ich wünschte, er hätte es wenigstens versucht.

Dr. Rhinestein ließ das Neugeborene über meiner Brust baumeln und legte das winzige Geschöpf zu mir, und ich war froh, daß sie endlich eine behutsame Zärtlichkeit zeigte. Kevin war feucht, und die Falten seines Halses und seiner Gelenke bargen noch Reste von Blut. Schüchtern legte ich meine Hände um ihn. Sein verzerrtes Gesicht wirkte verärgert. Sein Körper blieb reglos; ich konnte seine Schlaffheit nur als mangelnden Enthusiasmus interpretieren. Saugen gehört zu unseren wenigen angeborenen Instinkten, aber als sein Mund direkt an meiner vergrößerten braunen Brustwarze lag, sackte sein Kopf angewidert weg.

Auch wenn ich gewarnt worden war, daß ich nicht auf Knopfdruck Milch spenden würde wie ein Automat in einer Kantine, versuchte ich es weiter; er leistete weiter Widerstand; die andere Brustwarze gefiel ihm auch nicht besser. Und die ganze Zeit wartete ich. Mit flachem Atem wartete ich. Und wartete. *Aber jeder sagt –*, dachte ich. Und dann, sehr klar: *Hüte dich vor dem, was »jeder sagt«.*

Franklin, ich fühlte mich – abwesend. Ich kramte in mir nach diesem *unbeschreiblichen* Gefühl, als wühlte ich in einer übervollen Besteckschublade nach dem Kartoffelschäler, aber egal, wieviel ich herumklapperte, egal was ich aus dem Weg räumte, er war nicht da. Der Kartoffelschäler ist doch immer in der

Schublade. Er ist unter dem Tortenheber, er ist in das Garantieheft für den Mixer gerutscht –

»Er ist schön«, murmelte ich. Ich hatte nach einem Satz aus dem Fernsehen gegriffen.

»Kann ich?« fragtest du scheu.

Ich hob dir das Baby entgegen. Während der neugeborene Kevin sich unglücklich an meiner Brust gewunden hatte, legte er einen Arm um deinen Hals, als hätte er seinen wahren Beschützer gefunden. Als ich in dein Gesicht sah, Augen geschlossen, die Wange an unseren kleinen Sohn gepreßt, begriff ich, wenn das nicht zu ungehörig klingt: Da ist der Kartoffelschäler. Es schien so unfair. Du warst sichtlich gerührt, du warst von einem tiefen Staunen erfüllt, das jeder Beschreibung spottete. Es war, als würdest du an einem Eis lecken und mir nichts abgeben.

Ich setzte mich auf, und du gabst ihn widerstrebend zurück, woraufhin Kevin zu wimmern anfing. Als ich das Baby hielt, das immer noch nicht saugen wollte, wurde ich wieder von meinem »Und jetzt?«-Gefühl der Feier zu meinem zehnten Geburtstag heimgesucht: Hier waren wir, alle in einem Zimmer, und es gab nichts zu sagen oder zu tun. Die Minuten dehnten sich, Kevin jaulte, ruhte schlaff, zuckte hin und wieder gereizt zusammen; ich spürte die ersten Anzeichen von etwas, das ich nur, wie schrecklich, Langeweile nennen kann.

Bitte nicht. Ich weiß, was du jetzt sagen würdest. Daß ich erschöpft war. Daß ich siebenunddreißig Stunden lang in den Wehen gelegen hatte; lächerlich zu glauben, daß ich etwas anderes als Erschöpfung und Benommenheit empfinden könnte. Und wie absurd von mir, ein Feuerwerk zu erwarten. Ein Baby ist ein Baby. Du würdest mich an die komische kleine Geschichte erinnern, als ich für mein Auslandsjahr in Green Bay das erste Mal nach Übersee reiste und in Madrid auf die Landebahn trat: wie unerklärlich enttäuscht ich war, weil es in Spanien auch Bäume gab. *Natürlich gibt es in Spanien Bäume!* hast du gestichelt. Das war mir peinlich gewesen; natürlich wußte ich irgendwie, daß es da Bäume gab, aber mit dem Himmel und der Erde und den Leuten, die herumliefen – nun, es schien einfach nicht so anders zu sein. Später hast du diese Anekdote benutzt, um zu illustrieren, wie grotesk überhöht meine Erwartungen immer sind, wie selbstzerstörerisch mein regelrechter Heißhunger nach Exotik, denn sobald ich nach etwas außerhalb dieser Welt griff, wurde es Teil dieser Welt und zählte nicht mehr.

Außerdem, würdest du besänftigend sagen, ist Elternschaft nicht etwas, das sich augenblicklich einstellt. Die Tatsache, daß da ein Baby ist, wo eben noch keins war, ist so beunruhigend, daß das Ganze vielleicht noch nicht richtig zu mir durchgedrungen war. Ich war benommen. Das war es. Ich war benommen. Ich war nicht herzlos oder gestört. Manchmal, wenn man sich selbst zu angestrengt beobachtet, die eigenen Gefühle unter die Lupe nimmt, dann fliehen sie, entziehen sich dem Zugriff. Ich war befangen, und ich gab mir zuviel Mühe. Ich hatte mich allmählich in eine Art Gefühlslähmung hineingesteigert. Hatte ich nicht gerade beobachtet, daß diese spontanen Ergüsse großer Leidenschaft eine Frage des Glaubens waren? Also hatte mein Glaube gewackelt. Ich hatte der *unterschwelligen Furcht* zeitweise erlaubt, die Oberhand zu gewinnen. Ich sollte mich einfach entspannen und der Natur ihren Lauf lassen. Und mich um Himmels willen etwas ausruhen. Ich weiß, daß du all dies sagen würdest, weil ich es mir selbst sagte. Und nichts konnte mich überzeugen. Mein Gefühl war, daß das Ganze von Anfang an falsch lief, daß ich mich nicht an das Programm hielt, daß ich uns und unser neugeborenes Baby traurig im Stich ließ. Daß ich, offen gestanden, ein Monstrum war.

Als sie den Dammriß nähten, botest du an, Kevin wieder zu nehmen, und ich wußte, ich sollte protestieren. Ich tat es nicht. Als du ihn mir abnahmst, war meine Dankbarkeit niederschmetternd. Wenn du die Wahrheit wissen willst: Ich war wütend, ich hatte Angst, ich schämte mich, aber ich kam mir auch betrogen vor. Ich wollte meine Überraschungsparty. Ich dachte, wenn eine Frau sich nicht darauf verlassen kann, mit solch einer Aufgabe zu wachsen, dann kann sie sich auf gar nichts verlassen; von nun an stand die Welt Kopf. Erschöpft, mit gespreizten Beinen, legte ich ein Gelübde ab: Ich hatte zwar gelernt, meine intimsten Körperteile aller Welt zur Schau zu stellen, aber ich würde niemandem auf Erden offenbaren, daß die Geburt eines Kindes mich unberührt gelassen hatte. Du hattest mir ein Redeverbot erteilt – »Sag niemals, daß du unser eigenes Kind bereust«; jetzt erteilte ich mir selber eins. Wenn ich in Gesellschaft später von diesem Moment erzählte, griff ich nach dem Wort *unbeschreiblich*. Brian war ein ausgezeichneter Vater. Ich lieh mir die Zärtlichkeit meines guten Freundes für diesen Tag.

Eva

18. Dezember 2000

Lieber Franklin,

heute abend hatten wir unsere Firmenweihnachtsfeier, was gar nicht so einfach war, mit sechs Leuten, die sich gerade noch in den Haaren lagen. Wir haben wenig gemeinsam, aber im allgemeinen bin ich froh über die Gesellschaft – weniger über intime Gespräche bei einem Sandwich als über den täglichen Austausch über Pauschalreisen auf die Bahamas. (Ich bin manchmal so dankbar für die Fleißarbeit, Flüge zu buchen, daß ich weinen könnte.) Außerdem verursacht mir die Nähe zu warmen Körpern ein tiefes tierisches Behagen.

Es war sehr großherzig von der Geschäftsführerin, mich in ihr Team aufzunehmen. Da *Donnerstag* so vielen Menschen in dieser Gegend Schaden zugefügt hat, hatte Wanda erst Bedenken, daß die Leute ihr Reisebüro meiden könnten, um nicht mehr daran denken zu müssen. Doch um fair gegenüber unseren Nachbarn zu sein – meistens verrät mir ein besonders herzlicher Weihnachtsgruß, daß ein Kunde erkennt, wer ich bin. Es sind die Kollegen, die ich enttäuscht habe. Sie müssen gehofft haben, daß die Nähe zu einer sogenannten Berühmtheit auf sie abfärben und sie mit ergreifend-verstörenden Geschichten für die nächste Dinnerparty ausstatten würde. Aber unsere Verbindung ist zu oberflächlich, und ich bezweifle, daß ihre Freunde beeindruckt sind. Die meisten meiner Geschichten sind normal. Es gibt nur eine Geschichte, die sie wirklich hören wollen, und das ist eine, die sie vorwärts und rückwärts aufsagen konnten, bevor ich anheuerte.

Wanda selbst, geschieden, mit breiten Hüften und dröhnendem Lachen, hatte vielleicht gehofft, daß wir schnell Freundinnen werden würden. Am Ende unseres ersten gemeinsamen Mittagessens vertraute sie mir an, daß ihr Exmann eine Erektion bekam, wenn er ihr beim Pinkeln zusah, daß sie gerade eine Hämorrhoide »abgebunden« bekommen habe und daß sie, bis sie mit sechsunddreißig bei Sacks fast von einem Hausdetektiv erwischt worden wäre, eine passionierte Ladendiebin gewesen sei. Ich enthüllte ihr im Gegenzug, daß ich es erst sechs Monate nach dem Einzug in meine Puppenstuben über mich gebracht hatte, Vorhänge zu kaufen. Du wirst verstehen, daß sie ein wenig verärgert war, weil ich Manhattan bekommen hatte und sie Perlen aus Glas.

Heute abend hat mich Wanda schließlich am Faxgerät gestellt. Sie wolle sich nicht einmischen, sagte sie, aber hätte ich »Hilfe« gesucht? Ich wußte natürlich, was sie meinte. Der gesamten Schülerschaft der Gladstone Highschool war von der Schulleitung eine kostenlose Therapie angeboten worden, und sogar einige der diesjährigen Neuzugänge, die 1999 noch nicht einmal angemeldet gewesen waren, haben ein Trauma geltend gemacht und sich auf die Couch geworfen. Ich wollte nicht feindselig erscheinen und ehrlich zugeben, daß ich mir nicht vorstellen konnte, wie meine Sorgen auch nur einen Deut leichter werden sollten, wenn ich sie vor einem Fremden ausbreitete, und daß eine Therapie ja wohl der logische Zufluchtsort für all jene war, deren Probleme flüchtige Hirngespinste waren und nicht historische Tatsachen. Also wandte ich ein, daß meine Erfahrung mit der Branche für seelische Gesundheit recht unangenehm gewesen sei, wobei ich freundlich unerwähnt ließ, daß das Versagen der Therapeuten meines Sohnes von einer Küste zur anderen Schlagzeilen gemacht hatte. Mehr noch, es schien mir nicht weise zu sein, ihr anzuvertrauen, daß ich bis jetzt nur »Hilfe« finde, wenn ich dir, Franklin, schreibe. Denn irgendwie habe ich das untrügliche Gefühl, daß diese Briefe nicht auf der Liste der verschriebenen Therapien stehen, da du das Herz dessen bist, was ich »überwinden« muß, damit ich vielleicht einen »Schlußstrich« ziehen kann. Was für eine schreckliche Aussicht.

Schon damals, 1983, konnte ich nicht begreifen, wie ein psychiatrisches Etikett wie *postnatale Depression* tröstlich sein sollte. Für unsere Landsleute scheint es von großer Wichtigkeit zu sein, ein Schild auf ihre Leiden kleben zu können. Offenbar bedeuten Beschwerden, die verbreitet genug sind, um einen Namen zu haben, daß du nicht allein bist und dir Optionen winken, wie Internet-Chaträume und lokale Selbsthilfegruppen für ekstatisch geteilte Bauchschmerzen. Dieser Drang zum Mitläufertum hat sogar den amerikanischen Small talk infiltriert. Ich kann mich nicht erinnern, wann mir jemand das letzte Mal erzählt hat, daß er »lange braucht, um wach zu werden«. Statt dessen informiert er mich darüber, daß er *kein Morgenmensch* ist. All diese Leidensgenossen, die tödliche Mengen Kaffee brauchen, um wach zu werden, sollen der eigenen Abneigung, aus dem Bett zu springen und fünfzehn Kilometer zu joggen, mehr Gewicht verleihen.

Ich hätte vielleicht eine erneute Wertschätzung meiner eigenen normativen Einstellungen erreichen können, zu denen auch die nicht ganz abwegige Erwartung gehörte, daß ich anläßlich der Geburt eines Kindes tatsächlich etwas fühle, vielleicht sogar etwas Schönes. Aber ich hatte mich nicht so verändert. Ich habe nie Trost darin gefunden, wie alle anderen zu sein. Und obwohl Dr. Rhinestein mir die *postnatale Depression* wie ein Geschenk anbot, als ob es einen schon aufmunterte, wenn man einfach erzählt bekam, daß man unglücklich war, bezahlte ich keine Profis dafür, daß sie mich mit dem Offensichtlichen versorgten, mit einer reinen Beschreibung. Der Begriff war weniger diagnostisch als tautologisch: Ich war nach Kevins Geburt depressiv, weil ich nach Kevins Geburt depressiv war. Danke.

Doch sie vermutete auch, daß ich vielleicht unter einem Gefühl von Zurückweisung litte, weil Kevins Desinteresse an meiner Brust anhielt. Ich wurde rot. Es war mir peinlich, daß ich mir die undurchschaubare Voreingenommenheit eines winzigen, unfertigen Geschöpfs zu Herzen nehmen könnte.

Natürlich hatte sie recht. Erst dachte ich, ich würde etwas falsch machen, seinen Mund nicht führen. Aber nein. Ich schob die Brustwarze zwischen seine Lippen, wohin denn sonst? Er saugte ein- oder zweimal und drehte sich weg, die bläuliche Milch floß sein Kinn hinunter. Er hustete, und – vielleicht bildete ich mir das nur ein – er schien sogar zu würgen. Als ich bei Dr. Rhinestein einen Notfalltermin bekommen hatte, teilte sie mir lediglich mit, daß so etwas »manchmal vorkommt«. Herrgott, Franklin, wenn man Mutter geworden ist, entdeckt man ständig etwas, das *manchmal vorkommt*! Ich war außer mir. In ihrer Praxis war ich von Broschüren über den Aufbau des Immunsystems eines Babys umzingelt. Und ich versuchte alles. Ich trank nicht. Ich ließ Milchprodukte weg. Mit großer Opferbereitschaft verzichtete ich auf Zwiebeln, Knoblauch und Chili. Ich ließ Fleisch und Fisch weg. Ich führte eine glutenfreie Diät ein, die mir nicht viel mehr als eine Schüssel Reis und Salat ohne Dressing übrigließ.

Am Ende hungerte ich, während Kevin sich weiterhin auf glanzlose Weise mit der Flasche füttern ließ, Pulvermilch, in der Mikrowelle erwärmt, die er nur von dir annahm. Er trank noch nicht mal meine Milch aus der Flasche, er drehte sich weg, ohne zu schlucken. Er konnte sie riechen. Er konnte mich riechen. Trotzdem wurde er nicht positiv auf Allergien getestet, jedenfalls nicht im medizinischen Sinn. Derweil waren meine früher kleinen Brüste gespannt, wund und tropften. Dr. Rhinestein beharrte darauf, daß ich meine Milch nicht versiegen lassen sollte, weil sich eine Aversion – das war das Wort, das sie benutzte, Franklin, *Aversion* – manchmal legen würde. Es war so unangenehm und schmerzhaft, daß ich mich nie ganz an die Milchpumpe gewöhnen konnte, obwohl es süß von dir war, extra dieses Krankenhausmodell von Medela zu besorgen. Ich fürchte, daß ich sie hassen lernte, ein kalter Plastikersatz für einen warmen saugenden Säugling. Ich brannte schmerzlich darauf, ihm die wahre Milch der Menschenliebe zu geben, und er wollte sie nicht, oder er wollte sie nicht von mir.

Ich hätte es nicht persönlich nehmen sollen, aber wie konnte ich das nicht? Es war nicht die Muttermilch, die er nicht wollte, es war die Mutter. Tatsächlich gelangte ich zu der Überzeugung, daß unser Ausbund der Freude mir auf die Schliche gekommen war. Säuglinge haben eine phantastische Intuition, denn Intuition ist das einzige, was sie haben. Ich war mir sicher, daß er das verräterische Versteifen meiner Arme spürte, wenn ich ihn hochnahm. Ich wußte, er hörte an dem unterschwellig angespannten Ton meiner Stimme, wenn ich säuselte und gurrte, daß mir Säuseln und Gurren nicht leichtfiel, und sein frühreifes Ohr erkannte in diesem endlosen Strom von aufgesetztem Geplapper einen heimtückischen, zwanghaften Sarkasmus. Außerdem, seit ich gelesen hatte – Entschuldigung, du hattest gelesen –, daß es wichtig sei, Säuglinge anzulächeln, um ihnen ein Antwortlächeln zu entlocken, lächelte und lächelte ich, ich lächelte, bis mir das Gesicht weh tat, aber ich war mir sicher, daß er durchschaute, wenn es schmerzte. Jedes Mal, wenn ich mich zwang zu lächeln, wußte er genau, daß mir nicht nach Lächeln zumute war, denn er lächelte nie zurück. Er hatte noch nicht viel Lächeln in seinem Leben gesehen, aber er hatte dich lächeln gesehen, und das reichte, um zu erkennen, daß im Vergleich dazu bei Mutter etwas nicht stimmte. Es bog sich falsch nach oben, es verschwand mit verräterischer Schnelligkeit, wenn ich mich von seiner Wiege abwandte. Hat Kevin es daher? Dieses marionettenhafte Lächeln im Gefängnis – als würde es an Fäden hochgezogen.

Ich weiß, daß du das bezweifelst, aber ich habe mir sehr große Mühe gegeben, eine leidenschaftliche Beziehung zu meinem Sohn zu entwickeln. Aber meine Gefühle für dich, zum Beispiel, habe ich nie als eine Übung empfunden, die ich immer wiederholen mußte, wie Tonleitern auf dem Klavier. Je mehr ich mich *bemühte,* desto bewußter wurde mir, daß allein schon meine Anstrengung eine Abscheulichkeit war. Diese große Zärtlichkeit, die ich schließlich einfach nachäffte, hätte mit Sicherheit ohne Extraeinladung durch die Tür kommen müssen. Deshalb war es nicht einfach Kevin, der mich deprimierte, oder die Tatsache, daß sich deine eigene Zuneigung immer mehr verlagerte; ich selbst deprimierte mich. Ich war schuldig, eine emotionale Gesetzesbrecherin.

Aber Kevin deprimierte mich auch, und ich meine *Kevin* und nicht *das Baby*. Dieses Kind schien mir von Anfang an eigen, etwas Besonderes, während du oft fragtest: *Wie geht's dem Kind?* oder *Wie geht's dem Jungen?* oder *Wo ist das Baby?* Für mich war er nie »das Baby«. Er war ein Individuum, ein ungewöhnlich schlaues Individuum, das gekommen war, um bei uns zu bleiben, und nur zufällig sehr klein war. Für dich war er »unser Sohn« – oder als du anfingst, an mir zu verzweifeln, »mein Sohn«. Deine Anbetung hatte immer etwas penetrant Allgemeines an sich, und ich bin sicher, daß er das spürte.

Ehe du dich wehrst, ich meine das nicht als Kritik. Es muß diese überbordende Zuneigung zu etwas sein, das eigentlich eine Abstraktion ist – die eigenen Kinder im Guten wie im Bösen –, die sogar noch gewaltiger sein kann als die Zuneigung zu ihnen als spezifischen schwierigen Menschen und die einen folglich auch dann an sie bindet, wenn sie als Individuen enttäuschen. Für meinen Teil war es dieses umfassende Bündnis mit Kindern als Idee, das ich wohl nicht habe schließen können und auf das ich nicht zurückgreifen konnte, als Kevin am *Donnerstag* schließlich meine mütterliche Bindung bis an die Grenze ihrer Belastbarkeit austestete. Ich habe nie für Parteien gestimmt, sondern immer für Kandidaten. Meine Ansichten waren so weltumfassend wie meine Speisekammer, damals noch vollgestopft mit Salsa Verde aus Mexico City, Anchovis aus Barcelona, Zitronengras aus Bangkok. Ich hatte keine Probleme mit der Abtreibung, aber ich fand die Todesstrafe entsetzlich, was, glaube ich, bedeutete, daß ich die Heiligkeit des Lebens nur bei Erwachsenen akzeptierte. Mein Umweltverhalten war kapriziös; ich legte einen Backstein in den Spülkasten unserer Toilette, aber nachdem ich mich Dutzenden tröpfelnder Duschen mit lächerlichem europäischem Wasserdruck unterworfen hatte, ergötzte ich mich eine halbe Stunde lang unter einer Sintflut kochendheißen Wassers. Mein Schrank war mit indischen Saris beflaggt, mit Wickelkleidern aus Ghana und vietnamesischen *ao dais*. Mein Vokabular war mit Importen gesalzen – *gemütlich, scusa, hugge, mzungu*. Ich rührte und schüttelte den Planeten, daß du manchmal fürchtetest, ich hätte keine Bindungen an nichts und niemanden, obwohl du dich da geirrt hast; meine Bindungen waren einfach weit gestreut und unanständig individuell.

Aus dem gleichen Grund konnte ich nicht *ein* Kind lieben; ich würde *dieses* lieben müssen. Ich war mit der Welt durch eine Vielzahl von Fäden verbunden, du durch ein paar starke Führungsseile. Es war genau wie mit dem Patriotismus. Du liebtest die *Idee* der Vereinigten Staaten von Amerika soviel mehr als das Land selbst, und dank deiner Umarmung des amerikanischen Traums konntest du die Tatsache übersehen, daß andere Eltern deines Landes sich die ganze Nacht mit Thermosflaschen voller Suppe bei FAO Schwartz anstellten, um eine Sonderedition von Nintendo zu kaufen. Im Konkreten lauert der Schund. In der Vorstellung wohnt das Großartige, das Transzendente, das Immerwährende. Irdische Länder und einzelne böse kleine Jungs können zur Hölle fahren; die Idee von Ländern, die Idee von Söhnen triumphiert bis in alle Ewigkeit. Obwohl keiner von uns je in die Kirche ging, kam ich zu dem Schluß, daß du ein von Natur aus religiöser Mensch bist.

Schließlich bereitete eine Mastitis meiner verzweifelten Suche danach, was Kevin meine Milch vergällte, ein Ende. Vielleicht hatte mich meine eingeschränkte Ernährung anfällig gemacht. Dies und das Gefummel, um Kevin doch noch von meiner Brust zu überzeugen, hatten meine Brustwarzen möglicherweise so verletzt, daß sich eine Infektion von seinem Mund übertragen konnte. Selbst in seiner Ablehnung meiner Milch konnte er mich noch ins Verderben führen, als wenn er schon im Jahr Null der weltlichere Teil von uns beiden war.

Da Müdigkeit das erste Anzeichen einer Mastitis ist, ist es nicht verwunderlich, daß die frühen Symptome unbeachtet blieben. Er hatte mich seit Wochen ausgelaugt. Ich wette, du glaubst mir seine Zornesanfälle immer noch nicht, obwohl eine Wut, die sechs bis acht Stunden anhält, weniger ein Anfall zu sein scheint als der Normalzustand, von dem die ruhigen Unterbrechungen, die du mitbekamst, bizarre Abweichungen darstellten. Unser Sohn hatte *Friedensanfälle*. Und es mag völlig verrückt klingen, aber die Ausdauer, mit der Kevin die ganze Zeit, in der er und ich allein waren, mit frühreifer Willensstärke schrie, um dann so abrupt, wie man einen Heavymetal-Radiosender ausstellt, in dem Moment aufzuhören, in dem du nach Hause kamst – also, das schien Vorsatz zu sein. In mir klang die Stille noch nach, wenn du dich über unseren schlummernden Engel beugtest, der, was du nicht wußtest, nach den olympischen Anstrengungen des Tages gerade erst eingeschlafen war. Obwohl ich dir nie meine pulsierenden Kopfschmerzen gewünscht habe, konnte ich das subtile Mißtrauen nicht ertragen, das sich zwischen uns aufbaute, weil sich deine Erfahrung mit unserem Sohn nicht mit meiner deckte. Ich habe manchmal im nachhinein die Vorstellung gehegt, daß Kevin schon in der Wiege zu teilen und zu herrschen lernte, auf intrigante Art so unterschiedliche Temperamente zeigte, daß wir zwangsläufig anderer Meinung waren. Kevins Gesichtszüge waren ungewöhnlich ausgeprägt für ein Baby, während meine eigenen immer noch diese runde Backfisch-Naivität an sich hatten, als ob er meinen geballten Scharfsinn schon im Uterus aus mir herausgesaugt hätte.

Als ich noch kein Kind hatte, nahm ich Babygeschrei als ziemlich eintönige Angelegenheit wahr. Es war laut; es war nicht so laut. Aber als Mutter entwickelte ich ein besonderes Gehör. Es gibt das Schreien eines unausdrückbaren Bedürfnisses, das erste Greifen eines Kindes nach Sprache, nach Geräuschen, die *naß* oder *Essen* oder *pikt* bedeuten sollen. Es gibt den Schreckensschrei – daß niemand da ist und daß vielleicht niemals wieder jemand da sein wird. Wir haben das matte *Uah-uah,* nicht unähnlich dem Ruf des Muezzins im Nahen und Mittleren Osten oder einem improvisierten Lied; das ist ein kreatives Weinen, ein Spaßweinen von Babys, die nicht besonders unglücklich sind, aber noch nicht realisiert haben, daß wir Schreien gern auf Notlagen beschränkt wissen. Das traurigste Weinen ist vielleicht das gedämpfte Dauer-Wimmern eines Babys, dem es vielleicht sehr schlecht geht, das aber aufgrund von Vernachlässigung oder Weitsicht nicht mehr auf Erleichterung hofft – eines Babys, das sich schon im Säuglingsstadium mit der Vorstellung abgefunden hat, daß Leben Leiden ist.

Ach, ich glaube, daß es viele Gründe gibt, warum neugeborene Babys weinen, genau wie bei Erwachsenen, aber Kevin benutzte keines dieser Standardtränenprogramme. Klar, wenn du wieder zu Hause warst, quengelte er manchmal wie ein *normales* Baby, das gefüttert oder gewickelt werden will, und du übernahmst ihn, und er hörte auf, und dann sahst du mich immer an, als wolltest du sagen: Siehst du?, und ich hätte dich schlagen können.

Von mir ließ sich Kevin, sobald du weg warst, nicht mit etwas so Unbedeutendem und Vergänglichem wie Milch oder trockenen Windeln kaufen. Wenn die Angst vor dem Verlassenwerden zu einer Dezibelhöhe beiträgt, die mit der einer Kreissäge konkurrieren kann, war seine Einsamkeit von einer beeindruckenden existentiellen Klarheit; nicht zu beschwichtigen durch die Anwesenheit dieser abgemagerten Kuh mit ihrem Übelkeit erregenden Geruch nach weißer Flüssigkeit. Und ich konnte keinen leiderfüllten Hilfeschrei, keine Wehklage der Verzweiflung, kein Gegurgel namenloser Furcht ausmachen. Statt dessen schleuderte er seine Stimme wie eine Waffe, Geheul schlug an die Wände unseres Lofts wie ein Baseballschläger, der auf eine Bushaltestelle eindrischt. In konzertierter Aktion malträtierten seine Fäuste das Mobile über seiner Wiege, er kickte seine Decke wie im Kampf, und es gab Zeiten, in denen ich, nachdem ich ihn getätschelt und gestreichelt und gewickelt hatte, zurücktrat und die reine Sportlichkeit seiner Vorführung bewunderte. Es war unmißverständlich: Der Antrieb dieses bemerkenswerten Verbrennungsmotors war der hochkonzentrierte und unendlich erneuerbare Treibstoff *Wut*.

Worüber? könntest du jetzt fragen.

Er war trocken, er war gefüttert worden, er hatte geschlafen. Ich versuchte es mit Decke drüber, Decke weg; ihm war weder heiß noch kalt. Er hatte sein Bäuerchen gemacht, und mein Gefühl sagte mir, daß er keine Blähungen hatte; Kevin schrie nicht vor Schmerz, er schrie vor Zorn. Über seinem Kopf baumelte Spielzeug, Gummibauklötzchen lagen in seinem Bett. Seine Mutter hatte sich sechs Monate freigenommen, um jeden Tag an seiner Seite zu sein, und ich nahm ihn so oft hoch, daß mir die Arme weh taten; man konnte nicht behaupten, daß es ihm an Zuwendung fehlte. Wie die Zeitungen sechzehn Jahre später so genüßlich bemerken sollten, fehlte es Kevin an nichts.

Ich habe diese Theorie, daß man die meisten Menschen grob auf einer einfachen Skala verorten kann und daß es vielleicht ihre jeweilige Position darauf ist, die all ihre Eigenschaften bestimmt: Alles hängt davon ab, wie sehr sie es mögen, hier zu sein, einfach am Leben zu sein. Ich glaube, Kevin haßte es. Ich glaube, Kevin sprengte diese Einteilung, so sehr haßte er es, hier zu sein. Vielleicht hatte er sogar den Rest einer spirituellen Erinnerung an die Zeit vor seiner Empfängnis zurückbehalten, und er vermißte ein herrliches Nichts weit mehr als meine Gebärmutter. Kevin schien erzürnt, daß ihn niemand je gefragt hatte, ob er sich in einer Wiege wiederfinden wollte, während die Zeit immer weiter- und weiterlief und ihn rein gar nichts in dieser Wiege interessierte. Er war der am wenigsten neugierige kleine Junge, dem ich je begegnet bin, mit ein paar Ausnahmen von der Regel, über die es mich schaudert nachzudenken.

Eines Nachmittags fühlte ich mich noch schlapper als sonst, bisweilen sogar etwas benommen. Seit Tagen wurde mir nicht mehr warm, dabei war es Ende Mai, und die New Yorker draußen trugen Shorts. Kevin hatte eine virtuose Vorstellung abgeliefert. In eine Decke gewickelt, kauerte ich auf der Couch und dachte mißgelaunt über die Tatsache nach, daß du mehr Aufträge angenommen hattest als je zuvor. Schon in Ordnung, schließlich wolltest du als Freiberufler nicht, daß sich deine langjährigen Klienten einen anderen Scout suchten, wohingegen meine eigene Firma Untergebenen anvertraut werden konnte und sich nicht einfach verabschieden würde. Aber irgendwie hieß das, daß ich den ganzen Tag in meiner privaten Hölle gefangen war, während du unbeschwert in deinem babyblauen Pick-up herumkutschiertest, um Wiesen mit Kühen in den richtigen Farben auszugucken. Ich hatte den Verdacht, daß im umgekehrten Fall – du Kopf einer florierenden Firma und ich einsamer freier Location Scout – jeder von Eva erwarten würde, das Scouting wie eine heiße Kartoffel fallenzulassen.

Der Aufzug schepperte und rumpelte gerade, als ich bemerkte, daß eine kleine Stelle unter meiner rechten Brust knallrot, empfindlich und merkwürdig hart geworden war und sich eine ebensolche, nur viel größere Stelle an der linken Brust fand. Du öffnetest die Gittertür und gingst schnurstracks zur Wiege. Ich war froh, daß du dich in einen derart aufmerksamen Vater verwandelt hattest, aber von den beiden anderen Bewohnern unseres Lofts war es nur deine Frau, die die Bedeutung des Wortes *Hallo* zu schätzen wußte.

»*Bitte,* mach ihn nicht wach«, flüsterte ich. »Er ist erst seit zwanzig Minuten ruhig und hat sich heute sehr angestrengt. Ich bezweifle, daß er überhaupt jemals schläft. Er wird einfach ohnmächtig.«

»Na ja, hat er zu essen bekommen?« Trotz meines Flehens legtest du ihn dir über die Schulter und gabst seinem völlig erledigten Gesicht einen Stups. Er sah täuschend zufrieden aus. Träume des Vergessens vielleicht.

»Ja, Franklin«, sagte ich mit großer Selbstbeherrschung. »Nach *vier oder fünf Stunden,* in denen ich mir anhörte, wie

Klein-Kevin das Haus zusammenschrie, ist mir das gerade noch eingefallen. Warum machst du den Herd an?«

»Die Mikrowelle tötet die Nährstoffe ab.« Mittags bei McDonald's hast du immer Babybücher gelesen.

»Es geht nicht einfach darum herauszufinden, was er will und wonach er nicht fragen kann. Meistens hat er keine Ahnung, was er will.« Treffer: Deine Augen verdrehten sich ruckartig Richtung Decke, O-Gott-nicht-das-schon-wieder. *»Du denkst, ich übertreibe.«*

»Das habe ich nicht gesagt.«

»Du denkst, er ist ›etwas unleidlich‹. Daß er manchmal ›gereizt‹ ist, weil er Hunger hat –«

»Hör mal, Eva, ich bin sicher, daß er ein bißchen übellaunig –«

»Siehst du? *Ein bißchen übellaunig.*« In meiner Decke watschelte ich zur Küche. »Du glaubst mir nicht!« Mir brach der kalte Schweiß aus, und ich mußte entweder tiefrot oder kreidebleich geworden sein. Beim Gehen taten mir die Fußsohlen weh, und der Schmerz strahlte bis in meinen linken Arm aus.

»Ich glaube dir durchaus, daß du es als anstrengend *wahrnimmst.* Aber was hast du erwartet? Einen Spaziergang im Park?«

»Keinen sorglosen Spaziergang, aber das hier ist wie ein *Überfall* im Park!«

»Schau mal, er ist auch mein Sohn. Ich sehe ihn auch jeden Tag. Manchmal weint er ein bißchen. Na und. Ich würde mir Sorgen machen, wenn er das nicht täte.«

Offenbar galt meine Aussage als vorbelastet. Ich würde andere Zeugen heranziehen müssen. »Weißt du, daß John unter uns damit droht auszuziehen?«

»John ist eine Tunte, und die mögen keine Babys. Das ganze Land ist kinderfeindlich, wie mir jetzt erst langsam auffällt.« Diese Schärfe sah dir gar nicht ähnlich, aber zum ersten Mal redetest du über das wirkliche Land und nicht dein privates Walhalla mit dem Sternenbanner. »Siehst du?« Kevin hatte sich an deiner Schulter aufgerichtet, dann friedlich die Flasche genommen, ohne die Augen zu öffnen. »Tut mir leid, aber ich finde, er ist meistens ganz lieb.«

»Er ist im Moment nicht *ganz lieb*, er ist erschöpft! Und ich auch. Ich weiß, daß ich k. o. bin, aber es ist noch etwas anderes. Schwindel, Schüttelfrost. Ich glaube, ich habe Fieber.«

»Nun, das ist schade«, sagtest du höflich. »Ruh dich aus. Ich werde das Abendessen machen.«

Ich starrte dich an. Diese Kälte war mir fremd an dir! Meine Rolle war eigentlich, meine Unpäßlichkeiten herunterzuspielen, und deine, ein großes Getue darum zu machen. Um dich zu zwingen, deine gewohnte Besorgnis an den Tag zu legen, nahm ich die Flasche und legte deine Hand auf meine Stirn.

»Normal warm«, sagtest du und zogst die Hand sofort wieder weg.

Ich befürchtete, nicht mehr länger stehen zu können, meine Haut schmerzte, wo sie von der Decke berührt wurde. Also schwankte ich zurück zur Couch, wie im Taumel meiner Erkenntnis: Du warst wütend auf mich. Die Vaterschaft hatte dich nicht enttäuscht, aber ich. Du dachtest, du hättest einen Haudegen geheiratet. Statt dessen entpuppte sich deine Frau als Heulsuse, als genau die sauertöpfische Sorte, die sie unter den übellaunigen Überfütterten Amerikas auf keinen Fall dulden wollte, für die eine banale Tätigkeit wie das Abholen einer FedEx-Lieferung, die sie dreimal hintereinander verpaßt hatten, einen unerträglichen »Streß« bedeutete, Anlaß für kostspielige Therapien und Medikamente. Selbst für Kevins Verweigerung meiner Brust machtest du mich irgendwie verantwortlich. Ich hatte dir das mütterliche Tableau verwehrt, diese sinnliche Sonntagmorgen-Faulenzerei zwischen Laken und gebuttertem Toast; der Sohn nuckelt, die Frau strahlt, Brüste ergießen sich in ihrer ganzen Fülle über das Kissen, bis es dich aus dem Bett treibt, um die Kamera zu holen.

An diesem Punkt dachte ich, daß ich meine wahren Gefühle

über die Mutterschaft bis dahin brillant verschleiert hatte, bis an die Grenze sträflicher Unterlassung; Unehrlichkeit in der Ehe ist oft bloß eine Frage des Schweigens. Ich hatte davon abgesehen, die so offensichtliche Diagnose *postnatale Depression* wie eine Trophäe auf unseren Couchtisch zu legen, und diese offizielle Beglaubigung für mich behalten. Inzwischen hatte ich ganze Ladungen von Manuskripten zum Redigieren mit nach Hause gebracht, hatte aber nur ein paar Seiten geschafft; ich aß schlecht und schlief schlecht und duschte mich höchstens jeden dritten Tag. Ich sah niemanden und ging selten aus dem Haus, denn Kevins Wutanfälle waren kaum gesellschaftsfähig, und täglich war ich aufs neue mit einer rotglühenden, unersättlichen Wut konfrontiert, während ich mir selbst mit dumpfem Nichtbegreifen immer wieder vorbetete: *Ich soll's toll finden.*

»Wenn du Schwierigkeiten hast, mit der Situation klarzukommen, an Mitteln fehlt es uns nicht.« Du throntest mit deinem Sohn über meiner Couch, wie eine jener bäuerlichen Übermütter, die man zum Lob der Familie auf sowjetischen Wandbildern findet. »Wir könnten ein Kindermädchen einstellen.«

»Ach, das habe ich vergessen, dir zu erzählen«, sagte ich nuschelnd. »Ich hatte eine Telefonkonferenz mit dem Büro. Wir recherchieren die Nachfrage für eine afrikanische Ausgabe. AFRIWAP. Ich fand, das klingt interessant.«

»Ich habe nicht gemeint«, du beugtest dich hinunter, deine Stimme tief und heiß in meinem Ohr, »daß jemand anderes unseren Sohn aufziehen könnte, während du in Belgisch-Kongo auf Pythonjagd gehst.«

»Zaire«, sagte ich.

»Wir haben uns gemeinsam dafür entschieden, Eva.«

»*Warum bist du dann immer auf seiner Seite?*«

»Er ist erst sieben Wochen alt! Er ist nicht groß genug, um eine eigene Seite zu haben!«

Ich stand mühsam auf. Du glaubtest vielleicht, ich würde

weinen, aber meine Augen tränten einfach so. Als ich mich ins Bad schleppte, tat ich das weniger, um das Fieberthermometer zu holen, als um die Tatsache zu unterstreichen, daß du versäumt hattest, es mir zu bringen. Als ich mit dem Röhrchen im Mund wieder herauskam – bildete ich es mir ein oder hast du wieder die Augen zur Decke verdreht?

Ich prüfte die Quecksilbersäule unter der Lampe. »Hier – lies du ab. Es ist alles ein bißchen verschwommen.«

Unaufmerksam hieltest du das Röhrchen ins Licht. »Eva, du hast dran rumgepfuscht. Du mußt es an eine Lampe gehalten haben oder so was.« Du hast das Thermometer runtergeschüttelt, es mir wieder in den Mund gesteckt und bist gegangen, um Kevin die Windeln zu wechseln.

Ich trottete zum Wickeltisch und hielt es dir hin. Du hast es abgelesen und mich mit einem düsteren Blick durchbohrt. »Das ist nicht komisch, Eva.«

»Wovon redest du?« Diesmal waren es echte Tränen.

»Das Thermometer zu erhitzen. Das ist ein blöder Witz.«

»Ich erhitze das Thermometer nicht. Ich habe einfach die Spitze unter meine Zunge gesteckt –«

»Blödsinn, Eva, es zeigt praktisch 40 Grad.«

»Oh.«

Du sahst mich an. Dann Kevin, ein einziges Mal zwischen deinen Loyalitäten hin- und hergerissen. Hastig nahmst du ihn vom Tisch, dann legtest du ihn mit solch abwesender Mechanik hin, daß er seinen strengen theatralischen Stundenplan vergaß und seinen für tagsüber reservierten Ich-hasse-die-ganze-Welt-Schrei aufheulen ließ. Mit jener Männlichkeit, die ich immer angebetet hatte, ignoriertest du ihn.

»Es tut mir so leid!« Mit einem schnellen Griff hobst du mich hoch und legtest mich auf die Couch. »Du bist wirklich krank. Wir müssen die Rhinestein anrufen, dich ins Krankenhaus bringen –«

Ich war schläfrig, dämmerte weg. Aber ich erinnere mich noch, wie ich dachte, daß das alles zu lange gedauert hatte.

Wie ich mich fragte, ob du mir einen kalten Waschlappen auf die Stirn gelegt und Eiswasser und drei Aspirin bereitgestellt und Dr. Rhinestein angerufen hättest, wenn das Thermometer nur 38,5 Grad angezeigt hätte.

Eva

21. DEZEMBER 2000

Lieber Franklin,

ich bin ein bißchen durcheinander, weil das Telefon gerade geklingelt hat und ich keine Ahnung habe, wie dieser Mensch, Jack Marlin, an meine nichteingetragene Nummer herangekommen ist. Er behauptete, Dokumentarfilmer bei der NBC zu sein. Ich finde, der drollige Arbeitstitel seines Projekts, »Außerhalb des Lehrplans«, klingt authentisch genug, und zumindest distanzierte er sich sofort von »Grauen in Gladstone High«, dieser zusammengeschusterten Sendung bei Fox, die, wie Giles mich informierte, vor allem aus Weinen vor laufender Kamera und Gebetsgottesdiensten bestand. Trotzdem fragte ich Marlin, warum er glaube, daß ich an einer weiteren sensationsheischenden Trauerfeier anläßlich jenes Tages teilnehmen wolle, an dem mein bisheriges Leben sein Ende fand, und er sagte, daß ich vielleicht »meine Sicht der Geschichte« erzählen wolle.

»Welche Sicht sollte das sein?« Ich befand mich bekanntermaßen in der Opposition, seit Kevin sieben Wochen alt war.

»Zum Beispiel, war Ihr Sohn nicht Opfer sexuellen Mißbrauchs?« fragte Marlin drängend.

»Ein *Opfer*? Sprechen wir von demselben Jungen?«

»Was war das mit dieser Prozac-Sache?« Das mitfühlende Schnurren konnte nur aufgesetzt sein. »Das war doch seine Verteidigung bei dem Prozeß, die ziemlich gut untermauert war.«

»Das war die Idee seines Rechtsanwalts«, sagte ich schwach.

»Mal allgemein – halten Sie es für möglich, daß Kevin sich unverstanden fühlte?«

Es tut mir leid, Franklin, ich weiß, ich hätte auflegen sollen, aber ich spreche mit so wenigen Menschen außerhalb des Büros ... Was habe ich gesagt? In etwa: »Ich fürchte, ich verstehe meinen Sohn nur allzugut.« Und ich sagte: »Was das betrifft, muß Kevin einer der am besten verstandenen jungen Männer des Landes sein. Taten sagen mehr als Worte, oder nicht? Mir scheint, er hat seine persönliche *Weltsicht* besser ausgedrückt als die meisten. Mir scheint, Sie sollten lieber Kinder interviewen, die in Sachen Selbstdarstellung sehr viel weniger versiert sind.«

»Was glauben Sie denn, was er ausdrücken wollte?« fragte Marlin aufgeregt, weil er ein echtes lebendiges Exemplar der inzwischen unerreichbaren Elite von Eltern am Haken hatte, deren Mitglieder merkwürdig uninteressiert an ihren fünfzehn Minuten im Fernsehen sind.

Ich bin sicher, daß der Anruf aufgezeichnet wurde, und ich hätte meine Zunge hüten sollen. Statt dessen platzte ich heraus: »Was immer seine *Botschaft* gewesen ist, Mr. Marlin, sie war offensichtlich unannehmbar. Warum um alles in der Welt möchten Sie ihm noch ein Forum bieten, sie zu verkünden?«

Daraufhin verbreitete mein Gesprächspartner irgendwelchen Unsinn darüber, wie wichtig es sei, sich in gestörte Jungs einzufühlen, damit »wir es das nächste Mal kommen sehen«. Ich schnitt ihm das Wort ab.

»Ich habe es seit fast sechzehn Jahren kommen sehen, Mr. Marlin«, sagte ich scharf. »Das hat sehr viel geholfen.« Und ich legte auf.

Ich weiß, daß er nur seinen Job machte, aber ich mag seinen Job nicht. Ich habe die Spürhunde satt, die an meiner Tür Witterung aufnehmen, wie Köter, die das Fleisch riechen. Ich bin es leid, zu einer Mahlzeit verarbeitet zu werden.

Ich war dankbar, als Dr. Rhinestein, nachdem sie mich belehrt hatte, daß so etwas praktisch nie vorkäme, gezwungen war einzugestehen, daß ich mir tatsächlich eine Mastitis in beiden

Brüsten zugezogen hatte. In diesen fünf Tagen im Beth-Israel-Krankenhaus, an einem Tropf mit Antibiotika hängend, hatte ich große Schmerzen, aber ich lernte physische Qualen als eine Form des Leidens zu schätzen, das ich verstand, im Gegensatz zu der verwirrenden Verzweiflung junger Mutterschaft. Die Wohltat schlichter Stille war ungeheuer groß.

Noch im Bann des Brotverdiener-Fiebers und vielleicht – gib es zu – wenig geneigt, das »liebe« Temperament unseres Sohnes wirklich einem Test zu unterziehen, hast du die Gelegenheit ergriffen und ein Kindermädchen eingestellt. Oder sollte ich zwei Kindermädchen sagen, denn als ich nach Hause kam, hatte das erste gekündigt.

Nicht, daß du mir diese Information freiwillig gegeben hättest. Als du mich im Pick-up nach Hause fuhrst, hast du einfach angefangen, von der wunderbaren Siobhan zu schwatzen, und ich mußte dich unterbrechen. »Ich dachte, sie heißt Carlotta.«

»Ach *die*. Weißt du, viele dieser Mädchen sind Einwanderinnen, die vorhaben unterzutauchen, weil ihre Visa ablaufen. Sie machen sich eigentlich nichts aus Kindern.«

Wann immer der Pick-up über eine Bodenwelle fuhr, brannten meine Brüste. Ich freute mich nicht auf den qualvollen Prozeß, nach meiner Ankunft Milch herauszudrücken, was ich wegen der Mastitis alle vier Stunden zu tun hatte, auch wenn die Milch nur in den Ausguß geschüttet wurde. »Daraus schließe ich, daß Carlotta es nicht gebracht hat.«

»Ich habe ihr gleich gesagt, daß er *ein Baby* ist. Ein scheißendes, pupsendes, rülpsendes –«

»– schreiendes –«

»– *Baby*. Sie schien so etwas wie einen sich selbst reinigenden Backofen erwartet zu haben.«

»Also hast du sie gefeuert.«

»Nicht ganz. Aber Siobhan ist eine Heilige. Aus Nordirland, ausgerechnet. Vielleicht kann jemand, der an Bomben und so gewöhnt ist, ein bißchen Weinen besser einordnen.«

»Du meinst, Carlotta hat gekündigt. Nach nur wenigen Tagen. Weil Kevin – wie heißt es in der Fachsprache – *quengelig* war?«

»Nach einem Tag, kaum zu glauben. Und als ich mittags anrief, um mich zu vergewissern, daß alles in Ordnung ist, hatte sie die Frechheit, darauf zu bestehen, daß ich meinen Arbeitstag abkürze, um sie von meinem Sohn zu befreien. Ich war versucht, ihr keinen Cent zu zahlen, aber ich wollte nicht auf die schwarze Liste ihrer Agentur kommen.« (Prophetisch. Zwei Jahre später standen wir auf der schwarzen Liste ihrer Agentur.)

Siobhan *war* eine Heilige. Auf den ersten Blick etwas reizlos, mit widerspenstigen schwarzen Locken und dieser totenbleichen irischen Haut und einem jener Babypuppenkörper, die an den Gelenken nicht dünner werden, sondern nur eine kleine Falte haben; obwohl sie eigentlich schlank war, vermittelten ihre säulenartigen Gliedmaßen und ihr taillenloser Körper den Eindruck von Molligkeit. Doch mit der Zeit fand ich sie immer hübscher, weil sie so gutherzig war. Es ist wahr, ich hatte Vorbehalte, als sie bei der Vorstellung erwähnte, daß sie Mitglied der christlichen Alpha-Kurs-Sekte war. Ich stellte mir solche Menschen als hirnlose Fanatiker vor und befürchtete, täglichen Glaubensbezeugungen ausgesetzt zu werden. Ein Vorurteil. Und eins, das Siobhan nicht bestätigte, sie kam selten auf das Thema zurück. Vielleicht war dieser abgelegene religiöse Weg der Preis, um dem katholisch-protestantischen Schwachsinn im nordirischen Antrim zu entkommen, einem Ort, von dem sie nie erzählte und von dem sie sich durch den Atlantik sicherheitshalber noch weiter isoliert hatte.

Du zogst mich damit auf, daß ich Siobhan nur deshalb so fabelhaft fand, weil sie ein *Wing-and-a-Prayer*-Fan war, denn sie benutzte unsere AWAP-Reiseführer, wenn sie durch Europa tourte. Da sie sich nicht sicher war, wozu Gott sie »berufen« würde, könne sie sich keine reizvollere Beschäftigung vorstellen, als professionell die Welt zu bereisen, sagte sie, womit sie an meine Sehnsucht nach einem Leben rührte, das schon in weite Ferne rückte. Sie entzündete in mir den gleichen Stolz, den – so hoffte ich – Kevin eines Tages entfachen würde, wenn er alt genug war, die Leistungen seiner Eltern zu würdigen. Ich hatte schon das eine oder andere Mal in Phantasien geschwelgt, in denen Kevin sich über meine alten Fotografien beugte und atemlos fragte: *Wo ist das? Was ist das? Du warst in AFRIKA? Toll!* Aber Siobhans Bewunderung erwies sich als grausam irreführend. Kevin *hat* sich einmal über eine Schachtel mit meinen Fotografien gebeugt – mit Benzin.

Nach einer zweiten Runde Antibiotika verzog sich die Mastitis. Ich fand mich damit ab, daß Kevin nun nur noch die Flasche bekam, erlaubte meinen Brüsten, sich zu schließen und zu versiegen, und dank Siobhan, die die Stellung hielt, konnte ich im Herbst endlich zu AWAP zurückkehren. Was für eine Erleichterung, sich gut zu kleiden, sich schnell zu bewegen, mit leiser, erwachsener Stimme zu sprechen, jemandem zu sagen, was zu tun ist, und dieser jemand tat es. Während ich neuen Geschmack fand an dem, was vorher alltäglich geworden war, schalt ich mich auch, einem winzigen verwirrten Bündel so boshafte Motive unterstellt zu haben wie etwa, einen Keil zwischen dich und mich zu treiben. Ich hatte mich nicht wohl gefühlt. Es war schwerer, als ich erwartet hatte, sich an unser neues Leben zu gewöhnen. Als ich etwas von meiner alten Energie zurückgewann und mit Wonne entdeckte, daß ich mir meine frühere Figur wieder erarbeitet hatte, kam ich zu dem Schluß, daß das Schlimmste vorbei war, und nahm mir vor, mich das nächste Mal, wenn eine meiner Freundinnen ihr erstes Kind bekam, vor Mitgefühl zu überschlagen.

Wenn ich nach Hause kam, lud ich Siobhan immer ein, mit mir noch bei einer Tasse Kaffee zusammenzusitzen, und das Vergnügen, das ich im Gespräch mit einer Frau empfand, die halb so alt war wie ich, bestand wahrscheinlich weniger darin, Generationen zu überbrücken, als in etwas Gewöhnlicherem, nämlich überhaupt mit jemandem zu reden. Ich vertraute mich Siobhan an, weil ich mich meinem Mann nicht anvertraute.

»Sie müssen Kevin heiß ersehnt haben«, sagte Siobhan einmal bei einer dieser Gelegenheiten. »Diese Sehenswürdigkeiten zu besuchen, diese vielen erstaunlichen Menschen zu treffen – und für das Vergnügen auch noch bezahlt zu werden, es ist kaum zu glauben! Ich kann mir nicht vorstellen, so etwas aufzugeben.«

»Ich habe es nicht aufgegeben«, sagte ich. »Nach einem Jahr oder so werde ich weitermachen, so wie immer.«

Siobhan rührte in ihrem Kaffee. »Ist Franklin darauf gefaßt?«

»Darauf sollte er gefaßt sein.«

»Aber er hat so etwas erwähnt wie …«, sie fühlte sich nicht wohl dabei, es auszuplaudern, »daß Sie für Monate am Stück weg waren, na ja, daß das vorbei sei.«

»Es gab eine Zeit, da war ich etwas ausgebrannt. Ständig keine frische Unterwäsche mehr zu haben, all diese französischen Eisenbahnstreiks. Möglich, daß ich einen falschen Eindruck vermittelt habe.«

»Ach so«, sagte sie bekümmert. Ich bezweifle, daß sie versuchte, ein Problem daraus zu machen, aber sie sah es kommen. »Er muß einsam gewesen sein, wenn Sie weg waren. Und jetzt, wenn Sie Ihre Reisen wieder aufnähmen, wäre er der einzige, der sich um den kleinen Kevin kümmert, wenn ich nicht da bin. Aber natürlich, in Amerika – ist es hier nicht so, daß manch ein Pa zu Hause bleibt, und die Ma geht arbeiten?«

»Es gibt Amerikaner und Amerikaner. Franklin ist nicht der Typ dafür.«

»Aber Sie besitzen eine ganze Firma. Sie könnten es sich bestimmt leisten …«

»Nur finanziell gesehen. Es ist schwer genug, wenn die Frau eines Mannes im Magazin *Fortune* porträtiert wird, und er ist nur der Location Scout für die Anzeige auf der gegenüberliegenden Heftseite.«

»Franklin hat erzählt, daß Sie fünf Monate im Jahr unterwegs waren.«

»Wie es aussieht«, sagte ich schleppend, »werde ich zurückstecken müssen.«

»Wissen Sie, Sie finden vielleicht, daß Kevin ein bißchen schwierig ist. Er ist ein – unruhiges Baby. Manchmal wächst es sich aus«, sie zögerte deutlich, »manchmal nicht.«

Du dachtest, daß Siobhan unseren Sohn liebte, aber ich verstand es mehr als Loyalität dir und mir gegenüber. Sie sprach über Kevin selten anders als in einem organisatorischen Sinn: Ein neuer Satz Flaschen war sterilisiert worden, unsere Wegwerf-»Windelchen« gingen zur Neige. Zu einem so leidenschaftlichen Mädchen paßte diese mechanische Herangehensweise nicht. (Obwohl sie einmal bemerkte: »Er hat so was wie Stielaugen – hat er wirklich!« Sie lachte unsicher und schob hinterher: »Ich meine – intensive Augen.« »Ja, sie machen einen nervös, oder?« So neutral wie möglich stimmte ich ihr zu.) Aber dich und mich betete sie an. Sie war begeistert von unserer Freiheit als Selbständige, und trotz ihrer evangelischen Vorliebe für »Familienwerte« war sie offensichtlich besorgt, daß wir diese schwindelerregende Unabhängigkeit freiwillig für einen Säugling an die Kette legen würden. Und vielleicht gaben wir ihr Hoffnung für ihre Zukunft. Wir waren in mittleren Jahren, aber wir hörten Musik von den Cars und Joe Jackson; wenn sie auch mißbilligte, daß wir fluchten, so machte es ihr vielleicht doch auch irgendwie Mut, daß ein netter alter Kauz, der bald vierzig wurde, einen zweifelhaften Babyratgeber als *Hühnerkacke* verdammte. Als Gegenleistung bezahlten wir sie gut und nahmen Rücksicht auf ihre kirchlichen Verpflichtungen. Ab und zu schenkte ich ihr etwas, wie einen Seidenschal aus Thailand, über den sie sich so überschwenglich freute, daß es mir peinlich war. Sie fand dich zum Niederknien schön, bewunderte deine kräftige Figur und den entwaffnenden Schwung deines flachsblonden Haars. Ich frage mich, ob sie nicht ein bißchen für dich geschwärmt hat.

Da ich einigen Grund zu der Annahme hatte, daß Siobhan

mit ihrer Stellung bei uns zufrieden war, beunruhigte es mich, daß sie im Laufe der Monate seltsam abgespannt zu wirken begann. Ich wußte, daß die Iren nicht gut altern, aber selbst für ihr dünnhäutiges Volk war sie viel zu jung, um diese harten Sorgenfalten auf der Stirn zu entwickeln. Sie konnte gereizt reagieren, wenn ich aus dem Büro nach Hause kam, schnippisch, wenn ich einfach nur meiner Überraschung Ausdruck verlieh, daß wir schon wieder fast keine Babynahrung mehr hatten. »Tja, es verschwindet nicht alles in seinem Mund, wissen Sie!« Sie entschuldigte sich sofort, und die Tränen flossen, aber sie wollte nicht erklären, warum. Es wurde schwieriger, sie nach der Arbeit zu einer Tasse Kaffee zu überreden, als wollte sie so schnell wie möglich aus unserem Loft verschwinden, und ich war verblüfft über ihre Reaktion, als ich ihr vorschlug, bei uns einzuziehen. Du erinnerst dich, daß ich anbot, diese schlecht genutzte Gerümpelecke mit richtigen Wänden abzuteilen und ein separates Bad zu installieren. Was mir vorschwebte, war viel geräumiger als dieses kleine Kabuff, das sie sich im East Village mit einer schlampigen, trinkenden, gottlosen Kellnerin teilte, die sie nicht besonders mochte. Ich hätte ihr auch nicht das Gehalt gekürzt, so daß sie das Geld für die Miete hätte sparen können. Doch vor der Aussicht, ein Kindermädchen mit Familienanschluß zu werden, zuckte sie zurück. Als sie protestierte, daß sie ihren Mietvertrag für diese Avenue-C-Bruchbude niemals einfach so kündigen könne, klang es wie – nun, *Hühnerkacke.*

Und dann begann sie, sich krank zu melden. Zuerst nur ein- oder zweimal im Monat, aber dann rief sie mindestens einmal die Woche mit Halsschmerzen oder Magenbeschwerden an. Sie sah auch wirklich schlecht aus; sie schien nicht richtig zu essen, denn ihre Babyspeckkurven waren einer gertenschlanken Zerbrechlichkeit gewichen, und wenn Iren blaß werden, wirken sie wie exhumiert. Deshalb zögerte ich, ihr Heuchelei vorzuwerfen. Rücksichtsvoll fragte ich, ob sie Probleme mit einem Freund oder Ärger mit ihrer Familie in Carickfergus oder

Heimweh nach Nordirland habe. »Heimweh nach *Nordirland*«, wiederholte sie trocken: »Sie machen sich lustig über mich.« Das kurze Aufflackern von Humor machte nur deutlich, daß ihre Witze selten geworden waren.

Diese unvorhergesehenen Auszeiten, die sie sich nahm, bereiteten mir große Unannehmlichkeiten, da ich diejenige war, die dann zu Hause blieb – entsprechend der nunmehr etablierten Logik deiner fragilen Existenz als Freiberufler gegenüber meiner geradezu unwirklichen Sicherheit als CEO. Ich mußte nicht nur Sitzungen verschieben oder sie in holperige Telefonkonferenzen verwandeln, nein, ein ganzer Extratag mit unserem kostbaren kleinen Schützling brachte ein heikles Gleichgewicht in mir zum Wanken; wenn es Abend wurde nach einem Tag, an dem ich mich nicht gegen Kevins nie nachlassenden Haß auf seine Existenz gewappnet hatte, war ich *am Abdrehen,* wie unser Kindermädchen sagen würde. Durch diesen unerträglichen Extratag in der Woche lernten Siobhan und ich einander – zunächst stillschweigend – verstehen.

Zweifellos war den Kindern Gottes bedeutet, Seine herrlichen Geschenke ohne Verdrießlichkeit zu genießen, denn Siobhans unheimliche Geduld konnte nur dem Katechismus entspringen. Keine noch so große Schmeichelei würde aus ihr herauslocken, warum sie sich jeden Freitag krank meldete. Deshalb, vielleicht nur, um ihr die Erlaubnis dazu zu geben, jammerte ich selber.

»Ich bereue meine Reisen nicht«, begann ich eines Abends, als sie sich zum Gehen anschickte, »aber es ist sehr schade, daß ich Franklin so spät begegnet bin. Vier Jahre nur wir beide, das war nicht annähernd genug Zeit, um seiner müde zu werden! Ich glaube, es muß schön sein, wenn man seinen Partner in den Zwanzigern trifft, also mit ausreichend Zeit, um sich als kinderloses Paar, tja, vielleicht sogar ein bißchen zu langweilen. Dann, in den Dreißigern, ist man für eine Veränderung bereit, und das Baby ist willkommen.«

Siobhan sah mich scharf an, und obwohl ich in ihrem Blick

Mißbilligung erwartete, bemerkte ich nur eine plötzliche Wachsamkeit. »Natürlich wollen Sie damit nicht sagen, daß Kevin nicht willkommen war.«

Ich wußte, daß dieser Moment eilige Beteuerungen verlangte, aber ich konnte sie nicht liefern. Das sollte mir in den folgenden Jahren hin und wieder passieren: Ich würde Woche für Woche fehlerlos tun und sagen, was von mir erwartet wurde, und plötzlich gegen eine Wand fahren. Ich würde meinen Mund aufmachen, und Sätze wie *Das ist wirklich eine hübsche Zeichnung, Kevin,* oder *Wenn wir die Blumen aus der Erde reißen, werden sie sterben, und du willst doch nicht, daß sie sterben, oder?* oder *Ja, wir sind ganz schrecklich stolz auf unseren Sohn, Mr. Cartland* wollten einfach nicht herauskommen.

»Siobhan«, sagte ich widerstrebend. »Ich war ein wenig enttäuscht.«

»Ich weiß, Eva, ich war kränklich –«

»Nicht von dir.« Mir kam der Gedanke, daß sie mich vielleicht genau verstanden hatte und mich absichtlich falsch interpretierte. Ich hätte dieses junge Mädchen nicht mit meinen Geheimnissen belasten sollen, doch ich fühlte mich seltsam dazu getrieben. »All das Geschrei und die häßlichen Plastikspielsachen … ich bin mir nicht ganz sicher, was ich mir vorgestellt habe, aber bestimmt nicht das.«

»Es könnte sein, daß Sie einen Anflug von postnataler –«

»Wie immer du es nennen willst, ich bin nicht gerade froh. Und Kevin scheint auch nicht froh zu sein.«

»Er ist ein Baby!«

»Er ist mehr als anderthalb Jahre alt. Du weißt doch, wie die Leute immer gurren: *Was für ein glückliches Kind!* Nun, es gibt auch Fälle von unglücklichen Kindern. Und nichts, was ich mache, kann das Geringste daran ändern.«

Sie beschäftigte sich weiter mit ihrer Tasche, stopfte mit unnötiger Konzentration die letzten ihrer wenigen Besitztümer hinein. Sie brachte sich immer ein Buch für Kevins Mittagsschlaf mit, und mir fiel endlich auf, daß sie seit Monaten immer dasselbe Buch in ihre Tasche packte. Ich hätte es verstanden, wenn es die Bibel gewesen wäre, aber es war nur ein erbaulicher Text – dünn, der Umschlag inzwischen stark verschmutzt –, dabei hatte sie sich einmal selbst als Leseratte bezeichnet.

»Siobhan, ich bin nicht geschaffen für Babys. Ich habe mir nie viel aus kleinen Kindern gemacht, aber ich hatte gehofft … na ja, daß die Mutterschaft eine andere Seite von mir hervorbringen würde.« Ich begegnete einem ihrer pfeilschnellen Blicke. »Das hat sie aber nicht.«

Sie wand sich. »Haben Sie je mit Franklin darüber geredet, wie Sie sich fühlen?«

Ich lacht kurz, *ha.* »Dann müßten wir etwas dagegen *unternehmen.* Und was?«

»Meinen Sie nicht, daß die ersten Jahre der schwerste Teil sind? Daß es leichter wird?«

Ich leckte mir die Lippen. »Mir ist klar, daß sich das nicht sehr nett anhört. Aber ich warte weiterhin darauf, daß es sich emotional auszahlt.«

»Aber nur wenn Sie geben, bekommen Sie etwas zurück.«

Sie beschämte mich, aber dann dachte ich darüber nach. »Ich gebe ihm jedes meiner Wochenenden, jeden meiner Abende, ich habe ihm sogar meinen Mann gegeben, der kein Interesse hat, über irgend etwas anderes zu reden als über unseren Sohn oder irgend etwas anderes mit mir zu unternehmen, als den Kinderwagen die Promenade im Battery Park rauf und runter zu schieben. Als Gegenleistung belegt Kevin mich mit dem bösen Blick und erträgt es nicht, von mir in den Arm genommen zu werden. Er erträgt überhaupt nicht viel, soweit ich sehe.«

Diese Art von Gerede machte Siobhan nervös. Das war Häresie im trauten Heim. Aber etwas in ihr schien nachzugeben, und sie konnte mir nicht länger Mut zusprechen. Statt also vorherzusagen, welche Wonnen auf mich warteten, wenn

Kevin erst mal ein eigenständiger kleiner Mensch war, sagte sie düster: »Ja, ich weiß, was Sie meinen.«

»Wie ist denn das – reagiert Kevin auf dich?«

»Ob er reagiert?« Diese Bitterkeit war neu. »Das kann man wohl sagen.«

»Wenn du tagsüber bei ihm bist, lacht er? Gurrt er zufrieden? *Schläft?*» Mir wurde klar, daß ich mich die ganzen Monate zurückgehalten hatte, sie auch nur so viel zu fragen, und daß ich mit diesem Verhalten ihren Langmut ausgenutzt hatte.

»Er zieht mich an den Haaren«, sagte sie leise.

»Aber alle Babys – sie wissen nicht –«

»Er zieht wirklich sehr fest. Er ist jetzt alt genug, und ich glaube, er weiß, daß es weh tut. Und Eva, dieser wunderschöne Seidenschal aus Bangkok. Er ist zerfetzt.«

Tsch-ping! Tsch-ping! Kevin war wach. Er schlug mit einer Rassel auf das Metallxylophon, das du mitgebracht hattest (leider), und verriet keinerlei musikalische Begabung.

»Wenn er mit mir allein ist –«, sagte ich, den Lärm übertönend. »Franklin meint, er *quengelt* –«

»Er wirft all seine Spielsachen aus seinem Laufstall, und dann schreit er und hört nicht auf zu schreien, bis sie alle wieder drinnen sind, und dann wirft er sie wieder raus. Er *schleudert* sie.«

P-p-pling-k-tsching – TSCHING! PLINK! P-P-P-plinkplinkplinkplink! Es folgte ein heftiges Scheppern, aus dem ich schloß, daß Kevin das Instrument durch die Gitterstäbe seines Bettchens gestoßen hatte.

»Das ist unheimlich!« sagte Siobhan verzweifelt. »Das macht er auch in seinem Hochstuhl, mit Cornflakes, Porridge, Butterkeksen ... Mit all dem Essen auf dem Boden habe ich keinen Schimmer, woher er diese Energie nimmt!«

»Du meinst«, ich berührte ihre Hand, »du weißt nicht, woher *du* deine Energie nimmst.«

Mwah ... Mmwah ... Mmmmwhwhah ... Er warf den Rasenmäher an. Siobhan und ich sahen uns in die Augen. *Mwah-*

IIIIIiiiee! IahIIIIiiiee! Keine von uns erhob sich von ihrem Stuhl.

»Natürlich«, sagte Siobhan hoffnungsvoll, »glaube ich, daß es anders ist, wenn es deins ist.«

»Tja«, sagte ich. »Total anders.«

IIahIIIIeahIIIIeahIIIIIeah!IIIIahIIIIeahIIIII!

»Ich wollte immer eine große Familie haben«, sagte sie und wandte sich ab. »Jetzt bin ich mir nicht mehr so sicher.«

»Wenn ich du wäre«, sagte ich, »würde ich es mir dreimal überlegen.«

Kevin überbrückte die Stille zwischen uns, während ich die aufkommende Panik bekämpfte. Ich mußte etwas sagen, um dem, was als nächstes kam, vorzubeugen, aber mir fiel keine Bemerkung ein, die nicht noch mehr rechtfertigen würde, was ich fieberhaft zu verhindern wünschte.

»Eva«, fing sie an. »Ich bin fix und fertig. Ich glaube nicht, daß Kevin mich mag. Ich habe gebetet, bis mir die Luft wegblieb – um Geduld, um Liebe, um Kraft, ich dachte, Gott wollte mich prüfen –«

»Als Jesus sagte: *Lasset die Kindlein zu mir kommen …*«, bemerkte ich trocken, »hat er, glaube ich, nicht ans Kinderhüten gedacht.«

»Ich hasse den Gedanken, Ihn enttäuscht zu haben! Oder Sie, Eva. Trotzdem, glauben Sie, daß es irgendeine Chance gibt, mich bei A Wing and a Prayer einzusetzen? Diese Reiseführer, Sie haben erzählt, daß eine Menge von Studenten recherchiert wird. Könnten Sie – könnten Sie mich, bitte, bitte nach Europa oder Asien schicken? Ich würde glänzende Arbeit leisten, das verspreche ich.«

Ich sackte zusammen. »Das heißt, du möchtest kündigen.«

»Sie und Franklin waren hoch anständig zu mir, Sie müssen mich für schrecklich undankbar halten. Aber wenn Sie ins Grüne ziehen, müssen Sie sich sowieso nach einem neuen Mädchen umsehen, oder? Denn ich bin hergekommen, weil ich mich entschlossen habe, in New York City zu leben.«

»Ich auch! Wer sagt, daß wir irgendwohin ins Grüne ziehen?«

»Franklin natürlich.«

»Wir ziehen in keinen Vorort«, sagte ich bestimmt.

Sie zuckte die Achseln. Sie hatte sich schon so aus unserer Kleinfamilie zurückgezogen, daß sie diesen Mangel an Kommunikation als etwas ansah, das sie nichts anging.

»Hättest du gern mehr Geld?« bot ich ihr kläglich an. Meine ganzjährige Anwesenheit in diesem Land forderte langsam ihren Tribut.

»Mein Gehalt ist schwer in Ordnung, Eva. Ich kann es einfach nicht mehr. Jeden Morgen wache ich auf ...«

Ich wußte genau, wie ihr beim Aufwachen zumute war. Und ich konnte ihr das nicht länger antun. Ich glaube, daß ich eine schlechte Mutter bin, und du hast das auch immer geglaubt. Aber tief in mir schlummert ein mütterliches Herz. Siobhan war an ihre Grenze gestoßen. Obwohl das heftig gegen unsere Interessen ging, lag es in meiner Macht, ihr die irdische Erlösung zu gewähren.

»Wir überarbeiten den Führer für die Niederlande«, sagte ich mürrisch; ich hatte die schreckliche Vorahnung, daß Siobhans Kündigung sofort wirksam werden sollte. »Würde dir das gefallen? Jugendhotels in Amsterdam zu bewerten? Die *rijstafels* sind köstlich.«

Siobhan vergaß sich und schlang ihre Arme um mich. »Möchten Sie, daß ich versuche, ihn zu beruhigen?« bot sie an. »Vielleicht seine Windel –«

»Das bezweifle ich. Das ist zu rational. Nein, du hast den ganzen Tag gearbeitet. Nimm den Rest der Woche frei. Du bist erschöpft.«

Ich war bereits zuckersüß zu ihr, um sie dazu zu bringen, noch zu bleiben, bis wir einen Ersatz gefunden hatten. Wirklich wahrscheinlich.

»Eine Sache noch«, sagte Siobhan und steckte meinen Zettel mit dem Namen der Redakteurin von NETHERWAP in ihre

Tasche. »Die Kleinen sind natürlich verschieden. Aber Kevin müßte inzwischen wirklich sprechen. Wenigstens ein paar Worte. Vielleicht sollten Sie einen Arzt fragen. Oder mehr mit ihm reden.«

Das versprach ich. Dann begleitete ich sie zum Fahrstuhl und warf einen reuevollen Blick zum Bettchen. »Weißt du, es ist wirklich anders, wenn es dein eigenes ist. Du kannst nicht nach Hause gehen.« Tatsächlich kehrte meine Sehnsucht, *nach Hause* zu gehen, wieder und wieder, aber sie war am intensivsten, wenn ich schon dort war.

Wir tauschten ein mattes Lächeln, und sie winkte hinter der Gittertür. Ich sah ihr vom Fenster aus nach, wie sie die Hudson Street hinunterrannte, weg von unserem Loft und *Klein Kevin,* so schnell ihre unförmigen Beine sie nur tragen konnten.

Ich kehrte zum Marathon unseres Sohnes zurück und sah auf seine zappelnde Wut herab. Ich würde ihn nicht auf den Arm nehmen. Niemand war da, der mich dazu zwingen konnte, und ich wollte nicht. Ich würde nicht, wie Siobhan vorgeschlagen hatte, nach seiner Windel sehen, ich würde ihm auch kein Fläschchen mit Milch aufwärmen. Ich würde ihn schreien und schreien lassen. Ich ließ meine Ellbogen auf dem Rand des Gitterbetts ruhen, stützte das Kinn auf die gefalteten Hände. Kevin kauerte auf allen vieren in einer der Stellungen, die die New School für die Geburt empfiehlt: bereit für den Kampf. Die meisten Knirpse weinen mit geschlossenen Augen, aber Kevins waren einen Schlitz offen. Als unsere Blicke sich trafen, spürte ich, daß wir endlich kommunizierten. Seine Pupillen waren immer noch fast schwarz, und ich konnte erkennen, wie sie unerschüttert registrierten, daß Mutter einmal nicht ins Flattern darüber kam, was er wohl haben könnte.

»Siobhan findet, daß ich mit dir sprechen sollte«, sagte ich herausfordernd über den Lärm hinweg. »Wer sonst wird es tun, da du sie vertrieben hast? Das ist so, du hast sie zur Tür hinausgebrüllt und -gekotzt. Was ist dein Problem, du kleiner Scheißer? Bist du stolz auf dich, daß du Mommys Leben zerstörst?« Ich bemühte mich um das dümmliche Falsett, das die Experten empfehlen. »Daddy hast du eingewickelt, aber Mommy ist dir auf die Schliche gekommen. Du bist ein kleiner Scheißkerl, nicht wahr?«

Kevin zog sich hoch, ohne sein Jaulen zu unterbrechen. Er klammerte sich an den Stäben fest und schrie mich aus einer Entfernung von wenigen Zentimetern an, so daß meine Ohren schmerzten. Verzerrt, wie es war, sah sein Gesicht wie das eines alten Mannes aus, und er schraubte es zu dem Dich-kriege-ich-noch-Ausdruck eines Sträflings hoch, der schon mit der Nagelfeile einen Tunnel gräbt. Rein zootechnisch betrachtet, war meine Nähe gewagt; Siobhan hatte mit den Haaren keinen Scherz gemacht.

»Mommy war glücklich, ehe der düsse tleine Tevin tam, das weißt du, oder? Und jetzt wacht Mommy jeden Morgen auf und wünschte, sie wäre in Frankreich. Mommys Leben ist jetzt mies, ist Mommys Leben nicht mies? Weißt du, daß es manchmal Tage gibt, an denen Mommy lieber tot wäre? Es gibt Tage, da würde Mommy lieber von der Brooklyn Bridge springen, als noch eine Minute länger dein Kreischen hören zu müssen –«

Ich drehte mich um und erbleichte. Einen solch steinernen Ausdruck hatte ich in deinem Gesicht vielleicht noch nie gesehen.

»Sie verstehen die Worte, lange bevor sie sprechen können«, sagtest du und drängtest dich an mir vorbei, um ihn hochzunehmen. »Ich verstehe nicht, wie du dastehen und ihm beim Schreien zusehen kannst.«

»Franklin, entspann dich. Ich habe nur Spaß gemacht.« Ich warf Kevin heimlich einen wütenden Abschiedsblick zu. Dank seines Gezeters hatte ich die Tür des Fahrstuhls nicht gehört. »Ich lasse ein bißchen Dampf ab, okay? Siobhan hat gekündigt. Hast du gehört? Siobhan hat gekündigt.«

»Ja, ich habe dich gehört. Schade. Wir werden jemand anders finden.«

»Es hat sich herausgestellt, daß sie diesen Job schon die ganze Zeit als moderne Fassung des Buches Hiob angesehen hat – hör mal, ich werde ihn wickeln.«

Du hast ihn weggerissen. »Du läßt die Finger von ihm, bis du wieder einen klaren Kopf hast. Oder von einer Brücke gesprungen bist. In welcher Reihenfolge auch immer.«

Ich folgte dir. »Sag mal, was soll das mit diesem *ins Grüne ziehen*? Seit wann?«

»Seit – ich zitiere – *der kleine Scheißkerl* laufen kann. Dieser Fahrstuhl ist eine Todesfalle.«

»Wir können den Fahrstuhl abtrennen!«

»Er braucht einen *Garten.*« Scheinheilig warfst du die Windel in den Eimer. »Wo wir Baseball spielen oder ein Planschbecken füllen können.«

Mir dämmerte die schreckliche Erkenntnis, daß wir es hier mit deiner Kindheit zu tun hatten – einer Idealisierung deiner Kindheit –, die sich, wie dein Phantasie-Amerika, als super Knüppel erweisen könnte. Nichts ist mehr zum Scheitern verurteilt als ein Kampf gegen die Einbildung.

»Aber ich liebe New York!« Ich hörte mich an wie ein Autoaufkleber.

»Es ist dreckig und ersäuft in Krankheiten, und das Immunsystem eines Kindes ist erst mit sieben Jahren voll entwickelt. Und wir können es uns leisten, in eine Gegend mit einer guten Schule zu ziehen.«

»Diese Stadt hat die besten Privatschulen des Landes.«

»New Yorker Privatschulen sind snobistisch und erbarmungslos. Die Kinder in dieser Stadt machen sich im Alter von sechs Jahren Sorgen, ob sie es nach Harvard schaffen.«

»Was ist mit der klitzekleinen Tatsache, daß deine Frau diese Stadt nicht verlassen will?«

»Du konntest zwanzig Jahre lang tun, was immer du wolltest. Ich auch. Außerdem hast du gesagt, du würdest dich danach sehnen, unser Geld für etwas Sinnvolles auszugeben. Jetzt hast du die Chance. Wir sollten ein Haus kaufen. Mit Garten und mit einer Schaukel.«

»Meine Mutter hat nie eine wichtige Entscheidung darauf gegründet, was gut für *mich* war.«

»Deine Mutter hat sich vierzig Jahre lang in eine Kammer eingeschlossen. Deine Mutter ist verrückt. Sie ist wohl kaum eine Mutter, die als Vorbild taugt.«

»Ich meine bloß, als ich ein Kind war, sagten die Eltern, wo es langgeht. Jetzt bin ich Mutter, und die Kinder sagen, wo es langgeht. Also sind wir doppelt am Arsch. Ich fasse es nicht.« Ich warf mich auf die Couch. »Ich will nach Afrika, und du willst nach *New Jersey.*«

»Was soll das mit Afrika? Warum fängst du immer wieder davon an?«

»Wir arbeiten an AFRIWAP. In Europa nehmen uns Reiseführer wie *The Lonely Planet* und *The Rough Guide* langsam bös in die Zange.«

»Was hat das Buch mit dir zu tun?«

»Der Erdteil ist riesig. Jemand muß eine erste Sondierung der Länder vornehmen.«

»Jemand *anderes als du*. Du hast es immer noch nicht begriffen, oder? Vielleicht war es ein Fehler von dir, die Mutterschaft als ›ein anderes Land‹ anzusehen. Das sind keine Ferien in Übersee. Das hier ist ernst –«

»Wir reden hier über Menschenleben, Jim!«

Du hast noch nicht mal gelächelt. »Wie würdest du dich fühlen, wenn er eine Hand verliert, weil er durch dieses Fahrstuhlgitter gegriffen hat? Wenn er Asthma bekommt, wegen des ganzen Drecks in der Luft? Wenn ihn irgendein Loser aus deinem Einkaufswagen entführt?«

»Die Wahrheit ist: *Du* willst ein Haus«, sagte ich vorwurfsvoll. »*Du* willst einen Garten. *Du* hast diese idiotische Norman-Rockwell-Vision von Daddyland, und *du* willst das Baseballteam trainieren.«

»Genauso ist es.« Du hast dich siegessicher am Wickeltisch aufgerichtet, mit Kevin in seinen blütenweißen Pampers auf der Hüfte. »Und wir sind zwei, und du bist eine.«

Es war mein Schicksal, mit dieser Logik noch öfter konfrontiert zu werden.

Eva

25. Dezember 2000

Lieber Franklin,

es war verabredet, daß ich meine Mutter über Weihnachten besuche, also schreibe ich aus Racine. Im letzten Moment – als er erfuhr, daß ich kommen würde – hat Giles beschlossen, die Feiertage mit seiner Familie lieber bei den Schwiegereltern zu verbringen. Ich könnte mit Recht verletzt sein, und ich vermisse meinen Bruder, und sei es nur, um mit ihm über meine Mutter herzuziehen, aber sie ist mit achtundsiebzig jetzt so zerbrechlich, daß unser herablassendes Verzweifeln an ihr inzwischen unfair wäre. So oder so, ich kann ihn verstehen. In Anwesenheit von Giles und seinen Kindern erwähne ich Kevin nie, auch nicht Marys Prozeß, und – es grenzt an Verrat – ich erwähne nicht einmal dich. Aber auch wenn ich gnädig über den Schnee rede oder darüber, ob in die *sarma* Pinienkerne gehören, bleibe ich für ihn der Horror in Person, der es trotz Mutters verriegelter Türen und verrammelter Fenster geschafft hat einzubrechen.

Giles verübelt mir, daß ich die Rolle der tragischen Figur in der Familie beanspruche. Er ist nur bis nach Milwaukee gezogen, und ein Kind, das in der näheren Umgebung geblieben ist, ist nie besonders aufregend, wohingegen ich jahrzehntelang meinen Lebensunterhalt damit verdient habe, Racine so fern wie möglich zu sein. Wie De Beers das Diamantenangebot kontingentiert, habe ich mich rar gemacht – Giles hält es für einen billigen Trick, Kostbarkeit künstlich zu erzeugen. Jetzt bin ich noch tiefer gesunken und benutze meinen Sohn, um Mitleid zu kassieren. Er dagegen ist hinter dem Schutzwall seines Arbeitgebers Budweiser in Deckung gegangen, und daß jemand in der Zeitung stand, erfüllt ihn mit Mißgunst und Ehrfurcht gleichermaßen. Ich versuche ihm immer klarzumachen, daß jedes unbedeutende Elternteil in sechzig Sekunden zu diesem Discount-Ruhm kommen kann, länger dauert es nicht, bis ein Automatikgewehr hundert Schuß abgegeben hat. Ich halte mich für nichts Besonderes.

Du weißt, daß in diesem Haus ein komischer Geruch hängt, der mir immer schon ranzig vorkam. Erinnerst du dich, daß ich die Luft dünn fand? Meine Mutter öffnet selten die Tür, noch seltener lüftet sie richtig durch, und ich war überzeugt, daß die bohrenden Kopfschmerzen, die ich hier jedes Mal bekam, die ersten Anzeichen einer Kohlendioxydvergiftung waren. Doch jetzt empfinde ich die penetrante Mischung aus abgestandenem Lammfett, Staub und Schimmel, vermischt mit dem medizinischen Geruch ihrer farbigen Tinten, als irgendwie tröstlich.

Jahrelang habe ich meine Mutter als jemanden abgeschrieben, der keine Vorstellung von meinem Leben hat, aber nach *Donnerstag* begriff ich, daß ich auch nie den Versuch unternommen hatte, ihr Leben zu verstehen. Sie und ich waren uns jahrzehntelang fremd, nicht weil sie unter Agoraphobie litt, sondern weil ich unnahbar und gnadenlos war. Weil ich nun selbst Freundlichkeit brauche, bin ich freundlicher, und wir kommen erstaunlich gut miteinander aus. In meinen Reisetagen habe ich wohl die Nase sehr hoch getragen, aber mein neues Schutzbedürfnis hat aus mir wieder ein richtiges Kind gemacht. Ich habe meinerseits festgestellt – da jede Welt per definitionem ihre Grenzen hat und für ihre Bewohner ein und alles bedeutet –, daß Geographie etwas Relatives ist. Für meine unerschrockene Mutter könnte das Wohnzimmer genausogut Osteuropa sein, mein altes Schlafzimmer Kamerun.

Natürlich ist das Internet das Beste und Schlimmste, was ihr je passiert ist; jetzt kann sie von Stützstrümpfen bis zu Weinblättern alles im Netz bestellen. Dementsprechend ist die Anzahl der Botengänge, die ich sonst für sie zu Hause erledigt habe, auf Null gesunken, und ich komme mir ein bißchen nutzlos vor. Es hat sicher sein Gutes, daß die neue Technologie sie unabhängig gemacht hat – wenn man es so nennen will.

Meine Mutter meidet übrigens ganz und gar nicht das Thema Kevin. Heute morgen, als wir die paar Geschenke unter ihrem dürren Weihnachtsbaum (online bestellt) auspackten, erklärte sie, daß Kevin selten im traditionellen Sinn ungezogen gewesen sei, was sie immer mißtrauisch gemacht habe. Alle Kinder würden sich danebenbenehmen, sagte sie. Es sei besser, wenn es in aller Öffentlichkeit geschehe. Und sie erinnerte mich an unseren Besuch, als Kevin etwa zehn war – alt genug, um es besser zu wissen, sagte sie. Sie hatte gerade einen Stapel Weihnachtskarten fertiggemacht, die ein wohlhabender Manager von Johnson Wax bestellt hatte. Während wir in der Küche *khurabia* mit Puderzucker machten, zerschnitt er die Karten systematisch in Schnipsel, wie Schneeflocken. (Du sagtest – wie eine Beschwörung –, daß er »nur helfen wollte«.) *Bei dem Jungen fehlte irgend etwas,* verkündete sie im Imperfekt, als sei er tot. Sie versuchte mich aufzumuntern, aber ich befürchtete, daß Kevin vielleicht nur eine Mutter wie meine gefehlt hatte.

Daß mir als Tochter solche Gnade widerfährt, führe ich auf einen verzweifelten Anruf am Abend jenes *Donnerstags* zurück. An wen hätte ich mich wenden können, wenn nicht an meine Mutter? Es war ernüchternd, wie primitiv diese Bindung letztlich war. Ich kann mich im Leben nicht daran erinnern, daß Kevin – vor Kummer, weil er sich die Knie aufgeschlagen oder sich mit einem Spielkameraden gezankt hatte – je nach mir verlangt hätte.

Da sie sich förmlich mit ganzem Namen meldete, *Hallo, Sonya Khatchadourian,* schloß ich, daß sie die Abendnachrichten nicht gesehen hatte.

Mutter? brach es aus mir heraus – weinerlich, wie ein Schulmädchen. Das anschließende schwere Atmen klang sicher nach sexueller Belästigung. Plötzlich wollte ich sie beschützen.

Wenn sie schon auf dem Weg zur Apotheke Todesängste ausstand, wie sollte sie mit dem weitaus verständlicheren Entsetzen angesichts eines mörderischen Enkels fertig werden? Um Himmels willen, dachte ich, sie ist sechsundsiebzig, und sie hat nur noch durch den Briefschlitz Kontakt zur Außenwelt. Hiernach wird sie morgens nicht mehr aufstehen.

Aber Armenier haben ein Talent zur Trauer. Weißt du, daß sie nicht mal *überrascht* war? Sie war niedergeschlagen, aber gefaßt, und obwohl sie so alt war, klang und handelte sie wie eine richtige Mutter. Ich könne mich auf sie verlassen, versicherte sie mir – ein Versprechen, über das ich früher gespottet hätte. Es war fast, als hätten sich all ihre Befürchtungen endlich bewahrheitet; und auf irgendeiner Ebene war sie womöglich erleichtert, daß all ihre Vorkehrungen der Abschottung nicht unbegründet gewesen waren. Schließlich hatte sie schon einmal erlebt, daß die Tragödien dieser Welt an ihr Ufer gespült worden waren. Sie hatte zwar selten das Haus verlassen, aber von allen in unserer Familie verstand sie am besten, wie die Gleichgültigkeit der Umwelt alles, was einem lieb und teurer war, bedrohen konnte. Die meisten Mitglieder ihrer Großfamilie waren ermordet worden, ihr Ehemann von den Japanern wie eine Tontaube abgeschossen. Kevins Amoklauf paßte ins Bild. Das Ereignis schien etwas in ihr freizusetzen, nicht nur Liebe, auch Tapferkeit, wenn es nicht beides auf das gleiche hinausläuft. Weil mir bewußt war, daß die Polizei mich weiter brauchen würde, konnte ich ihre Einladung nach Racine nicht annehmen. Mit großem Ernst bot mir meine eingesperrte Mutter an, *zu mir zu fliegen.*

Kurz nachdem Siobhan das sinkende Schiff verlassen hatte (sie kam nie wieder, und ich mußte ihr letztes Gehalt an American Express in Amsterdam überweisen), hörte Kevin auf zu schreien. Einfach so. Vielleicht fand er, daß seine Mission beendet sei, nun, wo er sein Kindermädchen los war. Vielleicht begriff er, daß seine lautstarken Kraftakte ihn nicht vom gnadenlosen Fortgang seines eingekastelten Daseins befreiten und deshalb die Anstrengung nicht wert waren. Oder vielleicht brütete er etwas Neues aus, weil Mutter seinem Gezeter gegenüber inzwischen taub geworden zu sein schien – wie gegenüber dem Geheul eines immerwährenden Autoalarms.

Ich hatte daran nichts auszusetzen, aber Kevins Schweigen hatte etwas Bedrückendes. Zum einen war es wirkliches Schweigen – vollkommen, Mund zu, ohne irgendein Gurren und Piepsen wie sonst bei kleinen Kindern, wenn sie die unendlich faszinierenden zwei Quadratmeter ihres Nylon-Laufstalls erkunden. Zudem war es ein untätiges Schweigen. Obwohl er jetzt laufen konnte – was er, wie alle zukünftigen Fertigkeiten, für sich allein lernte –, schien es keinen Ort zu geben, an den er gerne gehen wollte. Also saß er da, in seinem Ställchen oder auf dem Fußboden, Stunde um Stunde, und sein trüber Blick wanderte ziel- und teilnahmslos hin und her. Ich verstand nicht, warum er nicht wenigstens ein bißchen Flor von unseren armenischen Teppichen zupfte, wenn er sich schon weigerte, bunte Ringe auf einen Plastikstab zu stecken, oder die Klingeln seiner Busy Box zu betätigen. Ich umringte ihn mit Spielzeug (es gab kaum einen Tag, an dem du nicht mit was Neuem nach Hause kamst), und er starrte es an oder schubste es weg. Er spielte nicht.

Dir sind aus dieser Zeit sicher im großen und ganzen die Kräche in Erinnerung geblieben, bei denen wir stritten, ob wir umziehen sollten und ob ich die lange Reise nach Afrika unternehmen sollte. Doch erinnere ich mich hauptsächlich daran, daß ich – weil wir mal wieder kein Kindermädchen hatten – schier endlose Tage zu Hause blieb, wobei diese auf mysteriöse Weise auch nicht schneller vergingen als jene, an denen er gebrüllt hatte.

Bevor ich Mutter wurde, hatte ich mir die Nähe eines Kleinkinds etwa so wie die Anwesenheit eines klugen, anhänglichen Hundes vorgestellt, aber unser Sohn war wesentlich präsenter als irgendein Haustier. Ich war mir jeden Augenblick zutiefst bewußt, daß er da war. Zwar erleichterte mir sein neues Phlegma, meine Texte zu Hause zu bearbeiten. Dennoch fühlte ich mich beobachtet und wurde nervös. Ich rollte Kevin Bälle vor die Füße, und einmal brachte ich ihn dazu, einen Ball zurückzurollen. Völlig aus dem Häuschen rollte ich ihn zurück; er rollte ihn wieder zu mir. Aber als er zum dritten Mal zwischen seinen Beinen landete, war's das. Gleichgültig ließ er den Ball an seinem Knie liegen. Damals dämmerte mir, Franklin, daß er intelligent ist. In sechzig Sekunden hatte er den Dreh raus: Wenn wir mit diesem Spiel weitermachten, würde der Ball immer auf der gleichen Bahn hin- und herrollen, eine eindeutig sinnlose Übung. Ich konnte ihn nie wieder dafür gewinnen.

Sein undurchdringliches Brüten, dazu seine Schweigsamkeit, die länger anhielt, als alle deine Elternratgeber für erste Sprachversuche voraussagten, brachten mich dazu, unseren Kinderarzt zu konsultieren. Dr. Foulke machte uns Mut, hatte das ganze konventionelle Gerede darüber parat, daß eine »normale« Entwicklung durchaus eine Reihe höchst eigenartiger Verzögerungen und Sprünge beinhaltete; dennoch unterzog er unseren Sohn einer Serie einfacher Tests. Ich machte mir Sorgen, daß Kevins mangelnde Reaktion vielleicht auf einen Hörfehler zurückging; wenn ich seinen Namen rief, ließ er sich dermaßen viel Zeit, bis er mir sein teilnahmsloses Gesicht zuwandte, daß ich nicht mit Sicherheit sagen konnte, ob er mich wirklich gehört hatte. Aber obwohl er nicht unbedingt *interessiert* daran war, was ich sagte, funktionierte sein Gehör gut, und meine Theorie, daß sein frühkindliches Gebrüll seinen Stimmbändern geschadet haben könnte, ließ sich ebenfalls nicht wissenschaftlich untermauern. Ich äußerte sogar die Sorge, daß Kevins reduziertes Verhalten autistische Züge aufwies, aber offensichtlich legte er weder das typische Schaukeln noch die Wiederholungshandlungen dieser in ihrer eigenen Welt gefangenen Geschöpfe an den Tag; wenn Kevin gefangen war, dann in der gleichen Welt wie du und ich. Immerhin entrang ich Dr. Foulke die Feststellung, Kevin sei »ein schlaffer kleiner Junge, nicht wahr?«, weil er körperlich wenig Energie zeigte. Der Doktor hob den Arm unseres Sohns hoch, ließ ihn los, und der Arm fiel herunter wie eine nasse Nudel.

Ich drängelte dermaßen, daß Dr. Foulke unserem Sohn eine Behinderung attestieren, ihm irgendein amerikanisches Syndrom als Etikett verpassen solle, daß der Kinderarzt sicher annahm, ich sei eine dieser neurotischen Mütter, die ihre Söhne für etwas ganz Besonderes hielten, sich darunter aber in unserer degenerierten spätzeitlichen Zivilisation nur einen außergewöhnlichen Defekt oder ein Gebrechen vorstellen konnten. Ich sehnte für unseren Sohn irgendeinen kleinen Nachteil oder Makel herbei, der mein Mitgefühl entfachen würde. Ich war nicht aus Stein, und wann immer ich im Wartezimmer einen kleinen Jungen mit einem Feuermal auf der Wange oder verkrüppelten Fingern entdeckte, zerriß es mir das Herz, und der Gedanke an die Qualen, die er in der Schule erleiden würde, ließ mich zittern. Wenigstens wollte ich Kevin bemitleiden, das wäre immerhin etwas. Aber wünschte ich unserem Sohn allen Ernstes verkrüppelte Finger? Doch, ja, Franklin. Wenn es die Lösung gewesen wäre.

Er war untergewichtig, dementsprechend hatte er nie das runde, pummelige Kleinkindgesicht, mit dem selbst häßliche Kinder zwischen zwei und drei fotogen wirken. Statt dessen hatte sein Gesicht scharfe Züge, wie das eines Frettchens. Ich hätte später wenigstens gerne Fotos von einem knubbeligen Wonneproppen betrachtet und mich dann gefragt, was wohl schiefgelaufen war. Doch die Bilder, die ich habe (ganze Stapel, von dir fotografiert), dokumentieren alle eine kühle Achtsamkeit und beängstigende Selbstbeherrschung. Das schmale olivfarbene Gesicht fällt gleich auf: tiefliegende Augen, eine glatte, gerade Nase mit breitem Sattel und leichtem Haken, ein schmallippiger, merkwürdig entschlossener Mund. Die Bilder sind nicht nur wegen der Ähnlichkeit mit dem Klassenfoto erstaunlich, das in allen Zeitungen erschien, sondern weil Kevin mir so ähnelt.

Dabei wollte ich, daß er aussieht wie du. Sein ganzes Äußeres basierte auf der Form des Dreiecks, deins auf der des Quadrats, und spitze Winkel haben etwas Arglistiges, Heimlichtuerisches; Senkrechten dagegen etwas Stabiles, Vertrauenerweckendes. Ich hatte nicht erwartet, daß ein kleiner geklonter Franklin Plaskett im Haus herumlaufen würde, aber ich hätte gern meinem Sohn ins Gesicht geschaut und einen warmen Stich verspürt, weil er deine ausgeprägte, hohe Stirn hatte – und keine über den tiefliegenden Augen scharf abfallende sowie Augen, die mit dem Älterwerden nicht mehr attraktiv, sondern nur noch eingesunken wirken würden. (Ich sollte das wissen.) Ich war zufrieden, daß er auffallend armenisch aussah, aber ich hatte gehofft, daß dein robuster angelsächsischer Optimismus das Schwerblütige und Nachtragende meiner osmanischen Vorfahren ein bißchen aufheitern würde, seiner fahlen Haut den rosigen Glanz vom Fußballspielen im Herbst verleihen, sein stumpfes schwarzes Haar mit den Lichtsprenkeln explodierender Raketen am 4. Juli aufhellen würde. Statt dessen konfrontierten mich sein verstohlener Blick und seine geheimnisvolle Verschwiegenheit mit einer Miniaturversion meiner eigenen Heuchelei. Er beobachtete mich, und ich beobachtete mich, und unter diesem doppelt prüfenden Blick fühlte ich mich doppelt befangen und falsch. Ich fand den Gesichtsausdruck unseres Sohns zu gewieft und kontrolliert, aber mich starrte die gleiche undurchdringlich-verschlagene Maske an, wenn ich mir die Zähne putzte.

Ich war strikt dagegen, Kevin vor dem Fernseher abzusetzen. Ich haßte Kindersendungen; die Animationen waren hyperaktiv, die Lernprogramme banal, unaufrichtig und herablassend. Aber er wirkte so unterstimuliert. Als ich irgendwann nachmittags die *Zeit-für-unseren-Saft*-Leier satt hatte, schaltete ich die Cartoons für Schulkinder ein.

»Das mag ich nich.«

Ich wirbelte herum, ließ die Bohnen liegen, die ich fürs Abendessen putzte; der Satz war so leblos und monoton dahergekommen – er stammte bestimmt nicht aus einer Folge des *A-Teams*. Hastig stellte ich den Apparat leise und bückte mich zu unserem Sohn: »Was hast du gesagt?«

Er wiederholte gleichmütig: »Das mag ich nich.«

Mit mehr Dringlichkeit als je zuvor in dieser dem Untergang geweihten Beziehung packte ich seine Schultern mit beiden Händen: »Kevin? *Was magst du denn*?«

Das war eine Frage, auf die er nicht vorbereitet war und die er auch heute, mit siebzehn, weder zu seiner noch zu meiner Zufriedenheit beantworten kann. Also wandte ich mich wieder dem zu, was er *nicht mochte* – in Zukunft ein unerschöpfliches Thema.

»Herzchen? Womit sollen wir aufhören?«

Er klatschte mit der Hand gegen den Bildschirm. »Das mag ich nich. Ausstellen.«

Ich stand auf und staunte. Oh, natürlich stellte ich den Fernseher aus, dachte dabei, *unglaublich, ich habe ein Kleinkind mit gutem Geschmack*. Als wäre ich selbst das Kind, wollte ich mein verlockendes neues Spielzeug durchtesten, alle Knöpfe drücken und sehen, welche Lämpchen angingen.

»Kevin, möchtest du einen Keks?«

»Mag keine Kekse.«

»Kevin, redest du mit Daddy, wenn er heimkommt?«

»Wenn ich Lust hab.«

»Kevin, kannst du ›Mommy‹ sagen?«

Ich schwankte, wie mein Sohn mich nennen sollte. *Mommy* klang babyhaft; *Ma* nach Bauernhof, *Mum* angepaßt. *Mama* klang nach Babypuppe mit Batterie, *Mom* klang ernst und nach fünfziger Jahren; *Mother* zu formell für 1986. Rückblikkend frage ich mich, ob ich deshalb keine der Varianten für Mutter mochte, weil ich nicht – na ja, weil mir immer noch nicht wohl dabei war, eine zu sein. Was wenig machte, denn die Antwort war, wie zu erwarten: »Nein.«

Als du nach Hause kamst, weigerte sich Kevin, seine redselige Vorstellung zu wiederholen, aber ich gab sie Wort für Wort wieder. Du warst völlig aus dem Häuschen. »Ganze Sätze, auf Anhieb! Ich habe gelesen, daß sogenannte Spätentwickler manchmal ungeheuer intelligent sind. Das sind Perfektionisten. Sie wollen nichts rauslassen, bevor sie nicht sicher sind, daß sie den Dreh richtig raushaben.«

Ich vertrat eine rivalisierende These: daß er insgeheim schon seit Jahren sprechen könne und uns Ahnungslose mit Hingabe belauscht habe, daß er ein Spion sei. Und mich interessierte weniger seine Grammatik als das, was er sagte. Ich weiß, daß dir solche Bemerkungen nicht schmecken, aber manchmal ging mir durch den Kopf, daß ich mich von uns beiden mehr für Kevin interessierte. (In meiner Vorstellung sehe ich dich erstarren.) Ich meine, für Kevin interessierte, wie er wirklich war, nicht für Kevin, deinen Sohn, der ständig gegen die fabelhafte Phantasiegestalt in deinem Kopf ankämpfen mußte, mit der er in einem heftigeren Konkurrenzkampf stand als je mit Celia. An jenem Abend bemerkte ich zum Beispiel: »Ich habe ewig versucht zu ergründen, was hinter diesen kleinen stechenden Augen vorgeht.«

Du zucktest die Achseln: »Schlangen und Schnecken und Hundebabys.«

Siehst du? Kevin war (und ist) mir ein Rätsel. Du hattest ein sorgloses Jungen-Dasein im Sinn und gingst munter davon aus, daß du auch mal so warst und es nichts mehr zu entdekken gab. Und vielleicht hatten du und ich auch grundverschiedene Vorstellungen vom Wesen der menschlichen Natur. Für dich war ein Kind eine unvollkommene Kreatur, eine einfachere Lebensform, die sich vor aller Augen zu einem komplexen Erwachsenen entwickeln würde. Ich hingegen betrachtete Kevin Khatchadourian von dem Augenblick an, als er mir an die Brust gelegt wurde, als jemanden mit einem Vorleben, mit einer weiten, wandelbaren Innenwelt, deren Vielschichtigkeit und Intensität höchstens mit dem Älterwerden geringer werden würde. Vor allem schien er sich vor mir zu verbergen, während deine Erfahrung eine heiteren, lockeren Zugangs war.

Jedenfalls redete er mehrere Wochen lang tagsüber mit mir, und wenn du nach Hause kamst, machte er dicht. Wenn der Fahrstuhl ratterte, warf er mir einen verschwörerischen Blick zu: Laß uns Daddy einen Streich spielen. Ich empfand wohl ein etwas schuldbewußtes Vergnügen über die Exklusiv-Gespräche mit meinem Sohn, dank deren ich erfuhr, daß er Reispudding mit und ohne Zimt *nicht mochte,* daß er Dr. Seuss' Bücher *nicht mochte,* und daß er die vertonten Kinderreime, die ich aus der Bücherei geliehen hatte, *nicht mochte.* Kevins Vokabular war spezialisiert; er bevorzugte N-Worte.

Die einzige Erinnerung, die ich an echte kindliche Begeisterung während dieser Zeit habe, stammt von seinem dritten Geburtstag, als ich ihm Preiselbeersaft in seine Babytasse füllte und du Schleifen um die Päckchen gebunden hast, die du einen Moment später wieder für ihn aufknoten würdest. Du hattest eine dreistöckige Schichttorte von Vinierro's an der First Avenue mitgebracht, die mit einem Baseball-Motiv aus Buttercreme verziert war, und hattest sie stolz auf den Tisch vor seinem Hochstuhl gestellt. In den wenigen Minuten, in denen wir ihm den Rücken zuwandten, zeigte Kevin das gleiche Talent, das er bereits zu Beginn der Woche unter Beweis gestellt hatte, als er durch ein Loch in der Naht die gesamte Füllung aus seinem vermeintlichen Lieblingshasen herausgezogen hatte. Ich wurde aufmerksam, als Kevin ein trockenes Auflachen vernehmen ließ, das in ein boshaftes Kichern überging. Seine Hände waren wie in Gips getaucht. Und er war hingerissen.

So ein kleines Geburtstagskind, das noch nicht genau wußte, was Geburtstage waren, konnte nicht ahnen, daß man Kuchen in *Stücke* schnitt. Du hast gelacht, und nachdem du dir soviel Mühe gemacht hattest, war ich froh, daß du das Mißgeschick als Comedy betrachten konntest. Aber nachdem ich seine Hände mit einem feuchten Tuch abgewischt hatte, war meine Stimmung gedrückt. Kevins Methode, mit beiden Händen mitten in den Kuchen zu greifen und das Innerste nach außen zu kehren, erinnerte unangenehm an die Szenen in Arztserien, wenn der Patient notoperiert werden soll und der Doktor schreit: »Aufbrechen!« Blutrünstigere Sendungen gegen Ende des Millenniums überließen nur noch wenig der Phantasie: Der Brustkorb wird mit der Elektrosäge geöffnet, die Rippen werden beiseite geschoben, und dann taucht unser schöner Notarzt ein ins Rote Meer. Kevin hatte nicht einfach mit dem Kuchen gespielt. Er hatte ihm das Herz herausgerissen.

Am Ende beschlossen wir den unausweichlichen Kuhhandel: Ich erlaubte dir, für uns ein Haus auf der anderen Seite des Hudson River zu suchen; du erlaubtest mir einen Erkundungstrip nach Afrika. Es war ein ziemlich übler Deal, aber Verzweifelte bezahlen für kurzzeitige Erleichterung oft mit langfristigen Verlusten. Ich verkaufte also mein Geburtsrecht für eine Schale Suppe.

Ich meine damit nicht, daß ich jenen Aufenthalt in Afrika bedauere, doch der Zeitpunkt war schlecht gewählt. Die Mutterschaft hatte mich auf eine Ebene der niederen Dinge hinabgezerrt: Essen und Scheißen. Und darum dreht sich letztendlich auch alles in Afrika. Wahrscheinlich dreht sich in jedem Land alles nur darum, aber ich habe immer die Bemühungen geschätzt, genau dies zu verschleiern, und vielleicht hätte ich besser in dekorative Gegenden reisen sollen, wo es im Bad Rosenseife gibt und die Mahlzeiten wenigstens mit Radicchio garniert sind. Brian hatte Kinder als Wundermittel gegen Abstumpfung empfohlen; er meinte, daß man die Welt wieder zu schätzen lerne, wenn man sie durch ihre staunenden Augen sehe, und alles, was man je leid gewesen sei, wirke wieder strahlend und neu. Das Rezept klang fabelhaft, besser als ein Facelifting oder Valium. Aber ich muß leider berichten, daß mir die Welt, wann immer ich sie mit Kevins Augen sah, ungewöhnlich trostlos vorkam. Mit Kevins Augen sah die ganze Welt aus wie Afrika: Die Menschen schufteten und bettelten und saßen herum und starben.

Doch mitten in all diesem Elend konnte ich immer noch keine

Safari-Firma finden, die wirklich preisgünstig war; die meisten nahmen mehrere hundert Dollar pro Tag. Auch Quartiere gab es nur in zwei Extremen jenseits meiner Zielgruppe: entweder luxuriös und teuer oder schmutzig und spottbillig. Italienische und indische Restaurants waren ihr Geld wert, aber authentische afrikanische Lokale servierten meist ungewürztes Hammelfleisch. Das öffentliche Verkehrswesen war grauenhaft, Züge hielten auf freier Strecke, Flugzeuge waren schrottreif, die Piloten frisch von der Bananarama-Flugschule, Autofahren war Selbstmord, und die Busse quollen über vor zeternden Insassen und flatternden Hühnern.

Ich weiß, daß ich zickig klinge. Ich hatte den Kontinent mit zwanzig schon einmal bereist und war fasziniert gewesen. Damals war Afrika eindeutig *anderswo*. Doch in der Zwischenzeit war die Wildtierpopulation zusammengeschmolzen, die menschliche dafür explodiert; der Anstieg des resultierenden Elends war exponentiell. Diesmal betrachtete ich mein Terrain mit professionellem Blick und verwarf ganze Länder als inakzeptabel. In Uganda wurden immer noch Leichen aus Amins und Obotes Zeiten aus Krokodilmäulern gezogen; Liberia wurde von dem mordlustigen Irren Samuel Doe regiert; und selbst damals schon hackten sich Hutus und Tutsis in Burundi kurz und klein. Zaire vegetierte unter der Fuchtel von Mobutu Sese Seko, Mengistu plünderte Äthiopien, und die Renamo-Rebellen liefen Amok in Mosambik. Südafrika in den Führer aufzunehmen riskierte einen Boykott in den USA. Was den Rest anging, so hast du mich vielleicht *mangelnder Förderung* gescholten, aber ich wollte nicht verantwortlich sein, wenn die unreife Jugend der westlichen Welt in diese Gefahrenzonen reiste, gewappnet allein mit einer himmelblauen Ausgabe von *A Wing and a Prayer*. Dann hätte ich irgendwann in der Zeitung von einem Raubüberfall in Tsavo gelesen, bei dem drei Tote im Straßengraben zurückblieben – wegen 2000 Shilling, einer Kamera und einem Reiseführer –, und hätte mir die Schuld gegeben. Wie sich bei Kevin später zeigen würde, war ich haftbar – per Gesetz oder in der Einbildung.

Also kam ich zu dem Schluß, daß die Marketing-Leute nicht ganz richtig im Kopf waren. Sie hatten die Nachfrage untersucht, aber nicht das Angebot. Ich konnte mir nicht vorstellen, daß unsere furchtlose Armee von College-Studenten und meine gründlichen Mitarbeiter auch nur einen einzigen Band zusammenstoppeln könnten, der seine Benutzer vor den schlimmsten Fehltritten bewahren würde, für die sie sonst einen solch hohen Preis zahlen müßten, daß selbst dieser Schnäppchen-Kontinent dramatisch überteuert schiene. Dieses eine Mal legte ich tatsächlich mütterliche Gefühle an den Tag – gegenüber Kunden wie Siobhan, denn der letzte Ort, an dem ich die blaßgesichtige, gutgläubige Siobhan stranden sehen wollte, waren die pulsierenden, gnadenlosen Slums von Nairobi. Das Projekt AFRIWAP war zu Ende, bevor es angefangen hatte.

Aber meine größte Enttäuschung war ich selbst. Befreit von der Idee eines AFRIWAP-Führers, hätte ich einfach ohne weitere Verpflichtungen auf dem Kontinent herumreisen können, aber mittlerweile war ich von dieser Recherche abhängig – ansonsten hatte meine Reiserei keinen Sinn. Ohne einen strikten Plan, den mir die festumrissenen Kapitel diktierten, fühlte ich mich ziellos. Afrika ist ein schlechter Ort, um sich unablässig nach dem Sinn der eigenen Anwesenheit zu fragen, auch wenn seine chaotischen, stinkenden, hoffnungslosen Städte genau diese Frage aufwerfen.

Ich konnte mir dich und Kevin nicht aus dem Kopf schlagen. Daß ich dich heftig vermißte, erinnerte mich gleichzeitig schmerzlich daran, daß ich dich schon seit Kevins Geburt vermißte. Jedenfalls fühlte ich mich nicht emanzipiert, sondern nachlässig; schuldbewußt, daß du, wenn du nicht inzwischen das Kindermädchen-Problem gelöst hattest, Kevin im Pick-up mit auf deine Erkundungstrips nehmen mußtest. Wohin ich auch ging, ich empfand eine Last, als ob ich mich mit Fünf-Pfund-Gewichten an den Beinen durch die schlaglochübersäten Straßen von Lagos schleppte: Ich hatte in New York etwas begonnen, war damit keinesfalls fertig, drückte mich nun vor der Verantwortung, und schlimmer noch, was ich begonnen hatte, lief nicht gut. Soviel begriff ich, dazu war meine Isolation gut. Wenn man in Afrika einem Phänomen nicht entrinnen konnte, dann den Kindern.

Gegen Ende meiner dreimonatigen Reise, die ich, wie du dich erinnerst, vorzeitig abbrach, faßte ich einige Entschlüsse. Diese eine überflüssige Reise – die ich weniger aus Entdekkungslust unternommen hatte als zum Beweis, daß mein Leben sich *nicht* verändert hatte, daß ich noch jung war, noch neugierig, noch frei – bewies ohne Zweifel nur, daß mein Leben sich weiß Gott verändert hatte, daß ich mit einundvierzig nicht mehr annähernd jung war, daß ich meine etwas oberflächliche Neugier auf fremde Länder in der Tat gestillt hatte; und daß es Freiheiten gab, die ich mir nicht mehr nehmen konnte, ohne die kleine Insel der Beständigkeit, der dauerhaften Bedeutung und anhaltenden Sehnsucht im weiten, willkürlichen Meer weltweiter Gleichgültigkeit zu versenken.

Als ich auf dem Flughafen von Harare auf schmutzigem Linoleum kampierte, weil es keine Sessel gab und das Flugzeug acht Stunden Verspätung hatte – eine Ministergattin hatte die ganze Boing 737 für sich beansprucht, um in Paris einzukaufen –, war mir meine alte, heitere Zuversicht, daß Unannehmlichkeiten (wenn nicht wirkliche Katastrophen) meist das Sprungbrett für echte Abenteuer in der Fremde waren, längst abhanden gekommen. Ich war nicht mehr so überzeugt von unserem guten alten Motto im Vorwort jeder Ausgabe von AWAP: Das Schlimmste, was auf einer Reise passieren kann, ist, daß alles glatt läuft. Statt dessen sehnte ich mich wie jeder westliche Durchschnittstourist nach einer Klimaanlage und war sauer, daß es nur Fanta-Orange zu trinken gab, die ich nicht mochte. Zudem war sie warm, weil der Kühlschrank an der Bar nicht funktionierte.

Diese schweißtreibende Verspätung brachte mich zu der Feststellung, daß mein Einsatz als Mutter bisher ausgesprochen halbherzig gewesen war. Ich mußte, so komisch es klingt, meine schwierige Entscheidung von 1982 noch einmal treffen und mich nun wirklich kopfüber in die Elternschaft stürzen. Ich mußte noch einmal neu mit Kevin schwanger werden. Wie seine Geburt konnte auch seine Erziehung eine erhebende Erfahrung werden, wenn ich mich nicht mehr dagegen auflehnte. Wie ich Kevin mit viel Mühen (und wenig Erfolg) später jahrelang beizubringen versuchte, ist das Objekt unserer Aufmerksamkeit nicht an sich langweilig oder faszinierend. Nichts ist interessant, wenn man sich nicht interes*siert.* Vergebens hatte ich erwartet, daß Kevin, während ich mit verschränkten Armen dastand, bewies, daß er meinen Eifer wert war. Das war viel verlangt von einem kleinen Jungen, der nur so liebenswert sein konnte, wie ich ihm zugestand. Es war überfällig, daß ich Kevin auf halbem Wege entgegenkam.

Im Anflug auf JFK war ich voller Entschlossenheit, Zuversicht und gutem Willen. Aber rückblickend muß ich doch zugeben, daß meine Begeisterung für unseren Sohn am größten war, wenn er nicht da war.

Frohe Weihnachten
Eva

27. Dezember 2000

Lieber Franklin,

nachdem sie behutsam bei mir vorgefühlt hatte, ob mir danach zumute sei, hat meine Mutter hier heute ein kleines Damenkränzchen abgehalten, und ich glaube, daß sie die Wahl des Zeitpunkts bedauert. Denn gestern hat in Wakefield, Massachusetts, ein sehr großer, unglücklicher Mensch – ein Software-Ingenieur namens Michael McDermott, den die ganze Nation inzwischen als Science-Fiction-Fan kennt (so wie den meisten Bürgern die Vorliebe unseres Sohns für zu enge Kleider geläufig ist) – die Firma Edgewater Technology mit einem Gewehr, einer Automatikwaffe und einer Pistole betreten und sieben seiner Kollegen ermordet. Ich nehme an, daß Mr. McDermott außer sich war, weil sein Arbeitgeber sein Gehalt um noch ausstehende Steuern gekürzt hatte – hör dir an, wie vertraut ich mit den Einzelheiten seiner finanziellen Situation bin, bis hin zu der Tatsache, daß man ihm sein sechs Jahre altes, nicht abbezahltes Auto wegnehmen wollte.

Ich mußte dabei unwillkürlich an deine Eltern denken, weil sie nicht weit weg von Wakefield wohnen. Dein Vater war immer auf die besondere Ausgewogenheit seiner erstklassigen Geräte bedacht, ein Faible für das richtige Verhältnis, das sich sicher bis auf zwischenmenschliche Konzepte, wie das von Schaden und Wiedergutmachung, erstreckte. Sicher haben deine Eltern allmählich das Gefühl, daß die Welt des physisch Grotesken, ohne Respekt vor gutem *Material*, die Oberhand gewonnen hat.

Die alten Damen revanchieren sich bei Sonya schon lange nicht mehr mit Gegeneinladungen; sie ersparen sich das mühsame Spielchen und die phantasievollen Entschuldigungen, mit denen sich meine Mutter früher schon um den Besuch der Premiere meiner Schultheater-Aufführung gedrückt hatte. Infolgedessen haben diese alten Schachteln schon viele Male von Mutters *lahmajun* und den sesambesprenkelten *zilugs* gekostet und gaben sich mit der Diskussion dieser Appetithäppchen nicht mehr groß ab. Statt dessen brannten sie, wenn auch mit einer gewissen Scheu angesichts des Ehrengastes, darauf, über Michael McDermott zu reden. Eine Witwe kommentierte verständnisvoll, daß sich ein junger Mann mit Spitznamen »Mucko« durchaus abgelehnt fühlen könnte. Meine streitbare Tante Aleen schimpfte, daß ihr fortwährender Disput mit dem Finanzamt – nicht bezahlte siebzehn Dollar aus dem Jahr 1991 waren mit allen Verzugszinsen und Mahngebühren inzwischen auf stattliche eintausenddreihundert Dollar angewachsen – auch sie in Bälde zur Feuerwaffe greifen ließe. Doch eigentlich blickten alle ehrerbietig auf mich, die anwesende Expertin für gefährdete Gemüter. Ich mußte die Damen schließlich daran erinnern, daß ich diesen freundlosen, übergewichtigen Eigenbrötler nie kennengelernt hatte. Was plötzlich auch klar wurde, war, daß in diesem Land mittlerweile keiner mehr einen guten alten Mord beging, so wie kein Rechtsanwalt mehr einfach nur das Recht studierte. Es gab Massaker am Arbeitsplatz und Schießereien in der Schule, zwei völlig unterschiedliche Spezialgebiete, und ich spürte die allgemeine Betretenheit im Raum, als hätte man die Vertriebsabteilung angerufen, anstatt sich mit der Kundenbetreuung verbinden zu lassen. Da es immer noch zu gefährlich ist, in Gesellschaft das Thema ›Florida‹ anzuschneiden, ohne sicher zu sein, daß alle einer Meinung sind, kam jemand klugerweise wieder zurück auf das Thema *lahmajun*.

So oder so, wer hat gesagt, Verbrechen zahle sich nicht aus? Ich bezweifle, daß das Finanzamt je einen Cent von Muckos Geld sehen wird, und dieser Steuerhinterzieher von zweiundvierzig Jahren wird Onkel Sam weitaus mehr an Verfahrenskosten bereiten, als das Finanzamt je aus seinem Gehaltsscheck hätte pressen können.

So denke ich heute, natürlich, seit der Preis der Gerechtigkeit kein abstrakter Begriff mehr in meinem eigenen Leben ist, sondern eine knallharte Abrechnung auf Heller und Pfennig. Und immer noch verfolgen mich kleine Szenen aus jenem Prozeß – dem Zivilprozeß. Vom Strafverfahren weiß ich fast nichts mehr.

»Ms. Khatchadourian«, höre ich Harvey überlaut seine Vernehmung beginnen. »Die Anklage hat hervorgehoben, daß Sie eine Firma in Manhattan leiteten und Ihren Sohn in der Zwischenzeit der Obhut von Fremden überließen. Als er vier wurde, befanden sie sich in Afrika.«

»Ich war mir zu jener Zeit nicht darüber im klaren, daß es illegal ist, ein eigenes Leben zu führen.«

»Aber als Sie von ihrer Reise zurückkehrten, stellten sie jemanden ein, der die Tagesgeschäfte in Ihrer Firma erledigte, damit sie Ihrem Kind eine bessere Mutter sein konnten?«

»Das stimmt.«

»Wurden Sie seine primäre Bezugsperson? Von gelegentlichen Babysittern abgesehen, stellten Sie keine fremde Hilfe mehr ein?«

»Ehrlich gesagt, stellten wir keine Kindermädchen mehr ein, weil wir niemanden finden konnten, der es länger als ein paar Wochen mit Kevin aushielt.«

Harvey sah sauer aus. Seine Mandantin ruinierte sich selbst. Ich dachte, daß mich diese Eigenschaft zu etwas Besonderem machte, aber die erschöpfte Miene meines Anwalts deutete darauf hin, daß ich ein Standardtyp war.

»Aber Sie sahen, daß er Kontinuität brauchte, und deshalb beendeten Sie den Reigen der jungen Mädchen, die sich die Klinke in die Hand gaben. Sie gingen nicht mehr von neun bis fünf ins Büro.«

»Ja.«

»Ms. Khatchadourian, Sie liebten Ihre Arbeit, nicht wahr?

Sie vermittelte Ihnen große persönliche Befriedigung. Diese Entscheidung war also ein beträchtliches Opfer, zum Wohle Ihres Kindes?«

»Das Opfer war enorm«, sagte ich. »Es war auch vergeblich.«

»Keine weiteren Fragen, Euer Ehren.« Wir hatten vereinbart *enorm,* Punkt; er warf mir einen bösen Blick zu.

Plante ich 1987 bereits meine Verteidigung? Obwohl meine unbefristete Auszeit von AWAP eine überkompensatorische Größe bewies, war sie eigentlich reine Kosmetik. Ich fand, sie *sah gut aus*. Ich hatte mich nie als jemanden betrachtet, der große Gedanken an anderer Leute Ansichten verschwendete, aber wer sich insgeheim schuldig fühlt, legt unvermeidlich großen Wert auf eine heile Fassade.

Deshalb bückte ich mich zuerst, um Kevin zu umarmen, als ihr beiden mich am Kennedy-Flughafen abgeholt habt. Er ähnelte in dieser Phase immer noch beängstigend einer Schlenkerpuppe, war »schlaff«. Er umarmte mich nicht. Doch Heftigkeit und Dauer meiner Umarmung spiegelten demonstrativ meine Wiedergeburt in Harare. »Ich habe dich so vermißt!« sagte ich. »Mommy hat zwei Überraschungen, Herzchen! Ich habe dir ein Geschenk mitgebracht. Aber ich verspreche dir auch, daß Mommy dich nie, nie wieder so lange allein läßt!«

Kevin wurde noch schlaffer. Ich stand auf und strich verlegen über seinen wilden Haarschopf. Ich erfüllte meine Rolle, aber Zuschauer hätten aus der unnatürlichen Mattigkeit meines Kindes folgern können, daß ich es sonst im Keller hielt, mit Handschellen an den Warmwassertank gefesselt.

Ich küßte dich. Ich hatte immer gedacht, daß Kinder es gern sahen, wenn ihre Eltern zärtlich miteinander umgingen, doch Kevin stampfte ungeduldig auf und zerrte schimpfend an deiner Hand. Vielleicht hatte ich mich getäuscht. Ich hatte meine Mutter nie meinen Vater küssen sehen. Hätte ich gerne.

Du hast den Kuß abgekürzt und gemurmelt: »Es dauert

wohl ein Weilchen, Eva. Für Kinder in diesem Alter sind drei Monate eine Ewigkeit. Sie werden böse. Sie denken, daß du nie mehr wiederkommst.«

Ich wollte schon kontern, daß Kevin eher sauer wirkte, *weil* ich wiedergekommen war, aber ich bremste mich; eins unserer ersten Opfer auf dem Altar der Familie war Unbeschwertheit. »Was heißt denn *uäh, uäh*?« fragte ich, weil Kevin weiter schimpfend an dir rumzerrte.

»Cheese Doodles«, sagtest du gutgelaunt. »Der ultimative Snack. Los, du Racker! Holen wir uns eine Tüte Chemie, die auch im Dunkeln leuchtet.« Und du stapftest mit deinem Anhang durch das Terminal, während ich mein Gepäck selber schieben durfte.

Im Pick-up mußte ich erst einmal ein paar klebrige Käsekringel in unterschiedlichen Stadien der Auflösung vom Beifahrersitz pellen. Kevins kulinarische Vorliebe bedeutete nicht unbedingt, daß er die Snacks auch aß; er lutschte sie, leckte die neonfarbene Glasur ab und tränkte sie so lange mit Spucke, bis sie schmolzen.

»Die meisten Kinder mögen Zucker«, erklärtest du eifrig. »Unsers mag Salz.« Offenbar war ein Sodium-Fetischist in jeder Hinsicht etwas Besseres als eine Naschkatze.

»Die Japaner finden, daß es Gegensätze sind«, sagte ich und entsorgte meine glibberigen Funde durch das Fenster. Hinten gab es zwar einen niedrigen Rücksitz, aber Kevins Kindersitz war zwischen uns installiert, und ich bedauerte, daß ich nicht wie sonst meine Hand auf deinen Oberschenkel legen konnte.

»Mommer hat gefurzt«, sagte Kevin – er hatte *Mommy* und *Mother* zu einer Neuschöpfung verbunden. (Es war niedlich. Muß es gewesen sein.) »Es stinkt.«

»Das mußt du nicht so laut verkünden, Kevin«, sagte ich verkniffen. Ich hatte vor dem Abflug im Norfolk Hotel Bohnenpüree mit Bananen gegessen.

»Wie wär's mit Junior's?« schlugst du vor. »Das liegt auf dem Weg und ist kinderfreundlich.«

Es war untypisch für dich, nicht zu bedenken, daß ich von Nairobi aus seit fünfzehn Stunden unterwegs und vielleicht vom Flug ein bißchen müde und verquollen war; daß ich dabei zu viele Plunderstücke und Cheddarhappen gegessen hatte und alles andere als Lust auf ein lautes, kitschiges, grell beleuchtetes Billig-Restaurant verspürte, dessen einziges Highlight der Käsekuchen war. Insgeheim hatte ich gehofft, daß du einen Babysitter engagieren, mich allein abholen und zu einem ruhigen Drink ausführen würdest, bei dem ich dir berichten könnte, wie sich das mütterliche Blatt gewendet hatte. Mit anderen Worten, ich wollte weg von Kevin, um dir besser sagen zu können, wieviel mehr Zeit ich mit ihm verbringen wollte.

»Schön«, sagte ich schwach. »Kevin, entweder du ißt diese Käsedinger, oder ich tu sie weg. Mach nicht überall Krümel.«

»Kinder machen Dreck, Eva!« sagtest du fröhlich. »Entspann dich.«

Kevin gönnte mir ein gerissenes orangefarbenes Lächeln und schubste einen Kringel auf meinen Schoß.

Im Restaurant verschmähte Kevin den Hochstuhl als Babykram. Weil einen Elternschaft offenbar über Nacht in einen unerträglichen Pedanten verwandelt, predigte ich: »Na GUT, Kevin. Aber ver*giß* nicht: Du kriegst *nur* einen Er*wachs*enenstuhl, wenn du dich wie ein Er*wachs*ener be*nimmst*.«

»Nä NÄÄ, nä-nä. Nä-nä nä-*nä* nä: Nä nä *nää* nä-nä nä-*nää*-nä-nä-nä, nä nä nä nä nä nä-*nää*-nä-nä nä-*nä*.« Im Auf und Ab eines Walzertakts imitierte er meinen strengen Ton und meine Prediger-Modulation mit solcher Perfektion, daß ihm vielleicht eine Zukunft als Coverversionen trällernder Barsänger bevorstand.

»Schluß damit, Kevin.« Ich versuchte gelassen zu klingen.

»*NÄ* nä-nä, nä-nä!«

Ich fragte dich: »Seit wann geht *das* so?«

»Nä nä nä *nä* nä?«

»Einen Monat? Es ist eine Phase. Das geht vorbei.«

»Nä-nä nä-nä? Nä nä nä-nä nää-nä. Nä nä nä-nä.«

»Ich kann es kaum erwarten«, sagte ich, zunehmend widerwillig, etwas zu sagen, das mir in Nä-nä-Sprache nachgeplappert wurde.

Du wolltest Kevin Zwiebelringe bestellen, aber ich wandte ein, daß er den ganzen Nachmittag salziges Junk food gefuttert hatte. »Hör mal«, sagtest du. »Wie du bin ich dankbar, wenn er überhaupt etwas ißt. Vielleicht fehlt ihm ein Spurenelement, Jod oder so. Vertrau der Natur, ist meine Devise.«

»Was soviel heißt wie: Du ißt gern lecker Junk und Knabberzeug, und ihr habt euch in puncto Snacks verbrüdert. Bestell ihm einen Hamburger ohne Brötchen. Er braucht Protein.«

Als die Kellnerin unsere Bestellung wiederholte, kommentierte sie Kevin wie gehabt: »Nää-nä-nä-nä, nä-nä nä-nää«, was offenbar soviel hieß wie »Gartensalat, Dressing extra«.

»So ein Süßer«, sagte sie mit verzweifeltem Blick auf die Wanduhr.

Als seine Frikadelle kam, schnappte Kevin sich den großen geriffelten Salzstreuer mit den riesigen Streulöchern und bedeckte das Rindfleisch mit Salz, bis es aussah wie der Kilimandscharo bei Neuschnee. Angewidert nahm ich ein Tafelmesser, um alles abzukratzen, doch du hast mich am Arm zurückgehalten. »Warum gönnst du diesem kleinen Kerl nie seinen Spaß, kannst du nicht einfach mal drüber lachen?« hast du mich leise getadelt. »Die Salz-Nummer ist doch auch nur eine Phase, aus der er bald herauswächst. Wenn wir ihm später davon erzählen, dann begreift er, daß er schon als Kind eine höchst eigenwillige Person war. So ist das Leben. Ein gutes Leben.«

»Ich bezweifle, daß Kevin je vergessen könnte, daß er eigenwillig ist.« Obwohl das missionarische Muttergefühl, das mich in den vergangenen zwei Wochen beflügelt hatte, rapide abnahm, wollte ich meinem Vorsatz treu bleiben – mir zuliebe, Kevin zuliebe und eindeutig auch dir zuliebe. Ich holte tief Luft. »Franklin, ich habe einen wichtigen Entschluß gefaßt, während ich weg war.«

Mit klassisch-schlechtem Timing brachte unsere Kellnerin meinen Salat und deinen Käsekuchen. Ihre Schritte knirschten auf dem Linoleum. Kevin hatte das Salz auf dem Boden verteilt.

»Die Frau hat Aa im Gesicht.« Kevin wies auf das Muttermal auf der linken Wange der Kellnerin, das fast zehn Zentimeter groß war und dessen Umriß wie Angola aussah. Sie hatte großzügig beigefarbene Abdeckcreme auf dem großen braunen Fleck verteilt, aber das meiste Make-up war verwischt. Wie so oft, war der Vertuschungsversuch schlimmer als der eigentliche Makel – eine Lektion, die ich auch noch lernen würde. Bevor ich ihn bremsen konnte, fragte Kevin sie lauthals: »Warum machst du dein Gesicht nicht sauber? Es ist ganz voller Aa.«

Ich entschuldigte mich wortreich bei dem Mädchen, das höchstens achtzehn war und sicher sein ganzes Leben unter diesem Muttermal gelitten hatte. Sie lächelte matt und versprach, mir das Dressing zu bringen.

Ich knöpfte mir unseren Sohn vor: »Du wußtest genau, daß der Fleck kein Aa war, stimmt's?«

»Nä nä-nä nä-NÄÄ, nä nä nä nä *nä-nä* nä, NÄ?« Kevin drückte sich in die Sitzecke, die Augen glitzernde Schlitze. Er hatte die Finger auf die Tischplatte gelegt und die Nase gegen den Rand gedrückt, aber sein schiefer blitzender Blick verriet, daß unter dem Tisch ein Grinsen lauerte: breit, schmallippig und merkwürdig angestrengt.

»Kevin, du weißt, daß du ihre Gefühle verletzt hast, oder?« sagte ich. »Wie würdest du dich fühlen, wenn ich dir sagen würde, du hast Aa im Gesicht?«

»Eva, Kinder verstehen nicht, daß Erwachsene bei Äußerlichkeiten empfindlich sind.«

»Bist du dir da sicher? Hast du das irgendwo gelesen?«

»Können wir bitte nicht gleich unseren ersten gemeinsamen Nachmittagsausflug ruinieren?« flehtest du. »Warum mußt du ihm immer das Schlimmste unterstellen?«

»Was soll das denn heißen?« fragte ich perplex. »Das klingt eher so, als würdest *du mir* immer das Schlimmste unterstellen.«

Unschuldige Verwirrung zu mimen würde in den kommenden drei Jahren meine Taktik bleiben. Inzwischen war die Stimmung für meine große Verkündigung völlig falsch, also brachte ich es so unfeierlich wie möglich heraus. Leider klang es eher trotzig: Das hast du nun davon, wenn du mich für eine so miese Mutter hältst.

»Wow«, sagtest du. »Bist du dir sicher? Das ist ein großer Schritt.«

»Ich mußte daran denken, was du über Kevin und das Sprechen gesagt hast. Daß er sich vielleicht so lange nicht getraut hat, weil er es richtig machen wollte. Also, ich bin auch eine Perfektionistin. Und AWAP *und* Muttersein zusammen kriege ich nicht gut hin. Im Büro nehme ich mir ständig ohne Vorwarnung freie Tage, und Neuerscheinungen geraten in Verzug. Und gleichzeitig wird Kevin morgens wach und weiß nicht, wer an diesem Tag auf ihn aufpaßt – seine Mutter oder eine hoffnungslose Aushilfe, die am Ende der Woche ihren Kram hinschmeißt. Ich plane erst mal, bis Kevin in die Schule kommt. He, vielleicht ist es sogar gut für AWAP. Bringt neue Perspektiven in den Laden, frische Ideen. Vielleicht dominiere ich die Reihe ohnehin zu sehr.«

»Du« – gespieltes Entsetzen – »dominant?«

»NÄÄÄ? Nä-nä-*nää*?«

»Kevin, hör auf! Es reicht. Laß Mommer und Daddy reden –«

»NÄ-nä, NÄÄ nä! Nä NÄÄ!«

»Ich meine es ernst, Kevin, hör mit dem *nä-nä* auf, oder wir gehen.«

»Nä nä-nä nä NÄ, nä-nä, nä nä nä *nä-nä* nä nä-nä nä NÄ-nä!«

Ich weiß nicht, warum ich ihm drohte zu gehen, wenn es doch gar keine Anzeichen gab, daß er bleiben wollte. Es war der Vorgeschmack auf eine chronische Aporie: Wie man einen

Jungen bestrafen sollte, der eine geradezu Zen-artige Gleichgültigkeit gegenüber allem an den Tag legte, was man ihm hätte verbieten können.

»Eva, du machst alles nur schlimmer –«

»Wie sollen wir ihn deiner Ansicht nach zum Schweigen bringen?«

»NÄ nä-nä nä nä NÄ-nä nä-nä nä nä NÄ-nä nä-nä?«

Ich schlug ihn. Nicht sehr fest. Er sah glücklich aus.

»Woher kennst du denn den Trick?« fragtest du finster. Und es war ein Trick: Es war der erste Satz unseres Tischgesprächs, der nicht in *Nä-nä* übersetzt wurde.

»Franklin, er wurde immer lauter. Die Leute fingen an rüberzustarren.«

Jetzt fing Kevin an zu heulen. Seine Tränen kamen meiner Ansicht nach reichlich spät. Ich blieb ungerührt. Sollte er doch.

»Sie starren rüber, weil du ihn geschlagen hast«, sagtest du sotto voce, hobst unseren Sohn hoch und nahmst ihn auf den Schoß, während sein Weinen in Geschrei überging. »Das passiert nicht noch mal, Eva. Nicht hier. Es gibt da, glaube ich, ein Gesetz. Oder es ist überfällig. Das ist Körperverletzung.«

»Ich gebe meinem Kind einen Klaps und werde verhaftet?«

»Es herrscht Einigkeit darüber, daß Gewalt kein Mittel zur Verständigung ist. Ist es todsicher nicht. Ich möchte nicht, daß du so was noch mal tust, Eva. *Nie mehr*.«

Also: Ich schlage Kevin. Du schlägst mich. Ich hatte kapiert.

»Können wir bitte gehen?« schlug ich kühl vor. Kevin hatte sich auf intervallartiges Schluchzen verlegt – dieses Decrescendo konnte leicht noch zehn Minuten dauern. Mein Gott, es war nicht viel mehr als ein Tätscheln gewesen. Was war er für ein kleiner Schauspieler.

Du winktest nach der Rechnung. »Dies ist kaum der Kontext, in dem ich *meine* Überraschung verkünden wollte«, sagtest du, während du Kevins Nase mit einer Serviette putzest. »Aber ich habe auch Neuigkeiten. Ich habe uns ein Haus gekauft.«

Ich dachte, ich höre nicht richtig. »Du hast uns ein Haus *gekauft*. Nicht eins entdeckt, das ich mir mal ansehen soll. Alles unter Dach und Fach.«

»Wenn ich nicht zugegriffen hätte, dann hätte es uns jemand weggeschnappt. Dich hat es doch sowieso nicht interessiert. Ich dachte, du würdest dich freuen, wärst froh, daß es erledigt ist.«

»Na ja. Meine Freude hält sich in Grenzen, weil es ja ohnehin nicht meine Idee war.«

»Genau. Du kannst nichts vertreten, was nicht von vornherein dein Leib-und-Magen-Projekt war. Wenn du nicht höchstpersönlich dein VORORT-AWAP ausheckst, dann stehst du auch nicht dahinter. Na, viel Glück beim Delegieren im Büro. Dazu bist du nicht geboren.«

Du hast ein großzügiges Trinkgeld dagelassen. Drei Dollar extra waren vermutlich Schmerzensgeld für *Aa* im Gesicht. Deine Bewegungen wirkten hölzern. Ich konnte sehen, daß du verletzt warst. Du hattest die ganze Gegend nach diesem Haus abgesucht, du hattest dich gefreut, die große Neuigkeit loszuwerden, und sicher warst du ganz begeistert von unserer Immobilie, sonst hättest du sie nicht gekauft.

»Es tut mir leid«, flüsterte ich im Hinausgehen, und die anderen Gäste schauten uns dreien verstohlen nach. »Ich bin nur müde. Ich freue mich *wirklich*. Ich kann es kaum erwarten.«

»Nä nä nä *nää*. Nä nä nä nä-nä. Nä nä-nä nä *nä-nä* …«

Ich dachte, *alle in diesem Restaurant sind erleichtert, daß wir gehen*. Ich dachte, *ich gehöre jetzt zu den Leuten, die mir immer leid getan haben*. Ich dachte, *und sie tun mir immer noch leid*.

Mehr denn je.

Eva

1. Januar 2001

Lieber Franklin,

nenn es einen guten Vorsatz zum neuen Jahr, denn schon seit Jahren will ich dir gestehen: Ich habe dieses Haus gehaßt. Auf den ersten Blick. Ich bin nie damit warm geworden. Jeden Morgen bin ich in seiner glatten Oberflächlichkeit aufgewacht, seinen findigen architektonischen Details, seinen eleganten Horizontalen, und ich habe es von ganzem Herzen gehaßt.

Ich gebe zu, daß die Gegend um Nyack, waldig und direkt am Hudson, eine gute Wahl war. Du hattest dich netterweise für Rockland County im Staat New York entschieden und nicht für irgendwo in New Jersey – sicher ein Staat mit vielen schönen Wohngegenden, aber mit einer Ausstrahlung, die mich fix und fertig gemacht hätte. In Nyack lebten Menschen aller Rassen und Gruppierungen zusammen, und auf den ersten Blick schien es etwas heruntergekommen, es besaß das gleiche leicht vergammelte Flair wie Chatham – obwohl das schäbige, schlichte Erscheinungsbild, anders als in Chatham, eine Illusion war, denn die meisten der in den vergangenen Jahrzehnten Zugezogenen waren stinkreich. In der Main Street stauten sich die Audis und BMWs; in überteuerten Fajita-Läden und Wein-Bars drängelte sich die Kundschaft; gedrungene, abgelegene Holzhäuser mit zwei Schlafzimmern wechselten für 700 000 Dollar den Eigentümer. Nyacks einzige Eitelkeit war sein Mangel an Eitelkeit. Ganz im Gegensatz zu Gladstone, fürchte ich, einer relativ neuen Schlafstadt im Norden, deren kleines Zentrum – mit imitierten Gaslampen, Lattenzäunen und Etablissements wie »Ye Olde Sandwich Shoppe« – etwa dem entspricht, was mit dem unangenehmen Wort »heimelig« umrissen werden kann.

Tatsächlich wurde mir das Herz schwer, als du stolz mit dem Pick-up von Palisades Parade die lange, prachtvolle Auffahrt hinaufrolltest. Du hattest mir nichts über das Haus erzählt, es sollte eine echte »Überraschung« sein. Tja. Ich war überrascht. Ein ebenerdiges Anwesen aus Glas und sandfarbenem Backstein, mit flachem Dach, das auf den ersten Blick wirkte wie der Hauptsitz einer aalglatten, in Krisenmanagement aktiven Wohltätigkeitsorganisation, die mehr Geld hatte, als sie ausgeben konnte, und »Friedenspreise« an Mary Robinson und Nelson Mandela verlieh.

Hatten wir nie darüber diskutiert, was ich mir vorstellte? Das mußt du doch geahnt haben. Mein Traumhaus war alt, viktorianisch. Wenn es groß sein mußte, dann eher hoch, drei Stockwerke und ein Dachboden, voller Ecken und Winkel, die ihren ursprünglichen Zweck verloren hatten – Sklavenkammern und Geräteräume, Gemüsekeller und Rauchfänge, Speiseaufzüge und Dach-Ausgucke. Ein baufälliges Haus, aus dem Geschichte troff, wie die Dachpfannen polterten, dessen wacklige Balustrade man samtags kunstvoll reparieren würde, während der Duft von Kuchen, der auf der Anrichte abkühlte, nach oben zog. Ich würde es mit gebrauchten Sofas ausstatten, deren Blumenbezüge verblichen und zerschlissen waren, mit Gardinen von Wohnungsauflösungen samt Kordeln und Troddeln, mit verschnörkelten Mahagoni-Kommoden, deren Spiegel Flecken zieren. Neben der Schaukel auf der Veranda würden Geranien aus einer alten Milchkanne wuchern. Niemand würde unsere zerlumpten Quilts einrahmen oder sie als seltene Beispiele früher amerikanischer Muster und Motive für Tausende von Dollars auf Auktionen verhökern; wir würden sie übers Bett werfen, bis sie zerfielen. So wie Wolle immer Knötchen bildet, würde das Haus wie von selbst Gerümpel anziehen: ein Fahrrad mit abgenutzter Bremse und plattem Reifen; Stühle, deren Sprossen geleimt werden müssen; einen alten Eckschrank aus gutem Holz, aber mit häßlichem, leuchtendblauem Anstrich, den ich immer abbeizen möchte, wozu es nie kommt.

Ich höre auf, weil du *genau* weißt, was ich meine. Ich weiß, daß man solche Häuser schlecht heizen kann, daß sie zugig sind. Ich weiß, daß der vergammelte Wassertank lecken würde, daß die Stromrechnungen hoch sind. Ich weiß, daß du dich über den alten Brunnen im Garten aufregen würdest, weil er eine gefährliche Attraktion für die Gören aus der Nachbarschaft wäre, denn dieses Haus steht in meinen Gedanken so leibhaftig vor mir, daß ich mit geschlossenen Augen durch den verwilderten Garten gehen kann und selbst in den Brunnen falle.

Als der Pick-up auf der halbkreisförmigen betonierten Auffahrt hielt und wir vor unserer neuen Behausung ausstiegen, dachte ich *Behausung,* das ist das richtige Wort. Mein Traumhaus war gemütlich, von der Welt abgeschnitten; dieses Haus dagegen – mit seinem Blick auf den Hudson aus den breiten Panoramafenstern (zugegeben, die Aussicht war überwältigend) – schien stets offenzustehen. Rosa Kies und Pflasterwege umrandeten seine Grünfläche wie eine riesige einladende Fußmatte. Gestutzte Büsche säumten Fassade und Eingangsweg. Kein schwarzer Walnußbaum, kein ungepflegtes Goldruten-Beet, kein Moos, sondern *Büsche.* Drumherum? Rasen. Nicht einmal die schöne, kühle Sorte Gras, deren feine, helle Grashalme zum Faulenzen mit Limonade und Bienen einladen, sondern die drahtige, kratzige Variante, mit einer Oberfläche wie grüne Putzschwämme.

Mit Schwung hast du die Eingangstür geöffnet. Der Flur verlor sich in einem Wohnzimmer von der Größe eines Basketballfeldes, und dann, ein paar flache Stufen hinauf, ging es ins Eßzimmer, das mit der Küche mittels einer Durchreiche für das Essen verbunden war – eine Kreation mit *sonnengetrockneten Tomaten* wahrscheinlich. Eine Tür hatte ich noch nicht gesichtet. Ich wurde panisch und dachte, *man kann sich nirgends verstecken.*

»Gib zu, es ist sensationell«, sagtest du.

Ich sagte ehrlich: »Ich kann's nicht fassen.«

Ich hätte angenommen, daß ein kleines Kind, wenn man es in einem großen unmöblierten sonnendurchfluteten Saal mit glänzenden Holzfußböden loslaufen läßt, hin und her rennen würde, auf Socken rutschen, lachen und toben, völlig unbeeindruckt von der aseptischen Ödnis – *Ödnis,* Franklin –, in der es abgesetzt worden war. Statt dessen hing Kevin wie ein Mehlsack an deiner Hand und mußte ermuntert werden, auf »Erkundungstour« zu gehen. Er torkelte zur Wohnzimmermitte und setzte sich hin. Mein Sohn war mir mehr als einmal fremd vorgekommen, doch in jenem Augenblick – mit seinen großen Waisenkind-Augen, zusammengesackt wie ein Wachstropfen, Hände auf den Dielen wie Fische auf einem Steg – fühlte ich mich ihm so nah wie nie.

»Du mußt noch das Elternschlafzimmer sehen«, sagtest du, meine Hand nehmend. »Die Oberlichter sind spektakulär.«

»Oberlichter!« wiederholte ich munter.

Alle Winkel in unserem riesigen Schlafzimmer waren schief, die Decke schräg. Der Effekt war disharmonisch, und die offensichtliche Umgehung aller Senkrechten und Horizontalen sowie das grundsätzliche Unbehagen des Hauses an der Idee von Zimmern wirkten unsicher.

»Mal was anderes, wie?«

»Was anderes!« An einem nicht genauer zu bestimmenden Zeitpunkt in den neunziger Jahren würden ausgedehnte Teakholzflächen aus der Mode kommen. Wir waren zwar noch nicht soweit, aber ich sah diesen kritischen Moment schon vor mir.

Du hast unseren eingebauten Wäschebehälter aus Teak vorgeführt, den man in eine Bank verwandeln konnte, auf der ein Smiley-gelbes Sitzkissen festgezurrt war. Du hast die Türen zum begehbaren Schrank beiseite gerollt. Alles Bewegliche im Haus glitt stumm hin und her, alle Oberflächen waren glatt. Die Schranktür hatte keine Klinken. Die hölzernen Einbauten keine Griffe. Schubladen hatten Greifmulden. Die Küchenschränke öffneten und schlossen mit einem Klick. Franklin, das ganze Haus wirkte, als hätte man ihm zu viele Antidepressiva verabreicht.

Du führtest mich durch die gläserne Schiebetür hinaus auf die Terrasse. Ich dachte, ich habe eine *Terrasse*. Ich würde nie rufen »Ich bin auf der Veranda!«, sondern »Ich bin auf der *Terrasse*.« Ich redete mir gut zu, daß es nur ein Wort sei. Die Plattform schrie förmlich nach Grillabenden mit ungeliebten Nachbarn. Die Schwertfischsteaks wären entweder zu roh oder schon trocken, und ich würde mich deswegen aufregen.

Darling, ich weiß, daß ich undankbar klinge. Du hattest intensiv gesucht und dich mit der Sorgfalt eines Location Scouts für Gillette darangemacht, ein Haus für uns zu finden. Inzwischen weiß ich, wie rar gute Immobilien in dieser Gegend sind, deshalb glaube ich dir, daß alle vergleichbaren Objekte dagegen einfach gräßlich waren. Was dieses Haus nicht war. Die Erbauer hatten keine Kosten gescheut. (Wehe denen, die *keine Kosten scheuen*. Ich sollte das wissen, denn das sind die Reisenden, für die eine AWAP-Tour in fremde Länder einer Todeserfahrung gleichkommt.) Die Hölzer waren kostbar – in jeder Hinsicht –, die Armaturen vergoldet. Du hattest uns das Traumhaus einer anderen Familie gekauft.

Ich sah es förmlich vor mir. Unser fleißiges Paar arbeitet sich aus miesen Mietverhältnissen hinauf zu gewöhnlichen Häusern mit mehreren Ebenen und dann endlich: eine Erbschaft, ein Börsengewinn, eine Beförderung. Endlich können sie es sich leisten, bis ins letzte Detail *das Haus ihrer Herzenswünsche* zu entwerfen. Das Paar hockt über Bauplänen, grübelt über jedem Einbauschrank, wie Wohnraum und Fernsehzimmer elegant voneinander getrennt werden können. (»Mit einer TÜR!« möchte ich schreien, aber für diesen wenig originellen Rat ist es leider zu spät.) All die innovativen Winkel wirken auf dem Papier so dynamisch. Selbst Büsche, wenn sie nur einen Zentimeter groß sind, wirken ganz reizend.

Aber ich habe meine Theorie über Traumhäuser. (Nicht umsonst heißt *folly* im Englischen sowohl *Torheit* als auch *reich-*

verziertes Gebäude.) Ich habe noch nie ein Traumhaus gesehen, das tatsächlich eins war. Wie unseres sind es einige *fast,* doch ebenso häufig entpuppen sie sich als unerwartete Katastrophen. Das Problem besteht zum einen darin, daß – egal, wieviel Geld man für eichene Sideboards ausgibt – ein geschichtsloses Haus zwangsläufig billig wirkt. Zum anderen scheint das Problem in der Natur der Schönheit an sich zu liegen, einer erstaunlich schwer festzumachenden Eigenschaft, die man selten einfach kaufen kann. Schönheit verflüchtigt sich, wenn man sie erzwingen will. Sie belohnt Lässigkeit, und vor allem kommt sie, wann es ihr gefällt, *zufällig.* Auf meinen Reisen fand ich wunderbare Zufalls-Kunst: einen Lichtstrahl über einer verfallenen Waffenfabrik von 1914; eine ausrangierte Reklametafel mit einer hinreißenden Anzeigen-Collage aus Coca-Cola, Chevrolet und Burma-Rasiercreme; billige Pensionen, deren verblichene Kissen auf ungeplante Weise perfekt zu den flatternden sonnengebleichten Gardinen paßten.

Dieses Gladstone-Xanadu hatte sich bestürzenderweise, Balken für Balken, in eine Enttäuschung verwandelt, die einem in der Seele weh tat. Hatten die Maurer Ecken abgerundet, hatte sich ein renitenter Architekt bei diesen minutiösen Plänen Freiheiten herausgenommen? Nein, nein. Bis hin zu den quälend blanken Küchenschränken wurden die visionären Entwürfe detailgetreu umgesetzt. Das Mausoleum an der Palisades Parade entstand haargenau nach den Plänen seiner Schöpfer, und *das* machte es so deprimierend.

Man muß fairerweise zugeben, daß die Kluft zwischen der seltenen Fähigkeit, Schönheit aus dem Nichts zu erschaffen, und dem bloßen Erkennen derselben so breit ist wie der Atlantische Ozean. Allem Anschein zum Trotz hatten die ursprünglichen Eigentümer möglicherweise einen guten Geschmack gehabt – um so bedauerlicher war das Ganze. Daß die beiden ein Gruselkabinett gebaut hatten, schließt nicht aus, daß ihnen nicht auch völlig klar war, ein Gruselkabinett geschaffen zu haben. Ich bin fest überzeugt, daß weder der Mann noch die

Frau je vor dem anderen eingestanden hat, was für ein Flop diese hohle Attrappe war. Sie taten beide so, als sei es das Haus ihrer Sehnsüchte, während jeder für sich vom Einzugstag an alles daransetzte, wieder auszuziehen.

Du hast selbst gesagt, daß das Gebäude erst drei Jahre alt war. *Drei Jahre?* So lange dauert es, bis solch ein Haus gebaut ist! Wer macht sich soviel Arbeit, nur um wieder auszuziehen? Vielleicht wurde Mister Bauherr nach Cincinnati versetzt, aber dazu mußte er den Job auch annehmen. Was sonst kann ihn aus der protzigen Haustür getrieben haben außer Ekel vor der eigenen Schöpfung? Wer kann schon Tag für Tag damit leben, mangelndes Vorstellungsvermögen in Stein verewigt zu sehen?

»Warum«, fragte ich, als du mich durch den sorgfältig angelegten Garten hinterm Haus führtest, »haben die Leute, die das Haus gebaut haben, es so bald wieder verkauft? Nachdem sie etwas so auffällig Ehrgeiziges geschaffen hatten?«

»Ich hatte den Eindruck, daß sie, na ja, getrennte Wege gehen wollten.«

»Sich scheiden lassen.«

»Komm, deswegen liegt kein Fluch auf dem Haus.«

Ich sah dich neugierig an. »Das habe ich auch nicht gesagt.«

»Wenn Häuser so etwas weitergäben«, töntest du, »gäbe es keine Hütte im Land, in der eine Ehe in Sicherheit wäre.«

Ein Fluch? So vernünftig unser Rückzug in den Vorort auch schien – große Parks, frische Luft, gute Schulen –, du hast offensichtlich geahnt, daß wir uns beängstigend auseinandergelebt hatten. Doch was mich jetzt wundert, ist nicht deine Ahnung, sondern deine Fähigkeit, sie zu ignorieren.

Was mich angeht, ich hatte kein Vorgefühl. Ich war schlicht fassungslos, wie ich nach Lettland und Äquatorial-Guinea in Gladstone, New York, landen konnte. Als stünde ich in der Brandung in Far Rockaway, während die Flut die Kloake heranspült; ich konnte kaum das Gleichgewicht halten, als unsere neue Errungenschaft Welle um Welle ihre Häßlichkeit verströmte. *Warum konntest du das nicht sehen?*

Vielleicht, weil du immer einen Hang dazu hattest, *aufzurunden*. Wenn im Restaurant fünfzehn Prozent siebzehn Dollar ausmachten, gabst du zwanzig. Wenn wir einen öden Abend mit neuen Bekannten verbrachten, schrieb ich sie ab, du gabst ihnen eine zweite Chance. Als diese Italienerin, die ich kaum kannte, Marina, für zwei Nächte in unserem Loft unterkam und deine Uhr verschwand, wurde ich stinksauer. Du warst um so überzeugter, daß du sie im Fitneßstudio vergessen hattest. Lunch mit Brian und Louise sollte Spaß machen? Dann machte es eben Spaß. Du hast immer gern ein Auge zugedrückt. Als du mit mir durch unseren neuen Besitz tourtest, widersprach dein Immobilienhändler-Getue deinem beschwörenden Blick, dem wortlosen Flehen, kein Spielverderber zu sein. Du hast nonstop geredet, als hättest du Speed genommen, und dein leicht hysterischer Tonfall verriet auf fatale Weise deinen Verdacht, daß Palisades Parade Nummer 12 doch keine fabelhafte architektonische Heldentat war, sondern ein protziger Flop. Trotz allem, mit einer komplizierten Mischung aus Optimismus, Sehnsucht und Chuzpe hast du *aufgerundet*. Grob gesprochen, war es eine *Lüge*, aber man kann auch behaupten, daß diese Selbsttäuschung eine Spielart der Großzügigkeit war. Schließlich warst du schon seit Kevins Geburt am *Aufrunden*.

Ich dagegen bin ein Pedant. Ich mag Fotos, die scharf sind. Auch wenn es Tautologie ist, mag ich Leute nur so sehr, wie ich sie mag. Ich lebe ein emotionales Leben von solch arithmetischer Präzision, bis auf zwei oder drei Stellen nach dem Komma, daß ich selbst meinem eigenen Sohn einen gewissen Grad an Liebenswürdigkeit zugestehen würde. Mit anderen Worten, Franklin: Ich zahle siebzehn Dollar.

Ich hoffe dennoch, daß ich dir das Gefühl gab, das Haus schön zu finden. Es war die erste große Entscheidung, die du allein für uns getroffen hattest, und ich hatte nicht vor, alles zu vermiesen, nur weil ich mir bei der bloßen Aussicht, dort wohnen zu müssen, am liebsten die Pulsadern aufgeschnitten hätte. Insgeheim redete ich mir ein, daß du nicht unbedingt einen anderen Geschmack hattest als ich oder gar keinen, du warst nur sehr leicht beeinflußbar. Ich war nicht dagewesen, um dir in puncto Speiseaufzüge etwas zuzuflüstern. In meiner Abwesenheit warst du auf den Geschmack deiner Eltern zurückgefallen.

Oder auf eine aktualisierte Version desselben. Palisades Parade versuchte mit aller Gewalt, »in« zu sein; das Haus, das deine Eltern in Gloucester, Massachusetts, gebaut hatten, war dagegen ein traditioneller Neuengland-Kasten. Aber die solide Verarbeitung, bei der an nichts gespart worden war, der unschuldige Glaube an das Nette waren unübersehbar.

Mein Vergnügen an dem Wahlspruch deines Vaters, »Das Material ist alles«, war nicht hämisch gemeint. Bis zu einem gewissen Punkt schätzte ich Leute, die auf höchstem Niveau Dinge herstellten: Herb und Gladys bauten ihr Haus selbst, räucherten ihren Lachs selbst, brauten ihr Bier selbst. Aber ich hatte noch nie Leute getroffen, die so ausschließlich in der Welt der greifbaren Dinge lebten. Ich habe deinen Vater nur begeistert erlebt angesichts einer Kaminumrandung aus Ahornwurzelholz oder eines Dunkelbiers mit cremiger Krone, und ich glaube, er schwärmte hauptsächlich für statische, gegenständliche Vollkommenheit; später vor dem Feuer zu sitzen, das eigene Bier zu trinken war zweitrangig. Deine Mutter kochte mit chemischer Präzision, und bei Besuchen aßen wir gut. Ihr Himbeerkuchen mit Baiser hätte direkt aus einer Zeitschrift ausgeschnitten sein können, obwohl ich wieder den starken Verdacht hege, daß der Kuchen als Objekt das eigentliche Ziel war und das Kuchenessen, das Verschlingen ihrer Schöpfung, eine Art Vandalismus bedeutete. (Wie bezeichnend, daß deine spindeldürre Mutter eine phantastische Köchin ist, aber keinen Appetit hat.) Fließbandproduktion von Waren klingt nicht nur mechanisch, sie fühlt sich auch so an. Ich war immer ein bißchen erleichtert, deinem Elternhaus zu entrinnen, dabei waren die beiden so großzügig zu mir, wenn auch nur materiell, daß ich mir immer undankbar vorkam.

Alles in ihrem Haus war auf Hochglanz poliert, so viel schöner Schein, um die Tatsache zu verbergen, daß nichts dahinter war. Sie lasen nicht; es gab ein paar Bücher, Lexika (die weinroten Rücken heiterten das Fernsehzimmer auf, aber die einzigen reichlich benutzten Bücher waren Ratgeber, Heimwerker-Anleitungen, Kochbücher und eine zerfledderte Ausgabe von *The Way Things Work,* Band eins und zwei. Sie konnten nicht verstehen, warum man sich einen Film aussuchte, der ein unglückliches Ende nahm, oder ein Bild, das nicht hübsch war. Sie besaßen eine hochwertige Stereoanlage, die Lautsprecher kosteten 1000 Dollar pro Stück, aber sie hatten nur eine Handvoll Easy-Listening- und Best-of-CDs: *Große Opernarien* und *Die schönsten Hits der Klassik*. Es klingt bequem, aber ich glaube, es war eher hilflos: Sie wußten nicht, wozu Musik da ist.

Das könnte man bei deiner Familie über das Leben insgesamt sagen: Sie wissen nicht, wozu es da ist. Sie kennen sich gut mit seiner Mechanik aus; sie wissen, wie die Rädchen ineinandergreifen, aber sie haben den Verdacht, daß sie da etwas nur um seiner selbst willen zusammenbauen, wie eins dieser dekorativen Spielzeuge, bei denen silberne Metallkugeln sinnlos hin- und herklicken, bis die Reibung sie zum Stillstand bringt. Dein Vater war zutiefst unzufrieden, als sein Haus fertig war, nicht weil irgend etwas nicht stimmte, sondern weil das Gegenteil der Fall war. Sein Hochdruck-Duschkopf und die hermetisch dichte Glaskabine waren perfekt eingebaut, und genauso wie er seine Egal-was-kommt-CD-Sammlung nur kaufte, um seine hochherrschaftliche Stereoanlage zu füttern, konnte ich mir bei deinem Vater gut vorstellen, wie er sich täglich draußen im Dreck wälzte, um seiner Dusche eine Daseinsberechtigung zu verleihen. Ihr Haus ist so ordentlich, sauber und tipptopp, voll mit Geräten zum Kneten, Häckseln, Auftauen und Bagels-Schneiden, daß die Bewohner irgendwie überflüssig wirken. Tatsächlich sind die rülpsenden, scheißenden und Kaffee verschüttenden Eigentümer die einzigen Verursacher von Unordnung in einer ansonsten makellosen, sich selbst erhaltenden Biosphäre.

Das alles haben wir bei unseren Besuchen durchdiskutiert – in aller Ausführlichkeit, weil wir, überfüttert und vierzig Minuten vom nächsten Kino entfernt, darauf zurückgriffen, zum Vergnügen deine Eltern auseinanderzunehmen. Tatsache ist, daß sie auf Kevin – *Donnerstag* – nicht gefaßt waren. Ihnen fehlte der passende Apparat, wie der Himbeer-Entkerner »Made in Germany«, um diese neue Sachlage zu bearbeiten und ihr einen Sinn zu geben. Was Kevin tat, war nicht rational. Kein Motor lief deshalb ruhiger, kein Flaschenzug funktionierte besser, kein Bier wurde dabei gebraut und kein Lachs geräuchert. Nichts wurde berechnet; es war *in physikalischer Hinsicht idiotisch.*

Ironischerweise haben deine Eltern, obwohl sie immer seinen Mangel an protestantischem Fleiß bedauerten, mehr mit Kevin gemeinsam als sonst irgendwer in meinem Bekanntenkreis. Sie wissen nicht, wozu das Leben gut ist, was sie damit anfangen sollen, und Kevin weiß es auch nicht; sowohl deine Eltern als auch dein Erstgeborener hassen das Konzept *Freizeit.* Dein Sohn hat diese Abneigung immer aggressiv vertreten, was einen gewissen Mut verlangt, wenn man es bedenkt; er ist nie der Illusion erlegen, daß er die Zeit durch bloßes Ausfüllen produktiv nutzen würde. O nein – du erinnerst dich bestimmt, wie er stundenlang brütend und stierend dasaß und nichts tat, außer jede Sekunde jeder Minute seines Samstagnachmittags zu verabscheuen.

Für deine Eltern ist die Vorstellung des Nichtstuns beängstigend. Sie besitzen nicht die Persönlichkeit, wie Kevin dem Nichts die Stirn zu bieten. Dein Vater hat immer irgendwo herumgebastelt, hat die Maschinerie des Alltags in Gang gehalten, obwohl die zusätzliche Annehmlichkeit ihm, wenn er fertig war, nur mehr verhaßte *Freizeit* bescherte. Und nicht nur das: Wenn er einen Wasserweichmacher oder eine Sprenganlage für den Garten installierte, hatte er nicht die leiseste Ahnung, was er eigentlich zu verbessern suchte. Das harte Wasser hatte immerhin dazu geführt, daß er regelmäßig in den Genuß kam, die Abtropffläche an der Spüle zu entkalken, und im Grunde sprengte er seinen Garten gerne mit der Hand. Der Unterschied liegt darin, daß dein Vater den Wasserweichmacher ganz bewußt völlig grundlos einbauen würde, und Kevin nicht. Sinnlosigkeit hat deinen Vater nie gestört. Das Leben ist für ihn eine Ansammlung von Zellen und elektrischen Impulsen, es *ist* materiell, *das Material ist alles*. Diese prosaische Sicht befriedigt ihn – tat es wenigstens früher. Hier liegt der Unterschied: Kevin vermutet auch, daß das Material alles ist. Es ist nur leider so, daß ihn Material nicht interessiert.

Ich werde meinen ersten Besuch bei deinen Eltern nach jenem *Donnerstag* nie vergessen. Ich muß gestehen, daß ich ihn auf die lange Bank geschoben hatte, und das war schwach. Sicher wäre es kolossal schwierig gewesen, selbst wenn du dabeigewesen wärst, aber das war durch den *endgültigen Zusammenbruch* natürlich unmöglich. Allein, ohne Unterstützung ihres Sohns, wurde ich mit der nackten Tatsache konfrontiert, daß wir nicht mehr organisch miteinander verbunden waren, und ich glaube, sie fühlten die gleiche Zusammenhanglosigkeit. Als deine Mutter die Haustür öffnete, wurde ihr Gesicht aschfahl, doch als sie mich hereinbat, hätte ihre Höflichkeit auch einem Hoover-Vertreter gelten können.

Deine Mutter steif zu nennen wäre ungerecht, aber sie ist so großartig darin, die Form zu wahren. Sie will wissen, was sie zu tun hat und was als nächstes kommt. Schon deswegen mag sie aufwendige Mahlzeiten. Sie ist beruhigt, wenn alles seinen geregelten Gang geht, Suppe vor Fisch, und sie wehrt sich nicht, wie ich es getan hätte, gegen die nervtötende Routine des Zubereitens, Servierens und Abwaschens, die bei drei Mahlzeiten pro Tag eine Köchin von morgens bis abends auf Trab hält. Sie kämpft nicht wie ich gegen Konventionen als Zwang;

sie ist eine diffus wohlmeinende, aber phantasielose Person, und sie ist dankbar für Regeln. Leider gibt es – noch – keine Etikette für den Nachmittagstee mit der früheren Schwiegertochter, nachdem der Enkel zum Massenmörder wurde.

Sie setzte mich ins richtige Wohnzimmer statt in den gemütlicheren Fernsehraum, was ein Fehler war; die starren Lehnstühle unterstrichen nur, daß die Regeln sich im freien Fall befanden. Die Farben der Samtbezüge, seegrün und altrosa, waren so unvereinbar mit dem glitzernden, roten Subtext meines Besuchs, daß sie muffig und leicht schwindelerregend wirkten; dies waren die Farben von Schimmel. Deine Mutter floh in die Küche. Ich wollte ihr schon hinterherrufen, daß sie sich keine Umstände machen solle, weil ich wirklich nichts essen könne, aber ich begriff, wie grausam es wäre, ihr diese Flucht in die Geschäftigkeit zu verwehren. Ich zwang mich sogar, später eine ihrer Gruyère-Schleifen zu essen, obwohl mir davon etwas übel wurde.

Gladys ist eine so rastlose, empfindliche Frau, daß sie in ihrer spröden Zerbrechlichkeit – sie kann durchaus warmherzig oder freundlich sein, das meine ich nicht –, daß sie in ihrer körperlichen Zerbrechlichkeit immer mehr oder minder gleich aussieht. Sicher, ihre Stirnfalten hatten sich zu einem Ausdruck permanenter Fassungslosigkeit verfestigt; ihre Blicke schossen gehetzter hin und her als früher, und besonders wenn sie sich von mir unbeobachtet fühlte, lag in ihrem Blick etwas Verlorenes; man konnte sich gut vorstellen, wie sie als kleines Mädchen ausgesehen hatte. Insgesamt machte sie den Eindruck einer vom Schicksal gezeichneten Frau, doch die einzelnen Elemente, die dazu beitrugen, hätte man kaum mit der Kamera einfangen können.

Als dein Vater aus dem Keller hochkam (ich konnte seine Schritte auf der Treppe hören und kämpfte gegen die Angst; er war immer ein kräftiger Mann gewesen, auch mit fündundsiebzig noch, aber nun schienen die Schritte zu langsam und schleppend), war seine Veränderung alles andere als subtil. Sein baumwollner Arbeitsanzug schlackerte in losen Falten an ihm. Es war erst sechs Wochen her, und ich war entsetzt, wie jemand in so kurzer Zeit so viel Gewicht verlieren konnte. Die Haut seines wettergegerbten Gesichts hing schlaff herunter: die rotgeränderten Augen hatten schwere Tränensäcke; seine Wangen waberten lose wie bei einem Bluthund. Ich fühlte mich schuldig, infiziert von Mary Woolfords brennender Überzeugung, daß irgendwer doch schuld sein müsse. Das war wohl auch die Überzeugung deines Vaters. Er ist kein rachsüchtiger Mensch, aber ein pensionierter Werkzeugmacher für elektronisches Gerät (kaum zu glauben, daß er Maschinen baute, die Maschinen bauten) nimmt die Verantwortung von Firmen sowie die Verbesserung des Geschäftsgebarens sehr ernst. Kevin war ein mangelhaftes Produkt, und ich war der Hersteller.

Als ich mit meiner geschwungenen Tasse auf der vergoldeten Untertasse klapperte, kam ich mir ungeschickt vor. Ich fragte deinen Vater, was sein Garten mache. Er sah mich verwirrt an, als hätte er vergessen, daß er einen Garten besaß. »Die Blaubeerbüsche«, erinnerte er sich traurig, »fangen gerade an zu tragen.« Das Wort *tragen* hing in der Luft. Büsche vielleicht, aber dein Vater hatte noch nicht begonnen, etwas zu tragen.

»Und die Erbsen? Du hast immer so köstliche Zuckerschoten herangezogen.«

Er blinzelte. Die Uhr schlug vier. Er erklärte nie, was mit den Erbsen war, und unser Schweigen hatte etwas entsetzlich Nacktes. Wir hatten enthüllt, daß es mir all die anderen Male, wenn ich nach seinen Erbsen gefragt hatte, eigentlich egal gewesen war, und daß es ihm all die anderen Male eigentlich egal gewesen war, ob er mir davon erzählte.

Ich senkte den Blick. Ich entschuldigte mich, daß ich nicht eher gekommen war. Sie gaben keinen Ton von sich, kein Machtnichts, wir verstehen schon. Sie gaben überhaupt keinen Ton von sich, sagten gar nichts, also redete ich einfach weiter.

Ich sagte, daß ich vorgehabt hatte, auf alle Beerdigungen zu gehen, wenn man mich ließe. Deine Eltern wirkten nicht überrascht über den plötzlichen Themenwechsel; im Grunde hatten wir von dem Moment, als deine Mutter die Tür öffnete, über den *Donnerstag* gesprochen. Ich sagte, daß ich aber nicht unsensibel sein wollte, deshalb hätte ich alle Eltern vorher angerufen; ein paar hatten einfach aufgelegt. Andere flehten mich an wegzubleiben; meine Anwesenheit wäre *ungehörig*, sagte Mary Woolford.

Dann erzählte ich ihnen von Thelma Corbitt – du erinnerst dich, ihr Sohn Denny war der schmächtige, rothaarige Junge, der angehende Schauspieler –, sie war so freundlich, daß es mich bestürzte. Ich bemerkte gegenüber deiner Mutter, daß Tragödien in den Menschen alle möglichen unerwarteten Qualitäten zutage zu fördern schienen. Ich sagte, es wäre so, als würden manche Leute (ich dachte an Mary) in Plastik versiegelt, vakuumverpackt wie Fertigmahlzeiten, so daß sie nur noch in ihrem eigenen Saft schwitzen konnten. Und anderen erginge es offenbar genau entgegengesetzt, als habe die Katastrophe sie in Säure getaucht und ihnen die Außenhaut abgelöst, die sie sonst vor den Schrecken und Ängsten fremder Schicksalsschläge bewahrt hatte. Für diese Sorte würde es zu einer Qual, zwischen anderen Menschen die Straße entlangzugehen, ein Gewaltmarsch durch die frische Scheidung dieses Mannes, den tödlichen Kehlkopfkrebs jener Frau. Auch sie waren in der Hölle, aber es war jedermanns Hölle, diese große, uferlose, stürmische See aus Giftmüll.

Ich bezweifle, daß ich es genauso ausdrückte, doch ich sagte, daß Thelma Corbitt die Sorte Frau sei, deren privates Leid ein Kanal für das Leid anderer Leute geworden war. Und natürlich unterhielt ich deine Eltern nicht mit dem kompletten Telefonat, aber das ganze Gespräch kam mir damals wieder in den Sinn: Thelma, die sofort den »Mut« bewunderte, den ich aufgebracht haben mußte, um anzurufen, lud mich gleich zu Dennys Beerdigung ein – aber nur, wenn es nicht zu schmerzlich für mich wäre. Ich erklärte Thelma, daß es mir helfen könnte, meine Trauer über den Tod ihres Sohnes auszudrükken, und ich merkte, daß dies einmal keine leeren Worte waren. Apropos, Thelma erzählte mir auch, daß Denny nach der Restaurantkette benannt worden war, in der sie und ihr Mann ihr erstes Date hatten. Ich hätte sie fast gebeten aufzuhören, weil es leichter schien, möglichst wenig über ihren Jungen zu wissen; aber sie war eindeutig überzeugt, daß wir beide besser dran wären, wenn ich wüßte, wen mein Sohn ermordet hatte. Sie sagte, Denny habe für die Schultheateraufführung im Frühjahr geprobt, Woody Allens *Don't Drink the Water,* und sie habe ihm mit dem Text geholfen. »Wir haben Tränen gelacht«, berichtete sie. Ich sagte, daß ich ihn im Jahr zuvor in *Endstation Sehnsucht* gesehen habe und daß er (ein bißchen übertrieben) fabelhaft gewesen sei. Sie schien so erfreut, und sei es nur, weil ihr Sohn für mich nicht nur eine Zahl war, ein Name in der Zeitung oder eine Qual. Dann erklärte sie, daß sie sich frage, ob ich es nicht schwerer habe als sie alle. Darauf ließ ich mich nicht ein. Ich sagte, das sei unfair; schließlich habe ich immerhin noch meinen Sohn, und was sie dann sagte, beeindruckte mich. Sie sagte: »Haben Sie das? Haben Sie das wirklich?« Ich gab keine Antwort darauf, aber ich dankte ihr für ihre Freundlichkeit, und dann verhedderten wir uns in soviel gegenseitiger Dankbarkeit – einer fast unpersönlichen Dankbarkeit, daß nicht jeder Mensch auf Erden schlicht entsetzlich war –, daß wir beide weinen mußten.

Also, erzählte ich deinen Eltern, ging ich zu Dennys Beerdigung. Ich saß hinten. Ich trug schwarz, auch wenn dies heutzutage altmodisch ist. Und dann in der Schlange, um zu kondolieren, reichte ich Thelma die Hand und sagte: »Mein Beileid zu meinem Verlust.« Genau das sagte ich, ein Versprecher, eine Fehlleistung, aber ich dachte, es wäre noch schlimmer, mich zu korrigieren – »*deinem* Verlust, meine ich«. Für deine Eltern waren das leere Worte. Sie starrten vor sich hin.

Schließlich rettete ich mich zum Thema Logistik. Das Rechtssystem war eine Maschinerie, und ich konnte ihre Verfahrensweise beschreiben, so wie dein Vater mir einmal, mit poetischer Klarheit, beschrieben hatte, wie ein Katalysator funktioniert. Ich sagte, daß Kevin in Gewahrsam genommen worden sei, ohne Möglichkeit der Freilassung auf Kaution, und ich hoffte, daß die aus dem Fernsehen vertraute Terminologie tröstlich wirken würde, aber das gelang nicht. (Wie wesentlich dabei offenbar die gläserne Grenze des Bildschirms ist. Die Zuschauer wollen nicht, daß diese Shows so mir nichts, dir nichts in ihre Häuser schwappen; genausowenig wie sie wollen, daß die Abwässer fremder Leute ihre Toilette hochkommen.) Ich sagte, daß ich den besten Anwalt genommen hätte, den ich finden konnte – also natürlich den teuersten. Ich dachte, das gefiele deinem Vater; er kaufte immer nur das Teuerste. Ich irrte mich.

Er unterbrach mich düster: »Wozu?«

Ich hatte noch nie gehört, daß er irgendwas in seinem Leben in Frage gestellt hatte. Ich bewunderte den kühnen Sprung. Du und ich hatten hinter dem Rücken deiner Eltern immer über ihre spirituelle Dürre gelästert.

»Ich weiß nicht genau, obwohl man es zu erwarten schien ... Damit Kevin so gut wie möglich davonkommt, vermutlich.« Ich runzelte die Stirn.

»Willst du das wirklich?« fragte deine Mutter.

»Nein ... Was ich eigentlich *will,* ist die Uhr zurückdrehen. Ich will, daß ich nie geboren worden wäre, wenn das helfen würde. Aber ich kann nicht alles haben, was ich will.«

»Aber willst du, daß er bestraft wird?« drängte dein Vater. Wobei er nicht zornig klang; er besaß die Energie nicht.

Leider lachte ich. Nur ein resigniertes *Ha!* Es war unpassend. »Entschuldigung«, erklärte ich. »Aber ich wünsche denen viel Glück. Ich habe mehr oder weniger sechzehn Jahre lang versucht, Kevin zu bestrafen. Es war völlig egal, was ich ihm versagte, weil ihn ohnehin nichts interessierte. Was will der Jugendstrafvollzug von New York State machen? Ihn auf sein Zimmer schicken? Ich habe es versucht. Der Rest des Hauses war ihm so egal wie sein Zimmer, also was soll's? Und sie werden ihn nicht dazu bringen, daß er sich schämt. Seelenqualen kann nur erleiden, wer ein Gewissen hat. Man kann nur jemanden bestrafen, der Hoffnungen hat, die man enttäuschen kann, oder Bindungen, die man kappen kann. Man kann nur jemanden bestrafen, der wenigstens ein bißchen gut ist.«

»Man kann ihn wenigstens davon abhalten, noch jemanden zu verletzen«, warf dein Vater ein.

Ein mangelhaftes Produkt wird zurückgerufen und vom Markt genommen. Ich sagte trotzig: »Na ja, es gibt eine Kampagne, daß er als Erwachsener verurteilt werden und die Todesstrafe kriegen soll.«

»Wie fühlst du dich dabei?« fragte deine Mutter. Du meine Güte, deine Eltern hatten mich gefragt, ob A Wing and a Prayer je an die Börse ginge; sie hatten mich danach gefragt, ob ich Heißluftgeräte zum Hosenbügeln so schätzte wie Bügeleisen. Sie hatten mich noch nie gefragt, wie ich mich *fühle*.

»Kevin ist kein Erwachsener. Aber wird er als Erwachsener anders sein?« (Technisch gesehen, mag es ein Unterschied sein, aber im Grunde ist ein Amoklauf am Arbeitsplatz nur ein Schulmassaker für Erwachsene.) »Ehrlich gesagt, gibt es Tage«, ich blickte düster aus dem Erkerfenster, »da wünsche ich mir, daß er die Todesstrafe kriegt. Damit endlich alles vorbei ist. Aber damit mache ich es mir wohl zu einfach.«

»Aber du machst dir doch wohl keine Vorwürfe, meine Liebe!« flötete deine Mutter ein bißchen nervös; wenn ja, dann wollte sie davon nichts hören.

»Ich habe ihn nie besonders *gemocht*, Gladys.« Ich sah ihr ohne Umschweife in die Augen, von Mutter zu Mutter. »Mir ist bewußt, daß Eltern oft streng zu ihrem Kind sagen: ›Ich liebe dich, aber ich *mag* dich nicht immer.‹ Aber was ist das für eine Liebe? Ich finde, das läuft auf etwas hinaus wie: ›Du bist mir nicht gleichgültig – du kannst immer noch meine Gefühle verletzen –, aber deine Nähe halte ich nicht aus.‹ Wer möchte denn so *geliebt* werden? Wenn ich die Wahl hätte, würde ich auf die

Blutsverwandtschaft verzichten und es vorziehen, gemocht zu werden. Ich frage mich, ob es mich nicht mehr gerührt hätte, wenn meine eigene Mutter mich in den Arm genommen und gesagt hätte: ›Ich *mag* dich.‹ Ich frage mich, ob es nicht wichtiger ist, sich über die Anwesenheit des Kindes zu freuen.«

Was ich gesagt hatte, war ihnen peinlich. Außerdem hatte ich genau das getan, wovor Harvey mich schon gewarnt hatte. Sie wurden später beide in den Zeugenstand gerufen, und Bruchstücke dieser tödlichen kleinen Rede wurden wörtlich wiedergegeben. Ich glaube nicht, daß deine Eltern mir schaden wollten, aber sie sind ehrliche Neuengländer, und ich hatte ihnen keinen Grund gegeben, mich zu beschützen. Ich glaube, ich wollte es nicht.

Als ich Anstalten machte aufzubrechen und meinen eiskalten Tee absetzte, warfen sich die beiden einen erleichterten, wenn auch panischen Blick zu. Es mußte ihnen bewußt sein, daß diese gemütlichen Schwätzchen beim Tee gezählt waren, und vielleicht würden ihnen nachts, wenn sie nicht schlafen konnten, Fragen einfallen, die sie nicht gestellt hatten. Sie waren herzlich, natürlich, luden mich ein, sie jederzeit zu besuchen. Deine Mutter versicherte, daß ich trotz allem immer noch *Teil ihrer Familie* sei. Daß sie mich mit einschlossen, schien jetzt weniger freundlich, als es sechs Wochen zuvor gewesen wäre. Und damals wäre die Aussicht, zu irgendeiner *Familie* zu gehören, so verlockend gewesen, wie zwischen zwei Stockwerken im Fahrstuhl steckenzubleiben.

»Eins noch.« An der Tür berührte dein Vater meinen Arm und stellte noch einmal die Frage, die er sein Leben lang vermieden hatte. »Verstehst du, *warum*?«

Ich fürchte, meine Antwort hat nur dazu geführt, ihm solche Fragen endgültig auszutreiben, denn die Antworten sind häufig so unbefriedigend.

Ein frohes neues Jahr, mein Liebster,
Eva

6. Januar 2001

Lieber Franklin,

das Wahlmännergremium hat gerade einen republikanischen Präsidenten bestätigt, und du freust dich sicher. Doch trotz deiner Pose als sexistischer, fahnentreuer Rückständler warst du als Vater ein guter kleiner Liberaler und so bedacht in bezug auf körperliche Züchtigung und gewaltfreies Spielzeug, wie die Zeit es verlangte. Ich lache dich nicht aus, ich frage mich nur, ob auch du nun diese Maßnahmen überdenkst und grübelst, was wir falsch gemacht haben.

Mein eigener Rückblick auf Kevins Erziehung wurde durch studierte Juristen unterstützt. »Ms. Khatchadourian«, nahm mich Harvey in die Mangel, »gab es in Ihrem Haushalt eine Regel, daß Kinder nicht mit Spielzeugpistolen spielen durften?«

»Mehr oder minder, ja.«

»Und Sie überwachten den Fernseh- und Videokonsum?«

»Wir versuchten Kevin von allen übermäßig gewalttätigen oder sexuell freizügigen Programmen fernzuhalten, besonders als er klein war. Was leider bedeutete, daß mein Mann die meisten seiner Lieblingssendungen nicht gucken konnte. Eine Ausnahme mußten wir allerdings machen.«

»Welche?« Wieder verärgert; das war nicht geplant. »Der Geschichts-Kanal.« Ein Kichern; ich bediente das Publikum auf den billigen Plätzen.

»Tatsache ist«, führte Harvey mit zusammengebissenen Zähnen weiter aus, »Sie unternahmen jede Anstrengung, um sicherzustellen, daß Ihr Sohn keinen verrohenden Einflüssen ausgesetzt war, richtig?«

»Bei uns zu Hause«, sagte ich. »Das sind etwa zweieinhalb Hektar des Planeten. Und selbst da war ich nicht geschützt vor Kevins verrohendem Einfluß auf mich.«

Harvey hielt inne, um durchzuatmen. Vermutlich hatte ihm ein Alternativmediziner diese Technik beigebracht. »Mit anderen Worten, Sie konnten nicht kontrollieren, womit Kevin spielte oder was er sah, wenn er zu anderen Kindern nach Hause ging?«

»Ehrlich gesagt, andere Kinder luden ihn selten mehr als einmal ein.«

Die Richterin mischte sich ein: »Ms. Katchadourian, bitte beantworten Sie nur die Frage.«

»Ja, wahrscheinlich«, gab ich lustlos zu; mir wurde langweilig.

»Was war mit dem Internet?« fuhr Harvey fort. »Hatte Ihr Sohn freien Zugang zu allen Websites, auch denen, die Gewalt und Pornographie verherrlichen?«

»Oh, wir haben den ganzen Eltern-Kontroll-Kokolores mitgemacht, aber Kevin hat uns immer innerhalb eines Tages ausgetrickst.« Ich machte eine wegwerfende Handbewegung. Harvey hatte mich vor der geringsten Andeutung gewarnt, daß ich dieses Verfahren nicht ernst nähme, doch diese Geschichte brachte meine perverse Ader zum Vorschein. Aber das größere Problem war meine Aufmerksamkeit. Zurück am Platz, fielen mir fast die Augen zu, mein Kopf kippte weg. Schon um mich wachzuhalten, fügte ich jene Art zusätzlichen Kommentars hinzu, von dem die Richterin – eine prüde, scharfsinnige Frau, die mich an Dr. Rhinestein erinnerte – abgeraten hatte.

»Verstehen Sie«, fuhr ich fort, »mit elf oder zwölf war alles zu spät. Die Waffenverbote, die Computer-Codes ... Kinder leben in der gleichen Welt wie wir. Sich vorzumachen, daß wir sie vor etwas bewahren können, ist nicht nur naiv, es ist eitel. Wir wollen uns selbst sagen können, was für gute Eltern wir sind und daß wir *unser Bestes tun.* Wenn ich das alles noch mal tun müßte, würde ich Kevin spielen lassen, womit er will; es war sowieso nicht viel. Und ich würde auf Fernsehverbote und jugendfreie Videos pfeifen. Damit haben wir uns nur lächerlich gemacht. Sie haben nur unsere Machtlosigkeit unterstrichen und seine Verachtung provoziert.«

Obwohl mir ein Monolog in rechtlicher Hinsicht nicht verwehrt war, machte ich es kürzer als geplant. Da ich den Einschränkungen einer ungeduldigen Jurisprudenz nicht mehr ausgesetzt bin, erlaube mir, meinen Standpunkt noch genauer auszuführen.

Was Kevins Verachtung herausgefordert hatte, war nicht, wie ich anzudeuten schien, unsere offenkundige Unfähigkeit, ihn vor der Großen Bösen Welt zu beschützen. Nein, für Kevin war die Substanz und nicht die Ineffizienz unserer Tabus ein Witz. Sex? Oh, den benutzte er, als er entdeckte, daß ich Angst davor hatte oder Angst davor in ihm hatte, aber sonst? War doch langweilig. Sei nicht beleidigt, denn wir beide fanden großes Vergnügen aneinander, aber Sex *ist* langweilig. Wie bei der kleinen Werkbank, mit der Kevin als Kleinkind nicht spielen wollte, geht das runde Hölzchen in das runde Loch. Das Geheimnis ist, daß es kein Geheimnis gibt. Tatsächlich war schlichtes Vögeln an seiner Highschool so verbreitet und alltäglich, daß ich bezweifle, ob es ihn großartig erregte. Andere runde Löcher hätten nur eine vorübergehende Neuheit geboten, die er sofort als Illusion entlarvt hätte.

Was Gewalt angeht, so ist ihr Geheimnis nur ein billiger Trick.

Erinnerst du dich, als wir einmal eine Ausnahme machten und einen richtigen Erwachsenenfilm besorgten, uns zusammen, sozusagen als *Familie*, das Video von *Braveheart* anschauten? In der letzten Folterszene ist Mel Gibson ausgestreckt auf ein Brett gefesselt, seine Extremitäten weisen in alle vier Himmelsrichtungen. Jedes Mal, wenn seine englischen Schergen die Seile fester zogen, ächzten die Fasern, und ich stimmte ein. Als der Henker sein Sägemesser in Mels Eingeweide stieß und ihn aufschlitzte, preßte ich mir die Hände an die Schläfen und wimmerte. Aber als ich durch meinen angewinkelten Arm zu Kevin spähte, ruhte sein Blick gelangweilt auf dem Bildschirm. Der säuerlich verzogene Mund war typisch für ihn, wenn er entspannt dasaß. Er hatte inzwischen zwar nicht das Kreuzworträtsel der *Times* gelöst, aber er malte geistesabwesend alle weißen Felder mit dem Filzstift aus.

Cineastische Metzeleien sind nur dann schwer verdaulich, wenn man auf einer gewissen Ebene glaubt, die Folter widerfahre einem selbst. Es ist eigentlich eine Ironie, daß diese Spektakel besonders bei Bibeltreuen einen so schlechten Ruf haben, denn die Gruseleffekte beziehen ihre Wirkung aus dem wahrlich christlichen Drang, sich in seinen Nächsten hineinzuversetzen. Kevin jedoch war bereits hinter das Geheimnis gekommen: nicht nur, daß alles unecht war, es *widerfuhr nicht ihm*. Über die Jahre beobachtete ich, wie Kevin sich Enthauptungen, Ausweidungen, Zerstückelungen, Auspeitschungen, Pfählungen, Blendungen und Kreuzigungen ansah und dabei keine Miene verzog. Weil er den Trick durchschaut hatte. Wenn du die Identifikation verweigerst, ist das ganze Schlachtfest nicht beunruhigender, als deiner Mutter zuzusehen, wie sie Bœuf Stroganoff zubereitet. Also, wovor wollten wir ihn eigentlich beschützen? Die Praktiken der Gewalt sind elementare Geometrie, ihre Gesetze die der Grammatik; spricht man von »Gewalt« statt von »Präpositionen« gilt die gleiche Grundschuldefinition: Gewalt ist alles, was ein Flugzeug mit einer Wolke machen kann. Drüber, drunter und durch. Unser Sohn hatte mehr Ahnung von Geometrie und Grammatik als der Durchschnitt. In *Braveheart* – oder *Reservoir Dogs* oder *Chucky II* – gab es wenig, was Kevin sich nicht selbst hätte ausdenken können.

Am Ende war es dies, was Kevin uns nie verziehen hat. Er verübelt uns vielleicht nicht, daß wir eine Trennwand zwischen ihm und den dahinter lauernden Schrecken der Erwachsenenwelt errichten wollten. Aber er verübelt uns ganz gewaltig, daß wir ihn an der Nase herumgeführt haben – daß wir ihm die

Aussicht auf etwas Exotisches vorgegaukelt haben. (Hatte ich mich nicht selbst der Phantasie hingegeben, daß ich eines Tages in einem Land ankommen würde, das eindeutig *woanders* war?) Als wir unsere Erwachsenengeheimnisse vor Kevin verschleierten, weil er noch zu klein war, versprachen wir ihm damit auch, daß der Vorhang beizeiten gelüftet würde, und zum Vorschein käme – was? So wie ich auf der anderen Seite der Geburt ein höchst diffuses Gefühlsuniversum erwartet hatte, bezweifle ich, daß Kevin sich ein klares Bild dessen gemacht hatte, was wir ihm vorzuenthalten schienen. Doch das einzige, was er sich nicht vorstellen konnte, war, daß wir ihm *nichts* vorenthielten. Das hinter unseren dummen Regeln *nichts* war, *gar nichts*.

Die Wahrheit ist, daß die Eitelkeit überbeschützender Eltern, die ich vor Gericht zur Sprache brachte, weit über dieses Sieh-doch-nur-was-sind-wir-verantwortungsbewußt hinausgeht. Unsere Verbote sind ein Bollwerk unserer Wichtigkeit. Sie manifestieren unser Konstrukt, daß wir Erwachsene alle Eingeweihte sind. Durch Selbsttäuschung haben wir uns Zugang zu einem ungeschriebenen Talmud verschafft, dessen erschütternden Inhalt wir vor »Unschuldigen« verborgen halten, wie wir zu ihrem Besten geschworen haben. Indem wir den Mythos des Naiven, Kindlichen fördern, basteln wir an unserer eigenen Legende. Angeblich haben wir *dem Horror* ins Gesicht gesehen, als hätten wir ins Innere der Sonne geschaut, und sind zu wahnsinnigen, verderbten Geschöpfen mutiert, die sich selbst ein Rätsel sind. Entsetzt über die Enthüllung, würden wir am liebsten die Uhr zurückdrehen, aber es gibt kein Vergessen dieses Schreckenskanons, keine Rückkehr zur rührend harmlosen Welt der Kindheit. Es bleibt uns nichts anderes übrig, als das schwerwiegende schwarze Wissen zu schultern und unsere hohlköpfigen Zwerge vor einem Blick in den Abgrund zu bewahren. Das Opfer ist von schmeichelhafter Tragik.

Wir tun alles, um nicht zugeben zu müssen, daß die verbotene Frucht, an der wir seit unserem magischen einundzwanzigsten Lebensjahr kauen, der gleiche mehlige Golden Delicious ist, den wir unseren Kindern mit in die Schule geben. Wir tun alles, um nicht zugeben zu müssen, daß die Hackordnung auf dem Spielplatz gänzlich die Mechanismen der Chefetagen vorwegnimmt, daß unsere gesellschaftlichen Hierarchien lediglich eine Verlängerung der Entscheidung sind, wer zuerst ins Kickball-Team gewählt wurde, und daß es auch unter Erwachsenen Raufbolde, Fettsäcke und Heulsusen gibt. Was soll ein Kind herausfinden? Angeblich haben wir ein Exklusivrecht auf Sex, aber diese Behauptung ist dermaßen hanebüchen, sie kann nur die Folge einer konspirativen Gruppen-Amnesie sein. Bis zum heutigen Tage reichen einige meiner intensivsten sexuellen Erfahrungen zurück in die Zeit vor meinem zehnten Lebensjahr, wie ich dir in besseren Tagen unter der Bettdecke anvertraut habe. Nein, sie haben auch ihren Sex. In Wahrheit sind wir nur gierigere Versionen des gleichen Essens, Scheißens und Geilseins, zutiefst entschlossen, vor jedermann, selbst vor einem Dreijährigen, zu verschleiern, daß wir nicht viel mehr tun als essen und scheißen und vögeln. *Das Geheimnis ist, daß es kein Geheimnis gibt.* Das ist es, was wir wirklich vor unseren Kindern verbergen möchten, und das Vertuschen dieser Tatsache ist der wahre Geheimpakt der Erwachsenen, der Talmud, den wir beschützen.

Sicher, als er vierzehn war, gaben wir jeden Versuch auf, seinen Videokonsum, seine Schlafenszeiten, seine Lektüre zu kontrollieren. Aber wenn er sich diese dämlichen Filme ansah, sich in diese dämlichen Websites einloggte, den dämlichen Fusel kippte, die dämlichen Kippen rauchte und die dämlichen Mädchen fickte, muß er sich ungeheuer betrogen vorgekommen sein. Und am *Donnerstag*? Ich wette, da hat er sich immer noch betrogen gefühlt.

Ich konnte in Harveys nachgiebiger Miene lesen, daß er meinen Mini-Vortrag als eine weitere selbstzerstörerische Zügellosigkeit betrachtete. Unser Fall – sein Fall, eigentlich – war um die Annahme herum aufgebaut, daß ich eine normale Mutter mit normaler mütterlicher Zuwendung war, die alle normalen Maßnahmen getroffen hatte, damit sie ein normales Kind erzog. Ob wir Opfer der Sterne, der Gene oder der Kultur waren, war eine Frage für Schamanen, Biologen oder Anthropologen, aber nicht für den Gerichtssaal. Harvey war darauf aus, die latente Angst aller Eltern herauszukitzeln, daß man alles genau richtig machen und trotzdem eines Abends in den Nachrichten von einem Alptraum erfahren konnte, aus dem es kein Erwachen gab. Rückblickend war es ein verdammt stichhaltiger Ansatz, und jetzt, ein Jahr danach, kommt es mir etwas dumm vor, daß ich damals so giftig war.

Jedenfalls war mir diese Alles-ist-Gottes-gütige-Vorsehung-Verteidigung ähnlich zuwider wie das unpersönliche Etikett *Postnatale Depression*. Ich fühlte mich veranlaßt, mich von all den ach, so normalen Mamis abzusetzen, und sei es nur als besonders mieses Exemplar, und selbst für den potentiellen Preis von sechseinhalb Millionen Dollar (die Anklage hatte W&P schätzen lassen). Ich hatte schon alles verloren, Franklin, alles außer der Firma, deren unveränderter Besitz mir unter diesen Umständen pervers vorkam. Es stimmt, ich habe seitdem manchmal meinem Firmennachwuchs hinterhergetrauert, der nun von Fremden weiter gehätschelt wird, aber damals war mir alles egal. Mir war egal, ob ich den Prozeß verliere, Hauptsache, ich schlief nicht dabei ein; mir war egal, ob ich mein ganzes Geld verliere, und ich betete geradezu, unseren Schandfleck von Haus verkaufen zu müssen. *Mir war alles egal.* Und in dieser Apathie liegt eine Freiheit, eine wilde, benebelnde Befreiung, von der man fast besoffen werden kann. Man kann alles tun. Frag Kevin.

Ich hatte wie üblich für die Gegenseite mein eigenes Kreuzverhör übernommen (sie liebten mich dafür; sie hätten mich gern für ihre Seite als Zeugin aufgerufen), also bat man mich abzutreten. Auf halbem Weg blieb ich noch einmal stehen: »Verzeihung, Euer Ehren, mir fällt gerade noch etwas ein.«

»Möchten Sie das zu Protokoll geben?«

»Wir erlaubten Kevin doch eine Pistole.« (Harvey seufzte.) »Eine Wasserpistole, als er vier war. Mein Mann hat Wasserpistolen als Junge geliebt, deshalb machten wir eine Ausnahme.«

Es war die Ausnahme von einer Regel, die ich von Anfang an idiotisch fand. Halte dein Kind von Spielzeugpistolen fern, und es zielt mit dem Stock auf dich – ich sehe keinen großen Entwicklungsunterschied zwischen der gezückten Plastikknarre, die per Batterieantrieb *Rat-a-tat-tat* macht, und einem Stück Holz, mit dem man losballert und dabei »peng-peng-peng!« schreit. Jedenfalls mochte Kevin seine Wasserpistole, seit er herausgefunden hatte, wie sehr sie uns nervte.

Während unseres Umzugs von Tribeca bespritzte er ständig die Hosenschlitze der Möbelpacker und beschuldigte sie dann, »in die Hosen gepinkelt« zu haben. Ich fand den Vorwurf ganz schön frech für einen kleinen Jungen, der sich immer noch taub stellte, wenn wir vorsichtig andeuteten, er solle »auf den Topf wie Mommer und Daddy gehen«, in einem Alter, in dem die meisten Kinder schon gut zwei Jahre Weltmeister im Klospülen waren. Er trug die Holzmaske, die ich ihm aus Kenia mitgebracht hatte, mit dem struppigen, zu Berge stehenden Sisalhaarschopf, den winzigen Gucklöchern und übergroßen weißen Augäpfeln und den furchterregenden zehn Zentimeter langen Zähnen aus Vogelknochen. Sie war riesig im Verhältnis zu seinem dünnen Körper, und er sah aus wie eine Voodoo-Puppe mit Windeln. Ich weiß nicht, was ich mir bei diesem Kauf gedacht hatte. Dieser Junge brauchte keine Maske, sein bloßes Gesicht war bereits undurchdringlich; die rohe rachlustige Wut, die sich auf meinem Mitbringsel abzeichnete, ließ mich schaudern.

Kisten schleppen mit nassem, juckendem Schritt war sicher kein Vergnügen. Die Typen waren nett, klagten nicht und nahmen sich in acht; als ich merkte, daß ihnen der Spaß verging, befahl ich Kevin aufzuhören. Worauf er die Maske in meine Richtung drehte, um sicherzugehen, daß ich auch hinguckte, und dem drahtigen schwarzen Packer auf den Hintern zielte.

»Kevin, ich habe dir gesagt, du sollst damit aufhören. Spritz diese netten Männer nicht naß, sie helfen uns. *Ich meine es ernst.*« Was natürlich implizierte, daß ich es beim ersten Mal nicht ernst gemeint hatte. Ein intelligentes Kind treibt solche Jetzt-habe-ich-es-ernst-gemeint-letztes-Mal-noch-nicht-Spiele mit Vergnügen auf die Spitze und folgert, daß alle mütterlichen Ermahnungen Hühnerkacke sind.

Also spielen wir jeder unseren Part. Zisch-zisch-zisch. *Kevin, hör sofort auf.* Zisch-zisch-zisch. *Kevin, ich sag's nicht noch einmal.* Und dann (zisch-zisch-zisch) das Unausweichliche: *Kevin, wenn du noch einmal jemanden naß spritzt, nehme ich dir die Wasserpistole weg,* worauf natürlich kommt: »Nä-nä? Nä nä nä NÄÄ-nä nä-nä-nä NÄ-nä, nä-nä nä nä nä NÄ-nä-nä-nä-nä NÄ.«

Franklin, welchen Nutzen hatten deine Erziehungsratgeber? Als nächstes hocktest du dich neben unseren Sohn und liehst dir dieses verfluchte Spielzeug aus. Ich höre gedämpftes Gekicher, etwas von wegen *Mommer,* und dann zielst *du* auf *mich.*

»Franklin, das ist nicht witzig. Ich habe ihm gesagt, er soll aufhören. Du bist nicht hilfreich.«

»NÄ-nä? Nä nä *nä* NÄ-nä. Nä *nä*-nä nä nä-*nä,* nä nä *nä*-nä-nä. Nä nä *nä nä*-nä!« Ich wollte nicht glauben, daß dieses *Nä-nä* von dir kam, und dann hast du mir zwischen die Augen geschossen. Kevin prustete (du weißt, daß er bis heute nicht richtig lachen kann). Als du ihm die Pistole wiedergabst, tränkte er mich in einen wahren Wasserfall.

Ich schnappte mir die Pistole.

»Och!« riefst du. »Eva, Umziehen ist so ein Ärgernis!« (Ärgernis, so redeten wir inzwischen.) »Können wir kein bißchen Spaß haben?«

Nun besaß ich die Wasserpistole, und ich hätte diese Klippe leicht umschiffen können: Hätte dir mit Hingabe eins auf die Nase spritzen können, und wir hätten diesen ausgelassenen Familienkampf ausgefochten, bei dem du mir die Pistole abjagst und sie Kevin zuwirfst ... Und wir hätten so gelacht, wären übereinandergepurzelt und hätten uns womöglich noch Jahre später an die legendäre Wasserpistolen-Schlacht an unserem Umzugstag nach Gladstone erinnert. Und einer von uns hätte Kevin sein Spielzeug zurückgegeben, und er hätte weiter die Möbelpacker naß gespritzt, und ich hätte nichts mehr dagegen sagen können, weil ich auch Leute naß gespritzt hatte. Oder aber – ich konnte den Spielverderber mimen, was ich tat, und die Pistole in meine Tasche stecken, was ich tat.

»Die Packer machen in die Hosen«, sagtest du zu Kevin, »aber Mommer pupst auf die Party.«

Natürlich hatte ich schon andere Eltern über die unfaire Unterteilung in *good cop* und *bad cop* reden hören – daß der gute Polizist immer der Liebling war, und der böse Polizist die ganze Drecksarbeit machte. Und ich dachte, was für ein Scheißklischee, wie konnte mir das passieren? Der ganze Kram *interessiert* mich noch nicht mal.

Kevins Voodoo-Alter-Ego lokalisierte die Pistole in meiner Tasche. Die meisten Jungen hätten angefangen zu weinen. Er aber zeigte seiner Mutter stumm seine Vogelknochen-Grimasse. Vom Kindergarten an war Kevin ein Stratege gewesen. Er wußte, daß er nur auf den richtigen Zeitpunkt warten mußte.

Weil die Gefühle eines Kindes verletzlich sind, seine Privilegien rar, sein Hab und Gut selbst bei betuchten Eltern erbärmlich, war es angeblich furchtbar schmerzlich, das eigene Kind zu bestrafen. Doch in Wirklichkeit fühlte ich eine wilde Freude, als ich Kevins Wasserpistole in meiner Gewalt hatte. Als wir im Pick-up dem Möbelwagen nach Gladstone folgten, erfüllte mich der fortdauernde Besitz von Kevins Lieblingsspielzeug mit solch diebischem Vergnügen, daß ich es aus der Tasche zog, Finger am Abzug, und schießen spielte. Angeschnallt zwischen uns auf dem Vordersitz, richtete Kevin seinen Blick mit theatralischem Desinteresse von meinem Schoß auf das Armaturenbrett. Er schwieg, sein Körper blieb schlaff, aber die Maske verriet ihn: Innerlich kochte er. Er haßte mich mit jeder Faser seines Wesens, und ich war vor Glück ganz aus dem Häuschen.

Ich glaube, er spürte mein Vergnügen und beschloß, es mir in Zukunft nicht mehr zu gönnen. Er hatte bereits begriffen, daß ihn eine emotionale Beziehung – und sei sie zu einer Wasserpistole – angreifbar machte. Was immer er wollte, es war etwas, das ich ihm verweigern konnte. Deshalb war der Ballast einer Bindung das letzte, was er suchte. Wie um diese neugewonnene Erkenntnis umzusetzen, warf er die Maske auf den Boden des Pick-ups, trat abwesend mit seinem Turnschuh darauf und zerbrach ein paar Zähne. Ich glaube nicht, daß er ein so frühreifer Junge war – so ein Monster –, daß er seine irdischen Gelüste mit viereinhalb Jahren bereits gezügelt hatte. Er wollte seine Wasserpistole immer noch zurückhaben. Aber Gleichgültigkeit würde sich letztlich als eine verheerende Waffe erweisen.

Bei unserer Ankunft wirkte das Haus noch häßlicher, als ich es in Erinnerung hatte, und ich fragte mich, wie ich die Nacht durchstehen sollte, ohne zu weinen. Ich sprang aus der Fahrerkabine. Kevin konnte schon selbst seinen Sicherheitsgurt öffnen und wollte keine Hilfe. Er stand auf dem Trittbrett, so daß ich die Tür nicht schließen konnte.

»Gib mir jetzt meine Pistole wieder.« Das war kein An-Mamis-Nerven-Sägen-Gewimmer, sondern ein Ultimatum. »Du warst ein Ekel, Kevin«, sagte ich locker, faßte ihn unter die Achseln und hob ihn herunter. »Kein Spielzeug für Ekel.« Ich dachte, he, Elternschaft ist doch nicht so schlecht. Das macht ja Spaß.

Die Wasserpistole war undicht, und ich wollte sie nicht wieder in meine Handtasche legen. Als die Packer den Möbelwagen ausluden, folgte mir Kevin in die Küche. Ich hievte mich auf die Anrichte und schob seine Wasserpistole oben auf den Geschirrschrank.

Dann war ich damit beschäftigt, alles an seinen Platz zu dirigieren, und kam wohl erst zwanzig Minuten später wieder in die Küche.

»Stop, Mister«, sagte ich. »*Keine Bewegung.*«

Kevin hatte einen Karton neben zwei übereinandergestapelte Kisten geschoben, auf die einer der Packer einen weiteren Karton mit Geschirr gestellt hatte – eine Treppe. Aber er hatte auf meine Ankunft gewartet, bis er seine Kletterpartie vollendete. (Nach Kevins Philosophie war heimlicher Ungehorsam reine Vergeudung.) Als ich kam, standen seine Turnschuhe auf dem dritten Boden des Geschirrschranks. Die linke Hand umklammerte die schwankende Schranktür, und die rechte tastete fünf Zentimeter vor seiner Wasserpistole herum. Ich hätte mir das *»Keine Bewegung«* sparen können. Er posierte bereits, als sei der Fotograf gekommen.

»Franklin!« brüllte ich aus voller Kehle. »Komm, bitte! Sofort!« Ich war nicht groß genug, um ihn herunterzuheben. Als ich dastand, um ihn aufzufangen, falls er fiel, trafen sich unsere Blicke. In Kevins Pupillen glänzte etwas wie Stolz oder Vergnügen oder Mitleid. Mein Gott, dachte ich. Er ist erst vier, und er gewinnt schon.

»He, du Racker!« Du hast gelacht und ihn heruntergehoben, doch vorher schnappte er sich noch seine Pistole. Franklin, du hattest so schöne Arme. »Noch ein bißchen klein zum Fliegen!«

»Kevin war sehr, sehr böse!« legte ich los. »Jetzt müssen wir ihm ganz, ganz, ganz lange seine Pistole wegnehmen!«

»Ach, die hat er sich jetzt verdient, was, Junior? Mann, wer so klettert, braucht ganz schön viel Mut. Ein richtiger kleiner Affe!«

Ein Schatten huschte über sein Gesicht. Vielleicht fand er dich herablassend, aber wenn schon, diesmal kam es ihm entgegen. »Ich bin der kleine Affe«, sagte er, ohne eine Miene zu verziehen. Er spazierte aus dem Zimmer, schlenkerte die Wasserpistole mit der arroganten Nonchalance, die ich mit Flugzeugentführern assoziierte.

»Du hast mich gerade gedemütigt.«

»Eva, ein Umzug ist schon für uns hart, aber für Kinder ist er traumatisch. Komm, mach halblang. Hör mal, ich habe leider schlechte Nachrichten wegen deines Schaukelstuhls ...«

Zum Einweihungsessen am nächsten Abend kauften wir Steaks, und ich trug meinen Lieblingskaftan, weiß gemusterter Brokat aus Tel Aviv. Am gleichen Abend lernte Kevin, seine Wasserpistole mit blauem Concord-Traubensaft zu füllen. Du fandest das komisch.

Das Haus verweigerte sich mir so, wie ich mich ihm verweigerte. Nichts paßte. Es gab so wenig rechte Winkel, daß eine simple Kommode, die man in die Ecke schob, immer ein unschönes leeres Dreieck hinterließ. Meine Möbel waren zwar etwas mitgenommen, aber im Loft in Tribeca hatten die zerkratzte handgefertigte Spielzeugkiste, der verstimmte Stutzflügel, das gemütliche durchgesessene Sofa, dessen Kissen Federn ließen, genau den richtigen verstaubten Charme gehabt. Plötzlich, in unserem schicken, neuen Heim, wurde der Trödel zu Müll. Die Gegenstände taten mir so leid, wie mir die ungekünstelten gutherzigen Schulfreunde aus Racine leid taten, wenn sie sich auf einer Party mit blasierten scharfzüngigen New Yorkern wie Eileen und Belmont wiederfanden.

Mit den Küchenutensilien war es das gleiche. Auf der glatten grünen Marmoranrichte wandelte sich mein Mixer aus den vierziger Jahren von kurios in hoffnungslos. Später kamst du mit einer patronenförmigen Kitchenaid-Maschine an, und ich brachte den uralten Mixer so prompt zur Heilsarmee, als hätte mir jemand die Pistole auf die Brust gesetzt. Als ich meine zerbeulten Töpfe auspackte – das beschichtete Aluminium verkrustet, die wackeligen Griffe provisorisch geklebt –, sah es aus, als hätte sich ein Obdachloser in einem Haushalt eingenistet, dessen Jet-set-Bewohner gerade in Rio waren. Auch die Töpfe verschwanden; du bist bei Macy's auf ein Set in modisch rotem Emaille gestoßen. Vorher war mir nie aufgefallen, wie abgenutzt die alten Küchensachen waren, aber ich hatte es wohl nicht sehen wollen.

Alles in allem war ich vielleicht beinahe reich, doch ich hatte nie viel besessen; und abgesehen von den Seidenbildern aus

Südostasien, den paar Schnitzereien aus Westafrika, den armenischen Teppichen meines Onkels verabschiedeten wir uns von dem meisten Kram meines früheren Daseins in Tribeca in beängstigend kurzer Zeit. Selbst die Mitbringsel aus aller Welt wirkten hier unauthentisch, als kämen sie aus einem besseren Import-Shop. Da unsere ästhetische Erneuerung mit meinem temporären Ausstieg aus AWAP zusammenfiel, fühlte ich mich wie im Auflösungszustand.

Deshalb war mir mein Arbeitszimmer-Projekt so wichtig. Ich weiß, daß der Zwischenfall für dich den Gipfel meiner Intoleranz, meiner Rigidität symbolisiert, meiner Weigerung, bei Kindern fünfe gerade sein zu lassen. Aber für mich bedeutet er etwas anderes.

Als Arbeitszimmer suchte ich mir den einzigen Raum im Haus aus, durch den keine Bäume wuchsen, der nur ein Oberlicht hatte und der *fast* rechteckig war –, zweifellos gen Ende entworfen, als unserem Traumpaar langsam die Ideen ausgingen. Die meisten Leute halten es sicher für ein Verbrechen, edle Hölzer zu tapezieren, aber wir schwammen in Teak, und ich hatte eine Idee, durch die ich mich vielleicht doch in meinem Zimmer zu Hause fühlen würde: Ich wollte mein Arbeitszimmer mit Landkarten tapezieren. Ich besaß ganze Kisten voll: Stadtpläne von Oporto und Barcelona, auf denen alle Jugendherbergen und Pensionen, die ich für IBERIWAP besichtigen wollte, rot eingekreist waren; geographische Übersichtskarten des Rhône-Tals mit der gelb gezeichneten Schnörkellinie meiner Zugfahrt; ganze Kontinente mit kompliziertem, mit Kugelschreiber eingetragenem Flugrouten-Zick-Zack.

Du weißt ja, daß Landkarten meine Leidenschaft waren. Manchmal habe ich gedacht, daß bei einem drohenden Nuklearkrieg oder einer bevorstehenden Invasion nicht die Vertreter der weißen Rasse mit ihren Waffen die Macht haben würden, auch nicht die Mormonen mit ihren Sardinenbüchsen auf Vorrat, sondern die kartographisch Versierten, die wußten, welche Straßen in die Berge führten. Deshalb kaufe ich mir an einem fremden Ort immer als erstes einen Stadtplan, wenn ich es nicht vor dem Abflug noch zu Rand McNally in Midtown geschafft hatte. Ohne Plan fühle ich mich abhängig und gestrandet. Sobald ich einen Plan besitze, habe ich die Stadt schnell besser im Griff als die Bewohner, von denen viele völlig verloren sind, wenn sie sich nicht auf dem kleinen Planeten von Konditorei, Fleischerei und Luisas Haus bewegen. Ich bin stolz auf meinen Orientierungssinn, denn ich kann besser als der primitive Durchschnittsmensch vom Zweidimensionalen zum Dreidimensionalen umschalten, und ich weiß, wie man Flüsse, Zugstrecken und die Sonne benutzt, um seine Position zu bestimmen. (Sorry, aber womit sonst kann ich heute noch angeben? Ich werde alt, und ich sehe so aus. Ich arbeite für ein Reisebüro, und mein Sohn ist ein Killer.)

Also assoziierte ich Karten und Pläne mit Meisterschaft, und vielleicht habe ich gehofft, daß ich mir durch die tatsächliche Orientierung, die sie mir vermittelt hatten, auch im übertragenen Sinn Orientierung verschaffen könnte – in diesem fremden Leben als Vollzeit-Mutter in einem Vorort. Ich sehnte mich nach einem greifbaren Zeichen meines früheren Ichs, und sei es nur, um mich zu erinnern, daß ich dieses Leben freiwillig aufgegeben hatte und es auch wieder aufnehmen konnte. Insgeheim hoffte ich auch, daß Kevin mit zunehmendem Alter neugierig werden könnte, auf Mallorca in der Ecke zeigen und nachfragen würde, wie es dort gewesen war. Ich war stolz auf mein Leben, und wenn ich mir auch sagte, daß Kevin durch eine erfolgreiche Mutter auch zu eigenem Stolz finden könnte, wollte ich wahrscheinlich einfach nur, daß er stolz auf mich ist. Damals hatte ich immer noch keine Ahnung, was für ein harter Brocken das für Eltern sein konnte.

Das Projekt war in der Umsetzung knifflig. Die Karten waren alle unterschiedlich groß, und ich mußte mir eine Struktur ausdenken, die weder symmetrisch noch systematisch war, aber immer noch ein angenehmes Patchwork ergab, farblich ausgewogen, die Stadtzentren und Kontinente klug gemischt.

Ich mußte mit Tapetenkleister umgehen lernen, was eine ziemliche Schmiererei war, und die älteren, zerfledderteren Karten mußten gebügelt werden, aber Papier wird schnell braun. Ich hatte soviel anderes in dem neuen Haus zu tun, und es gab ständig ungeplante Besprechungen mit Louis Role, meinem neuen Redaktionsleiter bei AWAP, daß sich das Tapezieren meines Arbeitszimmers mehrere Monate hinzog.

Das meine ich, wenn ich behaupte, daß er auf den richtigen Zeitpunkt wartete. Er verfolgte die Gestaltung meines Zimmers und wußte, wieviel Mühe sie machte; er hatte persönlich dabei geholfen, alles noch mühseliger zu machen, und den Tapetenkleister im ganzen Haus verteilt. Er wußte wahrscheinlich nicht, was die Umrisse auf den Karten bedeuteten, aber er wußte bestimmt, daß sie mir etwas bedeuteten.

Als ich das letzte Rechteck am Fenster glattgebürstet hatte – eine topographische Karte Norwegens, voller Fjorde –, kletterte ich von der Leiter und betrachtete, mich drehend und wendend, das Ergebnis. Es war sensationell! Dynamisch, pfiffig, überbordend sentimental. Reste von Zugfahrkarten, Museumspläne und Hotelrechnungen gaben der Collage eine zusätzliche persönliche Note. Ich hatte einem Stückchen dieses kahlen, geistlosen Hauses einen Sinn gegeben. Ich legte Joe Jacksons »Big World« auf, klemmte den Deckel auf den Kleistereimer, rollte das Tuch zurück, mit dem ich meinen Zwei-Meter-Sekretär abgedeckt hatte, öffnete ihn mit Geratter und packte meine letzte Kiste aus, stellte meine Ständer mit antiken Füllfederhaltern und die dazugehörigen Fässer mit roter und schwarzer Tinte auf, Tesafilm, Hefter und den Nippes – die kleine Schweizer Kuhglocke, den spanischen Büßer aus Terrakotta.

Dabei redete ich die ganze Zeit mit Kevin, etwas à la Virginia Woolf: »Jeder braucht ein eigenes Zimmer. Du hast doch auch ein eigenes Zimmer. Also dies hier ist Mommers Zimmer. Und jeder richtet sich sein Zimmer gern besonders her. Mommer war an vielen Orten, und die Landkarten erinnern mich an die Reisen, die ich gemacht habe. Weißt du, vielleicht richtest du dein Zimmer ja eines Tages auch ganz besonders her; wenn du willst, helfe ich dir dabei.«

»Was meinst du mit *besonders*«, fragte er und hielt die Arme verschränkt. In seiner einen Hand tröpfelte die Wasserpistole, deren Leck inzwischen größer geworden war. Obwohl er für sein Alter immer noch zart war, kannte ich kaum jemanden, der soviel metaphysischen Raum einnahm. Eine drückende Schwere ließ einen nie vergessen, daß er da war, und wenn er wenig sagte, dann schaute er doch genau zu.

»So, daß es zu deiner Persönlichkeit paßt.«

»Welche Persönlichkeit?«

Ich war mir sicher, daß ich das Wort schon mal erklärt hatte. Ich fütterte ihn ständig mit Vokabeln oder damit, wer Shakespeare war; pädagogisches Geplapper füllte die Leere. Ich hatte das Gefühl, er wünschte, ich würde endlich aufhören. Die Informationen, die er nicht haben wollte, schienen kein Ende zu nehmen.

»Wie deine Wasserpistole, die ist Teil deiner Persönlichkeit.« Ich verkniff mir hinzuzufügen, so wie du meinen Lieblingskaftan ruiniert hast, das ist Teil deiner Persönlichkeit. Oder wie du mit fast fünf Jahren immer noch in die Windeln scheißt, *das* ist auch Teil deiner Persönlichkeit. »Wie auch immer, Kevin, du stellst dich gerade dumm. Du weißt genau, was ich meine.«

»Ich soll Müll an die Wände kleben.« Er klang entrüstet.

»Es sei denn, du willst lieber nicht.«

»Ich will *lieber nicht*.«

»Prima, wir haben wieder was gefunden, was du nicht tun willst«, sagte ich. »Du willst nicht in den Park gehen, und du willst keine Musik hören, und du willst nicht mit Lego spielen. Wetten, daß dir nichts mehr einfällt, was du nicht magst, und wenn du noch so nachdenkst.«

»Die ganzen krummen Papierstücke«, sagte er prompt. »Die sind blöd.« Nach *dasmagichnich* war *blöd* sein Lieblingswort.

»Das ist das Entscheidende an deinem eigenen Zimmer, Kevin. Es geht niemanden was an. Mir ist egal, ob du meine

Landkarten blöd findest. Ich mag sie.« Ich erinnere mich, wie ich mich trotzig wappnete, diesmal ließ ich mir nichts miesmachen. Mein Arbeitszimmer sah toll aus, es war meins, ich würde an meinem Schreibtisch sitzen und Groß-Sein spielen, und ich konnte kaum erwarten, als Krönung einen Riegel an die Tür zu schrauben. Jawohl, ich hatte einen örtlichen Tischler beauftragt, eine Tür einzubauen.

Aber Kevin ließ nicht locker. Er wollte mir etwas mitteilen. »Ich verstehe das nicht. Es ist alles klebrig. Und es hat ewig gedauert. Jetzt sieht es ganz blöd aus. Was soll das? Warum hast du dir die Mühe gemacht.« Er stampfte mit dem Fuß auf. »Es ist *blöd.*«

Kevin hatte die *Warum*-Phase als Dreijähriger ausgelassen, damals sprach er noch kaum. Die *Warum*-Phase erweckt zwar den Eindruck, als ginge es um die unersättliche Neugier in bezug auf Ursache und Wirkung, aber ich hatte auf den Spielplätzen genug gehört, um es besser zu wissen. (Zeit, Essen zu kochen, Mäuschen! *Warum*? Weil wir bald Hunger bekommen! *Warum*? Weil unsere Körper essen wollen! *Warum*?) Doch Dreijährige interessieren sich nicht für Verdauungsvorgänge; sie haben schlicht und einfach das magische Wort entdeckt, das immer eine Antwort herbeizaubert. *Aber Kevin hatte eine echte Warum-Phase.* Er hielt meine Tapete für eine unverständliche Zeitvergeudung, wie ihm auch sonst so gut wie alles, was Erwachsene taten, absurd vorkam. Es verwirrte ihn nicht einfach, es machte ihn wütend, und bislang hat sich Kevins *Warum*-Phase nicht als entwicklungspsychologisches Übergangsstadium, sondern als Dauerzustand erwiesen.

Ich kniete mich hin. Ich sah in sein aufgebrachtes, schmales Gesicht und legte eine Hand auf seine Schulter. »Weil ich mein neues Arbeitszimmer liebe. Ich liebe die Landkarten. Ich liebe sie.«

Ich hätte Urdu sprechen können. »Sie sind blöd«, sagte er stur. Ich stand auf. Ich ließ meine Hand fallen. Das Telefon klingelte.

Mein eigener Anschluß im Arbeitszimmer war noch nicht installiert, deshalb ging ich in der Küche ans Telefon. Es war Louis, mit einer weiteren Krise bezüglich JAPWAP, deren Lösung eine gewisse Zeit dauerte. Mehr als einmal rief ich nach Kevin, er solle herkommen, damit ich ihn sehen könne. Aber ich mußte mich auch um die Firma kümmern, und hast du überhaupt eine Ahnung, wie ermüdend es ist, ein kleines Kind ständig im Auge zu behalten, jeden einzelnen Augenblick eines jeden einzelnen Tages? Ich empfinde höchstes Mitgefühl für jene brave Mutter, die sich nur einen Wimpernschlag abwendet – die ihr Kind im Bad läßt, um an die Haustür zu gehen und ein Päckchen in Empfang zu nehmen, und die bei ihrer Rückkehr feststellt, daß ihr kleines Mädchen sich den Kopf am Wasserhahn aufgeschlagen hat und in fünf Zentimetern Wasser ertrunken ist. Fünf Zentimeter. Wer würdigt die vierundzwanzig-Stunden-pro-Tag-minus-drei-Minuten, in denen sie ihr Kind mit Adleraugen bewacht hat? Die Monate, *Jahre* voller Steck-das-nicht-in-den-Mund-Süße und Hoppla!-fast-wären-wir-hingefallen? Oh, nein. Wir verurteilen solche Eltern, wir nennen es »kriminelle Vernachlässigung der elterlichen Fürsorgepflicht« und zerren sie vor Gericht, wo sie vor lauter Kummer Rotz und Wasser heulen. Weil nur die drei Minuten zählen, die drei elenden Minuten, die völlig ausreichten.

Endlich war das Telefonat vorbei. Am Ende des Flurs hatte Kevin die Annehmlichkeiten eines Zimmers mit Tür entdeckt: Die des Arbeitszimmers war geschlossen. »He, Kleiner«, rief ich, »wenn du so still bist, werde ich ganz nervös –«

Meine Tapete war überzogen mit roten und schwarzen Spinnennetzen. Auf den saugfähigeren Papiersorten verliefen die Farben. Auch die Decke, die ich ebenfalls tapeziert hatte, war betroffen; sich auf der Leiter zu verbiegen hatte meinen Rükken ruiniert. Tropfen von oben befleckten die wertvollsten armenischen Teppiche meines Onkels, unser Hochzeitsgeschenk. Das Zimmer war so durchweicht und getränkt – es sah aus, als ob ein Feueralarm die Sprinkleranlage ausgelöst hatte, nur daß die Düsen kein Wasser, sondern Motorenöl, Kirschpunsch und Maulbeer-Sorbet verspritzt hatten.

Aus den schmutzig-lila Farbspritzern konnte ich später schließen, daß er erst die schwarze Tinte verbraucht hatte, bevor er die karmesinrote nachfüllte, aber Kevin überließ nichts meiner Kombinationsgabe: Er goß gerade noch die letzte rote Tinte in seine Wasserpistole. Wie bei seiner Kletterpartie auf unseren Küchenschrank schien er sich auch dieses Mal die letzte Szene für meine Ankunft aufzuheben. Er stand auf meinem Schreibtischstuhl, konzentriert vornübergebeugt; er schaute nicht mal auf. Das Einfülloch war klein, und obwohl er aufmerksam nachgoß, war mein eichener Schreibtisch über und über bekleckert. Seine Hände troffen vor Farbe.

»Jetzt«, verkündete er ruhig, »ist es *besonders.*«

Ich riß ihm die Pistole weg, warf sie auf den Boden und stampfte sie kurz und klein. Ich trug hübsche gelbe italienische Pumps. Die Tinte ruinierte meine Schuhe.

Eva

13. Januar 2001

Lieber Franklin,

ja, zweiter Samstag im Monat, und ich entspanne mich wieder im Bagel Café. Ich werde vom Bild des Wachmanns verfolgt, von dem mit den vielen Leberflecken im Gesicht, die wie Matschspritzer aussehen. Heute betrachtete er mich wieder mit seiner Routinemischung aus Kummer und Abneigung. Wenn ich sein Gesicht sehe, empfinde ich eigentlich ähnlich. Die Leberflecke sind groß und geschwollen wie vollgesogene Zecken, gesprenkelt und gallertartig gehen sie von einem schmaleren Sockel wie Blätterpilze in die Breite, und manche senken sich schon. Ich habe mich gefragt, ob ihn diese Läsionen quälen und er in Claverack Überstunden macht, um für ihre Entfernung zu sparen, oder ob er eine perverse Zuneigung zu ihnen entwickelt hat. Menschen sind offenbar fähig, sich an alles zu gewöhnen, und es ist ein kurzer Schritt von der Anpassung zur Anhänglichkeit.

Neulich habe ich gelesen, daß man eine Nervenoperationsmethode entwickelt hat, mit der man tatsächlich einige Parkinson-Patienten heilen kann. Die Operation ist so erfolgreich, daß sie mehr als einen ihrer Nutznießer dazu brachte, sich umzubringen. Ja, du hast richtig gelesen: sich umzubringen. Kein Zittern mehr, keine spastischen Armschwünge in Restaurants, bei denen Weingläser zu Bruch gehen. Aber auch kein herzzerreißendes Mitgefühl von kuhäugigen Fremden, keine spontanen Zärtlichkeitsergüsse mehr von zwanghaft nachsichtigen Ehepartnern. Die Geheilten werden depressiv, ziehen sich zurück. Sie können nicht damit umgehen, daß sie wie alle anderen sind.

Unter uns gesagt, ich mache mir inzwischen Sorgen, ob ich auf irgendeine verquere Weise anfange, mich an die Entstellung meines Lebens zu klammern. Zur Zeit weiß ich lediglich durch meine traurige Berühmtheit, wer ich bin und welche Rolle ich in den Dramen anderer spiele. Ich bin die Mutter »eines dieser Columbine-Kids« (wie sehr es Kevin betrübt, daß Littleton den Oberbegriff stellt, nicht Gladstone). Nichts, was ich tue oder sage, wird diese Tatsache je wettmachen, und es ist verlockend, den Kampf aufzugeben und zu kapitulieren. Das muß die Erklärung dafür sein, warum einige Mütter meines Schlages jeden Versuch aufgegeben haben, das Leben wiederaufzunehmen, das sie früher als Marketingleiterinnen oder Architektinnen führten, und statt dessen nun überall Vorträge halten oder den »Million Mom March« gegen Waffenmißbrauch anführen. Vielleicht ist es das, was Siobhan mit »Berufen-Sein« meinte.

Ich jedenfalls habe einen gesunden Respekt für das rein Faktische entwickelt, für seine beeindruckende Dominanz über jede Auslegung. Keine Interpretation, mit der ich in dieser Bittschrift an dich die Ereignisse überziehe, hat eine Chance, die schiere Tatsächlichkeit von *Donnerstag* unter sich zu verbergen, und vielleicht war es dieses Wunder des rein Faktischen, das Kevin an jenem Nachmittag entdeckte. Ich kann darüber reden, bis mir die Luft wegbleibt, aber was geschehen ist, thront einfach da, triumphiert wie drei Dimensionen über zwei. Egal, wieviel Lackfarbe diese Vandalen über unsere Fensterscheiben schütteten, das Haus blieb ein Haus, und *Donnerstag* erscheint genauso unveränderlich wie ein Objekt, das ich anstreichen kann und dessen körperhafte Ungeheuerlichkeit bestehenbleibt, völlig ungeachtet des Farbtons.

Franklin, ich fürchte, heute ertappte ich mich dabei, daß ich mich in Claverack im Wartezimmer gehen ließ. Und übrigens, ich bin die letzte, die sich über diese Anstalt beschweren würde. Das Gebäude, neu errichtet, um den Bedürfnissen eines blühenden Marktes nachzukommen, ist noch nicht überfüllt. Die Dächer sind dicht, die Toiletten funktionieren. Der Reiseführer *Jugendhaftanstalten mit A Wing and a Prayer* (JUHAWAP) würde dem Schuppen einen enthusiastischen Eintrag widmen. Der Unterricht in Claverack vermittelt vielleicht eine bessere Allgemeinbildung als die trendigen Highschools der Vororte, deren Lehrpläne wattiert sind mit Kursen über die Literatur der Eskimos und Trainings zur Sensibilisierung gegenüber sexueller Gewalt. Aber abgesehen von den sich beißenden Kindergartenprimärfarben im Besucherbereich, ist Claverack ästhetisch gesehen hart – es offenbart, wie erschreckend wenig übrigbleibt, wenn man erst einmal den Flitterkram des Lebens wegnimmt. Mit seinen grellweißen Hohlziegelwänden und dem erbsengrünen ungemusterten Linoleum fehlt es dem Wartezimmer für Besucher fürchterlich an Ablenkung – einem harmlosen Werbeplakat von Belize, einer einzigen Ausgabe von *Glamour* –, wie um absichtlich jeden Selbstbetrug zu unterdrücken. Es ist ein Raum, der nicht mit etwas so Schmerzlinderndem wie einem Reisebüro oder dem Wartezimmer beim Zahnarzt verwechselt werden will. Das einsame Poster zur AIDS-Prävention ist kein Schmuck, sondern eine Anklage.

Heute saß eine zierliche stille schwarze Frau neben mir, eine Generation jünger als ich, aber zweifellos eine Mutter. Ich sah immer wieder fasziniert auf ihr Haar, das zu komplizierten Spiralen geflochten war, die in einem Kranz in der Unendlichkeit zu verschwinden schienen. Meine Bewunderung kämpfte mit der zimperlichen Spießerahnung, wie lange diese Zöpfe nicht gewaschen worden waren. Ihre ruhige Resignation war charakteristisch für die schwarzen Angehörigen, die das Wartezimmer frequentieren; ich habe das beobachtet.

Weiße Mütter von Straftätern, rein statistisch seltener vertreten, sind oft zappelig, oder sie halten sich, wenn sie ruhig dasitzen, kerzengerade, mit zusammengebissenen Zähnen und steifen Hälsen, als hätte man sie für eine Computertomographie fixiert. Wenn wenig Besucher da sind, wählen weiße Mütter immer einen Stuhl mit mindestens zwei leeren Plätzen zu jeder Seite. Oft bringen sie eine Zeitung mit. Sie entmutigen Gespräche. Die eigentliche Botschaft ist deutlich: Etwas hat dem Raum-Zeit-Kontinuum zuwidergehandelt. Sie gehören nicht hierher. Ich entdecke häufig eine Mary-Woolford-Wut, als würden sich diese Mütter zornig nach jemandem umsehen, den sie verklagen könnten. Oder ich bekomme eine stumme Darstellung von *Das-kann-doch-nicht-wahr-sein* – einer solch aggressiven Ungläubigkeit, daß sie im Wartezimmer die holographische Erscheinung einer Parallelwelt hervorbringen kann, in der Johnny oder Billy an jenem Tag zur gleichen Zeit nach Hause kam wie immer, an einem weiteren normalen Nachmittag, an dem er seine Milch und seine Schokokekse zu sich nahm und seine Hausaufgaben erledigte. Wir Weißen klammern uns so beharrlich an unsere Ansprüche, daß wir, wenn die Dinge schieflaufen, diesen quälend heiteren, idiotisch gutgelaunten Doppelgänger einer uns zustehenden Welt, in der das Leben wunderbar ist, nicht loslassen können.

Im Gegensatz dazu sitzen schwarze Mütter dicht nebeneinander, selbst wenn der Raum praktisch leer ist. Sie reden vielleicht nicht immer miteinander, aber es liegt eine selbstverständliche Zusammengehörigkeit in dieser Nähe, ein Teamgeist, der an einen Buchklub erinnert, dessen Mitglieder sich alle durch denselben zähen dicken Klassiker pflügen. Sie scheinen nie wütend oder rachsüchtig zu sein, oder überrascht, sich hier zu finden. Sie sitzen in der gleichen Welt, in der sie immer gesessen haben. Und schwarze Menschen scheinen ein viel entwickelteres Verständnis der Natur von Ereignissen in der Zeit zu haben. Parallelwelten sind Science-Fiction, und Johnny – oder Jamille – kam an jenem Nachmittag nicht nach Hause, oder? Ende der Geschichte.

Trotzdem gibt es eine stillschweigende Übereinkunft in unserem Kreis, daß man nicht detailliert nachfragt, welches Vergehen den Sohn deiner Nachbarin hier landen ließ. Obwohl die jeweilige Tat in vielen Fällen das am meisten öffentliche In-Erscheinung-Treten der Familie ist, herrscht in diesem Warteraum ein heimliches Einverständnis, daß das Geschreibsel auf der Lokalseite der *Times* oder der ersten Seite der *Post* Privatsache ist. Oh, einige wenige Mütter flüstern der Nachbarin hin und wieder ins Ohr, daß Tyrone niemals diesen Discman gestohlen hat oder daß er das Kilo nur für einen Freund aufbewahrte, aber dann sehen sich die anderen Mütter schnell mit leisem Lächeln an, und ziemlich bald hüllt sich die kleine Miss Wir-werden-Berufung-gegen-diese-Ungerechtigkeit-einlegen wieder in Schweigen. (Kevin erzählt mir, daß drinnen niemand behauptet, unschuldig zu sein. Statt dessen phantasieren sie abscheuliche Verbrechen herbei, für die sie nie belangt wurden. »Wenn die Hälfte dieser Wichser die Wahrheit erzählt«, hat er vergangenen Monat müde genuschelt, »wäre das halbe Land tot.« Tatsächlich hat Kevin mehr als einmal den *Donnerstag* für sich reklamiert, und Novizen haben ihm nicht geglaubt: »Und ich bin Sidney *Poitier,* Blödmann.« Anscheinend hat er einen dieser Skeptiker an den Haaren in die Bibliothek geschleift, um seine Glaubwürdigkeit anhand einer alten Ausgabe von *Newsweek* bestätigen zu lassen.)

Mich überraschte also die Gelassenheit dieser jungen Frau. Statt sich die Fingernägel zu säubern oder alte Quittungen aus ihrer Handtasche auszusortieren, saß sie aufrecht da, die Hände ruhten in ihrem Schoß. Sie starrte geradeaus, las die AIDS-Warnung vielleicht zum hundertsten Mal. Ich hoffe, das klingt nicht rassistisch – heutzutage weiß ich nie, was als Beleidigung aufgefaßt wird –, aber schwarze Menschen scheinen sehr gut warten zu können, als ob sie ein Gen für Geduld zusammen mit dem für Sichelzellen geerbt hätten. Das ist mir auch in Afrika aufgefallen: Dutzende von Afrikanern saßen oder standen am Straßenrand, warteten auf den Bus oder, noch schwieriger, auf nichts Besonderes, und sie wirkten nie ungeduldig oder verärgert. Sie haben keine Grashalme ausgerissen und auf den zarten Enden mit den Schneidezähnen herumgekaut oder mit den Spitzen ihrer Plastiksandalen sinnlose Bilder in den trockenen roten Lehm gezeichnet. Sie waren ruhig und einfach da. Diese Fähigkeit ist existentiell, das Talent, einfach zu sein, und das mit einer Kraft, die, wie ich bemerkt habe, vielen sehr gut ausgebildeten Menschen abgeht.

Einmal ging sie zum Süßigkeitenautomaten in der Ecke. Das Zeichen »kein Wechselgeld« muß geleuchtet haben, denn sie kam zurück und fragte mich, ob ich einen Dollar wechseln könne. Ich fing an, umständlich in jeder Manteltasche, jeder Abteilung meines Portemonnaies zu kramen, so daß sie, bis ich endlich die Münzen zusammengekratzt hatte, vielleicht schon wünschte, mich nie gefragt zu haben. Ich gebe mich inzwischen so selten mit Fremden ab – ich ziehe es immer noch vor, Flugtickets im Hinterzimmer von Travel R Us zu buchen –, daß ich schon bei kleinen Transaktionen in Panik gerate. Vielleicht wünschte ich mir verzweifelt, einen positiven Einfluß auf das Leben eines anderen zu haben, und sei es nur dadurch, ihm zu einem Mars-Riegel verhelfen zu können. Zumindest brach diese peinliche Wechselei das Eis, und um mich zu entschädigen für das, was ich so mühsam hatte wirken lassen, machte sie den Mund auf, als sie wieder Platz nahm.

»Ich sollte ihm Obst bringen, ich weiß.« Sie blickte entschuldigend auf die M&M's in ihrem Schoß. »Aber Gott weiß, daß er es nie essen würde.«

Wir wechselten einen verständnisinnigen Blick, wunderten uns beide darüber, daß Kinder, die Erwachsenen-Verbrechen begingen, immer noch Schleckermäuler waren.

»Mein Sohn behauptet, das Essen in Claverack sei ›Schweinefraß‹«, sagte ich ungefragt.

»Ach, meiner motzt auch nur. ›Nicht zum menschlichen Verzehr geeignet‹, sagt er. Und haben Sie gehört, daß sie Salpeter in die Brötchen backen?« (Dieses verstaubte Sommerlager-Gerücht hat seinen Ursprung sicher in der Eitelkeit der Heranwachsenden: Der libidinöse Drang eines Jugendlichen sei so aufrührerisch, daß er mit untergeschobenen Mitteln gedämpft werden müsse.)

»Nein, ›Schweinefraß‹ war alles, was ich aus ihm rauskriegen konnte«, sagte ich. »Aber Kevin hat sich nie für Essen interessiert. Als er klein war, hatte ich Angst, daß er verhungern könnte, bis ich merkte, daß er aß, sobald ich ihn nicht dabei beobachtete. Er mochte es nicht, wenn man sah, daß er etwas brauchte – als wäre Hunger ein Zeichen von Schwäche. Deshalb legte ich immer ein Sandwich dahin, wo er es finden mußte, und ging weg. Es war, als fütterte ich einen Hund. Hinter einer Ecke verborgen, verfolgte ich, wie er es sich mit wenigen Bissen in den Mund stopfte und sich dabei umsah, um sicher zu sein, daß niemand in der Nähe war. Einmal hat er mich dabei erwischt, daß ich ihn heimlich beobachtete, und er spuckte es aus. Er hat das halbzerkaute Käsebrot genommen und es an die Spiegelglastür gequetscht. Es blieb kleben. Ich ließ es ewig lange dran. Ich bin mir nicht sicher, warum.«

Die Augen meiner Genossin, die vorher aufmerksam gewesen waren, verschleierten sich. Sie hatte keine Veranlassung, sich für die diätischen Neigungen meines Sohnes zu interessieren, und wirkte jetzt, als bedauerte sie, die Unterhaltung begonnen zu haben. Es tut mir leid, Franklin – es ist einfach so, daß ich tagelang kaum spreche, und dann, wenn ich anfange zu reden, sprudelt es in einem Strom aus mir heraus, wie bei einem Brechanfall.

»Jedenfalls«, fuhr ich etwas vorsichtiger fort, »habe ich Kevin gewarnt, daß das Essen, wenn er erst mal in eine Erwachseneneinrichtung überstellt wird, mit Sicherheit sehr viel schlechter sein wird.«

Die Augen der Frau verengten sich. »Ihr Junge kommt nicht mit achtzehn raus? Was für eine Schande.« Sie umschiffte damit das Tabuthema des Wartezimmers, denn sie meinte: Er muß etwas Schlimmes getan haben.

»New York ist ziemlich nachsichtig mit jugendlichen Straftätern unter sechzehn«, sagte ich. »Aber selbst in diesem Staat bekommen Kinder ein Minimum von fünf Jahren für Mord – besonders wenn es sich um sieben Schüler und eine Englischlehrerin handelt.« Als sie ihre Gesichtszüge wieder im Griff hatte, fügte ich hinzu: »Oh, und einen Angestellten der Cafeteria. Vielleicht hat Kevin doch eine ausgeprägtere Haltung zum Essen, als ich gedacht habe.«

Sie flüsterte: »*KK*.«

Ich hörte, wie sie das Band in ihrem Kopf wieder zurückspulte, als sie rasend schnell nach allem griff, was ich gesagt und dem sie nur halb zugehört hatte. *Jetzt* hatte sie eine Veranlassung, sich für den heimlichen Hunger meines Sohnes zu interessieren – und für seine »musikalischen« Vorlieben, für Kakophonien ohne Melodie, die er willkürlich am Computer zusammenstellte, für das geniale kleine Spiel, das er früher spielte, wenn er ganze Schulaufsätze nur mit Drei-Buchstaben-Wörtern bestritt. Was ich gerade getan hatte, war eine Art Partytrick. Plötzlich wußte sie nicht, was sie sagen sollte, nicht weil ich sie langweilte, sondern weil sie verlegen war. Wenn es ihr gelänge, aus meinem Gesprächsfallobst hastig eine Mischung angeschlagener und mehliger Einzelheiten zusammenzuklauben, könnte sie sie ihrer Schwester tags darauf am Telefon wie einen Präsentkorb überreichen.

»Kein anderer«, sagte ich. »Komisch, daß ›KK‹ einmal für ›Krispy Kreme Doughnuts‹ stand.«

»Das muß ...«, sie zögerte. Ich erinnerte mich an das eine Mal, als ich ein Gratisticket für die First Class bekam und direkt neben Sean Connery saß. Meine Zunge war wie gelähmt, und mir fiel nichts weiter ein als die Worte: »Sie sind Sean Connery«, was ihm wahrscheinlich klar war.

»Das muß ein s-sehr schweres Kreuz sein, das Sie da tragen«, stammelte sie.

»Ja«, sagte ich. Ich war nicht mehr darauf aus, ihre Aufmerksamkeit zu erringen. Ich hatte sie. Ich konnte das Auskotzen von Geplapper, das mir vor wenigen Minuten noch so peinlich gewesen war, kontrollieren. Während ich dasaß, überkam mich ein wohliges Gefühl, welches sich physisch darin manifestierte, daß mein körpergerechter orangeroter Stuhl mir unwahrscheinlich bequem vorkam. Jede Verpflichtung, Interesse für die Misere des Sohnes dieser jungen Frau zu zeigen, schien zu schwinden. Jetzt war ich die gelassene Partei und diejenige, die hofiert wurde. Ich kam mir fast wie eine Königin vor.

»Ihr Junge«, brachte sie heraus. »Hält er sich gut?«

»Och, Kevin findet es hier großartig.«

»Ehrlich? Marlon verflucht diesen Ort in einer Tour.«

»Kevin hat wenig Interessen«, sagte ich und gestand unserem Sohn zu – im Zweifel für den Angeklagten –, daß er überhaupt welche hatte. »Er konnte nie etwas mit sich anfangen. Die Nachmittage ohne Schule und die Wochenenden hingen an ihm in großen weiten Falten herunter, wie ein riesiger Überwurf. Bingo, nun ist sein Tag angenehm reglementiert, vom Frühstück bis zum Lichtausmachen. Und jetzt lebt er in einer Welt, wo es total normal ist, den ganzen Tag schlecht gelaunt zu sein. Ich denke, er spürt sogar ein Gemeinschaftsgefühl«, gestand ich. »Vielleicht nicht gegenüber den anderen Insassen. Aber ihre vorherrschenden Stimmungen – Abscheu, Feindseligkeit, Verachtung – sind alte Bekannte.«

Andere Besucher lauschten augenscheinlich, denn sie warfen versteckte Blicke in unsere Richtung, ihre Augen zuckten schnell und gierig, wie die Zungen von Eidechsen. Ich hätte leiser sprechen können, aber ich genoß das Publikum.

»Wenn er daran denkt, was er getan hat, hat er, Sie wissen schon –«

»Gewissensbisse?« half ich ihr trocken. »Wieso sollte er allen Ernstes bereuen? Jetzt *ist* er jemand, nicht wahr? Und er hat *zu sich gefunden*, wie man zu meiner Zeit sagte. Jetzt muß er sich keine Sorgen mehr machen, ob er ein Freak ist oder ein Clown, ein Streber, ein Macho oder ein Langweiler. Auch nicht darüber, ob er schwul ist. Er ist ein Mörder. Das ist fabelhaft unzweideutig. Und das Beste von allem ist«, ich holte tief Luft, »er ist nicht mehr bei mir.«

»Hört sich an, als ob das auch sein Gutes hätte.« Sie hielt ungefähr zwei oder drei Zentimeter mehr Abstand, als es Frauen, die sich ernsthaft unterhalten, zu tun pflegen, sah mich aus einem Winkel an, der von der direkten Linie etwa dreißig Grad abwich. Dieses subtile Abrücken hatte fast etwas Wissenschaftliches an sich: Ich war ein Unikat. »Weil, Sie sind auch nicht mehr bei ihm.«

Ich deutete hilflos auf das Wartezimmer. »Nicht ganz.«

Der Blick auf ihre Swatch verriet das immer deutlicher werdende Erkennen einer Gelegenheit, die sich als einmalig in ihrem Leben erweisen konnte: Sie mußte sich zu der einen Frage durchringen, die sie *KK*s Mutter schon immer hatte stellen wollen, ehe es zu spät war. Ich wusste, was kam: »Haben Sie mal kapiert, was ihn dazu gebracht hat – haben Sie mal kapiert, *warum*?«

Das wollen sie mich alle gern fragen – mein Bruder, deine Eltern, meine Kollegen, die Dokumentarfilmer, Kevins Therapeutin, die gladstone_blutbad.com-Web-Designer, aber, interessanterweise, nie meine Mutter. Nachdem ich mich selbst gestählt und Thelma Corbitts barmherziger Einladung zum Kaffee in der Woche nach der Beerdigung ihres Sohnes gefolgt war (obwohl sie die Frage nie stellte, sie verbrachte die meiste Zeit unseres Zusammensitzens damit, mir seine Gedichte vorzulesen und mir an die hundert Schnappschüsse von Denny in Schulaufführungen zu zeigen), strahlte Thelma diese Frage mit jedem Herzschlag aus, und sie krallte sich in meiner Kleidung fest: eine Sehnsucht nach Begreifen, die an Hysterie grenzte. Wie alle diese Eltern machte Thelma die Vorstellung zu schaffen, daß diese ganze blutrünstige Ungeheuerlichkeit, deren klebrige Einzelteile wir beide für den Rest unseres Lebens aufsammeln würden, *unnötig* gewesen war. Völlig. *Donnerstag* war ein Wahlfach gewesen, wie Buchdruck oder Spanisch. Aber diese nicht endende Belästigung, dieser flehende Refrain – *warum, warum, warum* –, ist so ungeheuer unfair. Warum bin ich, nach all dem, was ich durchmachen mußte, dafür verantwortlich, das Chaos der anderen in Ordnung zu bringen? Reicht es nicht, daß ich unter der Gewalt der Tatsachen leide, ohne diese unsinnige Verantwortung dafür auf mich zu nehmen, was sie bedeuten? Diese junge Frau in Claverack wollte mich ganz sicher nicht kränken, aber ihre nur allzu vertraute Frage verbitterte mich.

»Ich weiß, es ist meine Schuld«, sagte ich trotzig. »Ich war keine sehr gute Mutter – ich war kalt, kritisch, egoistisch. Obwohl Sie nicht behaupten können, daß ich nicht dafür bezahlt habe.«

»Na, wenn das so ist«, sagte sie mit kehliger Stimme und schloß die paar Zentimeter zwischen uns, veränderte die dreißig Grad ihrer Blickrichtung und sah mir direkt in die Augen. »Sie können Ihrer Mutter die Schuld geben, und die kann ihre beschuldigen. So ist es wenigstens früher oder später die Schuld von jemandem, der tot ist.«

Abgestumpft vor lauter Schuld, an die ich mich klammerte wie ein kleines Mädchen an seinen Plüschhasen, konnte ich ihr nicht folgen.

»Greenleaf?« rief die Wache. Meine Gefährtin stopfte die Süßigkeiten in ihre Handtasche, dann stand sie auf. Ich konnte sehen, wie sie sich ausrechnete, daß sie gerade noch genug Zeit hatte, entweder eine weitere schnelle Frage samt Antwort unterzubringen oder einen abschließenden Gedanken zu präsentieren. Bei einem Sean Connery ist es immer das gleiche Dilemma, nicht wahr: Soll man Informationen heraussaugen oder Informationen versprühen. Es beeindruckte mich in gewisser Weise, daß sie letzteres wählte.

»Es ist immer die Schuld der Mutter, nicht?« sagte sie sanft und nahm ihren Mantel. »Ein Junge baut Scheiß, weil seine Mutter trinkt oder Drogen nimmt. Weil sie ihm alles durchgehen ließ, weil sie ihm nicht beigebracht hat, was richtig und was falsch ist. Weil sie nie zu Hause war, wenn er von der Schule gekommen ist. Niemand sagt je, weil sein Vater ein Trinker ist oder weil sein Vater nie zu Hause war nach der Schule. Und niemand sagt jemals, daß manche Kinder einfach echt böse sind. Glauben Sie den alten Quatsch nicht. Lassen Sie sich nicht die Schuld geben für das ganze Gemetzel.«

»Loretta Greenleaf!«

»Es ist schwer, eine Mama zu sein. Niemand hat ein Gesetz gemacht, in dem steht: Bevor du schwanger wirst, werd erst mal perfekt. Ich bin sicher, daß Sie versucht haben, es so gut wie möglich zu machen. Sie sind hier, in diesem Loch, an einem schönen Samstagnachmittag? Sie versuchen es immer noch. Jetzt passen Sie mal gut auf sich selbst auf, Liebchen. Und erzählen Sie nicht mehr solchen Unsinn.«

Loretta Greenleaf hielt meine Hand und drückte sie. Meine Augen brannten. Ich drückte so fest und so lange zurück, daß sie befürchtet haben muß, ich wollte sie nie wieder loslassen.

Ach, Lieber, der Kaffee ist kalt.

Eva

(21.00 Uhr)
Jetzt bin ich wieder zurück im Reihenhaus. Ich bin beschämt. Ich hätte mich nicht als Kevins Mutter zu erkennen geben müssen. Loretta Greenleaf und ich hätten einfach über das Essen in Claverack reden können. *Wer behauptet, daß Salpeter den Sexualtrieb unterdrückt?* Oder sogar: *Was zum Teufel ist »Salpeter« überhaupt?*

Ich wollte gerade schreiben: »Ich weiß nicht, was in mich gefahren ist«, aber ich fürchte, ich weiß es, Franklin. Ich dürstete nach Gesellschaft, und ich spürte, daß ihr Interesse an dieser geschwätzigen weißen Lady nachließ. Ich hatte die Macht, sie zu fesseln, und ich nutzte sie.

Natürlich wollte ich in den Tagen unmittelbar nach *Donnerstag* nichts weiter, als in einen Gully kriechen und den Dekkel über mir schließen. Ich sehnte mich nach Unauffälligkeit wie mein Bruder, oder nach Vergessenheit, falls das nicht einfach ein Synonym für den Wunsch ist, tot zu sein. Das letzte, was mich beschäftigte, war mein Sinn für Distinktion. Aber die Unverwüstlichkeit des Geistes ist erschreckend. Wie ich schon sagte, bekomme ich jetzt Hunger, und zwar auf mehr als Hühnchen. Was würde ich nicht dafür geben, wieder zu den

Tagen zurückkehren zu können, als ich neben Fremden sitzen und einen bleibenden Eindruck hinterlassen konnte, weil ich eine erfolgreiche Firma gegründet habe oder kreuz und quer in Laos herumgereist bin. Ich sehne mich immer mehr nach der Zeit, als Siobhan die Hände zusammenschlug und bewundernd ausrief, daß sie *A Wing and a Prayer* auf ihren Europareisen benutzt habe. Das ist der Ruhm, den ich für mich wählte. Aber wir sind alle erfinderisch, und wir nehmen, was uns in die Finger kommt. Meiner Firma, meines Reichtums und meines gutaussehenden Ehemanns beraubt, wähle ich meine einzige zuverlässige Abkürzung auf dem Weg, *jemand zu sein.*

Die Mutter des unwürdigen Kevin Khatchadourian, das ist es, was ich jetzt bin, eine Identität, die zu den kleinen Siegen unseres Sohnes hinzukommt. AWAP und unsere Ehe sind zu Fußnoten degradiert worden und nur insofern interessant, als sie meine Rolle beleuchten als Mutter des Kindes, das jeder gern haßt. Vielleicht ärgerte mich im tiefsten Innern am meisten der Diebstahl, mit dem mein Kind mir das nahm, was mich einmal ausgemacht hatte. In der ersten Lebenshälfte war ich meine eigene Schöpfung. Auf der Basis einer düsteren, einsiedlerischen Kindheit hatte ich eine vor Leben sprühende mitteilsame Erwachsene geformt, die radebrechend ein Dutzend Sprachen konnte und sich in den unbekannten Straßen egal welcher fremden Stadt zurechtfand. Die Vorstellung, daß du dein eigenes Kunstwerk bist, ist typisch amerikanisch, wie du schnell hervorheben würdest. Meine Sicht ist jetzt europäisch: Ich bin ein Bündel der Geschichten anderer Leute, ein Geschöpf der Umstände. Es ist Kevin, der diese aggressive optimistische Yankee-Aufgabe, sich selbst zu erfinden, übernommen hat.

Ich werde vielleicht von dieser *Warum*-Frage verfolgt, aber ich frage mich, wie sehr ich mich wirklich darum bemüht habe, sie zu beantworten. Ich bin mir nicht sicher, ob ich Kevin verstehen und in mir einen Brunnen finden will, der so abgründig schwarz ist, daß aus seiner tiefsten Tiefe heraus Kevins Tat einen Sinn ergibt. Doch nach heftigem innerlichem Sträuben begreife ich allmählich die Logik von *Donnerstag*. Mark David Chapman bekommt jetzt die Fanpost, die John Lennon nicht mehr erhalten kann; der Serienmörder Richard Ramirez, der »Night Stalker«, hat Dutzenden von Frauen nie auch nur die Chance gelassen, eheliches Glück zu erleben, erhält aber selber immer noch zahlreiche Heiratsanträge im Gefängnis. In einem Land, das nicht zwischen Berühmtsein und Berüchtigtsein unterscheidet, erweist sich letzteres schlicht als leichter zu erreichen. Deshalb bin ich nicht länger erstaunt über die Häufigkeit öffentlichen Wütens mit geladenen Automatikwaffen. Nein, ich wundere mich über die Tatsache, daß nicht jeder ehrgeizige Amerikaner mit umgeschnallten Reservemagazinen auf dem Dach eines Einkaufszentrums steht. Was Kevin *Donnerstag* tat und was ich heute im Wartezimmer von Claverack machte, weicht nur in der Größenordnung voneinander ab. Es ist die Sehnsucht, sich als etwas *Besonderes* zu fühlen. Ich war entschlossen, die Aufmerksamkeit von jemandem zu erringen, selbst wenn ich dazu den Mord an neun Menschen benutzen mußte.

Es ist kein Rätsel, warum Kevin sich in Claverack zu Hause fühlt. Damit, daß ihn die Highschool nichts anging, war er nicht allein; viele Schüler kämpften um die Rolle des übelgelaunten Punks, der sich in der letzten Reihe herumlümmelt. Jetzt hatte er sich eine eigene Nische geschaffen.

Und er hat Kollegen. In Littleton, Jonesboro, Springfield. Wie in den meisten Disziplinen konkurriert die Rivalität untereinander mit dem kollegialeren Bewußtsein eines gemeinsamen Ziels. Wie viele Meister beurteilt er seine Zeitgenossen streng, legt rigorose Maßstäbe an: Er verhöhnt Heulsusen wie Michael Carneal aus Paducah, die öffentlich widerrufen und die Reinheit ihrer Tat mit Gesten feigen Bedauerns beflecken. Er bewundert Stil – zum Beispiel Evan Ramseys Spruch, als er seine Matheklasse in Bethyl, Alaska, ins Visier nahm: »Das schlägt Algebra um Längen, oder?« Er weiß effektive Planung zu schätzen: Carneal stopfte sich Ohrstöpsel ein, ehe er mit seiner 22er Luger zielte und abdrückte. In Moses Lake hat Barry Loukaitis seine Mutter dazu gebracht, mit ihm in sieben verschiedene Geschäfte zu gehen, bis er einen schwarzen Mantel in genau der richtigen Länge fand, unter dem er sein Kaliber-30-Jagdgewehr verstecken konnte. Kevin, der einen feinen Sinn für Ironie hat, schätzt besonders die Tatsache, daß die von Loukaitis erschossene Lehrerin nur kurz zuvor in einem Bericht über ihren erstklassigen Schüler geschrieben hatte: »Es ist ein Vergnügen, ihn in der Klasse zu haben.« Wie jeder Profi hat er nur Verachtung für die widerliche Unfähigkeit übrig, die John Sirola an den Tag legte, der Vierzehnjährige aus Redford, Kalifornien, der seiner Direktorin 1995 ins Gesicht ballerte, nur um dann auf der Flucht vom Tatort zu stolpern und sich selbst zu erschießen. Und wie die meisten anerkannten Experten ist Kevin mißtrauisch gegenüber den Parvenüs, die ohne die geringste Qualifikation auf sein Spezialgebiet drängen – siehe seine Abneigung gegen diesen dreizehnjährigen Ausweider. Er ist schwer zu beeindrucken.

Fast so streng, wie John Updike Tom Wolfe als Lohnschreiber abkanzelt, empfindet Kevin einen besonderen Abscheu Luke Woodham gegenüber, dem »Schlitzer« aus Pearl, Mississippi. Er billigt ideologische Zielstrebigkeit, aber verachtet pompöses Moralisieren ebenso wie jeden Schulmassaker-Aspiranten, der seine Pläne nicht für sich behalten kann – und offenbar hat Woodham, ehe er seine angebliche frühere Freundin mit einem Kaliber-30-Gewehr erledigte, nicht an sich halten können und einem Freund in der Klasse einen Zettel gegeben, auf dem stand (und du müßtest mal die winselnde Wiedergabe deines Sohnes hören): »Ich habe getötet, weil Menschen wie ich jeden Tag schlecht behandelt werden. Ich tat es, um zu zeigen, daß die Gesellschaft uns herumschubst und daß wir zurückschubsen werden.« Kevin verdammte Woodhams Geplärr bei *Prime Time Live,* bei dem ihm der Rotz auf den orangefarbenen Overall tropfte, *als total uncool:* »Ich bin ein denkender Mensch! Ich bin kein Tyrann. Ich bin nicht schlecht, und ich habe ein Herz, und ich habe Gefühle!« Woodham hat zugegeben, daß er zum Aufwärmen Sparky, seinen Hund, mit dem Baseballschläger niederschlug, den Köter in eine Plastiktüte steckte, ihn mit Feuerzeugbenzin übergoß und anzündete und seinem Jaulen lauschte, bevor er ihn in einen Teich warf, und nach eingehender Überlegung kam Kevin zu dem Schluß, daß das Foltern von Tieren ein Klischee sei. Zu guter Letzt verdammte er besonders die Art, in der dieser Jammerlappen versucht hatte, sich aus der Verantwortung zu winden, indem er einem Satanskult die Schuld gab. Die Geschichte an sich hatte Drive, aber Kevin betrachtet die Weigerung, zu seinem Handwerk zu stehen, nicht nur als unwürdig, sondern als Verrat an der Zunft.

Ich kenne dich, mein Lieber, und du bist ungeduldig. Keine Präliminarien, denn du willst etwas über meinen Besuch selbst hören – wie seine Stimmung ist, wie er aussieht, was er gesagt hat. Also gut. Aber Vorsicht, du hast es herausgefordert.

Er sieht gut aus. Er ist immer noch ein bißchen zu durchsichtig, aber die zarten Venen an seinen Schläfen zeigen eine vielversprechende Andeutung von Verletzlichkeit. Daß er sein Haar zu ungleichmäßigen Zotteln abgesäbelt hat, nehme ich als Zeichen einer gesunden Beschäftigung mit seinem Aussehen. Das ständige leise Verziehen seines rechten Mundwinkels gräbt langsam eine einzelne Kerbe in seine Wange, die bleibt, wenn er den Mund verächtlich nach unten zieht. Neben seinem linken Mundwinkel ist keine Kerbe, und die Asymmetrie ist irritierend.

Diese allgegenwärtigen orangefarbenen Overalls trägt man heute in Claverack nicht mehr. Deshalb hat Kevin die Freiheit, auf seinem verblüffenden Kleidungsstil zu beharren, den er mit vierzehn entwickelte, in fragwürdiger Opposition zur weitverbreiteten XXL-Mode – dem Outfit der harten Jungs aus Harlem, die mit blitzenden Unterhosen durch den fließenden Verkehr schlingern, während der Bund ihrer Jeans, mit denen man ein kleines Segelboot auftakeln könnte, Richtung Knie schlabbert. Aber Kevins alternativer Look ist extrem, und ich kann nur wilde Vermutungen darüber anstellen, was er bedeutet.

Als er das erste Mal in der achten Klasse in diesem Stil auftrat, nahm ich an, daß die T-Shirts, die unter den Achseln klemmten und über dem Brustkorb spannten, alte Lieblingsstücke waren, von denen er sich nicht trennen wollte, und ich gab mir große Mühe, die gleichen Modelle eine Nummer größer zu finden. Er hat sie nie angerührt. Jetzt begreife ich, daß die Jeans, deren Reißverschlüsse sich nie ganz hochziehen ließen, sorgfältig ausgesucht waren. Ebenso die Windjacken, deren Ärmel nicht über die Handgelenke reichten, die Krawatten, die mehrere Zentimeter über dem Gürtel endeten, wenn wir ihn zwangen, »adrett« auszusehen, die Oberhemden, die zwischen fast abplatzenden Knöpfen offenstanden.

Ich muß sagen, daß sein Kleine-Klamotten-Stil viel rüberbrachte. Auf den ersten Blick wirkte er wie verarmt, und ich mußte mehr als einmal an mich halten, um nicht zu schimpfen: »Die Leute werden denken«, daß wir nicht genug verdienen, um unserem heranwachsenden Sohn neue Jeans zu kaufen; Jugendliche sind so gierig nach Hinweisen, daß ihre Eltern auf sozialen Status Wert legen. Außerdem verriet ein genauerer Blick, daß seine eingelaufene Ausstattung Designerlabel trug, was dem angeblich harten Los eine parodistische Note verlieh. Die Vorstellung von einer Waschmaschinenladung, die versehentlich zu heiß gewaschen worden war, hatte den Beigeschmack einer komischen Ungeschicklichkeit, und eine Jacke in Kindergröße zog manchmal seine Arme lächerlich nach außen, wie bei einem Pavian. (Näher ist er nie an die Figur des traditionellen Clowns herangekommen; niemand, mit dem ich über unseren Sohn sprach, hat je erwähnt, daß er ihn komisch gefunden habe.) Die Art, wie die Beine seiner Jeans kurz über den Socken endeten, verlieh ihm das Aussehen eines Bauerntölpels, was mit seiner Vorliebe übereinstimmte, sich doof zu stellen. Der Stil hatte mehr als nur einen Hauch von Peter Pan an sich – die Weigerung, erwachsen zu werden –, obwohl es mir nicht einleuchtet, warum er sich daran hätte klammer sollen, ein Kind zu bleiben. Er schien in seiner Kindheit so verloren und hampelte durch jene Jahre wie ich durch unser riesiges Haus.

Die experimentelle Ausrichtung in Claverack, zu der gehört, den Insassen das Tragen ihrer Privatkleidung zu gestatten, erlaubte Kevin, seinen Stil wiederaufzunehmen. Während die New Yorker Jugendlichen in XXL-Klamotten herumlaufen und von weitem wie Kleinkinder aussehen, hat Kevins eingelaufene Mode den gegenteiligen Effekt, er wirkt größer, erwachsener, er platzt geradezu aus den Nähten. Einer seiner Therapeuten hat mir vorgeworfen, daß mich der Stil wegen seiner aggressiven Sexualität nervös mache: Kevins Hosenschritt teilt deutlich sichtbar seine Hoden, und die knallengen T-Shirts betonen seine Brustwarzen. Mag sein; mit Sicherheit erinnern mich die engen Ärmel, die straffen Halsausschnitte und die kneifenden Taillenbünde, die seinen Körper einschnüren, an Fesselspiele.

Er sieht aus, als fühle er sich nicht wohl, und so gesehen, ist seine Kluft angemessen. Kevin *fühlt sich nicht wohl.* Die zu kleine Kleidung wiederholt dieselbe Beengung, die Kevin in seiner eigenen Haut verspürt. Seine erstickende Gewandung mit einem härenen Büßerhemd gleichzusetzen scheint weit hergeholt zu sein, aber seine Taillenbündchen scheuern ihn wund, die Kragen schneiden in seinen Hals. Eigenes Unbehagen ruft natürlich Unbehagen bei anderen hervor, und auch das muß Teil des Plans sein. Wenn ich bei ihm bin, fällt mir oft auf, daß ich an meinen Kleidern herumzupfe, diskret den Slip zwischen meinen Pobacken hervorziehe oder noch einen Knopf an meiner Bluse öffne.

Beim Beobachten der spärlichen Gespräche an den Nachbartischen habe ich entdeckt, daß einige von Kevins Mithäftlingen begonnen haben, seinen exzentrischen Kleidungsstil zu imitieren. Ich glaube, daß T-Shirts in unüblich kleinen Größen inzwischen kostbare Besitztümer sind, und Kevin selbst hat süffisant erwähnt, daß kleinen Knilchen die Klamotten gestohlen werden. Er mag Nachahmer der Lächerlichkeit preisgeben, aber es scheint eine Genugtuung für ihn zu sein, daß er seinen eigenen Trend kreiert hat. Wäre er vor zwei Jahren ebenso auf Originalität bedacht gewesen, würden die sieben Schüler, die er für seine Zielübungen benutzte, mittlerweile Bewerbungen für das College ihrer Wahl ausfüllen.

Nun, und heute? Er schlurfte in das Sprechzimmer und trug offensichtlich die Trainingshose eines der Knirpse, denn ich hatte sie ihm nicht gekauft. Das kleine karierte Oberhemd wurde nur von zwei Knöpfen in der Mitte zusammengehalten und ließ den Bauch frei. Jetzt trägt er sogar schon zu kleine Tennisschuhe und tritt die Fersenkappen herunter. Er würde es nicht gern hören, aber er ist anmutig. In seinen Bewegungen liegt die gleiche Lässigkeit wie in seiner Art zu sprechen. Und er hat auch immer so einen schrägen Gang; er bewegt sich seitwärts, wie ein Krebs. Das Vorschieben der linken Hüfte verleiht ihm die subtile Schlängelbewegung eines Supermodels auf dem Laufsteg. Ich bezweifle, daß er beleidigt wäre, wenn er wüßte, daß ich Spuren von Unmännlichkeit in ihm entdeckte. Er schätzt die Zweideutigkeit. Er gibt einem gern Rätsel auf.

»Was für eine Überraschung«, sagte er aalglatt und zog den Stuhl vor, dessen hintere Beine die Plastikschoner verloren hatten. Das rohe Aluminium quietschte über den Zementboden, ein Geräusch wie Kreide auf der Schultafel, das Kevin auskostete. Er rutschte mit dem Ellbogen über den Tisch und stützte die Schläfe auf die Faust, nahm diese charakteristische Schräghaltung ein, sein ganzer Körper ein Hohn. Ich habe versucht, mich zu bremsen, aber immer wenn er vor mir sitzt, weiche ich zurück.

Ich ärgere mich darüber, daß ich immer diejenige bin, die ein Gespräch in Gang bringen muß. Er ist alt genug, eine Unterhaltung zu bestreiten. Und seit er mich in mein Leben eingesperrt hat, und zwar ganz genau so, wie er sich in seines eingesperrt hat, mangelt es uns beiden an frischen Themen. Oft gehen wir nach dem gleichen Drehbuch vor: »Wie geht es dir?« frage ich mit brutaler Einfachheit. »Willst du, daß ich *gut* sage?« »Ich will, daß du irgendwas sagst«, schieße ich zurück. »Du bist diejenige, die zu Besuch gekommen ist«, erinnert er mich. Und er kann und wird es aussitzen, die ganze Stunde lang. Wer von uns die größere Gabe hat, das Nichts zu ertragen, steht nicht zur Debatte. Er hat ganze Samstage demonstrativ vor dem Wetterkanal gehockt.

Heute ließ ich deshalb sogar die oberflächliche *Wie geht's*-Masche weg, gemäß der Theorie, daß Leute, die Small Talk ablehnen, trotzdem von dessen lockernden Übergängen abhängig sind und nur gelernt haben, die anderen die Arbeit machen zu lassen. Und ich war immer noch aufgewühlt von meinem Gespräch mit Loretta Greenleaf. Daß er seine eigene Mutter dazu verleitet hat, mit ihrer Verbindung zu seiner widerlichen Bösartigkeit anzugeben, hätte Kevin vielleicht eine gewisse Befriedigung verschafft. Aber meinen messianischen Impuls, *Donnerstag* auf die eigene Kappe zu nehmen, empfindet er anscheinend als eine Art Diebstahl.

»Na gut«, sagte ich nüchtern. »Ich muß es wissen. Gibst du mir die Schuld? Du kannst es mir ruhig sagen, wenn du das glaubst. Erzählst du das deinen Therapeuten, oder erzählen sie dir das? Immer ist die Mutter schuld.«

Er sagte bissig: »*Warum solltest du die ganzen Lorbeeren ernten?*«

Das Gespräch, von dem ich erwartet hatte, daß es unsere ganze Stunde füllen würde, war jetzt in neunzig Sekunden vorbei. Wir saßen da.

»Kannst du dich noch gut an deine frühe Kindheit erinnern, Kevin?« Ich hatte irgendwo gelesen, daß Menschen mit einer schmerzlichen Kindheit sich häufig an nichts erinnern können.

»Was gibt's da zu erinnern?«

»Nun, zum Beispiel, daß du Windeln getragen hast, bis du sechs wurdest.«

»Was ist dabei.« Sollte ich gehofft haben, ihn in Verlegenheit zu bringen, hatte ich mich geirrt.

»Es muß unbequem gewesen sein.«

»Für dich.«

»Für dich auch.«

»Warum?« fragte er sanft. »Es war warm.«

»Nicht lange.«

»Hab nicht lange drin gesteckt. Du warst eine gute Mumsey.«

»Haben die anderen Kindergartenkinder dich nicht gehänselt? Damals habe ich mir Sorgen gemacht.«

»Ach. Ich wette, du konntest nicht schlafen.«

»Ich habe mir Sorgen gemacht«, sagte ich fest.

Er hob eine Schulter. »Warum sollten sie? Ich durfte etwas, und sie nicht.«

»Ich habe nur überlegt, ob du jetzt, so viel später, ein bißchen Klarheit schaffen könntest, warum es diese Verspätung gab. Dein Vater hat es dir oft genug gezeigt.«

»Kevi-Wevvie!« gurrte er im Falsett. *»Liebling, Süßer. Schau zu Daddylein! Siehst du, er macht Pipi in das Pottipöttchen. Möchtest du das nicht auch, Kevi-Schatz? Macht es nicht Spaß, genau wie Da-da-Daddy pischi-pischi zu machen? In die Toili-woili?* Ich habe euch einfach mit eurer eigenen Retardierung verarscht.«

Ich fand es interessant, daß er sich diesen Wortwitz erlaubte; im allgemeinen ist er sehr vorsichtig und verrät nicht, daß er clever ist. »Schon gut«, sagte ich. »Du wolltest die Toilette nicht benutzen und mir zuliebe schon gar nicht. Aber warum nicht deinem Vater zuliebe?«

»Du bist jetzt ein großer Junge!« Kevin sprach geziert. *»Du bist mein großer Junge! Du bist mein kleiner Mann!* Gott, was für ein Arschloch.«

Ich stand auf. »Das sagst du *nicht noch mal. Nie, nie wieder.* Nicht einmal, überhaupt nicht mehr, kein einziges Mal mehr!«

»Oder was«, sagte er sanft, seine Augen tanzten.

Ich setzte mich wieder hin. Ich sollte mir seine Bemerkungen nicht so nahegehen lassen. Meistens schaffe ich es. Doch jeder Hieb gegen dich –.

Ach, vielleicht sollte ich mich glücklich schätzen, daß er diesen Knopf nicht öfter drückt. Doch in letzter Zeit betätigt er ihn immer, in gewisser Weise. Denn fast während seiner ganzen Kindheit haben mich seine schmalen eckigen Gesichtszüge als mein Spiegelbild verspottet. Aber im letzten Jahr ist sein Gesicht voller geworden, und jetzt, wo es breiter wird, erkenne ich deine ausgeprägteren Knochen. Es stimmt, daß ich Kevins Gesicht einmal hungrig nach einer Ähnlichkeit mit seinem Vater abgesucht habe. Jetzt kämpfe ich gegen die blödsinnige Idee, daß er es absichtlich macht, damit ich leide. Ich möchte diese Ähnlichkeit nicht sehen. Ich möchte nicht die gleichen Angewohnheiten entdecken, diese charakteristische Handbewegung nach unten, wenn du etwas als unbedeutend wegschobst, wie etwa das nichtige Detail, daß ein Nachbar nach dem anderen sich weigerte, seine Kinder mit deinem Sohn spielen zu lassen. Wenn ich dein kräftiges Kinn sehe, das er kampflustig vorschiebt, und dein breites offenes Lächeln, aus dem ein verschlagenes Grinsen wird, ist es, als sähe ich meinen verhexten Mann vor mir.

»Also, was hättest du getan?« fragte ich. »Mit einem kleinen Jungen, der darauf besteht, sich in die Hosen zu machen, bis er alt genug ist, um in die Schule zu gehen?«

Kevin beugte sich noch weiter auf seinem Ellbogen vor, den Oberarm flach auf dem Tisch. »Du weißt, wie man Katzen erzieht, oder? Sie machen ins Haus, du tunkst sie mit der Nase in ihre eigene Scheiße. Das mögen sie nicht. Sie benutzen die Kiste.« Er lehnte sich zurück, zufrieden.

»Etwas ganz Ähnliches habe ich gemacht, oder?« sagte ich mühsam. »Erinnerst du dich? Wozu du mich getrieben hast? Wie ich dich endlich dazu gebracht habe, die Toilette zu benutzen?«

Er zog die feine weiße Narbe auf seinem Unterarm nah am

Ellbogen mit einem verhalten zärtlichen Besitzerstolz nach, als würde er einen Lieblingswurm streicheln. »Klar.« In dieser Bestätigung lag ein anderer Ton. Ich spürte, daß er sich wirklich erinnerte, während diese anderen Erinnerungen nachträglich konstruiert waren.

»Ich war stolz auf dich«, sagte er schnurrend.

»Du warst stolz auf dich selbst«, sagte ich. »Wie üblich.«

»He«, sagte er und beugte sich vor. »Das Ehrlichste, was du je gemacht hast.«

Ich rutschte auf meinem Stuhl herum und griff nach meiner Tasche. Ich habe mich vielleicht manchmal nach seiner Bewunderung gesehnt, aber nicht dafür; alles, aber nicht dafür.

»Bleib«, sagte er. »Ich habe deine Frage beantwortet. Jetzt hab ich eine an dich.«

Das war neu. »Gut«, sagte ich. »Schieß los.«

»Diese Landkarten«, sagte er.

»Was ist damit«, sagte ich.

»Warum hast du sie an der Wand gelassen?«

Nur weil ich mich jahrelang geweigert habe, diese bekleckststen Landkarten im Arbeitszimmer von der Wand zu reißen, und dir nicht erlaubte, sie zu übermalen, wie du es liebend gern getan hättest, »erinnert« Kevin sich überhaupt an diesen Zwischenfall. Er war, wie du damals wiederholt bemerkt hast, schrecklich klein.

»Ich habe sie für meine geistige Gesundheit drangelassen«, sagte ich. »Ich mußte etwas sehen können, das du mir angetan hattest, hinfassen können, es anfassen. Um zu beweisen, daß deine Boshaftigkeit nicht nur in meinem Kopf existierte.«

»Ja«, sagte er und kitzelte wieder die Narbe auf seinem Arm. »Verstehe.«

Ich verspreche, es dir zu erklären, Franklin, aber im Moment kann ich es einfach nicht.

Eva

17. Januar 2001

Lieber Franklin,

es tut mir sehr leid, daß ich dich hängenließ. Aber ich fürchte mich sehr vor der Erklärung. Als ich heute morgen zur Arbeit fuhr, hatte ich noch einen unangenehmen Flashback. Juristisch gesehen habe ich einen Meineid geleistet. Ich habe einfach nicht eingesehen, daß ich dieser Richterin mit ihren Knopfaugen (eine angeborene Störung, die mir noch nie begegnet war, ungewöhnlich kleine Pupillen, die ihr den benommenen, leblosen Blick einer Comicfigur verliehen, die gerade eins mit der Bratpfanne über den Kopf bekommen hat) etwas sagen sollte, das ich seit zehn Jahren vor meinem Mann geheimgehalten hatte.

»Ms. Khatchadourian, haben Sie oder Ihr Mann Ihren Sohn jemals geschlagen?« Marys Anwalt lehnte sich drohend in den Zeugenstand.

»Durch Gewalt lernt ein Kind nur, daß physischer Druck ein akzeptables Mittel zur Durchsetzung eigener Interessen ist«, zitierte ich.

»Dem kann das Gericht nur zustimmen, Ms. Khatchadourian, aber es ist sehr wichtig, daß wir mit eindeutigen Worten für das Protokoll klarstellen: Haben Sie oder Ihr Mann Kevin jemals physisch mißhandelt, als er in Ihrer Obhut war?«

»Nein, bestimmt nicht«, sagte ich fest und murmelte dann noch einmal unterstreichend: »Bestimmt nicht.« Ich bereute die Wiederholung. Es liegt etwas Verschlagenes in jeder Versicherung, die man meint, zweimal machen zu müssen.

Als ich den Zeugenstand verließ, verfing sich mein Schuh in

einem Fußbodennagel und der schwarze Gummiabsatz meines Pumps riß ab. Ich humpelte zu meinem Platz zurück und dachte, besser ein kaputter Schuh als eine lange Nase aus Holz.

Aber Geheimnisse für sich zu behalten ist eine Kunst. Mein Talent als Lügnerin schien mir begrenzt, aber nachdem ich etwas Übung bekommen hatte, eignete ich mir das Credo professioneller Tatsachenverdreher an, daß man eine Lüge weniger fabriziert, als daß man sie heiratet. Eine erfolgreiche Lüge kann nicht in die Welt gebracht und dann in einer Laune ausgesetzt werden; wie jede feste Beziehung muß sie gepflegt werden, und zwar mit mehr Liebe als die Wahrheit, die unbekümmert ohne jede Hilfe weiterlebt, weil sie einfach wahr ist. Im Gegensatz dazu brauchte meine Lüge mich ebenso, wie ich sie brauchte, und verlangte daher die Beständigkeit der Ehe: bis daß der Tod uns scheidet.

Ich merkte, daß Kevins Windeln dich peinlich berührten, obwohl sie dem Jungen selbst bestürzend wenig peinlich waren. Wir benutzten schon die extragroßen, es fehlte nicht mehr viel, und wir würden das Modell für pathologische Inkontinenz per Post bestellen müssen. Trotz all der vielen toleranten Elternratgeber, die du verschlangst, hingst du einer altmodischen Männlichkeit an, die ich überraschend attraktiv fand. Du wolltest nicht, daß dein Sohn eine Memme wird, seinen spottenden Altersgenossen eine leichte Zielscheibe bot oder sich an einen Talisman aus der Babyzeit klammerte, der öffentlich so auffiel: Die Ausbuchtung unter seiner Hose war eindeutig. »Herrgott noch mal«, hast du einmal gegrollt, als Kevin im Bett war, »warum kann er nicht einfach am Daumen lutschen?«

Dabei hast du dir selbst in deiner Kindheit mit deiner pingeligen Mutter einen Dauerkampf über das Herunterspülen geliefert, weil die Toilette einmal übergelaufen war; jedes Mal, wenn du den Griff zogst, hattest du Angst, daß Klumpen von Exkrementen endlos ins Badezimmer zurückgespuckt werden könnten, wie eine skatologische Version des *Zauberlehrlings*.

Und ich stimmte mit dir überein, daß es tragisch ist, wie Kinder sich in neurotischen Knoten über Pinkeln und Kacken verheddern können, und was für eine Verschwendung von Angst das alles ist, und so akzeptierte ich die neue Theorie, daß man Kleinkinder selbst wählen läßt, wann sie »soweit« sind, auf den Topf zu gehen. Trotzdem verzweifelten wir beide langsam. Du fingst an, mich damit zu nerven, ob er mich tagsüber auf die Toilette gehen sah (wir waren uns nicht sicher, ob er dabei sein sollte oder nicht) oder ob ich je irgend etwas gesagt hatte, das ihn von diesem Thron des zivilisierten Lebens abschreckte, verglichen mit dem Höflichkeiten wie *danke* oder *bitte* entbehrlich waren wie Untersetzer. Du beschuldigtest mich abwechselnd, der ganzen Sache entweder zuviel oder zuwenig Beachtung zu schenken.

Es war mir unmöglich, ihr zuwenig Beachtung zu schenken, da diese eine Entwicklungsstufe, die unser Sohn auszulassen schien, mein Leben tyrannisierte. Du wirst dich daran erinnern, daß es nur dem neuen pädagogischen Ethos pathologischer Neutralität (besser oder schlechter gibt es nicht, nur anders) sowie einer paralysierenden Angst, verklagt zu werden, geschuldet war (aus Furcht davor zögern Amerikaner immer öfter, überhaupt etwas zu tun, von der Mund-zu-Mund-Beatmung fast Ertrunkener bis zum Rauswurf unverschämter Nichtskönner aus ihrer Firma), daß Kevin nicht so lange von diesem teuren Nyack-Kindergarten abgelehnt wurde, bis er seine Scheiße bei sich behalten konnte. Trotzdem war die Erzieherin nicht bereit, einem fünfjährigen Jungen die Windeln zu wechseln, sie behauptete, sie würde sich damit dem Vorwurf sexuellen Mißbrauchs aussetzen. (Als ich Carol Fabricant leise von Kevins kleiner Exzentrizität in Kenntnis setzte, sah sie mich mißtrauisch an und verkündete spitz, daß diese Art von *nicht konformem Verhalten* manchmal ein *Hilfeschrei* sei. Sie führte es nicht weiter aus, aber die nächste Woche lebte ich in ständiger Angst vor einem Klopfen an unserer Tür und dem Zucken von Blaulicht vor unseren Fenstern.) Kaum hatte ich ihn also um neun Uhr morgens bei Liebe & Lernen abgesetzt und war wieder nach Hause gekommen, war ich verpflichtet, um halb zwölf mit meiner inzwischen schon recht abgeschabten Windeltasche wieder hinzufahren.

Wenn er trocken war, fuhr ich ihm mit gespielter Zärtlichkeit durchs Haar und bat ihn, mir zu zeigen, was er gemalt hatte, doch bei seinen vielen »Kunstwerken« an unserer Kühlschranktür konnte ich es mir schon vorstellen. (Während die anderen Kinder zu großköpfigen Strichmännchen und Landschaften mit etwas blauem Himmel darüber vorangeschritten waren, kritzelte Kevin immer noch mit schwarzen und roten Buntstiften abstraktes zackiges Krickelkrakel.) Doch allzuoft bedeutete eine Wickelpause am Mittag ein klingelndes Telefon bei der Rückkehr nach Hause: Ms. Fabricant setzte mich davon in Kenntnis, daß Kevin jetzt völlig durchweicht sei und die anderen Kinder sich beschwerten, weil er stank. Würde ich, bitte –? Ich konnte schlecht nein sagen. Wenn ich ihn also um zwei Uhr abholte, hatte ich schon vier Fahrten zu Liebe & Lernen hinter mir. Soviel zu der vielen Zeit für mich selbst, die ich mir erhofft hatte, seit Kevin in diesen Vorschulkindergarten ging, und zu meinem Traum, den ich gegen jede Wahrscheinlichkeit weiterhegte, bald wieder die Leitung von AWAP übernehmen zu können.

Wäre Kevin ein folgsamer, aufmerksamer Junge gewesen, mit nur diesem einen unerfreulichen Problem, hätte sie möglicherweise Mitleid mit ihm gehabt. Aber Ms. Fabricants Beziehung zu unserem Sohn gedieh aus anderen Gründen nicht.

Vielleicht war es ein Fehler, ihn in einen Montessori-Kindergarten zu schicken, mit seiner mindestens optimistischen Philosophie von der Natur des Menschen. Die Erziehung dort erfolgte unter Aufsicht, war aber nicht strukturiert – die Kinder wurden in eine »stimulierende« Umgebung gesetzt: Spielinseln mit Alphabetbausteinen, Rechenketten mit Perlen, Erbsenpflanzen – und ging von der Voraussetzung aus, daß Kinder geborene Autodidakten sind. Doch meine Erfahrung ist, daß

Menschen, die man sich selbst überläßt, bei einer von zwei Beschäftigungen landen: Sie machen entweder nicht viel oder nichts Gutes.

Ein erster Bericht über Kevins »Fortschritte« im November erwähnte, daß er »in gewisser Weise untersozialisiert« sei und »vielleicht Unterstützung bei seinem Initiativverhalten« brauche. Ms. Fabricant haßte es, ihre Schützlinge zu kritisieren, so daß man ihr aus der Nase ziehen mußte, daß Kevin seine ersten zwei Monate damit zugebracht hatte, schlaff auf einem Stuhl mitten im Raum zu sitzen und trübe auf die vor sich hin spielenden Kinder zu starren. Ich kannte dieses Starren, den viel zu früh gealterten Blick eines am grauen Star Erkrankten, der nur hin und wieder mit verächtlicher Skepsis funkelte. Wenn man ihn drängte, mit den anderen Jungs und Mädchen zu spielen, antwortete er, was immer sie gerade machten, sei »blöd«, und sprach dabei mit jener angestrengten Müdigkeit, die seinen Geschichtslehrer in der Junior Highschool zu der Überzeugung brachte, daß er betrunken sei. Wie Ms. Fabricant ihn je dazu bekam, seine dunklen wütenden Zeichnungen anzufertigen, werde ich nie erfahren.

Mich brachten diese Buntstiftkrakeleien ständig in die Verlegenheit, sie bewundern zu müssen. Sehr schnell gingen mir die Komplimente *(Das hat soviel Energie, Kevin!)* und phantasievollen Interpretationen aus *(Ist das ein Sturm, Liebling? Oder vielleicht ein Bild von den Haaren und der Seife, die wir im Bad aus dem Abfluß geklaubt haben!)*. Es war sehr mühsam, dauernd bei seiner aufregenden Farbwahl in Entzücken auszubrechen, da er ausschließlich mit Schwarz, Braun und Violett malte. Ich konnte mir nicht verkneifen, ihm vorsichtig vorzuschlagen, vielleicht mal so etwas wie einen Vogel oder einen Baum zu malen, da die abstrakten Expressionisten schon Ende der fünfziger Jahre in einer veritablen Sackgasse gelandet waren. Aber für Ms. Fabricant waren Kevins Stilleben von verstopften Abflüssen ein positiver Beweis dafür, daß die Montessori-Methode mit Bauklötzchen Wunder bewirken kann.

Trotzdem, selbst Kevin, der eine solche Gabe dafür hat, kann Stillstand nur eine bestimmte Zeit lang ertragen, ohne etwas zu unternehmen, um das Leben ein bißchen interessanter zu gestalten, wie er *Donnerstag* so überzeugend demonstriert hat. Als das Schuljahr zu Ende ging, muß sich Ms. Fabricant mit wachsender Nostalgie nach den Tagen zurückgesehnt haben, an denen Kevin Khatchadourian absolut nichts tat.

Es versteht sich vielleicht von selbst, daß die Erbsenpflanzen starben, so wie die sprießende Avocado, die sie ersetzte, und ich zur gleichen Zeit zerstreut bemerkte, daß mir eine Flasche Wäschebleiche fehlte. Es gab Rätsel: Nach einem bestimmten Tag im Januar fing ein kleines Mädchen mit Shirley-Temple-Locken an zu weinen, als ich mit Kevin an der Hand ins Klassenzimmer kam, und ihr Weinen wurde immer schlimmer, bis zu dem Tag im Februar, an dem sie für immer wegblieb. Ein anderes Kind, ein Junge, der im September noch aggressiv und ungestüm war, einer von den Rabauken, die immer gegen dein Bein treten und andere Kinder in der Sandkiste umschubsen, wurde plötzlich still und in sich gekehrt, entwickelte eine schwere Asthmaerkrankung und eine unerklärliche Angst vor dem Garderobenschrank. Wenn er sich ihm nur auf anderthalb Meter näherte, fing er schon an zu keuchen. Was hatte das mit Kevin zu tun? Ich wußte es nicht; vielleicht nichts. Und manche dieser Vorfälle waren ziemlich harmlos, wie der mit dem kleinen Jason. Als er die Füße in seine leuchtendroten Gummistiefel steckte, waren sie mit den Resten des Apfelkuchens vom Pausenimbiß vollgestopft. Kinderstreiche, würden wir sagen – wenn es denn *wirklich* nur Kinderstreiche gewesen wären.

Was Ms. Fabricant am meisten bekümmerte, war die Tatsache, daß ihre Schützlinge, einer nach dem anderen, auch wieder aufs Töpfchen gesetzt werden mußten. Sie und ich hatten zu Beginn des Jahres gemeinsam gehofft, daß Kevin vom Beispiel der Gleichaltrigen, die auf die Toilette gingen, angeregt würde, doch ich fürchte, das genaue Gegenteil trat ein, und als er in die Schule kam, gab es nicht nur einen Sechsjährigen mit Windeln, sondern drei oder vier.

Aber eine Reihe anderer Zwischenfälle beunruhigte mich viel mehr.

Eines Morgens brachte ein zartes niedliches kleines Ding mit dem Spitznamen Muffet ein Teeservice mit, das sie den Kindern zeigen und erklären wollte. Es war kein gewöhnliches Teeservice, sondern eine reichverzierte Angelegenheit mit vielen Teilen, die jeweils einzeln in die Mulden eines mit Samt ausgeschlagenen Mahagonikästchens paßten. Ihre Mutter echauffierte sich später, daß es ein Familienerbstück gewesen sei, das Muffet nur zu besonderen Gelegenheiten herausnehmen durfte. Zweifellos hätte man dieses gute Stück nie in den Kindergarten mitgeben dürfen, aber das kleine Mädchen war so stolz auf die vielen passenden Teile und hatte gelernt, sorgfältig damit umzugehen. Gewissenhaft stellte sie die Tassen auf die Untertassen mit den Porzellanlöffeln vor ein Dutzend Kinder, die an ihren kniehohen Tischen saßen.

Nachdem sie eine Runde »Tee« eingeschenkt hatte (der ewige Ananas-Grapefruit-Saft), hob Kevin seine Tasse an ihrem winzigen Henkel zu einem Toast hoch – und ließ sie auf den Boden fallen.

Im Handumdrehen folgten ihm alle elf Teetrinker. Ehe Ms. Fabricant die Situation im Griff hatte, erlitten die Untertassen und Löffel schnell das gleiche klirrende Schicksal, so daß, als Muffets Mutter ihre schluchzende Tochter am Nachmittag in Empfang nahm, von dem gehüteten Teeservice nichts übriggeblieben war außer der Teekanne

Falls ich je die Hoffnung genährt hatte, daß mein Sohn eventuell Führungsqualitäten entwickeln könnte, war es nicht so etwas, an das ich gedacht hatte. Doch als ich eine Bemerkung in diese Richtung machte, war Ms. Fabricant nicht zum Scherzen zumute. Ich spürte, daß die Begeisterung der Anfang Zwanzigjährigen, all diese kleinen aufgeschlossenen Kinder zu multikulturellen, umweltbewußten Vegetariern zu formen, die es drängt, die Ungerechtigkeiten in der Dritten Welt zu korrigieren, an den Rändern auszufransen begann. Dies war ihre erste Klasse, in der sie sich Plakafarbe aus den Augenbrauen klauben mußte, abends mit dem salzigen Geschmack von Klebstoff im Mund zu Bett ging und so vielen Kindern auf einmal eine »Auszeit« verordnete, daß keine Aktivität mehr zustande kam, von der sie hätten ausgeschlossen werden können. Schließlich hatte sie bei unserer Einführung im September verkündet, daß sie »Kinder einfach *liebe*«, eine Erklärung, die ich sowieso immer bezweifle. Bei einer jungen Frau wie Ms. Fabricant, mit ihrer stumpfen Kartoffelnase und Hüften wie ein Ackergaul, scheint sich diese unhaltbare Behauptung als ein »Ich will heiraten« dechiffrieren zu lassen. Ich selbst konnte, nachdem ich nicht einfach *ein* Kind bekommen hatte, sondern dieses besondere Kind, nicht begreifen, daß jemand behaupten kann, ganz allgemein *Kinder zu lieben,* genausowenig, wie jemand glaubhaft versichern kann, *alle Menschen* zu lieben, einschließlich Pol Pot, Don Rickles und des Nachbarn von oben, der morgens um drei Uhr zweitausend Hampelmänner macht.

Nachdem sie mir die schreckliche Geschichte in einem atemlosen Bühnenflüsterton berichtet hatte, erwartete sie offensichtlich, daß ich mich sofort darum risse, die Kosten für das Teeservice zu übernehmen. Finanziell hätte ich mir das natürlich leisten können, egal, wieviel es kosten sollte, aber ich konnte es mir nicht leisten, mir die ganze Schuld aufbürden zu lassen. Sei ehrlich, Franklin, du hättest einen Anfall bekommen. Du warst empfindlich, wenn man mit dem Finger auf unseren Sohn zeigte, ihn *verfolgte,* wie du sagen würdest. Genaugenommen hatte er nur das eine Gedeck zerbrochen, und du hättest höchstens eingewilligt, ein Zwölftel des Verlusts zu ersetzen. Ich bot ihr auch an, mit Kevin über »Achtung vor anderer Leute Eigentum« zu sprechen, aber diese Versicherung ließ Ms. Fabricant kalt. Vielleicht spürte sie intuitiv, daß meine vorgefertigten Predigten schon anfingen, den Rhythmus des leiernden Singsangs anzunehmen, mit dem kleine Mädchen ihr Seilhüpfen begleiten – und eins und zwei und drei und …

»Das war nicht sehr nett von dir, Kevin«, sagte ich im Auto. »Muffets Teetasse zu zerbrechen.« Ich habe keine Ahnung, warum wir Eltern an dem Glauben festhalten, daß unsere Kinder sich danach sehnen, *nett* gefunden zu werden, wo wir doch selber, wenn wir Bekannte von uns als *sehr nett* beschreiben, meinen, daß sie langweilig sind.

»Sie hat einen dämlichen Namen.«

»Deshalb verdient sie doch nicht –«

»Sie ist mir runtergefallen«, sagte er lahm.

»Ms. Fabricant hat es anders erzählt.«

»Wie will sie das wissen.« Er gähnte.

»Mein Lieber, wie wäre *dir* denn zumute, wenn du etwas über alles liebst und es mitbringst, um es der Klasse zu zeigen, und dann kommt jemand und macht es kaputt?«

»Was denn zum Beispiel?« fragte er, Unschuld mit einem Hauch Genugtuung in der Stimme.

Ich suchte in Gedanken nach etwas aus Kevins Besitz, das er besonders liebte, und fand nichts. Als ich mich mehr darauf konzentrierte, spürte ich dieselbe Verzweiflung wie beim Abklopfen aller meiner Taschen, wenn ich merke, daß die, in der ich immer mein Portemonnaie habe, leer ist. Es war nicht normal. In meiner eigenen recht kargen Kindheit war ich eine fetischistische Hüterin kleinster Schätze, von einem Aufziehesel mit drei Beinen namens Klapperdiklapp bis zu einem ausgespülten Viererset von Fläschchen für Lebensmittelfarben.

Nicht, daß Kevin nicht alles im Überfluß gehabt hätte, denn du überhäuftest ihn mit Spielsachen. Mir ist nicht wohl dabei, darauf hinzuweisen, daß er diese ganzen Game Boys und Tonka-Müllautos in seinem Regal keines Blickes würdigte und daß gerade dein Exzeß die Einsicht zu verraten schien, daß keins deiner bisherigen Geschenke eingeschlagen hatte. Vielleicht ist deine Großzügigkeit nach hinten losgegangen, indem du sein Kinderzimmer mit einer Art Plastikschrott überzogen hast. Und vielleicht wußte er, daß uns käufliche Geschenke leichtfielen, da wir reich waren, und daß sie deshalb, egal wie teuer, immer billig blieben.

Aber ich hatte Wochen am Stück damit zugebracht, für ihn selbstgemachte, persönliche Geschenke anzufertigen, die ihm im Prinzip etwas hätten *bedeuten sollen.* Ich achtete auch darauf, daß Kevin mir dabei zusah, so daß er merkte, wieviel Liebe darin steckte. Aber er fragte nur einmal gereizt – und das war das einzige Anzeichen von Neugier –, warum ich nicht einfach ein Kinderbuch *kaufte*. Ansonsten sah er, nachdem mein eigenhändig gezeichnetes Buch zwischen die bemalten Pappdeckel gepreßt, gelocht und mit leuchtendem Garn gebunden war, abwesend aus dem Fenster, wenn ich daraus vorlas. Ich gebe zu, daß die Geschichte abgedroschen war, sie handelte von einem kleinen Jungen, der seinen geliebten Hund Snippy verliert und verzweifelt ist und ihn überall sucht, und natürlich taucht Snippy zum Schluß wieder auf – ich habe sie mir wahrscheinlich von *Lassie* ausgeborgt. Ich habe nie vorgegeben, eine talentierte Schriftstellerin zu sein, und die Tuschfarben waren verlaufen. Ich litt an der Wahnvorstellung, daß schon die gute Absicht zählt. Aber egal, wie viele Hinweise auf das dunkle Haar und die tiefbraunen Augen des kleinen Jungen ich einfügte, ich konnte ihn nicht dazu bringen, sich mit dem Jungen in der Geschichte zu identifizieren, der sich nach seinem entlaufenen Hündchen sehnt. (Kannst du dich daran erinnern, daß du Kevin mal einen Hund kaufen wolltest? Ich flehte dich an, es nicht zu tun. Ich war froh, daß du mich nie gezwungen hast, zu erklären, warum, da ich es mir selbst auch nie erklärte. Ich weiß nur, daß es mir kalt den Rücken herunterlief, sobald ich mir einen fröhlichen schwarzen Labrador oder einen vertrauensvollen Irischen Setter bei uns vorstellte.) Sein einziges Interesse an dem Buch zeigte sich, als ich ihn damit allein ließ, um das Abendessen vorzubereiten: Er hat jede Seite mit Filzstift vollgekritzelt – offenbar ein frühes Beispiel für ein *interaktives Buch*. Später ertränkte er den aus einer ausgestopften Socke angefertigten und mit Knopfaugen versehenen Teddy angemessenerweise im Bear Lake; mit einigen Teilen meines schwarzweißen Laubsägezebras fütterte er den Gully in der Einfahrt.

Ich griff krampfhaft nach einer uralten Geschichte. »Erinnerst du dich an deine Wasserpistole?«

Er zuckte die Achseln.

»Erinnerst du dich, daß Mommer sauer wurde und darauf herumtrampelte, bis sie kaputt war?« Ich hatte die seltsame Gewohnheit angenommen, von mir selbst in der dritten Person zu reden; vielleicht hatte meine Persönlichkeit schon angefangen, sich zu spalten, in Einzelteile zu zerfallen, und »Mommer« war jetzt mein tugendhaftes Alter ego, eine angenehm rundliche, mütterliche Ikone mit mehlbestäubten Händen, die in einem bauchigen Ofen das Feuer schürt und Streit zwischen den Rangen aus der Nachbarschaft mit fesselnden Geschichten und frischgebackenen Schokoladenkeksen schlichtet. Kevin sagte schon lange nicht mehr *Mommer* und degradierte somit die Wortneuschöpfung zu meinem ziemlich dummen Namen für mich selbst. Im Auto stellte ich beunruhigt fest, daß er aufgehört hatte, mich überhaupt irgendwas zu nennen. Das schien nicht möglich zu sein, denn Kinder benutzen unsere Namen im allgemeinen immer dann, wenn sie etwas von uns wollen, und sei es Aufmerksamkeit, aber Kevin wollte ja noch nicht einmal, daß ich nach ihm sah. »Das hat dir nicht gefallen, oder?«

»Es war mir egal«, sagte Kevin.

Meine Hände glitten am Steuer hinunter, standen nicht mehr auf zehn vor zwei, sondern auf instabilen fünf und sieben. Seine Erinnerung war korrekt. Deiner Ansicht nach hatte er mit der Entstellung meiner Landkarten *nur versucht, mir zu helfen,* und du hast die Wasserpistole ersetzt. Er warf sie in den Müllhaufen von Spielkiste und hat sie nie angerührt. Die Wasserpistole hatte ihren Zweck erfüllt. Ich hatte tatsächlich, als ich den Lauf auf dem Fußboden zermalmt hatte, die gespenstisch böse Vorahnung, daß er gerade, weil er sie gemocht hatte, froh war, daß sie verschwand.

Als ich dir von dem Teeservice erzählte, wolltest du darüber hinweggehen, aber ich warf dir einen warnenden Blick zu; wir hatten abgesprochen, daß wir uns als eine Einheit präsentieren wollten. »Hey, Kev«, sagtest du leichthin, »ich weiß, daß Teetassen etwas für Mädchen sind und irgendwie albern, aber mach sie nicht kaputt, okay? Das ist *uncool*. Und wie wär's jetzt mit ein bißchen Frisbee? Wir haben noch Zeit, vor dem Abendessen an deiner Wurftechnik zu arbeiten.«

»Klar, Dad!« Ich erinnere mich noch, daß Kevin zum Schrank flitzte, um die Frisbeescheibe zu holen, was mich verwirrte. Die Hände zu Fäusten geballt, mit fliegenden Ellbogen, sah er für alle Welt aus wie ein normaler ungestümer Junge, ein ausgelassenes Kind, das mit dem Vater im Garten spielen darf. Nur daß er *zu sehr* den normalen Jungen mimte, es wirkte fast wie einstudiert. Sogar dieses *Klar, Dad!* wirkte wie ein geprobter Singsang, den ich nicht einordnen konnte. Dasselbe unangenehme Gefühl hatte ich immer an Wochenenden, wenn Kevin flötete – *ja, flötete*: »Hey, Dad, heute ist Samstag! Wollen wir uns ein neues *Schlachtfeld* ansehen?« Du warst immer so begeistert, daß ich es nicht übers Herz brachte, die Möglichkeit zu erwähnen, daß er sich über dich lustig machte. Und genauso konnte ich, wenn ich euch vom Eßzimmerfenster aus zusah, irgendwie nicht glauben, daß Kevin nach all dieser Zeit wirklich so ungeschickt beim Frisbeewerfen sein sollte. Er schleuderte die Scheibe immer noch hochkant, hakte den Mittelfinger in den Rand und ließ sie dann zehn Meter neben deine Füße rollen. Du warst geduldig, aber ich machte mir Sorgen, daß gerade deine Geduld Kevin dazu verführte, sie auf die Probe zu stellen.

Ach, ich kann mich nicht an all die Zwischenfälle in jenem Jahr erinnern, bis auf die Tatsache, daß es mehrere gab, die du immer mit der pauschalen Absolution versehen hast: »Eva, alle Jungen ziehen an Zöpfen.« Ich ersparte dir viele Fälle, weil meine Berichte seiner Missetaten immer so wirkten, als würde ich ihn *verpetzen*. Das ging soweit, daß sie nicht ihn, sondern mich in Mißkredit brachten. Wenn ich seine Schwester gewesen wäre, hätte ich das begriffen, aber konnte eine Mutter eine Petze sein? Offenbar ja.

Doch ein Bild, das sich mir bot – ich glaube, es war im März, also, ich bin mir nicht sicher, warum es mich so sehr aus dem Gleichgewicht brachte, jedenfalls konnte ich es nicht für mich behalten. Ich war zur üblichen Zeit gekommen, um Kevin abzuholen, und niemand schien zu wissen, wo er steckte. Ms. Fabricants Gesicht nahm einen gequälten Ausdruck an, doch wenn Kevin wirklich von den mordlustigen Pädophilen entführt worden wäre, die damals, wie man uns weismachte, hinter jedem Busch lauerten, hätte ich ihr zu dieser Zeit unterstellt, sie angeheuert zu haben. Da das fehlende Kind unser Sohn war, dauerte es eine Weile, ehe einer von uns daran dachte, auf der Toilette nachzusehen, wohl kaum ein Schlupfwinkel seiner Wahl.

»Hier ist er«, sang seine Lehrerin auf der Schwelle zur Mädchentoilette. Und dann schnappte sie nach Luft.

Ich bezweifle, daß deine Erinnerung an diese verstaubten Geschichten besonders genau ist, deshalb erlaube mir, sie aufzufrischen. Es gab in dem Kindergarten ein dünnes dunkelhaariges Mädchen namens Violetta, von der ich schon früher in diesem Vorschuljahr erzählt haben mußte, da ich sie so anrührend fand. Sie war still, in sich gekehrt, versteckte sich immer zwischen Ms. Fabricants Röcken, und ich brauchte Ewigkeiten, um ihr ihren Namen zu entlocken. Sie war eigentlich sehr hübsch, aber man mußte genau hinsehen, um das zu entdekken – was die meisten Leute nicht taten. Sie konnten nicht über das Ekzem hinwegsehen.

Es war furchtbar. Sie war übersät mit großen schuppenartigen Flecken, rot und blättrig, und der Schorf war manchmal aufgeplatzt. Ihre Arme und ihre spindeldürren Beine waren vollständig davon bedeckt, und am schlimmsten war es im Gesicht. Die zerknitterte Haut hatte etwas von einem Reptil an sich. Ich hatte gehört, daß Hautprobleme mit Störungen im emotionalen Bereich in Zusammenhang gebracht wurden, und vielleicht war ich selbst anfällig für modische Pauschalurteile, da ich mich unwillkürlich fragte, ob Violetta in irgendeiner Hinsicht mißhandelt wurde oder ob ihre Eltern sich gerade ganz scheußlich scheiden ließen. Wie auch immer, jedes Mal, wenn ich sie sah, gab etwas in mir nach, und ich kämpfte gegen den Impuls, sie in den Arm zu nehmen. Ich habe mir nie gewünscht, daß unser Sohn an einer fürchterlichen Krankheit litte, aber dies war genau die Sorte herzzerreißender Pein, nach deren Diagnose ich mich bei Dr. Foulke gesehnt hatte: nach irgendeinem vorübergehenden Ungemach, das heilen würde, das aber, wenn es meinen Sohn befiele, denselben unerschöpflichen Quell von Mitgefühl hervorsprudeln ließe, der sich in mir regte, wenn ich Violetta sah – das Kind einer Fremden –, wie sie scheu in mein Blickfeld tapste.

Ich hatte nur ein einziges Mal ein Ekzem, an meinem Schienbein, es war nur ein Vorgeschmack, aber der reichte, um zu wissen, daß es höllisch juckt. Ich habe einmal mitgehört, wie die Mutter dem Mädchen eindringlich zuflüsterte, nicht zu kratzen, und nahm an, daß die Salbe, die Violetta immer bei sich hatte und beschämt in der Tasche ihrer Latzhose umklammerte, eine Anti-Kratz-Salbe war, denn sollte es eine Heilsalbe sein, dann war sie das Werk eines Quacksalbers; ich hatte Violettas Ekzeme immer nur schlimmer werden sehen. Aber diese lindernden Mittel sind nur begrenzt wirksam, und ihre Selbstbeherrschung war beeindruckend. Sie zog zum Beispiel den Fingernagel selbstquälerisch über ihren Arm und hielt dann die widersetzliche Hand mit der anderen fest, als legte sie sie an die Leine.

Als Ms. Fabricant nach Luft schnappte, stellte ich mich neben sie in die Tür. Kevin stand mit dem Rücken zu uns und flüsterte. Als wir die Tür etwas weiter aufstießen, brach er ab und trat einen Schritt zurück. Am Waschbecken, mit dem Gesicht zu uns, stand Violetta. Ihr Gesicht war erhoben und zeigte einen Ausdruck, den ich nur mit dem Wort Glückseligkeit beschreiben kann. Ihre Augen waren geschlossen, ihre Arme wie bei einem Bestattungsritus gekreuzt, jede Hand auf einer Schulter, ihr Körper drückte eine wollüstige Ohnmacht aus. Ich bin sicher, daß niemand diesem seligen kleinen Mädchen die Ekstase mißgönnt hätte, die es so verdiente, wenn es nicht mit Blut bedeckt gewesen wäre.

Ich will nicht melodramatisch sein. Es zeigte sich schnell, nachdem Ms. Fabricant aufgeschrien und Kevin zur Seite geschubst hatte, um an die Papiertücher zu kommen, daß Violettas Abschürfungen nicht so schlimm waren, wie sie aussahen. Ich hinderte ihre Hände daran, ihre Oberarme zu beharken, während die Lehrerin mit den angefeuchteten Tüchern ihre Glieder und ihr Gesicht abtupfte und verzweifelt versuchte, sie ein bißchen zu säubern, bevor ihre Mutter kam. Ich bemühte mich, die weißen Hautschuppen von ihrer marineblauen Latzhose zu wischen, aber die weißen Flocken klebten auf dem Flanell wie Kletten. Wir hatten auch nicht die Zeit, die Blutflekken aus dem Spitzenrand ihrer Söckchen und den weißen Puffärmeln zu schrubben. Die meisten Wunden waren nicht tief, aber sie bedeckten ihren ganzen Körper, und sobald Ms. Fabricant aufhörte, an einzelnen entzündeten Stellen herumzutupfen, die in einem blassen Lila bis hin zu einem schrillen Magentarot leuchteten – waren sie auch schon wieder offen und näßten.

Hör mal, ich möchte nicht wieder mit diesem Streit anfangen. Ich akzeptiere voll und ganz, daß Kevin sie vielleicht nie angefaßt hat. Soweit ich sehen konnte, hat sie sich selbst aufgekratzt, ohne jede Hilfe. Es juckte, und sie hat nachgegeben, und ich wage zu behaupten, daß es sich köstlich angefühlt haben muß, endlich die Fingernägel in diese abscheuliche rote Kruste zu graben. Sie schien sogar eine Spur von Genugtuung angesichts des Ausmaßes des Schadens zu spüren oder möglicherweise auch die medizinisch irrige Überzeugung zu hegen, daß sie bei ausreichender chirurgischer Anwendung diese schuppige Plage ihres Lebens ein für allemal abschaben könnte.

Doch ich habe nie den kurzen Anblick ihres Gesichts vergessen, als wir sie fanden, denn es offenbarte nicht nur einfach Genuß, sondern eine Befreiung, die zügellos war, primitiv, fast heidnisch. Sie *wußte,* daß es später weh tun würde, und sie *wußte,* daß sie alles nur schlimmer machte, und sie *wußte,* daß ihre Mutter außer sich sein würde, und es war genau dieses Wissen, mit dem ihr Gesicht übergossen war: ein Wissen, das sogar der Miene eines fünfjährigen Mädchens etwas Obszönes verlieh. Sie würde sich selbst für diesen einen herrlichen gierigen Fraß opfern, verflucht seien die Folgen. Ja, es waren genau diese grotesken Folgen – das Bluten, das Brennen, das Haareraufen zu Hause, der unansehnliche Schorf noch Wochen danach –, die das Herzstück ihrer Freude zu sein schienen.

An jenem Abend warst du wütend.

»Ein kleines Mädchen hat sich also gekratzt. Was hat das mit meinem Sohn zu tun?«

»Er war dabei! Dieses kleine Mädchen zieht sich bei lebendigem Leib die Haut ab, und er unternimmt *nichts.*«

»Er ist nicht ihr Hüter, Eva, er ist einer der Schützlinge!«

»Er hätte jemanden rufen können, oder? Ehe es soweit kommen konnte?«

»*Vielleicht,* aber er wird erst im nächsten Monat sechs. Du kannst nicht von ihm verlangen, daß er auf diese Idee kommt oder daß er überhaupt erkennt, was ›soweit kommen‹ bedeutet, wenn sie sich nur kratzt. Das alles erklärt nicht im entferntesten, warum du Kevin so verschmiert rumlaufen läßt, wie es aussieht, schon den ganzen Nachmittag lang, voll mit Scheiße bis oben hin!« Ein seltener Ausrutscher. Du hast vergessen, *Aa* zu sagen.

»Dank *Kevin* stinken Kevins Windeln, weil er dank *Kevin* noch Windeln trägt.« Von seinem wütenden Vater frisch gebadet, war Kevin jetzt in seinem Zimmer, aber ich war mir der Tatsache bewußt, daß meine Stimme zu hören sein mußte. »Franklin. Ich bin mit meinem Latein am Ende! Ich habe ihm all diese Töpfchen-Bücher über Aa-ist-nicht-schmutzig gekauft, und jetzt findet er sie dämlich, weil sie für Zweijährige verfaßt sind. Wir sollen warten, bis er sich dafür *interessiert*, aber das tut er nicht, Franklin. Warum sollte er, wenn Mutter ihn immer saubermacht? Wie lange lassen wir ihn so weitermachen – bis er aufs College geht?«

»Okay, ich akzeptiere, daß wir uns in einer positiven Verstärkungsschleife befinden. Sie verschafft ihm Aufmerksamkeit –«

»Wir befinden uns nicht in einer Schleife, sondern im *Krieg*, Franklin. Und unsere Truppen sind dezimiert. Wir haben kaum noch Munition. Unsere Grenzen werden überrannt.«

»Können wir etwas klarstellen? Ist das deine neue Töpfchentrainings-Theorie? Laß ihn sich in seinem eigenen Mist suhlen und ihn ruhig über unser weißes Sofa verteilen. Steht das im Lehrbuch? Oder ist das eine Strafe? Ich habe den Eindruck, deine neue Therapie vermischt sich mit deiner hirnrissigen Empörung darüber, daß ein anderes Kind sich wundgekratzt hat.«

»Er hat sie dazu verführt.«

»Ach du heiliger Strohsack!«

»Sie hatte gut, sehr gut gelernt, das Ekzem in Ruhe zu lassen. Plötzlich finden wir sie mit ihrem neuen kleinen Freund auf der Toilette, wie er sich über sie beugt und sie ermuntert ... Mein Gott, Franklin, du hättest sie sehen sollen! Ich mußte an diese alte Gruselgeschichte denken, die in den sechziger Jahren kursierte, über diesen Typen auf LSD, der sich die Haut von den Armen fetzte, weil er dachte, sie wäre voller Käfer.«

»Ist dir schon durch den Kopf gegangen, daß Kevin, wenn die Szene so schrecklich gewesen ist, vielleicht selber etwas traumatisiert sein könnte? Daß er möglicherweise ein wenig Trost und Bestätigung braucht und jemanden, mit dem er darüber reden kann, statt in seine eigene Kloake verbannt zu werden? Herrgott noch mal, sie haben Kinder schon für weniger zu Pflegeeltern gegeben.«

»Das wäre mein Glückstag«, brummte ich undeutlich.

»Eva!«

»Das war ein Scherz!«

»Was *fehlt* dir?« hast du verzweifelt gesagt.

»Er war nicht ›traumatisiert‹, er war stolz auf sich. Als wir nach Hause fuhren, haben seine Augen gefunkelt. Ich habe ihn nicht mehr so selbstzufrieden gesehen, seit er seine Geburtstagstorte ausgeweidet hat.«

Du hast dich auf das eine Ende unserer unpraktisch weißen Couch fallen lassen und den Kopf in die Hände gestützt; ich konnte mich nicht zu dir setzen, weil der Platz neben dir noch braun verschmiert war. »Ich bin mit meiner Geduld auch ziemlich am Ende, Eva.« Du hast deine Schläfen massiert. »Aber nicht wegen Kevin.«

»Ist das eine Drohung –«

»Das ist keine Drohung –«

»Was dann! –«

»Eva, bitte, beruhige dich. Ich werde unsere Familie niemals zerstören.«

Es gab mal eine Zeit, da hättest du statt dessen gesagt, *ich werde dich nie verlassen.* Deine rechtschaffene Erklärung hatte etwas Solides an sich, während die Versprechen ewiger Liebe einer Geliebten gegenüber bekanntlich vergänglich sind. Deshalb fragte ich mich, warum mich dein felsenfestes Bekenntnis zu *unserer Familie* traurig machte.

»Ich ziehe ihn an«, sagte ich. »Ich mache ihm Essen, wenn er mich läßt, ich fahre ihn überallhin. Ich gebe ihm Pausenbrote mit. Ich stehe ihm von morgens bis abends zur Verfügung. Ich wechsle sechsmal am Tag seine Windeln, und du reibst mir diesen einen Nachmittag unter die Nase, der mich dermaßen beunruhigt, ja sogar verschreckt hat, daß ich es nicht ertragen konnte, in seine Nähe zu kommen. Ich habe nicht bewußt versucht, ihn zu bestrafen. Aber in dieser Toilette kam er mir so, ach –« Ich verwarf drei oder vier Adjektive als viel zu aufrüherisch, dann gab ich es endlich auf. »Es war mir zu intim, ihm die Windel zu wechseln.«

»Hör dir doch mal zu. Ich weiß nämlich nicht, von welchem Kind du sprichst. Wir haben einen glücklichen, gesunden Jungen. Und langsam glaube ich, daß er ungewöhnlich intelligent ist.« (Ich hielt mich davon ab, einzuwerfen: *Das ist genau das, was ich befürchte.*) »Wenn er sich manchmal absondert, dann, weil er nachdenklich ist, reflektiert. Ansonsten spielt er mit mir, er umarmt mich, wenn er mir gute Nacht sagt, ich lese ihm Geschichten vor. Wenn wir allein sind, erzählt er mir alles –«

»Was denn zum Beispiel?«

Du hobst die Hände. »Was er gemalt hat, was er im Kindergarten zu essen mithatte –«

»Und du glaubst, daß er dir damit *alles erzählt*?«

»Bist du verrückt? Eva, er ist fünf Jahre alt. Was gibt es da viel zu erzählen?«

»Für den Anfang? Zum Beispiel, was im letzten Jahr in seiner Spielgruppe nach der Vorschule passiert ist. Nach und nach hat jede einzelne Mutter ihre Kinder herausgenommen. Oh, natürlich gab es immer eine Entschuldigung dafür – Jordan ist dauernd erkältet, Tiffany fühlt sich nicht wohl, weil sie die Jüngste ist. Bis nur noch ich und Lornas Kinder übrig sind, und sie nuschelt irgend etwas, daß es nun keine richtige Gruppe mehr sei, und steigt ebenfalls aus. Ein paar Wochen später besuche ich Lorna unangemeldet zu Hause, um ihr ein Weihnachtsgeschenk vorbeizubringen, und was sehe ich? Die ganze alte Spielgruppe ist in ihrem Wohnzimmer wieder vereint. Es war ihr peinlich, und wir haben nicht darüber gesprochen, aber da Kevin dir ja *alles erzählt*, kann er dir ja vielleicht auch erklären, was all diese Mütter dazu getrieben haben könnte, sich wegzuschleichen und heimlich wieder zusammenzukommen, und das alles, um unseren ›glücklichen, gesunden‹ Sohn auszuschließen.«

»Ich werde ihn nicht fragen, weil das eine häßliche Geschichte ist, die seine Gefühle verletzen könnte. Und ich sehe da keine Geheimnisse – nur Klatsch und Cliquenwirtschaft und Kleinstadtgezänk. Typisch für Mütter, die zu Hause sind und Zeit für sich haben.«

»Ich bin eine dieser Mütter, die *zu Hause sind,* was ein großes Opfer ist, wie ich dich erinnern möchte, und das letzte, was wir haben, ist Zeit für uns.«

»Man hat ihn also ausgeschlossen! Warum bringt dich das nicht gegen *sie* auf? Warum nimmst du an, daß es etwas mit unserem Sohn zu tun hat und nicht mit irgendeiner neurotischen überempfindlichen Zicke?«

»Weil mir nur allzu bewußt ist, daß Kevin mir nicht *alles erzählt.* Ach, und du könntest ihn auch fragen, warum kein Babysitter ein zweites Mal kommt.«

»Das brauche ich nicht. Die meisten Teenager der Gegend bekommen hundert Dollar Taschengeld die Woche. *Nur* zwölf Mäuse die Stunde sind nicht sehr verführerisch.«

»Dann bitte doch wenigstens deinen süßen offenherzigen kleinen Jungen, dir zu verraten, *was genau er zu Violetta gesagt hat.*«

Es ist nicht so, daß wir uns dauernd gestritten hätten. Im Gegenteil, aber ich erinnere mich vor allem an unsere Auseinandersetzungen; komisch, wie die Erinnerung an den normalen Alltag als erstes verblaßt. Ich gehöre auch nicht zu den Menschen, die bei Aufruhr aufblühen – bedauerlicherweise, so wie sich die Dinge entwickelten. Trotzdem war ich möglicherweise froh, die trockene Oberfläche unserer tagtäglichen Friedfertigkeit abzukratzen, so wie Violetta den alten Schorf von ihren Gliedern gerissen hatte, nur um wieder etwas Helles und Flüssiges ins Offene strömen zu lassen, das uns durch unsere Finger rinnt. So gesehen, fürchtete ich mich vor dem, was unter dem Schorf lag. Ich fürchtete, daß ich im tiefsten Innern mein Leben haßte und es haßte, Mutter zu sein, und es in manchen

Momenten sogar haßte, deine Frau zu sein, weil du mir das angetan hattest und meine Tage in einen endlosen Strom aus Scheiße und Pisse und Keksen, die Kevin noch nicht einmal mochte, verwandelt hattest.

In der Zwischenzeit löste kein noch so großes Geschrei die Windelkrise. In einer seltenen Rollenumkehrung hast du es tatsächlich fertiggebracht, das Ganze als höchst kompliziertes psychisches Problem anzusehen, während ich es ganz simpel fand: Wir wollten, daß er die Toilette benutzte, also benutzte er sie nicht. Da wir nicht davon ablassen konnten, war ich ratlos.

Zweifellos schien dir meine Verwendung des Wortes *Krieg* absurd. Aber wenn ich Kevin zum Wickeltisch trieb – welcher mittlerweile zu klein war für diesen Zweck, Kevins Beine baumelten über die hochgestellten Kanten –, mußte ich oft an diese wilden Guerillakonflikte denken, in denen es schlecht ausgerüsteten, kaum ausgebildeten Rebellen gelingt, mächtigen Staatsarmeen erstaunlich schwere Verluste zuzufügen. Da ihnen das große, aber auch unhandliche Waffenarsenal des Establishments fehlt, kämpfen Rebellen aus dem Hinterhalt. Ihre Angriffe sind zwar oft schwach, aber häufig, und ständige Angriffe können auf die Dauer mehr demoralisieren als wenige spektakuläre Gefechte mit hohen Verlusten. Und weil sie meistens keine Artillerie haben, greifen Guerillakämpfer zu allem, was ihnen in die Finger kommt, und finden manchmal für alltägliches Material eine verheerende neue Verwendung. Ich weiß, daß man zum Beispiel aus methangashaltigem Dünger Bomben bauen kann. Was Kevin angeht, so führte er seine Angriffe aus dem Hosenboden heraus; auch Kevin hatte gelernt, aus seiner Scheiße eine Waffe zu machen.

Er unterwarf sich dem Windeln durchaus willig. Er schien das Ritual zu genießen und hat vielleicht aus meiner zunehmenden Eile auf eine Verlegenheit geschlossen, die ihm Vergnügen bereitete, denn seine festen kleinen Hoden zu säubern, als er schon fast sechs war, fing langsam an, riskant zu werden.

Falls Kevin diese Rendezvous genossen haben sollte, ich tat es nicht. Man hat mich nie überzeugen können, daß die Ausscheidungen eines Säuglings regelrecht »süß« riechen; die Exkremente eines Kindergartenkindes genießen diesen guten Ruf sowieso nicht. Die von Kevin jedenfalls waren fester und klebriger geworden, und das Kinderzimmer verströmte inzwischen den säuerlich-strengen Geruch eines U-Bahntunnels, der von Obdachlosen okkupiert wurde. Ich schämte mich ein wenig angesichts der Berge nicht biologisch abbaubarer Pampers, die wir zur Müllkippe brachten. Das schlimmste war, daß Kevin manchmal absichtlich seinen Darm zu kontrollieren schien, um dann ein zweites Mal zuzuschlagen. Wenn er auch kein Leonardo in der Welt der Kreide war, beherrschte er doch seinen Schließmuskel wie ein Virtuose.

Wohlgemerkt, ich lege hier zwar alles auf den Tisch, entschuldige aber keineswegs, was in jenem Juli dann passierte. Ich erwarte nicht, daß du etwas anderes empfindest als blankes Entsetzen. Ich bitte dich noch nicht mal um Verzeihung. Dafür ist es zu spät. Aber ich brauche dein Verständnis.

Kevins Kindergartenzeit endete im Juni, und wir waren den ganzen Sommer zusammengespannt. (Hör zu, ich ging Kevin genauso auf die Nerven wie er mir.) Trotz Ms. Fabricants bescheidenem Erfolg mit seinen Abflußfrei-Stilleben bewirkte die Montessori-Methode bei uns zu Hause keine Wunder. Kevin hatte immer noch nicht gelernt zu spielen. Wenn er sich selbst überlassen war, saß er wie ein Klops auf dem Boden, und seine schlechtgelaunte Gleichgültigkeit drückte das ganze Haus nieder. Deshalb versuchte ich ihn in irgendwelche Aufgaben einzubeziehen, ich kam mit Garn und Knöpfen und Klebstoff und bunten Stoffetzen ins Kinderzimmer, um mit ihm Strumpfpuppen zu basteln. Ich gesellte mich zu ihm auf den Teppich und hatte selber viel Spaß, wirklich, nur daß ich am Ende einen knabbernden Hasen mit einem roten Filzmund, blauen weichen Ohren und Trinkhalm-Schnurrhaaren hergestellt hatte, während Kevins Arm nur von einem schlichten, mit Klebe beschmierten Kniestrumpf bedeckt war. Ich habe nicht erwartet, daß sich unser Sprößling als handwerkliches Wunderkind entpuppen würde, aber er hätte sich zumindest bemühen können.

Ich wollte ihm auch einen guten Start in die erste Klasse verschaffen, indem ich ihm ein paar Grundlagen beibrachte. »Laß uns an unseren Zahlen arbeiten«, schlug ich also vor.

»Warum.«

»Damit du, wenn du zur Schule gehst, besser im Rechnen bist als alle anderen.«

»Wofür soll Rechnen gut sein?«

»Nun, du erinnerst dich doch an gestern, als Mommer die Rechnungen bezahlt hat? Du mußt Addieren und Subtrahieren können, wenn du Rechnungen bezahlen und wissen willst, wieviel Geld du wiederbekommst.«

»Du hast den Taschenrechner genommen.«

»Na ja, du mußt rechnen können, um dich zu vergewissern, daß der Taschenrechner funktioniert.«

»Warum benutzt du ihn denn überhaupt, wenn er nicht immer geht.«

»Er geht immer«, sagte ich mürrisch.

»Also mußt du nicht rechnen können.«

»Um mit einem Taschenrechner umgehen zu können«, sagte ich erregt, »mußt du immer noch wissen, wie eine Fünf aussieht, okay? So, und jetzt wollen wir zählen üben. Was kommt nach der drei?«

»Sieben«, sagte Kevin.

In dieser Manier ging es weiter, bis er mir einmal, nach einem weiteren Versuch (»Was kommt vor neun?« »Dreiundfünfzig«), stumpf in die Augen sah und mit monotoner Stimme herunterleierte: »Einszweidreivierfünfsechssiebenachtneunzehnelfzwölf ...« Zwei- oder dreimal hielt er inne, um Luft zu holen, schaffte es aber fehlerlos bis Hundert. »Können wir das jetzt lassen?« Natürlich kam ich mir wie ein Idiot vor.

Ich konnte ihm auch nicht mehr Begeisterung für das Lesen

abringen. »Komm mir nicht mit *Warum. Wozu soll das gut sein*«, schnitt ich ihm das Wort ab, nachdem ich ihm eine Lesestunde vorgeschlagen hatte. »Aber ich sage es dir trotzdem. Wenn du dich langweilst oder du nichts weiter zu tun hast, kannst du immer noch ein Buch lesen. Sogar im Zug oder an der Bushaltestelle.«

»Und wenn das Buch langweilig ist.«

»Dann suchst du dir ein anderes. Es gibt mehr Bücher auf der Welt, als du je lesen kannst, und deshalb werden sie dir nie ausgehen.«

»Und wenn sie alle langweilig sind.«

»Ich glaube nicht, daß das möglich ist, Kevin«, sagte ich spitz.

»Ich glaube, das ist möglich«, wandte er ein.

»Außerdem, wenn du erwachsen bist, wirst du einen Job brauchen, und dann mußt du richtig gut lesen und schreiben können, oder niemand wird dich einstellen wollen.« Im stillen dachte ich natürlich, wenn das stimmte, wäre fast das ganze Land arbeitslos.

»Dad schreibt nicht. Er fährt herum und macht Bilder.«

»Es gibt andere Jobs –«

»Und wenn ich keinen Job will.«

»Dann würdest du von *Sozialhilfe* leben müssen. Die Regierung würde dir nur genau soviel Geld geben, daß du nicht verhungerst, aber nicht genug, um irgend etwas Spaßiges zu unternehmen.«

»Was, wenn ich gar nichts unternehmen möchte.«

»Ich wette, du willst. Wenn du dein eigenes Geld verdienst, kannst du ins Kino gehen und in Restaurants und sogar in andere Länder reisen, so wie Mommer früher.« Bei *früher* seufzte ich leise.

»Ich glaube, ich will von Sozialhilfe leben.« Das war so ein Satz, den andere Eltern auf Dinnerpartys erheitert wiedergaben, aber ich hatte Mühe, ihn entzückend zu finden. Ich weiß nicht, wie diese Familien, die ihre Kinder zu Hause unterrichten, das schaffen; Kevin schien niemals aufmerksam zu sein, als ob Zuhören entwürdigend wäre. Aber irgendwie, hinter meinem Rücken, lernte er, was er wissen mußte. Er lernte so, wie er aß – verstohlen; klammheimlich stopfte er, wenn niemand zusah, die Informationen wie ein Käsebrot mit beiden Händen in sich hinein. Er haßte es zu zeigen, wieviel er schon wußte, und seine Angewohnheit, sich dumm zu stellen, war clever durchdacht, um seine echten Bildungslücken zu verdekken. Für Kevin war es keine Schande, den Schwachkopf zu mimen, und ich konnte nie zwischen seiner vorgetäuschten Dummheit und der echten unterscheiden. Wenn ich zum Beispiel am Abendbrottisch Robin Williams Rolle im *Club der toten Dichter* als *abgedroschen* verdammte, fühlte ich mich verpflichtet, Kevin zu erklären, was ich mit dem Wort meinte: »Es heißt, daß viele Menschen so etwas schon gemacht haben.« Aber er nahm die Information nur mit einem altklugen *ja, ja* auf. Hatte er das Wort *abgedroschen* mit drei gelernt, als er vorgab, noch gar nicht sprechen zu können? Sag du es mir.

Nachdem ich mit ihm in einer zweiwöchigen Schlacht das Alphabet zusammengestückelt hatte (»Was kommt nach R?« »*Elemeno ...*«), unterbrach er eine meiner Schimpfkanonaden – »du kannst nicht einfach rumsitzen und erwarten, daß dir alles von allein zufliegt« – und sang das Alphabetlied vom ersten bis zum letzten Buchstaben fehlerlos herunter; ein aggressiver Singsang ohne Melodie in Moll, der selbst für das unmusikalischste Ohr völlig falsch klang und seine kräftige Kinderstimme wie beim Kaddisch klingen ließ. Ich denke, das Lied haben sie ihm bei Liebe & Lernen beigebracht, nicht, daß Kevin das je verraten hätte. Als er höhnisch zum Schluß kam: »*Vau-We-Ix, Ypsilon-Zett, Sieh mal an, ist das nicht nett?*«, fuhr ich ihn wütend an: »Nein, das ist nicht nett, und du bist es auch nicht. Du bist ein gemeiner kleiner Junge, der seiner Mutter gern die Zeit stiehlt!« Und er lächelte großzügig mit beiden Mundwinkeln.

Er war nicht wirklich ungehorsam, das ist ein Detail, das in den Beilagen der Sonntagszeitungen häufig falsch dargestellt wird. In Wirklichkeit konnte er seine Aufgaben mit kühler Präzision erfüllen. Nach der obligatorischen Zeitspanne, in der er Unfähigkeit vorgab – verkrüppelte, offene Ps malte, die unter der Zeile den Kopf hängenließen, als hätte man sie erschossen –, setzte er sich wie auf Befehl hin und schrieb exakt auf den Linien des Schreibhefts: »Schau, Sally, schau. Lauf. Lauf. Lauf. Renn. Renn. Renn. Renn, Sally, Renn.« Ich finde keine Worte, um dir zu erklären, warum das so scheußlich war, höchstens, daß er das tückische Nichts der Fibel für die erste Klasse entlarvte. Sogar die Art, wie er diese Buchstaben formte, berührte mich unangenehm. Sie hatten keinen Charakter. Damit meine ich, daß er keine eigene *Handschrift* entwikkelte, so wie wir sie verstehen, indem wir der Standardschrift unsere persönliche Note aufdrücken. Sobald er zugegeben hatte, daß er schreiben konnte, gaben seine Buchstaben haargenau die Beispiele in seiner Fibel wieder, ohne extra Schwänzchen oder Kringel; seine Ts wurden von einem Strich gekreuzt und die Is hatten einen Punkt, und noch nie schien in dem aufgeblähten Inneren eines B, eines O, eines D soviel leerer Raum zu sein.

Ich will damit sagen, daß es sehr aufreibend war, ihn zu unterrichten, wie fügsam er genaugenommen auch sein mochte. Du konntest seine bemerkenswerten Fortschritte genießen, wenn du abends nach Hause kamst, aber ich kam nie in den Genuß solcher *Heureka*-Momente plötzlicher Durchbrüche, die einen für die Stunden geduldigen Schmeichelns und geistesbetäubender Wiederholung belohnen. Ein Kind zu unterrichten, das nicht lernen will, wenn man ihm dabei zusieht, ist ebenso unbefriedigend, wie es zu ernähren, indem man einfach einen Teller in der Küche stehenläßt. Er verweigerte mir eindeutig mit Absicht diese Befriedigung. Er hatte beschlossen, daß ich mich nutzlos und überflüssig fühlen sollte. Auch wenn ich vielleicht nicht so wie du von der Genialität unseres Sohnes überzeugt war, fand ich ihn immerhin sehr intelligent – na ja, das ist er vermutlich immer noch, wenn man das von einem Jungen behaupten kann, der an einer so maßlos dummen Tat festhält. Aber in meiner tagtäglichen Erfahrung als seine Lehrerin konnte man von einem *außergewöhnlichen Kind* nur im Sinne jener euphemistischen Tradition sprechen, die jedes Jahr ein noch unehrlicheres Wort für *Schwachkopf* auszubrüten scheint. Ich übte mit ihm *immer* und *immer* und *immer* wieder, wieviel zwei plus drei ist, bis er sich wieder einmal standhaft und boshaft weigerte, *fünf* zu sagen, und da setzte ich ihn hin und kritzelte:

12.387
6.945
138.964
3.987.234

zog einen Strich darunter und sagte: »Los! Addieren! Und dann multipliziere es mit 25, wenn du schon mal dabei bist und glaubst, so klug zu sein!«

Du hast mir tagsüber gefehlt, so wie mir mein altes Leben fehlte, bei dem ich zu beschäftigt war, um dich tagsüber zu vermissen. Hier saß ich nun, sehr versiert in portugiesischer Geschichte einschließlich der Abfolge der Monarchen und der Frage, wie viele Juden während der Inquisition ermordet worden waren, nur um jetzt das Alphabet aufzusagen. Nicht das kyrillische, nicht das hebräische, nein, unser *ABC*. Selbst wenn Kevin sich als eifriger Schüler erwiesen hätte, hätte sich dieses Regime bestimmt angefühlt wie einer jener Abstiege der brutalen Art, die normalerweise auf Träume beschränkt sind: Plötzlich sitze ich hinten in der Klasse, soll mit einem abgebrochenen Bleistift eine Arbeit schreiben und habe keine Hosen an. Trotzdem hätte ich diese demütigende Rolle vielleicht ertragen, wenn nicht noch die Erniedrigung hinzugekommen wäre, nun seit mehr als sechs Jahren bis über die Ellbogen in Scheiße zu stecken.

Okay – raus damit.

Es kam dieser Nachmittag im Juli. Kevin hatte, wie es seine Art war, bereits einmal in die Windel gemacht und war von mir gesäubert worden, das volle Programm, mit Babyöl und Talkumpuder, nur um zwanzig Minuten später seine Darmentleerung zu komplettieren. Dachte ich jedenfalls. Aber diesmal übertraf er sich selbst. Es war der gleiche Nachmittag, an dem ich darauf bestanden hatte, daß er einen Satz schrieb, der etwas mit seinem Leben zu tun hatte, und nicht wieder diese höhnische langweilige Zeile über Sally, und er schrieb in sein Heft: »Im Kendagatn sagn ale meine Muta sit richtich alt aus.« Ich wurde rot wie eine Tomate, und genau in dem Moment stach mir wieder dieser verräterische Gestank in die Nase. Nachdem ich ihn gerade *zweimal* gewickelt hatte. Er saß im Schneidersitz auf der Erde, und ich zog ihn an der Taille hoch, riß seine Pampers auf, um sicherzugehen. Ich verlor die Nerven. »Wie *machst* du das?« schrie ich. »Du *ißt* doch kaum etwas, wo kommt das *her*?«

Eine Hitzewelle stieg wie ein heftiges Jucken in mir hoch, und ich merkte kaum, daß Kevins Füße nun über dem Teppich in der Luft baumelten. Er schien nichts zu wiegen, als wäre dieser feste, undurchdringliche kleine Körper, in dem so unerschöpfliche Mengen von Scheiße steckten, statt dessen mit Styroporkügelchen ausgestopft. Ich kann es nur so sagen: Ich schleuderte ihn quer durch das halbe Kinderzimmer. Er prallte mit einem dumpfen Knall gegen die Kante des Nirosta-Wickeltischs. Mit fragend verdrehtem Kopf, als wäre er endlich an etwas *interessiert*, rutschte er wie in Zeitlupe zu Boden.

Eva

19. Januar 2001

Lieber Franklin,

jetzt weißt du es also.

Ich rannte sofort zu ihm hin, hoffte tollkühn, ihm sei nichts passiert – er sah nicht verletzt aus –, bis ich ihn umdrehte, um mir den Arm anzusehen, auf den er gefallen war. Sein Unterarm mußte auf die Kante des Wickeltischs geknallt sein, als unser Sohn, wie du einmal im Spaß bemerktest, seinen ersten Flugversuch unternahm. Er blutete und war etwas verrenkt und wölbte sich in der Mitte, wo etwas Weißes herausstach, und mir wurde übel. *Es tut mir leid, es tut mir leid, es tut mir so leid!* flüsterte ich. Doch so schwach ich mich auch vor Reue fühlte, ich war immer noch berauscht von diesem Moment, der mein makelloses Unverständnis von *Donnerstag* vielleicht zu einer Lüge macht. Am äußersten Rand war ich entsetzt. Aber im eigentlichen Zentrum des Moments stand Wonne. Als ich unseren kleinen Jungen von mir schleuderte, egal, wohin, nur weg, hatte ich gedankenlos kapituliert, so wie Violetta, und endlich diesem chronischen quälenden Juckreiz nachgegeben.

Ehe du mich ganz und gar verdammst, flehe ich dich an, endlich zu begreifen, wie sehr ich mich bemüht habe, eine gute Mutter zu sein. Aber zu versuchen, eine gute Mutter zu sein, ist vielleicht ebensoweit entfernt davon, wirklich eine zu sein, wie der Versuch, sich gut zu amüsieren, davon, sich wirklich zu amüsieren. Da ich jeder Regung mißtraute, seit der Sekunde, in der er mir auf die Brust gelegt worden war, befolgte ich gläubig ein Programm, nach dem ich meinen kleinen Jungen durchschnittlich dreimal täglich drückte, mindestens zweimal täglich irgend etwas, das er tat oder sagte, bewunderte und immer wieder rezitierte: *Ich liebe dich, Kleiner,* oder *Du weißt, daß dein Daddy und ich dich sehr lieben,* mit der vorhersagbaren Gleichförmigkeit liturgischer Glaubensbekundungen. Aber zu streng eingehalten, werden die meisten Sakramente allmählich hohl. Hinzu kam, daß ich sechs lange Jahre jede Äußerung von mir mit fünf Sekunden Verzögerung herausließ, wie bei den Radioshows mit telefonischer Hörerbeteiligung, damit ich ganz sicher sein konnte, daß ich nichts sendete, was irgendwie obszön klang, rufmörderisch war oder im Gegensatz zur Firmenpolitik stand. Diese Wachsamkeit hatte ihren Preis. Sie bewirkte, daß ich distanziert wurde, unsicher und unbeholfen.

Als ich Kevins Körper mit diesem adrenalingetränkten Ruck hochriß, fühlte ich mich wenigstens einmal anmutig; endlich flossen das, was ich fühlte, und das, was ich tat, unmittelbar ineinander. Es ist nicht sehr schön, das zuzugeben, aber häusliche Gewalt hat ihre Vorteile. So roh und entfesselt, reißt sie den Schleier der Zivilisation weg, der uns ebenso voneinander trennt, wie er das Leben möglich macht. Ein erbärmlicher Ersatz für die Art von Leidenschaft, die wir gern preisen, doch echte Liebe hat mehr mit Haß und Wut gemein als mit Freundlichkeit oder Höflichkeit. Zwei Sekunden lang fühlte ich mich heil und ganz und wie Kevin Khatchadourians richtige Mutter. Ich fühlte mich ihm nahe. Ich fühlte mich wie ich selbst – mein wahres, ungereinigtes Selbst –, und ich fühlte, daß wir uns endlich etwas zu sagen hatten.

Als ich ihm das dichte Haar aus der Stirn strich, zuckte Kevins Gesicht heftig, seine Augen drehten sich nach oben, und sein Mund verzog sich fast zu einem Lächeln. Selbst als ich wegrannte, um die *New York Times* des Tages zu holen, und sie unter seinen Arm schob, weinte er nicht. Ich hielt die Zeitung unter seinem Arm fest – ich kann mich immer noch an die Schlagzeile an seinem Ellbogen erinnern, »Größere Autonomie der baltischen Staaten beunruhigt Moskau« –, half ihm auf die Füße, fragte, ob ihm noch etwas anderes wehtäte, und er schüttelte den Kopf. Ich wollte ihn hochheben, er schüttelte wieder den Kopf; er wollte selber gehen. Gemeinsam schlurften wir zum Telefon. Es kann schon sein, daß Kevin eine einsame Träne wegwischte, als ich nicht hinsah, aber er würde vor meinen Augen nicht leiden, genausowenig wie zählen lernen.

Unser Kinderarzt, Dr. Goldbarsch, wartete auf uns in der winzigen, niederschmetternd intimen Notaufnahme, wo ich keinen Zweifel hatte, daß jeder mir auf den Kopf zusagen konnte, was ich getan hatte. Das Hotlineplakat der New Yorker Polizei für die Opfer häuslicher Gewalt schien extra für meinen Sohn dazuhängen. Ich redete zuviel und sagte zuwenig. Ich plapperte mit der Aufnahmeschwester über das, was passiert war, aber nicht, wie es passiert war. Inzwischen mutierte Kevins unnatürliche Selbstbeherrschung zum Gebaren eines Feldwebels. Er stand stramm, Kinn erhoben, drehte sich zackig in rechten Winkeln. Er hatte die Verantwortung für die Stützung seines Arms mit der Zeitung übernommen und gestattete Dr. Goldbarsch, seine Schulter zu fassen, als sie den Flur hinuntergingen, schüttelte aber meine Hand ab. An der Schwelle zum Untersuchungsraum der orthopädischen Chirurgie drehte er sich um und verkündete kurz: »Ich kann allein zum Arzt gehen.«

»Möchtest du nicht, daß ich bei dir bin, falls es weh tut?«

»Du kannst draußen warten«, kommandierte er, die angespannten Muskeln über seinem zusammengepreßten Kiefer waren der einzige Hinweis, daß es ihm bereits jetzt weh tat.

»Das ist ja ein richtiger kleiner Mann, den Sie da haben, Eva«, sagte Dr. Goldbarsch. »Klingt ganz danach, als hätten Sie Ihren Befehl erhalten.« Zu meinem Entsetzen machte er die Tür zu.

Wirklich, ich wollte für Kevin da sein. Ich wollte verzweifelt wieder bekräftigen, daß ich eine Mutter war, der er trauen konnte, kein Ungeheuer, das ihn unvermittelt durch die Luft wirbelte wie eine rachsüchtige Erscheinung in *Poltergeist*. Und, ja, ich befürchtete auch, daß Kevin dem Chirurgen oder Benjamin Goldbarsch erzählte, was ich getan hatte. Die haben Vorschriften für solche Vorkommnisse. Ich könnte verhaftet werden; über die Verhandlung würde angewidert in einer Randspalte der *Rockland County Times* berichtet werden. Kevin könnte mir wirklich weggenommen werden, was ich einmal in einem geschmacklosen Scherz als erfreuliche Aussicht bezeichnet hatte. Im günstigsten Fall hätte ich vielleicht die beschämenden monatlichen Besuche einer strengen Sozialarbeiterin zu dulden, die Kevins Körper nach blauen Flecken absuchen würde. Sosehr ich auch einen Tadel verdiente, ich zog es immer noch vor, langsam in meiner privaten Selbstzerfleischung zu vergehen, als mich den brennenden Peitschenhieben öffentlicher Mißbilligung auszusetzen.

Deshalb überlegte ich mir krampfhaft, während ich mit glasigen Augen in den Schaukasten mit den überschwenglichen Briefen zufriedener Patienten an das Pflegepersonal starrte, wie eine entschärfte Umschreibung lauten könnte. *Ach, Doktor, Sie wissen doch, wie Jungs übertreiben. Ihn geworfen? Er ist Hals über Kopf den Flur entlanggerannt, und als ich aus dem Schlafzimmer kam, bin ich mit ihm aus Versehen zusammengestoßen ... dann, ja, natürlich ist er hingeknallt, gegen den Lampenfuß ...!* Mir wurde von mir selbst übel, und jeder Versuch, mich reinzuwaschen, klang absurd. Ich hatte reichlich Zeit, auf einem dieser harten, meergrünen Metallstühle im Wartezimmer im eigenen Saft zu schmoren; eine Schwester teilte mir mit, daß unser Sohn operiert werden müsse, damit die »Knochenenden gereinigt werden können«, eine Prozedur, angesichts deren ich mehr als glücklich war, im unklaren bleiben zu können.

Aber als Kevin drei Stunden später mit seinem blendendweißen Gips erschien, klopfte Dr. Goldbarsch unserem Sohn auf den Rücken und bewunderte, was für einen tapferen jungen Mann ich großgezogen hatte, während der Orthopäde unpersönlich die Art des Bruchs, die Gefahren einer Infektion, die

Notwendigkeit, den Gipsverband trocken zu halten, und das Datum, an dem Kevin zur Kontrolluntersuchung zu erscheinen habe, aufzählte. Beide Ärzte waren so freundlich, nicht zu erwähnen, daß das Pflegepersonal gezwungen gewesen war, unserem Sohn die schmutzigen Windeln zu wechseln; Kevin stank nicht mehr. Mein Kopf wackelte dümmlich nickend auf und ab, bis ich Kevin verstohlen einen Blick zuwarf und er mich mit dem klaren, funkelnden Ausdruck vollendeter Komplizenschaft ansah.

Ich schuldete ihm etwas. Er wußte, daß ich ihm etwas schuldete. Und ich würde ihm noch sehr lange Zeit etwas schulden.

Auf der Heimfahrt schnatterte ich (*Was Mommer da gemacht hat, das war sehr sehr sehr falsch, und es tut ihr so so leid* – obwohl diese distanzierende Verwendung der dritten Person mein Bedauern in ein zweifelhaftes Licht tauchte, als würde ich den Vorfall schon auf meine imaginäre Freundin schieben). Kevin sagte nichts. Sein Gesichtsausdruck war reserviert, fast hochmütig, die Finger seines eingegipsten linken Arms hatte er napoleonisch in sein Hemd geschoben. Aufrecht saß er auf dem Beifahrersitz und betrachtete durch das Seitenfenster die Lichter der Tappan-Zee-Brücke, wie ein siegreicher General, der in der Schlacht ehrenwert verwundet worden war und nun in den Hochrufen der Menge badete.

Ich erfreute mich keines derartigen Gleichgewichts. Ich hatte vielleicht der Polizei und der Fürsorge entkommen können, aber ich war dazu verdammt, eine weitere Herausforderung zu überstehen. Wenn ich mir auch mit dem Rücken zur Wand irgendeine hirnrissige Geschichte, daß ich mit Kevin *zusammengeprallt* sei, für Dr. Goldbarsch hätte ausdenken können – dir in die Augen zu sehen und blanken Unsinn zu erzählen, konnte ich mir nicht vorstellen.

»Hallo, Leute, wo seid ihr gewesen?« hast du laut gerufen, als wir in die Küche kamen. Du standest mit dem Rücken zu uns, da du dir gerade Erdnußbutter auf einen Ritz Cracker gestrichen hattest.

Mein Herz hämmerte, und ich wußte immer noch nicht, was ich dir erzählen sollte. Bis zu diesem Tag hatte ich nie wissentlich etwas getan, das unsere Ehe – oder unsere *Familie* – gefährden würde, aber ich war mir sicher, wenn uns je irgend etwas an den Rand des Abgrunds bringen könnte, dann war es dies.

»Du großer Gott, Kev«, hast du gerufen, als wir in die Küche marschierten, dein Mund war voller Krümel, und du hast, ohne zu kauen, alles hinuntergeschluckt. »Was zum Teufel ist denn mit *dir* passiert?«

Hastig hast du dir die Hände abgewischt und dich vor Kevin hingekniet. Meine Haut prickelte, als hätte jemand soeben den Strom eingeschaltet, und ich wäre ein elektrischer Zaun. Ich sah es genau vor mir: Ich habe noch eine einzige Sekunde oder zwei, dann wird nichts mehr so sein, wie es war, das gleiche lähmende Wissen, wie wenn man ein Auto auf der eigenen Spur auf sich zukommen sieht und es zu spät ist, das Steuer herumzureißen.

Aber der Frontalzusammenstoß wurde in letzter Minute vermieden. Da du dir schon angewöhnt hattest, den Versionen deines Sohnes eher zu trauen als denen deiner Frau, hast du dich gleich an Kevin gewandt. Dieses eine Mal hast du einen Fehler gemacht. Hättest du mich gefragt, ich kann dir versprechen – oder zumindest möchte ich das gern glauben –, daß ich dir mit gesenktem Kopf die Wahrheit gesagt hätte.

»Ich habe mir den Arm gebrochen.«

»Das sehe ich. Wie ist das passiert?«

»Ich bin hingefallen.«

»Wo bist du hingefallen?«

»Meine Hosen waren voll. Mommer ist noch mehr Feuchttücher holen gegangen. Ich bin vom Wickeltisch gefallen. Auf – auf mein Tonka-Müllauto. Mommer hat mich zu Dr. Goldarsch gebracht.«

Er war gut. Er war sehr, sehr gut; du kannst vielleicht gar nicht würdigen, wie gut er war. Er war eloquent – die Geschichte war perfekt. Kein Detail war unstimmig oder überflüssig. Er hatte die extravaganten Phantasien verschmäht, mit denen die meisten Kinder seines Alters ein umgestoßenes Getränk oder einen zerbrochenen Spiegel getarnt hätten. Er hatte gelernt, was alle gewieften Lügner können müssen, wenn sie je einen Beruf daraus machen wollen: Immer so viel von der Wahrheit wie möglich. Eine gut konstruierte Lüge besteht größtenteils aus den ABC-Klötzchen der Tatsachen, aus denen man genauso leicht eine Pyramide wie eine Plattform bauen kann. Seine Hosen waren voll. Er erinnerte sich völlig richtig, daß, nachdem ich ihn das zweite Mal an diesem Nachmittag gewickelt hatte, die Schachtel mit den Feuchttüchern leer war. Er war mehr oder weniger vom Wickeltisch gefallen. Sein Tonka-Laster – ich habe später nachgesehen – lag im Kinderzimmer auf dem Boden. Außerdem bewunderte ich seine scharfsinnige Überlegung, daß ein simpler Fall aus etwa einem Meter Höhe womöglich nicht ausreichte, um sich den Arm zu brechen; er mußte schon unglücklich auf einen harten Gegenstand aus Metall gefallen sein. Und so kurz sie auch war, er hatte seine Geschichte mit eleganten Details ausgeschmückt: Er benutzte das Wort *Mommer*, obwohl er den verniedlichenden Spitznamen seit Monaten vermieden hatte, was der Geschichte einen kuscheligen, liebevollen Anstrich verlieh, der über die reale Geschichte phantastisch hinwegtäuschte, *Doktor Goldarsch* wurde skatologisch verballhornt, was dich erleichterte – dein *glücklicher, gesunder Junge* war schon wieder ganz der alte. Höchst beeindruckend allerdings war, daß er sich nicht wie in der Notaufnahme gestattete, mir diesen heimlichen Blick zuzuwerfen, der vielleicht das ganze Spiel verdorben hätte.

»Mein Gott«, hast du ausgerufen. »Das muß aber weh getan haben!«

»Der Orthopäde sagt, für eine offene Fraktur –«, meldete ich mich zu Wort, »sie ist durch die Haut gegangen – ist es ein sauberer Bruch und müßte gut heilen.« Jetzt sahen Kevin und ich uns an, gerade lange genug, um den Pakt zu besiegeln. Ich hatte meine Seele an einen Sechsjährigen verpfändet.

»Darf ich dir auf deinen Gips ein Autogramm geben?« hast du gefragt. »Das ist eine Tradition, weißt du. Deine Freunde und deine Familie, alle schreiben ihre Namen drauf und wünschen dir gute Besserung.«

»Klar, Dad! Aber erst muß ich aufs Klo.« Er stapfte los, die freie Hand locker schwingend.

»Habe ich eben richtig gehört?« sagtest du leise.

»Ich glaube schon.« Ich war seit Stunden angespannt – Angst ist eine isometrische Übung – und erschöpft, und am allerwenigsten beschäftigte mich im Moment das Toilettentraining unseres Sohnes.

Du hast mir den Arm um die Schulter gelegt. »Mann, das muß dich fürchterlich erschreckt haben.«

»Es war alles meine Schuld«, sagte ich und krümmte mich.

»Keine Mutter kann jede Sekunde auf ihr Kind aufpassen.«

Ich wünschte mir, du wärst weniger verständnisvoll gewesen. »Ja, aber ich habe ihn –«

»Sch-schh!«, du hobst den Zeigefinger, und ein zartes Geplätscher drang aus der Toilette im Flur: Musik im elterlichen Ohr. »Was für ein Trick hat das bewirkt, einfach der Schock?« hast du geflüstert. »Oder vielleicht hat er Angst, wieder auf dem Wickeltisch zu landen.«

Ich zuckte die Achseln. Trotz des Augenscheins glaubte ich nicht, daß ich, weil ich wegen einer weiteren verdreckten Windel in blinde Wut geraten war, unseren Jungen dermaßen verängstigt hatte, daß er plötzlich die Toilette benutzte. Oh, selbstverständlich hatte es mit unserem Disput im Kinderzimmer zu tun, sicher. *Ich wurde belohnt.*

»Das schreit nach einer Feier. Ich gehe rein und gratuliere dem Burschen –«

Ich legte eine Hand auf deinen Arm. »Beschrei dein Glück nicht. Laß ihn ganz in Ruhe machen, und mach du keine große

Sache draus. Kevin hat es bei seinen Bekehrungen lieber, daß die Kamera nicht läuft.«

Nachdem das ausgesprochen war, wußte ich genau, daß sein Ins-Töpfchen-Pinkeln nicht als Eingeständnis einer Niederlage zu verstehen war. Er hatte eine größere Schlacht gewonnen; die Einwilligung, auf die Toilette zu gehen, war eine unbedeutende Konzession, die ein hochherziger, wenn auch herablassender Sieger einem geschlagenen Gegner zubilligen kann. Unser Sechsjähriger hatte es mit Erfolg geschafft, mich dazu zu verleiten, meine eigenen Grundsätze zu verletzen. Ich hatte ein Kriegsverbrechen begangen – für das mein eigener Ehemann mich, sollte mein Sohn nicht gnädig schweigen, nach Den Haag ausliefern würde.

Als Kevin von der Toilette zurückkam und seine Hose mit einer Hand hochzog, schlug ich vor, zum Abendbrot eine große Schüssel Popcorn zu machen, und fügte noch unterwürfig hinzu: *mit Unmengen von Salz!* Ich saugte die Musik eines normalen Lebens auf, dem ich noch vor Minuten Lebewohl gesagt hatte – dein lautes Scheppern mit den Töpfen, der Fanfarenklang unserer Schüssel aus rostfreiem Stahl, das fröhliche Gerassel der Maiskörner –, und ahnte bereits, daß dieser Modus des reptilienartigen Kriechens fast bis in alle Ewigkeit fortdauern könnte, jedenfalls solange Kevin den Mund hielt.

Warum hat er es nicht verraten? Allem Anschein nach wollte er seine Mutter schützen. Gut, zugestanden. Trotzdem, eine Kosten-Nutzen-Rechnung könnte auch hinzugekommen sein. Vor einem in weiter Ferne liegenden Verfallsdatum bringt ein Geheimnis Zinsen, allein dadurch, daß es gewahrt bleibt; belastet durch eine Lüge, könnte der Satz: *Weißt du, wie ich mir meinen Arm wirklich gebrochen habe, Dad?* schon einen Monat später eine noch explosivere Wirkung haben. Und solange er den Ursprung dieses unerwarteten Vermögens für sich behielt, konnte er darauf Kredit aufnehmen; wenn er aber seinen Reichtum auf einen Schlag verpulverte, würden seine Mittel wieder auf das Taschengeld eines Sechsjährigen von fünf Dollar die Woche schrumpfen.

Außerdem hatte ich ihm nach meinen scheinheiligen leiernden Belehrungen *(Wie würdest du dich fühlen ...)* nun die seltene Gelegenheit verschafft, sich moralisch für überlegen zu halten, eine Überlegenheit, die ein paar neue Ausblicke eröffnen würde, auch wenn dieses Areal auf lange Sicht nicht seinen Vorstellungen von Landbesitz entsprechen mochte. Möglicherweise hatte Mister Teile-und-Herrsche auch intuitiv erfaßt, daß Geheimnisse die Welt strikt in Eingeweihte und Nicht-Eingeweihte spalten und entsprechend binden oder trennen. Mein Gerede dir gegenüber, daß Kevin eher in die Badewanne als unter die Dusche gehen sollte, damit der Gips trocken blieb, war gekünstelt fröhlich und gestelzt; wenn ich von Kevin wissen wollte, ob er Parmesan auf seinem Popcorn mochte, war die Frage mit Flehen, Furcht und sklavischer Dankbarkeit gewürzt.

Denn in einer Hinsicht war und bin ich gerührt: Ich glaube, er hat eine Nähe zu mir erlebt, die er ungern aufgeben wollte. Wir steckten nicht nur in dieser Vertuschung unter einer Decke. Während des Übergriffs, den wir verheimlichten, hat vielleicht auch Kevin sich einmal heil und ganz gefühlt, plötzlich zum Leben erweckt durch diese beeindruckende Sisalstärke unserer Nabelschnur. Ein einziges Mal habe ich mich als seine Mutter empfunden. Vielleicht hat er sich, als er erstaunt durch das Kinderzimmer flog wie Peter Pan, auch als mein Sohn empfunden.

Der Rest des Sommers widersprach all meinen erzählerischen Instinkten. Wenn ich ein Drehbuch für einen Fernsehfilm über eine gewalttätige Schreckschraube zu schreiben gehabt hätte, die in blinde Wut gerät und dann übermenschliche Kräfte besitzt, hätte ich ihren kleinen Sohn auf Zehenspitzen durch das Haus tappen lassen; er würde sie zaghaft anlächeln, verzweifelte Gesten der Beschwichtigung machen, eilfertig umherschleichen, sich ducken, Massa-hier, Massa-da, nur um zu vermeiden, weitere Überraschungsreisen durch ganze Zimmer des Hauses zu machen, ohne daß die Füße den Boden berührten.

Das war Kino. *Ich* ging auf Zehenspitzen. *Mein* Lächeln war zaghaft. *Ich* schlich eifrig herum und duckte mich, als wollte ich mich als Sklavendarsteller bei einer Minstrel-Show bewerben.

Laß uns also über Macht reden. In der häuslichen Ordnung, diktiert der Mythos, besitzen die Eltern überproportional viel davon. Ich bin mir da nicht so sicher. Die Kinder? Zunächst einmal können sie uns das Herz brechen. Sie können uns Schande machen, sie können uns in den Bankrott treiben, und ich persönlich kann bezeugen, daß sie in uns den Wunsch erwecken können, nie geboren worden zu sein. Was können wir tun? Wir können ihnen verbieten, ins Kino zu gehen. Aber wie? Womit setzen wir unsere Verbote durch, wenn das Kind herausfordernd zur Tür geht? Die nackte Wahrheit ist, daß es Eltern genauso geht wie Regierungen: Wir halten unsere Autorität durch die offene oder versteckte Androhung von körperlicher Gewalt aufrecht. Ein Kind tut, was wir sagen – leg jetzt nicht jedes Wort auf die Goldwaage –, weil wir ihm den Arm brechen können.

Dennoch wurde Kevins weißer Gips zu einem flammenden Emblem – nicht für das, was ich ihm antun konnte, sondern für das, was ich ihm nicht antun konnte. Weil ich zur ultimativen Macht Zuflucht genommen hatte, beraubte ich mich ihrer. Da man mir nicht zutrauen konnte, Gewalt in Maßen anzuwenden, saß ich mit einem unbrauchbaren Waffenarsenal fest, einem nutzlosen Overkill, wie mit einem Lager voller Nuklearwaffen. Er wußte ganz genau, daß ich nie wieder Hand an ihn legen würde.

Falls du also besorgt sein solltest, daß ich 1989 zu einer Neandertaler-Brutalität konvertierte – die Gefühle der Ganzheit, der Echtheit, der Unmittelbarkeit, die ich entdeckte, als ich Kevin zum Kugelstoßen benutzte, waren im Nu verflogen. Ich erinnere mich, daß ich mich körperlich kleiner fühlte. Meine Haltung verfiel. Meine Stimme wurde zart. Jede Aufforderung an Kevin kleidete ich in einen Vorschlag mit Wahlmöglichkeit: *Liebling, möchtest du ins Auto steigen? Würde es dir sehr viel ausmachen, wenn wir in den Supermarkt führen? Was hältst du von der Idee, nicht die Kruste aus der Mitte von Mommers frischgebackener Pastete zu pulen?* Und was die Unterrichtsstunden betraf, die er für eine solche Zumutung hielt, kehrte ich zur Montessori-Methode zurück.

Zunächst forderte er verschieden schnelle Gangarten von mir, als trainierte er einen Tanzbären. Er verlangte zum Beispiel etwas Zeitaufwendiges zum Mittagessen, wie selbstgemachte Pizza, und wenn ich dann den ganzen Vormittag mit Teigkneten und Sauceköcheln zugebracht hatte, pflückte er zwei Peperoni von seinen Stücken, knüllte den ganzen Rest zu einem glutenreichen Baseball zusammen und warf ihn in den Ausguß. Dann wurde er seines neuen Mutter-Spielzeugs genauso schnell überdrüssig wie all seiner anderen Spielsachen, worüber ich mich vermutlich glücklich schätzen konnte.

Tatsächlich ging ihm mein Werben – so bot ich dem Jungen dick mit Hagelsalz bestreute Cheesie- und Whizzie-Cracker an, die ich ihm früher nur grammweise zugeteilt hatte – bald auf die Nerven. Ich neigte dazu, mich in seiner Nähe herumzudrücken, und Kevin schoß mir jene durchbohrenden Blicke zu, die man auf einen Fremden abfeuert, der sich im Zug neben einen setzt, obwohl der Wagen praktisch leer ist. Ich erwies mich als unwürdige Gegnerin, und alle weiteren Siege über eine Autoritätsperson, die bereits auf einen dermaßen hündischen, unterwürfigen Zustand reduziert war, mußten ihm zwangsläufig billig vorkommen.

Obwohl es mit dem Arm in der Schlinge schwierig war, wusch er sich jetzt allein in der Badewanne, und wenn ich hereinkam, um ihn in ein frisches Handtuch zu wickeln, wandte er sich ab; dann schlang er es selber um sich. Nachdem er sich fügsam dem Windelnwechseln und Hodensäubern unterworfen hatte, entwickelte er nun übergangslos eine strenge Schamhaftigkeit, und ab August wurde ich ganz aus dem Badezimmer verbannt. Er zog sich allein in seinem Zimmer an. Bis auf die denkwürdigen zwei Wochen mit zehn Jahren, als er so krank war, erlaubte er mir nicht wieder, ihn nackt zu sehen, bis er vierzehn war – zu einem Zeitpunkt, an dem ich sehr gern auf das Privileg verzichtet hätte.

Mein inkontinenter Ausfluß von Zärtlichkeit war durch die mitschwingende Entschuldigung verdorben, und Kevin lehnte alles ab. Wenn ich ihm einen Kuß auf die Stirn gab, wischte er ihn weg. Wenn ich sein Haar kämmte, schlug er meine Hand weg und zerzauste sich die Locken. Wenn ich ihn drückte, wandte er kalt ein, daß ich seinem Arm weh tat. Und wenn ich ihm versicherte: »Ich habe dich lieb, mein Kleiner« – was ich nicht mehr mit der Feierlichkeit des Apostolischen Glaubensbekenntnisses verkündete, sondern eher mit dem fieberhaften, kopflosen Flehen des Ave Maria –, nahm er den sarkastischen Gesichtsaudruck an, aus dem jetzt der dauerhaft nach rechts verzogene Mund entstanden ist. Eines Tages, als ich wieder einmal schwor, *ich liebe dich, Kleiner,* schoß Kevin zurück: *Nä NÄÄÄ-NÄ nä, nä-nä!* Und ich hörte damit auf.

Er glaubte offensichtlich, daß er mir auf die Schliche gekommen war. Er hatte hinter den Vorhang gesehen, und noch so viele Schmeicheleien und Snacks konnten das Geschaute nicht auslöschen, das mindestens so unvergeßlich war wie die erste Begegnung mit elterlichem Sex. Aber überrascht hat mich, wie sehr die Offenbarung des wahren Charakters seiner Mutter – ihre Bösartigkeit, ihre Gewalttätigkeit – ihm zu gefallen schien. Sollte er mich tatsächlich durchschaut haben, dann fesselte ihn das sehr viel mehr als die Geheimnisse der Mathematik in unseren öden Rechenstunden vor seinem »Unfall«, und er sah seine Mutter von der Seite mit einem brandneuen – ich würde es nicht Respekt nennen – *Interesse* an. Ja.

Nun zu dir und mir: Bis zu jenem Sommer hatte ich mich schon daran gewöhnt, vieles vor dir zu verbergen, aber meistens handelte es sich dabei um Vergehen in Gedanken – meine entsetzliche Leere bei Kevins Geburt, meine Abneigung gegen unser Haus. Zwar schützen wir uns bis zu einem gewissen Ausmaß alle gegenseitig vor der Kakophonie der Schrecken in unseren Köpfen, aber mich machte sogar dieses nicht greifbare Ungesagte traurig. Es war eine Sache, das Grauen, das mich immer überkam, wenn es soweit war, unseren Sohn aus dem Kindergarten abzuholen, für mich zu behalten, aber eine ganz andere, dir nicht zu sagen: *Ach, übrigens, ich habe ihm den Arm gebrochen.* Wie schlecht auch immer meine Gedanken sein mochten, sie schienen keinen Platz in meinem Körper zu beanspruchen, wogegen sich ein dreidimensionales Geheimnis anfühlte, als hätte ich eine Kanonenkugel verschluckt.

Du schienst so weit weg zu sein. Wenn du dich abends auszogst, sah ich dich mit der Nostalgie eines Geistes an und erwartete fast, daß du auf dem Weg zum Zähneputzen durch meinen Körper treten würdest wie durch Mondlicht. Wenn ich zusah, wie du hinten im Garten Kevin beibrachtest, einen Baseball im Fanghandschuh mit der gesunden rechten Hand zu fangen – obwohl er in Wahrheit begabter mit Pizza war –, preßte ich immer die Handflächen gegen die sonnenwarme Fensterscheibe, wie gegen eine spirituelle Barriere, und mich durchbohrte dasselbe schwindelerregende, wohlwollende und zugleich schmerzliche Gefühl des Ausgeschlossenseins, das mich gefoltert hätte, wenn ich tot gewesen wäre. Selbst wenn ich meine Hand auf deine Brust legte, hatte ich das Gefühl, dich nicht richtig berühren zu können, als wäre jedes Mal, wenn du die Kleider ablegtest, wie bei einer russischen Matroschka-Puppe immer noch ein Arbeitshemd darunter.

Inzwischen gingen du und ich nicht mehr zu zweit aus – etwa um *Verbrechen und andere Kleinigkeiten* nicht zu verpassen oder um im River Club in Nyack einen Happen zu essen, geschweige denn, um uns im Union Square Café in der Stadt verwöhnen zu lassen. Es stimmt, wir hatten Probleme mit den Babysittern, aber du gabst dich mit unseren notgedrungen häuslichen Abenden sehr bereitwillig zufrieden, hast die hellen Sommerabende gepriesen, an denen du mit Kevin Football und Basketball und Baseball spieltest, ihm Fourth Downs und Three-pointer Field Goals und die Infield-Fly-Regel beibrachtest. Deine Blindheit gegenüber der Tatsache, daß Kevin weder Interesse an irgendeiner dieser Sportarten zeigte noch eine Veranlagung dazu hatte, nagte etwas an mir, aber am meisten enttäuschte mich, daß du niemals Lust verspürtest, dir eine *schöne Zeit* mit deiner Frau zu machen.

Es gibt keinen Grund, um den heißen Brei herumzureden. Ich war eifersüchtig. Und ich war einsam.

Ende August klingelte unser Nachbar von nebenan mit anklagender Beharrlichkeit an unserer Tür. Ich hörte von der Küche, wie du aufmachtest.

»Sagen Sie Ihrem Sohn, daß das nicht komisch ist!« schrie Roger Corley.

»He, nun mal langsam, Rog!« hast du gesagt. »Ehe Sie jemandes Sinn für Humor kritisieren, sollten Sie erst mal den Witz erzählen.« Trotz deines heiteren Tonfalls hast du ihn nicht ins Haus gebeten, und als ich zu euch in den Flur spähte, bemerkte ich, daß du die Tür nur halb geöffnet hattest.

»Trent ist gerade mit seinem Fahrrad den großen Hügel der Palisades Parade runtergefahren, hat die Kontrolle über das Rad verloren und ist in den Büschen gelandet! Er ist ziemlich lädiert.«

Ich hatte versucht, die freundschaftlichen Beziehungen zu den Corleys aufrechtzuerhalten, deren Sohn vielleicht ein oder zwei Jahre älter war als Kevin. Obwohl Moira Corleys anfängliche Begeisterung über Verabredungen zum Spielen ohne Erklärung schwand, hatte sie einmal freundliches Interesse an meinem armenischen Hintergrund geäußert, und ich war erst am Tag zuvor kurz bei ihr gewesen, um ihr einen Laib meines frischgebackenen *katah* vorbeizubringen – fehlt es dir manchmal? –, dieses leicht süße, mit unanständig viel Butter gebakkene Brot, ein Rezept, das mir meine Mutter weitergegeben hat. Gute Beziehungen zu den Nachbarn gehörten zu den wenigen Vorzügen des Vorstadtlebens, und ich befürchtete, daß deine spaltbreit geöffnete Tür langsam unfreundlich wirkte.

»Roger«, sagte ich hinter dir und wischte mir die Hände am Geschirrtuch ab, »warum kommen Sie nicht rein und erzählen, was los ist? Sie scheinen wütend zu sein.«

Als wir alle ins Wohnzimmer gingen, fiel mir auf, daß Rogers Outfit etwas unvorteilhaft für ihn war. Er hatte einen zu dikken Bauch für Lycra-Radlerhosen, und die Fahrradschuhe machten einen X-beinigen Gang. Du hast dich hinter einen Lehnstuhl zurückgezogen, der wie eine militärische Festung zwischen dir und Roger stand. »Das mit Trents Unfall tut mir sehr leid«, sagtest du. »Vielleicht ist das eine gute Gelegenheit, mit ihm die Grundlagen für sicheres Fahrradfahren durchzugehen.«

»Er *kennt* die Grundlagen«, sagte Roger. »Zum Beispiel, nie die Schnellspanner an einem Rad *offen*zulassen.«

»Glauben Sie, er ist deswegen gestürzt?« fragte ich.

»Trent hat erzählt, daß das Vorderrad zu wackeln anfing. Wir haben das Fahrrad überprüft, und der Schnellspanner war nicht nur geöffnet, sondern auch noch mehrmals aufgedreht, um die Gabel zu lockern. Man muß nicht Sherlock Holmes sein, um darauf zu kommen, daß *Kevin* der Übeltäter war!«

»Also, jetzt machen Sie mal einen Punkt!« hast du gesagt. »Das ist eine verdammte –«

»Trent ist gestern vormittag mit dem Rad problemlos gefahren. Niemand war seitdem bei uns, nur Sie, Eva, mit Ihrem Sohn. Und ich möchte mich für das Brot bedanken, das Sie vorbeigebracht haben«, fügte er hinzu und senkte die Stimme. »Es war wirklich sehr gut, und wir wissen Ihre Aufmerksamkeit zu schätzen. Aber wir schätzen es ganz und gar nicht, wenn Kevin an Trents Fahrrad herumfummelt. Wäre er etwas schneller gefahren oder wäre Verkehr gewesen, hätte mein Sohn tot sein können.«

»Sie äußern hier viele Vermutungen«, hast du geknurrt. »Dieser Schnellspanner könnte sich bei Trents Unfall gelöst haben.«

»Unmöglich. Ich bin selber Radfahrer, und ich bin selber oft gestürzt. Der Schnellspanner löst sich nie ganz von allein – geschweige denn, daß er sich weit genug aufdreht, um die Feder zu lösen.«

»Selbst wenn es Kevin gewesen ist«, sagte ich (du hast mir einen finsteren Blick zugeworfen), »wußte er vielleicht nicht, wozu der Hebel dient. Daß es gefährlich ist, wenn er offen ist.«

»Das ist eine Theorie«, sagte Roger böse. »Daß Ihr Sohn dumm ist. Aber Trent beschreibt ihn anders.«

»Hören Sie mal«, sagtest du. »Vielleicht hat Trent mit dem Schnellspanner gespielt und will jetzt nicht die Schuld auf sich nehmen. Das heißt nicht, daß mein Sohn statt dessen dafür geradesteht. Wenn Sie uns jetzt bitte entschuldigen würden, wir haben im Garten allerhand zu tun.«

Als Roger gegangen war, hatte ich das dumpfe Gefühl, daß das versprochene irische Sodabrot, das Moira mir als Gegenleistung backen wollte, nie kommen würde.

»Junge, Junge«, sagtest du und gingst auf und ab, »manchmal glaube ich, daß du recht hast. Heutzutage kann sich ein Kind nicht mal mehr das Knie aufschürfen, ohne daß jemand anders schuld sein soll. Das Land hat jede Beziehung zu dem Begriff *Unfall* verloren. Als Kevin sich den Arm gebrochen hat, habe ich dir da Ärger gemacht? Mußte irgend jemand dafür *herhalten*? Nein. Shit happens.«

»Willst du mit Kevin über Trents Fahrrad reden?« fragte ich. »Oder soll ich?«

»Wozu? Ich sehe nicht, daß er etwas damit zu tun hat.«

»Das siehst du nie«, sagte ich kaum hörbar.

»Und du immer«, sagtest du nüchtern.

Eine Standardunterhaltung. Noch nicht mal besonders scharf – so daß ich nicht sicher bin, warum sich in mir etwas löste, so wie Trent Corleys Schnellspanner. Vielleicht *weil* das jetzt der Standard war, und früher nicht. Ich schloß die Augen, hielt den Rücken des Lehnstuhls fest, der Roger Corleys ungeheure Anschuldigungen abgewehrt hatte. Ehrlich, ich hatte keine Ahnung, was ich sagen wollte, bis ich es sagte:

»Franklin, ich will noch ein Kind.«

Ich öffnete die Augen und blinzelte. Ich war selbst überrascht. Ich erlebte mich womöglich das erste Mal seit sechs oder sieben Jahren spontan.

Du wirbeltest herum, und deine Antwort war auch spontan. »Das *kann* nicht dein *Ernst* sein.«

Es war nicht der richtige Moment, dich daran zu erinnern, daß du John McEnroe als schlechten Verlierer bezeichnet hattest und dies seine Lieblingsphrase war. »Von mir aus können wir gleich damit anfangen, mich zu schwängern.«

Es war ausgesprochen sonderbar. Ich war mir absolut sicher, und zwar nicht auf eine verbissene, verkrampfte Art, die vielleicht auf eine verrückte Laune hätte schließen lassen können oder auf den verzweifelten Griff nach einem Patentrezept für eine glückliche Ehe. Ich war gelassen und heiter. Es war die vorbehaltlose Entschiedenheit, um die ich während unserer lang anhaltenden Debatte über Elternschaft immer gebetet hatte und deren Abwesenheit uns auf quälend abstrakte Pfade geführt hatte wie »eine neue Seite aufschlagen« oder »die Große Frage beantworten«. Ich war mir noch nie in meinem Leben so sicher gewesen, so daß ich bestürzt war, weil du offenbar meintest, da gäbe es noch etwas zu bereden.

»Eva, vergiß es. Du bist vierundvierzig. Du würdest eine dreiköpfige Kröte bekommen oder so etwas.«

»Viele Frauen bekommen heutzutage Kinder in den Vierzigern.«

»Hör doch auf! Ich dachte, daß du jetzt, wo Kevin bald den ganzen Tag in der Schule sein wird, wieder zu AWAP zurückwillst. Was ist mit den hochfliegenden Plänen, Osteuropa nach Glasnost zu erschließen? Rechtzeitig reinzugehen, *The Lonely Planet* zu schlagen?«

»Ich habe überlegt, zu AWAP zurückzugehen. Vielleicht mache ich das noch. Aber ich kann den Rest meines Lebens arbeiten. Wie du gerade mit so ungemeiner Sensibilität bemerkt hast, gibt es nur eine Sache, die ich nicht mehr lange machen kann.«

»Ich glaub's nicht. Du meinst es ernst! Du meinst es ernsthaft – ernst!«

»*Ich will noch ein Kind* wäre ein schlechter Scherz, Franklin. Möchtest du nicht gern, daß Kevin jemanden zum Spielen hat?« Ehrlich gesagt, ich wollte auch jemanden zum Spielen haben.

»Das nennt man *Klassenkameraden*. Und zwei Geschwister hassen sich immer.«

»Nur wenn sie zu schnell nacheinander kommen. Sie wäre mindestens sechs Jahre jünger als Kevin.«

»Sie, also?« Das Pronomen machte dich wütend.

Ich zog die Augenbrauen hoch. »Hypothetisch.«

»Das alles nur, weil du ein *Mädchen* willst? Um es in kleine Kleidchen stecken zu können? Eva, das sieht dir nicht ähnlich.«

»Nein, ein Mädchen in *kleine Kleidchen* stecken zu wollen sieht mir nicht ähnlich. Deshalb hast du keine Veranlassung, das zu behaupten. Hör mal, ich sehe ein, daß du Vorbehalte hast, aber ich begreife nicht, warum die Aussicht, daß ich wieder schwanger werden könnte, dich so wütend zu machen scheint.«

»Ist das nicht offensichtlich?«

»Überhaupt nicht. Ich dachte, du genießt es, ein Kind zu haben.«

»*Ich* genieße es, ja! Eva, warum glaubst du, daß alles anders sein wird, wenn du diese Traumtochter bekommen solltest?«

»Ich verstehe nicht, was du meinst«, sagte ich stur; ich hatte von unserem Sohn gelernt, daß es Vorteile hat, sich dumm zu stellen. »Warum um alles in der Welt sollte ich wollen, daß alles anders wird?«

»Was ist denn in dich gefahren, daß du es noch einmal machen willst, nachdem es so gelaufen ist, wie es gelaufen ist?«

»Wie ist es denn gelaufen?« fragte ich in neutralem Ton.

Du warfst einen schnellen Blick aus dem Fenster, um dich zu vergewissern, daß Kevin immer noch mit dem Ball an der Schnur spielte – er schlug den Ball erst in einer Richtung um den Pfahl, dann in die andere –, er liebte die Monotonie.

»Du willst nie, daß wir mit ihm zusammen etwas unternehmen, ist doch so. Du willst immer, daß wir ihn irgendwo abliefern und dann allein losziehen können, so wie in den Tagen, die du offensichtlich für die guten alten Zeiten hältst.«

»Ich kann mich nicht erinnern, je so etwas gesagt zu haben«, sagte ich mit steinerner Miene.

»Das mußt du nicht. Ich kann es dir ansehen, daß du enttäuscht bist, wenn ich etwas vorschlage, zu dem wir Kevin mitnehmen können.«

»Das erklärt natürlich, warum wir beide zahllose weinselige Abende in teuren Restaurants verbracht haben, während unser Sohn bei Fremden dahinsiechte.«

»Siehst du? Dir ist es zuwider. Und was war diesen Sommer? Du wolltest nach Peru. Okay, ich war dabei. Aber ich nahm an, daß wir Familienferien machen wollten. Deshalb fing ich an zu überlegen, wie weit ein Sechsjähriger täglich wandern kann, und du hättest dein Gesicht sehen sollen, Eva. Es fiel in sich zusammen wie ein angestochener Ballon. Sobald Peru bedeutete, daß auch Kevin mitkommen würde, hattest du kein Interesse mehr. Also, es tut mir leid. Aber ich bin nicht Vater geworden, um mein Kind so oft wie möglich loszuwerden.«

Ich fragte mich mißtrauisch, wo das Gespräch hinführen würde. Ich wußte, daß wir irgendwann all das diskutieren müßten, was bislang ungesagt geblieben war, aber dazu war ich noch nicht bereit. Ich brauchte mehr Gewicht. Ich brauchte unterstützendes Beweismaterial, das ich mindestens neun Monate zusammensuchen mußte.

»Ich bin den ganzen Tag mit ihm zusammen«, sagte ich. »Es ist verständlich, daß ich eine Pause nötiger habe als du –«

»Und ich muß mir dauernd anhören, was für ein schreckliches Opfer du bringen mußt.«

»Ich bedaure, daß es dir so wenig bedeutet.«

»Es ist nicht wichtig, ob es mir etwas bedeutet. Es sollte ihm etwas bedeuten.«

»Franklin, ich verstehe nicht, woher du –«

»Und das ist typisch, ist doch so. Du bleibst *seinetwegen* zu Hause, *um mich zu beeindrucken*. Er kommt gar nicht vor, nicht wahr?«

»*Woher* hast du das alles? Ich wollte dir nur sagen, daß ich gern noch ein Kind hätte, ich wollte, daß du dich darüber freust oder zumindest anfängst, dich an den Gedanken zu gewöhnen.«

»Du hackst auf ihm herum«, sagtest du, warfst noch einen vergewissernden Blick zur Ballstange auf dem Hügel, um dann, wie es aussah, erst richtig in Fahrt zu kommen: »Du gibst ihm die Schuld für alles und jedes, was hier im Haus schiefläuft. *Und* im Kindergarten. Du hast dich über dieses arme Kind von der Stunde seiner Geburt an beschwert. Erst schreit er zuviel, dann ist er zu still. Er entwickelt seine eigene kleine Sprache, und das nervt. Er spielt nicht richtig – das heißt, nicht so wie *du* früher. Er behandelt die Spielsachen, die du für ihn machst, nicht wie Museumsstücke. Er klopft nicht jedesmal *dir* auf die Schulter, wenn er ein neues Wort buchstabieren kann, und weil sich nicht die ganze Nachbarschaft lautstark darum reißt, mit ihm spielen zu dürfen, hast du beschlossen, ihn als Paria abzustempeln. Ja, er hatte ein ernstes psychisches Problem, das mit seinem Toilettentraining zusammenhing – das ist nicht so ungewöhnlich, Eva, aber es kann für ein Kind sehr schmerzlich sein –, und du bestehst darauf, das Ganze als einen niederträchtigen privaten Wettkampf zwischen dir und ihm zu interpretieren. Ich bin erleichtert, daß er es überwunden zu haben scheint, aber bei deiner Einstellung überrascht es mich nicht, daß es so lange gedauert hat. Ich tue, was ich kann, um – und es tut mir sehr leid, wenn ich jetzt deine Gefühle verletze, aber ich weiß nicht, wie ich es sonst nennen soll – deine Kälte auszugleichen. Aber es gibt keinen Ersatz für Mutterliebe, und ich will verdammt sein, wenn ich zulasse, daß du noch ein Kind von mir einfrierst.«

Ich war fassungslos. »Franklin –«

»Die Diskussion ist *beendet*. Ich hab das alles nicht gern gesagt, und ich hoffe immer noch, daß es besser wird. Ich weiß, daß du meinst, du würdest dich anstrengen – vielleicht ist das in deinen Augen auch so –, aber das reicht nicht. Bis jetzt nicht. Wir wollen uns alle weiter Mühe geben. – He, Sportsfreund.« Kevin war von der Terrasse hereingekommen, du hobst ihn hoch über deinen Kopf, als wolltest du für eine Vatertagswerbung posieren. »Fertig mit Ballspielen?«

Als du ihn heruntergelassen hattest, sagte er: »Ich habe ihn 843mal um den Pfosten geschlagen.«

»Das ist ja gigantisch! Ich wette, nächstes Mal schaffst du es bis 844.«

Du hast ungeschickt versucht, eine Überleitung von einem Streit zu finden, der mich mit dem Gefühl zurückließ, von einem Laster überfahren worden zu sein, aber ich kann nicht behaupten, daß ich den Hollywood-Schwachsinn schätze, den man von modernen Eltern erwartet. Über Kevins Gesicht zuckte so etwas wie Mitleid.

»Wenn ich mich sehr anstrenge«, sagte er mit leerem Gesicht. »Ist es nicht toll, ein Ziel zu haben?«

»Kevin.« Ich rief ihn zu mir und hockte mich zu ihm. »Ich fürchte, dein Freund Trent hatte einen Unfall. Es ist nicht sehr schlimm, und er wird bald wieder in Ordnung sein. Aber vielleicht könnten wir, du und ich, ihm eine Genesungskarte basteln – wie die, die Oma Sonya geschickt hat, als du dir den Arm verletzt hast.«

»Ja, na gut«, sagte er und wandte sich ab. »Er denkt, er ist so cool auf diesem Fahrrad.«

Die Klimaanlage muß zu weit aufgedreht gewesen sein. Ich stand auf und rieb mir die Arme. Ich konnte mich nicht erinnern, etwas von einem Fahrrad gesagt zu haben.

Eva

1. FEBRUAR 2001

Lieber Franklin,

aus irgendeinem Grund – bilde ich mir jedenfalls ein – beruhigt es dich vielleicht, daß ich immer noch die *Times* bekomme. Aber anscheinend ist mir das Raster abhanden gekommen, das ich früher bei der Zeitungslektüre angewandt habe. Was ist lesenswert? Hungersnöte und Hollywood-Scheidungen scheinen gleichermaßen bedeutsam und nichtssagend. Willkürlich verschlinge ich die Zeitung entweder von vorn bis hinten oder werfe sie glatt und kühl auf den Stapel an der Tür. Wie recht ich damals hatte; wie leicht kommen die USA ohne mich klar.

In den vergangenen zwei Wochen habe ich sie ungelesen beiseite gepackt, denn der feierliche Pomp der Präsidenten-Inaugurationen hat mich schon kaltgelassen, als ich noch klare Vorlieben und Abneigungen hatte. Aus einer Laune heraus las ich heute morgen alles, inklusive eines Artikels zum Thema Überstundenmarathon amerikanischer Arbeiter – und vielleicht ist das wirklich interessant, obwohl ich nicht finde, daß unser Land der Freiheit lieber arbeitet als spielt. Ich habe etwas über einen jungen Elektriker gelesen, der bald heiraten wollte und der in seinem Eifer, etwas für seine Familie in spe auf die hohe Kante zu legen, in zweieinhalb Tagen nur fünf Stunden geschlafen hatte. Er war vierundzwanzig Stunden am Stück Telegrafenmasten rauf- und runtergeklettert.

> Am Sonntagmorgen in der Frühstückspause bekam er abermals einen Anruf.
>
> Gegen Mittag stieg er einen 10 Meter hohen Mast hoch, hakte

seinen Sicherheitsgurt ein und griff nach einem 7200-Volt-Kabel, ohne vorher seine Isolierhandschuhe übergezogen zu haben. Es blitzte, und Mr. Churchill hing bewegungslos in seinem Gurt. Sein Vater, der vor dem Leiterfahrzeug an der Unglücksstelle eintraf, harrte eine Stunde am Fuße des Mastes aus und flehte, daß man seinen Sohn herunterholen solle.

Überstunden sind mir eigentlich egal; ich kenne auch keine Elektriker. Ich weiß nur, daß ich bei diesem Bild – der flehende Vater, die ebenso machtlosen Zuschauer und der hart arbeitende Sohn, der wie ein Gehängter im Wind baumelt – weinen mußte. Väter und Söhne? Kummer und vergeudeter Eifer? Da fallen mir Parallelen auf. Aber ich habe auch um den wirklichen Vater dieses jungen Manns geweint.

Weißt du, seit ich sprechen konnte, wurde mir eingebleut, daß 1,5 Millionen Angehörige meines Volkes von den Türken abgeschlachtet wurden; mein eigener Vater wurde in einem Krieg gegen das größte Übel auf Erden getötet, und genau im Monat meiner Geburt ließen wir uns dazu verleiten, das größte Übel auf Erden überhaupt einzusetzen, um es zu besiegen. Da der *Donnerstag* eigentlich die widerwärtige Krönung dieses Festes der Schlangen war, würde ich mich nicht wundern, wenn mich dies alles hartherzig gemacht hätte. Statt dessen bin ich schnell gerührt, bis hin zur Gefühlsduselei. Vielleicht sind meine Erwartungen gegenüber meinen Mitmenschen dermaßen gesunken, daß die kleinste Freundlichkeit mich übermannt, weil sie so unnötig ist wie der *Donnerstag*. Völkermorde wundern mich nicht. Vergewaltigung und Kindersklaverei wundern mich nicht. Und Franklin, ich weiß, du empfindest anders, auch Kevin wundert mich nicht. Ich wundere mich, wenn ich auf der Straße einen Handschuh fallenlasse und ein Teenager zwei Straßen weit läuft, um ihn mir wiederzugeben. Ich wundere mich, wenn ein Mädchen an der Kasse mir mit breitem Lächeln mein Wechselgeld gibt, obwohl mein Gesicht nur eine Maske der Geschäftigkeit war. Verlorene Brieftaschen, die ihren Besitzern zurückgeschickt werden; Fremde, die detaillierte Wegbeschreibungen geben; Nachbarn, die füreinander die Blumen gießen – solche Sachen wundern mich. Celia wunderte mich.

Wie du verlangt hattest, schnitt ich das Thema nie wieder an. Und ich habe es nicht genossen, dich zu täuschen. Doch die unheimliche Gewißheit dieses Augusts verging nicht mehr, und du hast mir keine andere Wahl gelassen.

Kevins Gips war zwei Wochen zuvor entfernt worden, aber ungefähr zu dem Zeitpunkt, als Trent Corley seinen Fahrradunfall hatte, hörten meine Schuldgefühle auf. Es gab keine Entsprechung zwischen dem, was ich getan hatte, und dem, was ich tun würde – es war völlig irrational –, aber offenbar hatte ich das perfekte Gegenmittel, die perfekte Buße entdeckt. Ich wollte mich prüfen. Ich war mir keineswegs sicher, daß ich diesen zweiten Test bestehen würde.

Du bemerktest, daß ich »ein scharfes kleines Biest« geworden sei, und freutest dich über eine Lust, die bis dahin, obwohl wir nie direkt darauf zu sprechen kamen, traurig verebbt war. Garantiert gähnte einer von uns beiden vorm Ins-Bett-Gehen theatralisch und »ganz schön kaputt«, und so waren wir von nahezu nächtlichem Sex zum amerikanischen Durchschnitt von einmal die Woche abgesackt. Meine wiedererwachte Leidenschaft war nicht gespielt. Ich wollte dich, dringlicher als seit Jahren, und je öfter wir uns liebten, desto unersättlicher fühlte ich mich tagsüber; unfähig, still zu sitzen, rieb ich am Schreibtisch mit dem Bleistift meine Schenkelinnenseite. Ich war überdies froh, daß wir nicht unwiderruflich der mechanischen Schlafenszeit-Routine verfallen waren, die so viele Ehepartner zum Lunch in fremde Arme treibt.

Seit ein kleiner Junge am Ende des Flurs schlief, hattest du die Lautstärke im Bett dermaßen gedrosselt, daß ich dich oft unterbrechen mußte: »Was? Wie bitte?« Lustschwüre per Flaggensignal schienen nicht praktikabel, und über kurz oder lang hatte sich jeder in sein eigenes mentales Sexkino zurückgezogen. Ohne deine ausschmückenden Improvisationen – und du hattest etwas herrlich Verderbtes, eine Schande, solch ein Talent brachliegen zu lassen – hatten meine eigenen Phantasien mich zu langweilen begonnen, und so hatte ich mich flüchtigen Bildern überlassen, die mir in den Kopf kamen, kaum erotisch im buchstäblichen Sinne und immer dominiert von bestimmten Strukturen oder Farben. Allerdings eignete diesen Bildern mit der Zeit etwas Verätztes, wie Nahaufnahmen von Schorf oder geologische Abbildungen erstarrter Magma. An anderen Abenden waren schlaglichtartig schmutzige Windeln und feste, noch nicht abgesenkte Hoden aufgeblitzt, also kannst du vielleicht verstehen, warum ich meinen Beitrag zur Reduktion unserer Beischlaffrequenz geleistet hatte. Am schlimmsten war, daß dieses leuchtende Rot und strahlende Blau, das mir früher bei der Liebe durch den Kopf gegangen war, stumpf und glanzlos geworden war, bis das Miasma auf der Innenseite meiner Augenlider so pechschwarz und umbrafarben brodelte wie die wütenden Zeichnungen auf unserer Kühlschranktür.

Seit ich mein Diaphragma in seinem Kästchen ließ, wurden meine inneren Ausblicke beim Sex wieder licht. Wo sich mein Gesichtskreis zuvor verengt hatte, sah ich jetzt große Weiten, als blickte ich auf den Berg Ararat oder rauschte im Gleiter über den Pazifik. Ich spähte in lange Korridore, die bis zum Fluchtpunkt schimmerten, mit glänzenden Marmorböden und voller Sonnenlicht, das durch die Fenster hereinflutete. Alles vor mir war hell: Hochzeitsgewänder, Wolkengebilde, Edelweißfelder. Bitte, lach mich nicht aus – ich weiß, meine Beschreibung klingt wie eine Tamponreklame. Aber es war wunderschön. Ich fühlte mich mitgerissen. Mein Kopf war frei; vorher schien er eine immer engere, trübere Höhle zu werden. Diese Breitwand-Projektionen waren nicht verschwommen und weichgezeichnet, sondern scharf und lebhaft, und ich erinnerte mich an sie, wenn wir fertig waren. Ich schlief wie ein Baby. Besser gesagt, wie *manche* Babys, wie ich bald feststellen sollte.

Ich war offenkundig nicht auf der Höhe der Fruchtbarkeit, und es dauerte ein ganzes Jahr. Aber als im darauffolgenden Herbst meine Periode aussetzte, fing ich an zu singen. Diesmal keine Broadway-Songs, sondern armenische Volkslieder, mit denen meine Mutter Giles und mich beim Gutenachtsagen in den Schlaf gesungen hatte – »Soode Soode« (»Alles Lüge, alles Lüge, alles Lüge, alles ist Lüge; in dieser Welt ist alles Lüge!«). Als ich merkte, daß ich den Text nicht mehr ganz beherrschte, rief ich sie an und bat sie, ihn für mich aufzuschreiben. Sie tat es mit Begeisterung, denn eigentlich sah sie in mir immer noch das bockige kleine Mädchen, das seine Armenisch-Schularbeiten für eine Zumutung hielt, und sie schrieb meine Lieblingslieder – Komitas Vardapets »Kele Kele«, »Kujn Ara« und »Gna Gna« – auf Grußkarten mit getuschten Szenen von Bergdörfern und armenischen Teppichmustern.

Kevin bemerkte meine Verwandlung, und auch wenn er seine Mutter nicht gemocht hatte, als sie wie ein Wurm durchs Haus gekrochen war, gefiel es ihm nicht besser, als sie wie ein Schmetterling aus ihrem Kokon brach. Er hing trotzig herum und nörgelte: »Du singst falsch« oder zitierte eine Aufforderung, die er in seiner Multikulti-Grundschule aufgeschnappt hatte: »Warum sprichst du nicht *Englisch.*« Ich erklärte ihm leichthin, daß armenische Volkslieder *polyphon* seien, und als er so tat, als hätte er das verstanden, fragte ich ihn, ob er wisse, was das hieß. »Es heißt dämlich«, sagte er. Ich wollte ihm die Lieder beibringen und erinnerte ihn: »Du bist auch armenisch«, aber er war anderer Ansicht. »Ich bin *Amerikaner*«, versicherte er in dem spöttischen Ton, in dem man etwas Offensichtliches herunterleiert, so wie »Ich bin eine Person« und kein Erdferkel.

Etwas war passiert. Mommer hing nicht mehr durch und herum und redete nicht mehr mit einem Piepsstimmchen, aber selbst die Vor-Armbruch-Mommer war nicht wieder aufgetaucht: die kühle, eher förmliche Frau, die durch die Etappen ihrer Mutterschaft marschierte wie ein Soldat bei einer Parade.

Nein, diese Mommer erledigte ihre Pflichten wie ein plätschernder Bach, und egal, wieviel Steine man in ihre Wirbel warf, sie rollten mit harmlosem Geklicker in ihr Bett. Als ihr Sohn sie informierte, daß seine Kameraden aus der zweiten Klasse allesamt »Schwachköpfe« seien und daß er alles, was sie lernten, »schon wußte«, ermahnte diese Mommer ihn nicht, er würde *schon noch feststellen, daß er ganz und gar nicht alles wußte;* sie schimpfte auch nicht, weil er »Schwachkopf« gesagt hatte. Sie lachte nur.

Obwohl ich normalerweise gern in bösen Vorahnungen schwelgte, brachten mich nicht einmal die Drohungen des Außenministeriums aus der Fassung, als der Irak in Kuwait einmarschierte. »Sonst dramatisierst du solche Sachen immer«, stelltest du im November fest. »Machst du dir keine *Sorgen*?« Nein, ich machte mir keine Sorgen. Ich sorgte mich um gar nichts.

Nachdem dreimal meine Periode ausgeblieben war, warf Kevin mir vor, daß ich fett würde. Er zeigte auf meinen Bauch und höhnte: »Du bist ungeheuer dick!« So eitel ich sonst war, was meine Figur anging, ich stimmte gutgelaunt zu: »Ja, Mommer ist ein dickes Schwein.«

»Weißt du, ich glaube, du hast in der Taille ein bißchen zugenommen«, stelltest du schließlich eines Abends im Dezember fest. »Vielleicht sollten wir die Kartoffeln weglassen, hm? Könnte selber auch ein paar Pfund abnehmen.«

»Mmm«, summte ich und mußte mir praktisch die Faust in den Mund stecken, um nicht zu lachen. »Ein bißchen extra Gewicht stört mich nicht. Dann kann ich mehr in die Waagschale werfen.«

»Mein Gott, was ist das denn, *Altersweisheit*? Sonst spielst du verrückt, wenn ich nur andeute, daß du zugenommen hast!« Du putztest dir die Zähne und kamst dann zu mir ins Bett. Du nahmst deinen Krimi, hast aber nur mit den Fingern auf dem Umschlag herumgetrommelt, während sich die andere Hand an meine geschwollene Brust heranschlängelte. »Vielleicht hast du recht«, murmeltest du. »Ein bißchen mehr Eva ist ganz schön sexy.« Du hast das Buch auf den Boden fallen lassen, dich mir zugewandt und eine Augenbraue gehoben. »Ist er drin?«

»Mmm«, summte ich wieder, zustimmend.

»Deine Brustwarzen sind groß«, stelltest du lutschend fest. »Kriegst du deine Periode? Scheint länger her zu sein.«

Dein Kopf hielt zwischen meinen Brüsten inne. Du blicktest auf. Du sahst mir stocknüchtern in die Augen. Und dann wurdest du blaß.

Mein Herz wurde schwer. Ich ahnte, daß es schlimmer werden würde, als ich erwartet hatte.

»Wann gedachtest du, es mir zu sagen?« fragtest du wie versteinert.

»Bald. Vor Wochen schon, eigentlich. Es war nur nie der richtige Augenblick.«

»Aha, ich verstehe«, sagtest du. »Versuchst du es als Unfall zu verkaufen?«

»Nein. Es war kein Unfall.«

»Ich dachte, wir hätten es diskutiert.«

»Das haben wir eben nicht getan – diskutiert. Du hast eine Tirade abgelassen. Du wolltest nicht zuhören.«

»Also tust du einfach, was du willst und – ein Fait accompli – einfach – so was wie Raub. Als hätte es nichts mit mir zu tun.«

»Es hat alles mit dir zu tun. Aber ich hatte recht und du hattest unrecht.« Ich sah dich offen an. Wie du sagen würdest, wir waren zwei, du warst einer.

»Das ist das Anmaßendste … Arroganteste, was du je getan hast.«

»Ja, das ist es wohl.«

»Jetzt, *wo es egal ist,* was ich denke, kannst du mir erklären, was das alles soll? Ich höre.« Du sahst nicht aus, als ob du zuhören würdest.

»Ich muß etwas herausfinden.«

»Und was? Wie sehr du mich herumschubsen kannst, bevor ich zurückschubse?«

»Über –«, ich beschloß, mich nicht für das Wort zu entschuldigen, »meine Seele.«

»Gibt es in deinem Universum noch jemand anderen als dich?«

Ich senkte den Blick. »Hoffentlich.«

»Was ist mit Kevin?«

»Was soll mit ihm sein?«

»Es wird schwer für ihn werden.«

»Irgendwo habe ich gelesen, daß andere Kinder Geschwister haben.«

»Sei nicht schnippisch. Er ist an ungeteilte Aufmerksamkeit gewöhnt.«

»Oder besser gesagt, er ist verwöhnt. Oder könnte es werden. Es ist das Beste, was diesem Jungen passieren kann.«

»Eine Stimme in meinem Ohr sagt mir, daß er das anders sehen wird.«

Ich brauchte einen Moment, um zu begreifen, daß wir nach fünf Minuten schon wieder bei unserem Sohn waren.

»Vielleicht ist es auch gut für dich. Für uns.«

»Du klingst wie eine Briefkastentante. Das Dümmste, was man tun kann, um eine wacklige Ehe zu retten, ist, ein Baby zu kriegen.«

»Wackelt unsere Ehe?«

»Du hast gerade dran gewackelt«, kontertest du und drehtest dich weg, auf deine Seite.

Ich knipste das Licht aus und rutschte das Kissen runter. Wir berührten uns nicht. Ich begann zu weinen. Deine Umarmung war eine solche Erleichterung, daß ich noch heftiger weinte.

»He«, sagtest du. »Hast du wirklich gedacht –? Hast du extra so lange gewartet, bis es zu spät war? Hast du wirklich gedacht, daß ich das tu? Bei unserem eigenen Kind?«

»Natürlich nicht«, schniefte ich.

Aber als ich mich beruhigt hatte, wurdest du strenger. »Sieh mal, ich mache mit, schon weil mir nichts anderes übrigbleibt. Aber du bist fünfundvierzig, Eva. Versprich mir, daß du diesen Test machen läßt.«

»Dieser Test« hatte nur dann Sinn, wenn wir aus einem schwierigen Ergebnis Konsequenzen ziehen würden. Bei *unserem eigenen Kind*. Kein Wunder, daß ich es dir so lange wie möglich nicht erzählte.

Ich habe den Test nicht machen lassen. Ich habe es dir gegenüber zwar behauptet, und die neue Gynäkologin, die ich fand – sie war wunderbar –, bot es mir an, aber anders als Dr. Rhinestein betrachtete sie Schwangere nicht als öffentliches Eigentum und beharrte deshalb nicht darauf. Sie sagte, daß sie hoffe, ich sei bereit zu lieben und zu umsorgen, wer auch immer – sie meinte: was auch immer – dabei herauskäme. Ich antwortete, daß sich meine romantischen Vorstellungen über die Erziehung eines behinderten Kinds in Grenzen hielten. Aber ich träfe wohl gemeinhin eine zu strenge Auswahl, was – oder wen – ich liebte. Ich wollte einfach vertrauen. Dieses eine Mal, sagte ich. Blindes Vertrauen in – ich sagte weder *Leben* noch *Schicksal* noch *Gott* – mich selbst.

Es gab nie einen Zweifel, daß unser zweites Kind mir gehören würde. Dementsprechend hast du mich nicht mit dieser Besitzermacke tyrannisiert, wie du es während der Schwangerschaft mit Kevin getan hattest. Ich trug meine Lebensmitteleinkäufe selbst. Ich handelte mir keine Beschimpfungen ein, wenn ich ein Glas Rotwein trank, was ich mir in vernünftigen, überschaubaren Maßen weiter gönnte. Ich trieb mehr Sport als sonst, ich lief, machte Calisthenics und spielte sogar ein bißchen Squash. Auch wenn unsere Abmachung unausgesprochen blieb, war doch klar: Was ich mit diesem Bauch machte, war meine Sache. So gefiel es mir.

Kevin ahnte schon, daß etwas im Busch war. Er machte einen noch größeren Bogen um mich, starrte finster aus irgendwelchen Ecken herüber, schlürfte an einem Glas Saft, als wäre

Arsen drin, und stocherte so pingelig im Essen herum, dabei die Bestandteile in gleichem Abstand auf den Tellerrand sortierend, als suche er nach Glasscherben. Er hielt seine Hausaufgaben geheim und verbarg sie wie Gefängniskassiber über brutale Mißhandlungen durch das Wachpersonal, die er Amnesty International zuschmuggeln wollte.

Jemand mußte es ihm sagen und zwar bald; man sah es mir schon an. Also schlug ich vor, die Gelegenheit zu nutzen und ihn generell über Sex aufzuklären. Du warst zögerlich. Sag einfach, daß du schwanger bist, schlugst du vor. Er braucht doch nicht zu wissen, wie es dazu gekommen ist. Er ist erst sieben. Sollten wir ihm seine Unschuld nicht noch ein bißchen lassen? So eine Vorstellung von Unschuld, die Unwissenheit mit Sündenfreiheit gleichsetzte, ist ganz schön altmodisch, entgegnete ich. Und das kindliche Wissen in puncto Sex zu unterschätzen sei der älteste Fehler überhaupt.

Allerdings. Ich hatte beim Essenkochen kaum das Thema angeschnitten, als Kevin mich unterbrach: »Redest du von Ficken?«

Es stimmte: Zweitklässler waren auch nicht mehr das, was sie einmal gewesen waren. »Sex ist das bessere Wort, Kevin. Bei dem anderen Wort sind manche Leute empfindlich.«

»Aber alle nennen es so.«

»Weißt du, was es bedeutet?«

Augenrollend leierte er herunter: »Der Junge steckt seinen Pischi in die Mumu von dem Mädchen.«

Ich wiederholte den ganzen gestelzten Unfug über »Samen« und »Eier«, der mich als Kind zu dem Trugschluß gebracht hatte, daß Liebemachen eine Mischung aus Kartoffelanbau und Hühnerzucht sei. Kevin wurde ungeduldig.

»Das wußte ich schon.«

»So eine Überraschung«, murmelte ich. »Hast du irgendwelche Fragen?«

»Nein.«

»Gar keine? Du kannst mich oder Dad immer zu allem fragen, über Jungs und Mädchen oder Sex oder deinen eigenen Körper, alles, was du nicht verstehst.«

»Ich dachte, du würdest mir was *Neues* erzählen«, sagte er finster und verließ das Zimmer.

Ich fühlte mich merkwürdig beschämt. Ich hatte seine Erwartungen geweckt und sie dann enttäuscht. Als du mich fragtest, wie das Gespräch gelaufen sei, sagte ich, vermutlich okay; und du fragtest mich, ob er verängstigt oder unsicher oder verwirrt gewirkt habe, und ich sagte, eigentlich schien er *unbeeindruckt*. Du lachtest, während ich bekümmert fragte, was ihn wohl je beeindrucken würde, wenn nicht einmal das es schaffte?

Doch Teil zwei der Tatsachen des Lebens würde ein schwierigeres Unterfangen werden.

»Kevin«, fing ich am nächsten Abend an. »Kannst du dich erinnern, worüber wir gestern abend geredet haben? Sex? Also Mommer und Daddy tun das manchmal auch.«

»Wozu.«

»Zum einen, um in den Genuß deiner Gesellschaft zu kommen. Aber vielleicht wäre es nett, wenn du auch Gesellschaft hättest. Hast du dir nie jemanden hier im Haus gewünscht, mit dem du spielen kannst?«

»Nein.«

Ich beugte mich zum Kinderspieltisch herunter, wo Kevin systematisch jeden einzelnen Wachsmalstift seines 64er Crayola-Kastens zerbrach. »Also, du *wirst* Gesellschaft bekommen. Einen kleinen Bruder oder eine kleine Schwester. Und vielleicht merkst du ja, daß es dir gefällt.«

Er warf mir einen langen, trotzigen, wenn auch nicht besonders überraschten Blick zu. »Was, wenn es mir nicht gefällt.«

»Dann gewöhnst du dich dran.«

»Nur weil man sich dran gewöhnt, heißt es noch lange nicht, daß es einem gefällt.« Er knackte das Purpurrot und fügte hinzu: »Du bist an mich gewöhnt.«

»Ja!« sagte ich. »Und in ein paar Monaten gewöhnen wir uns alle an jemand Neues!«

Wenn ein Wachsmalstift kürzer wird, ist es schwieriger, ihn zu zerbrechen, und nun mühten sich Kevins Finger mit einem widerspenstigen Stummel ab. »Das wird dir leid tun.«

Schließlich brach der Stift entzwei.

Ich versuchte mit dir über Namen zu diskutieren, aber dir war alles egal; der Golfkrieg war ausgebrochen, und es war unmöglich, dich von CNN loszueisen. Wenn Kevin neben dir im Fernsehzimmer saß, fiel mir auf, daß der typische Jungenkram – Generäle und Kampfpiloten – ihn so wenig interessierte wie das Kinderlied vom ABC, obwohl er sich auffällig früh für den Sinn und Zweck von »Atombomben« interessierte. Ungeduldig angesichts der langsamen Fortschritte der auf die Fernsehberichterstattung zugeschnittenen Kampfhandlungen maulte er: »Ich versteh nicht, warum Colin Power sich um soviel Kleinkram kümmert, Dad. Hau 'ne Atombombe drauf. Das zeigt den Rakis, wer der Boß ist.« Du warst hingerissen.

Der Gerechtigkeit halber erinnerte ich dich an unser altes Abkommen und bot dir an, unser Kind mit Nachnamen Plaskett zu nennen. Mach dich nicht lächerlich, hast du den Vorschlag abgewiesen, ohne den Blick von einer ankommenden Patriot-Rakete zu wenden. Zwei Kinder, verschiedene Nachnamen? Die Leute würden denken, eins ist adoptiert. Und in der Frage des Vornamens warst du ähnlich apathisch. Was immer du willst, Eva, hast du gesagt und meine Worte mit einer Geste vom Tisch gewischt, ich stimme allem zu.

Als Jungennamen schlug ich *Frank* vor, als Mädchennamen verwarf ich bewußt *Karru* oder *Sophia* aus der besiegten Sippe meiner Mutter und konzentrierte mich auf die Besiegten deiner Familie.

Der Tod deiner Tante Celia, der kinderlosen jüngeren Schwester deiner Mutter, hatte dich mit zwölf schwer getroffen. Die verrückte Tante Celia, die häufig zu Besuch kam, hatte einen leichten Hang zum Okkultismus; sie schenkte dir eine Kristallkugel, mit der man die Zukunft voraussagen konnte, und veranstaltete mit dir und deiner Schwester im verdunkelten Zimmer Séancen, die um so köstlicher schienen, je mehr deine Eltern dagegen waren. Ich hatte ihr Foto gesehen, und sie war auf herzzerreißende Weise nur-fast-hübsch gewesen, mit breitem Mund und dünnen Lippen, aber durchdringend hellseherischem Blick, kühn und ängstlich zugleich. Wie ich war sie abenteuerlustig gewesen, und sie starb jung und unverheiratet, nachdem sie mit einem flotten jungen Bergsteiger, auf den sie sich Hoffnungen machte, den Mount Washington bestiegen hatte; Unterkühlung raffte sie dahin, weil ihre Gruppe von einem schweren Schneesturm überrascht worden war. Doch du zucktest angesichts der späten Würdigung nur ärgerlich die Achseln, als wollte ich dich mit Hilfe von Tante Celias übernatürlichen Kräften einwickeln.

Während meiner zweiten Schwangerschaft fühlte ich mich weit weniger eingeschränkt als bei der ersten, und da Kevin in der zweiten Klasse war, konnte ich mich wieder umfassender AWAP widmen. Doch *mit Kind* fühlte ich mich auch weniger einsam, und wenn ich laut vor mich hin redete, während du unterwegs warst und Kevin in der Schule saß, kam es mir nicht so vor, als führte ich Selbstgespräche.

Natürlich ist es das zweite Mal einfacher. Ich wußte genug, um mich für eine Betäubungsspritze zu entscheiden, obwohl Celia zu guter Letzt so winzig war, daß ich wahrscheinlich auch ohne ausgekommen wäre. Ich wußte inzwischen auch, daß ich keinen bewußtseinserweiternden Vulkanausbruch von der Geburt erwarten durfte. Ein Baby ist ein Baby, jedes auf seine Art ein Wunder, aber vom Moment des Auf-die-Welt-Kommens eine fundamentale Wandlung zu erwarten war zuviel verlangt, sowohl von dem kleinen, verwirrten Bündel als auch von der erschöpften spätgebärenden Mutter. Dennoch empfand ich ihre um zwei Wochen verfrühte Ankunft am 14. Juni als einen Beweis ihres Eifers, so wie ich in Kevins zögerlicher vierzehntägiger Verspätung einen entsprechenden Widerwillen gesehen hatte.

Haben Babys Gefühle, selbst in der Stunde Null? Nach meiner bescheidenen Erfahrung mit zweien glaube ich das. Sie können die Gefühle noch nicht benennen, und ohne unterscheidende Bezeichnungen erleben sie ihre Emotionen sicher als eine Art Gulasch, in dem problemlos auch Widersprüche ihren Platz finden; ich würde mich vermutlich auf ein Gefühl wie *Ängstlichkeit* festlegen, wohingegen ein Säugling sich möglicherweise gleichzeitig furchtsam und entspannt fühlen kann. Ich empfand gleich bei der Geburt jedes meiner Kinder eine dominante emotionale Qualität, ähnlich dem höchsten Ton in einem Akkord oder der vorherrschenden Farbe auf einer Leinwand. Bei Kevin war dieser Ton schrill, gellend hoch wie eine Trillerpfeife gegen Vergewaltiger, die Farbe war ein pulsierendes Blutrot und das Gefühl Wut. Da das zornige Kreischen und Pulsieren auf die Dauer nicht aufrechtzuerhalten war, ging der Ton mit der Zeit in das variationslose Quäken einer verklemmten Hupe über, und der emotionale Farbton verdichtete sich, wurde schmutzig schwarz-lila wie Leber. Das vorherrschende Gefühl wandelte sich von Zorn zu einem ständigen, unverminderten Lebensüberdruß.

Als Celia in die Welt glitt, war sie rein optisch vielleicht puterrot und blutig, doch ihre Aura war hellblau. Mich überkam das gleiche Himmelblau wie neun Monate zuvor, als wir uns geliebt hatten. Gerade geboren, weinte sie nicht; wenn sie überhaupt einen Laut von sich gab, dann erinnerte er eher an das ruhig dahinschlendernde Thema eines Spaziergängers, der fern von zu Hause die Wanderung genießt und sich unbeobachtet wähnt. Und das vorherrschende Gefühl, das dieses blinde Geschöpf ausstrahlte – dessen Hände nicht nach der Luft griffen, sondern wanderten, sich wunderten, und dessen Mund gleich an der Brustwarze saugte –, es war *Dankbarkeit.*

Ich weiß nicht, ob du den Unterschied sofort gespürt hast. Als Celia gefüttert, von der Nabelschnur getrennt, saubergemacht und ihrem Vater überreicht worden war, gabst du sie ziemlich schnell zurück. Vielleicht warst du mir immer noch böse, weil ich dich überrumpelt hatte, und vielleicht warst du über die Perfektion deiner neugeborenen Tochter erschrocken, weil sie der lebende Beweis war, daß ich zu Recht über deinen Kopf hinweg gehandelt hatte. Jedenfalls würden die kommenden Jahre mein anfängliches Gefühl bestätigen: daß du den Unterschied gespürt hast und daß dich der Unterschied ärgerte. Ich stellte mir vor, daß du einen ähnlichen Widerstand an den Tag legen würdest, wenn du nach jahrelangem Wohnen in unserem entsetzlich spießigen Traumhaus in eine viktorianische Villa kämst, mit Schaukel auf der Veranda, Speisenaufzug und Mahagoni-Balustrade, und feststellen müßtest, daß sie zum Verkauf steht. Du würdest dir sicher wünschen, daß du sie nie gesehen hättest, und du könntest dir eine Spur Haß nicht verkneifen. Bei der Rückkehr in unseren nun nicht mehr angesagten Teak-Tempel würde es dir wie Schuppen von den Augen fallen, und du könntest die tote Anhäufung von Protz nicht übersehen, so daß deine tapfere Fähigkeit *aufzurunden* für immer einen Knacks bekäme.

Anders kann ich mir deine Kühle nicht erklären, denn du wirktest so unwillig, sie hochzunehmen und sie dir lange und innig anzuschauen – mit jenen seelenvollen Blicken, durch die man sich laut Brian in sein Kind *verliebt*. Ich glaube, daß sie dir angst machte. Ich glaube, dir erschien dein Gefallen an deiner Tochter als Verrat.

Die Geburt ging so glatt, daß ich nur eine Nacht im Krankenhaus blieb, und du brachtest Kevin mit, um uns in der Klinik in Nyack abzuholen. Ich war nervös und ahnte im voraus, wie empörend es für einen Erstgeborenen sein mußte, wenn ein sprachloser Schwächling in das eigene Revier eindrang. Aber als Kevin hinter dir ins Krankenzimmer trottete, sprang er natürlich nicht aufs Bett, um meine trinkende Tochter mit einem Kissen zu ersticken. Er trug ein »Großer Bruder«-T-Shirt mit einem Smiley-Gesicht im O – die frischen Falten und das Preisschild am Hals verrieten, daß es eine in letzter Minute erstandene Requisite aus dem Krankenhaus-Shop war – und drückte sich am Fußende vorbei zur anderen Bettseite, zog eine Zinnie aus deinem Blumenstrauß und riß die Blütenblätter aus. Vielleicht fand er Celia einfach nur langweilig.

»Kevin«, sagte ich. »Möchtest du deine Schwester *kennenlernen*?«

»Warum sollte ich das *kennenlernen*?« sagte er gelangweilt. »Das kommt doch mit nach Hause. Dann kann ich das jeden Tag *kennenlernen.*«

»Du solltest wenigstens ihren Namen wissen, oder?« Ich nahm das Baby, das gerade erst zu trinken begonnen hatte, behutsam von der Brust, die Kevin damals so resolut verschmäht hatte. Jeder andere Säugling hätte jetzt gebrüllt, doch Celia nahm Verluste gelassen hin, empfing jede Kleinigkeit verlegen, mit großen Augen. Ich schlug die Bettdecke zurück und hielt ihm das Baby zur Betrachtung hin.

»Das ist Celia, Kevin. Ich weiß, man kann noch nicht viel mit ihr anfangen, aber wenn sie größer wird, dann wird sie bestimmt deine beste Freundin.« Ich fragte mich, ob er wußte, was das war. Er hatte noch nie jemanden von der Schule mit nach Hause gebracht.

»Du meinst, daß sie hinter mir herrennt und so. Das kenne ich. Gräßlich.«

Du hast von hinten deine Hände auf Kevins Schultern gelegt und ihn kumpelhaft gewiegt. Kevins Gesicht zuckte. »Na, das gehört dazu, wenn man der große Bruder ist!« sagtest du. »Ich kann davon ein Lied singen, weil ich auch eine kleine Schwester hatte. Sie lassen einen nie in Ruhe! Wenn du mit deinen Autos spielen willst, nerven sie dich mit ihren Babypuppen!«

»Ich habe auch mit Autos gespielt«, erwiderte ich und warf dir einen Blick zu; zu Hause würden wir unbedingt über diesen ganzen altmodischen Geschlechterrollen-Kram reden müssen. Schade, daß du und deine Schwester Valerie – früher ein pedantisches Mädchen, heute eine übertrieben servile Frau, deren Hauptsorge es war, ob die Vorhänge ordentlich hingen, und die bei unseren kurzen Besuchen in Philadelphia »Ausflüge« zu historisch bedeutsamen Häusern organisierte – euch nie nah wart. »Keiner weiß, was Celia mal machen wird, und wer weiß, ob Kevin nicht einmal mit Puppen spielen wird.«

»Nie im Leben!« rieft ihr brüderlich im Chor.

»Ninja Turtles? Spiderman? Action-Figuren sind *Puppen.*«

»Klasse, Eva«, hast du gemeckert. »Verpaß dem Kleinen ruhig einen Komplex.«

Kevin war inzwischen näher ans Bett gerückt und tauchte seine Hand in das Glas Wasser auf dem Nachttisch. Er sah das Baby von der Seite an, hielt seine nasse Hand über das Gesicht und ließ das Wasser tropfen – tropf, tropf, auf ihr Gesicht. Celia drehte sich irritiert weg, aber die Taufe brachte sie nicht aus der Fassung. Später würde ich begreifen, daß es wenig bedeutete, wenn meine Tochter nicht klagte oder weinte. Mit einem Gesichtsausdruck seltener, eher klinischer Neugier befeuchtete Kevin wieder seine Hand und bespritzte Nase und Mund seiner Schwester. Ich wußte nicht, was ich tun sollte. Kevins Taufzeremonie erinnerte mich an die Märchen, in denen ein gekränkter Verwandter die Prinzessin in ihrer Wiege verwünscht. Da er ihr nicht richtig weh tat, wollte ich jedoch nicht gleich beim Kennenlernen schimpfend eingreifen. Als er zum dritten Mal seine Hand eintauchte, schob ich mein Kissen zurecht, tupfte Celia das Gesicht mit dem Laken ab und legte sie ohne großes Aufheben so hin, daß er nicht mehr an sie herankam.

»He, Kev!« Du riebst dir die Hände. »Deine Mutter muß sich anziehen. Komm, wir suchen uns unten im Automaten was *richtig Fettiges, richtig Salziges* zu essen!«

Als wir zusammen das Krankenhaus verließen, meintest du, ich müsse doch fix und fertig sein nach einer Nacht mit einem Neugeborenen, und botest an, auf Celia aufzupassen, damit ich ein bißchen Schlaf bekäme.

»Nein, es ist ganz komisch«, flüsterte ich. »Ich bin ein paarmal aufgestanden, um sie zu stillen, aber dazu mußte ich mir den Wecker stellen. Franklin – sie weint nicht.«

»Wie bitte? Na, mach dir keine falschen Hoffnungen.«

»Man kann nie wissen – jedes Kind ist anders.«

»Ein Baby muß schreien«, sagtest du überzeugt. »Ein Kind, das den ganzen Tag im Bett liegt und schläft, wird mal ein Waschlappen.«

Zu Hause angelangt, bemerkte ich, daß der Rahmen mit dem Foto von mir, als ich Ende Zwanzig war, von dem Tischchen im Flur verschwunden war, und ich fragte dich, ob du ihn woanders hingestellt hättest. Nein, antwortetest du achselzuckend, und ich ging der Sache nicht weiter nach, weil ich dachte, das Bild würde schon wieder auftauchen. Was es nicht tat. Ich war ein bißchen beunruhigt; ich sah längst nicht mehr so hübsch aus, und diese Zeugnisse, daß wir einmal faltenlos und bezaubernd gewesen waren, wachsen einem ans Herz. Das Foto war auf einem Amsterdamer Hausboot entstanden, mit dessen Kapitän ich eine kurze, unkomplizierte Affäre gehabt hatte. Der Gesichtsausdruck, den er eingefangen hatte – großzügig, entspannt, warmherzig –, war mir lieb und teuer; in ihm lag die schlichte Freude an allem, was ich damals zum Leben brauchte: Licht auf dem Wasser, schimmernden Weißwein, einen hübschen Mann. Das Porträt war nicht so streng wie die meisten Bilder von mir, mit der kantigen Stirn und den tiefliegenden, umschatteten Augen. Der Hausboot-Kapitän hatte mir das Foto mit der Post geschickt, und ich hatte keine Kopie. Na gut. Wahrscheinlich hatte Kevin sich das Bild geangelt, während ich im Krankenhaus war, um mit Nadeln hineinzustechen.

Jedenfalls war ich nicht in der Stimmung, um mich über einen albernen Schnappschuß aufzuregen. Denn – auch wenn der kriegerische Vergleich provokant sein mag – als ich Celia über unsere Schwelle trug, hatte ich das aufregende Gefühl, unsere Truppenstärke in ein gesundes Gleichgewicht gebracht zu haben. Wie konnte ich auch wissen, daß ein zutrauliches kleines Mädchen als militärischer Verbündeter schlimmer ist als nichts – eine offene linke Flanke.

Eva

18. Februar 2001

Lieber Franklin,

weißt du, gerade habe ich gedacht, daß ich mit allem fertig geworden wäre – dem *Donnerstag,* den Prozessen, selbst unserer Trennung –, wenn ich nur Celia hätte behalten dürfen. Trotzdem (vielleicht überrascht dich das) stelle ich sie mir gern an deiner Seite vor, male mir euer Zusammensein aus. Ich bin froh, daß ihr euch vielleicht doch noch richtig kennen lernen könnt. Du warst ihr ein guter Vater – ich will dich nicht kritisieren –, aber du warst immer so darauf bedacht, Kevin nicht vor den Kopf zu stoßen, daß du es vielleicht ein bißchen mit deinen ständigen Solidaritätsbeteuerungen übertrieben hast. Du hast sie ein bißchen auf Abstand gehalten. Und als sie älter wurde, war sie so hübsch, stimmt's? Dabei zögerlich und schüchtern, und immer flatterten ihr die goldenen Haarsträhnen ins Gesicht. Ich glaube, du nahmst es ihr an Kevins Stelle übel – daß andere Leute sie so entzückend fanden, wohingegen sie bei Kevin immer auf der Hut waren oder voller unechter Herzlichkeit und manchmal auch offensichtlich erleichtert, wenn wir zu Besuch kamen und ihn nicht mitbrachten. Es war nicht fair, fandest du. Bezogen auf das große Ganze war es das wohl wirklich nicht.

Vielleicht war meine Liebe zu Celia zu einfach. Vielleicht war sie nach meiner Philosophie sogar so etwas wie Schummelei, weil ich mein Leben lang immer darum gekämpft hatte, Schwierigkeiten zu meistern oder Ängste zu überwinden. Celia war einfach liebenswert. Mir fällt niemand ein, der sie nicht süß fand, obwohl ich mich frage, ob sie einen nachhaltigen Eindruck hinterließ. Es gab kaum Nachbarn, die Kevin mochten, auch wenn sie zu höflich waren, um es laut zu sagen, aber er blieb ihnen im Gedächtnis. Unsere beiden Familien stellten sich an mit ihm. Deine Schwester Valerie ließ Kevin nicht gern unbeaufsichtigt in ihrem mit peinlicher Sorgfalt gestalteten Haus, und zur Kontrolle brachte sie unserem Sohn immerzu Butterbrote, die er nicht wollte; wann immer er nach einer Bonbonschale griff oder an einer Vorhangquaste herumfingerte, sprang sie auf und nahm ihm alles weg. Lange bevor Kevins Unzulänglichkeiten Schlagzeilen machten, klangen die Fragen meines Bruders Giles nach unserem Sohn heuchlerisch, so als wollte er eigentlich nur weitere böse kleine Geschichten hervorkitzeln, um seine Vorurteile bestätigt zu sehen. Kevin konnte man schwerlich mögen, noch weniger lieben, aber eigentlich hätte das Leuten wie seiner eigenen Mutter doch entgegenkommen müssen. Es war schwer, Kevin zu lieben, wie es schwer war, in Moskau gut zu essen, in London billig zu wohnen oder in Bangkok einen Waschsalon zu finden. Aber ich war wieder in den USA, verweichlicht. So wie ich manchmal meiner Bequemlichkeit nachgab und Take-Away-Curry mit Naan bestellte, anstatt stundenlang auf meinem eigenen Herd Hühnchen in Kurkuma zu köcheln, zog ich den einfachen Trost eines braven, den Normen entsprechenden Kindes der mühsamen, langwierigen Erziehung eines knallharten, widerspenstigen Jungen vor. Mein ganzes Leben lang hatte ich jede Herausforderung angenommen. Ich war müde und neuerdings schlaff; in spiritueller Hinsicht war ich aus der Form geraten.

Aber eigentlich ist es natürlich, wenn der Gefühlsstrom den Weg des geringsten Widerstands wählt. Zu meinem Erstaunen schlief Celia, wenn ich sie hinlegte; vermutlich zogen wir tatsächlich »einen Waschlappen« groß. Kevin hatte bei jedem Anlaß gebrüllt, Celia ergab sich ohne Mucks in fast jedes Schicksal und konnte stundenlang in einer nassen Windel schmachten, wenn ich nicht nach ihr sah. Sie weinte nie, wenn sie Hunger hatte, nahm aber immer die Brust, so daß ich mir die Stillzeiten aufschreiben mußte. Vielleicht war ich die erste

Mutter in der Geschichte, die sich beschwerte, daß ihr Baby nicht genug schrie.

Auf Kevins freudlose Säuglingszeit folgte generelle Langeweile; Celia ließ sich von jedem Firlefanz ablenken. Sie vergnügte sich genauso mit einem Stückchen Buntpapier wie mit dem teuren Perlmutt-Mobile über ihrer Wiege, sie legte eine dermaßen undifferenzierte Begeisterung für das taktile Universum an den Tag, daß es deine Madison-Avenue-Werbegurus in den Wahnsinn getrieben hätte. Ironischerweise war dieses leicht zu erfreuende Mädchen schwierig zu beschenken, weil es so sehr an seinen alten Spielsachen hing. Als Celia größer wurde, entwickelte sie eine solch leidenschaftliche Treue zu zerfledderten Plüschtieren, daß ein neues wunderbar flauschiges Kuscheltier sie in Gewissensnöte brachte – als befürchtete sie, wie ihr zweifacher Vater, daß eine Vergrößerung ihrer kleinen Familie bereits vorhandene, primitivere Bindungen gefährden könnte. Neuere Tiere bekamen erst gute Nacht gesagt, nachdem sie sich durch den Verlust eines Ohres bewiesen hatten oder durch die versehentliche Taufe mit Brokkolipüree in die unvollkommene, sterbliche Welt eingetreten waren. Als Celia sprechen konnte, vertraute sie mir an, daß sie mit jedem Mitglied ihrer Menagerie täglich spiele, damit keines sich übergangen fühle und eifersüchtig werde. Ihre liebsten, besonders innig gehüteten Spielzeuge waren die (dank Kevin) kaputten.

Vielleicht war sie für dich auch zu sehr ein typisches Mädchen, ihre weibliche Scheu und Zurückhaltung waren auch mir fremd. Dir hätte ein lauter, furchtloser Wildfang wohl besser gefallen, ein Mädchen, auf das du stolz gewesen wärst, wenn es die Gipfel im Erlebnispark gestürmt, mit Jungen seine Kräfte gemessen und Besuchern erklärt hätte, daß es Astronautin werden wolle – ein rauher, herzlicher Frechdachs, der in Cowboystiefeln ölverschmiert durchs Haus stapft. Mir hätte so ein Mädchen wohl auch gefallen, aber unsere Tochter war anders.

Celia liebte es statt dessen, Spitzenkleider überzustreifen und meinen selten benutzten Lippenstift aufzutragen. Aber ihre

Mädchenhaftigkeit beschränkte sich nicht darauf, daß sie mit dem Schmuck auf meiner Kommode spielte oder meine hochhackigen Schuhe ausprobierte. Sie äußerte sich in einer umfassenden Schwäche, Abhängigkeit und Vertrauensseligkeit. Sie hatte so viele wunderbare Eigenschaften, aber Mut hatte sie nicht. Sie war voller Ängste, nicht nur vor der Dunkelheit, sondern vor dem Staubsauger, dem Keller, dem Abfluß. Um Anerkennung bemüht, ging sie aufs Töpfchen, bevor sie zwei war. Aber noch im Kindergarten fürchtete sie sich, allein aufs Klo zu gehen. Einmal sah sie, wie ich einen verschimmelten Joghurtbecher öffnete und wegwarf; danach wagte sie sich wochenlang nicht in die Nähe des Kühlschranks und rührte weder Vanillepudding noch weiße Plakafarbe an, nichts, was annähernd wie Joghurt aussah. Wie viele Kinder hatte sie einen überempfindlichen Tastsinn; Matsch störte sie nicht, aber »Trockendreck«, wie sie es nannte, war ihr zuwider: feinkörniger Sand, Staub auf dem Linoleum, sogar Mehl. Als ich mit ihr zum ersten Mal Kuchen backte, stand sie wie angewurzelt mit mehligen Händen mitten in der Küche, die Augen aufgerissen, alle Finger von sich gestreckt. Celia verstummte bei Panik.

Was das Essen anging, brauchte ich eine Weile, um zu erkennen, daß sie einiges furchtbar anwiderte. Sie wollte nicht wählerisch sein und aß, was auf den Teller kam, wenn ich nicht auf ihre körperliche Verkrampfung und ihr leises Würgen einging. Sie ekelte sich vor allem mit »Klumpen« (Brei, Rosinenbrot), »Schleim« (Okra, Tomaten, angedickte Soßen) oder »Haut« (die gummiartige Unterseite von Wackelpeter, die abgekühlte Haut auf dem Kakao, sogar ungeschälte Pfirsiche). Ich war zwar angetan, daß dieses Kind überhaupt Lieblingsspeisen hatte – Kevin hätte auch Gerichte aus bunter Knete gegessen –, aber angesichts dieser Lebensmittel begann sie zu zittern, zu schwitzen und wurde blaß, gerade so, als wären die Speisen darauf aus, *sie* zu verschlingen. Für Celia war alles in ihrer Umgebung lebendig, und jeder Breiklumpen hatte eine zähe, ekelerregende kleine Seele.

Ich weiß, daß es nervtötend war, immer daran zu denken, das Flurlicht anzulassen oder mitten in der Nacht aufzustehen, um sie zur Toilette zu begleiten. Mehr als einmal hast du mir vorgeworfen, daß ich sie verwöhnen würde, weil man angeblich Ängste nur fördert, wenn man auf sie eingeht. Aber nachdem ich sie als Vierjährige völlig durchgefroren nachts um drei im Flur gefunden hatte, im Nachthemd und mit zusammengekniffenen Beinen, konnte ich ihr doch nur einschärfen, einen von uns beiden immer, immer zu wecken, wenn sie Pipi mußte, oder? Celia hatte vor so vielen verschiedenen Dingen Angst, daß sie womöglich auf ihre eigene Art schon wieder mutig war. Welche schrecklichen Stoffe oder finsteren Ecken fürchtete sie wohl noch und stellte sich ihnen still ganz allein entgegen?

Aber ich wurde böse, als du gejammert hast, daß Celia eine »Klette« sei. Das war gemein, es stellte liebevolle Anhänglichkeit als etwas Klebriges, Unangenehmes, Lästiges dar, das man nicht los wird. »Klette« war eine boshafte Bezeichnung für jemanden mit einer eigentlich kostbaren Eigenschaft, und das Wort implizierte obendrein ein penetrantes Ringen um Aufmerksamkeit, Zustimmung und Begeisterung. Aber Celia war nicht lästig. Sie quengelte nicht, daß wir gucken kommen sollten, was sie im Spielzimmer gebaut hatte; sie zerrte auch nicht an uns herum, wenn wir lesen wollten. Wenn ich sie spontan in den Arm nahm, umarmte sie mich auch, dankbar und heftig, als sei sie es gar nicht wert. Als ich wieder anfing, bei AWAP zu arbeiten, beklagte sie sich nie über meine Abwesenheit, obwohl ihr Gesicht aschfahl vor Kummer wurde, wenn ich sie in der Vorschule abgab, und wie ein Christbaum zu leuchten begann, wenn ich nach Hause kam.

Celia war keine *Klette*. Sie war einfach lieb. Manchmal umarmte sie in der Küche meine Beine, drückte ihre Wange an meine Knie und rief voller Verwunderung: »Du bist meine Freundin!« Aber egal, wie schwer du ihre Ankunft genommen hast, du warst kein so hartherziger Mann, daß dich solche Liebesbeweise nicht gerührt hätten. Die Beteuerung, daß wir ihre

Freunde seien, begeisterte sie wesentlich mehr als allgemeine, eher abstrakte Bekundungen von Elternliebe. Ich weiß, daß du Kevin bei weitem für den Klügeren von beiden hieltest, aber sein Eintreten in diese Welt wurde dadurch erschwert, daß er nicht wußte, wozu die Welt gut war und was er dort anfangen sollte, während Celia von Beginn an mit unerschütterlicher Bestimmtheit klar war, was sie wollte und was ihr Leben lebenswert machte: eben jene Zuneigung, die sich nicht einfach abschütteln ließ. Das war ihre Form von Intelligenz.

Zugegeben, sie war nicht gut in der Schule. Aber das lag nur daran, daß sie sich zuviel Mühe gab. Sie verhedderte sich so sehr darin, alles richtig zu machen, sie ließ sich so sehr von der Möglichkeit beeinträchtigen, ihre Eltern und Lehrer zu enttäuschen, daß sie die eigentliche Aufgabe aus den Augen verlor. Doch wenigstens verachtete sie nicht alles, was man ihr beibringen wollte.

Ich versuchte ihr einzutrichtern: Du merkst dir, daß die Hauptstadt von Florida Tallahassee ist, Punkt. Aber mit ihrem großen Glauben an Geheimnisse, den sie wie ihre Namensvetterin besaß, konnte sie sich nicht vorstellen, daß es so einfach war, daß es nicht doch irgendeinen Trick gab. Sie zweifelte so sehr an sich, daß ihr beim Test über die Hauptstädte der Bundesstaaten schon die bloße Tatsache suspekt war, daß ihr sofort »Tallahassee« eingefallen war. Für Kevin waren Geheimnisse kein Problem. Er schrieb der ganzen Welt eine beängstigende Banalität zu, und die Frage war nie, ob er etwas lernen könnte, sondern ob er sich die Mühe machen sollte. Celias Zuversicht, so stark, was andere anging, und so schwach sich selbst gegenüber, verlieh ihr die Sicherheit, daß niemand von ihr verlangen würde, etwas Sinnloses zu lernen. Kevins Zynismus machte ihn ebenso sicher, daß eine boshafte, sadistische Pädagogik ihm nichts als unnützes Zeug einbleuen wollte.

Was nicht heißt, daß mich Celia nicht auch zur Verzweiflung treiben konnte. Wie Kevin konnte man sie nicht bestrafen, wobei es selten einen Grund dazu gab, außer für etwas, von dem sich später herausstellte, daß sie es nicht verbrochen hatte. Sie nahm sich jede Ermahnung dermaßen zu Herzen, daß jede Zurechtweisung ihr gegenüber wie ein Schießen mit Kanonen auf Spatzen war. Bei der geringsten Andeutung, daß sie uns enttäuscht hatte, war sie untröstlich, stieß im voraus einen Schwall Entschuldigungen aus, ohne sich wirklich anzuhören, worum es eigentlich ging. Ein einziges böses Wort brachte sie völlig aus der Fassung, und ich muß zugeben, daß es erleichternd gewesen wäre, wenn ich ab und zu hätte brüllen dürfen: »Celia, noch mal: Deck den Tisch!« (Sie war selten ungehorsam, aber sie war verträumt), ohne daß meine Tochter umständlich vor Reue zerflossen wäre.

Doch meine Hauptsorge war eine andere. Klug angewandt, ist Angst ein sinnvolles Instrument zum Selbstschutz. Der Ausguß, vor dem sie solche Angst hatte, würde sie zwar kaum anspringen und beißen, aber andere Dinge vielleicht – Celia besaß immer noch genug sinnvolle Ängste. Es gab eine Sache in unserem Haus, vor der sie sich berechtigterweise hätte fürchten können – und sie liebte ihn abgöttisch.

An dieser Stelle ertrage ich keine Widerrede und mache einfach davon Gebrauch, daß dies mein Bericht ist, dessen subjektive Darstellung du aushalten mußt. Ich behaupte nicht, daß ich die ganze Geschichte durchschaue, weil ich nicht glaube, daß du oder ich die Geschichte jemals ganz begreifen werden. Ich erinnere mich, daß in meiner Kindheit in der Enderby Avenue, wo die Beziehung zu meinem Bruder viel wechselvoller war, Giles und ich den Großteil unseres Lebens nicht unter den Augen unserer Mutter führten. Vielleicht sind wir manchmal zu ihr gelaufen und haben uns über den anderen beschwert (was als Petzen verschrien war), aber unsere Verschwörungen, Kämpfe und gegenseitigen Quälereien fanden, wenn nicht außer Sichtweite, so doch verdeckt statt. Ich war so total in die Welt anderer kleiner Menschen abgetaucht, daß meine Erinnerung bis zu meinem zwölften Lebensjahr im großen und ganzen von Erwachsenen entvölkert ist. Vielleicht war es für dich und Valerie anders, weil ihr euch nicht besonders mochtet. Doch viele, vielleicht die meisten Geschwister teilen ein geheimes Universum voller Unterstützung, Verrat, Rache, Versöhnung, Gebrauch und Mißbrauch von Macht, von dem die Eltern praktisch nichts wissen.

Dennoch war ich nicht blind; elterliche Unwissenheit beruht in der Regel zu einem großen Teil auf purem Desinteresse. Wenn ich ins Spielzimmer kam und meine Tochter zusammengekauert vorfand, an den Knöcheln mit Kniestrümpfen gefesselt, Hände hinterm Rücken mit Haarschleifen zusammengebunden, Mund mit Klebeband verschlossen und nirgends eine Spur von meinem Sohn, konnte ich mir auf ihr Jammern »Haben Kidnapping gespielt« leicht einen Reim machen. Vielleicht kannte ich das Codewort zum Geheimbund meiner Kinder nicht, aber ich kannte meine Tochter gut genug, um trotz ihrer gegenteiligen Beteuerungen zu wissen, daß sie niemals ihr Lieblingsplastikpferdchen über die Flamme des Gasherds halten würde. Und auch wenn sie beunruhigend brav herunterwürgte, was sie eigentlich nicht mochte, war sie doch keine Masochistin. Als ich sie am Eßtisch an ihren Hochstuhl gebunden und vollgekotzt fand, konnte ich mit Fug und Recht davon ausgehen, daß die Schüssel mit Mayonnaise, Erdbeermarmelade, Thai-Currypaste, Vaseline und Brot*klumpen* nicht nach einem ihrer persönlichen Lieblingsrezepte zubereitet worden war.

Du würdest dagegenhalten – wie du es damals getan hast –, daß es immer so gewesen sei, daß ältere Geschwister die jüngeren quälen, und daß Kevins kleine Attacken im Bereich des *völlig Normalen* lägen. Du magst auch einwerfen, daß ich diese Episoden kindlicher Grausamkeit nur als gefährlich einschätze, weil ich davon profitiere, heute zu einem Rückblick in der Lage zu sein. Millionen von Kindern überstehen unversehrt ein Familienleben, bei dem es hoch hergeht, und sind oft spürbar klüger, wenn sie sich später als Erwachsene in darwinschen Hackordnungen zu behaupten haben. Viele kindliche Tyrannen entwickeln sich zu empfindsamen Ehemännern, die keinen Hochzeitstag vergessen, und aus ihren früheren Opfern werden selbstbewußte junge Frauen mit rasanten Karrieren und aggressiven Ansichten über weibliche Selbstbestimmung. Aber dennoch, in meiner gegenwärtigen Position genieße ich kaum exklusive Vorrechte; eins ist, daß ich von diesem Rückblick profitieren kann – falls *profitieren* das angemessene Wort ist.

Als ich vergangene Woche nach Chatham fuhr, ging mir durch den Kopf, daß ich auch von der christlichen Vergebung profitieren könnte, die unsere scheue, zerbrechliche Tochter praktizierte. Aber Celias verblüffende Unfähigkeit von ihrer ersten Minute an, jemandem etwas nachzutragen, zeigt wohl, daß die Fähigkeit zur Vergebung Temperamentsache ist und nicht unbedingt etwas, das man als alter Knochen noch lernt. Wobei ich mir auch nicht im klaren bin, was Kevin »vergeben« für mich beinhaltet. Es heißt sicher nicht, den *Donnerstag* künstlich unter den Teppich zu kehren oder ihm die Verantwortung abzusprechen – beides kann in einem weiteren Sinn nicht in seinem moralischen Interesse sein. Ich kann mir nicht vorstellen, daß von mir erwartet wird, *darüber hinwegzukommen,* so als würde ich über ein Mäuerchen hüpfen; wenn der *Donnerstag* eine Art Barriere war, dann war sie aus rasiermesserscharfem Stacheldraht, den ich nicht übersprungen habe, sondern durch den ich mitten hindurchmußte, bis ich in Stücke zerfetzt war und auf der anderen Seite nur in einem zeitlichen Sinn ankam. Ich kann nicht so tun, als hätte er es nicht getan; ich kann nicht so tun, als wünschte ich nicht, daß er es nicht getan hätte. Und wenn ich mein glückseliges Paralleluniversum verlassen habe, an dem meine weißen Mitbürger im Wartesaal von Claverack weiter hängen, dann geht der Verzicht auf ein »Ach, wenn doch nur« eher auf meine ausgebrannte Phantasie zurück als auf ein gesundes Sichabfinden mit dem »Geschehen ist geschehen«. Ehrlich, als Carol Reeves in aller

Öffentlichkeit auf CNN meinem Sohn verzieh, daß er ihren Jungen, Jeffrey, umgebracht hatte, der ein so vielversprechender klassischer Gitarrist war, daß die Juilliard School of Music ihn haben wollte, hatte ich keine Ahnung, wovon sie eigentlich redete. Hatte sie in ihrem Kopf um Kevin einen Kasten gebaut, weil sie wußte, daß dort nur kalte Wut hauste; war unser Sohn jetzt einfach ein Ort, an den ihre Gedanken nicht mehr wanderten? Bestenfalls, so schien mir, hatte sie ihn mit Erfolg entpersonalisiert und betrachtete ihn als ein bedauerliches Naturphänomen, das wie ein Hurrikan über ihre Familie hinweggefegt war oder wie ein Erdbeben ein Loch ins Wohnzimmer gerissen hatte, und die einzige Schlußfolgerung war, daß es nichts bringt, gegen das Wetter oder tektonische Erdverschiebungen zu wüten. Dann aber bringt es eigentlich nichts, sich über irgendwas aufzuregen, und wir tun es trotzdem alle.

Aber Celia. Ich kann mir nicht vorstellen, daß Celia erfolgreich etwas einkastelte oder Wolkenbrüche als Argumentationshilfe bemühte, als Kevin mit dem Feingefühl eines aufstrebenden Entomologen ein Sackspinner-Nest aus unserer weißen Eiche im Garten löste und es zum Ausschlüpfen in ihren Rucksack legte. Als sie dann ihre Erstkläßlerfibel hervorzog, war sie voll gestreifter Raupen – der Sorte, die Kevin auf der Terrasse zu grünem Matsch zerquetschte –, und mehrere krochen ihr auf die Hand und den totenstarren Arm hinauf. Celia neigte nicht zum Schreien, was eine schnellere Rettung hätte herbeiführen können. Statt dessen verfiel sie vermutlich in völlige Starre – keuchend, mit geblähten Nasenlöchern, die Pupillen groß wie Untertassen –, und ihre Lehrerin erklärte an der Tafel weiter das »B« wie in »Bonbon«. Bis endlich die Mädchen an den Nachbartischen zu kreischen anfingen und ein großer Tumult ausbrach.

Doch egal, wie frisch die Erinnerung an die Raupen war, zwei Wochen später war sie wie weggeblasen, als Kevin ihr anbot, sie huckepack mit auf die weiße Eiche zu nehmen, und sie arglos seinen Rücken umklammerte. Ohne Zweifel war sie überrascht, als Kevin sie zitternd auf einem der höheren Äste absetzte und anschließend seelenruhig nach unten kletterte. Als sie dann wimmerte »Kewin? Kewin, ich komm nich runter«, war sie allen Ernstes überzeugt, daß er, obwohl er sie sechs Meter hochgeschleppt hatte und dann abgehauen war, um sich ein Sandwich zu machen, zurückkehren und ihr vom Baum runterhelfen würde. Ist das Vergebung? Wie Charlie Brown, der zum soundsovielten Mal nach Lucys Football tritt. Egal, wie viele Kuscheltiere er ausweidete und wie viele Häuser aus Bauklötzen er umkippte, Celia verlor nie den Glauben, daß ihr großer Bruder im tiefsten Innern ein netter Kerl war.

Du kannst es Unschuld nennen oder Leichtgläubigkeit, aber Celia beging den häufigsten Fehler gutherziger Menschen: Sie ging davon aus, daß jeder so war wie sie. Gegenteilige Beweise fanden bei ihr keinen Platz, wie Bücher über Chaostheorie in einer Bibliothek ohne Physikabteilung. Außerdem verriet sie nie etwas, und ohne ihre Aussage war es oft unmöglich, den Bruder als Missetäter dingfest zu machen. Im Ergebnis und zumindest bildlich gesprochen hieß das, daß Kevin Khatchadourian, seit seine Schwester auf die Welt gekommen war, mit allem davonkam, sogar mit Mord.

Ich gebe zu, daß Kevin, als Celia ganz klein war, für mich in den Hintergrund trat; wie in dem Lied »Simple Simon Says« machte er zwei Riesenschritte zurück, und womöglich erwarb er sich in dieser Zeit eine militante Unabhängigkeit. Du warst so gut, ihn in deiner Freizeit zu Ballspielen oder ins Museum mitzunehmen, so daß ich ihn dir einfach überlassen konnte. Dadurch stehe ich in deiner Schuld, und deswegen ist mir nicht besonders wohl dabei, anzumerken, was auf die Entfernung hin besonders deutlich wurde.

Franklin, unser Sohn entwickelte eine Persönlichkeit wie ein Schwarzweiß-Plätzchen. Es fing im Kindergarten an, wenn nicht früher, aber es wurde immer schlimmer. Unglückseligerweise lernen wir andere in der Regel nur kennen, wenn wir selbst anwesend sind, und unsere Präsenz beeinflußt, wie sie sich uns zeigen. Deswegen sind diese gelegentlich erhaschten Blicke auf einen geliebten Menschen, wie er einfach die Straße entlanggeht, so kostbar. Du mußt mir glauben – ich weiß, daß du es nicht tust –, daß Kevin, wenn du nicht zu Hause warst, mißgelaunt, hinterhältig und sarkastisch war. Nicht nur ab und zu, wenn er einen schlechten Tag hatte. Jeder Tag war ein schlechter Tag. Sein lakonisches, herablassendes, abweisendes Wesen schien echt. Vielleicht war es nicht das einzig Echte an ihm, aber es kam nicht als völlig aufgesetzt rüber.

Im Gegensatz zu – Franklin, ich fühle mich schrecklich, als wollte ich dir etwas Liebes miesmachen – Kevins Verhalten dir gegenüber. Wenn du kamst, verwandelte sich sein Gesichtsausdruck. Seine Augenbrauen schossen hoch, er neigte den Kopf, und er lächelte verbissen mit geschlossenem Mund, wobei ihm dieses Lächeln kurz unter der Nase saß, die Lippen berührten das obere Zahnfleisch. Sein Gesichtsausdruck glich insgesamt dem eines alternden Starlets nach zu vielen Gesichtsoperationen, wenn es vom Glück überrascht wird. *Hallo, Dad!* rief er. *Wie war die Arbeit heute, Dad? Hast du ein paar echt coole Sachen fotografiert? Noch mehr Kühe, Dad? Noch mehr Felder oder große Gebäude oder die Häuser von ein paar richtig reichen Leuten?* Du legtest dann los und beschriebst ihm die Straßenabschnitte, die du fotografiert hattest, und er schwärmte: *Mann, ist das toll! Noch eine Autoreklame! Ich erzähle allen in der Schule, daß mein Dad Fotos für Oldsmobile macht!* Eines Abends brachtest du eine Ausgabe von *Atlantic Monthly* mit und blättertest stolz die Colgate-Anzeige auf, für die unser Nobelbadezimmer aus rosa Marmor hergehalten hatte. *Mensch, Dad!* rief Kevin. *Wenn unser Badezimmer in einer Zahnpasta-Reklame ist, sind wir dann berühmt?* »Nur ein bißchen«, räumtest du ein, und ich schwöre, daß ich es mit eigenen Ohren gehört habe, wie du ihn belehrt hast: »Um in diesem Land wirklich berühmt zu werden, muß man jemanden umbringen.«

Oh, du warst keineswegs der einzige, der ihm auf den Leim ging; Kevin führte seine Lehrer jahrelang an der Nase herum. Ich verdanke dir Stapel seiner Schulhefte. Als Hobby-Historiker in amerikanischer Geschichte warst du der Familienchronist, der Fotograf und der Hüter von Erinnerungsstücken, während ich eher die Erfahrung selbst als Souvenir betrachtete. Also bin ich nicht sicher, warum ich ausgerechnet – als ich mich beim Umzug von jeder Menge Fitneßgeräte und Eierschneider trennte – die Ordner mit Kevins Schulaufsätzen gerettet habe.

Habe ich die Ordner verwahrt, weil du mit deiner engen, schrägen Schrift »Erste Klasse« darauf geschrieben hattest? Ich glaube nicht. Ich habe zwei Prozesse hinter mir, wenn nicht das, was vorausging, als dritter gelten könnte, und ich habe gelernt, Beweisstücke zu schätzen. Ich habe mich dermaßen daran gewöhnt, mein Leben anderen Leuten zu überlassen – Journalisten, Richtern, Website-Schreibern, den Eltern der toten Kinder und Kevin selbst –, daß ich mich immer noch nicht traue, die Schulaufsätze meines Sohnes zu falten oder auf andere Art zu entstellen, damit es nicht aussieht, als hätte ich mutwillig etwas verändert.

Wie auch immer, es ist Sonntag nachmittag, und ich habe mich gezwungen, ein paar zu lesen. (Ist dir klar, daß ich sie verkaufen könnte? Und zwar für nicht wenig Geld. Offenbar sind dies die Reliquien, die bei eBay für Tausende verhökert werden, wie die halbwegs gelungenen Landschaftsbilder Adolf Hitlers.) Ihr unschuldiges äußeres Erscheinungsbild ist entwaffnend: die dicken, charakterlosen Großbuchstaben, das brüchige gelbe Papier. Wie prosaisch, dachte ich anfangs; ich werde nur feststellen, daß er wie ein guter Junge seine Hausarbeiten gemacht hat. Aber als ich weiterlas, konnte ich nicht mehr aufhören, nervös und fasziniert, wie wenn man an einem Pickel oder an einem eingewachsenen Haar herumpikst und -drückt.

Ich habe festgestellt, daß Kevin seine Schulmeister nicht mit dieser angestrengten und frischgeschrubbten Aufgekratztheit der Partridge-Familie einlullte, mit der er dich begrüßte, wenn du von der Arbeit kamst, sondern mit einem gespenstischen Mangel an Gemütsbewegung. Kevin erfüllt in seinen Arbeiten die Aufgabe buchstabengetreu; er fügt nichts hinzu, und wenn seine Aufsätze keine guten Noten bekommen, dann für gewöhnlich, weil sie zu kurz sind. Sonst ist nichts daran auszusetzen. Die Tatsachen stimmen. Die Rechtschreibung ist akkurat. Selten hinterlassen die Lehrer einen vagen Kommentar, daß er »etwas persönlicher an das Thema herangehen könnte«, aber sie können nirgends festmachen, was eigentlich fehlt:

> Abraham Lincoln war Präsident. Abraham Lincoln hatte einen Bart. Abraham Lincoln befreite die afroamerikanischen Sklaven. In der Schule haben wir einen ganzen Monat berühmte afroamerikanische Amerikaner durchgenommen. Es gibt viele berühmte afroamerikanische Amerikaner. Letztes Jahr haben wir die gleichen afroamerikanischen Amerikaner im Monat Afroamerikanischer Geschichte durchgenommen. Nächstes Jahr nehmen wir die gleichen afroamerikanischen Amerikaner im Monat der Afroamerikanischen Geschichte durch. Abraham Lincoln wurde erschossen.

Ich hoffe, es stört dich nicht, daß ich diesmal für Kevin Partei ergreife; du und seine Lehrer fanden während seiner gesamten Grundschulzeit, daß er bei der Entwicklung seiner organisatorischen Fähigkeiten Hilfe brauche, aber ich finde, daß er ein rasiermesserscharfes Organisationstalent besaß. Vom ersten Schuljahr an beweisen diese Aufsätze ein intuitives Gespür für das Willkürliche, für die betäubende Macht der Wiederholung und für die absurden Möglichkeiten von Gedankensprüngen. Seine roboterhaften Aussagesätze bedeuten zudem nicht, daß er die Feinheiten eines guten Stils nicht gemeistert hätte; sie *sind* sein Stil, ausgestattet mit allen Finessen, dabei dem amerikanischen Nietzsche, H. L. Mencken, nicht unähnlich. Entgegen allen zaghaften Andeutungen bei Elternabenden, daß Kevin »bei seinen Hausaufgaben nicht mit dem Herzen dabei scheint«, war Kevin sehr wohl mit ganzem Herzen bei der Arbeit, mit Herz und Seele. Sieh dir seinen Viertkläßler-Aufsatz an, »Darf ich vorstellen: Meine Mutter«.

> Meine Mutter fährt woandershin. Meine Mutter schläft in einem anderen Bett. Meine Mutter ißt anderes Essen. Meine Mutter kommt nach Hause. Meine Mutter schläft zu Hause. Meine Mutter ißt zu Hause.
>
> Meine Mutter sagt anderen Leuten, daß sie woandershin fahren sollen. Andere Leute schlafen in anderen Betten. Andere Leute essen anderes Essen. Andere Leute kommen nach Hause. Andere Leute schlafen zu Hause. Andere Leute essen zu Hause. Meine Mutter ist reich.

Ich weiß, was du denkst oder was du damals dachtest. Daß Kevins unnahbare Pose mir gegenüber unecht war und er sich bei dir entspannen konnte und sein wahres, munteres, heiteres Wesen zum Vorschein kam. Daß sein durchgehend gestelzter Schreibstil lediglich eine nicht unübliche Lücke zwischen Gedanken und Ausdrucksfähigkeit offenbarte. Ich bin bereit zuzugeben, daß seine herablassende Art mir gegenüber gekünstelt war, auch wenn seine Methode, auf den passenden Moment zu warten, so wie damals, als ich seine Wasserpistole konfisziert hatte, echt wirkte. Aber keine der beiden Rollen, weder die Parodie eines lustigen Burschen wie Beaver Cleaver noch der mechanische Schuljunge, war echt. Kevin war wie ein Hütchenspiel, bei dem alle drei Hütchen leer sind.

Ich habe gerade noch einmal gelesen, was ich bisher geschrieben habe, und festgestellt, daß ich in einem großen Rundumschlag ganze sieben Jahre unseres gemeinsamen Lebens zusammengefaßt habe und daß sich ein Großteil davon um Celia dreht. Ich schäme mich dafür, ehrlich, aber ich erinnere mich an jeden einzelnen von Celias Kindergeburtstagen, während meine Erinnerungen an Kevin zwischen seinem achten und vierzehnten Lebensjahr verschwommen sind.

Oh, manche Details ragen heraus, besonders mein katastrophaler Versuch, dich und Kevin für mein Arbeitsleben zu begeistern und euch beide mit nach Vietnam zu nehmen (Celia war, wie du weißt, noch zu klein und blieb bei meiner Mutter). Ich hatte bewußt dieses Land ausgewählt, weil es für jeden Amerikaner, zumindest unserer Generation, unweigerlich etwas bedeutete, wodurch es nicht Einfach-Irgendwo-Anders oder Restlos-Egal war, wie fremde Länder häufig beim ersten Besuch, wofür Kevin sicher anfällig war. Vietnam hatte sich erst kurz zuvor dem Tourismus geöffnet, deshalb konnte ich von Berufs wegen schwer widerstehen. Aber ich gebe zu, daß diese Beziehung, diese schuldbeladene Vertrautheit mit Reisfeldern und weisen alten Frauen mit komischen Strohhüten, eher dich und mich betraf. Ich nahm in den sechziger Jahren am Marsch auf Washington teil, während du das Musterungsbüro geradezu anflehtest, dich trotz deiner Plattfüße nicht vom Wehrdienst zu befreien; als wir uns kennenlernten, war Saigon schon drei Jahre gefallen, und wir hatten ein paar harte Auseinandersetzungen über den Krieg. Kevin hatte diese Assoziationen nicht, und vielleicht hatte ich ihn gegen meine ursprüngliche Absicht doch nach Einfach-Irgendwo-Anders oder Restlos-Egal mitgeschleppt. Dennoch vergesse ich die brennende Demütigung nicht, als unser Sohn – der immer schnell den Überblick hatte – durch das Meer von Motorrollern spazierte und den »Schlitzaugen« befahl, aus dem Weg zu gehen.

Noch eine Erinnerung sticht lebhaft aus dem Nebel heraus, und, Franklin, diesmal ist es kein weiteres gemeines, verleumderisches Beispiel, daß unser Sohn von Geburt an böse war.

Ich meine die zwei Wochen, als er krank war. Er war zehn. Dr. Goldbarsch befürchtete eine Zeitlang, daß es Meningitis wäre, erst eine schmerzhafte Rückenmarksuntersuchung bewies das Gegenteil. Trotz seines mangelnden Appetits war Kevin insgesamt ein gesunder Junge, und es war das einzige Mal, daß unser Sohn so lange krank das Bett hüten mußte.

Als die ersten Symptome auftraten, stellte ich fest, daß er nicht mehr über meine Kochkünste die Nase rümpfte; er sah auf seinen Teller und sackte niedergeschlagen in sich zusammen. Weil er es wie seine Mutter gewohnt war, sowohl innere Impulse als auch äußere Mächte zu bekämpfen, verdrückte er mit Mühe ein Lamm-*sarma,* bevor er aufgab. Er verschwand nicht in irgendeiner dunklen Ecke oder marschierte wie ein Zuchtmeister den Flur entlang, sondern wanderte hin und her, taumelte gegen das Mobiliar. Sein harter Gesichtsausdruck wurde weich und verlor das schiefe Grinsen. Ich fand ihn schließlich hilflos zusammengerollt im Arbeitszimmer auf meinem armenischen Teppich mit den Tintenflecken und staunte, daß er sich widerstandslos aufhelfen und ins Bett tragen ließ. Franklin, er *umarmte mich dabei.*

In seinem Schlafzimmer ließ er sich von mir ausziehen, und als ich ihn fragte, welchen Schlafanzug er anziehen wolle, verdrehte er nicht die Augen und sagte *Ist egal,* sondern dachte einen Augenblick nach und flüsterte mit leisem Stimmchen: »Den mit den Raumfahrern. Ich mag den Affen auf der Rakete.« Zum ersten Mal hörte ich, daß er eins seiner Kleidungsstücke *mochte,* und als ich feststellte, daß genau dieser Pyjama im Wäschekorb lag, war ich zu Tode betrübt, schüttelte ihn aus und versprach, daß ich ihn morgen richtig schön waschen würde. Ich erwartete ein »*Reg dich ab*«, erntete aber – auch zum ersten Mal – ein »Danke«. Als ich ihn ins Bett steckte, zog er brav die Decke bis ans Kinn, und als ich ihm das Thermometer in den Mund schob – sein Gesicht war voll leuchtender Fieberflecken –, nuckelte er an dem Röhrchen, als habe er als Zehnjähriger endlich gelernt, an der Brust zu trinken. Für ein Kind hatte er hohes Fieber – über 40 Grad –, und als ich ihm mit einem feuchten Waschlappen über die Stirn strich, summte er.

Ich kann nicht sagen, ob wir, wenn wir krank sind, mehr oder weniger wir selbst sind. Aber für mich waren diese erstaunlichen zwei Wochen eine Offenbarung. Wenn ich an Kevins Bett saß, kuschelte er seinen Kopf gegen meine Hüfte; einmal war ich so mutig und traute mich, seinen Kopf auf meinen Schoß zu ziehen, und er ließ meinen Pullover nicht mehr los. Mehrmals, als er sich übergeben mußte, schaffte er es nicht bis auf die Toilette, doch wenn ich die Bescherung aufwischte und ihn dabei beruhigte, legte er nicht die arrogante Selbstgefälligkeit seiner späten Windel-Phase an den Tag, sondern jammerte, daß es ihm leid täte. Er ließ sich nicht beruhigen und schämte sich. Ich weiß, daß wir uns alle verändern, wenn wir krank sind, aber Kevin war nicht nur schlecht ansprechbar oder müde, er war eine völlig andere Person. Und da begriff ich, wieviel Energie und Anstrengung es ihn in der übrigen Zeit kostete, diesen (oder diese) anderen Jungen zu spielen. Selbst du gabst zu, daß Kevin sich gegenüber seiner Schwester »ein bißchen antagonistisch« verhielt, aber als unsere Zweijährige in sein Zimmer tippelte, durfte sie ihm mit ihren feuchten kleinen Händen übers Haar streicheln. Als sie ihm ein Gute-Besserung-Bild schenkte, verdammte er es nicht als dummes Zeug, schimpfte sie auch nicht aus, daß sie ihn in Ruhe lassen solle, sondern sagte mühsam: »Das ist ein schönes Bild, Celie. Warum malst du mir nicht noch eins?« Ich war davon ausgegangen, daß sein emotionaler Grundton, seit seiner Geburt so auffällig, unveränderlich sei. Ob nun Wut oder Widerwille, es war alles nur eine Frage des Grades. Doch unterhalb dieses Zorns, stellte ich erstaunt fest, lag tiefe Verzweiflung. Er war nicht wütend. Er war traurig.

Die andere Sache, die mich erstaunte, war seine seltsame Aversion dir gegenüber. Vielleicht erinnerst du dich nicht mehr daran, denn nachdem er dich ein paarmal abgewiesen hatte – dich, wenn du bei ihm vorbeischautest, anflehte, daß er zu müde sei, oder die seltenen Comics, eigentlich Sammlerstücke, die du ihm schenktest, wortlos und matt auf den Boden legte –, warst du so verletzt, daß du dich zurückzogst. Vielleicht fühlte er sich nicht in der Lage, den *Mensch, Dad*-Überschwang eurer Samstagnachmittags-Frisbee-Turniere zu mobilisieren, doch wenn dem so war, dann hieß das auch, daß er die Ha-Ho-He-Jungen-Nummer mit seinem Vater unerläßlich fand. Ich tröstete dich, daß kranke Kinder immer mehr an ihren Müttern hängen, aber du warst dennoch ein bißchen eifersüchtig. Kevin brach die Spielregeln, ruinierte das Gleichgewicht. Celia gehörte mir, und Kevin gehörte dir. Du und Kevin, ihr wart euch *nah, dir vertraute er,* und *auf dich verließ er sich,* wenn es ihm schlechtging. Aber ich glaube, genau davor schreckte er zurück: vor deinem Beharren, deiner drängenden, bedürftigen, schmeichelnden Daddyhaftigkeit. Es war zuviel. Er hatte die Energie nicht – nicht, um dir die eingeforderte Intimität zu geben, sondern um sich ihr zu widersetzen. Kevin hatte sich für dich erfunden, und hinter dieser aufwendigen Konstruktion steckte das tiefe, schmerzliche Bedürfnis zu gefallen. Aber hast du dir jemals ausgemalt, wie enttäuscht er gewesen sein muß, daß du die Attrappe als echt ansahst?

Die zweite Aufgabe, deren er sich nicht mehr annehmen konnte, war die Zurschaustellung von Apathie – obwohl man annehmen sollte, daß sich Apathie im Krankheitszustand von selbst einstellen würde. Statt dessen traten kleine Inseln schüchterner Sehnsüchte wie sonnenbeschienenes Land in einem kalten, abebbenden Meer zutage. Als er wieder essen konnte, fragte ich ihn nach seinen Wünschen, und er beichtete mir, daß er meine Muschelsuppe mochte, und zwar, wie er mir gestand, lieber die auf Milchbasis als die auf Tomatenbasis. Er verlangte sogar eine getoastete Scheibe *katah,* obwohl er sonst alles Armenische verschmähte. Er wollte auch eins von Celias ramponierten Plüschtieren haben, den Gorilla, den sie ihm feierlich auf sein Kissen legte, als sei ihrem unbedeutenden Primaten eine seltene Ehre widerfahren – was durchaus der Fall war. Als ich ihn fragte, was ich ihm an den langen Nachmittagen vorlesen sollte – ich hatte mir bei AWAP natürlich freigenommen –, war er ein bißchen ratlos, wahrscheinlich aber nur, weil er sich früher geweigert hatte zuzuhören, wenn einer von uns Geschichten vorlas. Deshalb entschied ich mich, ohne viel nachzudenken, für *Robin Hood*, es schien für einen Jungen genau richtig.

Er war völlig begeistert. Er bekniete mich, *Robin Hood* immer wieder zu lesen, bis er vermutlich ganze Passagen auswendig konnte. Bis zum heutigen Tage weiß ich nicht, ob diese Geschichte ihn so packte, weil ich sie genau zum richtigen Zeitpunkt vorlas – als er stark genug war, um aufzupassen, aber noch zu schwach, um seinen üblichen Schutzschild zu aktivieren –, oder ob an dieser einen Geschichte etwas dran war, das seine Phantasie fesselte. Wie viele Kinder, die auf Gedeih und Verderb unserer eigentlich auf dem absteigenden Ast befindlichen Zivilisation ausgesetzt werden, fand er offenbar Trost in den Versatzstücken einer Welt, deren Mechanismen er noch verstehen konnte; Pferdewagen und Pfeil und Bogen passen gut in die Vorstellungswelt Zehnjähriger. Vielleicht ebenso wie das Bestehlen reicher Leute und das Beschenken armer, denn er wußte den Antihelden intuitiv zu schätzen. (Vielleicht, wie du damals bissig bemerktest, war er aber auch bloß ein angehender Tax-and-Spend-Demokrat.)

So wie ich diese zwei Wochen nicht vergessen werde, vergesse ich auch nicht den Morgen, an dem er sich wieder so gesund fühlte, daß er aufstehen konnte. Er ließ mich wissen, daß er sich allein anziehen wolle, und ich solle bitte das Zimmer verlassen. Ich kam seiner Bitte nach, versuchte meine Enttäuschung zu verbergen, und als ich später wiederkam und ihn nach seinen Essenswünschen fragte – vielleicht wieder Muschelsuppe –, schüttelte er genervt den Kopf. »Egal«, sagte er, das Erkennungswort seiner Generation. Ein überbackenes Käsesandwich? *»Rattenarsch-egal«,* sagte er – ein Ausdruck, der mich, wie schnell Kinder heute auch erwachsen werden mochten, bei einem Zehnjährigen erschreckte. Ich zog mich zurück, nicht ohne vorher festzustellen, daß er wieder den alten verbissenen Zug um den Mund hatte. Ich redete mir ein, daß ich froh sein sollte; es ging ihm besser. *Besser?* Also, für mich war es das nicht.

Doch sein Fieber war nie so hoch gewesen, daß die Saat eines winzigen, sprießenden *Interesses* im Keim verdorrt wäre. In der folgenden Woche erwischte ich ihn bei der einsamen Lektüre von *Robin Hood*. Später begleitete ich euch beide beim Kauf seiner ersten Pfeil-und-Bogen-Ausrüstung in das Sportartikelgeschäft im Shoppingcenter, half beim Bau seines Bogenschießstands auf dem höchsten Punkt unseres hügeligen Gartens und betete die ganze Zeit, daß dieser kleine Funke Begeisterung in unserem Erstgeborenen das Projekt überdauern würde. Ich war Feuer und Flamme.

Eva

24. Februar 2001

Lieber Franklin,

als ich Kevin heute sah, hatte er eine Schramme auf der linken Wange und eine geschwollene Unterlippe; seine Fingerknöchel waren abgeschürft. Ich fragte ihn, ob alles in Ordnung sei, und er antwortete, daß er sich beim Rasieren geschnitten habe. Offenbar sind schon die lahmsten Bemerkungen witzig, wenn man hinter Gittern sitzt. Es bereitete ihm sichtlich Vergnügen, mir den Zugang zu seinen Konflikten drinnen zu verweigern, und wer bin ich, daß ich ihm seinen ohnehin geringen Spaß verderbe; ich habe das Thema nicht weiterverfolgt. Hinterher hätte ich mich bei der Gefängnisverwaltung beschweren können, daß sie unseren Sohn nicht beschützen, aber angesichts dessen, was Kevin seinesgleichen angetan hat, wäre mein Protest mehr als unangebracht gewesen.

Ich ersparte mir das weitere Begrüßungszeremoniell. Mir ist zunehmend egal, ob er sich bei meinen Besuchen wohl fühlt, solange er es allein darauf absieht, daß ich mich schlecht fühle.

»Es geht mir nicht aus dem Kopf«, sagte ich unvermittelt. »Ich kann fast verstehen, wenn jemand ohne Unterschied herumballert und seine Frustration an allen, die ihm gerade über den Weg laufen, ausläßt. Wie dieser stille Typ auf Hawaii vor ein, zwei Jahren, der einfach ausflippte ...«

»Bryan Uyesugi«, half mir Kevin auf die Sprünge. »Er hielt sich Fische.«

»Sieben Mitarbeiter?«

Kevin klatschte spöttisch Beifall. »Zweitausend Fische. Und die Firma war Xerox. Er war Kopiermaschinen-Reparateur. Neun-Millimeter-Glock.«

»Ich bin so froh«, sagte ich, »daß du durch diese Erfahrung ein Fachgebiet gefunden hast.«

»Er verdiente nicht schlecht«, warf Kevin ein. »Aber es führte zu nichts.«

»Ich meine, Uyuugi …«

»YuuSUU-gi«, korrigierte Kevin.

»Es war restlos egal, wer die Angestellten waren …«

»Der Typ war Mitglied des Karpfen-Verbands von Hawaii. Vielleicht dachte er, daß er sich schon deshalb beschweren müsse.«

Kevin gab gewaltig an; ich wartete, bis seine kleine Vorstellung vorüber war.

»Aber für deine Runde in der Turnhalle«, blieb ich beim Thema, »brauchte man eine persönliche Einladung.«

»Nicht alle meine *Kollegen* gingen wahllos vor. Nimm Michael McDermott, letzten Dezember. Wakefield, Massachussetts, Edgewater Technology, Kaliber zwölf. Ausgewählte Ziele. Buchhalter. Alle, die daran beteiligt waren, seinen Gehaltsscheck um zweitausend Dollar zu kürzen.«

»Ich möchte nicht über Michael McDermott reden, Kevin –«

»Er war fett.«

»*Auch* nicht über Eric Harris und Dylan Klebold –«

»Idioten. Bringen Massenmörder nur in Verruf.«

Ich hab's dir gesagt, Franklin, er ist völlig besessen von diesen Columbine-Typen, die ihn zwölf Tage später mit sechs Toten mehr entthronten. Ich glaube, ich kam nur auf sie, um ihn zu ärgern.

»Wenigstens waren Harris und Klebold so nett, dem Steuerzahler einen Batzen Geld zu ersparen und schnell von der Bildfläche zu verschwinden«, bemerkte ich kühl.

»Arme Würstchen, wollten nur die Anzahl ihrer Opfer in die Höhe treiben.«

»Warum du nicht?«

Er nahm mir die Frage nicht übel. »Warum soll ich es den Leuten so leicht machen.«

»Leuten wie mir.«

»Wie dir«, sagte er glatt. »Klar.«

»Aber warum Dana Rocco und keine anderen Lehrer, warum genau diese Kinder? Was war an ihnen so besonders?«

»O Mann«, sagte Kevin. »Ich mochte sie nicht.«

»Du magst niemanden«, erinnerte ich ihn. »Warum, haben sie dich im Kickball geschlagen? Oder magst du einfach keine Donnerstage?«

Im Kontext von Kevins Spezialwissen funktionierte mein erratischer Bezug auf Brenda Spencer als klassische Anspielung. Brenda brachte zwei Erwachsene um und verwundete neun Schüler in ihrer Highschool in San Carlos, Kalifornien, nur weil es auf der Single der Boomtown Rats hieß: »I Don't Like Mondays«. Daß diese zukunftsweisende Greueltat bereits 1979 stattfand, zeigt, daß die Sechzehnjährige ihrer Zeit weit voraus war. Meine kleine Verbeugung vor Kevins pubertärem Pantheon brachte mir fast ein Lächeln ein.

»Es muß doch eine ziemliche Aktion gewesen sein«, sagte ich, »die Liste zu beschränken.«

»Gewaltig«, gab er gönnerhaft zu. »Am Anfang waren es so fünfzig, sechzig ernsthafte Kandidaten. Ehrgeizig«, sagte er und schüttelte den Kopf. »Aber nicht durchführbar.«

»Na gut, wir haben noch eine Dreiviertelstunde«, sagte ich. »Warum Denny Corbitt?«

»Die Rampensau!« sagte er, als wäre ihm kurz vor der Kasse noch der Braten auf der Einkaufsliste eingefallen.

»Du erinnerst dich an einen Kopiermaschinen-Reparateur in Hawaii, aber du weißt kaum noch die Namen der Leute, die du ermordest hast.«

»Uyesugi hat etwas getan. Corbitt, wenn ich mich recht erinnere, saß nur mit großen Augen an der Wand, als warte er, daß sein Regisseur die Szene abbricht.«

»Ich meine, gut, Denny war eine Rampensau. Na und?«

»Hast du den Schleimer als Stanley in *Endstation* gesehen? Ich hätte selbst *unter Wasser* einen besseren Südstaatenakzent.«

»Welche Rolle spielst du gerade? Das Mürrische, Großkotzige. Woher hast du das? Von Brad Pitt? Weißt du, neuerdings hast du auch einen leichten Südstaatenakzent. Aber besonders gut ist der auch nicht.«

Seine Mitinsassen waren überwiegend schwarz, und sein Jargon hatte sich dementsprechend angepaßt. Er hatte immer merkwürdig langsam gesprochen, angestrengt, als müsse er die Worte mit einer Schaufel aus seinem Mund herausheben. Deshalb kam der lässige Ghetto-Stil, bei dem Konsonanten und Verben geschluckt wurden, seinem Naturell entgegen. Aber ich freute mich insgeheim. Ich hatte offenbar einen wunden Punkt erwischt.

»Ich spiele keine Rolle. Ich bin die Rolle«, sagte er aufgebracht. »Brad Pitt sollte *mich* spielen.«

(Er hatte es also gehört; bei Miramax war ein Film in Vorbereitung.)

»Mach dich nicht lächerlich«, sagte ich. »Brad Pitt ist viel zu alt, um einen Highschool-Hänfling wie dich zu spielen. Selbst wenn er das richtige Alter hätte, würde kein Publikum einem so mit allen Wassern gewaschenen Typen eine so schwachsinnige Tat abnehmen. Ich habe gelesen, daß sie mit der Besetzung Schwierigkeiten haben, weißt du. Keiner in Hollywood will deine dreckige kleine Rolle auch nur mit der Kohlenzange anpacken.«

»Hauptsache nicht DiCaprio«, murrte er. »Der ist ein Vollidiot.«

»Zurück zum Thema.« Ich lehnte mich an. »Was hattest du gegen Ziggy Randolph? Dem konntest du kaum vorwerfen, daß er deinen künstlerischen Ansprüchen nicht genügte wie Denny. Es hieß damals, er habe beruflich eine Zukunft als professioneller Ballett-Tänzer vor sich.«

»Sein *Arschloch* hatte eine berufliche Zukunft vor sich«, sagte Kevin.

»Er bekam überwältigenden Applaus für seine Rede in der Schule, als er erklärte, daß er homosexuell sei und stolz darauf. Das konntest du nicht ertragen, stimmt's? Alle Schüler schwärmten, wie *mutig* er sei.«

»Was sagt man dazu?« wunderte sich Kevin. »Standing Ovations dafür, daß er seinen Arsch hinhält.«

»Aber wieso Greer Ulanov«, sagte ich. »Das verstehe ich überhaupt nicht. Die Kleine mit dem Krauskopf und den vorstehenden Zähnen.«

»Hauer«, korrigierte er mich. »Wie ein Pferd.«

»Du hast es immer mit dem Aussehen.«

»Hauptsache, sie hielt die Schnauze, von wegen ›breite rechte Verschwörung‹.«

»Ach, sie war das«, folgerte ich. »Die Petition.« (Ich weiß nicht, ob du dich erinnerst, aber an der Gladstone Highschool machte nach Clintons Impeachment eine entrüstete Petition an die New Yorker Kongreßmitglieder die Runde.)

»Gib's zu, *Mumsey,* in den Präsidenten verknallt zu sein ist unter aller Sau.«

»*Ich* glaube«, wagte ich zu behaupten, »daß du überhaupt niemanden magst, der in irgendwen oder irgendwas verknallt ist.«

»Noch 'ne Theorie? *Ich* finde«, erwiderte er, »du brauchst einen Lebensinhalt.«

»Den hatte ich. Du hast ihn mir genommen.«

Wir starrten uns an. »Jetzt bist du mein Leben«, fügte ich hinzu. »Was davon übrig ist.«

»Das«, sagte er, »ist armselig.«

»Aber war das nicht der Plan? Nur du und ich, damit wir uns endlich kennen lernen?«

»Noch mehr *Theorien*! Bin ich nicht faszinierend.«

»Soweto Washington.« Ich hatte eine lange Liste abzuarbeiten, und ich wollte bei der Sache bleiben. »Er wird wieder gehen können, habe ich gelesen. Bist du enttäuscht?«

»Was geht mich das an?«

»Warum ging er dich überhaupt was an? Du wolltest ihn doch töten?«

»Ich wollte ihn nicht töten«, beharrte Kevin stur.

»Oh, ich verstehe. Du hast ihm nur Löcher in beide Oberschenkel geschossen, ganz absichtlich. Gott bewahre, der perfekte Mister Psychopath schießt nicht daneben.«

Kevin hob die Hände. »He, he! Ich habe Fehler gemacht! Daß ich diesen kleinen Kino-Komiker ungestraft davonkommen ließ, war das letzte, was ich vorhatte.«

»Joshua Lukronsky«, erinnerte ich ihn, obwohl wir damit vorgriffen. »Hast du gehört, daß dein Freund Joshua bei Miramax einen Job als Drehbuchberater bekommen hat? Sie wollen unbedingt historisch korrekt sein. Für einen ›Kino-Komiker‹ geht ein Traum in Erfüllung.«

Kevins Augen wurden schmal. Es gefällt ihm nicht, wenn Randfiguren von ihm profitieren. Genauso sauer war er, als Leonard Pugh seine Website, KK's_best_friend.com, ins Netz stellte, die Tausende besucht haben und die vorgibt, per Doppelklick die finstersten Geheimnisse unseres Sohnes zu enthüllen. *Bester Freund am Arsch!* zischte Kevin, als die Website auftauchte. *Lenny war eher mein Hamster.*

»Falls es dir was bringt«, fügte ich säuerlich hinzu, »Sowetos Basketballkarriere ist keinen *Freiwurf* mehr wert.«

»Na, ehrlich gesagt, das beruhigt mich. Das letzte, was die Welt braucht, ist noch einen Schoko, der Körbe in der NBA werfen will. Voll von gestern.«

»Apropos von gestern! So wie Highschoolmassaker?«

Kevin machte seine Fingernägel sauber. »Ich betrachte es lieber als *Tradition.*«

»Die Medien gingen davon aus, daß du Soweto ausgesucht hast, weil er schwarz war.«

»Das ergibt Sinn«, grunzte Kevin. »Neun Kids in der Turnhalle eingeschlossen. Nur einer ist ein Schwarzer, und bumms, geschieht es aus Haß.«

»Oh, es geschah aus Haß, weiß Gott«, sagte ich leise.

Kevin lächelte fast. »Absolut.«

»Das gleiche haben sie über Miguel Espinoza gesagt. Daß du es auf ihn abgesehen hattest, weil er ein Latino war.«

»Der Chico. Wenn ich *Ethnien* ausgelassen hätte, hätte es hinterher noch geheißen, ich hätte wen diskriminiert.«

»Aber der eigentliche Grund war, daß er so schlau war, stimmt's? Hatte eine Klasse übersprungen. Immer wahnwitzig hohe Punktzahlen bei allen Leistungs- und Intelligenztests.«

»Immer wenn er mit einem geredet hat, stellte sich raus, daß er nur das Wort ›Echelon‹ benutzen wollte.«

»Aber du weißt, was ›Echelon‹ heißt. Du kennst alle möglichen großen Worte. Deshalb fandest du es so einen Brüller, ganze Aufsätze aus Wörtern mit drei Buchstaben zu fabrizieren.«

»Schön. Also geht es nicht darum, daß ich *neidisch* war. Was – wenn ich diese *sterbenslangweilige* Folter richtig verstehe – ist, was du sagen willst.«

Ich stutzte einen Moment. Weißt du, Kevin sah *wirklich* gelangweilt aus. Dokumentarfilmer wie Jack Marlin, Bestseller produzierende Kriminologen, die Schulleiter und Lehrer und Pfarrer in den Nachrichten-Interviews, deine Eltern, Thelma Corbitt, Loretta Greenleaf – alle waren wie besessen von der Frage, *warum KK das getan hat,* nur unser Sohn nicht. Für ihn war es bloß ein weiteres Thema, das ihn nicht interessierte: er selbst.

»Der Mitarbeiter der Cafeteria«, warf ich ein. »Er paßt nicht ins Bild.« (Ich schäme mich immer, daß ich seinen Namen nicht behalten kann.) »Er stand nicht auf der Liste, oder?«

»Kollateralschaden«, sagte Kevin schläfrig.

»*Und*«, sagte ich, entschlossen, ihn mit meinen Worten wieder wachzurütteln, »ich kenne dein Geheimnis um Laura Woolford. Sie war hübsch, stimmt's?«

»Habe ihr viel Ärger erspart«, gähnte Kevin. »Erste Anzeichen von Falten, und sie hätte sich sowieso umgebracht.«

»Sehr, sehr hübsch.«

»Jawohl. Wetten, ihr Spiegel war ganz abgenutzt.«

»*Und du fandest sie süß.*«

Wenn ich bis dahin noch Zweifel gehabt hatte, zerstreute sie

Kevins theatralischer Lacher. Es passiert mir nicht oft mit ihm, aber es zerriß mir fast das Herz. Jugendliche sind doch leicht durchschaubar. »Trau mir was zu«, sagte er verächtlich, »ich habe einen besseren Geschmack. Diese Barbie-Puppe bestand doch nur aus Accessoires.«

»Es war dir peinlich, oder?« drängte ich. »Der Eyeliner, die Calvin-Klein-Klamotten, der Designer-Haarschnitt. Die Nylonstrümpfe und die schimmernden Pumps. Nicht der eisige misanthropische Stil von KK.«

»Sie sah nicht mehr so scharf aus, als ich fertig war.«

»Es ist die älteste Geschichte der Welt«, fuhr ich fort. »*Nachdem er seinen Freunden düster zugeraunt hatte: ›Wenn ich sie nicht haben kann, kriegt sie keiner ...‹, eröffnete Mister Jedermann das Feuer* ... Sollte die ganze traurige Katastrophe nur davon ablenken? Ein weiterer pickliger Teenie liebt die unerreichbare Schulschönheit und läuft Amok?«

»Nicht im Traum«, sagte Kevin. »Wenn du daraus eine schmalzige Romanze machen willst, dann ist das deine begrenzte Phantasie, nicht meine.«

»Luke Woodham hatte Liebeskummer, stimmt's? In Pearl? Du weißt doch, der Heuler.«

»Er ist nur *dreimal* mit Christy Menefee ausgegangen, und sie hatte schon ein Jahr vorher Schluß gemacht.«

»*Laura hat dir einen Korb gegeben, hab ich recht*?«

»Ich hab mit der Fotze nie auch nur ein Wort gesprochen. Und was den fetten Woodham-Wichser angeht, seine *Mutter* kam auf jedes Date mit, wußtest du das? Kein Wunder, daß er mit dem Schlachtermesser auf sie los ist.«

»Was ist passiert? Hast du sie schließlich in der Mittagspause bei den Schulspinden abgefangen und dir vorgenommen? Hat sie dir eine geknallt? Dich ausgelacht?«

»Wenn das die Story ist, die du dir erzählen willst«, sagte er und kratzte seinen bloßen Bauch, »kann ich dich nicht davon abhalten.«

»Ich kann sie auch anderen erzählen. Vor kurzem hat mich

ein Dokumentarfilmer angerufen. Ganz wild darauf, ›meine Sicht‹ zu hören. Vielleicht sollte ich ihn zurückrufen. Ich könnte ihm erklären, daß eigentlich alles aus unerwiderter Liebe passiert ist. Mein Sohn war bis über beide Ohren in die kleine Schönheit verschossen, die ihm nicht mal die Uhrzeit gesagt hätte. Denn wie ist sie schließlich umgekommen? Aus den anderen hat Kevin einfach Hackfleisch gemacht, aber sie hat er *mitten ins Herz* getroffen, unser Amor von Gladstone High. Die anderen sollten die eigentliche Geschichte nur vertuschen, sie waren nur – wie hat er sie genannt? *Kollateralschäden.*«

Kevin lehnte sich vor und senkte seine Stimme vertraulich: »Wie sehr hat es dich interessiert, welche Mädchen ich mochte und welche nicht, bis ich ein paar umgelegt habe? Wie sehr hat es dich interessiert, was in meinem Kopf vorging, bis es herausgekommen ist?«

Leider verlor ich an diesem Punkt ein bißchen die Fassung. »*Möchtest du, daß ich Mitleid mit dir habe?*« sagte ich mit erhobener Stimme; der Wärter mit den Muttermalen sah herüber. »Also, zuerst habe ich Mitleid mit Thelma Corbitt und Mary Woolford. Mit den Fergusons und den Randolphs, mit den Ulanovs und den Espinozas. Mir bricht das Herz wegen einer Lehrerin, die alles tat, um zu begreifen, was in deinem kostbaren Kopf vorging, wegen eines Basketballspielers, der kaum noch gehen kann, und wegen eines Mitarbeiters der Cafeteria, den ich nie getroffen habe, und *dann* sehen wir mal, ob noch ein bißchen Mitleid für dich übrigbleibt. Kann schon sein, aber dir stehen nur die Brosamen meines Tisches zu, und dafür solltest du dankbar sein.«

»*Nä*-nä nä-nä nä *nä*-nä nä!«

Dann lachte er. Oh, Franklin. Immer wenn ich versuche, ihn zu treffen, scheint er so zufrieden.

Ich gebe zu, daß ich ihn heute ärgern wollte. Ich war darauf versessen, daß er sich klein fühlt, nicht mehr wie das dunkle unergründliche Rätsel *unserer modernen Gesellschaft,* sondern wie der hinterletzte Witz, *mit seiner eigenen Retardierung verarscht*. Denn jedesmal, wenn sich Kevin als das Böse in Person verbeugen kann, wird er ein bißchen größer. Jede Verunglimpfung in seine Richtung – er sei *nihilistisch, moralisch verkommen, entartet, degeneriert* oder *verderbt* – nährt sein schmächtiges Wesen besser, als meine Käsesandwiches es je getan haben. Kein Wunder, daß er zulegt. Er verspeist die herzhaften Denunzierungen der Welt schon zum Frühstück. Ich möchte nicht, daß er sich unergründlich vorkommt, wie eine große, aufgerüstete Allegorie auf die Entfremdung seiner Generation; ich lasse nicht zu, daß er die erbärmlichen Umstände seines schäbigen, schundigen, abgekupferten Stunts mit dem Deckmantel der *vorbildlosen Jugend von heute* kaschiert. Ich will, daß er sich wie ein weiteres klägliches, nur zu durchschaubares Exemplar eines schlichtweg dummen Jungen fühlt. Ich will, daß er sich hirnlos und wehleidig und inkonsequent fühlt, und das allerletzte, was ich durchblicken lassen möchte, ist, wieviel Zeit meines Tages, jedes Tages, ich damit verbringe, dahinterzukommen, wie dieser Junge tickt.

Meine Vermutung, er wäre in Laura verschossen gewesen, war nur intelligent kombiniert. Die geringste Andeutung, sein grandioses Verbrechen sei reiner Kitsch gewesen und nur aus gebrochenem Herzen über die Bühne gegangen, beleidigte ihn natürlich zutiefst, doch ich bin mir nicht sicher, ob *Donnerstag* wirklich etwas damit zu tun hatte, daß er auf Laura Woolford scharf war. Soweit ich weiß, versuchte er ihr zu imponieren.

Aber ich habe diese Opfer genau studiert, egal, ob er selbst seine Liste hinterfragen will oder nicht. Auf den ersten Blick war es eine disparate Gruppe, so zusammengewürfelt, als hätte man ihre Namen aus dem Hut gezogen: ein Basketballspieler, ein lernbegieriger Latino, ein Film-Freak, ein klassischer Gitarrist, ein gefühlvoller Schauspieler, ein Computer-Hacker, ein homosexueller Balletteleve, eine biedere politische Aktivistin, eine eitle Teenie-Schönheit, ein Teilzeitangestellter der Cafeteria und eine engagierte Englischlehrerin. Ein Stück Leben; eine willkürliche Ansammlung von elf Personen, nach dem Zufallsprinzip aus den gut fünfzig Menschen geschöpft, die unser Sohn leider nicht mochte.

Aber die Opfer hatten nicht nur Kevins Abneigung gemeinsam. Okay, laß den Cafeteria-Angestellten beiseite, der versehentlich da war; Kevin hat einen klaren Verstand, zehn ist eine ordentliche Zahl, das gefiel ihm sicher. Abgesehen davon, tat jeder einzelne von ihnen irgend etwas mit echter *Hingabe*. Dabei war es egal, ob sie ihrer Begeisterung mit viel Talent nachgingen. Was immer seine Eltern auch behaupten, ich bezweifle, daß Soweto Washington das Zeug zum Profi-Basketballer hatte; Denny war (verzeih, Thelma) ein lausiger Schauspieler; und Greer Ulanovs Unterschriftenliste an die New Yorker Kongreßmitglieder, die sowieso für Clinton stimmen würden, war reine Zeitvergeudung. Obwohl es keiner mehr zugeben will, aber Joshua Lukronskys Film-Fimmel war offenbar noch anderen Schülern auf die Nerven gegangen; er zitierte ununterbrochen Dialoge aus Quentin Tarantinos Drehbüchern und veranstaltete beim Mittagessen ermüdende Quizrunden. Wenn die anderen am Tisch eigentlich Roastbeefsandwiches gegen Sandkuchen tauschen wollten, forderte er zehn Robert-de-Niro-Filme in chronologischer Reihenfolge. Egal, Joshua liebt das Kino wirklich, und trotz seiner nicht zu leugnenden Penetranz neidete ihm Kevin diese Begeisterung. Der Anlaß der Begeisterung spielte offenbar keine Rolle. Soweto Washington liebte den Sport und träumte von einer vielleicht illusorischen Zukunft bei den New York Knicks; Miguel Espinoza liebte das Lernen (oder zumindest Harvard); Jeff Reeves liebte Telemann; Denny Corbitt Tennessee Williams; Mouse Ferguson seinen Pentium-III-Prozessor; Ziggy Randolph, von anderen Männern mal abgesehen, die *West Side Story;* Laura Woolford liebte sich selbst; und Dana Rocco beging eine Todsünde – sie liebte Kevin.

Mir ist klar, daß Kevin seine Abneigung nicht als Neid erlebt.

Für Kevin waren alle zehn seiner Opfer einfach extrem lächerlich. Alle fanden sie unbedeutende Dinge aufregend, und ihr Enthusiasmus hatte etwas Komisches an sich. Aber wie über meine Landkarten-Tapete konnte Kevin über unerklärliche Passionen nie lachen. Von früher Kindheit an machten sie ihn rasend.

Sicher, die meisten Kinder finden Gefallen an Zerstörung. Dinge kaputtzumachen ist leichter, als sie herzustellen; egal wie anstrengend seine Vorbereitungen auf den *Donnerstag* waren, sie waren bestimmt kein annähernd so forderndes Unterfangen, wie mit jenen Leuten Freundschaft zu schließen. Vernichtung ist eine Form von Faulheit. Aber sie bietet immer noch die Genugtuung der Tätigkeit: Ich zerstöre, also bin ich. Außerdem ist für die meisten Menschen das Konstruieren etwas Eingrenzendes, Konzentriertes, Kollektives, wohingegen Vandalismus Befreiung bietet; man muß schon ein ziemlich guter Künstler sein, um völliger Losgelöstheit Ausdruck verleihen zu können. Und Zerstörung beinhaltet Besitz, Intimität, eine Aneignung. Auf diese Weise hat Kevin Denny Corbitt und Laura Woolford an seine Brust gedrückt, hat ihre Herzen und Hobbys verinnerlicht. Zerstörung ist vielleicht nur durch etwas so Vielschichtiges wie den Wunsch nach Besitzergreifung motiviert, durch ungelenke, fehlgeleitete Gier.

Ich habe miterlebt, wie Kevin fast sein ganzes Leben lang anderen das Vergnügen verdorben hat. Ich kann nicht sagen, wie oft bei hitzigen Auseinandersetzungen mit anderen Müttern der Begriff *Lieblings-* fiel – die roten Gummistiefel, in die er im Kindergarten Kuchen gestopft hatte, waren Jasons *Lieblings*schuhe gewesen. Wahrscheinlich hatte Kevin mitbekommen, daß der weiße Kaftan, den er mit blauem Traubensaft bespritzte, mein *Lieblings*abendkleid war. Jede der wandelnden Zielscheiben in dieser Turnhalle war übrigens der *Lieblings*schüler irgendeines Lehrers gewesen.

Vergnügen, die ich nur unschuldig nennen kann, störten ihn besonders. Zum Beispiel ging er schnurstracks auf jeden los, der gerade ein Foto machen wollte, und lief absichtlich ins

Bild. Mir graute zunehmend vor unseren Besichtigungstouren, weil mir die Japaner leid taten, die so viele Filme umsonst verknipsten. Um den Globus muß es Dutzende von Schnappschüssen geben, die heute gesuchte Sammlerstücke wären, verwackelte Porträts des berüchtigten *KK* im Profil.

Es gibt zahllose weitere Beispiele; ich gebe hier nur eins im Detail wieder.

Als Kevin gerade vierzehn geworden war, bat man mich bei der Elternversammlung seiner Mittelschule, beim Frühjahrsball der achten Klasse mit anderen Eltern Aufsicht zu führen. Ich erinnere mich, daß ich ein bißchen überrascht war, weil Kevin auch daran teilnehmen wollte, denn sonst boykottierte er alle schulischen Aktivitäten. (Rückblickend war vielleicht Laura Woolford der Grund, deren schimmerndes, kaum den Hintern bedeckendes Kleid Mary sicher um ein paar Hunderter erleichtert hatte.) Dieser Abschlußball war das Highlight des schulischen Veranstaltungskalenders, und die meisten seiner Klassenkameraden ersehnten sich diese Initiation in die höheren Jahrgänge sicher schon seit der sechsten Klasse. Die Idee hinter dem Ball war, daß die Kinder schon mal üben konnten, *richtige Teenager* zu sein – sie sollten sich wie die Schneekönige amüsieren, bevor sie auf die benachbarte Highschool kamen, wo sie als Unterste der Hackordnung wieder die Kleinen waren, auf denen alle herumtrampeln durften.

Jedenfalls ließ ich mich breitschlagen, auch wenn ich mich nicht besonders darauf freute, flaschenweise Southern Comfort zu konfiszieren. Ich schwelgte noch in Erinnerungen an meine eigenen heimlichen brennenden Schlucke aus irgendwelchen Flachmännern hinter dem Bühnenvorhang in der Aula der William Horlick Highschool in Racine. Ich bin nie scharf auf die Rolle des Großen Gemeinen Spielverderbers gewesen und überlegte schon, ob ich nicht einfach woandershin gucken könnte, solange die Kids diskret waren und sich nicht unmäßig betranken.

Natürlich war ich naiv, und Southern Comfort war die geringste Sorge der Schulleitung. Bei unserem Vorbereitungstreffen eine Woche zuvor bekamen wir als erstes erklärt, woran man eine Crack-Pfeife erkennt. Schlimmer noch, die Lehrer waren immer noch in Sorge wegen mehrerer Vorfälle im Land zu Anfang des Kalenderjahres. Schüler am Ende der achten Klasse sind zwar *erst* vierzehn, aber Tronneal Mangum war *erst* dreizehn, als er im Januar in West Palm Beach vor seiner Mittelschule einen Klassenkameraden erschoß, weil der ihm vierzig Dollar schuldete. Nur drei Wochen später in Bethel, Alaska (es ist gräßlich, Franklin, aber mittlerweile kenne ich dieses Zeug so genau, weil Kevin, wenn uns in Claverack nichts mehr einfällt, gern seine liebsten Gutenachtgeschichten herunterbetet), nahm Evan Ramsay sich das Kaliber-12-Gewehr seiner Familie und erschoß einen beliebten jungen Sportler an seinem Tisch, ballerte in der Schule herum, verfolgte dann systematisch den Highschool-Direktor und legte ihn um – zu meiner Zeit hieß es immer, der Direktor sei unser Freund.

Statistisch gesehen waren die Tötungen in einem Land mit 50 Millionen Schülern unbedeutend, und ich erinnere mich, daß ich nach diesem Treffen nach Hause kam und mich bei dir darüber ausließ, wie sehr der Lehrkörper überreagierte. Sie hatten beklagt, daß im Etat kein Geld mehr für Metalldetektoren sei, und uns Aufpassern beigebracht, wie wir jedes Kind bei seiner Ankunft durchsuchen sollten. Und ich machte meiner Empörung mit ein paar liberalen Sprüchen Luft (was du immer gehaßt hast).

»Natürlich, seit ewigen Zeiten erschießen sich *schwarze* Kids und *Latino*-Kids in ihren Highschool-Löchern in Detroit«, legte ich beim Abendessen damals los, »danach kräht kein Hahn. Aber wenn ein paar *weiße* Kids aus der *Mittelschicht,* wohlbehütete *Vorortkinder,* mit eigenem Telefon- und Fernsehanschluß, anfangen herumzuballern, dann wird der nationale Notstand ausgerufen. Du hättest mal diese Eltern und Lehrer erleben sollen, wie sie sich den Mund zerrissen haben.« Mein gefülltes Hühnchen wurde kalt. »Soviel Wichtigtuerei, und als ich einen Witz machte, warfen mir alle strafende *Das-ist-überhaupt-nicht-komisch*-Blicke zu, als hätte ich beim Security-Check am Flughafen über Bomben geredet. Eigentlich sind sie ganz verzückt von der Vorstellung, daß sie an vorderster Front arbeiten, direkt in der ach, so wilden Gefahrenzone – dabei geht es um nichts anderes als die Beaufsichtigung eines *Kinderfests,* mein Gott –, und daß sie im Scheinwerferlicht der Nation Teil der üblichen Panikmache sind. Ich schwöre, in gewisser Hinsicht sind sie schlichtweg neidisch, weil Moses Lake, Palm Beach und Bethel etwas haben, was sie nicht haben – da stimmt doch was nicht mit Gladstone High, warum wir nicht? Als hofften sie insgeheim, daß aus ihrem Achtkläßler-Tänzchen ein echter, schicker Shoot-out würde und wir alle ins Fernsehen kämen, bevor auch diese Nummer passé ist – Hauptsache, ihre Schätzchen kommen ohne Kratzer davon.«

Mir wird ganz flau beim Erzählen, aber damals habe ich so was von mir gegeben, und Kevin hat vermutlich zugehört. Doch ich bezweifle, daß es irgendeinen Haushalt in den USA gab, in dem auf die eine oder andere Weise nicht über diese Schießereien geredet wurde. Sosehr ich die »Politik der Hysterie« verdammte, sie traf einen Nerv.

Ich bin mir sicher, daß ich diesen Ball wegen des Orts, an dem er stattfand, so überdeutlich vor meinem geistigen Auge sehe. Eigentlich war es ein unbedeutendes Ereignis; ob zur Enttäuschung der Eltern oder nicht, es ging alles glatt über die Bühne, und von dem einen Mädchen, das diesen Abend wahrscheinlich als Katastrophe erlebte, weiß ich nicht einmal den Namen.

Die Turnhalle. Es geschah in dieser Turnhalle.

Weil die Mittelschule und die Highschool auf dem gleichen Gelände waren, benutzten sie oft die gleichen Einrichtungen. Vorzügliche Einrichtungen übrigens, denn es war auch diese *gute Schule,* die dich dazu veranlaßt hatte, uns in der Nähe ein

Haus zu kaufen. Da Kevin zu deinem großen Bedauern um den Schulsport einen Bogen machte, waren wir nie zu Mittelschul-Basketballspielen gegangen, deshalb blieb dieser veredelte Babysitter-Job die einzige Gelegenheit, bei der ich die Turnhalle von innen erlebte. Sie stand frei, hatte etwas von einer großen Höhle und war mehr als zwei Stockwerke hoch, schick und teuer – ich glaube, man konnte sie sogar in eine Eishockey-Arena verwandeln. (Welche Vergeudung, daß das Schulamt von Nyack kürzlich beschlossen hat, das ganze Gebäude abzureißen, weil die Schüler den Sportunterricht mit der Ausrede schwänzen, die Turnhalle würde von bösen Geistern heimgesucht.) An jenem Abend erwies sich die Akustik der Arena als wie geschaffen für die vollen Bässe des DJ. Alle Sportgeräte waren entfernt worden, und statt der Luftballons und Girlanden, mit denen mein erster Schulball dekoriert war, bei dem ich 1961 mit Twist debütierte, hing eine Glitzerkugel an der Decke.

Ich mag eine schlechte Mutter gewesen sein – komm, sei still, es stimmt –, aber ich war nicht so niederträchtig, daß ich meinen vierzehnjährigen Sohn beim Schulball nicht in Ruhe ließ. Ich bezog an der gegenüberliegenden Seite der Halle Stellung und konnte gut sehen, wie er seitlich an der Hohlziegelwand lümmelte. Ich war neugierig; ich hatte ihn selten in seinem eigenen sozialen Umfeld erlebt. Der einzige Schüler neben ihm war der unerschütterliche Leonard Pugh, mit seinem spitzen Gesicht und dem ewigen Gekicher, der selbst auf 100 Meter Abstand noch etwas Schmieriges, Speichelleckerisches an sich hatte, etwas bösartig Kriecherisches, und der immer ein bißchen nach verdorbenem Fisch roch. Lenny hatte kürzlich seine Nase piercen lassen, und das Loch hatte sich entzündet – ein Nasenflügel war knallrot und um die Hälfte dicker als der andere; die antibiotische Creme glänzte schmierig im Licht. Bei diesem Kerl mußte ich irgendwie immer an Unterhosen mit braunen Spuren denken.

Kevin hatte vor kurzem seine Kleine-Klamotten-Mode kreiert, die Lenny (wie typisch) nachäffte. Kevins schwarze Jeans hätten ihm vielleicht mit elf gepaßt. Die Hosenbeine reichten bis an die Unterschenkel, seine dunkle Schienbeinbehaarung kam darunter zum Vorschein; der Reißverschluß am Hosenschlitz schloß nicht ganz, so daß seine Ausstattung gut zur Geltung kam. Lennys ockerfarbene Baumwollhose hätte nicht weniger scheußlich ausgesehen, wenn sie gepaßt hätte. Beide trugen sie hautenge, weiße Fruit-of-the-Loom-T-Shirts, bei denen die üblichen zehn Zentimeter Bauch frei blieben.

Vielleicht bildete ich es mir ein, aber immer wenn Klassenkameraden vorbeikamen, schienen sie einen großen Bogen um die beiden zu machen. Ich hätte vielleicht alarmiert sein sollen, daß man unseren Sohn mied – ich war es auch ein bißchen –, aber seine Klassenkameraden machten sich nicht über ihn lustig wie bei einem Außenseiter. Wenn überhaupt, dann verstummten sie mitten im Lachen. Oder sie hörten ganz auf zu reden, wenn sie an diesem Paar vorbeikamen, und führten ihr Gespräch erst weiter, wenn sie außer Hörweite des Duos waren. Die Mädchen nahmen eine unnatürlich gerade Haltung ein, als hielten sie die Luft an. Anstatt diesen Kleine-Klamotten-Club von der Seite zu beäugen, sahen selbst Football-Typen angestrengt geradeaus und gönnten Kevin und seinem *Hamster* erst einen gereizten Blick, wenn sie wieder einen Steinwurf entfernt waren. Zu diesem Zeitpunkt trauten sich die Achtkläßler noch nicht auf die Tanzfläche und drückten sich dekorativ an den Wänden herum, doch um unseren Sohn und seinen Kumpel blieben auf jeder Seite gut drei Meter Platz. Keiner seiner Klassenkameraden nickte, lächelte oder wagte sich auch nur mit einer harmlosen Frage näher, als wollten sie nichts riskieren – nur was nicht?

Ich hatte erwartet, daß ich mich bei der Musik uralt fühlen würde – Bands, von denen ich noch nie gehört hatte, deren wummernder Reiz sich den Gebrechlichen entzog. Aber als die Anlage loslegte, erkannte ich zwischen zeitloser, dumpfer Unterhaltungsmusik zu meinem Erstaunen die gleichen »Künstler« – wie wir sie damals titulierten –, zu denen du und ich mit zwanzig gerockt hatten: Die Stones, Credence, The Who; Hendrix, Joplin und The Band; Franklin, Pink Floyd! Da ich nicht viel zu tun hatte und der süße rote Punsch (der nach einer Ladung Wodka schrie) mich anekelte, überlegte ich, ob die Tatsache, daß Kevins Altersgruppe immer noch im Takt zu Crosby, Stills, Nash & Young, The Grateful Dead und sogar den Beatles wippte, unsere Generation besonders hervorhob oder seine besonders erbärmlich erscheinen ließ. Als »Stairway to Heaven« kam – der alte Gassenhauer! –, konnte ich mir ein Lachen kaum verkneifen.

Ich hatte nie erwartet, daß Kevin tanzen würde; das wäre *blöd,* und in mancher Hinsicht hatte der Junge sich, seit er vier war, nicht verändert. Der Rest der Gruppe zierte sich nur anstandshalber, bis jemand den Anfang auf der Tanzfläche machte; wir waren genauso gewesen, keiner wollte damals der erste sein und extreme, wenig freundliche Kommentare auf sich ziehen. Wir hatten endlos gezaudert, uns hinterm Vorhang Mut angetrunken und uns schließlich von den Wänden nach vorn geschoben, als unsere Gruppenstärke auf mindestens zehn angewachsen war. Also war ich beeindruckt, als mitten in der Halle unter den kreisenden Lichtpunkten der Glitzerkugel eine einsame Seele zu tanzen begann. Sie wählte sich auch keine dunkle Ecke, sondern übernahm das Zentrum.

Das Mädchen hatte eine blasse, durchscheinende Haut, und nicht nur das Haar, auch die Wimpern und Augenbrauen waren blond, so daß ihr Gesicht verwaschen wirkte. Sie hatte ein fliehendes Kinn – klein und abfallend –, und wegen ihrer alles andere als klassischen Gesichtszüge konnte man sie wahrlich nicht hübsch nennen (wie leicht wir auseinandergenommen werden). Problematisch war auch, was sie anhatte. Die meisten Mädchen hatten sicherheitshalber für Jeans optiert, und die paar Kleider, die ich entdeckte, waren entweder aus schwarzem Leder oder eng, glitzernd und todschick, wie Laura Woolfords. Aber diese Vierzehnjährige – ich nenne sie der Einfachheit halber Alice – trug ein Kleid, das ihr fast bis an die

Knie reichte, mit einer Schleife im Rücken. Es war hellbraun kariert. Es hatte Puffärmel. Sie trug ein Haarband und Lackschuhe. Sie war offensichtlich von einer Mutter eingekleidet worden, die eine entsetzlich unspezifische Vorstellung von Partykleidern hegte – und dabei die Zeitläufte außer acht gelassen hatte.

Selbst ich begriff mit einem Blick, wie *uncool* Alice war – daß dieses Wort, das meine Generation geprägt hatte, von der folgenden übernommen worden war, bewies nur, wie zeitlos das Konzept war. Was cool ist, ändert sich; daß es etwas gibt, das uncool ist, bleibt unveränderlich. Und zu unserer Zeit konnte sich so eine Niete höchstens retten, indem sie sich in Grund und Boden schämte. Doch leider besaß dieses arme, kinnlose Geschöpf nicht genug soziale Intelligenz, um ihr puffärmeliges, braunkariertes, schleifengekröntes Partykleid zum Teufel zu wünschen. Als ihre Mutter es anschleppte, hatte diese Dumpfbacke sie zweifellos noch dankbar umarmt.

»Stairway to Heaven« hatte sie zu ihrem Auftritt verführt. Doch auch wenn wir dem alten Led-Zeppelin-Hit in unseren Herzen ein warmes Plätzchen bewahren, so ist es doch ein langsamer Song und meines Erachtens untanzbar. Was Alice nicht davon abhielt. Sie streckte ihre Arme aus und drehte sich mit geschlossenen Augen in immer größer werdenden Kreisen. Sie war eindeutig hingerissen und ahnungslos, daß ihr enthusiastisches Gewirbel ihre Unterhose aufblitzen ließ. Im Sog der Baßgitarre bewegte sie sich nicht mehr im Boogie-Woogie-Takt, sondern schwankte zwischen ungekonntem Ballett und Sufi-Trance.

Für den Fall, daß ich mich gemein angehört habe, ich war eigentlich ziemlich angetan. Unser kleiner Isadora-Duncan-Verschnitt war so ungezwungen, so überschwenglich! Vielleicht habe ich sie sogar ein bißchen beneidet. Wehmütig erinnerte ich mich, wie ich schwanger mit Kevin in unserem Loft in Tribeca zu den Talking Heads vor mich hin getanzt hatte, und es machte mich traurig, daß ich so etwas nicht mehr tat.

Und obwohl sie gut acht Jahre älter war als Celia, erinnerte mich irgend etwas an diesem Mädchen, das von einem Ende der Turnhalle zum anderen hüpfte und kreiselte, an unsere Tochter. Sonst spielte sie sich bestimmt nicht in den Vordergrund; sie war einfach auf die Tanzfläche gegangen, weil dies eins ihrer *Lieblings*lieder war – wieder dieses Wort – und weil sie, solange es leer war, sich völlig gehenlassen konnte. Vermutlich tanzte sie zum gleichen Song in ihrem Wohnzimmer und sah keinen Grund, warum sie es hier nicht ähnlich hingebungsvoll tun sollte, nur weil zweihundert boshafte Jugendliche glotzend am Rande lauerten.

Man hat zwar immer das Gefühl, es würde nie aufhören, aber »Stairway to Heaven« *war* fast zu Ende; er hätte noch zwei Minuten warten können. Aber nein. Die Angst versetzte mir einen Stich, als sich Kevin in Zeitlupe von der Ziegelwand löste und unbeirrt geradewegs auf Alice zusteuerte, wie eine Patriot-Rakete auf eine Scud. Dann hielt er an, direkt unter der Glitzerkugel, er hatte korrekt kalkuliert, daß Alices linkes Ohr bei der nächsten Drehung auf der Höhe seines Mundes landen würde. Jetzt. Volltreffer. Er lehnte sich vor, nur ein bißchen, und flüsterte.

Ich würde niemals behaupten, daß ich wüßte, was er gesagt hat. Aber das Bild hat alle meine Rekonstruktionsversuche jenes *Donnerstags* geprägt. Alice erstarrte. Auf ihrem Gesicht erschienen alle Selbstzweifel, die einen Augenblick zuvor so auffällig abwesend gewesen waren. Ihr Blick schoß nach links, nach rechts, auf der Suche nach einem ruhenden, Hilfe bietenden Pol. Plötzlich war sie sich ihrer Zuschauer übermäßig bewußt, begriff sie die Konsequenzen ihrer Kinderei; der Song war noch nicht ganz zu Ende, und sie mußte den Schein wahren und noch ein paar Takte wippen. Die nächsten vierzig Sekunden wankte sie in einem makabren Totentanz hin und her, in Zeitlupe, wie Faye Dunaway am Schluß von *Bonnie und Clyde*.

Der DJ spielte nun sinnigerweise Jefferson Airplanes »White

Rabbit«, als sie ihren hellbraun karierten Kräuselrock zwischen den Beinen raffte. Alice humpelte in eine dunkle Ecke, die Ellenbogen dicht an den Körper gedrückt, die Hände krampfhaft ineinander verschränkt. Ich hatte das Gefühl, daß sie im Verlauf der vergangenen Minute auf üble Weise erwachsen geworden war. Jetzt wußte sie, daß ihr Kleid spießig war, daß sie ein fliehendes Kinn hatte. Daß ihre Mutter sie verraten hatte. Daß sie *uncool* war; daß sie niemals hübsch sein würde. Und vor allem hatte sie begriffen, daß sie nie auf einer leeren Tanzfläche tanzen sollte – vielleicht auf keiner Tanzfläche mehr für den Rest ihres Lebens.

Ich war an jenem *Donnerstag* nicht dabei. Aber zwei Jahre zuvor war ich Zeugin eines Vorläufers in der gleichen Turnhalle, als eine einsame Schülerin der Gladstone Middle School einem Attentat zum Opfer fiel.

Eva

2. März 2001

Lieber Franklin,

mein Kollege Ricky hat mich heute nach der Arbeit angesprochen, und sein Vorschlag war wohl sein direktester Versuch, das Unaussprechliche beim Namen zu nennen: Er lud mich in seine Kirche ein. Es war mir peinlich, und ich dankte ihm, sagte aber vage: »Das geht leider nicht«, was er nicht einfach hinnahm, sondern fragte, wieso nicht. Was sollte ich daraufhin sagen: »Weil das alles Humbug ist«? Ich fühle mich gegenüber religiösen Menschen immer ein bißchen erhaben, so wie sie sich mir gegenüber erhaben fühlen. Also sagte ich, daß ich mir zwar wünschen würde, glauben zu können, und es auch immer wieder versuchen würde, aber nichts, was ich in den letzten Jahren erlebt hätte, deute darauf hin, daß es irgendwo einen gütigen Gott gäbe, der über mich wachen würde. Rickys Erwiderung über *unergründliche Wege* beeindruckte uns beide nicht besonders. Unergründlich, sagte ich. Das kann man wohl sagen.

Ich mußte oft an deine Bemerkung damals im Riverside Park denken, bevor wir Eltern wurden: »Wenigstens ist ein Kind eine Antwort auf die Große Frage.« Es machte mir damals zu schaffen, daß dein Leben diese Große Frage mit solcher Beharrlichkeit stellte. Unsere kinderlose Zeit hatte sicher ihre Schattenseiten, aber ich weiß noch, daß ich im gleichen Gespräch zu Bedenken gab, daß wir vielleicht »zu glücklich« wären, was sicher ein angenehmerer Überfluß ist als ein Übermaß an quälender Leere. Vielleicht bin ich einfältig, aber du warst mir genug. Ich habe unheimlich gern nach deinem Gesicht hinter der Zollkontrolle gesucht, wenn ich von einer dieser langen

Reisen heimkehrte, die für dich soviel härter waren als für mich. Und ich habe gern am nächsten Morgen lange in deiner heißen, engen Umarmung geschlafen. Das war genug. Aber dir war unsere Zweisamkeit offenbar nicht genug. Was dich als den emotional reiferen Menschen von uns beiden zeigte, aber meine Gefühle verletzte.

Doch wenn es ohne Kind keinen Grund gibt zu leben, wie konnte es mit Kind einen Grund geben? Ein Leben mit einem darauffolgenden Leben zu beantworten heißt schlicht, die Last der Sinngebung auf die nächste Generation zu schieben; diese Verschiebung ist eigentlich eine feige und potentiell unendliche Verzögerung. Dein Kind wird sich als Antwort vermutlich ebenfalls fortpflanzen, um von der eigentlichen Frage abzulenken, und damit die eigene Ziellosigkeit seinen Nachkommen aufhalsen.

Ich schneide dieses Thema an, weil ich glaube, daß du von Kevin tatsächlich erwartet hast, deine Große Frage zu beantworten, und daß er diese phantastische Erwartung von klein auf spürte. Woran? An Kleinigkeiten. Die aggressive Herzlichkeit in deiner Stimme, hinter der sich eine unterdrückte Verzweiflung verbarg. Deine ungestümen Umarmungen, die er möglicherweise erstickend fand. Der Vorsatz, dir jedes Wochenende für ihn freizuhalten, dabei vermute ich, daß Kinder ihre Eltern eigentlich gern beschäftigt sehen; sie empfinden sich mit ihren unbedeutenden Bedürfnissen ungern als Lückenfüller des elterlichen Stundenplans. Kinder mögen die Sicherheit, daß es noch andere Dinge zu tun gibt, wichtige Dinge; gelegentlich wichtiger, als sie es sind.

Ich plädiere nicht für Vernachlässigung. Aber er war nur ein kleiner Junge, und er sollte ganz allein eine Große Frage beantworten, die seinen Vater lähmte. Was für eine Bürde für einen Neuankömmling! Schlimmer noch, bei Kindern wie bei Erwachsenen schwankt das Bedürfnis nach so etwas wie Religiosität oft drastisch. Celia war mehr wie ich: Eine Umarmung, ein Buntstift und ein Keks, und sie war zufrieden. Kevin schien praktisch nichts zu wollen, aber inzwischen habe ich begriffen, daß er ein unersättliches spirituelles Verlangen hatte.

Da wir beide aus der Kirche ausgetreten waren, ergab es keinen Sinn, unsere Kinder im armenisch-orthodoxen oder presbyterianischen Glauben zu erziehen. Zwar zögere ich zu fordern, die *Jugend von heute* solle sich mal mit dem Alten Testament beschäftigen, doch daß Kevin – dank unserer Erziehung – möglicherweise nie eine Kirche von innen sieht, finde ich deprimierend. Die Tatsache, daß du und ich mit etwas erzogen wurden, wovon wir uns entfernen konnten, war vielleicht doch ein Vorteil, denn wir wußten, was hinter uns lag und was wir nicht waren. Also frage ich mich, ob es besser für Kevin gewesen wäre, wenn wir weihrauchgeschwängerte Sprüche geklopft hätten, die er uns ins Gesicht hätte zurückspucken können – ihm von jungfräulichen Geburten und zehn Geboten auf Berggipfeln erzählt hätten, den ganzen phantastischen Kram, der Kindern wirklich auf die Nerven geht. Aber das ist unrealistisch; ich bezweifle, daß wir den Kindern eine Gläubigkeit hätten vorgaukeln können, sie hätten es sofort durchschaut. Doch daß ihnen nur die Möglichkeit blieb, so offensichtlich Wertloses abzulehnen, wie meine Reiseführer und deine Oldsmobile-Anzeigen, war bestimmt unbefriedigend.

Keinem seiner Lehrer – mit Ausnahme von Dana Rocco – fiel jemals auf, wie ausgehungert Kevin war, statt dessen diagnostizierten sie bei unserem kleinen Leistungsverweigerer ein weiteres Mal das modische Aufmerksamkeitsdefizitsyndrom. Sie waren wild entschlossen, ihm einen mechanischen Defekt anzudichten, denn kaputte Maschinen kann man reparieren. Es war leichter, ein passives Unvermögen zu verwalten, als der beängstigenden Tatsache eines glühenden ungebändigten Desinteresses ins Auge zu sehen. Kevins Aufmerksamkeitspotential war beachtlich – man bedenke seine minutiöse Vorbereitung auf den *Donnerstag* oder sein lückenloses Faktenwissen über die Hall of Fame der Übeltäter, bis hin zu der genauen Anzahl von Uyesugis Fischen. Er erledigte seine Schulaufgaben nicht, weil er sie nicht schaffte, sondern gerade weil er sie schaffte.

Seine spirituelle Gier könnte bis zu einem gewissen Grad seine Grausamkeit erklären helfen, die unter anderem ein törichter Versuch der Teilhabe gewesen sein muß. Da er – in allem – niemals einen Sinn sah, mußte er sich brutal ausgestoßen fühlen. Die Spice Girls sind *blöd,* Sony Playstations sind *blöd, Titanic* ist *blöd,* Einkaufsbummel sind *blöd,* und konnten wir dem widersprechen? Ebenso *blöd* ist es, die Cloisters zu fotografieren, und Ende der neunziger Jahre zu »Stairway to Heaven« zu tanzen, ist auch *blöd.* Als Kevin fast sechzehn war, wurde aus diesen Überzeugungen Gewalt.

Er wollte deine Große Frage nicht beantworten, Franklin. Er wollte von dir eine Antwort. Das glorifizierte Herumhängen, das als produktive Existenz ausgegeben wird, kam Kevin von klein auf so sinnlos vor, daß seine Behauptung am vergangenen Samstag – er habe Laura Woolford an jenem *Donnerstag* einen »Gefallen« getan – vermutlich ernst gemeint war.

Aber was mich angeht, ich bin oberflächlich. Selbst als das Herumreisen seinen Glanz verloren hatte, hätte ich wahrscheinlich für den Rest meines Lebens das gleiche gute alte fremde Essen und das gleiche gute alte fremde Wetter kosten können, solange ich bei meiner Heimkehr am Kennedy-Flughafen in deine Arme sinken konnte. Viel mehr wollte ich nicht. Erst Kevin hat meine Große Frage gestellt. Vor seiner Ankunft war ich viel zu sehr mit einem florierenden Unternehmen und einer fabelhaften Ehe beschäftigt, um mich darum zu sorgen, wozu das alles gut sein sollte. Erst als ich mit einem gelangweilten Kind in einem häßlichen Haus Tag um Tag festsaß, fragte ich mich nach dem Sinn des Ganzen.

Und seit *Donnerstag*? Er hat mir meine einfache Antwort weggenommen, meine liederliche Augenwischerei, wozu das Leben da sei.

Wir haben uns zuletzt über den vierzehnjährigen Kevin unterhalten, und langsam wird mir angst und bange. Vielleicht habe ich mich so lange mit seiner Kindheit beschäftigt, um die erneute Beschäftigung mit den Ereignissen der letzten Zeit aufzuschieben, die uns so schmerzlich gegeneinander aufgebracht haben. Zweifellos fürchten wir uns beide davor, jene Erlebnisse noch einmal durchzugehen, deren einzige erlösende Eigenschaft ist, daß sie vorbei sind. Aber sie sind nicht vorbei. Nicht für mich.

1997, als Kevin im ersten Semester der neunten Klasse war, kam es zu zwei weiteren Schulschießereien: in Pearl, Mississippi, und Paducah, Kentucky, beides Kleinstädte, von denen ich nie gehört hatte und die nun beide für immer als Synonyme für jugendliche Gewaltverbrechen in den amerikanischen Sprachgebrauch übergegangen sind. Die Tatsache, daß Luke Woodham in Pearl nicht nur auf zehn Kinder schoß und drei von ihnen tödlich verletzte, sondern auch noch seine Mutter tötete – ihr sieben Messerstiche zufügte und ihr den Kiefer mit einem Aluminium-Baseballschläger zertrümmerte –, gab mir damals doch etwas zu denken. (Ich weiß noch, daß ich, als die ersten Nachrichten durchsickerten, feststellte: »Hört euch das an, die ganze Zeit reden sie nur davon, daß er auf die Kinder geschossen hat, und dann, so ganz nebenbei, erfahren wir auch noch, daß er seine Mutter ermordet hat. Ganz nebenbei? Eindeutig hatte die ganze Sache doch mit seiner Mutter zu tun.« Dies war eine Bemerkung, die zu gegebenem Anlaß das darstellen sollte, was man in der juristischen Terminologie als *Sich-selbst-Belasten* bezeichnet.) Dennoch maße ich mir nicht an zu behaupten, daß ich in jener Zeit von tiefen persönlichen Vorahnungen gequält wurde und diese sich wiederholenden Tragödien in den Nachrichten als unerbittlichen Countdown zu unserer eigenen familiären Katastrophe betrachtete. Ganz und gar nicht. Wie alle Nachrichten sah ich auch diese als etwas an, das nichts mit uns zu tun hatte. Ob du willst oder nicht, ich hatte mich von einer herumstreunenden Globetrotterin in eine gewöhnliche, weiße, wohlhabende Vorortmutter verwandelt und war, ob ich wollte oder nicht, beunruhigt angesichts der tödlichen Wahnsinnsaktionen von Sprößlingen meiner eigenen Schicht. Die Killer im »Gang-Land« von Detroit oder L. A. existierten auf einem anderen Planeten, Pearl und Paducah dagegen befanden sich auf meinem.

Ich empfand eine geballte Abneigung gegen diese Jungen, die nicht mit der Untreue ihrer Freundin fertig wurden, mit dem gemeinen Mitschüler oder der mangelnden Zuwendung ihres alleinerziehenden, berufstätigen Elternteils – die nicht ihre elende Zeit in ihrer elenden Schule absitzen konnten wie wir anderen auch –, ohne ihre Allerweltsprobleme unauslöschlich dem Leben anderer Familien einzubrennen. Es war die gleiche erbärmliche Eitelkeit, aus der andere, nur graduell vernünftigere Zeitgenossen dieser Jungen ihre unbedeutenden Namen auf Nationaldenkmäler schmierten. Und dieses Selbstmitleid! Der kurzsichtige Woodham überreichte einem seiner Freunde einen Brief, bevor er mit dem Jagdgewehr seines Vaters seiner Wut freien Lauf ließ: »Mein Leben lang hat man mich lächerlich gemacht. Immer geschlagen, immer gehaßt. Kannst du, Gesellschaft, mir vorwerfen, was ich tu?« Und ich dachte, *ja, du kleiner Scheißer! Und ob!*

Michael Carneal in Paducah war ein ähnlicher Typ – zu dick, gehänselt, suhlte er sich in seinem kleinen Elend wie in einer Schlammpfütze. Aber er hatte in der Vergangenheit nie disziplinarische Probleme gehabt; das Größte seiner Vergehen war gewesen, daß er den Playboy-Kanal geguckt hatte. Carneal tat sich damit hervor, daß er das Feuer auf eine Gruppe Betender eröffnete. Er tötete drei Schüler und verwundete fünf weitere. Doch aus den vergebungsduseligen Trauerfeiern und den barmherzigen Transparenten in den Klassenzimmerfenstern zu schließen – auf einem waren nicht nur Fotos der Opfer, sondern auch ein Foto von Carneal mit Herzen verziert –, nahmen diese wiedergeborenen Christen Rache, indem sie ihm zu Tode vergaben.

An jenem Oktoberabend, als die Meldung über Pearl in der *Jim Lehrer Newshour* gebracht wurde, die wir zusammen sahen, explodierte ich: »Mein Gott, da nennt ein Kind ihn schwul oder schubst ihn auf dem Flur, und plötzlich geht es los – *oh, oh, ich schieße die Schule zusammen, ich zerbreche unter all dem schrecklichen Druck!* Seit wann sind amerikanische Kids solche Waschlappen?«

»Ja, man muß sich wirklich fragen«, stimmtest du zu, »ob es keine ordentlichen Schlägereien mehr auf dem Schulhof gibt, um so was auszuhandeln?«

»Dabei machen sie sich womöglich die Hände dreckig«, warf ich ein, als unser Sohn auf dem Weg zur Küche vorbeihuschte; er hatte gelauscht, was er lieber tat, als zu Familiendiskussionen beizutragen. »Kevin, klären die Jungen an deiner Schule ihre Streitereien noch mit altmodischen Schlägereien?«

Kevin blieb stehen und schaute mich an; er mußte immer erst abwägen, ob meine Fragen eine Antwort wert waren. »Die Wahl der Waffen«, sagte er schließlich, »ist die halbe Schlacht.«

»Was soll das heißen?«

»Woodham ist schwach, schlaff, unbeliebt. Faustkämpfe sind wenig aussichtsreich. Ein Schlappschwanz hat viel bessere Karten mit einer dreißig Millimeter. Schlauer Trick.«

»Nicht schlau genug«, sagte ich hitzig. »Er ist sechzehn. Da wird er in den meisten Bundesstaaten als Erwachsener vor Gericht gestellt. Die werden den Schlüssel wegwerfen, der kommt nie mehr raus.« (Luke Woodham bekam tatsächlich dreimal lebenslänglich und sicherheitshalber noch 140 Jahre obendrauf.)

»Und?« sagte Kevin mit einem distanzierten Lächeln. »Der Typ hat sein Leben hinter sich. Hat dabei mehr Spaß gehabt als die meisten von uns. Schön für ihn.«

»Ruhig bleiben, Eva«, fuhrst du dazwischen, als ich lospoltern wollte. »Dein Sohn will dich nur ein bißchen veräppeln.«

Die meiste Zeit seines Lebens blieben auch Kevins Sorgen eher geringfügig. Er war intelligent, aber er haßte die Schule; er hatte wenig Freunde, und der Freund, den wir kannten, war ein Arschkriecher; es gab all diese rätselhaften Vorkommnisse, von Violetta bis zu Nennen-wir-sie-Alice, aber sie lösten Warnsignale in einer Lautstärke aus, die nur ich zu hören schien. Doch Charakter drückt sich in einer erstaunlichen Gleichförmigkeit aus, sei es auf dem Schlachtfeld oder im Supermarkt. Für mich fügte sich alles um Kevin zu einem Bild zusammen. Falls meine Theorien über seine existentielle Disposition zu hochtrabend sind, laß sie uns mit einem einzigen Wort auf den Punkt bringen: *Boshaftigkeit.* Und so warst du geschockt, als eines Abends im Dezember 1997 zwei Polizisten aus Orangetown mit Kevin und dem unappetitlichen Leonard Pugh im Schlepptau bei uns klingelten, während ich den Besuch der Ordnungshüter als überfällig ansah.

»Was kann ich für Sie tun, meine Herren?« hörte ich deine Stimme.

»Mr. Khadourian?«

»Plaskett«, berichtigtest du, nicht zum ersten Mal. »Aber ich bin Kevins Vater.«

Ich hatte Celia bei den Schularbeiten geholfen und war voll voyeuristischer Aufregung in den Flur geschlichen, wo ich hinter dir stand und lauschte.

»Wir haben einen telefonischen Hinweis von einem Autofahrer erhalten und haben Ihren Sohn und seinen Freund hier auf der Fußgängerbrücke über der 9 W angetroffen. Zuerst sind die beiden weggelaufen, aber es scheint ziemlich sicher, daß sie die Jugendlichen sind, die Schutt auf die Fahrbahn geworfen haben.«

»Auf Autos«, fragtest du, »oder nur auf leere Spuren?«

»Auf *leere Spuren* würde wenig Spaß machen«, knurrte der zweite Polizist.

»Das meiste waren Wasserbomben, Dad!« sagte Kevin hinter der Polizei. Er war im Stimmbruch, doch immer wenn er mit dir redete, Franklin, ging die Stimme eine Oktave in die Höhe.

»Der Autofahrer hat nicht wegen Wasserbomben angerufen«, antwortete erneut der zweite, stämmigere Polizist, der eindeutig wütender war. »Es waren *Steine*. Und wir haben die Autobahn auf beiden Seiten der Fußgängerbrücke kontrolliert – überall lagen Ziegelsteinbrocken.«

Ich schaltete mich ein. »Wurde jemand verletzt?«

»Gott sei Dank ist niemand direkt getroffen worden«, sagte der erste Polizist. »Die Jungen haben noch mal Glück gehabt.«

»Ich weiß nicht, ob das Glück ist«, schniefte Lenny, »wenn man von der Polizei erwischt wird.«

»Fordert euer Glück nicht heraus«, sagte der aufgebrachtere Polizist. »Ron, ich finde doch, daß wir –«

»Hören Sie, Mr. Plastic«, fiel ihm der erste Cop ins Wort. »Wir haben unsere Datenbank gecheckt, und die Akte Ihres Sohnes ist sauber. Soweit ich sehe, kommt er aus einer guten Familie.« (*Gut* hieß natürlich reich.) »Deshalb kommt der junge Mann diesmal mit einer Verwarnung davon. Aber wir nehmen so etwas sonst ausgesprochen ernst –«

»Verdammt«, unterbrach ihn der andere. »Vor ein paar Jahren hat ein Spinner einen kleinen Stein einer Frau auf die Kühlerhaube geworfen, die keine Hundert fuhr. Das Ding ging durch die Windschutzscheibe und hat der Frau den Kopf zertrümmert.«

Ron warf seinem Kollegen einen Blick zu – die beiden würden gleich zu Dunkin' Donuts verduften. »Hoffentlich halten Sie dem jungen Mann eine gehörige Standpauke.«

»Und wie«, sagte ich.

»Ich gehe mal davon aus, daß er keine Ahnung hatte, wie riskant so was ist«, sagtest du.

»Klar«, sagte Cop Nr. 2 säuerlich. »Das ist ja das Schöne, wenn man Steine von der Autobahnbrücke wirft. Scheint so harmlos.«

»Ich weiß es zu schätzen, daß Sie Gnade vor Recht ergehen lassen, Sir«, sagte Kevin zu Nr. 1. »Es war mir eine Lehre, Sir. Es wird nicht wieder vorkommen, Sir.«

Polizisten kennen dieses *Sir*-Getue offenbar zur Genüge; es beeindruckte sie nicht. »So glimpflich kommst du kein zweites Mal davon, Freundchen«, sagte der Zweite, »da kannst du verdammt sicher sein.«

Kevin wandte sich dem Hitzkopf zu, parierte dessen Blick mit funkelnden Augen; sie schienen sich zu verstehen. Obwohl er (soweit ich wußte) zum ersten Mal in seinem Leben von der Polizei aufgegriffen worden war, blieb er unbeeindruckt. »Und danke für die Heimfahrt. Ich wollte schon immer mal in 'nem Polizeiwagen fahren – *Sir*.«

»War mir ein Vergnügen«, konterte der Cop munter, als kaute er Kaugummi. »Aber mein kleiner Zeh sagt mir, daß dies nicht deine letzte Ausfahrt auf Staatskosten war – *Freundchen*.«

Nach weiterer Zurschaustellung von Dankbarkeit unsererseits machten die beiden sich wieder auf den Weg. Als sie ein paar Schritte gemacht hatten, hörte ich Lenny plärren: »Wir wären beinah schneller gewesen als ihr Typen. Ihr seid ja völlig aus dem Leim ...!«

Du warst bei diesem Wortwechsel so ruhig und höflich geblieben, daß ich staunte, als dein Gesicht vor Wut blau anlief. Du packtest deinen Sohn am Oberarm und brülltest: »Du hättest eine Karambolage verursachen können, eine verdammte Katastrophe!«

Erhitzt vor morbider Befriedigung trat ich zurück und überließ dir die Angelegenheit. Du solltest ruhig *fluchen*! Zugegeben, wenn einer der Steine eine Windschutzscheibe zerschmettert hätte, dann hätte ich mir meinen kleinlichen Triumph verkniffen, und dieser große Schmerz, den ich später so gut kennenlernen würde, hätte sich statt dessen in mir ausgebreitet. Doch da mir das Elend vorerst erspart blieb, konnte ich den Singsang der Spielplätze anstimmen: »Duu bekommst noch Äär-ger.« Denn eigentlich war ich verzweifelt. Die unendliche Serie von Mißgeschicken in Kevins Fahrwasser hatte, wenn es nach dir ging, nie etwas mit ihm zu tun. Endlich hatte nun einmal eine andere Petze – die Polizei, der unser republikanischer

Reagan-Wähler wohl oder übel glauben mußte – unseren unschuldigen Sohn auf frischer Tat ertappt, und das freute mich. Außerdem war ich froh, daß du auch mal diese wahnwitzige Hilflosigkeit erlebtest, wenn man als angeblich allmächtiges Elternteil völlig ratlos ist, wie man jemanden bestrafen soll, wenn die Strafe nicht die geringste abschreckende Wirkung hat. Ich wollte, daß du die Sinnlosigkeit begriffst, einem Vierzehnjährigen eine »Auszeit« zu verordnen, die Idiotie von »Hausarrest«, wenn es gar nichts gab, wo er gern hinging. Ich wollte, daß du den Horror bei der Erkenntnis spürtest, daß du auf unserer Wiese handgreiflich werden müßtest, wenn er trotz deines Verbots zu seinem Bogenschießstand ginge und dort das einzige übte, was ihm Spaß zu machen schien. Willkommen in meinem Leben, Franklin, dachte ich. *Viel Spaß.*

Celia war nicht gewohnt, daß du grob mit ihrem Bruder umgingst, und sie fing an zu weinen. Ich verfrachtete sie aus dem Flur zurück zu ihren Schularbeiten am Eßtisch, beruhigte sie, daß die Polizisten unsere Freunde seien und nachgucken wollten, ob bei uns alles in Ordnung war, während du unseren stoischen Sohn durch den Flur in sein Zimmer zerrtest.

Aufgeregt wie ich war, konnte ich mich schlecht auf Celias Fibeltext über die Tiere auf dem Bauernhof konzentrieren. Das Geschrei hörte erstaunlich schnell auf; wenn du sauer auf mich warst, ging dir nicht so schnell die Puste aus. Wahrscheinlich warst du zu düsterer Enttäuschung übergegangen, was bei Kindern oft nachhaltiger wirkt, als wenn man die Beherrschung verliert. Bis zum Erbrechen war ich unserem Erstgeborenen mit strenger Ernsthaftigkeit begegnet, und ich war froh, daß du diese Machtlosigkeit auch erleben würdest. Am liebsten wäre ich über den Flur geschlichen und hätte an der Tür gelauscht.

Als du endlich herauskamst, hast du mit pastoraler Würde Kevins Zimmertür geschlossen und erschienst mit eigentümlich gelöstem Gesichtsausdruck im Eßbereich. Ich sagte mir, daß es offenbar einen reinigenden Effekt gehabt hatte, die ganze Schmach und den Abscheu loszuwerden, und als du mich in die Küche winktest, glaubte ich, du würdest mir nun erklären, welche Strafe du verhängt hattest, damit wir auch beide an einem Strang zögen. Ich hoffte, daß du dir eine neue, sofort greifende Maßnahme ausgedacht hattest, die unseren Sohn da träfe, wo es weh tat – was mir nie gelungen war. Ich bezweifelte, daß er das Steinewerfen an sich bereute; aber vielleicht hattest du ihn ja überzeugt, daß Jugendkriminalität taktisch unklug sei.

»Hör mal«, flüstertest du. »Die ganze Dummheit war Lennys Idee, und Kevin hat mitgemacht, weil Lenny zuerst nur Wasserbomben schmeißen wollte. Er dachte, ein Ballon würde nur ordentlich spritzen – du weißt ja, Kinder finden so was komisch. Ich habe ihm erklärt, daß schon ein kleiner Ballon den Fahrer erschrecken und deshalb gefährlich sein könnte, und er meint, daß er das jetzt einsehe.«

»Was«, sagte ich. »Was war – mit den – Steinen?«

»Na ja, irgendwann hatten sie keine Ballons mehr. Kevin sagt, ehe er sich's versah, warf Lenny einen Stein – vielleicht ein Stück Ziegelstein – auf ein herankommendes Auto. Kevin meint, er habe Lenny sofort gesagt, er solle das lassen, weil jemand verletzt werden könnte.«

»Ja«, sagte ich lahm. »Das klingt ganz nach Kevin.«

»Ich glaube, Lenny hat noch ein paar Steine übers Geländer gehievt, bevor Kevin ihn bremsen konnte. Da muß dann jemand mit einem Handy die Polizei angerufen haben. Offenbar waren beide noch da oben, weißt du, hingen da herum, als der Polizeiwagen an der Böschung auftauchte. Es war mächtig blöd – das gibt er zu –, aber wenn ein Jugendlicher noch nie mit dem Gesetz in Konflikt gekommen ist, dann jagt einem blinkendes Blaulicht sicher einen schönen Schreck ein, und ohne nachzudenken –«

»Kevin ist ein kluger Junge, sagst du immer.« Alles, was aus meinem Mund kam, war seltsam schwer und verzerrt. »Ich vermute, daß er reichlich *nachgedacht* hat.«

»Mommy –?«

»Schätzchen«, sagte ich, »mach schön weiter Schularbeiten, okay? Daddy erzählt Mommy gerade eine spannende Geschichte, und Mommy ist ganz neugierig auf das Ende.«

»Jedenfalls«, berichtetest du weiter, »rannten sie los. Kamen nicht sehr weit, weil er schnell begriff, daß Wegrennen verrückt war, und er hielt Lennys Jacke fest, damit der stehenblieb. Und noch was: Unser Freund Lenny Pugh hat offenbar schon etwas auf dem Kerbholz – die alte Nummer, Zucker in den Benzintank oder so was. Lenny hatte man gesagt, daß man Anzeige erstatten würde, wenn man ihn noch mal wegen etwas erwischen würde. Kev, der ja eine weiße Weste hat, dachte, daß sie ihn selbst höchstens verwarnen würden. Deshalb hat er der Polizei erklärt, daß er der Anstifter gewesen sei und daß er allein Steine geworfen habe. Na, als die ganze Geschichte raus war, kam ich mir ganz schön blöd vor, daß ich ihn so verdächtigt habe.«

Ich sah dich staunend an: »Hast du dich entschuldigt?«

»Klar.« Du zucktest mit den Achseln. »Eltern sollten immer zugeben, daß sie einen Fehler gemacht haben.«

Mühsam tastete ich nach einem Stuhl am Küchentisch; ich mußte mich hinsetzen. Du hast dir ein Glas Apfelsaft eingegossen, ich wollte keins. (Warum hast du nicht gemerkt, daß ich einen *harten Drink* brauchte?) Du setztest dich auch, beugtest dich kumpelhaft vor, als ob dieses *Mißverständnis* aus uns nun eine richtige Familie gemacht hatte, die um so mehr zusammenhielt, sich gegenseitig den Rücken stärkte und sich ab und zu an Die-blöde-Geschichte-mit-der-Fußgängerbrücke erinnern würde.

»Ich muß schon sagen«, erklärtest du und nahmst einen Schluck Saft, »wir hatten gerade ein tolles Gespräch über Schwierigkeiten von Loyalität, verstehst du? Wann man zu seinen Freunden halten soll; wo die Grenze liegt, wenn sie etwas tun, was nicht in Ordnung ist; wieviel man persönlich für einen Freund opfern sollte. Denn ich habe ihn gewarnt; er hätte sich beim Werfen verschätzen können. Vielleicht wäre er in den Knast gekommen. Ich habe seine Geste bewundert, aber ich habe ihm gesagt, daß ich nicht wisse, ob Lenny Pugh es wert sei.«

»Junge«, sagte ich. »Ihr habt aber alle Register gezogen.«

Dein Kopf fuhr herum. »War das sarkastisch?«

Okay, wenn du keine Erste Hilfe leisten würdest, würde ich mir selbst ein Glas Wein einschenken. Ich setzte mich wieder und trank es mit zwei großen Schlucken halb aus. »Das war eine sehr detaillierte Geschichte. Deshalb hast du doch nichts dagegen, wenn ich ein paar Dinge kläre.«

»Schieß los.«

»Lenny«, begann ich. »Lenny ist ein Wurm, Lenny ist stockdoof. Ich habe ein Weilchen gebraucht, um zu begreifen, worin für ihn der Reiz liegt – für Kevin, meine ich. Dann hab ich es begriffen: Genau da. Daß er ein doofer, nachgiebiger, speichelleckender Wurm ist.«

»Halt, ich mag ihn ja auch nicht besonders, aber *speichellekkend*?«

»Hab ich dir erzählt, daß ich sie beide draußen erwischt habe, und Lenny hatte die Hose unten?«

»Eva, du kennst doch Jungen in der Pubertät. Vielleicht stört es dich, aber sie experimentieren manchmal rum –«

»Kevin hatte seine Hose nicht unten. Kevin war komplett bekleidet.«

»Und was soll das heißen?«

»Daß Lenny nicht sein *Freund* ist, Franklin! Lenny ist sein Sklave! Lenny tut alles, was Kevin ihm sagt, je demütigender desto besser! Die Vorstellung, daß dieser jämmerliche, kichernde, arschkriechende Dreckspatz irgendeine Idee entwikkelt – ganz zu schweigen davon, daß er als Initiator eines bösen, gefährlichen Streiches den armen, tugendhaften Kevin gegen seinen Willen mitgeschleppt haben könnte –, also das ist der blanke Hohn!«

»Würdest du dich bitte mäßigen! Und ich glaube, du brauchst auch keinen Wein mehr.«

»Richtig. Was ich wirklich brauche, ist ein großer Schluck Gin, aber zur Not tut es auch Merlot.«

»Sieh mal. Seine Geschichte kann man anzweifeln, und ich

habe das mit ihm besprochen. Aber angesichts der Tatsache, daß so ein Geständnis Mut erfordert, bin ich verdammt stolz –«

»*Ziegel*«, unterbrach ich. »Die sind schwer. Die sind groß. Bauunternehmer lagern keine Backsteine an Fußgängerbrükken. Wie sind sie dahingekommen?«

»Ziegelstücke. Ich sagte Stücke.«

»Ja«, sagte ich und ließ die Schultern hängen. »Das hat Kevin sicher auch gesagt.«

»Er ist unser *Sohn*, Eva. Wir müssen ihm doch ein bißchen vertrauen.«

»Aber die Polizei hat gesagt –« Ich sprach den Gedanken nicht mehr aus, mein Elan war mir abhanden gekommen. Ich fühlte mich wie ein störrischer Anwalt, der weiß, daß die Sympathie der Jury bereits verspielt ist, der aber dennoch seine Arbeit tun muß.

»Die meisten Eltern«, sagtest du, »versuchen ihre Kinder zu *verstehen*, und nehmen nicht jedes bißchen unter die Lupe –«

»*Ich versuche ihn zu verstehen.*« Meine Aufgebrachtheit muß weit hörbar gewesen sein; auf der anderen Seite der Trennwand begann Celia zu wimmern. »Wenn ich es nur könnte!«

»Na klar, geh du und kümmere dich um Celia«, schimpftest du, als ich aufstand. »Geh und trockne Celias Tränen und streichele Celia übers hübsche Goldhaar und mach für Celia Hausaufgaben, damit sie um Himmels willen nicht lernt, selbst eine Aufgabe zu erledigen. Unser Sohn ist gerade von der Polizei aufgegriffen worden, wegen etwas, das er nicht getan hat, und er ist ziemlich durcheinander, aber das macht ja nichts, denn Celia braucht ihre Milch und Kekse.«

»Genau«, konterte ich. »Denn unser eines Kind buchstabiert gerade Tiernamen, während unser anderes Kind Ziegel auf herannahende Autoscheinwerfer wirft. Es wird Zeit, daß du den Unterschied begreifst.«

Ich war über diesen Abend wirklich wütend, und ich vergeudete meinen folgenden Arbeitstag bei AWAP hauptsächlich damit, vor mich hin zu schimpfen, wie ich einen solchen *Vollidioten* heiraten konnte. Verzeih. Und es war fies von mir, aber ich habe dir nie erzählt, was ich am späten Nachmittag zufällig mitbekam. Vielleicht war es mir peinlich, oder ich war zu stolz.

Vor lauter Wut und Frustration, daß ich nichts schaffte, profitierte ich von meinem Privileg als Vorgesetzte und ging früher nach Hause. Als ich ankam und Celias Babysitter Robert freigab, hörte ich am Ende des Flurs Stimmen. Anscheinend hatte der *doofe, nachgiebige, speichelleckende Wurm* nicht einmal soviel Verstand im Kopf, daß er sich für ein paar Tage rar machte, nachdem er mit der Polizei bei uns aufgetaucht war, denn ich erkannte seine nasale nölende Stimme, die aus Kevins alptraumartig ordentlichem Zimmer drang. Unüblicherweise stand die Tür offen, aber ich wurde auch erst in zwei Stunden zu Hause erwartet. Eigentlich wollte ich nicht lauschen, sondern war auf dem Weg ins Bad – oh, na gut, ich wollte lauschen. Ich hatte mir schon am Vorabend verkniffen, an dieser Tür zu lauschen.

»He, haste den fetten Polizistenarsch aus der Hose hängen sehen?« Lenny schwelgte in Erinnerungen. »Riesenarsch mit Ohren! Wetten, wenn der Typ beim Laufen scheißen müßte, wäre alles sauber über den Gürtel gegangen!«

Kevin stimmte nicht in Lennys Getue ein. »Na ja«, sagte er. »Sei froh, daß ich mir *Mister Pla*stic vom Hals gehalten habe. Aber die Szene hättest du hier sehen sollen, Pugh. Direkt aus *Dawson's Creek*. Echt zum Kotzen. Dachte schon, ich heule los, pünktlich vor der Werbepause.«

»He, ich versteh schon! Wie bei den Cops, Alter, du warst so aalglatt, Alter, ich dachte schon, der fette Wichser schleppt dich in so'n kleinen Raum und kloppt dich zusammen, weil du ihn fix und fertig machst! *Sir, ich muß wirklich leider zugeben, daß mir es war …*«

»Daß *ich* es war, du grammatikalischer Schwachkopf. Und vergiß nicht, ich habe bei dir was gut.«

»Klar, Bruder, ich schulde dir reichlich. Hasten Kopf hingehalten wie so'n Superheld, wie – wie so'n Jesus!«

»Ich mein's ernst, Mann. Das kostet dich was«, sagte Kevin. »Deine Anfängernummer schadet meinem Ruf. Ich hab meinen Standard. Jeder kennt meinen Standard. Diesmal hab ich deinen Arsch gerettet, aber rechne nicht mit einer Fortsetzung. ›Arschrettung II‹ ist nicht. Mit so 'nem Scheiß will ich nix zu tun haben. *Steine auf der Autobahnbrücke.* Scheißschwache Nummer, Mann. Null Klasse, scheiß*schwach*.«

Eva

3. März 2001

Lieber Franklin,

du hast es dir so zusammengereimt: Ich schämte mich für meine falschen Anschuldigungen, und deshalb lud ich Kevin ein, mit mir auszugehen, nur wir beide, Mutter und Sohn. Dir schien die Idee sonderbar, und als du so vehement betontest, daß wir so was öfter machen sollten, wußte ich, daß sie dir nicht gefiel – zumal du die spitze Bemerkung hinzufügtest, daß wir Fußgängerbrücken lieber meiden sollten: »Du kennst ja Kevins Drang, Fernsehsessel auf die Fahrbahn zu werfen.«

Ich war nervös, als ich Kevin einlud, zwang mich aber dazu; schließlich ist es zwecklos, sich darüber zu beschweren, daß dein pubertierender Sohn nie mit dir redet, wenn du selber nie mit ihm redest. Und ich dachte wieder daran, daß die Vietnamreise im vorletzten Sommer völlig schiefgegangen war, weil drei ganze Wochen mit der Familie auf engstem Raum einfach zuviel gewesen waren, wo es doch kein Dreizehnjähriger erträgt, mit seinen Eltern zusammen gesehen zu werden, noch nicht mal von Kommunisten. Hin und wieder ein einzelner Tag wäre bestimmt leichter auszuhalten. Außerdem hatte ich ihm meine eigene Reiselust aufgezwungen, statt mich anzustrengen und zu überlegen, was er gern machen würde – was immer das sein mochte.

Weil ich nicht wußte, wie ich die Frage vorbringen sollte, war ich nervös wie ein schüchternes Schulmädchen, das sich anschickt, unseren Sohn zu einem Rockkonzert einzuladen. Als ich ihn schließlich in der Küche zu fassen bekam – oder besser gesagt, mich selbst zu fassen bekam –, brachte ich den sensationellen Satz heraus: »Übrigens, ich möchte gern mit dir ausgehen.«

Kevin sah mißtrauisch aus. »Warum.«

»Einfach, um etwas mit dir zu unternehmen. Aus Spaß an der Freude.«

»Was denn, zum Beispiel.«

Das war der Teil, der mich nervös machte. Sich etwas zu überlegen, was unserem Sohn »Freude« machen könnte, war wie der Versuch, sich eine gigantische Vergnügungsreise mit deinem Lieblingsstein auszudenken. Er haßte Sport, und die meisten Filme interessierten ihn nicht; Essen war unwichtig und Natur ein schlichtes Ärgernis, verhieß sie doch nur Hitze oder Kälte oder Fliegen. Also zuckte ich die Achseln. »Vielleicht ein paar Weihnachtseinkäufe erledigen. Dich zum Essen einladen?« Dann zog ich mein As aus dem Ärmel und bediente damit genau Kevins Trumpffarbe des Absurden: »Und eine oder zwei Runden *Minigolf spielen?*«

Er grinste sein verkniffenes Lächeln, und ich hatte mir meinen Begleiter für Samstag gesichert. Ich überlegte krampfhaft, was ich anziehen sollte.

Frei nach Mark Twains *Der Prinz und der Bettler* würde ich die Rolle von Kevins liebevollem, aufmerksamem Elternteil übernehmen, während du für diesen Tag Celias Beschützer werden würdest. »Ach du liebe Güte«, hast du etwas spitz gesagt, »da werde ich mir was einfallen lassen müssen, daß sie sich nicht ängstigt. Staubsaugen wird wohl nicht in Frage kommen.«

Es wäre übertrieben, wenn ich behauptete, daß ich mir wirklich von Herzen wünschte, mit meinem kratzbürstigen vierzehnjährigen Sohn einen ganzen Nachmittag und Abend zu verbringen, aber ich wünschte mir sehr, daß ich es mir wünschen würde – wenn das einen Sinn ergibt. Da ich wußte, wie langsam die Zeit mit dem Jungen verging, hatte ich unseren Tag genau geplant: Minigolf, Shopping in der Main Street von Nyack, und dann würde ich ihn irgendwo zu einem schönen Essen einladen. Die Tatsache, daß er sich nichts aus Weihnachtsgeschenken machte oder aus einem guten Essen im Restaurant, war kein Grund, den Unterricht über normale Aktivitäten normaler Menschen ausfallen zu lassen. Was unseren sportlichen Ausflug betraf: Von niemandem wird erwartet, Minigolf gut zu finden, deshalb fand ich es so passend.

Kevin meldete sich mit düsterer Duldsamkeit im Flur zur Stelle, wie ein Verurteilter, der abtransportiert wird, um seine Strafe abzusitzen. (In genau dieser Situation, keine zwei Jahre später, wirkte seine Miene allerdings cool und frech.) Sein dikker Sportpullover in dieser albernen Kindergröße hatte das schrille Orangerot von Gefängniskleidung – es war nicht gerade eine Farbe, die ihm gut stand, wie ich noch reichlich Gelegenheit haben würde festzustellen –, und in dem engen Hemd, das seine Schultern zurückzog, wirkte er, als trüge er Handschellen. Seine auf den Hüften sitzende Khakihose vom letzten Jahr war modisch ganz weit vorn: Sie reichte ihm bis zur Mitte der Wade und nahm die Renaissance der Dreiviertelhose vorweg.

Wir stiegen in meinen neuen metallic-quietschgelben VW-Beetle. »Weißt du«, plauderte ich, »zu meiner Zeit sah man diese VW-Käfer überall. Meistens völlig verbeulte Rostlauben, vollgestopft mit abgebrannten, Dope rauchenden Langhaarigen, die aus scheppernden Lautsprechern Three Dog Night dröhnen ließen. Ich glaube, die haben damals etwa 2500 Dollar gekostet. Diese Neuauflage hier kostet jetzt zehnmal soviel. Immer noch passen nur zwei Erwachsene und eine Katze rein, aber es ist ein Luxusautomobil. Ich weiß nicht, ist das komisch, ironisch?«

Stille. Endlich dann, schwerfällig: »Das heißt, daß du 25 Riesen ausgibst, um dir vorzumachen, daß du noch neunzehn bist, und immer noch keinen Kofferraum hast.«

»Na gut, ich gebe zu, daß mich das ganze Retro-Zeug ermüdet«, sagte ich. »Die Film-Remakes von *Die Brady-Familie* und *Familie Feuerstein*. Aber als ich das Design das erste Mal sah, habe ich mich verliebt. Der Beetle kopiert das Original nicht, *er spielt darauf an.* Und der alte Käfer war dürftig. Der Beetle ist zwar nach wie vor nur ein kleiner Hubbel auf der Straße, aber er ist ein überraschend schönes Auto.«

»Ja, ja«, sagte Kevin. »Das hast du alles schon mal erzählt.«

Ich wurde rot. Das stimmte. Hatte ich.

Ich hielt an dem beliebten kleinen Platz in Sparkhill, der »9 W Golf« hieß, und bemerkte dann, daß Kevin keine Jacke dabeihatte. Es war kühl und bedeckt. »Warum hast du dir keinen *Mantel* angezogen?« platzte ich heraus. »Du kannst es wohl nicht ungemütlich genug haben, was?«

»Ungemütlich?« sagte er. »Mit meiner eigenen Mutter?«

Ich knallte die Autotür zu, aber bei dieser deutschen Technik machte es nur ein dumpfes Plopp.

Weiß der Himmel, was ich mir dabei gedacht hatte. Minigolf ist von Natur aus albern, vielleicht hatte ich gehofft, daß es unserem Nachmittag ein belebendes Element von Schrulligkeit hinzufügen würde. Oder ich hatte vielleicht auf einen emotionalen Umkehreffekt gehofft; denn alles, was mir etwas bedeutete, fand Kevin unwichtig, etwas, das ich unwichtig fand, würde Kevin vielleicht etwas bedeuten. Jedenfalls hatte ich mich getäuscht. Wir zahlten beim Platzwart und marschierten zum ersten Loch – eine Badewanne mit vertrocknetem Gras, bewacht von einer Giraffe aus Gips, die wie ein Pony mit einem langgezogenen Hals aussah. Alle Figuren auf dem Minigolfkurs waren lieblos aufgebauter Plunder und verliehen dem Platz den Charme von *Rattenarsch-egal,* wie Kevin sagen würde. Der nicht abreißende Verkehr auf der 9 W dröhnte laut, und Kevin hatte inzwischen eine kräftige Gänsehaut auf den Armen. Er fror, und ich zwang ihn, hier zu spielen, weil ich mir dieses ausgefallene Mutter-Sohn-»Rendezvous« in den Kopf gesetzt hatte und wir auf Teufel komm raus *Spaß* haben mußten.

Natürlich konnte jeder einen Golfball zwischen die Löwenfüße dieser Badewanne schieben, weil die Füße fast einen Meter auseinander standen. Aber als der Kurs schwerer wurde – unter der Rakete durch, hinüber zum Leuchtturm, die Hängebrücke entlang, um die Milchkannen herum, durch die Türen der Miniaturausgabe des Feuerwehrhauses von Sparkhill Palisades –, verzichtete Kevin auf seine im Garten einstudierte Unfähigkeit, einen Frisbee richtig fliegen zu lassen, und glänzte statt dessen mit der verblüffenden Koordination von Hand und Auge, die sein Trainer im Bogenschießen mehr als einmal hervorgehoben hatte. Aber gerade die Tatsache, daß er so gut spielte, machte alles um so sinnloser, und ich mußte mich unwillkürlich an unser erstes »Spiel« erinnern, als er mit zwei Jahren den Ball auf dem Boden genau dreimal zu mir hinrollte. Mich machte der vollkommene Stumpfsinn dieses Spiels so wütend, daß ich apathisch wurde und die Löcher nicht traf. Wir redeten nicht, und in ganz kurzer Zeit hatten wir den Kurs zu Ende gespielt, wenn auch nur der Uhr nach. Ich hatte ständig hingesehen. So ist es also, wenn man Kevin ist, dachte ich. Das bleierne Vergehen von Minute um Minute. So ist es die ganze Zeit, wenn man Kevin ist.

Zum Schluß posierte Kevin mit seinem Schläger wie ein Dandy, immer noch schweigsam, aber sein Blick bedeutete: *Und nun?*, als wollte er sagen, ich habe gemacht, was du wolltest, und ich hoffe, du bist zufrieden.

»Gut«, sagte ich grimmig. »Du hast gewonnen.«

Ich bestand darauf, nach Hause zu fahren und seine Jacke zu holen, obwohl es mir peinlich war, so früh zurückzukommen – du gucktest verwirrt –, und die Fahrt durch Nyack nach Gladstone und zurück nach Nyack zum Einkaufen vergrößerte meine Verlegenheit. Doch jetzt, da Kevin immerhin Hackfleisch aus meiner einzigen spielerischen und ausgefallenen Idee für unseren Nachmittag gemacht hatte – indem er sie zu einer mechanischen, eiskalten Farce werden ließ –, machte er einen zufriedeneren Eindruck. Nachdem wir geparkt hatten (weit unten am Broadway, weil die Autos jetzt im Dezember Stoßstange an Stoßstange fuhren und wir Glück mit diesem Parkplatz gehabt hatten), äußerte er zu meiner großen Überraschung von sich aus einen Gedanken.

»Ich begreife nicht, warum ihr das *Christ*fest feiert, dabei seid ihr doch gar keine *Christ*en.« Er betonte die Silbe *Christ*, um den Jesus-Bezug herauszuheben.

»Na ja«, sagte ich, »es stimmt, daß dein Vater und ich nicht glauben, daß irgendein junger Mann, der die Menschen vor zweitausend Jahren berührte, weil er so gut rumtönen konnte, Gottes Sohn war. Aber es ist doch schön, Feiertage zu feiern, oder? Einen Teil des Jahres etwas anders zu begehen, als etwas, worauf man sich freuen kann. Als ich in Green Bay Anthropologie studierte, habe ich gelernt, daß es wichtig ist, kulturelle Rituale einzuhalten.«

»Aber nur, wenn sie völlig leer sind«, sagte Kevin leichthin.

»Du hältst uns für Heuchler.«

»Das hast du gesagt, nicht ich.«

Er glitt am Runcible Spoon vorbei und um die Ecke zur Mainstreet, brachte ein paar ältere Highschool-Schülerinnen, die vor dem Long Island Drum Center herumlungerten, dazu, sich die Hälse nach ihm zu verrenken. Offen gesagt, ich glaube nicht, daß sein dunkles armenisches Aussehen ihre Aufmerksamkeit erregte, sondern eher die lässige Eleganz seines Auftretens, die in einem absurden Gegensatz zu seiner albernen Kleidung stand. Er lief geschmeidig, ohne großes Auf und Ab, wie auf Rollen. Und seine hübschen, zur Schau gestellten Hüftknochen haben vielleicht auch nicht geschadet.

»Also«, faßte Kevin zusammen und bahnte sich einen Weg durch die Fußgänger, »ihr wollt die Geschenke und den bewährten Eierpunsch, aber die Gebete und den langweiligen Weihnachtsgottesdienst wollt ihr nicht. Ihr heimst die guten Sachen ein, ohne dafür mit dem Scheiß zu bezahlen.«

»So könnte man es ausdrücken«, sagte ich vorsichtig. »Im weitesten Sinn habe ich das mein ganzes Leben lang versucht.«

»Okay, solange du damit durchkommst«, sagte er kryptisch. »Bin nicht sicher, ob das immer möglich ist.« Und damit ließ er das Thema fallen.

Die Unterhaltung stockte wieder, und als ich fast von einem dieser superschmalen Aluminiumroller, die plötzlich so populär waren, umgefahren worden wäre, überlegte ich laut, ob wir Celia vielleicht einen kaufen sollten.

Kevin sagte: »Weißt du, hättest du vor ein paar Jahren einem Kind einen blöden kleinen *Roller* zu Weihnachten geschenkt, hätte es sich die Augen aus dem Kopf geheult.«

Ich ergriff die Chance, kameradschaftlich zu sein. »Du hast recht, das gehört zu den Sachen, die in diesem Land nicht stimmen. Es geht immer um den neuesten Trend. Das war dasselbe mit Inlineskates, oder? Über Nacht ein Muß. Trotzdem –« Ich biß mir auf die Lippen, beobachtete wieder einen Jungen, der auf einem dieser silbernen Geräte vorbeisauste. »Ich möchte nicht, daß Celia sich ausgeschlossen fühlt.«

»Mumsey. Komm auf die Erde. Ceil würde sich vor Angst in die Hosen machen. Du müßtest ihr beim Rollern immer die Hand halten, oder du müßtest sie und den Roller und alles übrige *tragen*. Willst du das? Denn auf mich kannst du nicht zählen.«

Okay. Wir kauften keinen Roller.

Wir kauften schließlich gar nichts. Kevin verunsicherte mich dermaßen, daß alles, was in Betracht kam, gegen mich zu sprechen schien. Ich sah auf die Schals und Hüte mit seinen Augen, und plötzlich kamen sie mir dämlich oder überflüssig vor. Wir hatten Schals. Wir hatten Hüte. Warum sich die Mühe machen.

Obwohl es mir leid tat, unseren Parkplatz aufzugeben, war ich froh über die Chance, einmal die gute Mutter spielen zu können, und verkündete streng, daß wir jetzt nach Hause fahren und uns zum Dinner in Kleidung in *Normalgröße* werfen würden – obwohl mir seine schnodderige Antwort »Wie du willst« eher die Grenzen meiner Autorität klarmachte als ihre Stärke. Als wir auf dem Rückweg zum Auto wieder am Runcible Spoon vorbeikamen, saß eine korpulente Frau allein an einem Fenstertisch, vor sich ein Eis mit Sahne und heißer Schokoladensauce, das genau das verschwenderische amerikanische Ausmaß hatte, um das Europäer uns beneiden und das sie gleichzeitig verachten.

»Immer wenn ich dicke Menschen sehe, dann essen sie«, sagte ich nachdenklich und war mir sicher, daß die Frau mich nicht hören konnte. »Komm mir nicht damit, daß es mit Drüsen oder Genen zu tun hat oder einem langsamen Stoffwechsel. Es liegt am Essen. Sie sind dick, weil sie die falschen Sachen essen, und zwar zuviel und die ganze Zeit.«

Das übliche Fehlen einer Reaktion, nicht mal *mmm-hm* oder *stimmt*. Schließlich, eine Ecke weiter: »Weißt du, du kannst manchmal ganz schön hart sein.«

Überrascht blieb ich stehen. »Das mußt du gerade sagen.«

»Ja. Genau. Wo ich das wohl herhabe.«

Jedes Mal, wenn mir auf der Heimfahrt eine Bemerkung auf der Zunge lag – über drängelnde Geländewagenfahrer (oder, wie ich sie spaßeshalber nannte, Kleinwohnungskutscher), die protzige Weihnachtsbeleuchtung in Nyack –, merkte ich, daß sie herabsetzend war, und schluckte sie hinunter. Ich gehörte offensichtlich zu den Menschen, die nichts Nettes zu sagen hatten. Das unbeholfene Schweigen in meinem Beetle war ein Vorgeschmack auf die langen Perioden tödlicher Stille, die in Claverack vergehen sollten.

Zu Hause hattest du den ganzen Nachmittag lang mit Celia Weihnachtsbaumschmuck gebastelt und ihr geholfen, sich Lametta ins Haar zu flechten. Du warst in der Küche und legtest gefrorene Fischstäbchen auf ein Brett, als ich hastig aus dem Schlafzimmer kam und dich bat, mir den obersten Knopf meines leuchtendrosa Seidenkleids zuzuknöpfen. »Wow«, sagtest du, »du siehst nicht sehr mütterlich aus.«

»Ich möchte zeigen, daß es ein besonderer Anlaß ist«, sagte ich. »Ich dachte, du magst das Kleid.«

»Ich mag es. Aber«, hast du gemurmelt und dabei den Knopf zugemacht, »der Schlitz am Schenkel geht ziemlich hoch. Du willst doch nicht, daß er sich geniert.«

»Offenbar habe ich schon jemanden dazu gebracht, sich zu genieren.«

Ich ging weg, um Ohrringe zu suchen und mich mit etwas

Opium zu besprühen, kehrte dann in die Küche zurück und entdeckte, daß Kevin dieses Mal nicht einfach nur stur meiner Anweisung gefolgt war; ich hatte halb erwartet, er würde sich in ein Häschenkostüm »in Normalgröße« werfen. Er stand mit dem Rücken zu mir am Ausguß, aber selbst so konnte ich sehen, daß seine edlen schwarzen kunstseidenen Hosen sanft auf seinen schmalen Hüften ruhten und mit einem leichten Knick bis zu seinen Ziegenlederstiefeln reichten. Das weiße Hemd hatte ich ihm nicht gekauft. Es hatte weite Ärmel und einen eleganten Schnitt, vielleicht gehörte es zur Fechtausstattung.

Ich war berührt, ich war es wirklich, und ich wollte gerade ausrufen, wie elegant er aussah, wenn er keine Kleider für Achtjährige trug, als er sich umdrehte. Er hatte ein ganzes Hühnchen in der Hand. Oder vielmehr, es war einmal ganz gewesen, ehe er beide Brustseiten abgerissen hatte und ein Bein, das er gerade hinunterschlang.

Ich bin vermutlich blaß geworden. »Ich will gerade mit dir essen gehen. Warum ißt du fast ein ganzes gebratenes Hühnchen, ehe wir losfahren?«

Kevin wischte sich mit dem Handballen etwas Fett aus dem Mundwinkel und verbarg nur schlecht sein zufriedenes Grinsen. »Ich hatte Hunger.« Ein so seltenes Eingeständnis, daß es nur Hinterlist sein konnte. »Schon mal davon gehört – ein Junge im Wachstum?«

»Leg das jetzt *sofort* hin und hol deinen Mantel.«

Als wir im Hudson House saßen, war unser *Junge im Wachstum* für den Tag genug gewachsen und gestattete sich, keinen Appetit mehr zu haben. Ich brach mit unserem Sohn das Brot nur im allerwörtlichsten Sinn, denn er weigerte sich, eine Vorspeise zu bestellen, noch nicht mal einen Appetizer, und zog es statt dessen vor, an den harten Brötchen im Korb herumzuzupfen. Obwohl er das Sauerteigbrot in immer kleinere Stückchen riß, glaube ich nicht, daß er etwas davon gegessen hat.

Trotzig bestellte ich den Mesclun-Salat, Taubenbrust als

Vorspeise, Lachs und eine ganze Flasche Sauvignon blanc, die ich, wie ich spürte, austrinken würde.

»Also«, fing ich an und bekämpfte mein Unbehagen, als ich in meinem Salat unter Kevins asketischem Blick herumstocherte; wir waren in einem Restaurant, warum sollte ich mich schuldig fühlen, wenn ich aß? »Was macht die Schule?«

»Geht so«, sagte er. »Mehr kann man nicht verlangen.«

»Ich kann ein paar mehr Einzelheiten verlangen.«

»Möchtest du meinen Stundenplan wissen?«

»*Nein.*« Ich wollte mich auf keinen Fall ärgern. »Aber hast du ein Lieblingsfach?« Mir fiel zu spät ein, daß Kevin das Konzept *Lieblings*-irgendwas nur mit der Freude anderer verband, die er ihnen gern verdarb.

»Du unterstellst, daß mir irgendeins gefällt.«

»Na ja«, warf ich ein, ich hatte Schwierigkeiten, eine mundgerechte Gabel Rucolasalat aufzuspießen, ich wollte mir das Kinn nicht mit Honig-Senf-Dressing beschmieren.

»Hast du dir überlegt, ob du dich nachmittags an irgendwelchen Neigungsgruppen beteiligen willst?«

Er sah mich mit der gleichen Ungläubigkeit an, mit der er später auf meine Fragen nach dem Kantinenessen in Claverack reagieren sollte. Vielleicht konnte ich mich glücklich schätzen, daß er sich nicht herabließ, überhaupt zu antworten.

»Was ist mit deinen, äh, Lehrern? Sind welche dabei, die du schon kennst, besonders –«

»Und welche *Musikgruppen* hörst du zur Zeit?« fragte er ganz ernst. »Als nächstes kannst du aus mir herauskitzeln, ob in der ersten Reihe nicht eine hübsche kleine Fotze sitzt, die mich scharfmacht. So kannst du natürlich dazu überleiten, mir zu erzählen, daß es selbstverständlich allein meine Sache sei, aber bevor ich die Braut gleich im Flur bumse, könnte ich mich auch entscheiden, damit zu *warten,* bis ich *bereit* bin. Wenn wir beim Dessert sind, kannst du mich über *Drooogen* ausfragen. Vorsichtig, damit ich mich nicht erschrecke und anfange zu lügen, also wirst du sagen, daß du auch *experimentiert* hast, was aber nicht bedeutet, daß ich auch *experimentieren* sollte. Zum Schluß, wenn du dann die ganze Flasche ausgepichelt hast, kannst du mit schwimmenden Augen sagen, wie großartig es ist, einmal *Zeit* füreinander zu haben, und du kannst dich von deinem Stuhl hieven und mir den Arm um die Schulter legen und mich ein bißchen *drücken.*«

»Na schön, Mister Miesmacher.« Ich ließ den Salat stehen. »Worüber möchtest *du* denn reden?«

»Das war deine Idee. Ich habe nie gesagt, daß ich mit dir über irgendeinen Scheiß reden will.«

Wir schwiegen uns über meine Taubenbrust mit Johannisbeer-Confit hinweg an, und ich fing an zu säbeln. Kevin schaffte es immer, Vergnügen in harte Arbeit zu verwandeln. Aus der Richtung, die er nach drei oder vier Minuten Schweigen einschlug, kann ich nur schließen, daß er Mitleid mit mir bekam. Später, in Claverack, würde er nie als erster auch nur blinzeln, aber schließlich war er im Hudson House auch erst vierzehn.

»Okay, ich habe ein *Thema*«, sagte er listig und nahm einen karminroten Stift aus dem Glas mit Buntstiften, die auf Restauranttischen inzwischen ebenso allgegenwärtig waren wie die Roller auf den Straßen. »Du meckerst immer über dieses Land und wünschst dir, du wärst in Malaysia oder sonstwo. Was hast du für ein Problem mit diesem Land. Echt. Amerikas *Materialismus*?«

Ziemlich genau wie Kevin, als ich ihm diese Verabredung vorschlug, befürchtete ich eine Falle, aber ich hatte noch eine Vorspeise und zwei Drittel der Flasche vor mir, und ich wollte die Zeit nicht damit zubringen, nur auf dem Papiertischtuch herumzumalen. »Nein, ich glaube nicht, daß es das ist«, antwortete ich aufrichtig. »Schließlich, wie dein Großvater sagen würde –«

»*Das Material ist alles*. Was stört dich also?«

Das wird dich mit Sicherheit sehr erstaunen, aber in dem Moment fiel mir nicht eine einzige Sache ein, die an den Vereinigten Staaten falsch war. Auf so eine Art bin ich oft blockiert, zum Beispiel, wenn mich irgendein kontaktfreudiger Fremder im Flugzeug, sobald ich mein Buch sinken lasse, fragt, welche Romane ich noch gern gelesen hätte: Ich habe dann eine so vollkommene Leere im Kopf, daß mein Sitznachbar daraus schließen muß, mein in das Zeitschriftennetz gestopftes Taschenbuch sei der erste Roman meines Lebens. Meine gehässige Meinung über die Vereinigten Staaten bedeutete mir viel – auch wenn ich, dank deiner, gelernt habe, diesem Land grollend zuzugestehen, daß es zumindest ein energisches improvisationsfähiges Gebilde war, das trotz seines Hangs zur Konformität eine beeindruckende Anzahl echter Irrer hervorgebracht hat. Plötzlich unfähig, ein einziges Merkmal des Landes zu nennen, das mich wahnsinnig machte, verlor ich eine Sekunde lang den Boden unter den Füßen und machte mir Sorgen, daß ich mir die Vereinigten Staaten nicht wegen meines klugen Weltbürgertums vom Leib gehalten hatte, sondern aufgrund kleinlicher Vorurteile.

Im Flugzeug fällt mir jedoch schließlich ein, daß ich Paul Bowles' *Himmel über der Wüste* liebe. Dann fällt mir V. S. Naipauls *An der Biegung des großen Flusses* ein, das mich immer an Paul Therouxs köstliches Buch *Girls at Play* erinnert, und ich bin erlöst und gelte wieder als belesen.

»Amerika ist häßlich«, behauptete ich.

»Was? Die bernsteinfarbenen Wellen der Kornfelder?«

»Der billige Fastfood-Schrott. Das viele Plastikzeug. Es hat sich im ganzen Land ausgebreitet, wie Kartoffelfäule.«

»Du hast gesagt, du magst das Chrysler Building.«

»Das ist alt. Moderne amerikanische Architektur ist meistens grauenhaft.«

»Das Land ist also eine Müllkippe. Woanders ist es nicht besser.«

»Du warst kaum je woanders.«

»Vietnam war ein Drecksloch. Dieser See in Hanoi hat gestunken.«

»Aber fandest du die Menschen nicht großartig? Schon allein wie sie aussehen.«

»Du hast mich nach Asien geschleppt wegen der Schlitzaugenfotzen? Ich hätte mir eine dieser Pauschalreisen im Netz buchen können.«

»Amüsierst du dich gut?« fragte ich ihn trocken.

»War schon besser.« Er schoß eine Brotkugel in den Korb. »Außerdem fand ich, die Jungs sahen alle wie Mädchen aus.«

»Aber ich fand das erfrischend«, sagte ich hartnäckig, »wie die Vietnamesen sich an diesem See – auch wenn er roch – für ein paar Dong auf Badezimmerwaagen stellten in der Hoffnung, ein paar Pfund *zugenommen* zu haben. Das ist biologisch vernünftig.«

»Setz die Schlitzaugen lange genug an ein Faß ohne Boden voller Fritten, und sie werden breiter als hoch, so wie diese Loser, die den ganzen Tag in den Einkaufszentren von New Jersey rumhängen. Glaubst du, daß nur die Amerikaner unmäßig sind? Ich passe in Europäischer Geschichte nicht allzugut auf, aber das glaube ich nicht.«

Der Lachs wurde serviert, auf den ich keinen Appetit mehr hatte. Ich trommelte mit den Fingern. Vor dem Hintergrund des Seestücks, das im Hudson House die ganze Wand bedeckte, in seinem eleganten weißen Hemd mit den weiten Ärmeln, dem aufgestellten Kragen und dem V-Ausschnitt, der bis zum Bauchnabel reichte, hätte Kevin als Errol Flynn in *Unter Piratenflagge* durchgehen können.

»Der Akzent«, sagte ich. »Ich hasse ihn.«

»Es ist auch dein Akzent«, sagte er. »Auch wenn du wie die Engländer *tomahto* sagst.«

»Du findest das prätentiös.«

»*Du* nicht?«

Ich mußte ein bißchen lachen. »Okay. Es ist prätentiös.«

Da lockerte sich etwas, und ich dachte, ach, vielleicht war diese »Verabredung« doch keine so schlechte Idee. Vielleicht finden wir einen gemeinsamen Nenner. Jetzt ließ ich mich langsam ernsthaft auf das Gespräch ein. »Weißt du, was zu den Dingen gehört, die ich an diesem Land wirklich nicht ausstehen kann? Das Fehlen von Verantwortlichkeit. Alles, was im Leben eines Amerikaners falsch läuft, ist die Schuld eines anderen. All die Raucher, die Millionen Dollar von den Tabakfirmen einheimsen, obwohl sie die Risiken seit *vierzig Jahren* kennen. Ich kann nicht aufhören zu rauchen? Ich häng's Philip Morris an. Als nächstes werden Fastfoodkonsumenten die Fastfoodproduzenten verklagen, weil sie zu viele Big Macs gegessen haben!« Ich hielt inne und bremste mich. »Ich merke, daß du das schon mal gehört hast.«

Natürlich hatte Kevin mich aufgezogen wie ein Spielzeug. Er hatte denselben aufmerksamen boshaften Gesichtsausdruck, den ich neulich bei einem Jungen gesehen habe, der im Tallmann Park seinen ferngesteuerten Modellrennwagen die Felsen hinunterstürzen ließ. »Ein- oder zweimal«, gab er zu und unterdrückte ein Lächeln.

»Power-Walker«, sagte ich.

»Was ist mit denen.«

»Sie machen mich verrückt.« Das hatte er natürlich auch schon gehört, aber das Folgende nicht, weil ich noch nicht richtig darüber nachgedacht hatte. »Die Leute hier gehen nicht einfach *spazieren*, sie brauchen dazu irgendein Programm. Und weißt du, das ist vielleicht der Kern dessen, *was mich stört*. All die immateriellen Dinge des Lebens, die wirklich guten, aber wirklich schwer faßbaren Dinge, die das Leben lebenswert machen – Amerikaner glauben offenbar, daß sie die alle haben können, wenn sie sich nur einer Gruppe anschließen oder etwas abonnieren oder eine spezielle Diät einhalten oder eine Aromatherapie machen, und es ist nicht nur so, daß Amerikaner meinen, sie könnten sich alles kaufen, sie glauben auch, daß ein Produkt funktionieren muß, wenn man nur der Gebrauchsanweisung auf dem Etikett folgt. Wenn es dann nicht funktioniert und sie immer noch unglücklich sind, obwohl das Recht auf Glück in der Verfassung verankert ist, dann verklagen sie sich gegenseitig auf Teufel komm raus.«

»Was meinst du mit *immateriell*«, sagte Kevin.

»*Was auch immer,* wie deine Freunde sagen würden – Liebe, Freude, tiefere Einsichten.« (Für Kevin hätte ich genausogut von kleinen grünen Männchen reden können.) »Aber das kann man nicht im Internet bestellen oder in einem Kurs an der New School lernen oder in einem Handbuch nachschlagen. Es ist nicht so einfach, oder vielleicht ist es einfach ... sogar so einfach, daß der Versuch, den Anweisungen zu folgen, sich dazwischenschiebt ... Ich weiß es nicht.«

Kevin kritzelte wild mit dem Buntstift auf dem Tischtuch herum. »Noch was?«

»Natürlich ist da noch mehr«, sagte ich und spürte, wie ich Fahrt aufnahm, wie bei den Flugzeugunterhaltungen, wenn ich endlich an die Bibliothek in meinem Kopf gekommen war, mich an *Madame Bovary* erinnerte und *Herzen in Aufruhr* und *Auf der Suche nach Indien.* »Amerikaner sind dick, können sich nicht ausdrücken und sind ignorant. Sie sind anspruchsvoll, anmaßend und verwöhnt. Sie sind selbstgerecht und bilden sich viel ein auf ihre kostbare Demokratie und sehen auf andere Nationen herab, weil sie überzeugt sind, daß nur sie es richtig hingekriegt haben – auch wenn die Hälfte der erwachsenen Bevölkerung nicht zur Wahl geht. Und außerdem geben sie an. Ob du es glaubst oder nicht, in Europa empfindet man es als inakzeptabel, wenn du einem neuen Bekannten gleich unter die Nase reibst, daß du in Harvard warst und ein großes Haus hast und wieviel es gekostet hat und welche Prominenten abends zum Essen kommen. Und Amerikaner begreifen auch nicht, daß es Länder gibt, in denen es als ordinär gilt, jemandem, den man gerade erst fünf Minuten kennt, auf einer Cocktailparty die eigene Vorliebe für Analsex mitzuteilen – weil in Amerika die Diskretionsschranken offenbar weggefallen sind. Denn Amerikaner sind bis zum Gehtnichtmehr vertrauensselig, auf eine Weise unschuldig, die einen fassungslos macht. Und am schlimmsten ist, sie haben keine Ahnung, daß der Rest der Welt sie nicht ausstehen kann.«

Ich redete zu laut für solch ein kleines Lokal und solch ätzende Meinungen, aber ich war merkwürdig aufgekratzt. Es war das erste Mal, daß ich wirklich mit meinem Sohn reden konnte, und ich hoffte, wir würden den Rubikon überqueren. Endlich konnte ich ihm meine ehrlichen Überzeugungen anvertrauen und nicht nur einfach dozieren – bitte, reiß nicht die preisgekrönten Rosen der Corleys ab. Ich gebe zu, ich hatte es in einer kindisch linkischen Weise angefangen, indem ich ihn nach der Schule fragte, und er war derjenige, der unser Gespräch wie ein kompetenter Erwachsener führte, der seine Begleiterin aus der Reserve lockte. Und daher war ich stolz auf ihn. Ich wollte gerade eine entsprechende Bemerkung machen, als Kevin, der konzentriert mit seinem Buntstift auf dem Tischtuch herumgekritzelt hatte, mit dem, was er da gerade malte, fertig war, hochsah und auf das Geschmiere deutete.

»Wow«, sagte er. »Ganz schön viele Adjektive.«

Aufmerksamkeitsdefizitsyndrom – was für ein Quatsch. Kevin war ein begabter Schüler, wenn er wollte, und er hatte nicht einfach gekritzelt. Er hatte sich Notizen gemacht.

»Wollen wir doch mal sehen«, sagte er und hakte nacheinander die Elemente seines Katalogs mit dem roten Buntstift ab. »*Verwöhnt*. Du bist reich. Ich weiß nicht genau, was du glaubst zu entbehren, aber ich wette, du könntest es dir leisten. *Anmaßend*. Ziemlich gute Beschreibung deiner Rede von eben; wenn ich du wäre, würde ich jetzt kein Dessert bestellen, weil der Kellner dir garantiert in deine Himbeersauce spucken würde. *Können sich nicht ausdrücken?* Mal sehen ...« Er blickte suchend auf das Tischtuch und las dann vor: »*Es ist nicht so einfach, oder, vielleicht ist es einfach, ich weiß nicht*. Das klingt nicht gerade nach Shakespeare, finde ich. Außerdem, scheint mir, sitze ich einer Dame gegenüber, die sich endlos über ›Reality TV‹ beschwert, ohne auch nur eine Folge gesehen zu haben. Und das – eine deiner Lieblingsvokabeln, Mumsey – ist *igno-*

rant. Dann: *angeberisch*. Was ist denn all das Blöde-Wichser-fickt-euch-ins-Knie-und-ich-bin-so-viel-cooler-als-die-Gerede, wenn nicht angeberisch? Wie eine die *denkt, sie hat's durchschaut* und alle anderen nicht. *Vertrauensselig ... sie haben keine Ahnung, daß andere Leute sie nicht ausstehen können.*« Er unterstrich diesen Punkt und sah mir dann mit unverhohlener Abneigung in die Augen. »Schön. Soweit ich es beurteilen kann, ist das einzige, was dich von den anderen strohdummen *Amerikanern* unterscheidet, daß du nicht *dick* bist. Und nur weil du dünn bist, verhältst du dich *selbstgerecht – herablassend* – und *überheblich*. Vielleicht hätte ich lieber eine dicke Kuh als Mutter, die wenigstens nicht denkt, daß sie besser ist als alle anderen in diesem verdammten Land.«

Ich zahlte die Rechnung. Es gab keine Mutter-und-Sohn-Tage mehr bis Claverack.

Davon abgekommen, Celia einen Roller zu kaufen, gab ich mir große Mühe, eine »Kurzohrige Elefantenspitzmaus« für sie als Weihnachtsgeschenk aufzutreiben. Als wir im Zoo in der Bronx die Abteilung für kleine Säugetiere besucht hatten, war sie von diesem ungewöhnlichen kleinen Burschen begeistert gewesen. Er sah aus wie eine Kreuzung zwischen Elefant, Känguruh und Generationen von Mäusen. Die Einfuhr war wahrscheinlich illegal – dieses kleine Geschöpf aus Südafrika war, wenn auch nicht direkt vom Aussterben bedroht, im Zoo als »gefährdet infolge des Verlusts des Lebensraums« gekennzeichnet worden –, was nicht gerade hilfreich war, weil du ungeduldig wurdest, als es so lange dauerte, bis wir eine fanden. Schließlich konnten wir zuschlagen. Du hast weggesehen, derweil ich im Internet ein Geschäft entdeckte, das sich auf »ungewöhnliche« Tierarten spezialisiert hatte, und ich sah weg, als du Kevin die Armbrust kauftest.

Ich habe dir nie gesagt, wieviel Celias Geschenk gekostet hat, und ich denke, ich erzähle es dir auch jetzt nicht. Es reicht, wenn ich sage, daß es manchmal sehr angenehm ist, wohlhabend zu sein. Die Kurzohrige Elefantenspitzmaus – die ihren Namen zu Unrecht trägt, sie ist weder ein Elefant, noch ist sie eine Spitzmaus, und sie hat schalenförmige, am Rand eingerollte Ohren, die unverhältnismäßig groß sind – war in jeder Hinsicht das erfolgreichste Geschenk, das ich je gemacht habe. Celia hätte sich über eine Rolle Pfefferminzdrops genauso gefreut, aber sogar unsere gefügige Tochter zeigte so etwas wie überschwengliche Begeisterung, und als sie den großen Glaskäfig auspackte, fielen ihr fast die Augen aus dem Kopf. Dann warf sie sich mit einem Dankeschön-Schwall in meine Arme. Während des Weihnachtsessens stand sie immer wieder auf, um nachzusehen, ob es im Käfig auch warm genug war, oder um die Maus mit einer frischen Preiselbeere zu füttern. Ich machte mir schon Sorgen. Tiere gedeihen nicht immer in einer ihnen fremden Klimazone, und vielleicht war es unüberlegt, einem sensiblen Kind so ein empfindliches Geschenk zu machen.

Außerdem hatte ich »Schnüffel«, wie Celia sie taufte, vielleicht genauso für mich wie für sie gekauft, und sei es auch nur, weil mich ihre zarte großäugige Verletzlichkeit so sehr an Celia selbst erinnerte. Mit ihrem langen weichen Fell, das dem feinen Haar meiner Tochter ähnelte, wirkte dieser 150 Gramm schwere Plüschball, als ob er sich bei einem ordentlichen Windstoß wie eine Pusteblume in alle Winde zerstreuen würde. Wenn Schnüffel auf ihren in kleinen dünnen Stelzen endenden Hinterbeinen balancierte, um sich aufzustellen, wirkte sie sehr zerbrechlich. Mit ihrer markanten Schnauze, einem trompetenartigen Greifrüssel, pflügte sie sich durch die Erde, mit der ihr Käfig ausgelegt war, was ebenso anrührend wie komisch wirkte. Die Maus rannte nicht, sie hopste, und ihr Herumhüpfen in den Grenzen ihrer beschränkten Welt strahlte den fröhlichen Machen-wir-das-Beste-draus-Optimismus aus, mit dem Celia bald ihren eigenen Einschränkungen begegnen würde. Obwohl Elefantenspitzmäuse keine strikten Vegetarier sind – sie fressen Würmer und Insekten –, verliehen die riesengroßen braunen Augen Schnüffel ein scheues, erschrockenes Aussehen, sie sah absolut nicht wie ein Raubtier aus. Vom Wesen her ähnelte Schnüffel, wie Celia, einem gehetzten Wild.

Sie verstand, daß ihr Haustier nicht zu oft angefaßt werden durfte, und steckte nur einen nervösen Finger durch die Käfigtür, um die Spitzen des fluffigen Fells zu streicheln. Wenn ihre Freundinnen zum Spielen kamen, hielt sie ihre Zimmertür geschlossen und köderte ihre Spielkameradinnen mit robusteren Spielsachen. Vielleicht heißt das, betete ich, daß sie andere Menschen einschätzen lernt. (Celia war zum Teil deshalb beliebt, weil sie keine Unterschiede machte; sie brachte Spielkameraden mit nach Hause, die andere Kinder verabscheuten, wie zum Beispiel dieses verwöhnte, kreischende Balg namens Tia, dessen Mutter die Frechheit besaß, mir heimlich zu stekken, daß es »wirklich besser wäre, Tia bei Brettspielen gewinnen zu lassen«. Celia wußte das, ohne daß ich es ihr sagte, denn sie fragte mich nachdenklich, nachdem ihre herrische Gefährtin gegangen war: »Darf man schummeln, um zu verlieren?«) Als ich darüber nachdachte, wie unsere Tochter Schnüffel schützte, suchte ich nach Härte, nach Entschiedenheit in ihrem Verhalten, was vielleicht auf die sich herausbildende Fähigkeit, sich selbst zu schützen, hinweisen könnte.

Noch sträubte ich mich dagegen, aber ich zog die Möglichkeit in Betracht, daß Celia, die in meinen Augen reizend aussah, von anderen vielleicht übersehen werden könnte. Sie war erst sechs, aber ich befürchtete bereits, daß sie nie schön sein würde – daß sie wahrscheinlich nie sehr selbstbewußt auftreten würde. Sie hatte deinen Mund, er war zu groß für ihren kleinen Kopf; ihre Lippen waren schmal und blutleer. Ihre unsichere Haltung bewirkte, daß alle auf sie achtgaben, was anstrengend war. Ihr seidenes, fliegendes Haar würde in ihren Teenager-Jahren ganz glatt herunterhängen und das Goldgelb einem Aschblond weichen. Außerdem, ist wahre Schönheit nicht auch immer ein wenig rätselhaft? Und Celia war zu schlicht, um etwas Rätselhaftes an sich zu haben. Sie hatte ein offenes Gesicht, und einem Menschen, der aussieht, als würde er dir erzählen, was immer du wissen willst, haftet stillschweigend etwas Uninteressantes an. Ach, ich konnte es schon sehen: Sie würde zu einer Jugendlichen heranwachsen, die eine zum Scheitern verurteilte Zuneigung zum Schulsprecher entwickelt, der noch nicht mal weiß, daß es sie überhaupt gibt. Celia würde sich immer zu billig hergeben. Später würde sie – viel zu jung – mit einem älteren Mann zusammenziehen, der ihre großzügige Art mißbrauchen und sie für eine dralle Schönheit verlassen würde, die sich zu kleiden verstünde. Aber wenigstens würde sie Weihnachten immer gern zu uns nach Hause kommen, und wenn sie die Gelegenheit bekäme, würde sie eine sehr viel bessere Mutter sein, als ich es je war.

Kevin hielt sich von Schnüffel fern, allein schon der Name war eine Zumutung für einen männlichen Teenager. Aber er fing mehr als willig Spinnen oder Grillen und ließ die lebenden Leckerbissen in ihren Käfig hängen – normales Jungsverhalten und der perfekte Job für ihn, da Celia dazu zu empfindlich war. Aber er zog sie kalt und erbarmungslos mit Schnüffel auf. Du kannst den Abend nicht vergessen haben, als ich Wachteln servierte und er sie überzeugte, daß der magere Körper auf ihrem Teller Du-weißt-schon-wer war.

Ich weiß, Schnüffel war nur ein Haustier, ein teures Haustier, und irgendein unglückliches Ende war unausweichlich. Das hätte ich bedenken sollen, ehe ich ihr das kleine Vieh schenkte, obwohl man natürlich das Leben selbst ausschließt, wenn man Bindungen aus Angst vor Verlust meidet. Ich hoffte, sie würde länger leben, aber das hätte es für Celia nicht leichter gemacht, als das Unglück schließlich eintrat.

An jenem Abend im Februar 1998 war Celia, soweit ich mich erinnere, das einzige Mal außer sich. Sie rannte durch das Haus, kroch auf dem Fußboden herum, hob die Couchumrandung hoch, spähte unter das Sofa, aber als ich sie fragte, wonach sie suche, zirpte sie nur: »Nichts.« Sie kroch weiter auf allen vieren herum, noch lange nach ihrer Schlafenszeit, weigerte sich, das Spiel, das sie spielte, zu erklären, flehte aber, noch länger spielen zu dürfen. Schließlich – genug war genug – brachte ich sie zu Bett, wogegen sie sich wehrte. Dieser Trotz sah ihr nicht ähnlich.

»Wie geht es Schnüffel«, fragte ich, versuchte sie abzulenken, als ich das Licht anmachte.

Ihr Körper versteifte sich, und sie sah nicht zum Käfig hin, als ich sie auf die Matratze fallen ließ. Nach einer Pause flüsterte sie: »Es geht ihr gut.«

»Ich kann sie von hier aus nicht sehen«, sagte ich. »Versteckt sie sich?«

»Sie versteckt sich«, sagte sie noch leiser.

»Warum suchst du sie nicht für mich?«

»Sie *versteckt* sich«, wiederholte sie und sah nicht zum Käfig hin.

Die Elefantenspitzmaus schlief manchmal in einer Ecke oder unter einem Zweig, aber als ich im Käfig nachsah, konnte ich nirgends eine kleine Fellkugel entdecken. »Du hast doch Kevin nicht erlaubt, mit Schnüffel zu spielen, oder?« fragte ich sie scharf. Meine Stimme klang, als hätte ich gefragt: *Du hast doch Schnüffel nicht in den Mixer gesteckt, oder?*

»Es ist alles meine Schuld«, sagte sie, rang nach Luft und fing an zu schluchzen. »Ich-ich-ich dachte, ich hätte die Käfigtür zugemacht, aber ich glaube, das habe ich n-n-nicht. Weil ... als-als ich heute nach dem Abendbrot ins Zimmer kam, war die Tür offen, und sie war weg! Ich habe überall nachgesehen!« *Schsch, aber, aber, wir werden sie schon finden,* tröstete ich sie, aber sie ließ sich nicht beruhigen. »Ich bin dumm! Kevin sagt das, und er hat recht. Ich bin dumm! Dumm, dumm, dumm!« Sie schlug sich so fest mit der geballten Faust an die Schläfe, daß ich ihr Handgelenk festhalten mußte.

Ich hoffte, daß sich ihr Weinkrampf bald von selbst legen würde, aber der Kummer eines kleinen Mädchens ist erstaunlich stark und langlebig, und ihr gewaltiger Selbsthaß brachte mich dazu, ihr falsche Versprechungen zu machen. Ich versicherte ihr, daß Schnüffel nicht weit gekommen sein könne und daß sie morgen früh *bestimmt* wieder in ihrem gemütlichen Käfig sei. Celia klammerte sich an meinen perfiden Strohhalm, sie schluchzte noch einmal auf und lag dann still.

Ich glaube nicht, daß wir die Suche vor drei Uhr morgens aufgegeben haben – und ich danke dir noch mal für deine Hilfe. Du hattest am nächsten Tag einen weiteren Scouting-Job, und uns beiden würde der Schlaf fehlen. Es gab, glaube ich, keine Ecke, die wir nicht abgesucht hätten. Du hast den Trockner abgerückt, und ich habe den Abfall durchgekämmt. Du hast gutmütig gemurmelt: »Wo ist denn die böse Maus?«, und alle Bücher aus den unteren Regalen gezogen, während ich heimlich im Abfall draußen nach Fell suchte.

»Ich möchte es nicht noch schlimmer machen mit meinem Ich-hab-es-dir-gleich-gesagt«, meintest du, als wir beide, mit Staubflusen in den Haaren, im Wohnzimmer zusammenbrachen. »Und ich fand sie wirklich ganz süß. Aber es ist ein seltenes, empfindliches Tier, und Celia geht in die erste Klasse.«

»Aber sie war so gewissenhaft. Hat niemals das Wasser vergessen, hat sie nie überfüttert. Und dann läßt sie, einfach so, die Tür offen?«

»Sie ist zerstreut, Eva.«

»Stimmt. Ich denke, ich sollte ihr eine neue bestellen …«

»Laß es. Eine Lektion in Sterblichkeit ist genug für dieses Jahr.«

»Glaubst du, sie ist nach draußen entwischt?«

»Wenn, dann ist sie schon erfroren«, hast du aufmunternd gesagt.

»Danke.«

»Besser, als wenn *Hunde* …«

Folgende Geschichte habe ich mir für Celia am nächsten Morgen zurechtgelegt: Daß Schnüffel nach draußen spielen gegangen ist, wo sie viel glücklicher war, mit der vielen frischen Luft und den vielen Tieren, mit denen sie sich anfreunden konnte. He, warum sollte ich es nicht so drehen? Celia würde alles glauben.

Meiner Theorie zufolge müßte ich mich heute vor allem an unsere Trübsal blasende Tochter erinnern, nicht aber daran, in der Woche nach Schnüffels Verschwinden normale Haushaltspflichten erledigt zu haben. Doch angesichts der Ereignisse habe ich allen Grund, mich daran zu erinnern, daß der Abfluß im Badezimmer der Kinder an diesem Wochenende verstopft war. Janis würde erst am Montag wiederkommen, und ich war mir nie zu schade, mich ab und an selber um kleine Reparaturen im Haus zu kümmern. So goß ich ein paar Tropfen Rohrreiniger in den Abfluß, schüttete eine Tasse kaltes Wasser hinterher und ließ es wirken, genau nach Anleitung. Dann stellte ich die Flasche mit dem Rohrreiniger wieder weg. Hast du wirklich gedacht, daß ich nach all dieser Zeit meine Geschichte ändern würde? *Ich habe sie weggestellt.*

Eva

8. März 2001

Lieber Franklin,

mein Gott, wieder einer. Ich hätte es mir am Montag nachmittag denken können, als alle meine Kollegen mir plötzlich aus dem Weg gingen.

Die Standard-Version. In einem Vorort von San Diego kam der fünfzehn Jahre alte Charles »Andy« Williams – ein hagerer, bescheiden wirkender weißer Junge mit schmalen Lippen und einer Haarmatte, die aussah wie ein flach getretener Teppich – mit einer 22er im Rucksack in die Santana Highschool. Er versteckte sich auf der Jungstoilette, wo er zwei Menschen erschoß, ging dann auf den Flur und feuerte dort auf alles, was sich bewegte. Zwei Schüler wurden getötet, dreizehn verletzt. Er zog sich wieder in die Toilette zurück, wo ihn die Polizei fand, wie er auf dem Fußboden kauerte und sich die Waffe an den Kopf hielt. Er wimmerte zusammenhanglos: »Ich bin's nur«, und ließ sich ohne Widerstand festnehmen. Inzwischen versteht es sich fast von selbst, daß er gerade mit seiner Freundin Schluß gemacht hatte – die zwölf war.

Seltsamerweise wurde der Schütze in den Abendnachrichten am Montag von einigen seiner Mitschüler als jemand beschrieben, der »gehänselt« und »als Freak, Depp und Verlierer« verfolgt worden sei. Eine andere Gruppe von Schülern sagte aber aus, daß Andy viele Freunde gehabt habe und nicht im entferntesten unpopulär gewesen oder besonders gemein behandelt worden sei, im Gegenteil, er sei »sehr beliebt«. Diese späteren Beschreibungen müssen unsere Zuschauer verwirrt haben, denn als Jim Lehrer die Geschichte heute abend wieder aufgriff, um erneut *warum, warum, warum* zu fragen, waren alle Beschreibungen, die in Richtung »sehr beliebt« gingen, gelöscht. Wenn Andy Williams nicht »herumgeschubst« worden war, taugte er nicht für die jetzt modische Interpretation dieser Zwischenfälle als Rache-der-Langweiler; offenbar sollte die Lehre aus diesen Vorfällen nicht sein, strengere Waffengesetze zu fordern, sondern den Qualen minderjähriger Außenseiter mehr Aufmerksamkeit und Verständnis entgegenzubringen.

Dementsprechend ist »Andy« Williams jetzt fast genauso berühmt wie sein singender Namensvetter, aber ich bezweifle, daß es in diesem Land einen Fernsehzuschauer gibt, der dir auch nur den Namen von einem der beiden Schüler, die er erschossen hat, nennen könnte – Jugendliche, die nichts verbrochen hatten, außer daß sie vormittags auf die Toilette gingen, während ihre glücklicheren Klassenkameraden beschlossen, es sich bis nach der Geometriestunde zu verkneifen: Brian Zukkor und Randy Gordon. Ich übe nur das aus, was ich für meine Bürgerpflicht halte, und trage ihre Namen in meinem Herzen.

Solange ich lebe, habe ich Eltern von fürchterlichen Vorfällen berichten hören, bei denen ihren Kindern etwas zugestoßen war: eine Taufe des ganzen Kopfes mit einem kochendheißen Truthahneintopf oder das Zurückholen einer widerspenstigen Katze durch ein offenes Fenster im dritten Stock. Vor 1998 hatte ich gedankenlos angenommen, ich wüßte, wovon diese Eltern sprachen – oder worüber sie vermieden zu sprechen, denn oft wird ein privater Zaun um derartige Geschichten errichtet; wie auf der Intensivstation haben nur engste Familienangehörige freien Zutritt. Ich habe solche Zäune immer respektiert. Persönliche Katastrophen jeglicher Art sind Privatsache, und ich wäre dankbar gewesen für ein Nicht-betreten-Schild, hinter dem ich meine heimliche anstößige Erleichterung hätte verbergen können, daß meine eigenen Lieben sicher waren. Dennoch dachte ich, ich wüßte ungefähr, wie es auf der anderen Seite aussah. Ob Tochter oder Großvater: Schmerz bleibt Schmerz. Nun, ich entschuldige mich für diese Vermutung. Ich hatte keine Ahnung.

Wenn du die Mutter oder der Vater bist, zählt nicht, um was für einen Unfall es sich handelt. Es zählt auch nicht, wie weit weg du zu dem Zeitpunkt warst und warum du ihn offensichtlich nicht verhindern konntest; das Unglück eines Kindes gibt dir immer das Gefühl, du seist schuld. Du bist alles, was deine Kinder haben, und ihre Überzeugung, daß du sie beschützen wirst, ist ansteckend. Solltest du also erwarten, Franklin, daß ich mich einfach nur einmal mehr anschicke, meine Schuld zu leugnen – das Gegenteil ist der Fall. Meinem Gefühl nach ist es immer noch im weitesten Sinn meine Schuld, das war so, und das wird sich auch nie ändern.

Zumindest wünschte ich, ich hätte mich wenigstens stur an unsere Abmachungen für die Kinderbetreuung gehalten. Wir hatten Robert angestellt, einen Seismologiestudenten vom Lamont-Doherty-Erdobservatorium, der Celia von der Schule abholte und dann bei uns wartete, bis einer von uns nach Hause kam, und bei dieser Regelung hätten wir bleiben sollen. Allen Widrigkeiten zum Trotz gelang es uns auch, Robert zu halten – obwohl er gedroht hatte zu kündigen –, nachdem wir ihm versichert hatten, daß Kevin alt genug sei, auf sich selbst aufzupassen, und er sich nur um Celia zu kümmern brauchte. Aber du hattest diesen Verantwortungsanfall. Kevin war vierzehn, so alt wie viele Babysitter unserer Nachbarschaft. Wenn Kevin vertrauenswürdig werden sollte, mußte man ihm zunächst einmal vertrauen; klar, das hörte sich gut an. Also hast du unserem Kinderbetreuer gesagt, daß er gehen könne, sobald Kevin, jetzt in der neunten Klasse, aus der Schule zurückkam und auf Celia aufpassen konnte. Das löste das Problem, das immer wieder mal auftrat, daß du im Verkehr steckenbliebst und ich etwas länger arbeitete und Robert (auch wenn er fürstlich von uns entlohnt wurde) zunehmend ärgerlich in Palisades Parade festsaß, obwohl seine Forschungsarbeit auf ihn wartete.

Wenn ich versuche, mich an jenen Montag zu erinnern, schreckt mein Verstand zurück, als duckte er sich vor einem

Ball an einer Schnur. Dann saust die Erinnerung in großem Bogen einmal herum, und wenn ich mich wieder aufrichte, trifft sie mich am Kopf.

Ich arbeitete wieder einmal etwas länger. Seit dem neuen Arrangement mit Robert fühlte ich mich weniger schuldig, wenn ich Überstunden machte; AWAPs Vorrangstellung in der Reiseführer-Nische für Kostenbewußte war etwas ins Rutschen gekommen. Wir hatten sehr viel mehr Konkurrenz als damals, als wir anfingen – *The Lonely Planet* und *The Rough Guide* waren aufgetaucht. Das ganze Land suhlte sich dank der hochfliegenden Börsenkurse inzwischen im Geld; die Nachfrage nach den spottbilligen Reisen, auf die wir uns spezialisiert hatten, war gesunken. Und wider besseres Wissen arbeitete ich Vorschläge für eine ganz neue Serie aus, *A Wing and a Prayer for Boomers,* die sich an ein Zielpublikum richten sollte, das in Internet-Start-up-Aktien schwamm, vermutlich übergewichtig war, sich nostalgisch an seine erste Low-Budget-Reise nach Europa in den Sechzigern erinnerte, natürlich mit einem zerfledderten Reiseführer von *W&P,* und das überzeugt war, immer noch studentisch zu sein, zumindest im Geiste. Es hatte sich zwar an 30-Dollar-Weine gewöhnt, hielt sich aber immer noch für abenteuerlustig, das heißt, es verlangte Komfort ohne Abstriche, solange man nur nicht darüber sprach, und scheute vor allem den Griff zum langweiligen *Blue Guide* seiner Eltern. Da klingelte das Telefon.

Du sagtest, ich solle vorsichtig fahren. Du sagtest, sie sei bereits im Krankenhaus und ich könne im Moment nichts tun. Du sagtest, ihr Leben sei nicht in Gefahr. Das sagtest du mehr als einmal. All das stimmte. Dann sagtest du, alles würde wieder »gut werden«, was nicht stimmte, obwohl für die meisten Überbringer schlimmer Nachrichten der Drang, diese haltlose Versicherung abzugeben, übermächtig zu sein scheint.

Mir blieb nichts anderes übrig, als vorsichtig zu fahren, weil sich der Verkehr auf der George-Washington-Brücke kaum bewegte. Als ich dich endlich im Wartezimmer zu Gesicht bekam, deine Niedergeschlagenheit sah, wurde mir klar, daß du sie doch liebtest, und ich geißelte mich dafür, daß ich je daran gezweifelt hatte. Zu meiner Erleichterung war Kevin nicht bei dir, denn ich hätte ihm vielleicht die Augen ausgekratzt.

Selten hat mir deine Umarmung so wenig Trost gespendet. Ich drückte dich fester, um etwas herauszubekommen, es war, als quetschte ich eine leere Tube Handlotion, bis sie quietschte.

Sie würde schon operiert, erklärtest du. Während ich noch auf dem Weg war, hattest du Kevin nach Hause gefahren, weil es nichts mehr zu tun gab außer warten, und es hatte keinen Sinn, es für ihren Bruder schwerer zu machen, als es schon war. Aber ich fragte mich, ob du ihn nicht aus dem Wartezimmer entfernt hattest, um ihn vor mir zu schützen.

Wir saßen auf den gleichen meergrünen Metallstühlen, in denen ich mich voller Qual gefragt hatte, was Kevin wohl den Ärzten erzählen würde, nachdem ich ihm den Arm gebrochen hatte. Vielleicht, dachte ich unglücklich, hatte er die letzten acht Jahre auf den *richtigen Augenblick gewartet*. Ich sagte: »Ich verstehe nicht, was passiert ist.« Ich war leise. Ich brüllte nicht.

Du sagtest: »Ich dachte, ich hätte es dir erzählt. Am Telefon.«

»Aber das ergibt keinen Sinn.« Mein Ton war alles andere als streitsüchtig, mein Ton war einfach fassungslos. »Warum sollte sie – was wollte sie mit dem Zeug machen?«

»Kinder.« Du hobst die Schultern. »Spielen, denke ich.«

»Aber«, sagte ich. »Sie wird, ach –« Ich konnte keinen klaren Gedanken fassen. Ich mußte immer wieder rekonstruieren, was ich eigentlich sagen wollte, wiederholte das Gespräch im stillen für mich, wo wir waren, was jetzt anstand … Badezimmer. Ja.

»Sie geht jetzt allein auf die Toilette«, fing ich wieder an. »Aber es gefällt ihr nicht im Badezimmer. Es hat ihr nie dort gefallen. Sie würde dort nie *spielen*.« Eine erste Beharrlichkeit in meiner Stimme muß gefährlich geklungen haben; wir scheuten vor der Klippe zurück. Celia war immer noch im Operationssaal. Wir würden uns jetzt nicht streiten, und du würdest meine Hand halten.

Es schien Stunden zu dauern, ehe der Arzt herauskam. Du hattest zweimal mit deinem Handy zu Hause angerufen, außerhalb meiner Hörweite, als wolltest du mir etwas ersparen; du hattest mir vom Münzautomaten an der Wand einen Kaffee geholt, der jetzt von einer runzligen Haut überzogen war. Als die Krankenschwester uns dem Chirurgen zeigte, begriff ich plötzlich, warum manche Menschen ihre Ärzte anbeten und warum manche Ärzte dazu neigen, sich wie Götter in Weiß zu fühlen. Aber mit einem Blick in sein Gesicht wußte ich, daß er sich im Moment kaum wie ein Gott vorkam.

»Es tut mir leid«, sagte er. »Wir haben uns wirklich sehr bemüht. Aber es war zuviel zerstört. Wir konnten das Auge leider nicht retten.«

Man redete uns gut zu, wir sollten nach Hause gehen. Celia war stark sediert und würde noch länger Beruhigungsmittel bekommen. Nicht lange genug, dachte ich. Wir stolperten also aus dem Wartezimmer. Wenigstens, hast du benommen betont, hat der Arzt gesagt, daß das andere Auge wahrscheinlich in Ordnung ist. Bis zu jenem Morgen hatte ich es für selbstverständlich gehalten, daß unsere Tochter zwei Augen hat.

Auf dem Parkplatz war es kalt; als ich aus dem Büro raste, hatte ich meinen Mantel vergessen. Wir mußten in zwei Autos nach Hause fahren, was mich noch mehr frieren ließ. Ich spürte, daß wir in gewisser Weise an einem Scheideweg standen, und fürchtete, daß wir, unterwegs in verschiedenen Auto-Welten, nur im banalsten geographischen Sinn am selben Ort ankommen würden. Du mußt das gleiche Bedürfnis verspürt haben zu bekräftigen, daß wir beide, wie meine Mitarbeiter seit kurzem fünfmal am Tag sagten, an einem Strang zogen, denn du hast mich gebeten, doch in dein Auto zu kommen, um noch ein paar Minuten zu reden und mich aufzuwärmen.

Mir fehlte dein alter babyblauer Pick-up, den ich mit unserer Verlobungszeit in Verbindung brachte, mit den donnernden Fahrten über den Highway bei heruntergekurbelten Fenstern und wummernden Lautsprechern wie in einem lebendig gewordenen Bruce-Springsteen-Text. Und der Pick-up war mehr wie du, wie dein altes Du jedenfalls: klassisch, bodenständig, ehrlich. Geradezu rein. Edward Hopper hätte nie dieses ausladende Geländefahrzeug gemalt, durch das du den Pick-up ersetzt hast. Ein Wagen, der auf seinen breiten übergroßen Reifen unnatürlich hoch war und die runden prallen Konturen eines Schlauchboots hatte. Seine aggressiven Stoßstangen und die aufgeblähte Form erinnerten mich an diese armen kleinen Eidechsen, deren einzige Waffe Show ist, und die comichaft überzeichnete Männlichkeit des Wagens hatte mich in besseren Zeiten zu der spitzen Bemerkung verleitet: »Ich wette, Franklin, wenn du unter dem Fahrgestell nachsiehst, findest du einen winzigen Pimmel.« Wenigstens hast du gelacht.

Die Heizung funktionierte gut. Zu gut. Denn kaum hatten wir uns ein paar Minuten entspannt, wurde es im Auto stickig. Er war größer als der babyblaue Ford, in dem wir uns zu zweit aber nie so klaustrophobisch gefühlt hatten.

Schließlich schlugst du den Kopf an die gepolsterte Kopfstütze und starrtest an die Decke. »Ich fasse es nicht, daß du ihn hast rumstehen lassen.«

Ich war verblüfft und reagierte nicht.

»Ich habe darüber nachgedacht, ob ich etwas dazu sagen soll«, fuhrst du fort. »Aber wenn ich es erst mal runtergeschluckt habe, würde ich es nicht aussprechen und nicht aussprechen und das wochenlang nicht, und das kam mir noch schlimmer vor.«

Ich bekam trockene Lippen. Ich begann zu zittern. »Ich habe ihn nicht rumstehen lassen.«

Du hast den Kopf gesenkt und geseufzt. »Eva. Zwing mich nicht dazu. Du hast am Samstag den Rohrreiniger benutzt. Ich erinnere mich daran, weil du immer wieder gesagt hast, daß es auf der Toilette der Kinder seltsam riecht, oder so. Und dann hast du uns später am selben Nachmittag davor gewarnt, in der nächsten Stunde dieses Klo zu spülen, weil du Rohrreiniger hineingetan hattest.«

»Ich habe ihn weggestellt«, sagte ich. »Zurück nach *oben* in das Schränkchen mit der Kindersicherung, an das Celia nicht mal mit einem Stuhl herankommen kann.«

»*Wie ist er denn dann rausgekommen*?«

»Gute Frage«, sagte ich eisig.

»Hör zu. Ich weiß, daß du für gewöhnlich sehr vorsichtig mit gefährlichen Substanzen umgehst und diesen Mist automatisch wegschließt. Aber Menschen sind keine Maschinen –«

»Ich *erinnere mich genau,* daß ich ihn weggestellt habe, Franklin.«

»Kannst du dich daran *erinnern,* heute morgen die Schuhe angezogen zu haben, kannst du dich daran *erinnern,* die Tür hinter dir geschlossen zu haben, als du aus dem Haus gingst? Wie oft waren wir schon im Auto und mußten zurückgehen, um uns zu vergewissern, daß der Herd aus ist? Obwohl uns das Ausschalten sozusagen zur zweiten Natur geworden ist?«

»Aber der Herd ist nie an, oder? Es ist fast wie eine Lebensweisheit, wie ein, na, wie ein Glückskeks-Aphorismus: Der Herd ist nie an.«

»Ich sag dir, wann er doch an ist, Eva. Bei dem *einen Mal,* bei dem du dir nicht die Mühe gemacht hast, noch mal nachzusehen. Und *dann* brennt das verdammte Haus ab.«

»Warum führen wir dieses sinnlose Gespräch? Wo unsere Tochter im Krankenhaus liegt?«

»Ich möchte, daß du es zugibst. Ich sage nicht, daß ich dir nicht verzeihen werde. Ich weiß, daß du dich schrecklich fühlen mußt. Aber ein Teil der Bewältigung ist, daß man sich dem stellen muß –«

»Janis war heute vormittag da, vielleicht hat *sie* ihn stehen lassen.« Um die Wahrheit zu sagen, ich habe keinen Moment geglaubt, daß Janis so schlampig sein könnte, aber ich versuchte verzweifelt, das Bild zu unterdrücken, das sich in meinem Kopf zu formen begann, wenn ich einen plausibleren Verdächtigen in Erwägung zog.

»Janis brauchte keinen Rohreiniger. Die Abflußrohre waren alle frei.«

»Gut«, sagte ich und wappnete mich. »Dann frag *Kevin,* wie die Flasche aus dem Schrank gekommen ist.«

»Ich wußte, daß wir da landen würden. Erst ist es ein großes Rätsel, dann ist es die Haushälterin, und wer bleibt übrig? Was für eine Überraschung: Eva, die selber nie einen Fehler macht, zeigt auf ihren eigenen Sohn.«

»Er sollte auf sie aufpassen. *Du* hast gesagt, er sei alt genug dafür –«

»Ja, und dabei ist es passiert. Aber sie war im Badezimmer, er sagt, die Tür war zu, und wir haben unseren Vierzehnjährigen ja wohl kaum ermuntert, die Tür aufzureißen, wenn seine Schwester auf dem Lokus sitzt.«

»Franklin, die Geschichte geht nicht auf. Überleg jetzt mal nicht, warum der Rohrreiniger draußen stand, ja? Vergiß es mal. Aber warum sollte sich Celia *selber* Rohrreiniger ins Auge schütten?«

»Ich habe keine Ahnung. Vielleicht, weil Kinder nicht nur blöd, sondern auch kreativ sind, und diese Kombination ist tödlich. Warum sonst halten wir diesen Scheiß unter Verschluß? Wichtig ist, daß Kevin alles unternommen hat, was nötig war. Er sagt, als er sie schreien hörte, rannte er zu ihr, und als er dahinterkam, was los war, hat er ihr Wasser ins Gesicht gegossen und das Auge, so gut er konnte, ausgewaschen, und *dann* hat er den Rettungswagen angerufen, noch *bevor* er mich auf dem Handy anrief, und das war *genau* richtig. Die Reihenfolge war *genau* richtig, er ist der *Held des Tages*.«

»Mich hat er nicht angerufen.«

»Tja«, hast du gesagt. »Warum wohl nicht.«

»Die Verletzung –« Ich holte tief Luft. »Die Verletzung ist

schwer, oder? Sie muß sehr, sehr schwer sein –« Ich hatte zu weinen angefangen, aber ich zwang mich aufzuhören, ich mußte es herausbringen. »Wenn sie das eine Auge verloren hat, wo die Chirurgen doch heute sehr viel mehr können als früher, dann war es – dann war es –, es muß furchtbar gewesen sein. Es braucht –, ach. So was braucht seine Zeit.« Ich schwieg wieder, hörte auf das Surren der Heizung. Die Luft war trocken geworden, meine Spucke klebte. »Es braucht seine Zeit, ehe das Zeug wirkt. Deshalb steht auf dem Etikett, daß man es – einwirken lassen muß.«

Ich preßte meine Fingerspitzen unwillkürlich an meine eigenen Augen, befühlte die dünnen Lider, die den glatten zarten Augapfel schützen.

»Was sagst du da? Es ist schon schlimm genug, ihn zu beschuldigen, daß er nicht aufgepaßt hat –«

»Der Arzt hat gesagt, es würden Narben zurückbleiben. Daß das halbe Gesicht total verätzt sei! Das dauert. Das muß lange gedauert haben! Vielleicht hat er es ausgewaschen. Aber *wann*? Als er damit *fertig* war?«

Du hast meine Arme gepackt, sie mir an den Kopf gelegt, sie dort festgehalten und mir in die Augen gesehen. »Fertig womit? Mit seinen Hausaufgaben? Seinem Training im Bogenschießen?«

»Fertig«, stöhnte ich, »mit *Celia*.«

»Sag das nie wieder! Zu niemandem. Nicht mal zu mir!«

»Denk drüber nach!« Ich riß mit einer Drehung meine Arme los. »Celia begießt sich eigenhändig mit Säure? Ausgerechnet Celia, die vor allem und jedem Angst hat! Und sie ist sechs. Sie ist nicht *zwei*. Ich weiß, du hältst sie nicht für besonders klug, aber sie ist nicht zurückgeblieben! Sie weiß, daß man den Herd nicht anfaßt, und sie schluckt keine Chlorbleiche. Kevin hingegen kann an das Schränkchen herankommen, und Kevin kann Verschlüsse mit Kindersicherung im Schlaf öffnen. Er ist nicht ihr *Retter*. Er hat es getan. O Franklin, er war's –«

»Ich schäme mich für dich, *ich schäme mich*«, hast du zu

meinem Rücken gesagt, während ich mich gegen die Tür drückte. »Dämonisierst dein eigenes Kind, nur weil du deine eigene Fahrlässigkeit nicht eingestehen kannst. Das ist schlimmer als feige. Das ist krank. Du schlägst um dich, du erhebst *ungeheuerliche* Anschuldigungen, und du hast, wie immer, keinen Beweis. Der Arzt – hat er irgend etwas in der Richtung gesagt, daß ihre Verletzungen nicht mit Kevins Geschichte übereinstimmen? Nein. Nein, das hat er nicht. Nur seine Mutter kann die Vertuschung irgendeines unaussprechlich Bösen entdecken, weil sie so eine medizinische Expertin ist, eine Expertin für ätzende Chemikalien, weil sie manchmal zu Hause putzt.«

Wie immer konntest du mich nicht lange anschreien, wenn ich weinte. »Sieh mal«, flehtest du. »Du weißt nicht, was du sagst, weil du aufgebracht bist. Du bist nicht du selbst. Es ist hart, und es wird hart bleiben, weil du es immer vor Augen haben wirst. Sie wird Schmerzen haben, und es wird ziemlich lange häßlich anzusehen sein. Das einzige, was es erleichtern kann, ist, daß du dich deinem Anteil daran stellst. Celia – selbst *Celia* hat bei der Elefantenspitzmaus zugegeben, daß es ihre Schuld war. Sie hat den Käfig offengelassen! Und das ist der Teil, der weh tut, nicht nur, daß etwas so Trauriges passiert ist, sondern daß es nicht passiert wäre, wenn sie anders gehandelt hätte. Sie übernimmt die Verantwortung, und sie ist erst sechs! *Warum kannst du das nicht?*«

»Ich wünschte, ich könnte die Verantwortung übernehmen«, flüsterte ich gegen die Scheibe, die beschlug. »Ich würde sagen: ›Oh, ich könnte mich umbringen dafür, daß ich den Rohrreiniger da stehenließ, wo sie ihn finden konnte!‹ Siehst du denn nicht, wieviel einfacher das wäre? *Warum* bin ich denn so außer mir? Wenn es meine Schuld wäre, *nur meine* Schuld? Wäre das der Fall, wäre es nicht so beängstigend. Franklin, das ist sehr ernst, es geht nicht mehr einfach um ein kleines Mädchen, das an ihrem Ekzem kratzt. Ich weiß nicht, wie er so geworden ist, aber er ist der Horror, und *er haßt sie* –«

»Jetzt reicht's!« Dein Satz hatte eine liturgische Endgültigkeit, tief und dröhnend, wie das schallende *Amen* nach einem Gebet. »Ich spiele nicht gern den Richter. Aber Kevin hat ein unglaubliches Trauma durchlitten. Seine Schwester wird nie wieder so sein, wie sie war. Er hat in einer kritischen Situation kühlen Kopf bewahrt, und ich möchte, daß er stolz darauf ist. Sicher, er war der Babysitter, und er wird sich unausweichlich fragen, ob nicht alles seine Schuld war. Deshalb wirst du mir versprechen, und zwar hier und jetzt, daß du alles in deiner Macht Stehende tun wirst, um ihm zu versichern, daß es *nicht* seine Schuld war.«

Ich öffnete die Autotür einen Spalt. Ich dachte, ich muß hier raus. Nur weg hier.

»Geh nicht weg. Noch nicht«, hast du gesagt und meinen Arm festgehalten. »Ich möchte, daß du es versprichst.«

»Daß ich den Mund halte oder daß ich seine schwache Geschichte glaube? Noch so eine, könnte ich hinzufügen.«

»Ich kann dich nicht dazu bringen, an deinen eigenen Sohn zu glauben, obwohl ich es, verflucht noch mal, versucht habe.«

In einem Punkt hattest du recht: Ich hatte keinen Beweis. Nur Celias Gesicht. Hatte ich es nicht gewußt. Sie würde nie schön sein, nein.

Ich kletterte aus deinem Wagen und sah dich bei geöffneter Tür an. Der kalte Wind peitschte mein Haar. Ich stand geradezu stramm, mußte an brüchige militärische Waffenruhen denken, die mißtrauische Generäle mitten auf unfruchtbaren Schlachtfeldern vereinbarten.

»Gut«, sagte ich. »Wir werden es als Unfall bezeichnen. Du kannst ihm sogar erzählen: ›Ich fürchte, deine Mutter hat am Samstag vergessen, den Rohrreiniger wieder wegzustellen.‹ Schließlich hat er gewußt, daß ich den Abfluß frei gemacht habe. Aber als Gegenleistung mußt du mir versprechen, daß wir Kevin nie wieder mit Celia allein lassen. Nicht für fünf Minuten.«

»Schön. Ich wette, Kevin ist im Moment sowieso nicht mehr sehr scharf auf einen Babysitterjob.«

Ich sagte, daß wir uns zu Hause sehen würden, und diese höfliche Verabschiedung war eine große Anstrengung.

»Eva!« riefst du mir hinterher, und ich drehte mich um. »Du weißt, daß ich von Seelenklempnern nicht viel halte. Aber vielleicht solltest du mal mit einem reden. Ich glaube, du brauchst Hilfe. Das ist keine Anschuldigung. Es ist nur – du hast in einer Sache recht. Das ist sehr ernst. Ich fürchte, es ist zu groß für mich.«

Das war es in der Tat.

In den folgenden Wochen war es gespenstisch still im Haus. Celia lag noch im Krankenhaus. Du und ich, wir sprachen kaum miteinander. Ich fragte, was du zum Abendessen haben wolltest, du sagtest, es sei dir egal. Und Celia – wir tüftelten mit viel Logistik aus, wer von uns sie wann besuchte. Es schien vernünftig, sie getrennt zu besuchen, damit sie mehrmals am Tag Gesellschaft hatte, doch in Wahrheit wollte keiner von uns beiden wieder zusammen in deinem überheizten Wagen sitzen. Wenn wir dann zu Hause waren, konnten wir über Einzelheiten ihres Zustands sprechen, und obwohl sie besorgniserregend waren – eine Infektion als Folge der *Enukleation* (eine Vokabellektion, die ich gern ausgelassen hätte) hatte den Sehnerv weiter geschädigt und schloß eine Transplantation aus –, waren Fakten wenigstens Futter für Unterhaltungen. Als ich mich nach einem Augenspezialisten für die Nachbehandlung umsah, stieß ich auf einen Arzt namens Krikor Sahatjian in der Upper East Side. Armenier suchen und finden einander, versicherte ich dir. Er wird sich besonders aufmerksam um uns kümmern. »Würde Dr. Kevorkian auch«, hast du schroff gesagt und genau gewußt, daß der Pate der Sterbehilfe ein Armenier war, was meine konservative Gemeinde nicht gern an die große Glocke hängte. Dennoch war ich dankbar für den Schlagabtausch, der fast als Necken durchgehen konnte, etwas, das auffällig rar geworden war.

Ich erinnere mich, daß ich mich sehr gut benahm, nie die

Stimme hob, nie schimpfte, wenn du ein Gericht, das ich mit viel Mühe zubereitet hatte, kaum anrührtest. Wenn ich kochte, bemühte ich mich, wenig Lärm dabei zu machen, dämpfte das Scheppern eines Topfes, wenn ich ihn anstieß. Ich schluckte manche bewundernde Bemerkung über Celias unheimlich sonnige Stimmung im Nyack-Krankenhaus hinunter, weil mir ein solcher Kommentar unpassend vorkam, als wäre Celias unwahrscheinlich gute Laune ein Affront gegen unbedeutendere Sterbliche, die aus gutem Grund vor Schmerzen jammern und in der Rekonvaleszenz sehr gereizt sind. In unserem Haus schienen meine Lobreden auf unsere Tochter immer mit Eigenlob verwechselt zu werden. Alles in allem *bemühte* ich mich wie verabredet, normal zu agieren und fröhlich zu sein, ich *versuchte,* eine gute Mutter zu sein, alles Dinge, die wir jetzt auf unsere Liste der zum Scheitern verurteilten Projekte setzen können.

Deine Bemerkung, daß ich »Hilfe brauchte«, beunruhigte mich. Ich hatte mir so oft in Erinnerung gerufen, daß ich den Rohrreiniger weggestellt hatte, daß das Band jetzt leierte und ich ihm nicht mehr ganz trauen konnte. Ich ging meine Verdächtigungen noch einmal durch, und – nun, nichts schien mehr so klar zu sein. *Hatte* ich die Flasche weggestellt? *War* die Verletzung zu schwer für die Geschichte, wie sie Kevin erzählte? Könnte ich auf einen einzigen Beweisfetzen zeigen, der vor Gericht standhielt? Ich wollte nicht »mit jemandem reden«, aber ich hätte sonstwas gegeben, um mit dir reden zu können.

Der *Unfall* war erst wenige Tage her, als du unsere Dreierkonferenz einberiefst. Wir waren gerade mit dem Abendessen fertig und unterhielten uns locker. Kevin hatte sein Essen gleich am Herd in sich hineingeschaufelt. Um dich bei Laune zu halten, hockte er sich wie immer halb seitlich und krumm mit an den Tisch. Da ich auch gegen meinen Willen zu dieser Versammlung zitiert worden war, kam ich mir selber wie ein Kind vor, das wieder, wie mit neun, gezwungen wurde, sich offiziell bei Mr. Wintergreen zu entschuldigen, weil es Walnüsse gemopst hatte, die von dem Baum in seinem Vorgarten gefallen waren. Als ich Kevin einen heimlichen Blick zuwarf, wollte ich sagen: *Wisch dir das Grinsen aus dem Gesicht, das ist kein Witz; deine Schwester ist im Krankenhaus*. Ich wollte sagen: *Los, zieh dir ein T-Shirt an, das dir nicht fünf Nummern zu klein ist, schon mit dir in diesem Aufzug in einem Zimmer zu sein macht mich wahnsinnig*. Aber das konnte ich nicht. In unserer Familie waren solch gewöhnliche elterliche Ermahnungen unmöglich, für mich jedenfalls.

»Falls du nervös sein solltest, Kev«, fingst du an (ich fand nicht, daß er nervös aussah), »das hier ist kein Verhör. Vor allem möchten wir dir sagen, wie sehr du uns mit deiner Geistesgegenwart beeindruckt hast. Wer weiß, hättest du nicht sofort den Krankenwagen gerufen, wäre es womöglich noch schlimmer gekommen.« (*Wie denn,* dachte ich. Aber sie hätte natürlich auch drin baden können.) »Und deine Mutter möchte dir etwas sagen.«

»Ich möchte dir danken«, fing ich an, wobei ich vermied, Kevin in die Augen zu sehen, »daß du deine Schwester ins Krankenhaus gebracht hast.«

»Sag ihm, was du mir gesagt hast«, souffliertest du. »Erinnere dich, du hast gesagt, du machst dir Sorgen, daß er sich vielleicht, du weißt schon …«

Der Teil war leicht. Ich sah ihn direkt an. »Ich dachte, daß du dich vielleicht verantwortlich fühlst.«

Ohne mit der Wimper zu zucken, gab er den Blick zurück, und ich sah meine eigene breite Nase, meinen schmalen Kiefer, meine dichten Brauen und meinen dunklen Teint. Ich sah in einen Spiegel, doch ich hatte keine Ahnung, was mein Spiegelbild dachte. »Warum sollte ich?«

»Weil es deine *Aufgabe* war, dich um sie zu kümmern!«

»Aber du wolltest ihn daran erinnern«, sagtest du, »daß wir nie von ihm erwartet haben, sie jede einzelne Minute im Auge zu behalten, und Unfälle passieren, und deshalb ist es nicht *seine* Schuld. Das, was du mir gesagt hast. Du weißt schon. Im Auto.«

Es war ganz genauso wie die Entschuldigung bei Mr. Wintergreen. Als ich neun war, hätte ich am liebsten geplärrt: *Aber die meisten blöden Nüsse waren verfault oder wurmstichig, du alter Trottel,* statt dessen versprach ich ihm, einen ganzen Eimer von seinen mickrigen Nüssen zu ernten und sie sauber geknackt zurückzubringen.

»Wir möchten nicht, daß du dir Vorwürfe machst.« Mein Ton war ein Duplikat von Kevins, als er mit der Polizei gesprochen hatte – *Sir* hier, *Sir* da. »Ich bin es, die schuld hat. Ich hätte den Rohreiniger nie draußen stehenlassen dürfen.«

Kevin zuckte die Achseln. »Habe nie gesagt, daß ich mir die Schuld gebe.« Er stand auf. »Kann ich gehen?«

»Noch eins«, sagtest du. »Deine Schwester wird deine Hilfe brauchen.«

»Wieso?« sagte er und durchstreifte die Küche. »War doch nur ein Auge, oder. Heißt nicht, daß sie einen Blindenhund braucht oder einen weißen Stock.«

»Ja«, sagte ich. *»Was für ein Glückskind.«*

»Sie braucht deine Unterstützung«, sagtest du. »Sie wird eine Augenklappe tragen müssen –«

»Cool«, sagte er. Er kam mit einer Tüte Lychees aus dem Kühlschrank zurück. Wir hatten Februar. Lycheesaison.

»Sie wird ein Glasauge angepaßt bekommen«, hast du gesagt. »Aber wir würden es sehr schätzen, wenn du für sie eintrittst, falls Nachbarkinder sie hänseln sollten –«

»Wie denn zum Beispiel?« fragte er und pellte sorgfältig die lachsfarbene Schale von der Frucht, legte das rosa-weißliche Fleisch frei. *»Celia sieht nicht bescheuert aus?«* Als er die blasse, schimmernde Frucht entblößt hatte, schnippte er sie sich in den Mund, lutschte daran, zog sie wieder raus.

»Nun, du könntest jedenfalls –«

»Also, *Dad.*« Systematisch schlitzte er die Lychee auf, löste das glitschige Fleisch von dem glatten braunen Kern. »Weiß nicht, ob du dich sehr gut dran erinnerst, wie es war, als du Kind warst.« Er schob sich den Fruchtmatsch in den Mund. »Ceil muß einfach damit fertig werden.«

Ich spürte förmlich, wie du innerlich strahltest. Da hattest du deinen Sohn mit seiner archetypischen Teenager-Härte, hinter der er seine verwirrten, widersprüchlichen Gefühle wegen des tragischen Unfalls seiner Schwester versteckte. Es war Theater, Franklin, eine mit Zuckerguß überzogene Grausamkeit, mundgerecht für dich zubereitet. O ja, er schien reichlich verwirrt und schuldbeladen, aber wenn du ihm in die Augen sahst, waren sie dunkel und schwarz wie Teer. Seine Teenager-Angst war nicht *rührend*.

»He, Mister Plastic«, sagte Kevin und hielt dir eine Frucht hin. »Willst du eine?« Du zögertest.

»Ich wußte gar nicht, daß du Lychees magst«, sagte ich angespannt, als er nach einer zweiten griff.

»Ach, na ja«, sagte er, riß die Haut von der Frucht und rollte die schwabbelige runde Kugel mit dem Zeigefinger auf dem Tisch herum. Sie hatte die geisterhaft milchige Farbe eines Auges mit grauem Star.

»Sie sind einfach sehr zart«, sagte ich gereizt.

Er schlug die Schneidezähne in die Frucht. »Mmmm ja, wie nennt man das«, er schlürfte. *»Erlesener Geschmack.«*

Er wollte offensichtlich die ganze Tüte aufessen. Ich stürzte aus dem Zimmer, und er lachte.

An den Tagen, an denen ich Celia früh am Nachmittag besuchte, arbeitete ich zu Hause; Kevins Schulbus setzte ihn oft zu der Zeit ab, wenn ich aus dem Krankenhaus zurückkam. Als ich das erste Mal an ihm vorbeifuhr, schlenderte er langsam über die Palisades Parade. Ich fuhr an den Bürgersteig und bot ihm an, ihn mit nach Hause zu nehmen. Du denkst sicher, daß es ziemlich normal ist, allein mit dem eigenen Sohn im Auto zu sitzen, besonders, wenn es nur zwei Minuten dauert. Aber Kevin und ich begeben uns selten in eine derart erstikkende Nähe, und ich erinnere mich, daß ich während der Fahrt ununterbrochen belangloses Zeug geredet habe. Die Straße entlang standen noch mehr Autos, die darauf warteten, Kindern zu ersparen, mehr als drei Meter aus eigener Kraft zurückzulegen, und ich ritt auf der Tatsache herum, daß jeder einzelne Wagen eine Kleinwohnung war. Es war mir entschlüpft, ehe ich mich daran erinnerte, daß Kevin es haßte, wenn ich klotzige Geländewagen spöttisch runtermachte – noch so ein falsches Gehabe, das den Mythos bediente, ich wäre hier nicht richtig zu Hause.

»Weißt du, solche Autos sind eine Metapher für das ganze Land«, fuhr ich fort. Ich wußte, daß diese Ausführungen meinen Sohn wahnsinnig machten, aber vielleicht äußerte ich sie gerade deshalb, so wie ich später in Claverack das Gespräch auf Dylan Klebold und Eric Harris lenkte, nur um ihn zu reizen. »Sie thronen höher und mächtiger auf der Straße als alle anderen und haben sehr viel mehr Kraft, als man je braucht. Selbst die Reifenabdrücke, die sie hinterlassen – diese Autos erinnern mich immer an fette Shopper, die in viel zu weiten Bermudashorts und riesigen gepolsterten Turnschuhen im Einkaufszentrum herumwatscheln und sich Zimtschnecken in den Mund stopfen.«

»Ja. Hast du schon mal einen gefahren?« (Ich gab zu, daß ich das nicht hatte.) »Also, was weißt du schon?«

»Ich weiß, daß sie schweinemäßig die Straßen verstopfen, zu viel Benzin schlucken, sich manchmal überschlagen –«

»Was kümmert's dich, wenn sie sich überschlagen? Du haßt diese Leute doch sowieso.«

»Ich hasse sie nicht –«

»Du mit deiner *Kleinwohnung!«* Kopfschüttelnd knallte er die VW-Tür hinter sich zu. Als ich ihm das nächste Mal anbot, ihn mitzunehmen, winkte er ab.

Manchmal waren die Stunden merkwürdig schwer zu ertragen, die er und ich allein im Haus waren, ehe du mit deinem Traktor in die Garage brummtest. Man sollte meinen, es wäre ganz einfach in solch einer Weite aus Teakholz, aber ganz gleich, wo einer von uns sich befand, ich war mir immer seiner Anwesenheit bewußt, und ich habe den Verdacht, ihm ging es genauso. Wenn du und Celia als Puffer fehlten, fühlten wir zwei uns in diesem Haus allein – mir kommt das Wort *nackt* in den Sinn. Wir redeten kaum. Wenn er schnurstracks in sein Zimmer ging, erkundigte ich mich nicht nach seinen Hausaufgaben; wenn Lenny vorbeikam, fragte ich nicht, was die beiden machten; und wenn Kevin das Haus verließ, fragte ich nicht, wo er hinwollte. Ich sagte mir, daß eine Mutter die Privatsphäre eines Heranwachsenden respektieren sollte, aber ich wußte auch, daß ich ein Feigling war.

Dieses Gefühl der Nacktheit hatte durchaus eine reale Entsprechung. Ich weiß, daß vierzehnjährige Jungs vor Hormonen strotzen und all das. Ich weiß, daß Masturbieren normal ist, eine lebenswichtige Erleichterung, eine harmlose und angenehme Freizeitbeschäftigung, die nicht als Laster abgetan werden sollte. Aber ich dachte auch, daß Jugendliche – mal ehrlich, daß alle – dieser Freizeitbeschäftigung im verborgenen nachgehen. Wir alle tun es (oder ich tat es – ja, ab und zu, Franklin, was dachtet du denn?), wir wissen, daß wir es alle tun, aber es ist nicht üblich zu sagen: »Liebling, würdest du bitte auf die Spaghettisauce aufpassen, ich gehe mal eben masturbieren.«

Es mußte mehr als einmal passieren, bis ich es endlich ansprach, weil ich nach unserer Auseinandersetzung auf dem Krankenhausparkplatz mein Petzkonto für mehrere Monate überzogen hatte.

»Er läßt die Badezimmertür offen«, berichtete ich eines Abends widerstrebend im Schlafzimmer, woraufhin du anfingst, entschlossen die Haare aus deinem elektrischen Rasierer zu bürsten. »Und du kannst die Toilette vom Flur aus sehen.«

»Er vergißt also, die Tür zu schließen.« Du warst kurz angebunden.

»Er vergißt es nicht. Er wartet, bis ich in die Küche gehe, um mir eine Tasse Kaffee zu machen, so daß ich ihn sehen muß, wenn ich zurück in mein Arbeitszimmer gehe. Es ist sehr kalkuliert. Und er ist, äh – laut.«

»In seinem Alter habe ich mir vielleicht dreimal am Tag einen runtergeholt.«

»Vor deiner Mutter?«

»Um die Ecke, hinter der Tür. Ich dachte, es wäre mein Geheimnis, aber ich bin sicher, sie wußte es.«

»Hinter der Tür«, bemerkte ich. »Die Tür. Das ist wichtig.« Meine Güte, der Rasierer war wirklich voll mit Stoppeln heute abend. »Daß ich ihn dabei sehen kann – ich glaube, das erregt ihn.«

»Nun, egal, wie *rational* man auch damit umzugehen versucht, ich glaube, in dieser Hinsicht sind wir alle ein bißchen irrational.«

»Du, hm, du begreifst es nicht. Ich weiß, daß er es macht. Damit habe ich kein Problem, aber ich möchte nicht einbezogen werden. Das ist ungehörig.« Das Wort stand zu dieser Zeit hoch im Kurs. Der Monika-Lewinsky-Skandal war gerade einen Monat zuvor bekannt geworden. Und Präsident Clinton würde später eine Serviette über die Einzelheiten breiten, indem er ihre Beziehungen als *ungehörig* deklarierte.

»Und warum sagst du nichts?« Du hattest es satt, den Vermittler zu geben, glaube ich.

»Was wäre, wenn Celia vor dir masturbierte? Würdest du mit ihr darüber reden oder es vorziehen, wenn ich es täte?«

»Was soll ich also zu ihm sagen?« hast du müde gefragt.

»Daß es mir unangenehm ist.«

»Das ist mal was Neues.«

Ich warf mich aufs Bett und griff mir ein Buch. Ich würde nicht in der Lage sein, es zu lesen. »Sag ihm einfach, daß er die verdammte Tür zumachen soll.«

Ich hätte dich nicht behelligen sollen. Ja, du hast berichtet, den Auftrag ausgeführt zu haben. Ich stellte mir vor, wie du deinen Kopf in die Tür gesteckt und irgend etwas Joviales und Verschwörerisches geschwafelt hast, über »Jucken in der

Hand«, ein veralteter Spruch, den er wahrscheinlich nicht verstand, und dann hast du garantiert superlässig fallenlassen: »Denk einfach dran, so was ist privat, okay, Sportsfreund?«, und gute Nacht gesagt. Aber selbst wenn du eine ausführliche ernsthafte, strenge Unterredung mit ihm gehabt hättest – du hättest durchblicken lassen, daß es mich störte, und bei Kevin ist das immer ein Fehler.

Am Nachmittag nach eurem »Gespräch« gehe ich mit einer Tasse Kaffee in der Hand in mein Arbeitszimmer und kann schon ein verräterisches Grunzen am Ende des Flurs hören. Ich bete, daß er die Botschaft verstanden hat und wenigstens eine dünne, aber gesegnete Holztür zwischen mir und der knospenden Männlichkeit meines Sohnes sein wird. Bis auf die Schränke gibt es überhaupt nur vier, fünf Türen in dem ganzen verdammten Haus, und ich denke, für das Geld sollten wir sie wirklich benutzen. Aber als ich noch ein paar Schritte weitergehe, zerstört der Geräuschpegel alle Hoffnungen auf ein Minimum an Bemühen um Schicklichkeit.

Ich presse die warme Kaffeetasse zwischen meine Augen, um einen aufsteigenden Kopfschmerz zu lindern. Ich bin seit neunzehn Jahren verheiratet, und ich weiß, wie Männer ticken, und ich habe keine Veranlassung, mich vor einem verherrlichten Zapfen zu fürchten. Aber als ich mir dieses dringende leise Stöhnen hinten im Flur anhören muß, bin ich wieder zehn Jahre alt und werde von meiner Mutter quer durch die Stadt auf Botengänge geschickt, gehe mit starr geradeaus gerichtetem Blick durch den Park, während ältere Jungen mit offenen Hosenschlitzen in den Büschen kichern. Ich fühle mich in meinem eigenen Haus verfolgt, gejagt, gereizt, verhöhnt, und ich muß sagen, daß mir das ziemlich stinkt.

Deshalb mache ich mir selbst Mut, so wie früher, wenn ich mich sehr zusammennahm, um nicht loszurennen und daraufhin gejagt zu werden. Ich marschiere laut und nicht auf Zehenspitzen den Flur entlang, die Absätze knallen auf die Dielenbretter, klack-klack. Ich komme zum Bad der Kinder, die Tür ist sperrangelweit offen, und da steht unser Erstgeborener in seiner pubertierenden Herrlichkeit, inklusive einiger feuerroter Pickel auf dem Rücken. Füße weit auseinander gestellt, Rücken durchgebogen, hat er sich in einem Winkel zur Toilettenschüssel gedreht, daß ich das Ergebnis seiner Handarbeit sehen kann – lila und glänzend, erst denke ich, er hat KY-Gleitmittel genommen, aber die silberne Folie auf dem Fußboden deutet auf meine ungesalzene Landbutter hin –, und so entdecke ich zum ersten Mal, daß mein Sohn feines, ungewöhnlich glattes Schamhaar bekommen hat. Obwohl die meisten Männer diese Übung mit geschlossenen Augen vornehmen, hat Kevin seine weit aufgerissen, um seiner Mutter besser einen verschlagenen schläfrigen Blick über die Schulter zuwerfen zu können. Ich erwidere den Blick, starre auf seinen Schwanz – zweifellos hätte ich genau das schon im Park tun sollen, statt den Blick abzuwenden, denn das Anhängsel ist so unbeeindruckend, wenn man es direkt ansieht, daß es einen verwundert, warum soviel Getue darum gemacht wird. Ich strecke meinen Arm aus und ziehe die Tür zu. Laut.

Der Flur hallt von einem trockenen kurzen Lachen wider. Ich gehe zurück in die Küche. Ich habe mir Kaffee auf den Rock geschüttet.

So. Ich weiß, du mußt dich gewundert haben. Warum bin ich nicht einfach gegangen? Nichts hinderte mich daran, mir Celia zu schnappen, solange sie noch ein Auge hatte, und so schnell wie möglich nach Tribeca zurückzukehren. Ich hätte dich mit unserem Sohn und diesem scheußlichen Haus allein lassen können, ein passendes Set. Schließlich gehörte das ganze Geld mir.

Ich bin mir nicht sicher, ob du mir glaubst, aber ich habe nie daran gedacht zu gehen. Vielleicht habe ich lange genug in deiner Welt gelebt, um deine grimmige Überzeugung verinnerlicht zu haben, daß die glückliche Familie nicht nur ein Mythos sein kann. Und selbst wenn doch, ist es besser, für das Edle, wenn auch Unerreichbare zu sterben, als in passiver, zynischer Resignation zu schmollen, daß die Hölle die anderen sind, und zwar die, mit denen man verwandt ist. Ich haßte die Aussicht auf eine Niederlage; wenn ich mit Kevins Geburt den mir zugedachten Fehdehandschuh aufgehoben hatte – Kevin täglich ertragen zu müssen bedeutete, mich einer noch viel größeren Herausforderung zu stellen. Und vielleicht hatte meine Beharrlichkeit auch eine praktische Seite. Er würde bald fünfzehn werden. Er hatte nie vom College gesprochen – nie von seiner Zukunft als Erwachsener, hatte nie das leiseste Interesse an einem Handwerk oder einem Beruf ausgedrückt; soweit ich wußte, hielt er an seinem alten Schwur als Fünfjähriger fest, von Sozialhilfe leben zu wollen. Aber theoretisch würde unser Sohn in ungefähr drei Jahren aus dem Haus sein. Danach würden einfach nur du, ich und Celia hier sein, und dann könnten wir uns um deine glückliche Familie kümmern. Diese drei Jahre sind jetzt fast vorbei, und sie haben sich als die längsten Jahre meines Lebens herausgestellt, aber damals konnte ich das nicht ahnen. Und schließlich, und ich glaube, das wird dir sehr vereinfacht vorkommen, liebte ich dich. Ich liebte dich, Franklin. Ich liebe dich noch immer.

Trotzdem fühlte ich mich wie unter Beschuß. Meine Tochter war halb blind, mein Mann zweifelte meine geistige Gesundheit an, mein Sohn verhöhnte mich direkt vor meiner Nase mit seinem butterbeschmierten Penis. Wie um mein Gefühl, von allen Seiten angegriffen zu werden, noch zu verstärken, suchte sich Mary Woolford ausgerechnet diese Zeit aus, um unserem Haus ihren ersten indignierten Besuch abzustatten – und ihren letzten, wenn ich es mir richtig überlege, denn das nächste Mal sollten wir uns vor Gericht wiedersehen.

Damals war sie noch gertenschlank. Ihr dunkles Haar war pechschwarz bis zu den Wurzeln, ich wäre nie darauf gekommen, daß es gefärbt sein könnte; so wie sie es hochgesteckt hatte, wirkte es etwas streng. Sogar zu diesem nachbarschaftlichen Besuch kam sie piekfein im Chanelkostüm, mit einer bescheidenen juwelenbesetzten Brosche am Revers, die Ehrbarkeit ausstrahlte. Wer hätte gedacht, daß sie sich knapp drei Jahre später in einem ausgeblichenen Kleid, das dringend aufgebügelt werden mußte, durch die Gänge des Grand Union von Nyack schleppen und die frischen Eier im Kindersitz des Einkaufswagens einer anderen Frau zerstören würde.

Sie stellte sich kurz vor und lehnte, trotz der kühlen Witterung, eine Einladung ins Haus ab. »Meine Tochter Laura«, sagte sie, »ist ein hübsches Mädchen. Natürlich denkt das jede Mutter, aber ich glaube, daß Lauras Attraktivität auch für andere deutlich ist. Es gibt nur zwei wichtige Ausnahmen: Meine Tochter selbst und Ihr junger Mann.«

Ich wollte der Frau versichern, daß mein verdrießlicher Sohn im allgemeinen die Attraktivität anderer Menschen nicht bemerkte, aber ich spürte, wir waren erst bei der Einleitung. Es klingt nicht nett, wenn man bedenkt, daß mein Sohn kaum ein Jahr später die Tochter dieser Frau ermorden würde, aber ich fürchte, ich konnte Mary Woolford auf Anhieb nicht leiden. Sie bewegte sich ungraziös, ihre Augen flitzten hierhin und dorthin, als wollten sie sich eines ständigen inneren Tumults erwehren. Doch manche Menschen verhätscheln ihre eigenen Nöte, so wie andere ihre hochgezüchteten kleinen Hunde mit Dosen voller Pastete verwöhnen. Mary kam mir gleich wie einer dieser Menschen vor, die in meiner privaten Kurzschrift Problem-Sucher hießen – was schlicht eine Verschwendung detektivischer Fähigkeiten ist, dachte ich immer, weil meiner Erfahrung nach die echten Probleme auf der Suche nach dir sind.

»Seit etwa einem Jahr«, fuhr Mary fort, »leidet Laura unter der Fehleinschätzung, daß sie übergewichtig sei. Ich bin sicher, daß Sie über dieses Syndrom gelesen haben. Sie läßt Mahlzeiten aus, sie begräbt ihr Frühstück im Abfalleimer, und sie lügt, daß sie schon bei einer Freundin gegessen habe. Mißbrauch von Abführmitteln, Diät-Tabletten – überflüssig zu sagen, daß das alles sehr beängstigend ist. Letzten September wurde sie so dünn, daß sie im Krankenhaus an den Tropf kam, den sie sich immer rausriß, wenn sie nicht rund um die Uhr bewacht wurde. Sie verstehen, was ich meine?«

Ich murmelte etwas schwach Mitleidiges. Normalerweise höre ich mir derartige Geschichten mitfühlend an, aber damals mußte ich unwillkürlich denken, daß meine Tochter auch im Krankenhaus lag, und nach meiner erbitterten Überzeugung nicht, weil sie sich selbst irgend etwas Dummes angetan hatte. Außerdem hatte ich auf den Elternversammlungen in Gladstone zu viele Karen-Carpenter-Geschichten gehört – jene magersüchtige Sängerin, die 1983 als junges Mädchen im Haus ihrer Eltern an Herzversagen starb –, und diese Geschichten hatten oft etwas Angeberisches. Die prestigeträchtige Diagnose der Magersucht wurde nicht nur von den Schülerinnen begehrt, sondern auch von den Müttern, die untereinander wetteiferten, wessen Tochter weniger aß. Kein Wunder, daß die armen Mädchen fertig waren.

»Wir hatten Fortschritte gemacht«, fuhr Mary fort. »In den vergangenen Monaten war sie bereit, bescheidene Portionen zu sich zu nehmen, bei den gemeinsamen Mahlzeiten, zu denen sie am Eßtisch zu erscheinen hatte. Sie hat schließlich wieder etwas zugenommen – wie Ihr Sohn Kevin *nicht müde wird zu betonen.*«

Ich seufzte. Im Vergleich zu unserer Besucherin muß ich verhärmt ausgesehen haben. Aber ich sah sicher nicht überrascht aus, und mein Unvermögen zu japsen, O-mein-Gott-was-hat-der-Junge-da-angerichtet, schien sie in Wut zu versetzen.

»Gestern abend habe ich meine schöne Tochter dabei erwischt, wie sie das Abendessen erbrach! Ich bekam sie auch dazu, zuzugeben, daß sie sich die ganze letzte Woche übergeben hat. *Warum?* Einer der Jungs in der Schule würde ihr immer sagen, sie sei *fett.* Sie wiegt kaum fünfzig Kilo und wird damit gequält, daß sie ›wie ein Mastschwein‹ aussieht! Nun, es war nicht leicht, seinen Namen aus ihr herauszukriegen, und sie flehte mich an, heute abend nicht hierherzukommen. Aber ich bin nun einmal der Überzeugung, daß wir Eltern endlich anfangen müssen, Verantwortung für das destruktive Verhalten unserer Kinder zu übernehmen. Mein Mann und ich tun alles, was in unserer Macht steht, um Laura daran zu hindern, sich selbst zu verletzen. Könnten also Sie und Ihr Mann bitte Ihren Sohn davon abhalten, sie auch noch zu verletzen!«

Mein Kopf wackelte nickend auf und ab wie bei einem dieser Hunde in Autofenstern. »Wie denn?« fragte ich gedehnt. Vielleicht hat sie gedacht, ich wäre betrunken.

»Es ist mir egal, wie!«

»Möchten Sie, daß wir *mit ihm reden*?« Ich mußte meinen Mund zusammenkneifen, damit er sich nicht zu einem unverschämten Grinsen verzog, das nur allzu deutlich an Kevins erinnert hätte.

»Das will ich meinen!«

»Ich soll ihm sagen, *daß er die Gefühle anderer achten muß und die goldenen Regeln der Nächstenliebe nicht vergessen darf?*« Ich lehnte mich an den Türpfosten und sah sie fast gehässig an, und Mary trat erschrocken einen Schritt zurück. »Oder vielleicht sollte mein Ehegatte mal mit ihm ein *Gespräch von Mann zu Mann* führen und unserem Sohn beibringen, daß ein *richtiger Mann* nicht grausam und aggressiv ist, sondern daß ein *richtiger Mann* sanft und einfühlsam ist?«

Ich mußte eine Sekunde lang innehalten, um nicht laut zu lachen. Ich sah dich plötzlich vor mir, wie du in die Küche geschlendert kamst, um mir Bericht zu erstatten. *Tja, Liebling, das Ganze war ein großes Mißverständnis! Kevin sagt, daß Laura, das arme Gerippe, sich einfach verhört hat! Er hat sie nicht »fett« genannt, sondern »fetzig«. Und er hat nicht gesagt, sie sei ein »Mastschwein«, sondern sie hat einen Witz erzählt, und der war »astrein«!* Trotzdem muß mir unwillkürlich ein Grinsen entwischt sein, denn Mary wurde rot und explodierte. »Ich kann beim besten Willen nicht verstehen, warum Sie das offenbar komisch finden!«

»Ms. Woolford, haben Sie Söhne?«

»Laura ist unser einziges Kind«, sagte sie würdevoll.

»Dann möchte ich Ihnen die alten Schulhofverse in Erinnerung rufen, die beschreiben, *woraus kleine Jungs gemacht sind*. Ich würde Ihnen gern helfen, aber in der Praxis? Wenn Franklin und ich etwas zu Kevin sagen sollten, wären die Konsequenzen für Ihre Tochter in der Schule noch schlimmer. Vielleicht ist es besser, wenn Sie Laura lehren – wie sagen die Kids noch? *Es runterzuschlucken.*«

Für diesen Versuch, realistisch zu sein, würde ich später bezahlen, aber damals hätte ich kaum wissen können, daß mein schwererworbener Rat zwei Jahre später von Mary im Zeugenstand eines Zivilprozesses breitgetreten werden würde, mit einigen ätzenden Verschönerungen.

»Nun, vielen Dank für nichts!«

Ich sah Mary hinterher, die über die Steinplatten davonstampfte, dachte über die Tatsache nach, daß du, Kevins Lehrer und jetzt diese Mary Woolford sich darin gefielen, mir zu sagen, daß ich als Mutter *die Verantwortung übernehmen* müsse. Gut und schön. Aber wenn ich so rundherum verantwortlich war, warum kam ich mir dann so hilflos vor?

Celia kam Anfang März nach Hause. Kevin hatte sie kein einziges Mal besucht; um Celia zu schützen, hatte ich ihn nie dazu ermuntert. Du hattest ihn ein paarmal eingeladen mitzukommen, ließest aber dann in Hinblick auf sein Trauma davon ab. Er hat sich nicht einmal danach erkundigt, wie es ihr ging, wie du weißt. Niemand, der uns zuhörte, wäre auf die Idee gekommen, daß er eine Schwester hatte.

Ich hatte mich nur leidlich an ihr neues Aussehen gewöhnt. Die Verätzungen waren in Flecken auf ihrer Wange verteilt und liefen streifig über ihre Schläfe, und obwohl sie langsam heilten, waren sie noch verschorft, und ich flehte sie an, nicht daran zu zupfen, damit die Narben nicht noch schlimmer würden. Sie war gut darin, und ich dachte an Violetta. Bis dahin war ich nie mit Mode für Einäugige in Kontakt gekommen. Ich hatte erwartet, daß ihre Augenklappe schwarz sein würde, und die Erinnerung an die munter »The Good Ship Lollipop« singende Shirley Temple hätte mich vielleicht mit schmerzlindernden Visionen meiner kleinen blonden Piratin trösten können. Ich glaube, mir wäre eine schwarze Klappe auch lieber gewesen, weil ich dann hätte losrennen und ihr einen Dreispitz kaufen können, in dem armseligen Bemühen, diesen makabren Alptraum in einen Kostümball zu verwandeln, um sie abzulenken.

Statt dessen wirkte die linke Hälfte ihres Gesichts durch das selbstklebende fleischfarbene Augenokklusionspflaster einfach leer. Die Schwellung auf der linken Seite verwischte die charakteristische Struktur ihrer Wangenknochen. Ihr Gesicht sah nicht mehr ganz dreidimensional aus, sondern eher wie eine Postkarte, mit einem Bild auf der einen Seite und leerem weißen Papier auf der anderen. Ich konnte einen Blick auf die rechte Seite ihres Profils werfen, und mein fröhlicher kleiner Liebling schien unverändert; sah ich auf die linke Seite, war Celia wie ausradiert.

Dieses Jetzt-siehst-du-mich, Jetzt-siehst-du-mich-nicht ihres Gesichts gab meiner schmerzlichen neuen Erkenntnis Ausdruck, daß Kinder leichtverderbliche Ware sind. Obwohl ich nicht glaube, daß ich Celia je als selbstverständlich erachtet habe. Aber als sie wieder zu Hause war, gab ich jede Anstrengung auf, zu verbergen, daß ich das eine Kind dem anderen vorzog. Sie wollte nie mehr von meiner Seite weichen, und ich erlaubte ihr, mir still wie ein Schatten durch das ganze Haus zu folgen und mich bei Besorgungen zu begleiten. Ich bin sicher, daß du recht hattest: Sie sollte in der Schule nicht noch weiter zurückfallen, und je schneller sie sich in der Öffentlichkeit an ihre Behinderung gewöhnte, desto besser, aber ich nahm mir dennoch etwas frei von AWAP, um sie noch zwei Wochen länger zu Hause behalten zu können. Inzwischen hatte sie ein paar Fähigkeiten verlernt, die sie bereits gemeistert hatte, zum Beispiel ihre Turnschuhe zuzubinden; ich mußte sie ihr wieder zuschnüren und sie neu lehren, eine Schleife zu binden.

Wenn Kevin in der Nähe war, bewachte ich sie mit Adleraugen. Ich muß zugeben, sie benahm sich nicht so, als hätte sie Angst vor ihm. Und er ging sofort wieder dazu über, ihr gelangweilt eine Fülle von Befehlen zu erteilen; seit sie alt genug war, um loszurennen und etwas zu holen, hatte er sie wie ein Haustier behandelt, das eine begrenzte Anzahl von Tricks konnte. Aber selbst wenn sie harmlose kleine Bitten erfüllte, wie ihm einen Cracker zu bringen oder ihm die TV-Fernbedienung zuzuwerfen, schien ich jetzt bei seiner Schwester ein leises Zögern zu entdecken, ein kurzes Erstarren, wie ein hartes Schlucken. Und obwohl sie früher um seine Aufmerksamkeit gebettelt und sich geehrt gefühlt hatte, seine Pfeile wieder aus der Zielscheibe ziehen zu dürfen, stellte ich mich jetzt dazwischen, als er das erste Mal beiläufig vorschlug, daß sie diese Pflichten wieder aufnehmen könne: Ich wußte, daß er vorsichtig war, aber Celia hatte nur noch ein Auge, und sie durfte nicht mehr in die Nähe des Bogenschießstands. Ich hatte erwartet, daß Celia protestierte. Sie hatte immer verzweifelt versucht, sich als nützlich für ihren Bruder zu erweisen, und fand es toll, ihn dabei zu beobachten, wie er hoch aufgerichtet wie Häuptling Hiawatha dastand und die Pfeile unfehlbar in das schwarze Auge des Büffels sandte. Statt dessen schoß sie mir einen dankbaren Blick zu, und an ihrem Haaransatz glänzten kleine Schweißperlen.

Ich war überrascht, als er sie aufforderte, im Garten mit ihm Frisbee zu spielen – mit seiner Schwester zu spielen war eine Premiere –, und ich war sogar ein bißchen beeindruckt. Ich würde es ihr erlauben, sagte ich, wenn sie ihre Sicherheitsbrille trug. Ich hatte jetzt eine hysterische Beziehung zu ihrem gesunden Auge. Aber als ich ein paar Minuten später aus dem Fenster sah, spielte er *mit* seiner Schwester Frisbee, als spielte er allein. Celias räumliche Wahrnehmung war noch unterentwickelt, und sie griff schon nach dem Frisbee, als er noch nicht ganz bei ihr war, verfehlte ihn, und dann knallte er gegen ihre Brust. Sehr komisch.

Am schwersten war natürlich zunächst, das Loch in Celias Kopf zu versorgen, das regelmäßig mit Baby-Shampoo und einem angefeuchteten Q-Tip gesäubert werden mußte. Dr. Sahatjian versicherte zwar, daß die Sekretion aufhören würde, wenn erst mal die Prothese angepaßt und die Heilung abgeschlossen wäre, aber ständig sickerte ein gelblicher Ausfluß heraus, und manchmal mußte ich morgens die Augenumgebung mit einem nassen Papiertaschentuch einweichen, weil das Lid im Schlaf verklebt war und nicht mehr aufging. Das Lid selbst – ihr Augenarzt sprach immer von *sulcus* – hing und war auch geschwollen, vor allem, weil die Säure es beschädigt hatte und ein Teil durch einen winzigen Hautlappen aus der Innenseite ihres Schenkels ersetzt worden war. (Offenbar hatte sich die Lidvergrößerung zu einer der Schönen Künste entwickelt, da sie in Japan infolge der Anglisierung als Bestandteil okzidentaler Gesichtszüge hoch im Kurs stand, was ich in besseren Tagen als grausigen Beweis für die Macht westlicher Werbung angesehen hätte.)

Die Schwellung und das leicht lila wirkende Lid verliehen ihr das Aussehen eines mißhandelten Kindes auf jenen Plakaten, die einen auffordern, die Nachbarn der Polizei zu melden. Mit einem hängenden Augenlid und einem offenen Auge schien sie kräftig zu zwinkern, als teilten wir beide ein schreckliches Geheimnis.

Ich sagte zu Dr. Sahatjian, ich sei nicht sicher, ob ich mich überwinden könne, das Loch täglich zu säubern. Er versicherte mir, daß ich mich daran gewöhnen würde. Auf lange Sicht gesehen, hatte er recht, aber ich mußte gegen meine Übelkeit ankämpfen, als ich selber zum ersten Mal das Lid mit dem Daumen anhob. Es war nicht ganz so entsetzlich, wie ich befürchtet hatte, es verstörte mich auf einer subtileren Ebene. Wir waren allein zu Hause. Ich erinnerte mich an diese Modiglianis mit ihren Mandelaugen, denen die Pupillen fehlten, was einen Effekt hypnotischer Milde und Ruhe erzielte, aber auch Qual und einen Hauch von Dummheit ausstrahlte. Die Höhle war am Rand rosa, und hinten ging sie in ein gnädiges Schwarz über, aber als ich sie unter die Lampe zog, damit ich ihr die antibiotischen Tropfen einträufeln konnte, sah ich den unverhältnismäßig großen Plastikbogen, der die Augenhöhle daran hinderte zusammenzufallen. Ich hätte genausogut in einen Puppenkopf starren können.

Ich wußte, daß du mein Getue um sie nicht leiden konntest und genau deshalb ein schlechtes Gewissen hattest. Um es zu kompensieren, warst du ganz bewußt zärtlich zu Celia, du zogst sie auf deinen Schoß, hast ihr Geschichten vorgelesen. Ich habe nur allzugut diese Angestrengtheit deiner Bemühungen gesehen – so war es also, wenn du dich *bemühtest, ein guter Vater zu sein*. Aber ich bezweifle, daß Kevin diesen oberflächlichen Eindruck durchschaute. Offensichtlich hatte die Verletzung seiner kleinen Schwester ihr noch mehr Zuwendung beschert – noch mehr: *Möchtest du noch eine Decke, Liebling?*, noch mehr: *Möchtest du noch ein Stückchen Kuchen?*, noch mehr: *Warum lassen wir Celia nicht aufbleiben, Franklin, es ist eine Tiersendung*. Als ich das Tableau im Wohnzimmer betrachtete, Celia, die in deiner Armbeuge eingeschlafen war, und Kevin, der wütend »Meine Oma bekam ein Baby von meinem Freund« bei Jerry Springer verfolgte, dachte ich: *Ist unsere kleine Kriegslist also nach hinten losgegangen.*

Falls du dich das mal gefragt hast: Nein, ich habe nie groß versucht, Celia Einzelheiten über jenen Nachmittag im Badezimmer zu entlocken. Ich scheute genau wie sie davor zurück, die Sache anzusprechen; wir hatten beide kein Bedürfnis, diesen Tag noch einmal zu durchleben. Aber aus einem Gefühl elterlicher Fürsorge heraus – ich wollte nicht, daß sie dachte, daß Thema sei tabu, nur für den Fall, daß sich eine Erkundung doch als therapeutisch sinnvoll herausstellen würde – fragte ich sie einmal einfach: »Als du dich verletzt hast – wie ist das passiert?«

»Kevin –« Sie berührte das Lid ungeschickt mit dem Rücken

ihres Handgelenks. Es juckte, aber damit die Schiene nicht verrutschte, hatte sie gelernt, immer Richtung Nase zu reiben. »Mir ist etwas ins Auge gekommen. Kevin hat mir geholfen, es auszuwaschen.«

Und das war alles, was sie je dazu sagte.

Eva

11. MÄRZ 2001

Lieber Franklin,

es sieht so aus, als hätte diese Andy-Williams-Geschichte eine Lawine von ähnlichen Verbrechen ausgelöst. Aber irgendwie sind es ja immer Nachahmer-Verbrechen, findest du nicht auch?

Im Frühjahr 1998 gab es vier weitere Schulschießereien. Ich erinnere mich deutlich an die Nachricht von der ersten, weil Dr. Sahatjian am selben Tag die Bilder für Celias Prothese anfertigte und einen Abguß ihrer Augenhöhle machte. Celia war fasziniert, weil er die Iris ihres guten Auges in allen Details mit der Hand abmalte; mich überraschte es, daß die Vorlage nicht gescannt, sondern mit feinen Pinseln in Wasserfarben getuscht wurde. Das Malen einer Iris ist wahrhaftig eine Kunst, denn jedes Auge ist so einzigartig wie ein Fingerabdruck, und selbst das Weiße unserer Augen hat eine spezielle Tönung, und die feine rote Äderung bildet ein ganz persönliches Netz. Aber das war auch schon das einzig Erfreuliche an dieser qualvollen Prozedur.

Bezüglich des Abgusses hatte man uns versichert, daß es nicht weh tun würde, daß es etwas »unangenehm« werden könnte, eine bei Medizinern gern gebrauchte Einschätzung – im Grunde das Synonym für eine Pein, die nicht die eigene ist. Die weiße Abgußmasse in ihrer Augenhöhle war zweifellos kein Vergnügen, aber Celia jammerte nur ein bißchen; sie weinte nicht richtig. Ihre Tapferkeit war eigentümlich unverhältnismäßig. Sie war eine stoische kleine Heldin gewesen, als sie ihr Auge verloren hatte. Dennoch schrie sie immer noch wie am Spieß, wenn sie auf dem Duschvorhang einen Schimmelfleck entdeckte.

Als der Assistent die Attrappe einsetzte und eine frische Augenklappe befestigte, fragte ich Krikor Sahatjian, wie er zu dieser ausgefallenen Beschäftigung gekommen sei. Er erzählte, daß er mit zwölf, als er eine Abkürzung durch einen Nachbargarten nahm, über einen schmiedeeisernen Zaun klettern mußte; er rutschte aus, und eine pfeilförmige Zaunspitze ... Gnädigerweise überließ er den Rest meiner Phantasie und sagte nur: »Ich fand die Anfertigung meiner eigenen Prothese damals dermaßen spannend, daß ich meine Berufung gefunden hatte.« Ungläubig blickte ich in seine gefühlvollen braunen Augen, die mich an Omar Sharif erinnerten: »Jetzt staunen Sie«, sagte er freundlich. »Es war mir nicht aufgefallen«, gab ich zu. »So ist es meistens – Sie werden es erleben«, sagte er. »Wenn die Prothese erst mal im Auge ist, merkt kein Mensch mehr, daß Celia nur mit einem Auge sieht. Und es gibt gute Methoden, es zusätzlich zu verbergen – wenn man beim Sehen den Kopf anstelle der Augen bewegt. Ich zeige es ihr, wenn sie soweit ist.« Ich war dankbar. Zum ersten Mal war ihre *Enukleation* kein Weltuntergang mehr, und ich fragte mich sogar, ob nicht diese besondere Behinderung und die Kraft, die sie erforderte, Celia bei ihrer Entwicklung helfen würden.

Als Celia und ich von der Upper East Side zurückkehrten, warst du schon zu Hause und saßest mit Kevin im Fernsehzimmer, weil Nickelodeon einen ganzen Abend voller *Happy Days*-Folgen brachte.

Ich gab meinen Kommentar im Türrahmen ab: »Aha, die fünfziger Jahre, die es nie gab. Ich warte immer, daß mal jemand Ron Howard vom Sputnik erzählt, von der McCarthy-Ära und dem Wettrüsten.« Ich fügte bedauernd hinzu: »Aber ich störe euer *Bonding*.«

Damals überzog ich die trendigen amerikanischen Modewörter immer mit einer bleiernen Ironie, als würde ich sie nur mit spitzen Fingern anfassen. Ich hatte zum Beispiel Kevins Englischlehrerin freundlich erklärt, daß ich es mir »zur Pflicht gemacht hätte«, gegen die Phrase *im wahrsten Sinne des Wortes* anzukämpfen – das Ganze mit einem verschwörerischen

Zuzwinkern, das die gute Frau nur verwirrt haben dürfte. Ich habe die amerikanische Kultur immer für eine Art Sportveranstaltung gehalten, über die ich von der hohen Warte meines Internationalismus mein Urteil fällen konnte. Aber inzwischen stimme ich ein, wenn meine Kollegen Werbespots für Bier nachmachen, und rufe mit ihnen im Chor *Waaas giiibt's*? Ich benutze intransitive Verben transitiv und lasse kleinliche Anführungszeichen weg. Wahre Kultur betrachtet man nicht, man verkörpert sie. Ich lebe hier. Wie ich bald ohne jeden Zweifel feststellen würde, gibt es keine Rücktrittsklausel.

Unser Sohn entnahm dies alles und noch mehr dem verächtlichen Ton, mit dem ich *Bonding* aussprach. »Gibt es eigentlich irgendwas oder irgendwen«, fragte er und sah mir in die Augen, »dem du dich nicht überlegen fühlst?«

»Ich habe vor dir nie einen Hehl daraus gemacht, was ich von diesem Land halte«, sagte ich steif und ließ wenig Zweifel daran, daß ich meine Ehrlichkeit bedauerte – es war wohl meine einzige Anspielung auf unser desaströses Dinner im Hudson House. »Aber ich weiß nicht, woher du die Idee nimmst, daß ich mich ›überlegen‹ fühle.«

»Ist dir nie aufgefallen, daß du nie von ›wir‹ sprichst, wenn du über Amerikaner redest?« sagte er. »Immer sagst du ›sie‹. Als ob du über Chinesen oder so reden würdest.«

»Ich habe in meinem Erwachsenenleben viel Zeit im Ausland verbracht, und wahrscheinlich habe ich –«

»Ja, ja, ja.« Kevin unterbrach unseren Blickkontakt und starrte wieder auf den Bildschirm. »Ich möchte echt wissen, warum du dich für was *Besonderes* hältst.«

»Eva, los setz dich, sei kein Spielverderber!« sagtest du. »Das ist die Folge, in der Richie ein Blind Date mit der Tochter seines Chefs hat, und Potsie –«

»Das hast du doch schon zwanzigmal gesehen«, schimpfte ich liebevoll, dankbar für die Rettung. »Wie viele *Happy Days* habt ihr schon intus, drei oder vier?«

»Dies ist das erste! Fünf kommen noch!«

»Bevor ich's vergesse, Franklin – Dr. Sahatjian ist meiner Meinung. Wir nehmen Glas.« Ich strich Celia, die sich an mein Bein kuschelte, über ihr feines blondes Haar und sparte mir die Ergänzung, wozu das Glas gut sei. Am Nachmittag war mir die Aufgabe zugefallen, unsere Tochter der Hoffnung zu berauben, daß ihr neues Auge sehen könnte.

»E-va«, hast du geflötet, nicht zum Streiten aufgelegt. »Polymer ist doch der neuste Schrei-ei.«

»Deutsches Kryolith auch.«

»Weniger Infektio-nen, weniger Bru-uch –«

»*Polymer* ist nur ein besseres Wort für Plastik. Ich hasse Plastik.« Ich beendete die Debatte. *»Das Material ist alles.«*

»Sieh dir das an«, meintest du zu Kevin. »Richie drückt sich vor dem Date, und es stellt sich raus, die Kleine ist 'ne heiße Nummer.«

Ich wollte dir nicht den Spaß verderben, aber die Mission, von der ich gerade zurückgekehrt war, war ziemlich schlimm gewesen, und ich konnte nicht ohne weiteres auf visuelles Junk food umschalten. »Franklin, es ist fast sieben. Können wir gleich die Nachrichten sehen?«

»Ö-de«, riefst du.

»Nein, neuerdings nicht mehr.« Monica-gate kam in kleinen Portionen ans Tageslicht. »Neuerdings sind sie nicht mehr jugendfrei. Kevin?« Ich wandte mich höflich an unseren Sohn. »Macht es dir sehr viel aus, wenn wir nach dieser Folge zu den Nachrichten schalten?«

Kevin hing im Sessel, die Lider auf Halbmast. »Egal.«

Du sangst die Erkennungsmelodie *Monday, Tuesday, happy days ...!*, und ich kniete mich hin, um weiße Abgußmasse aus Celias Haar zu picken. Pünktlich schaltete ich um zu Jim Lehrer. Es war der Aufmacher. Diesmal konnte unser Präsident seine Hose zulassen – zwei unangenehme kleine Jungen in seinem Heimatstaat hatten ihm die Schau gestohlen, der ältere war gerade dreizehn, der jüngere elf.

Ich ließ mich stöhnend auf das Ledersofa fallen. »Nicht schon wieder.«

Vor der Westside-Mittelschule in Jonesboro, Arkansas, hatten Mitchell Johnson und Andrew Golden auf der Lauer gelegen, in Tarnanzügen in den Büschen versteckt, nachdem sie in der Schule Feueralarm ausgelöst hatten. Als Lehrer und Schüler das Gebäude verließen, eröffneten die beiden das Feuer mit einer Ruger, Kaliber 44, und einem Jagdgewehr, Kaliber 30.06, töteten vier Mädchen und einen Lehrer und verletzten weitere elf Schüler.

Der Ältere hatte offenbar, nach einer romantischen Enttäuschung, am Vortag einem Freund gegenüber filmreif geprahlt: »Da werden noch Köpfe rollen.« Der kleine Andrew Golden hatte einem Vertrauten geschworen, daß er »alle Mädchen, die mit ihm Schluß gemacht hatten«, erschießen wolle. Nur ein Junge war verwundet worden; die anderen vierzehn Opfer waren weiblich.

»Verdammte Idioten«, schimpfte ich.

»Eva!« mahntest du. »Hüte deine Zunge.«

»Sie suhlen sich wieder in Selbstmitleid!« sagte ich. »*Oh, nein, meine Freundin liebt mich nicht mehr, da bringe ich fünf Leute um!*«

»Und was ist mit deinem ganzen Armenien-Scheiß?« fragte Kevin und warf mir einen harten Blick zu. »*Oh, nein, vor Millionen Jahren waren die Türken echte Schweine, und heute kümmert das niemanden einen Dreck*! Ist das kein Selbstmitleid?«

»Ich finde, Völkermord und Schlußmachen kann man nicht vergleichen«, fuhr ich ihm über den Mund.

»Nä nä-nä NÄ-nä-nä nä NÄ-nä-nä nä nä *nä* nä-nä-nä!« murmelte Kevin. »Mein Gott, hör doch auf.«

»Und was soll das – *alle Mädchen umbringen, die mit ihm Schluß gemacht haben*?« höhnte ich.

»Könntest du endlich *die Klappe halten*?« sagte Kevin.

»Kevin!« schimpftest du.

»Also, ich *versuche* zuzuhören, und sie hat *gesagt,* sie will die Nachrichten sehen.« Kevin sprach von seiner Mutter oft wie ich von Amerikanern. Beide bevorzugten wir die dritte Person.

»Der Bengel ist erst elf Jahre!« Ich haßte es auch, wenn andere während der Nachrichten redeten, aber ich konnte es mir nicht verkneifen. »Wie viele Freundinnen können das sein?«

»Im Schnitt?« fragte unser anwesender Experte. »So zwanzig.«

»Aha«, sagte ich. »Und wie viele hast *du* gehabt?«

»Null.« Kevin lag inzwischen beinah rücklings, und seine Stimme krächzte brüchig – was bald immer der Fall sein würde. »Ex und hopp.«

»Wow, du Casanova!« sagtest du. »Das hat man nun davon, wenn man sein Kind mit sieben über die Tatsachen des Lebens aufklärt.«

»Mommy, wer sind Ex und Hopp? Sind sie wie Tweedledum und Tweedledee?«

»Celia, Herzchen«, sagte ich zu unserer Sechsjährigen, deren Sexualerziehung nicht so dringend schien. »Willst du nicht lieber im Spielzimmer spielen? Wir gucken Nachrichten, die für dich gar nicht lustig sind.«

»Siebenundzwanzig Kugeln, sechzehn Treffer«, rechnete Kevin beifällig. »Und bewegliche Ziele. Weißt du, für kleine Jungen ist das ein ordentlicher Durchschnitt.«

»Nein, ich will bei dir bleiben!« sagte Celia. »Du bist meine Freuuundin!«

»Aber ich möchte ein Bild, Celia. Du hast mir den ganzen Tag noch kein Bild gemalt!«

»Naa gut.« Sie zögerte und zerknäulte ihren Rock.

»Komm, nimm mich mal in den Arm.« Ich zog sie zu mir, und sie umarmte mich. Ich hätte nicht gedacht, daß eine Sechsjährige so fest drücken konnte, und ich mußte mich mühen, ihren Griff zu lockern, weil sie meine Sachen nicht loslassen wollte. Als sie Schrittchen für Schrittchen das Zimmer verließ, noch einmal im Flur stehenblieb und mit gebogenen Fingern winkte, sah ich, wie du Kevin augenrollend einen Blick zuwarfst.

Der Reporter auf dem Bildschirm interviewte inzwischen Andrew Goldens Großvater, von dem die Kinder die Waffen gestohlen hatten, unter anderem drei Hochleistungsgewehre, vier Pistolen und eine Ladung Munition. »Das ist eine entsetzliche Tragödie«, sagte er erschüttert. »Wir haben verloren. Sie haben verloren. Unser aller Leben sind ruiniert.«

»Das kann man wohl sagen«, sagte ich. »Ich meine, konnten sie sich nicht ausrechnen, daß sie geschnappt werden und für alle Ewigkeiten hinter Schloß und Riegel wandern? Was haben sie sich dabei gedacht?«

»Sie haben sich nichts gedacht«, sagtest du.

»Spinnst du?« sagte Kevin. »So was muß man gut planen. Klar, haben die sich was gedacht. Wahrscheinlich haben sie in ihrem ganzen blöden Leben nie doller nachgedacht.« Von Anfang an trafen diese Ereignisse bei Kevin einen Nerv, und immer wenn das Thema aufkam, spielte er sich als Fachmann auf, was mich nervte.

»Sie haben nicht daran gedacht, was danach kommt«, sagte ich. »Sie haben sich ihren blöden Angriff ausgedacht, aber keinen Gedanken an die nächsten fünf Minuten verschwendet – geschweige denn an die nächsten fünfzig Jahre.«

»Da wäre ich mir nicht so sicher«, sagte Kevin und nahm sich eine Handvoll Nacho Tortilla Chips mit leuchtend orangefarbenem Käse. »Du hast nicht zugehört – wie immer –, weil Celia ihre Schmusenummer abgezogen hat. Sie sind unter vierzehn. Bei der Gesetzeslage in Arkansas sind Batman und Robin mit achtzehn zurück im Batmobil.«

»Das ist haarsträubend!«

»Dann wird die Akte geschlossen. Wetten, da freut sich ganz Jonesboro schon drauf.«

»Aber du willst mir doch nicht weismachen, daß sie sich vorher die Gesetze angesehen haben.«

»Mm«, machte Kevin unverbindlich. »Woher willst du das wissen? Jedenfalls ist es dumm, immer nur an die Zukunft zu denken. Wenn du die Gegenwart ständig vor dir herschiebst, passiert sie gar nicht, kapierst du?«

»Es gibt aus gutem Grund ein Jugendstrafrecht«, sagtest du. »Die Kids haben doch keine Ahnung, was sie verbrochen haben.«

»Das meinst du nicht ernst«, sagte Kevin sarkastisch. (Daß ich mich über Pubertätsprobleme lustig gemacht hatte, hatte ihn möglicherweise verärgert, aber über dein Mitleid war er schlichtweg empört.)

»Kein Elfjähriger weiß wirklich, was Tod bedeutet«, sagtest du. »Er hat keine wirkliche Vorstellung von anderen Menschen – daß sie Schmerz empfinden, daß sie überhaupt existieren. Und seine Zukunft als Erwachsener ist für ihn auch nicht wirklich vorstellbar. Um so leichter kann er sie wegwerfen.«

»Vielleicht kann er sich seine Zukunft vorstellen«, sagte Kevin. »Vielleicht liegt genau da das Problem.«

»Mensch, Kevin«, sagtest du. »Alle Kinder bei diesen Schießereien gehören zur Mittelschicht, sie kommen nicht aus der Gosse. Diese Jungen haben ein Leben mit einer Hypothek, einem Auto, einem Managerposten vor sich, mit jährlichen Ferien auf Bali und solchen Sachen.«

»Genau«, schnurrte Kevin. »Sag ich ja.«

»Weißt du was?« sagte ich. »Eigentlich ist es völlig egal. Völlig egal, ob Leute erschießen vorstellbar ist oder nicht, und völlig egal, ob ihre Freundinnen Schluß machen – die haben doch noch nicht mal 'nen Busen. Völlig egal. Das eigentliche Problem sind die Schußwaffen. Schußwaffen, Franklin. Wenn in den Häusern dieser Typen die Schußwaffen nicht herumlägen wie Besenstiele, würde keiner dieser –«

»O Gott, es geht schon wieder los«, sagtest du.

»Hast du gehört, Jim Lehrer sagt, daß in Arkansas Waffenbesitz nicht mal für Minderjährige illegal ist.«

»Sie haben sie gestohlen –«

»Es bot sich an, sie zu stehlen. Und beide Jungen besaßen auch eigene Gewehre. Es ist absurd. Keine Gewehre, und die beiden verpassen statt dessen der Katze einen Tritt, oder – *deine* Vorstellung von Konfliktbewältigung – sie hauen ihren Exfreundinnen eine runter. Blutige Nasen, Abgang nach Hause. Diese Schießereien sind dermaßen schwachsinnig, daß man dankbar sein sollte, wenn man wenigstens den Hauch einer Lehre daraus ziehen kann.«

»Okay, den Besitz automatischer Waffen sollte man vielleicht erschweren«, sagtest du in dem Predigerton, den ich immer als Fluch der Elternschaft empfunden habe. »Aber Waffen werden bleiben. Sie gehören zu diesem Land, Sportschießen und Jagen, von Selbstverteidigung ganz zu schweigen –« Du hörtest auf, weil ich offensichtlich aufgehört hatte zuzuhören.

»Die Antwort – wenn es eine gibt – sind die *Eltern*«, fuhrst du mit erhobener Stimme fort und wandertest durch das Zimmer, während auf dem Bildschirm wieder Monica Lewinsky mit ihrem liebeskranken Mondgesicht schmachtete. »Du kannst deinen letzten Dollar darauf wetten, daß diese Jungen niemanden hatten, an den sie sich wenden konnten. Niemandem, dem sie wirklich ihr Herz ausschütten konnten, dem sie vertrauen konnten. Wenn man seine Kinder liebt, wenn man für sie da ist und mit ihnen was unternimmt, ins Museum geht oder historische Schlachtfelder besichtigt, wenn man Zeit für sie hat, wenn man hinter ihnen steht und ihnen zeigt, daß man sich für ihre Ideen interessiert – *dann* passieren auch solche Kurzschlußreaktionen nicht. Und wenn du mir nicht glaubst, *frag Kevin.*«

Aber dies eine Mal zeigte Kevin unverhohlen seinen Spott: »Klar, *Dad*! Das ist schon wirklich was, daß ich dir und Mumsey alles sagen kann – bei all dem *Gruppenzwang* und dem ganzen Scheiß! Ihr wollt immer wissen, was ich für *Videospiele* spiele und was ich für *Hausarbeiten* aufhabe, und ich weiß, daß ich mich mit meinen *Problemen* immer an euch wenden kann!«

»Na, wenn du uns nicht hättest«, murmeltest du, »dann würdest du das jetzt nicht so witzig finden.«

Celia war wieder in den Flur zum Fernsehzimmer geschlichen und dort stehengeblieben; sie schwenkte ein Stück Papier. Ich winkte sie näher. Sie hatte immer schon etwas Wehrloses an sich gehabt, aber diese lammfromme Unterwürfigkeit à la Tiny Tim war neu, und ich hoffte, daß es nur eine Phase war. Ich klebte ihr Augenpflaster wieder fest und zog sie auf meinen Schoß, um ihr Bild zu bewundern. Es war entmutigend. Dr. Sahatjians weißer Arztkittel war so groß gezeichnet, daß sein Kopf nicht mehr auf das Blatt paßte; und sich selbst hatte Celia so klein gemalt, daß sie dem Augenarzt nur bis ans Knie reichte. Ihre Zeichnungen waren sonst leicht, klar und detailliert, aber an die Stelle, an die eigentlich ihr linkes Auge gehörte, hatte sie etwas Formloses gekritzelt, das über den Umriß ihrer Wange hinausragte.

Du fragtest inzwischen: »Im Ernst, Kevin – gibt es in deiner Schule irgendwelche Schüler, die labil wirken? Wird über Waffen geredet, spielt einer Gewaltspiele oder sieht Gewaltvideos? Meinst du, so was könnte in deiner Schule passieren? Und gibt es bei euch einen Vertrauenslehrer, Fachleute, mit denen Jugendliche reden können, wenn sie unglücklich sind?«

Du wolltest auf diese Fragen vermutlich wirklich eine Antwort, aber deine väterliche Besorgnis hatte etwas Selbstgefälliges. Kevin schätzte dich ab, bevor er antwortete. Kinder haben einen feinen Radar und erkennen, welcher Erwachsene sich wirklich interessiert und welcher nur so tut als ob. All die Male, die ich mich nach dem Kindergarten zu Kevin gebeugt und ihn nach seinem Tag gefragt hatte, spürte er schon als Fünfjähriger, daß es mir eigentlich egal war.

»Alle Jugendlichen in meiner Schule sind labil, Dad«, sagte er. »Sie spielen nichts anderes als Gewaltspiele und gucken sich ausschließlich Gewaltvideos an. Zum Vertrauenslehrer geht man nur, um den Unterricht zu schwänzen, und man erzählt da nur Stuß. Sonst noch was?«

»Tut mir leid, Franklin«, sagte ich und setzte Celia neben mich, »aber ich kann mir nicht vorstellen, daß ein paar offene

Gespräche mehr diese verrückte Mode bremsen können. Das Ganze breitet sich aus wie die *Teletubbies*, nur daß jetzt nicht jeder eine Gummipuppe mit Bildschirm im Bauch will, sondern seine eigene Schulschießerei. Der letzte Schrei in diesem Jahr: ein *Star-Wars*-Handy und eine *König-der-Löwen*-Halbautomatik. Oh, und dazu noch eine herzzerreißende Geschichte über Hänseleien und Körbe von hübschen kleinen Mädchen.«

»Hab doch ein bißchen Mitgefühl«, sagtest du. »Die Jungen sind labil. Sie brauchen Hilfe.«

»Sie sind *Nachahmer*. Glaubst du, sie wissen nicht Bescheid über Moses Lake und West Palm Beach? Über Bethel, Pearl und Paducah? Kinder schnappen so was doch im Fernsehen auf; sie hören, wie sich ihre Eltern darüber unterhalten. Glaub mir, jedesmal wenn sich einer mit Waffengewalt Luft verschafft, erhöht er die Wahrscheinlichkeit, daß noch mehr passiert. Das ganze Land ist verloren, jeder imitiert jeden, und jeder will berühmt sein. Auf lange Sicht bleibt die einzige Hoffnung, daß diese Schießereien so was von normal werden, daß sie keine Nachricht mehr wert sind. Zehn Kinder werden in einer Grundschule in Des Moines erschossen, und es wird auf Seite sechs darüber berichtet. Schließlich wird jede Mode irgendwann uncool, und Gott sei Dank werden hippe Dreizehnjährige irgendwann einfach nicht mehr mit einem Raketenwerfer in der zweiten Stunde *gesehen* werden wollen. Bis dahin, Kevin, würde ich ein Auge auf solche Klassenkameraden haben, die ihr Selbstmitleid durch Tarnkleidung ausdrücken.«

Während ich mir meine Tirade wieder ins Gedächtnis rufe, fällt mir auf, was ich damit implizit andeutete: Wenn Schulschießereien unausweichlich aus der Mode kämen, sollten ehrgeizige Jugendliche auf dem Weg zum Ruhm ihre Sache am besten durchziehen, solange der Zug noch nicht abgefahren war.

Nur einen guten Monat später versprach der vierzehnjährige Andrew Wurst in Edinboro, Pennsylvania, daß sein Abschlußball der achten Klasse ein »denkwürdiger« Tag werden würde, was er am nächsten Tag einlöste. Um zweiundzwanzig Uhr im Patio von Nick's Place, als 240 Mittelschüler zum *Titanic*-Song »My Heart Will Go On« tanzten, tötete Wurst mit der väterlichen Kaliber-25-Waffe einen achtundvierzigjährigen Lehrer per Kopfschuß. Drinnen ballerte er weiter herum, verwundete zwei Jungen und verletzte eine Lehrerin mit einem Streifschuß. Als er durch den Hinterausgang floh, wurde er vom Besitzer von Nick's Place gestellt, der ein Gewehr bei sich hatte und den Flüchtigen überzeugte, sich angesichts der gegnerischen Übermacht zu ergeben. Wie die Journalisten im Aufmacher mit Freude berichteten, lautete das Motto des Balls: »I've Had the Time of My Life«.

Jeder dieser Vorfälle unterschied sich durch so viele traurige Details wie möglich. Wursts Spitzname war »Satan«, was an das Gemunkel über Luke Woodham in Pearl erinnerte, der angeblich mit einem schwarzen Kult geliebäugelt haben sollte. Wurst war ein Fan des androgynen Heavy-metal-Sängers Marilyn Manson, eines Mannes, der mit schlecht appliziertem Eyeliner auf der Bühne herumturnte und der eigentlich nur sein ehrliches Geld mit dem schlechten Geschmack von Teenagern machen wollte, nun aber in den Medien als Hexer verschrien wurde. Ich selbst schämte mich ein bißchen, daß ich im Jahr zuvor noch über die Vorsichtsmaßnahmen auf Kevins Achtkläßler-Schulball gelästert hatte. Was das Motiv des Schützen anging, so schien es ausgesprochen diffus. »Er haßte sein Leben«, sagte ein Freund. »Er haßte die Welt. Er haßte die Schule. Das einzige, was ihn glücklich machte, war, wenn ein Mädchen, das er mochte, mit ihm redete« – ein Austausch, der offenbar selten stattfand.

Vielleicht kamen die Schulschießereien bereits peu à peu aus der Mode, denn die Geschichte des achtzehnjährigen Jacob Davis in Fayetteville, Tennessee, ging Mitte Mai einfach unter. Davis hatte bereits ein College-Stipendium sicher und hatte zuvor nie Schwierigkeiten gehabt. Ein Freund bemerkte später

Reportern gegenüber: »Er hat kaum mal was gesagt. Aber das sind wohl die Schlimmsten – die stillen Wasser.« Vor seiner Highschool, drei Tage vor dem Abschluß, stellte Davis einen Klassenkameraden, der mit seiner Ex-Freundin ging, und schoß mit einem Kaliber-22-Gewehr dreimal auf ihn. Offenbar hatte ihm die Trennung schwer zu schaffen gemacht.

Mir hingen zwar die jugendlichen Liebeskummer-Melodramen zum Halse heraus, aber als Killer war Davis ein Gentleman. Er hinterließ einen Brief im Auto, in dem er seinen Eltern und seiner Ex-Freundin versicherte, wie sehr er sie liebe. Als er seine Tat vollendet hatte, legte er sein Gewehr nieder, setzte sich und vergrub den Kopf in den Händen. So blieb er, bis die Polizei kam, und ergab sich, wie die Zeitung berichtete, »ohne Widerstand«. Dieses Mal war ich merkwürdig gerührt. Ich sah es deutlich: Davis wußte, daß er eine Dummheit begangen hatte, und er wußte im voraus, daß es eine Dummheit war. Diese beiden miteinander im Widerstreit liegenden Tatsachen würden ihm für den Rest seines Daseins hinter Gittern ein Rätsel bleiben.

In Springfield, Oregon, hatte inzwischen der junge Kipland Kinkel begriffen, daß man keine Unsterblichkeit erlangen würde, wenn man einen einzelnen Mitschüler ermordete. Nur drei Tage nachdem Jacob Davis seinen geliebten Eltern das Herz gebrochen hatte, setzte der rappeldürre, spitznäsige Fünfzehnjährige noch eins drauf. Um acht Uhr morgens, als seine Mitschüler in der Thurston Highschool ihr Frühstück beendeten, betrat Kinkel ruhig die Schul-Cafeteria; unter seinem Trenchcoat eine Kaliber-22-Pistole, eine 9-Millimeter-Glock und ein Halbautomatikgewehr Kaliber 22. Er benutzte die effizienteste Waffe zuerst und eröffnete das Gewehrfeuer, so daß die Fenster zertrümmert wurden und die Schüler in Deckung gingen. Neunzehn wurden in der Cafeteria angeschossen, überlebten aber; vier weitere Schüler wurden in der Panik beim Verlassen des Gebäudes verletzt. Ein Schüler wurde direkt erschossen, ein weiterer starb später im Krankenhaus, und ein dritter wäre ebenfalls gestorben, wenn Kiplands Halbautomatik nicht die Munition ausgegangen wäre. Das Gewehr, das er ihm an die Schläfe hielt, machte *klick, klick, klick.*

Als Kinkel herumkramte, um neue Munition einzulegen, warf sich der sechzehnjährige Jake Ryker – ein Mitglied des Ringer-Teams der Schule, der einen Schuß in die Brust abbekommen hatte – auf den Killer. Kinkel zog eine Pistole aus seinem Trenchcoat. Ryker ergriff die Waffe und entriß sie ihm, wobei eine Kugel seine Hand traf. Rykers jüngerer Bruder sprang auf den Schützen und half, ihn niederzuringen. Als andere Schüler sich ebenfalls auf Kinkel warfen, rief dieser: »Erschießt mich, erschießt mich doch!« Unter den gegebenen Umständen finde ich es eigentlich erstaunlich, daß es keiner tat.

Oh, und *ganz nebenbei:* Als man ihn verhaftet hatte, empfahl Kinkel der Polizei, doch mal bei ihm zu Hause – einem wunderschönen einstöckigen Haus in wohlhabender Umgebung, mit hohen Fichten und üppigem Rhododendron – nachzusehen; man fand dort einen Mann und eine Frau mittleren Alters, beide erschossen. Ein, zwei Tage lang herrschte großes Rätselraten in den Medien, wer die beiden wohl seien, bis Kinkels Großmutter die Leichen identifizierte. Ich bin ein bißchen fassungslos über die Mutmaßungen der Polizei; wer hätte denn dort wohnen sollen, außer den Eltern?

Aus heutiger Perspektive war diese Geschichte ausgesprochen ergiebig, die Moral angenehm klar. Der kleine Kipland hatte jede Menge »Warnsignale« ausgesandt, die man nicht ernst genug genommen hatte. In der Mittelschule war er zu dem Schüler gewählt worden, »der am ehesten den Dritten Weltkrieg anzetteln würde«. Er hatte erst kurz zuvor ein Referat darüber gehalten, wie man eine Bombe baut. Er neigte insgesamt dazu, seine Gewaltätigkeit auch in den harmlosesten Schulaufgaben zu demonstrieren. »Wenn wir etwas über Gartenarbeit schreiben sollten«, sagte ein Mitschüler, »schrieb Kipland, daß er gern die Gärtner niedermähen wollte.« Ein gruseliger Zufall war es, daß Kip Kinkels Initialen ebenfalls

»KK« waren, aber er war dermaßen unbeliebt, daß man ihm selbst nach seiner Vorstellung in der Cafeteria keinen Spitznamen geben wollte. Am verrücktesten war, daß er noch am Vortag der Schießerei festgenommen worden war, weil man bei ihm eine gestohlene Waffe gefunden hatte, aber er war freigelassen und den Eltern übergeben worden. Nun hieß es also: Gefährliche Schüler fallen auf. Man kann sie entdecken, also kann man sie auch stoppen.

Kevins Schule hatte sich nahezu das ganze Schuljahr über nach dieser Maxime verhalten, aber jede Nachricht über eine weitere Schießerei trieb die Paranoia ein Stückchen weiter. An der Gladstone Highschool hatte man sich verbarrikadiert, die Atmosphäre war militärisch; es galt die McCarthy-Theorie, daß der Feind mitten unter uns lauerte. Lehrer hatten Listen mit auffälligen Verhaltensweisen erhalten und sollten wachsam sein, und in Schulversammlungen trichterte man den Schülern ein, auch die harmlosesten Drohungen an die Verwaltung zu melden, selbst wenn sie »wie ein Witz« klangen. Schulaufsätze wurden nach übertriebenem Interesse an Hitler und den Nazis durchgekämmt, was den Unterricht über die europäische Geschichte des zwanzigsten Jahrhunderts eher kompliziert machte. Gegenüber allem auch nur vage Satanischen war man hyperempfindlich; ein Junge namens Robert Bellamy, allgemein »Bobby Beelzebub« genannt, wurde zum Direktor geschleppt, wo er seinen Spitznamen erklären – und ändern – mußte. Ein bedrückendes Wörtlichnehmen griff um sich; als eine hitzköpfige jüngere Schülerin beim Volleyball eine Mitschülerin, die den Ball verfehlt hatte, anschrie: »Ich bring dich um!«, landete sie umgehend beim Vertrauenslehrer und wurde für den Rest der Woche suspendiert. Aber auch im Reich des Metaphorischen war man nicht mehr sicher. Als ein frommer Baptist in Kevins Englischklasse ein Gedicht verfaßte mit dem Titel »Mein Herz ist eine Kugel und Gott mein Schütze«, ging seine Lehrerin schnurstracks zum Direktor und weigerte sich, ihre Klasse zu unterrichten, bis der Junge versetzt worden war.

Selbst Celias Grundschullehrerin ließ nicht mit sich scherzen: Ein Junge in der ersten Klasse wurde drei Tage vom Unterricht ausgeschlossen, weil er mit einem Hühnerbein auf die Lehrerin gezielt und gerufen hatte: »Peng, peng, peng!«

Es war überall im Land dasselbe, wenn man den peinlichen kleinen Berichten in der *New York Times* Glauben schenken durfte. In Harrisburg, Pennsylvania, machte man bei einer Vierzehnjährigen eine *Leibesvisitation* – man stelle sich das vor – und suspendierte sie vom Unterricht, nachdem sie in der Klasse bei einer Diskussion über Schulschießereien erklärt hatte, daß sie nachvollziehen könne, wenn gehänselte Kinder irgendwann durchdrehten. In Ponchatoula, Louisiana, nahm man einen Zwölfjährigen zwei Wochen in Jugendhaft, weil er in der Cafeteria seine Mitschüler aus der fünften Klasse gewarnt hatte, er würde »sie sich vornehmen«, wenn sie ihm nicht genug Kartoffeln übrigließen – was als terroristische Drohung ausgelegt wurde. Auf einer zweiseitigen Website, Buffythevampireslayer.com, äußerte ein Schüler aus Indiana einen Verdacht, der sicher manchem Highschool-Schüler gelegentlich durch den Kopf ging, nämlich, daß seine Lehrer mit dem Teufel im Bunde seien; er wurde nicht nur suspendiert, sondern seine Lehrer erstatteten gegen ihn und seine Mutter Anzeige wegen Diffamierung und emotionaler Grausamkeit. Ein Dreizehnjähriger wurde für zwei Wochen suspendiert, weil er bei einem Ausflug zum Atommuseum von Albuquerque gequäkt hatte: »Lernen wir da, Bomben zu bauen?«, und ein anderer Junge wurde von der Schulverwaltung in die Mangel genommen, weil er sein Chemiebuch mit sich herumgetragen hatte. Überall im Land flogen Schüler von ihren Schulen, weil sie Trenchcoats wie Kipland Kinkel trugen oder sich einfach schwarz kleideten. Und meine Lieblingsgeschichte war die Suspendierung eines Neunjährigen, der bei einer Unterrichtseinheit über die Vielfalt der Völker und die asiatische Kultur eine Glückskeksphrase eingebracht hatte: »Du wirst eines ehrenwerten Todes sterben«.

Obwohl Kevin für gewöhnlich wenig auskunftsfreudig war, was die Vorgänge an seiner Schule betraf, überwand er sich und lieferte uns Einzelheiten dieser eskalierenden Hysterie. Die Berichte hatten den erwarteten Effekt: Du hattest mehr Angst *um* ihn; ich hatte mehr Angst *vor* ihm. Er sonnte sich in dem Gefühl, daß man ihn fürchtete, doch die Vorsichtsmaßnahmen der Schule fand er eindeutig albern. »Wenn sie immer zu darauf herumreiten«, erklärte er einmal scharfsinnig, »bringen sie die Kids erst auf *dumme Gedanken.*«

Es war ein Abend kurz vor dem Abschlußtag, der auch den Abschied von der Kindheit bedeutet, was für die Schüler der letzten Klasse immer etwas Apokalyptisches hat; deshalb war der Lehrkörper womöglich schon ohne den Fall Kip Kinkel alarmiert.

Nach seinem üblichen Abendessen – einem Beutezug vor offener Kühlschranktür – machte Kevin es sich im Fernsehzimmer im Sessel gemütlich und gab die neuesten Maßnahmen zum besten: Alle Schüler hatten sich gerade einer Art »Arrest« unterwerfen und vier Stunden in ihren Klassen bleiben müssen, während die Polizei jedes Schließfach durchsuchte und mit Spürhunden die Flure kontrollierte.

»Wonach haben sie gesucht, Drogen?« fragte ich.

Kevin sagte leichthin: »Oder nach *Gedichten.*«

»Es ist dieser Jonesboro-Springfield-Quatsch«, sagtest du. »Sie haben offenbar nach Waffen gesucht.«

»Was mir wirklich den Rest gibt – *verzeiht* den Ausdruck –«, sagte Kevin, während er sich streckte und die Worte wie Zigarettenrauch ausstieß, »ist, daß sie den Lehrern vorher einen Brief über ihr Vorhaben geschickt haben. Diese dusselige Schauspiellehrerin, Pagorski, hat ihn auf dem Pult liegenlassen, und Lenny hat ihn gesehen – ich war beeindruckt, ich wußte gar nicht, daß er lesen kann. Jedenfalls machte die Geschichte sofort die Runde. Die ganze Schule wußte Bescheid. Ein Typ mit einer Automatik im Schließfach hatte jede Menge Zeit, sein Idioten-Versteck zu überdenken.«

Ich fragte: »Kevin, haben deine Mitschüler sich nicht dagegen gewehrt?«

»Ein paar Mädchen, nach einer Weile«, sagte er erhaben. »Keiner konnte pinkeln gehen, Mensch. Echt«, Kevin lachte krächzend, »die Eselsfresse Ulanov hat sich eingepißt.«

»War die Verwaltung aus irgendeinem besonderen Grund alarmiert? Oder war es nur eine Schnapsidee – ach, heute ist Mittwoch, warum spielen wir nicht mit Spürhunden?«

»Vermutlich ein anonymer Tip. Jetzt gibt es eine Telefon-Hotline, da kann man seine Freunde verpfeifen. Für fünfundzwanzig Cent kann ich jederzeit dafür sorgen, daß Umweltkunde ausfällt.«

»Ein anonymer Tip von wem?« fragte ich.

»*Hallo-o,* wenn ich dir sage, wer es war, ist es nicht mehr anonym, oder?«

»Nach dem ganzen Aufheben haben sie nichts gefunden?«

»Klar doch«, nuschelte Kevin. »Ne Riesenladung überfälliger Büchereibücher. Alte Fritten, die schon stanken. Ein echt heftiges böses Gedicht, über das sie sich eine Weile aufgeregt haben, aber das einfach nur ein Songtext von Big Black war: *This is Jordan, we do what we like ...* – Oh, und noch was. Eine Liste.«

»Was für eine Liste?«

»Eine Hitliste. Nicht ›Meine Lieblings-Songs‹, sondern was anderes. Du weißt schon, Überschrift, SIE ALLE SOLLEN STERBEN, in Großbuchstaben.«

»O Gott!« Du setztest dich auf. »So was ist heutzutage aber nicht komisch.«

»Neiiiin, sie fanden es auch nicht komisch.«

»Ich hoffe, sie führen mit diesem Kid mal ein ernstes Gespräch.«

»Oooh, ich glaube, bei dem *ernsten Gespräch* bleibt es nicht.«

»Wer war's denn?« fragte ich. »Wo haben sie die Liste gefunden?«

»In seinem Fach. Ganz schön komisch. Hätte bei dem keiner erwartet. Unser Chiquito.«

»Kev«, sagtest du. »Ich habe dir doch schon mal gesagt, paß auf deine Wortwahl auf.«

»*Tschuldigung*. Ich meine *Señor Espinoza*. Der platzt offenbar vor Zorn wegen *ethnisch motivierter Feindseligkeit* und *aufgestauter Aggressionen* gegenüber den *Völkern Lateinamerikas*.«

»Halt«, sagte ich. »Hat er nicht letztes Jahr eine große Auszeichnung für seine Leistungen erhalten?«

»Nie gehört«, sagte Kevin munter. »Aber drei Wochen Schulverweis versauen seine Akte ganz schön. Ist das nicht eine *Schande*? Mensch, da denkt man immer, man kennt seine Leute.«

»Wenn jeder von der Hausdurchsuchung wußte«, sagte ich, »warum hat Espinoza so eine belastende Liste nicht vorher aus seinem Fach entfernt?«

»Keine Ahnung«, sagte Kevin. »Ist wohl ein Amateur.«

Ich trommelte mit den Fingern auf dem Tisch. »Die Fächer. Zu meiner Zeit hatten die oben Lüftungsschlitze. Haben sie die noch?«

»Klar«, sagte er und stand auf. »Damit die Fritten länger frisch bleiben.«

Sie suspendierten den zukünftigen Klassenbesten; sie jagten Greer Ulanov einen solchen Schrecken ein, daß sie sich in die Hosen machte. Sie bestraften die Dichter, die hitzköpfigen Sportler, die verrückt Gekleideten. Jeder mit einem schrägen Spitznamen, einer ausgefallenen Phantasie oder einer weniger begünstigten Herkunft, die ihn zum »Außenseiter« machte, wurde zum Verdächtigen. Soweit ich sehen konnte, war es ein Krieg gegen die Sonderlinge.

Aber ich identifizierte mich mit den Sonderlingen. In meiner eigenen Jugend hatte ich besonders ausgeprägte und lebhafte armenische Gesichtszüge und galt nicht als hübsch. Ich hatte einen komischen Namen. Mein älterer Bruder war ein stiller, mürrischer Niemand, der keine soziale Referenz für mich war. Ich hatte eine Mutter, die sich einschloß und die mich nirgendwohin fuhr und zu keinen schulischen Veranstaltungen kam, wobei ihr beharrliches Erfinden von Ausreden eher liebenswert war; und ich war eine Träumerin voller endloser Fluchtphantasien, wollte nicht nur weg aus Racine, sondern weg aus Amerika. Träumer nehmen sich nicht in acht. Wenn ich 1998 Schülerin an der Gladstone Highschool gewesen wäre, hätte ich sicher auch in der zehnten Klasse im Englischunterricht irgendein schockierendes Phantasiestück verfaßt, in dem ich meine erbärmliche Familie von ihrem Leid erlöst und in ihrem Sarkophag, Enderby Avenue 137, ins Jenseits befördert hätte, oder ich hätte in einem Sozialkunde-Projekt vom Völkermord an den Armeniern berichtet, was eine *ungesunde* Begeisterung für Gewalt verraten hätte. Alternativ hätte ich dummerweise mit Jacob Davis sympathisiert, der – den Kopf in den Händen – neben seinem Gewehr saß, oder einen Latein-Test geschmackloserweise *mörderisch* genannt – so oder so, ich wäre rausgeflogen.

Kevin dagegen. Kevin war kein Sonderling. Nicht auf den ersten Blick. Er führte die Kleine-Klamotten-Mode ein, aber er trug nicht nur Schwarz, und er schlich auch nicht im Trenchcoat umher; »kleine Klamotten« waren kein Punkt auf der offiziellen Liste der »Warnsignale«. Er hatte überall Zweien, und keiner außer mir wunderte sich darüber. Ich dachte, er ist ein kluger Junge, die Vergabe guter Noten ist heute inflationär, es wäre nur wahrscheinlich, daß er aus *Versehen* auch mal eine Eins schreibt. Aber nein, Kevin benutzte seine Intelligenz, um in Deckung zu bleiben. Ich fand auch, daß er es übertrieb. Seine Aufsätze waren so langweilig, so leblos und so monoton, daß es an Geistesgestörtheit grenzte. Man sollte annehmen, daß es jemandem aufgefallen wäre, wie er seine Lehrer mit seinen abgehackten, lächerlichen Sätzen verarschte: »Paul Revere ritt auf dem Pferd. Er sagte, daß die Briten kommen. Er sagte: ›Die Briten kommen. Die Briten kommen.‹« Aber nur in einem Aufsatz über Schwarze Geschichte wäre es beinahe einmal danebengegangen, als er in einer Tour Wörter verwandte, die ähnlich klangen wie »Nigger«.

Was sein Sozialverhalten anging, umgab er sich mit gerade soviel »Freunden«, daß er nicht als Eigenbrötler galt. Sie waren alle mittelmäßig – außergewöhnlich mittelmäßig, falls es so etwas gibt – oder ausgemachte Dummköpfe wie Lenny Pugh. Ihre Einstellung zu schulischer Bildung war minimalistisch, und sie machten keinen Ärger. Vielleicht führten sie alle ein geheimes Leben hinter der Fassade ihres hündischen Gehorsams, aber die einzigen, bei denen in der Highschool kein rotes Lämpchen aufleuchtete, waren die Langweiler. Die Maskerade war perfekt.

Ob Kevin Drogen nahm? Ich war mir nie sicher. Du hast dir ausreichend das Hirn zermartert, wie man das Thema anschneiden sollte, ob man alle Drogen als den sichersten Weg in die Klapsmühle oder Gosse denunzieren sollte, oder ob man sich als bekehrter Schwerenöter aufspielen und mit einer langen Liste von Substanzen aufwarten sollte, die man früher wie Bonbons geschluckt hatte, bis man schmerzlich am eigenen Leib die Konsequenzen erfuhr. (Die Wahrheit – daß wir zwar nicht das Medizinschränkchen geleert, aber doch eine Reihe von Freizeitdrogen ausprobiert hatten, nicht nur in den sechziger Jahren, sondern bis zu dem Jahr vor seiner Geburt, und daß unsere Chemie-Experimente uns weder in die Irrenanstalt noch in die Notaufnahme gebracht hatten und wir an diese munteren Exzesse weniger mit Reue als mit nostalgischem Bedauern dachten – war *inakzeptabel.*) Jeder Weg hatte seinen Preis. Ersterer machte einen zum braven Biedermann, der keine Ahnung hatte, wovon er redete, der zweite roch nach Heuchelei. Wie ich mich erinnere, hast du dich schließlich für den Mittelweg entschieden und zugegeben, daß du Dope geraucht hast, und ihm, um glaubwürdig zu bleiben, zugestanden, »es auszuprobieren«, wobei er sich nicht erwischen lassen und wenn doch, bitte, bitte erzählen sollte, daß du jeglichen Drogen komplett ablehnend gegenüberstandest. Ich hielt mich zurück. Insgeheim dachte ich, daß ein paar Ecstasy-Kapseln das Beste wären, was diesem Jungen passieren könnte.

Was den Sex betrifft und die Frage, ob an der Ex-und-hopp-Haltung etwas Wahres dran war – ich habe keine Ahnung. Wenn ich behauptet habe, daß ich von uns beiden diejenige war, die Kevin besser »kannte«, dann kannte ich ihn nur dafür, daß er Dinge gern verschleierte. Vielleicht ist er noch Jungfrau, ich weiß nur eins: Wenn er Sex gehabt haben sollte, dann war es trostlos gewesen – ein kurzes Gerammel, dabei nicht mal ganz ausgezogen. (Möglicherweise hat er es mit Lenny Pugh getrieben. Man kann es sich leicht vorstellen.) Vielleicht hat Kevin sogar deine strenge Mahnung befolgt und beim Sex immer ein Kondom benutzt, und sei es, weil die glibberige Gummihülle mit dem milchigen Sperma seine nichtssagenden Begegnungen noch ekliger machte. Ich denke, daß man nicht unbedingt gegenüber Häßlichkeit blind sein muß, wenn man gegenüber Schönheit blind ist, und Kevin schätzte das Häßliche schon lange. Vermutlich hat das Häßliche ähnlich feine Schattierungen wie das Schöne, so daß ein Kopf voller Scheußlichkeiten eine gewisse Raffinesse nicht ausschließt.

Eine Angelegenheit am Ende von Kevins neuntem Schuljahr habe ich dir vorenthalten, aber ich erzähle sie dir jetzt der Vollständigkeit halber.

Du erinnerst dich sicher, daß Anfang Juni die Computer bei AWAP von einem Virus befallen wurden. Unsere Techniker führten es auf eine E-Mail zurück, die clevererweise den Titel trug: »WARNUNG: tödlicher neuer Virus im Umlauf«. Niemand schien mehr zur Sicherheit Ausdrucke auf Papier zu archivieren oder Dokumente auf alten kleinen Disketten zu speichern, so daß es eine Katastrophe war, als der Virus auch unseren Back-up-Drive infizierte. Eine Datei nach der anderen verweigerte den Zugriff, existierte nicht mehr oder erschien auf dem Bildschirm in Form von Kringeln, Kästchen und Tilden. Vier verschiedene Veröffentlichungen wurden mindestens ein halbes Jahr zurückgeworfen, was Dutzende unserer treuesten Buchhandlungen, auch die Ketten, ermutigte, statt dessen in großen Mengen *The Rough Guide* und *The Lonely Planet* zu ordern, weil *A Wing and a Prayer* die blühende Sommernachfrage nicht mit Neuauflagen befriedigen konnte. (Wir machten uns auch keine Freunde, als sich der Virus selbst an jede E-Mail-Adresse unserer Kundenliste verschickte.) Wir haben den Gewinn, der uns in jener Saison durch die Lappen ging, nie völlig ausgleichen können, und daß ich 2000 die Firma für weniger als die Hälfte dessen verkaufen mußte, was sie zwei Jahre zuvor wert gewesen war, hat zu einem Teil seinen Ursprung in jenem Virusbefall. Für mich trug er 1998 substantiell zu dem Gefühl bei, unter Beschuß zu stehen.

Ich habe dir vor Scham nichts von der eigentlichen Quelle erzählt. Du hättest gesagt, ich hätte eben nicht schnüffeln dürfen. Ich hätte mich an die Maxime jedes Elternbuchs halten und die Unantastbarkeit des Kinderzimmers respektieren müssen. Die üblen Konsequenzen hätte ich mir selbst zuzuschreiben. Das ist die älteste Verdrehung überhaupt und ein Lieblingstrick der Ungläubigen weltweit: Wenn beim Herumschnüffeln an verbotenen Orten etwas Belastendes auftaucht, wird – um vom eigentlichen Fund abzulenken – die Schnüffelei an sich hochgespielt.

Ich weiß nicht, was mich in sein Zimmer führte. Ich war nicht bei AWAP, weil Celia einen Termin beim Augenarzt gehabt hatte, zur Kontrolle, ob sie die Prothese vertrug. Es gab kaum etwas Neugier Erweckendes in Kevins Zimmer, aber vielleicht war es gerade das – die mysteriöse Leere –, was mich magisch anzog. Schon als ich die Tür knarrend aufschob, spürte ich mit aller Macht, daß ich dort nichts zu suchen hatte. Kevin war in der Schule, du warst arbeiten, Celia brütete über Schularbeiten, für die sie eigentlich zehn Minuten brauchen sollte und die sie deshalb gut zwei Stunden in Anspruch nehmen würden. Das Risiko, erwischt zu werden, war also gering. Dennoch klopfte mir das Herz bis zum Hals, und ich hielt die

Luft an. Das ist idiotisch, sagte ich mir. Ich befinde mich in meinem eigenen Haus, und falls man mich entdeckt, was unwahrscheinlich ist, kann ich immer noch behaupten, daß ich schmutziges Geschirr gesucht habe.

Sehr unwahrscheinlich, in diesem Zimmer. Es war makellos. Du zogst Kevin wegen seines Ordnungsfimmels auf, er sei eine »Omi«. Das Bett war mit militärischer Präzision gemacht. Wir hatten ihm eine Überdecke mit Rennautos oder *Dungeons and Dragons* angeboten; er hatte auf einfarbigem Beige bestanden. Die Wände waren kahl, keine Poster von Oasis oder den Spice Girls, kein glotzender Marilyn Manson. Die Regale waren mehr oder minder leer: ein paar Schulbücher, eine Ausgabe von *Robin Hood;* die vielen Bücher, die wir ihm zum Geburtstag oder zu Weihnachten geschenkt hatten, waren einfach verschwunden. Er hatte seinen eigenen Fernseher, seine eigene Stereoanlage, aber nahezu die einzige »Musik«, die ich ihn je spielen hörte, war eine Philip-Glass-artige CD voller computergenerierter Phrasen, die sich in genau berechneten Abfolgen aneinanderreihten – formlos, ohne Höhen und Tiefen, ähnlich dem schneeigen Rauschen der Fernsehmattscheibe, das er wählte, wenn er nicht den Wetterkanal sah. Die CDs, die wir ihm geschenkt hatten, um herauszufinden, was er »mochte«, waren ebenfalls nirgends in Sicht. Er hatte auch keinen der hübschen Bildschirmschoner mit springenden Delphinen oder zoomenden Raumschiffen, sondern auf seinem Gateway hüpften nur wahllos Punkte herum.

Sah es so in seinem Kopf aus? Oder war das Zimmer auch eine Art Bildschirmschoner? Noch ein Seestück über dem Bett, und man hätte ein unbewohntes Hotelzimmer in einem Quality Inn. Kein Foto neben dem Bett, kein Mitbringsel auf dem Schreibtisch – alle Flächen glatt und anonym. Wieviel lieber hätte ich Chaos gehabt, mit Heavy Metal und schlüpfrigen *Playboy*-Centerfolds, miefig, verschwitzt und von jahrealten Thunfischsandwiches verkrustet. Das waren verbotene Teenager-Höhlen, die ich verstand; in denen ich auf beruhigende, nachvollziehbare Geheimnisse stoßen würde, wie etwa ein angebrochenes Paket Durex unter den Socken oder ein Tütchen Cannabis in der Spitze eines stinkenden Turnschuhs. Dagegen lag das Geheimnis dieses Zimmers in dem, was ich nicht finden würde – eine Spur meines Sohnes. Als ich mich umschaute, dachte ich unbehaglich: *Er könnte jedermann sein.*

Aber ich kaufte ihm nicht ab, daß es wirklich nichts Verborgenes gab. Als ich einen Stapel Disketten auf dem Regal über dem Computer entdeckte, stöberte ich sie durch. Sie waren mit charakterlosen, kerzengeraden Druckbuchstaben beschriftet, und die Titel klangen undurchschaubar: »Nostradamus«, »I Love You«, »D4-X«. In garstiger Stimmung nahm ich eine an mich, legte den Rest wieder hin, wie ich ihn vorgefunden hatte, und verließ schnell das Zimmer.

In meinem Arbeitszimmer steckte ich die Diskette in meinen Computer. Ich erkannte die Kürzel im Laufwerk A nicht, aber es waren keine regulären Word-Dateien, was mich enttäuschte. Ich hatte gehofft, daß ich private Aufzeichnungen oder ein Tagebuch finden würde; vielleicht wollte ich seine intimsten Gedanken gar nicht im Detail lesen, sondern nur die Versicherung haben, daß er intimste Gedanken *hatte*. Deshalb wollte ich nicht gleich aufgeben, sondern ging zum Explorer-Programm und lud eine der Dateien; merkwürdigerweise erschien daraufhin Outlook Express auf dem Bildschirm. Dann rief Celia vom Eßtisch, daß sie Hilfe brauche. Ich blieb etwa eine Viertelstunde fort.

Als ich wiederkam, war der Bildschirm leer. Der Computer hatte sich selbst ausgeschaltet, was er noch nie getan hatte. Irritiert schaltete ich ihn wieder ein, bekam aber nur Fehlermeldungen, auch nachdem ich die Diskette aus dem Laufwerk genommen hatte.

Du kennst die Geschichte schon. Ich verfrachtete die Kiste am nächsten Tag in die Firma, wo meine Techniker sich darum kümmern sollten, aber im gesamten Büro ging es drunter und drüber. Es herrschte kein totales Chaos, es war eher wie bei einer Party, bei der die Getränke ausgegangen waren. Lektoren saßen schwatzend neben den Schreibtischen ihrer Kollegen. Niemand arbeitete. Niemand konnte arbeiten. Kein Computer funktionierte. Später war ich fast erleichtert, als George mich informierte, daß meine Festplatte so verseucht sei, daß ich mir besser etwas Neues kaufen solle. Wenn ich die Infektionsquelle zerstörte, würde vielleicht nie jemand erfahren, daß der Virus von der AWAP-Geschäftsführerin höchstpersönlich verschickt worden war.

Vor Wut auf Kevin, daß er das moderne Äquivalent eines giftigen Skorpions zu Hause hortete, behielt ich die Diskette als Beweismittel noch einige Tage bei mir, anstatt sie diskret in das Regal zurückzulegen. Aber als ich mich wieder etwas beruhigt hatte, mußte ich notgedrungen zugeben, daß Kevin nicht selbst die Dateien meiner Firma gelöscht hatte und daß die Katastrophe mein eigener Fehler gewesen war. Eines Abends klopfte ich also bei ihm, und er ließ mich herein. Er saß an seinem Schreibtisch. Der Bildschirmschoner blinkte planlos – hier ein Punkt, da ein Punkt.

»Ich wollte dich fragen«, sagte ich und zeigte auf die Diskette, »was das ist?«

»Ein Virus«, sagte er gutgelaunt. »Du hast ihn doch nicht etwa geladen?«

»Natürlich nicht«, sagte ich hastig und stellte fest, daß sein Kind anzulügen sich genauso anfühlte, wie seine Eltern zu belügen; meine Wangen glühten wie damals, als ich meiner Mutter nach dem Verlust meiner Unschuld mit siebzehn versicherte, daß ich die Nacht bei einer Freundin verbracht hatte, die sie nicht kannte. Meine Mutter glaubte mir kein Wort. Kevin auch nicht. »Ich meine«, korrigierte ich mich zerknirscht, »nur einmal.«

»Das reicht.«

Wir wußten beide, daß es lächerlich von mir gewesen wäre, wenn ich – nachdem ich heimlich eine Diskette aus seinem

Zimmer entwendet hatte, die in der Folge meinen Computer und dann die ganze Firma lahmgelegt hatte – ihn mir vorgeknöpft und der Sabotage im großen Stil beschuldigt hätte. Deshalb waren wir eigentlich quitt.

»Warum hast du so was?« fragte ich voller Respekt.

»Ich sammle sie.«

»Ist das nicht eine merkwürdige Sammlung?«

»Briefmarken mag ich nicht.«

In diesem Augenblick konnte ich mir vorstellen, was er dir erzählt hätte, wenn du bei ihm reingeplatzt wärst, um herauszufinden, *warum um Himmels willen* er einen Haufen Computerviren hortete: *Na ja, nachdem wir* Das Schweigen der Lämmer *gesehen haben, wollte ich FBI-Agent werden! Und du weißt doch, daß sie diese ganze Abteilung haben, wo Hacker identifiziert werden, die diese schrecklichen Computerviren verbreiten? Ich lerne alles über sie, weil sie doch so ein Problem für die New Economy sind und für die Globalisierung und für unsere Verteidigung obendrein …!* Daß Kevin mir diese Vorstellung ersparte – er sammelte Computerviren, na und? –, machte mich eigenartig stolz.

Ich fragte also verlegen: »Wie viele hast du?«

»Dreiundzwanzig.«

»Sind sie – schwer zu finden?«

Er sah mich herausfordernd an, mit der üblichen Unentschlossenheit, aber aus irgendeinem Grund entschied er sich, es einmal auf eine Unterhaltung mit seiner Mutter ankommen zu lassen. »Es ist schwer, sie *lebendig zu fangen*«, sagte er. »Sie machen sich gern selbständig, und sie beißen. Man muß wissen, wie man sie behandelt. Weißt du – wie ein Arzt. Der Krankheiten im Labor studiert, aber selbst nicht krank werden will.«

»Du meinst, du mußt aufpassen, daß sie dein eigenes Gerät nicht verseuchen.«

»Ja. Mouse Ferguson hat mir die Regeln beigebracht.«

»Wenn du sie schon sammelst – kannst du mir auch erklären, warum Leute sie herstellen? Ich versteh's nicht. Es bringt doch nichts. Was ist daran so toll?«

»Ich versteh nicht«, sagte er, »was du nicht verstehst.«

»Ich verstehe Hacker, die sich bei AT&T einklinken und umsonst telefonieren, oder die Kreditkartennummern klauen, um bei GAP mal ordentlich einzukaufen. Aber diese Art von Computer-Kriminalität – davon hat doch keiner was. Was soll das?«

»Genau das.«

»Ich versteh's immer noch nicht«, sagte ich.

»Viren – die haben was Elegantes, verstehst du? Fast – was Reines. Fast was – Wohltätiges. *Selbstloses.*«

»Aber das ist doch kaum anders, als AIDS zu kreieren.«

»Vielleicht«, sagte er gnädig. »Aber ansonsten? Du tippst auf deinem Computer herum, und du gehst nach Hause, und der Kühlschrank summt, und ein anderer Computer spuckt deinen Lohnscheck aus, und du schläfst, und du gibst mehr Scheiße in deinen Computer ein ... Genausogut könntest du tot sein.«

»Du meinst, es ist – es bedeutet zu wissen, daß du lebendig bist. Anderen Leuten zu zeigen, daß sie dich nicht kontrollieren. Beweisen, daß du was tun kannst, selbst wenn du deswegen womöglich verhaftet wirst.«

»Ja, so ziemlich«, sagte er angetan. In seinen Augen hatte ich mich selbst übertroffen.

»Aha«, sagte ich und gab ihm seine Diskette zurück. »Also, danke für die Erklärung.«

Als ich mich umdrehte, um zu gehen, sagte er: »Dein Computer ist im Arsch, stimmt's?«

»Ja, im Arsch«, sagte ich reumütig. »Das habe ich wohl verdient.«

»Weißt du, wenn es jemanden gibt, den du nicht leiden kannst«, bot er an, »und du seine E-Mail-Adresse hast ...? Sag mir nur Bescheid.«

Ich lachte. »Okay, das mach ich bestimmt. Aber an manchen

Tagen …? Da gibt's 'ne ganze Liste von Leuten, die ich nicht mag.«

»Warn sie schon mal, daß du Freunde in der Unterwelt hast«, sagte er.

Das versteht man also unter *Bonding*! Ich staunte und schloß die Tür.

Eva

16. März 2001

Lieber Franklin,

nun ist wieder Freitag abend, und ich wappne mich für einen Besuch in Chatham morgen früh. Die Halogenlampen flackern wieder, schwanken wie mein stoischer Entschluß, ein braver Soldat zu sein und gemäß einer unsagbaren Pflicht mein Leben, oder was davon übrig ist, zu leben. Ich habe hier über eine Stunde gesessen und mich gefragt, warum ich weitermache – genauer gesagt, was ich von dir will. Ich glaube, wir brauchen nicht darüber zu reden, daß ich dich wiederhaben möchte; der Umfang dieser Korrespondenz – die ja eher einseitig ist – ist ein starker Beweis dafür. Aber worum geht es noch? Möchte ich, daß du mir vergibst? Und wenn ja, wofür?

Schließlich war mir die ungebetene Welle der Vergebung nicht geheuer, die nach jenem *Donnerstag* über das Wrack unserer Familie hereinbrach. Zusätzlich zu der Post, die entweder versprach, ihm den Schädel einzuschlagen oder seine Kinder auszutragen, hat Kevin Dutzende von Briefen bekommen, in denen man ihm anbot, seinen Schmerz mit ihm zu teilen, und in denen man sich für das Versagen einer Gesellschaft entschuldigte, die seinen spirituellen Hunger nicht erkannt hatte. Man erteilte ihm dabei eine Generalabsolution für das, was er bis heute nicht bereut hat. Amüsiert hat er mir eine Auswahl im Besuchszimmer vorgelesen.

Das Ganze ist doch eine völlige Verzerrung der eigentlichen Aufgabe, uneinsichtigen Sündern zu vergeben, und ich spreche da auch für mich. Denn ich habe ebenso eine Flut von Post bekommen (meine E-Mail- und meine Postadresse waren ohne meine Zustimmung sowohl bei partnersnprayer.org als auch bei beliefnet.com veröffentlicht worden; offenbar haben zu gewissen Zeiten Tausende von Amerikanern für meine Erlösung gebetet). Viele Briefe haben einen Gott beschworen, an den ich weniger denn je glauben wollte, und ich wurde in Bausch und Bogen von meiner mütterlichen Schuld freigesprochen. Ich kann daraus nur schließen, daß diese wohlmeinenden Menschen von meinem Schicksal berührt wurden. Aber es machte mir zu schaffen, daß diese Absolution fast nur von fremden Menschen kam, was irgendwie billig schien; überdies verriet eine unterschwellige Selbstgefälligkeit, daß diese bemerkenswerte Barmherzigkeit mittlerweile die religiöse Variante eines protzigen Autos geworden ist. Da weiß ich Giles' beharrliche Unfähigkeit zu schätzen, uns die unerwünschte Aufmerksamkeit zu verzeihen, die unser eigensinniger Sohn über seine Familie gebracht hat, und sei es nur, weil es wenigstens ehrlich ist. Deshalb war ich kurz davor, die Briefe mit einem »Zurück an den Absender« zu versehen, wie bei den Angelruten, Marke Fisherman, oder den Gensu-Messern, die unbestellt ins Haus schneien. In den ersten Monaten, als ich vor Trauer ganz kurzatmig war, zog ich jedenfalls die Frischluft der Paria der stickigen Enge christlicher Nächstenliebe vor. Und die Rachsucht der Haßbriefe, die ich bekam, war wenigstens rot und roh wie Fleisch, während die freundlich gemeinten Kondolenzbriefe pastellfarben und püriert wirkten wie kommerzielle Babynahrung. Nach der Lektüre solcher barmherzigen Ergüsse war mir, als sei ich gerade einem Faß mit dünnem Brei entstiegen. Ich hätte diese Leute am liebsten geschüttelt und angeschrien: *Vergebt uns! Wißt ihr denn nicht, was er getan hat?*

Doch am meisten ärgert mich rückblickend, daß diese große dumme Absolution, die inzwischen Mode ist, so selektiv erteilt wird. Schwache Durchschnittstypen – Eiferer, Sexisten und Höschen-Fetischisten – brauchen sie gar nicht zu beantragen. »KK«, der Mörder, gewinnt haufenweise mitfühlende Brieffreunde, aber eine hohlköpfige Schauspiellehrerin, die unbedingt beliebt sein wollte, wird für den Rest ihres Lebens abgestraft. Woraus du wahrlich schließen kannst, daß ich mich weniger am kapriziösen Mitleid Gesamtamerikas störe als an deinem. Du hast dir alle Mühe gegeben, Verständnis für Killer wie Luke Woodham in Pearl oder den kleinen Mitchell und den kleinen Andrew in Jonesboro aufzubringen. Also, warum hattest du kein Erbarmen mit Vicki Pagorski?

Das erste Semester seines zehnten Schuljahrs, das Kevin 1998 absolvierte, war von diesem Skandal beherrscht. Gerüchte hatten seit Wochen die Runde gemacht, aber wir gehörten nicht zur In-Gruppe, deshalb erfuhren wir zum ersten Mal durch den Brief der Verwaltung an Ms. Pagorskis Schüler davon. Ich war überrascht gewesen, daß Kevin sich für die Theatergruppe entschieden hatte. Eigentlich mied er damals das Rampenlicht, weil er in seiner Rolle als Durchschnittsschüler nicht unter die Lupe genommen werden wollte. Andererseits *konnte er jedermann sein,* wie sein Zimmer zeigte, also interessierte er sich möglicherweise schon jahrelang für Schauspielerei.

»Franklin, sieh dir das hier mal an«, sagte ich eines Novemberabends, als du die *Times* studiertest und fluchtest, daß Clinton »ein verlogener Drecksack« sei. Ich reichte dir den Brief. »Was soll man davon halten?«

Du rücktest deine Lesebrille in Positur, wobei ich mit einem kleinen Schauder gewahr wurde, daß dein Haar definitiv nicht mehr blond, sondern grau war. »Sieht aus«, sagtest du, »als hätte diese Dame einen Hang zu zarten Lenden.«

»Das muß man hieraus schließen«, sagte ich. »Aber wenn es Anschuldigungen gibt, unternimmt dieser Brief nichts zu ihrer Verteidigung. *Falls Ihr Sohn oder Ihre Tochter Unregelmäßigkeiten oder Unziemlichkeiten ... Bitte reden Sie mit Ihrem Kind ...* Sie suchen nach schmutziger Wäsche!«

»Sie müssen sich schützen. – KEV! Komm mal 'ne Sekunde ins Fernsehzimmer!«

Kevin kam durch den Eßbereich hereingeschlendert, in einer

winzigen, taubengrauen Trainingshose, deren Hosenbeinbündchen unterm Knie saßen.

»Kev, das ist etwas unangenehm«, sagtest du. »Du hast nichts verbrochen. Gar nichts. Nur diese Schauspiellehrerin, Ms. – Pagorski. Magst du sie?«

Kevin lümmelte sich gegen den Türrahmen. »Schon okay, glaube ich. Sie ist ein bißchen ...«

»Ein bißchen was?«

Kevin schaute gekünstelt in alle Himmelsrichtungen. »Auffällig.«

»Auffällig inwiefern?« fragte ich.

Er betrachtete eingehend seine offenen Schnürsenkel, blickte durch fast geschlossene Lider nach oben. »Sie zieht irgendwie komische Klamotten an und so. Nicht wie 'ne Lehrerin. Enge Jeans, und manchmal ist ihre Bluse –« Er wand sich und kratzte sich am Knöchel. »Die obersten Knöpfe, die sind irgendwie nicht ... Also, sie regt sich total auf, wenn sie 'ne Szene probt, und dann ... Es ist irgendwie peinlich.«

»Trägt sie einen Büstenhalter?« fragtest du direkt.

Kevin sah weg, weil er sich ein Grinsen verkneifen mußte. »Nicht immer.«

»Also, sie ist lässig gekleidet und manchmal – provokant«, sagte ich. »Sonst noch was?«

»Na ja, es ist keine große Sache, aber sie benutzt viele Kraftausdrücke, verstehst du? Eigentlich okay, aber für eine Lehrerin und so, also, wie ich gesagt hab, auffällig.«

»Kraftausdrücke wie *verdammt* und *Mist*?« wolltest du wissen. »Oder härteres Zeug?«

Kevin zuckte hilflos die Achseln. »Ja, also, tut mir leid, Mumsey –«

»Oh, hör schon auf, Kevin«, sagte ich ungeduldig; seine Unschuld war ziemlich dick aufgetragen. »Ich bin erwachsen.«

»Wie *geil*«, sagte er und sah mich an. »Sie sagt so Sachen wie: *Das war eine echt geile Nummer,* oder sie rät einem Jungen bei einer Szene: *Sieh sie dir an, als wolltest du sie echt ficken, als wolltest du sie ficken, bis sie quiekt wie ein Schwein.*«

»Ganz schön heftig, Eva«, sagtest du, mit hochgezogenen Augenbrauen.

»Wie sieht sie aus?« fragte ich.

»Sie hat dicke, na ja«, er gestikulierte vor seiner Brust, »und einen echt breiten«, diesmal konnte er sich das Grinsen nicht verkneifen, »also 'n Riesenhintern. Sie ist alt und alles. 'ne ziemliche Hexe eigentlich.«

»Ist sie eine gute Lehrerin?« fragte ich.

»Sie engagiert sich jedenfalls.«

»Wie engagiert sie sich?« fragte ich.

»Sie will immer, daß wir nach der Schule bleiben und unsere Szenen mit ihr proben. Die meisten Lehrer wollen nur nach Hause, weißt du? Pagorski nicht. Sie kann nicht genug kriegen.«

»Manche Lehrer«, sagte ich streng, »sind mit viel Leidenschaft bei der Sache.«

»Das ist sie«, sagte Kevin. »Richtig, richtig *leidenschaftlich.*«

»Klingt nach Künstlerin«, sagtest du, »ein bißchen spleenig. Das ist okay. Aber andere Dinge sind nicht okay. Also, wir müssen das jetzt wissen. Hat sie dich je angefaßt? Irgendwie flirtend. Oder – unterhalb der Gürtellinie. So daß es dir unangenehm war.«

Er drehte und wand sich und kratzte sein nacktes Stück Bauch, als würde es ihn nicht wirklich jucken. »Kommt drauf an, was man unter *unangenehm* versteht, nehme ich an.«

Du sahst alarmiert aus. »Sohn, wir sind hier unter uns. Aber das ist eine große Sache, verstehst du das? Wir müssen wissen, ob – was passiert ist.«

»Sieh mal«, sagte er verschämt. »Sei mir nicht böse, Mumsey, aber macht es dir was aus? Ich würde lieber mit Dad allein sprechen.«

Ehrlich gesagt, machte es mir was aus. Wenn ich dieser Geschichte Glauben schenken sollte, dann wollte ich sie selbst hören. Aber ich konnte mich nur entschuldigen und schmollend in der Küche verschwinden.

Eine Viertelstunde später warst du in hellem Aufruhr. Ich schenkte dir ein Glas Wein ein, aber du konntest dich nicht hinsetzen. »Ich sag's dir, Eva, diese Frau ist definitiv zu weit gegangen«, schimpftest du und erzähltest das Wesentlichste.

»Wirst du das melden?«

»Darauf kannst du wetten, daß ich das melden werde. Diese Lehrerin sollte entlassen werden. Verdammt, man sollte sie anzeigen. Er ist doch minderjährig.«

»Willst du das mit ihm zusammen machen?« Beinahe hätte ich dich gefragt: *Glaubst du ihm wirklich?*, aber ich sparte mir die Mühe.

Ich überließ dir die Zeugenaussage und erklärte mich zu einem Elterngespräch mit Dana Rocco, Kevins Englischlehrerin, bereit.

Mary Woolford, die um vier Uhr nachmittags aus Ms. Roccos Klassenzimmer gestürmt kam, rauschte im Flur mit einem flüchtigen Nicken an mir vorbei; ihre Tochter war keine Leuchte, und sie sah, sofern dies nicht ihr typischer Gesichtsausdruck war, sauer aus. Als ich eintrat, hatte Ms. Rocco offenbar gerade einmal tief durchgeatmet, um innere Reserven anzuzapfen. Aber sie sammelte sich schnell, und ihr Händedruck war warm.

»Ich habe mich darauf gefreut, Sie kennenzulernen«, sagte sie fest, eher entschieden als überschwenglich. »Ihr Sohn ist mir ein ziemliches Rätsel, und ich hoffe, daß sie mir helfen, den Code zu knacken.«

»Tut mir leid, aber ich hoffe immer, daß die Lehrer *mir* das Geheimnis erklären«, sagte ich mit einem schwachen Lächeln und nahm auf dem angewärmten Stuhl neben dem Pult Platz.

»Ich bezweifle, daß die viel erklären können.«

»Kevin macht seine Hausaufgaben. Er ist kein Schulschwänzer. Er nimmt, soweit bekannt, keine Messer mit in die Schule. Um mehr kümmern sich die Lehrer nicht.«

»Leider haben die meisten Lehrer hier mehr als hundert Schüler –«

»Entschuldigung, das sollte keine Kritik sein. Die Lehrer sind hier so dünn gesät, ich staune, daß Sie seinen Namen wissen.«

»Oh, Kevin ist mir gleich aufgefallen –« Sie wollte noch mehr sagen, hielt aber inne. Sie tippte mit dem Bleistiftende an die Unterlippe. Eine schlanke attraktive Frau Mitte Vierzig, mit einem leicht verkniffenen Mund und entschlossenen Gesichtszügen, die ihr etwas Unnachgiebiges verliehen. Doch ihre Zurückhaltung wirkte nicht angeboren, sondern antrainiert, vielleicht durch schlechte Erfahrungen.

Es war keine leichte Zeit für Lehrer, sofern es je eine gegeben hatte. Der Staat verlangte einen höheren Standard, und die Eltern forderten bessere Noten; dabei standen die Lehrer unter ständiger Beobachtung hinsichtlich ethnischer Unsensibilität oder sexueller Fahrlässigkeit, und in der Zwickmühle zwischen anspruchsvollen, standardisierten Tests einerseits und den Schülerrufen nach kreativer Betätigung andererseits wurden sie für alles, was bei Kindern schieflief, haftbar gemacht und gleichzeitig zur Hilfe gerufen, wenn es um deren Rettung ging. Diese Doppelrolle als Sündenbock und Retter war, weiß Gott, messianisch, aber selbst Jesus war vermutlich besser bezahlt worden.

»Welches Spiel spielt er?« fuhr Ms. Rocco fort und tippte mit dem Bleistift auf das Pult.

»Pardon?«

»Was, meinen Sie, hat der Junge im Sinn? Er versucht es zu verbergen, aber er ist klug. Obendrein ist er ein knallharter Sozialsatiriker. Hat er immer solche ironischen Aufsätze geschrieben, oder sind diese knochentrockenen Parodien was Neues?«

»Er hat einen ausgeprägten Sinn für das Absurde, seit er laufen kann.«

»Diese Drei-Wort-Aufsätze haben es in sich. Sagen Sie, gibt es irgendwas, das er nicht lächerlich findet?«

»Bogenschießen«, sagte ich unglücklich. »Ich habe keine Ahnung, warum ihm das nie langweilig wird.«

»Was glauben Sie, was er daran mag?«

Ich runzelte die Stirn. »Etwas an diesem Pfeil – der Fokus –, die Zielgerichtetheit, die Orientierung. Vielleicht ist er darauf neidisch. Es hat etwas Fieberhaftes, wenn Kevin übt. Sonst kommt er einem eher ziellos vor.«

»Ms. Khatchadourian, ich möchte ihnen nicht zu nahe treten. Aber ist in Ihrer Familie irgend etwas passiert, worüber ich Bescheid wissen sollte? Ich habe gehofft, daß Sie mir helfen können herauszufinden, warum Kevin so *zornig* ist.«

»Merkwürdig. Die anderen Lehrer beschreiben ihn eher als ruhig, sogar lethargisch.«

»Das ist Fassade«, sagte sie überzeugt.

»Ich finde ihn schon ein bißchen rebellisch –«

»Und er rebelliert, indem er alles tut, was er tun soll. Das ist sehr geschickt. Aber ich sehe ihm in die Augen, und er wütet innerlich. Warum?«

»Also, er war nicht besonders glücklich über die Geburt seiner Schwester ... Aber das ist über sieben Jahre her, und er war auch vor ihrer Geburt nicht besonders glücklich.« Was ich sagte, klang abwehrend. »Wir sind ziemlich wohlhabend, wir haben ein großes Haus ...« Es wurde mir langsam peinlich. »Wir bemühen uns, ihn nicht zu verwöhnen, aber ihm fehlt es an nichts. Kevin wird von seinem Vater vergöttert, fast – zu sehr. Seine Schwester hatte – einen Unfall im vergangenen Winter, in den Kevin – verwickelt war, aber es hat ihm nicht viel ausgemacht. Nicht genug, besser gesagt. Sonst kann ich Ihnen von keinem schrecklichen Trauma berichten, oder von tiefgreifenden Verlusten, die er erlebt hätte. Wir führen ein gutes Leben, könnte man sagen.«

»Vielleicht ist er deswegen böse.«

»Warum sollte ihn unser Wohlstand ärgern?«

»Vielleicht ärgert er sich, daß das alles ist. Ihr großes Haus. Seine gute Schule. Ich finde es sehr schwierig für Schüler heutzutage. Der Reichtum des Landes ist auch eine Last, eine Sackgasse. Alles funktioniert, oder? Zumindest, wenn man weiß ist und zur Mittelschicht gehört. Den jungen Leuten muß es oft so vorkommen, als würden sie nicht gebraucht. In gewisser Hinsicht ist es so, als gäbe es nichts mehr zu tun.«

»Außer alles kaputtzumachen.«

»Ja. Und in der Geschichte sieht man die gleichen Zyklen. Nicht nur bei Kindern.«

»Wissen Sie, ich habe versucht, meinen Kindern vom harten Leben in Ländern wie Bangladesch oder Sierra Leone zu erzählen. Aber es ist nicht ihr eigenes hartes Leben. Ich kann sie nicht jeden Abend auf Nägeln betten, damit sie wissen, welch ein Wunder Komfort bedeutet.«

»Sie haben gesagt, Ihr Mann ›vergöttert‹ Kevin. Wie kommen Sie mit ihm klar?«

Ich verschränkte die Arme. »Er ist ein Teenager.«

Weise wie sie war, ließ sie das Thema fallen. »Ihr Sohn ist alles andere als ein hoffnungsloser Fall. Das wollte ich Ihnen unbedingt sagen. Er ist blitzgescheit. Manche seiner Aufsätze – haben Sie den über Geländefahrzeuge gelesen? Es hatte etwas von Swift. Und ich habe festgestellt, daß er mir schwierige Fragen stellt, um mich auf dem falschen Fuß zu erwischen – um mich vor der Klasse zu blamieren. Er kennt die Antworten immer im voraus. Bis jetzt habe ich mitgespielt. Ich nehme ihn dran, und er fragt mich, was *Logomachie* heißt. Ich gebe mit Vergnügen zu, daß ich es nicht weiß, und Bingo, er hat ein neues Wort gelernt – weil er es im Wörterbuch suchen mußte, um danach fragen zu können. Das ist unser Spiel. Er verachtet es, auf normale Weise zu lernen. Aber wenn man den jungen Mann durch die Hintertür erwischt, hat er eindeutig Pfiff.«

Ich war neidisch. »Wenn ich an seine Tür klopfe, ist sie fast immer abgeschlossen.«

»Bitte, verzweifeln Sie nicht. Ich nehme an, daß er bei Ihnen, wie in der Schule, unzugänglich und sarkastisch ist. Wie gesagt, er ist ein Teenager. Aber er nimmt Wissen mit rasender Geschwindigkeit auf, und sei es, weil er nicht möchte, daß ihm jemand etwas vormachen kann.«

Ich schaute auf meine Armbanduhr; ich war spät dran. »Diese Highschool-Massaker«, sagte ich beiläufig und griff nach meiner Handtasche. »Machen Sie sich Sorgen, daß so was hier passieren könnte?«

»Natürlich könnte es hier passieren. In so einer großen Gruppe Menschen ist immer einer, egal wie alt, der eine Schraube locker hat. Aber ganz ehrlich, wenn ich gewaltlastige Gedichte an die Schulleitung weitergebe, werden die Schüler nur wütend. Sollten sie auch. Eigentlich sollten sie noch wütender werden. So viele Jugendliche lassen diese Zensur einfach zu, die Durchsuchungen der Schließfächer –«

»Es ist himmelschreiend illegal«, bemerkte ich.

»Himmelschreiend illegal.« Sie nickte. »So viele lassen es wie die Schafe brav über sich ergehen. Man sagt ihnen, es sei zu ›ihrer eigenen Sicherheit‹, und die meisten – schlucken das. Als ich in ihrem Alter war, haben wir Sit-ins veranstaltet und sind mit Plakaten rummarschiert –« Sie hielt wieder inne. »*Ich* finde es gut, wenn sie ihre Feindseligkeiten zu Papier bringen. Das tut keinem weh, und es ist ein Ventil. Aber solche Ansichten sind in der Minderheit. Wenigstens sind diese schrecklichen Vorfälle noch sehr selten. Sie sollten Ihnen nicht den Schlaf rauben.«

»Und, mmh –«, ich stand bereits. »Die Gerüchte um Vicki Pagorski. Ist an denen etwas dran?«

Ms. Roccos Blick verdüsterte sich. »Ich glaube nicht, daß das bereits feststeht.«

»Ich meine, unter uns. Ist es glaubwürdig? Falls Sie sie kennen.«

»Vicki ist meine Freundin, ich bin also nicht unparteiisch –« Sie legte wieder den Bleistift ans Kinn. »Es ist eine fürchterliche Zeit für sie.« Mehr wollte sie dazu nicht sagen.

Ms. Rocco brachte mich zur Tür. »Ich möchte, daß Sie Kevin etwas ausrichten«, sagte sie lächelnd. »Sagen Sie ihm, *daß ich ihn durchschaue.*«

Davon war ich selbst oft überzeugt gewesen, aber ich hätte es nie so gutgelaunt vorgetragen.

Bemüht, juristische Folgen abzuwenden, veranstaltete das Schulamt von Nyack in der Gladstone Highschool eine disziplinarische Anhörung unter Ausschluß der Öffentlichkeit, zu der nur die Eltern von vier Schülern aus Vicki Pagorskis Unterricht eingeladen waren. Um die Sache so locker wie möglich zu gestalten, fand das Treffen in einem normalen Klassenzimmer statt. Dennoch herrschte einige Aufregung im Raum, und die anderen drei Mütter hatten sich feingemacht. (Mir wurde dabei klar, daß das Bild, das ich mir von Lenny Pughs Eltern gemacht hatte, die wir nicht kannten, mein eigenes Klassendenken auf beschämende Weise verriet, denn ich hatte vergeblich nach übergewichtigen Wohnwagenpark-Proleten in grellen Polyesterklamotten Ausschau gehalten. Später begriff ich, daß er der Banker-Typ in Nadelstreifen war und sie die umwerfende, intelligent wirkende Rothaarige im dezenten Designer-Outfit mit verdeckter Knopfleiste. Wir haben also alle unser Päckchen zu tragen.) Die Vertreter des Schulamts und der feiste Direktor, Donald Bevons, saßen in Klappstühlen an einer Wand, finsteren Blicks und voller Rechtschaffenheit, während wir Eltern an diesen infantilisierenden Schultischen hockten. Vier weitere Klappstühle standen seitlich vom Lehrerpult vorn, wo zusammen mit Kevin und Lenny Pugh zwei nervös aussehende, mir unbekannte Jungen saßen, die sich zu Kevin beugten und hinter vorgehaltener Hand flüsterten. Auf der anderen Seite des Pults saß – das konnte ich nur vermuten – Vicki Pagorski.

Woran man wieder sehen konnte, wie zutreffend Jugendliche jemanden beschreiben. Sie war überhaupt keine alte Hexe; ich bezweifle, daß sie dreißig war. Ich hätte ihre Brüste nie als groß beschrieben oder ihren Hintern als breit, denn sie hatte die angenehm feste Figur einer Frau, die sich gesund ernährt. Attraktiv? Schwer zu sagen. Mit Stupsnase und Sommersprossen hatte sie etwas Verträumtes, Mädchenhaftes, Unschuldiges, was manche Männer ja mögen. Das triste schwarzbraune Kostüm trug sie zweifellos des Anlasses wegen; ihre Freundin Dana Rocco hatte ihr wahrscheinlich von engen Jeans und dekolletierten Oberteilen abgeraten. Aber schade, daß sie nichts mit ihrem Haar angestellt hatte, es war dicht und kraus und stand in alle Richtungen vom Kopf ab, was irgendwie auf einen verworrenen Geisteszustand schließen ließ. Auch die Brille war unvorteilhaft: Das runde überdimensionierte Gestell gab ihr etwas Glubschäugiges, Verschrecktes. Sie rang die Hände im Schoß und preßte die Knie unter dem geraden Wollrock zusammen; sie erinnerte mich ein bißchen an Nennen-wir-sie-Alice, damals, auf dem Schulball der achten Klasse, nachdem ihr Kevin weiß Gott was ins Ohr geflüstert hatte.

Als der Vorsitzende des Schulamts, Alan Strickland, die kleine Gruppe zur Ordnung rief, war es im Raum bereits unangenehm still. Strickland sagte, er hoffe die Vorwürfe aufzuklären, ohne daß die Angelegenheit vor Gericht komme, und laberte etwas über Unterrichten und Vertrauen. Er erklärte, wie ernst das Schulamt solche Sachen nehme, und bat darum, daß nichts von den Gesprächen dieses Abends nach außen dringe, bevor das Schulamt sich nicht zu den entsprechenden Maßnahmen entschlossen habe; die Protokollführerin sollte nur Notizen für den internen Gebrauch machen. Der Ankündigung eines informellen Meinungsaustauschs zum Trotz erklärte er, daß Ms. Pagorski auf das Beisein ihres Anwalts verzichtet habe. Und dann bat er Kevin, auf dem Stuhl vor dem Lehrerpult Platz zu nehmen und mit eigenen Worten zu berichten, was an jenem Nachmittag in Ms. Pagorskis Klasse geschehen sei.

Kevin hatte ebenfalls die Wichtigkeit der Kostümierung erkannt und trug diesmal einfarbige Hosen und ein normal großes Oberhemd. Wie auf Befehl nahm er dieselbe ausweichende Haltung ein wie kürzlich in unserem Fernsehzimmer, er drehte und wand sich, ohne aufzublicken. »Sie meinen das eine Mal, wo sie mich gebeten hat, nach der Schule zu bleiben, oder?«

»Ich habe ihn nie gebeten, nach der Schule zu bleiben«, platzte Vicki Pagorski heraus. Ihre Stimme bebte, war aber erstaunlich kräftig.

»Sie haben gleich Gelegenheit zum Reden, Ms. Pagorski«, sagte Strickland. »Jetzt hören wir uns erst einmal Kevins Sicht der Dinge an, in Ordnung?« Er wollte offensichtlich, daß diese Anhörung ruhig und zivilisiert über die Bühne ging, und ich dachte: *Viel Glück*.

»Ich weiß nicht«, sagte Kevin und schwenkte seinen Kopf, während er nach unten schaute. »Es wurde einfach irgendwie *intim*, verstehen Sie? Ich wollte eigentlich nichts sagen, aber dann hat mein Dad mich ausgefragt, und ich habe das, also, erzählt.«

»Was erzählt?« fragte Strickland behutsam.

»Wissen Sie – was ich Mr. Bevons auch schon erzählt habe.« Kevin klemmte seine Hände zwischen die Schenkel und sah zu Boden.

»Kevin, ich begreife, daß dies schwierig für dich ist, aber wir brauchen Details. Die Laufbahn deiner Lehrerin steht auf dem Spiel.«

Kevin sah zu dir herüber. »Dad, muß ich?«

»Leider, Kevin«, sagtest du.

»Also, Ms. Pagorski ist immer nett zu mir gewesen, Mr. Strickland. *Wirklich* nett. Hat immer gefragt, ob ich Hilfe bei der Szenenauswahl brauche oder ob sie die andere Rolle lesen soll, damit ich meine auswendig lerne … Und ich habe nie gedacht, daß ich so gut wäre, aber sie hat gesagt, ich sei ein großer Schauspieler, und sie würde ›mein ausdruckstarkes Gesicht‹ und meine ›stabile Figur‹ mögen, und mit meinem Aussehen könnte ich zum Film gehen. Keine Ahnung. Aber ich möchte sicher nicht, daß sie Schwierigkeiten kriegt.«

»Das laß unsere Sorge sein, Kevin, und erzähl uns einfach, was passiert ist.«

»Verstehen Sie, sie hat mich mehrfach gefragt, ob ich nach der Schule dableiben könnte, um meine Darstellung zu verbessern, aber vorher hatte ich immer gesagt, daß ich nicht könne. Also, ich konnte schon, an den meisten Tagen, ich meine, ich hatte sonst nichts vor oder so, aber ich wollte nicht – also, ich fand das komisch. Ich weiß nicht, warum, aber ich fand das irgendwie merkwürdig, wenn sie mich nach dem Unterricht an das Pult heranzog und so kleine Fussel von meinem Hemd zupfte, die vielleicht gar nicht da waren. Oder sie nahm das Ende meines Gürtels und steckte es wieder in die Schlaufe?«

»Seit wann trägt Kevin *Gürtel*?« flüsterte ich. Du gestikuliertest, ich solle ruhig sein.

»Aber diesmal bestand sie richtig darauf, fast als müsse ich unbedingt dableiben, als gehöre es zum Unterricht oder so. Ich wollte nicht – ich habe ja gesagt, ich wußte nicht genau warum, ich wollte einfach nicht –, aber diesmal hatte ich irgendwie keine Wahl.«

Die meiste Zeit sprach Kevin zum Linoleum, nur manchmal warf er Strickland einen hastigen Blick zu, und Strickland nickte beruhigend.

»Also habe ich bis gegen vier Uhr gewartet, weil sie gesagt hatte, daß sie noch was erledigen müsse gleich nach dem Läuten, und um diese Zeit war kaum noch jemand da. Ich ging in ihre Klasse, und ich fand es irgendwie komisch, daß sie sich seit unserem Unterricht in der vierten Stunde umgezogen hatte. Ich meine, nur die Bluse, aber jetzt hatte sie ein Stretch-T-Shirt an, das war so tief ausgeschnitten und so eng, daß ich ihre – na ja.«

»Ihre was?«

»Ihre ... Brustwarzen sehen konnte«, sagte Kevin. »Ich sagte also: ›Wollen Sie, daß ich meinen Monolog noch mal durchgehe?‹, und da stand sie auf und schloß die Tür. Sie schloß richtig ab. Sie sagte: ›Wir brauchen einen bißchen Privatsphäre, nicht wahr?‹ Ich sagte, daß ich nichts gegen frische Luft hätte. Dann fragte ich sie, ob ich vorne anfangen solle, und sie sagte:

›Erst müssen wir uns mal deine Haltung vornehmen.‹ Sie sagte, ich müsse aus dem Diaphragma heraus sprechen, genau *da*, und sie legte mir die Hand auf den Brustkorb und ließ sie dort. Dann sagte sie, daß ich mich richtig geradehalten müsse, und sie legte die andere Hand hinten auf meinen Rücken und drückte und strich da irgendwie rum. Ich stand verdammt gerade. Ich weiß noch, daß ich irgendwie die Luft anhielt. Ich war ganz nervös. Dann fing ich meinen Monolog aus *Equus* an – eigentlich wollte ich ja Shakespeare üben. Dieses *Sein-oder-nicht-sein*-Zeugs. Ich fand das voll cool.«

»Alles zu seiner Zeit, mein Sohn. Was geschah als nächstes?«

»Ich glaube, sie unterbrach mich schon nach zwei, drei Zeilen. Sie sagte: ›Du mußt dran denken, daß dieses Stück von *Sex* handelt.‹ Sie sagte: ›Wenn er die Pferde blendet, dann ist das eine *erotische Handlung*.‹ Und dann fragte sie mich, ob ich je Pferde, große Pferde von nahem gesehen hätte, keine Wallache, sondern Hengste, und ob ich je gesehen hätte, was die für einen großen – 'tschuldigung, wollen Sie wirklich, daß ich sage, was sie gesagt hat, oder soll ich das lieber irgendwie zusammenfassen?«

»Es wäre schon gut, wenn du, soweit du dich erinnern kannst, genau wiederholst, was sie gesagt hat.«

»Okay, wenn Sie wollen.« Kevin holte Luft. »Sie wollte wissen, ob ich je den *Schwanz* von einem Pferd gesehen habe. Wie groß der wäre. Und die ganze Zeit hatte ich – so ein komisches Gefühl. So unruhig. Und sie legte ihre Hand auf meinen Hosenschlitz. Von meinen Jeans. Und mir war das ganz peinlich, weil bei der ganzen Rederei war ich ... ein bißchen aufgeregt geworden.«

»Du meinst, du hattest eine Erektion«, sagte Strickland ernst.

»Hören Sie, muß ich weiterreden?« flehte Kevin.

»Wenn du kannst, dann erzähl die Geschichte besser zu Ende.«

Kevin schaute zur Decke, legte ein Bein über das andere und

tippte angespannt und in unregelmäßigen Abständen mit seinem rechten Schuh gegen die linke Schuhspitze. »Also habe ich gesagt: ›Ms. Pagorski, vielleicht sollten wir ein anderes Mal an dieser Szene arbeiten, weil ich bald gehen muß.‹ Ich war unsicher, ob ich was über ihre Hand sagen sollte, deshalb sagte ich, daß wir *aufhören* sollten, daß ich *aufhören* wolle und jetzt *gehen* müsse. Weil es mir irgendwie ungut vorkam, und, wissen Sie, ich mag sie ja, aber nicht *so*. Sie könnte ja meine Mutter sein oder so was.«

»Daß wir uns klar darüber sind«, sagte Strickland. »Juristisch gesehen ist es deshalb wichtig, weil du minderjährig bist. Aber abgesehen davon, daß du erst fünfzehn bist, das waren unerwünschte *Annäherungsversuche*, sehe ich das richtig?«

»Ja, also, sie ist häßlich.«

Vicky Pagorski zuckte zusammen. Es war wie das kurze Aufzucken eines kleinen Tieres, auf das mit einer großkalibrigen Pistole geschossen wird, obwohl es bereits tot ist.

»Hat sie dann aufgehört?« fragte Strickland.

»Nein, Sir. Sie hat angefangen, an meinen Jeans herumzureiben, und hat dabei immer gesagt ›Jesus‹, ... Sie hat gesagt – also, 'tschuldigung, Mr. Strickland, aber Sie haben mich gefragt ... Sie hat gesagt, immer wenn sie einen Pferdepimmel sieht, ›will sie ihn lutschen‹. Und da habe ich –«

»Ejakuliert.«

Kevin ließ den Kopf hängen und sah auf seinen Schoß. »Ja. Ein ziemliches Desaster. Ich bin einfach rausgelaufen. Ich habe danach ein paarmal den Unterricht geschwänzt, aber dann bin ich wieder hingegangen und habe versucht, so zu tun, als wäre nichts gewesen, weil ich mir nicht meinen Notendurchschnitt ruinieren wollte.«

»Wie das?« zischte ich. »Durch eine *weitere Zwei*?« Du warfst mir einen strafenden Blick zu.

»Ich weiß, daß dir dies hier nicht leichtgefallen ist, und wir möchten dir danken, Kevin, daß du so ehrlich warst. Du kannst jetzt Platz nehmen.«

»Kann ich bei meinen Eltern sitzen?« bat er.

»Warum setzt du dich nicht erst einmal zu den anderen Jungen, vielleicht müssen wir dir weitere Fragen stellen. Ich bin sicher, daß deine Eltern sehr stolz auf dich sind.«

Kevin schleppte sich an seinen ursprünglichen Platz zurück und krümmte sich ein wenig vor Scham – nette Geste. Im Klassenzimmer war es inzwischen so still, daß man eine Stecknadel hätte fallen hören können, die Eltern sahen sich vielsagend an und schüttelten die Köpfe. Es war eine bravouröse Vorstellung. Ich kann nicht leugnen, daß auch ich beeindruckt war.

Aber dann schaute ich zu Vicki Pagorski. Als Kevin mit seiner Aussage begann, hatte sie ab und zu einen eigentümlich gedrosselten Quietschlaut ausgestoßen, oder sie hatte mit offenem Mund dagesessen. Aber als alles vorbei war, war ihr jeder Sinn für Theatralik abhanden gekommen, und dabei war sie Schauspiellehrerin. Sie hing kraftlos in ihrem Klappstuhl, so daß ich befürchtete, sie würde herunterfallen, und ihr Kraushaar stand in die Luft, als befände sich ihr gesamter Kopf im Auflösungszustand.

Strickland drehte sich zum Stuhl der Schauspiellehrerin, hielt aber Distanz. »Nun, Ms. Pagorski. Behaupten Sie, daß dieses Treffen nie stattgefunden hat?«

»So«, sie mußte sich räuspern. »So ist es.«

»Haben Sie eine Idee, warum Kevin solch eine Geschichte erzählen sollte, wenn sie nicht wahr ist?«

»Nein, überhaupt nicht. Ich verstehe es nicht. Kevins Klasse ist eine ungewöhnlich talentierte Gruppe, und ich dachte, wir hätten viel Spaß. Ich habe ihm viel individuelle Aufmerksamkeit gewidmet –«

»Mit dieser individuellen Aufmerksamkeit scheint er ein Problem zu haben.«

»Ich widme allen meinen Schülern individuelle Aufmerksamkeit!«

»Oh, Ms. Pagorski, hoffentlich nicht«, sagte Strickland sorgenvoll. Das kleine Publikum lachte in sich hinein. »Also, Sie bestehen darauf, daß Sie Kevin *nicht* eingeladen haben, nach der Schule zu bleiben?«

»Nicht einzeln. Ich habe der ganzen Klasse gesagt, sie könne meinen Raum benutzen, um nach der Schule ihre Szenen zu proben.«

»Also haben Sie Kevin *doch* eingeladen, nach der Schule zu bleiben.« Vicki Pagorski rang nach Worten, und Strickland fuhr fort: »Haben Sie je Kevins Aussehen bewundert?«

»Vielleicht habe ich einmal gesagt, daß er ein bemerkenswertes Gesicht habe, ja. Ich versuche meinen Schülern Mut zu machen –«

»Was war das mit dem ›Sprechen aus dem Diaphragma‹. Haben Sie das gesagt?«

»Also, ja –«

»Und haben Sie Ihre Hand auf seinen Brustkorb gelegt, um zu zeigen, wo das Diaphragma sitzt?«

»Kann sein, aber ich habe ihn *niemals* –«

»Oder haben Sie ihn hinten am Gesäß angefaßt, um seine Haltung ›zu verbessern‹?«

»Vielleicht. Er sackt oft in sich zusammen, und das ruiniert seine –«

»Was war mit der Szene aus *Equus*? Hat Kevin diese Passage ausgesucht?«

»Ich habe sie empfohlen.«

»Warum nicht etwas aus *Unsere kleine Stadt* oder Neil Simon, etwas nicht ganz so Pikantes?«

»Ich versuche Stücke zu finden, zu denen die Schüler einen Bezug haben, über Dinge, die ihnen wichtig sind –«

»Dinge wie Sex.«

»Ja, unter anderem, natürlich –« Sie kam ins Schwitzen.

»Haben Sie den Inhalt dieses Stückes als ›erotisch‹ beschrieben?«

»Vielleicht, vermutlich, ja! Ich dachte, ein Drama über die jugendliche Sexualität und ihre Wirren wäre natürlich ansprechend –«

»Ms. Pagorski, interessieren *Sie* sich für jugendliche Sexualität?«

»Also, wer denn nicht?« rief sie. Jemand hätte der armen Frau einen Spaten geben sollen, so versessen war sie darauf, sich ihr eigenes Grab zu schaufeln. »Aber *Equus* ist nicht schlüpfrig und freizügig, es ist voller Symbolik –«

»Einer Symbolik, die Sie unbedingt erklären wollten. Und haben Sie mit Kevin über Pferde gesprochen?«

»Natürlich, das Stück –«

»Haben Sie von Hengsten geredet, Ms. Pagorski?«

»Also, wir haben schon darüber gesprochen, warum sie allgemein ein Symbol für Männlichkeit sind –«

»Und *wodurch* wirken sie ›männlich‹?«

»Also, sie sind muskulös und wunderschön und stark, schlank –«

»Wie heranwachsende Jungen«, bemerkte Strickland zynisch. »Haben Sie je auf den Penis eines Pferdes aufmerksam gemacht? Auf seine Größe?«

»Vielleicht, wie könnte man darüber hinwegsehen? Aber ich habe nie gesagt –«

»Manche Leute können anscheinend nicht darüber hinwegsehen.«

»Sie verstehen mich nicht! Das sind junge Leute, die sich schnell langweilen. Da muß ich manchmal dafür sorgen, daß sie sich begeistern!«

Strickland ließ diesen Satz einen Moment nachwirken. »Na ja«, sagte er schließlich. »Dabei haben Sie wohl Erfolg gehabt.«

Totenblaß wandte sich Vicki Pagorski an unseren Sohn. »Was habe ich dir jemals getan?«

»Das versuchen wir gerade herauszufinden«, unterbrach Strickland sie. »Aber wir müssen noch mehr Zeugen anhören, und dann haben Sie Gelegenheit, sich dazu zu äußern. Leonard Pugh?«

Lenny flüsterte mit Kevin, bevor er zu dem Stuhl in der Mitte schlenderte. Sicher würde einer der Jungen jeden Augenblick anfangen, sich in Qualen zu winden, weil *Goody Pagorski* sie verhext hatte.

»Nun, Leonard, du hast auch nach der Schule deine Schauspiellehrerin getroffen?«

»Ja, sie schien echt wild auf eine *Besprechung* zu sein«, sagte Lenny mit seinem schmierigen Lächeln. Seine gepiercte Nase war wieder entzündet, der linke Nasenflügel rot und geschwollen. Neuerdings hatte er einen Kahlkopf, wie ein Neonazi, mit dem Buchstaben Z seitlich einrasiert. Als ich ihn gefragt habe, wofür das Z steht, sagte er *Egal,* und ich mußte ihn darauf hinweisen, daß das mit E anfängt.

»Kannst du uns erzählen, was passiert ist?«

»Es war, wie Kevin gesagt hat. Ich dachte, wir würden nur proben und so'n Scheiß. Und ich komme in den Raum, und sie macht die Tür zu. Sie trägt diesen richtig kurzen Rock, wissen Sie, daß man fast die Arschbacken sehen kann.« Lenny zog ein paar Grimassen.

»Und hast du deine Szene für den Unterricht geübt?« fragte Strickland, aber das Stichwort war unnötig. Details waren offensichtlich Lennys starke Seite.

»Klar ham wir was geübt!« sagte Lenny. »Sie sagte: ›Ich habe dich in der letzten Reihe beobachtet, als ich am Pult saß. Und an manchen Nachmittagen bin ich davon so naß geworden, daß ich es mir im Klassenzimmer selbst machen mußte!‹«

Strickland wurde es ein bißchen mulmig.

»Hat Ms. Pagorski irgend etwas getan, was du unziemlich fandest?«

»Na, sie hat sich auf die Kante von ihrem Pult gesetzt. Mit weit gespreizten Beinen. Also gehe ich nach vorn, und ich sehe, *daß sie keine Unterhose anhat*. Es ist wie, na ja, 'ne weit offene Muschi, verstehen Sie? Alles rot und haarig, und, wissen Sie, alles *tropft* –«

»Leonard, bitte komm zur Sache –«, sagte Strickland und massierte seine Stirn. Der Nadelstreifen rückte seine Krawatte zurecht, die Rothaarige hatte das Gesicht in den Händen vergraben.

»Da sagt sie: ›Möchtest du mal?‹ Ich habe deinen Ständer gesehen und muß dringend meine Muschi befummeln –«

»Bitte, achte auf deine Wortwahl –!« sagte Strickland und gestikulierte verzweifelt in Richtung Protokollantin.

»›Also, wenn du's mir jetzt nicht machst, stecke ich diesen Radiergummi in mein Loch und mache es mir selbst!‹«

»Leonard, das reicht –«

»Die Mädchen hier sind doch ziemlich verklemmt, deswegen konnte ich mir keine offene Muschi entgehen lassen. Also hab ich's ihr gemacht, direkt auf dem Pult, und Sie hätten mal hören müssen, wie sie gewimmert hat, ich solle sie mal lutschen lassen –«

»Leonard, setz dich sofort wieder an deinen Platz.«

Na, war das nicht seltsam. Lenny wankte zu seinem Stuhl zurück, Strickland verkündete, das Schulamt hätte für diesen Abend genug gehört, und dankte uns für unser Kommen. Er wiederholte seine Ermahnung, keine Gerüchte zu verbreiten, bis eine Entscheidung vorliege. Wir würden benachrichtigt, falls man in diesem Fall irgendwelche Maßnahmen ergreifen würde.

Nachdem wir drei schweigend in deinen Geländewagen gestiegen waren, sagtest du schließlich zu Kevin: »Weißt du, dein Freund hat dich wie einen Lügner aussehen lassen.«

»Schwachkopf«, murrte Kevin. »Ich hätte ihm nie von meinem Erlebnis mit Pagorski erzählen sollen. Er macht mich in allem nach. Ich glaube, ich brauchte einfach jemandem, dem ich es erzählen konnte.«

»Warum bist du nicht gleich zu mir gekommen?« fragtest du.

»Es war gräßlich!« sagte er zusammengekauert auf dem Rücksitz. »Die ganze Sache da war total peinlich. Ich hätte sie keinem erzählen sollen. Du hättest mich nicht dazu überreden sollen.«

»Im *Gegenteil.*« Du schautest an der Kopfstütze vorbei nach hinten. »Kevin, wenn ein Lehrer seine Grenzen überschreitet, möchte ich davon wissen, und ich möchte, daß die Schule davon weiß. Du mußt dich deswegen nicht schämen. Außer vielleicht für die Wahl deiner Freunde. Lenny ist ein Schwätzer. Ein bißchen Distanz könnte da nicht schaden, Sportsfreund.«

»Ja«, sagte Kevin. »Bis nach *China.*«

Ich glaube, ich habe auf dem ganzen Rückweg kein Wort gesprochen. Als wir nach Hause kamen, habe ich es dir überlassen, Robert zu danken, daß er Celia, kaum zu glauben, ohne dreiviertelstündiges mütterliches Gutenachtsagen ins Bett gebracht hatte. Ich zögerte, den Mund auch nur ein bißchen aufzumachen, so wie man vielleicht zögert, auch nur ein klitzekleines Loch in einen Luftballon zu stechen.

»Kev, Triskets?« botest du an, als Robert gegangen war. »Sodium City, Mann.«

»Nee. Ich gehe in mein Zimmer. Ich komme wieder, wenn ich mein Gesicht zeigen kann. So in fünfzig Jahren.«

Er machte sich aus dem Staub. Seine Melancholie war nicht gespielt wie in den kommenden Wochen; diesmal war er wirklich trübsinnig. Er erinnerte an einen Tennisspieler, der herausragend in einem Doppel gespielt, dessen Partner aber versagt und damit die Niederlage verursacht hatte. Ein Gefühl der Ungerechtigkeit schien ihn niederzudrücken.

Du hast dich damit beschäftigt, herumstehendes Geschirr in die Spülmaschine zu räumen. Jedes Besteckstück schien außergewöhnlich viel Krach zu machen.

»Ein Glas Wein?«

Ich schüttelte den Kopf. Du sahst mich prüfend an; ich genehmigte mir immer vor dem Zubettgehen ein, zwei Gläser, und es war ein anstrengender Abend gewesen. Aber der Wein hätte sich auf meiner Zunge in Essig verwandelt. Und ich bekam immer noch nicht den Mund auf. Ich wußte, daß wir schon einmal soweit gewesen waren. Und diesmal begriff ich endlich, daß wir nicht immer wieder an die gleiche Stelle zurückkehren konnten – an die gleichen Stellen, besser gesagt; das heißt, wir konnten nicht immer und ewig zwei diametral entgegengesetzte Paralleluniversen bewohnen, ohne nicht irgendwann tatsächlich an unterschiedlichen Orten zu wohnen.

Schon daß ich ein Glas Wein ablehnte, hast du als feindselig empfunden. Im Widerspruch zu unserer Rollenverteilung – ich war eigentlich der Schluckspecht der Familie – hast du dir ein Bier genehmigt.

»Es schien nicht *ratsam*«, sagtest du nach einem demonstrativen Schluck, »sich bei dieser Pagorski nach der Anhörung zu *entschuldigen*. Das könnte der Verteidigung helfen, falls die Sache vor Gericht endet.«

»Es wird nicht vor Gericht enden«, sagte ich. »Wir werden die Anschuldigungen nicht weiter verfolgen.«

»Na ja, ich möchte auch ungern, daß Kevin so was durchmacht. Aber wenn das Schulamt dieser perversen Dame weiter erlaubt zu unterrichten –«

»Das kann so nicht weitergehen.«

Selbst ich war mir nicht sicher, was das heißen sollte, obwohl es genau mein Gefühl wiedergab. Du wartetest, daß ich mich genauer ausdrückte.

»Das ist einfach zu weit gegangen«, sagte ich.

»Was ist zu weit gegangen, Eva? Komm zur Sache.«

Ich leckte mir über die Lippen. »Früher hat es nur mit uns zu tun gehabt. Meine Landkartenwand. Später dann waren es kleine Dinge – das Ekzem. Aber jetzt sind es größere Geschichten – Celias Auge, die Zukunft einer Lehrerin. Ich kann nicht mehr darüber hinwegsehen. Nicht mal dir zuliebe.«

»Wenn die Zukunft dieser Dame zur Disposition steht, dann ist es allein ihre Schuld.«

»Ich finde, wir sollten überlegen, ob wir ihn in ein Internat schicken. Ein strenges, altmodisches Internat. Ich hätte so was früher nie gewollt, aber vielleicht auf eine Militärakademie.«

»Donnerwetter! Unser Sohn ist sexuell mißbraucht worden, und deine Antwort ist die Verbannung ins Strafbataillon. Jesus, wenn irgendein Irrer etwas mit *Celia* anstellen würde, dann wärst du sofort bei der Polizei und würdest das zu Protokoll geben! Du würdest die *New York Times* anrufen und zehn Opfer-Selbsthilfegruppen und keine Sekunde an eine Schule in Annapolis denken – deine Tochter dürfte niemals von deinem Schoß herunter!«

»Genau. Denn wenn Celia sagen würde, jemand hätte an ihr rumgemacht, dann wäre das weitaus ernster, als sie je zugeben würde. Celia würde doch jeden Drecksack jahrelang an sich rumfummeln lassen, weil sie nicht möchte, daß der nette Mann in Schwierigkeiten kommt.«

»Ich weiß, was dahintersteckt: zweierlei Maß. Wenn ein Mädchen angetatscht wird, heißt es gleich, ooh, schrecklich, steckt den kranken Typen hinter Gitter. Aber wenn eine Frau einen Jungen antatscht, heißt es, au Mann, so'n Glück, da kriegt er mal 'nen ersten Eindruck, wetten, daß er seinen Spaß dran hat! Also, weil ein Junge reagiert – mit einem physischen Reflex –, heißt das nicht, daß es keine erniedrigende, demütigende Erfahrung sein kann!«

»Beruflich«, sagte ich und drückte mit dem Zeigefinger geduldig gegen meine Stirn, »habe ich vielleicht Glück gehabt, aber ich habe mich nie für besonders klug gehalten. Kevin hat seine Intelligenz woandersher. Du mußt doch wenigstens in Betracht gezogen haben, daß die ganze Sache eine sadistische Verleumdung war.«

»Nur weil Lenny Pughs Störnummer totaler Klamauk war –«

»Lenny hat keine Störnummer abgezogen, er hatte seinen Text nicht gelernt. Er ist faul, und offensichtlich ein lausiger Schauspielschüler. Aber Kevin hat die anderen Jungen zweifellos angestiftet.«

»Blödsinn –!«

»Er brauchte sie nicht ›häßlich‹ zu nennen.« Mir schauderte bei der Erinnerung. »Das hat ihr den Todesstoß versetzt.«

»Eine Nymphomanin verführt unseren eigenen Sohn, und die einzige Person, um die du dich kümmerst, ist –«

»Er hat einen Fehler gemacht, hast du es gemerkt? Er hat gesagt, daß sie die Tür abgeschlossen habe. Später hat er behauptet, er sei ›rausgelaufen‹, nachdem sie *ihren Willen gekriegt hatte*. Die Türen kann man nicht mal abschließen, von innen. Ich habe nachgeschaut.«

»Und wenn schon, wenn sie ihn nicht wirklich eingeschlossen hat! Er hatte offenbar das Gefühl, in der Falle zu sitzen. Aber zur Sache, warum sollte Kevin diese Geschichte erfinden?«

»Ich kann es nicht sagen.« Ich zuckte die Achseln. »Aber es paßt jedenfalls.«

»Wozu?«

»Zu dem bösen und gefährlichen kleinen Jungen.«

Du sahst mich eingehend an. »Also, was ich nicht begreife, ist, ob du mich verletzen willst oder ihn oder ob dies irgendeine verworrene Selbstquälerei ist.«

»Die Hexenjagd heute abend war Folter genug, die *Selbstquälerei* können wir streichen.«

»Hexen sind mythisch. Pädophile sind so wirklich wie die Sünde. Ein Blick auf diese Spinnerin, und man konnte sehen, daß sie nicht alle Tassen im Schrank hat.«

»Sie ist ein Unikum«, sagte ich. »Sie will, daß man sie mag. Sie buhlt um die Gunst der Schüler, indem sie Regeln bricht, indem sie gewagte Stücke aussucht und im Unterricht Kraftausdrücke benutzt. Vielleicht mag sie auch die Idee, daß sie ihr schöne Augen machen, aber nicht um diesen Preis. Und es ist nicht verboten, armselig zu sein.«

»Er hat nicht wie Lenny Pugh gesagt, daß sie die Beine gespreizt und gebettelt hat, oder? Nein, sie hat sich ein bißchen hinreißen lassen und eine Grenze überschritten. Er hat sogar seine Hose anbehalten. Ich konnte mir vorstellen, wie es passiert ist. Das hat mich überzeugt. Das *mit den Jeans* würde er nicht erfinden.«

»Interessant«, sagte ich. »Genau daran habe ich gemerkt, daß er lügt.«

»Verstehe ich nicht.«

»An den Jeans. Das war kalkulierte Authentizität. Die Glaubwürdigkeit ist *konstruiert.*«

»Daß ich dich richtig verstehe. Du glaubst die Geschichte nicht, weil sie zu glaubwürdig ist.«

»Genau«, stimmte ich gleichmütig zu. »Er ist vielleicht hinterhältig und bösartig, aber seine Englischlehrerin hat recht. Er ist *blitzgescheit.*«

»Hat er so ausgesehen, als ob er die Aussage gern macht?«

»Natürlich nicht. Er ist genial.«

Dann geschah es. Als du dich auf den Stuhl gegenüber fallen ließest, erstarrtest du nicht nur, weil ich mir meine eigene Meinung gebildet hatte und du an meiner Überzeugung, daß Kevin ein machiavellistischer Bösewicht war, genausowenig rütteln konntest wie ich an deiner, daß Kevin ein braver Meßdiener war. Es war noch schlimmer. Größer. Dein Gesicht sackte in sich zusammen, so wie ich kurze Zeit darauf das Gesicht deines Vaters in sich zusammensacken sah, als er die Kellertreppe hochkam – als seien deine Gesichtszüge von Heftzwecken künstlich hochgehalten worden, die plötzlich herausgefallen waren. In diesem Augenblick schient ihr, du und dein Vater, etwa gleich alt zu sein.

Franklin, ich habe nie zu schätzen gewußt, wieviel Energie du investiert hast, um die Fiktion aufrechtzuerhalten, daß wir insgesamt doch eine glückliche Familie waren, deren unbedeutende, vorübergehende Probleme das Leben lediglich interessanter machten. Vielleicht gibt es in jeder Familie ein Mitglied, das die Aufgabe übernimmt, diese attraktive Fassade zu errichten. In diesem Augenblick jedenfalls hattest du abrupt resigniert. In der einen oder anderen Form hatten wir dieses Gespräch unzählige Male geführt, mit der gewohnheitsmäßigen Treue, mit der andere Ehepaare jeden Sommer ins gleiche Ferienhaus fahren. Aber an irgendeinem Punkt müssen solche Paare sich angesichts ihres bis zum Erbrechen vertrauten Domizils eingestehen: *Nächstes Jahr müssen wir was anderes ausprobieren.*

Du hast deine Finger in die Augenhöhlen gepreßt. »Ich dachte immer, wir würden es schaffen, bis die Kinder aus dem Haus sind.« Deine Stimme klang grau. »Ich dachte sogar, wenn wir es bis dahin schaffen, dann ... Aber das ist in zehn Jahren, und das sind zu viele Tage. Ich schaffe die Jahre, Eva. Aber nicht die Tage.«

Ich hatte mir noch nie so bewußt und bis ins letzte gewünscht, unseren Sohn nie in die Welt gesetzt zu haben. Ich hätte sogar auf Celia verzichtet, deren Abwesenheit mir als Frau um die Fünfzig nicht bewußt genug gewesen wäre, um sie bedauern zu können. Seit ich jung war, hatte ich mir – außer aus Racine, Wisconsin, rauszukommen – immer nur eins gewünscht. Und das war ein guter Mann, der mich liebt und mir treu bleibt. Alles andere war zusätzlich, ein Bonus, wie Vielflieger-Meilen. Ich hätte ohne Kinder leben können. Ich konnte nicht ohne dich leben.

Aber es mußte sein. Ich hatte meine eigene *andere Frau* in die Welt gesetzt – nur daß sie ein Junge war. Ich hatte diese Untreue im eigenen Haus in anderen Familien erlebt, und es war eigenartig, daß sie mir in unserer eigenen nicht aufgefallen war. Brian und Louise hatten sich zehn Jahre zuvor getrennt (dieser ganze gesunde Lebenswandel war ihm doch ein bißchen zu schlicht gewesen; auf einer Party zu ihrem fünfzehnten Hochzeitstag fiel ein Glas eingelegter Walnüsse zu Boden, und er wurde erwischt, als er seine Geliebte in der Speisekammer vögelte). Natürlich war Brian viel entsetzter darüber, sich von seinen beiden blonden Mädchen zu trennen als von Louise. Es sollte doch kein Problem sein, alle drei zu lieben, aber aus irgendeinem Grund sind Männer wählerisch; wie gute Fondsmanager, die das Risiko minimieren, um die Ausschüttung zu maximieren, nehmen sie alles, was sie einmal in ihre Ehefrauen investiert haben, und verschieben es auf die Kinder. Was steckt dahinter? Sind die Kinder die sichere Anlage, weil sie uns brauchen? Weil du nicht ihr Exvater werden kannst, wie ich deine Exfrau werden kann? Du hast mir nie richtig vertraut, Franklin. Ich habe in den entscheidenden Jahren zu viele Flugzeuge genommen, und es ist nie ganz zu dir durchgedrungen, daß ich immer mit Rückflug gebucht habe.

»Was willst du tun?« fragte ich. Ich fühlte mich benommen.

»Das Schuljahr abwarten, wenn wir können. Den Sommer über alles arrangieren. Wenigstens bereitet die Sorgerechtfrage kein Kopfzerbrechen, oder?« fügtest du bitter hinzu. »Und sagt das nicht alles?«

Damals wußten wir natürlich nicht, daß auch Celia bei dir bleiben würde.

»Ist das –?« Ich wollte nicht jämmerlich klingen. »Du hast dich entschieden.«

»Da gibt es nichts mehr zu entscheiden, Eva«, sagtest du schwach. »Es ist bereits geschehen.«

Hätte ich mir die Szene ausgemalt – und ich hatte es nicht, weil man damit die Verwirklichung solcher Phantasien heraufbeschwört –, dann hätte ich erwartet, daß wir bis zum Morgengrauen aufgeblieben wären und zu enträtseln versucht hätten, was falschgelaufen war. Aber ich spürte, daß wir eher früh ins Bett gehen würden. Man nimmt eine Ehe – wie Toaster und Kleinwagen – nur auseinander, wenn man etwas reparieren und wieder in Gang bringen will; es hat wenig Sinn, nach einem kaputten Kontakt herumzusuchen, wenn man das Ganze ohnehin wegwirft. Außerdem hätte ich vermutet, daß ich weinen würde, aber ich war wie verdorrt; das Haus war überheizt, meine Nase verstopft und rauh, und meine Lippen waren aufgesprungen. Du hattest recht, es war bereits geschehen, und vielleicht hatte ich schon seit zehn Jahren um diese Ehe getrauert. Ich verstand jetzt, was Ehepartner empfanden, wenn der andere, lange schon senil und im Grunde tot, nach vielen zähen, kraftraubenden Besuchen im Pflegeheim, tatsächlich stirbt. Eine traurige Erschütterung; eine Erleichterung, für die man sich zugleich schuldig fühlt. Seit langem war ich zum ersten Mal entspannt. Meine Schultern senkten sich um gute fünf Zentimeter. Ich saß auf meinem Stuhl. Ich saß da. Vielleicht hatte ich nie so einfach dagesessen. Ich saß einfach nur da.

Deshalb erforderte es äußerste Anstrengung, die Augen zu bewegen und den Kopf zu drehen, als eine minimale Bewegung im Flur von der perfekten Regungslosigkeit unseres Stillebens ablenkte. Bewußt tat Kevin einen Schritt ins Licht. Ein Blick bestätigte, daß er gelauscht hatte. Er sah anders aus. Von den schäbigen Nachmittagen mit der offenen Badezimmertür abgesehen, war dies das erste Mal seit Jahren, daß ich ihn nackt sah. Oh, er trug noch die normal großen Sachen von der Anhörung. Aber er hatte die schiefe Haltung verloren; er stand aufrecht. Der sarkastische Zug um seinen Mund war verschwunden; seine Züge waren entspannt. Ich dachte, er sieht wirklich »bemerkenswert« aus, wie seine Schauspiellehrerin festgestellt hatte. Er sah älter aus. Aber am meisten fielen mir seine Augen auf. Normalerweise liegt ein trüber Film wie bei ungewaschenen Äpfeln über ihnen – flach und unfokussiert, gelangweilt und aggressiv schließen sie mich aus. Sicher, sie funkeln gelegentlich boshaft, wie Hochofen-Eisentüren, mit einem glühenden Rand, um den vereinzelte Flammen züngeln. Aber als er in die Küche trat, schwangen diese Türen weit auf, so daß die Flammen sichtbar wurden.

»Ich brauche einen Schluck Wasser«, verkündete er zischend und trat an die Spüle.

»Kev«, sagtest du. »Nimm dir nichts zu Herzen von dem, was du vielleicht gehört hast. Es ist leicht mißverständlich, wenn man den Zusammenhang nicht kennt.«

»Warum sollte ich den Zusammenhang nicht kennen?« Er nahm einen einzigen Schluck aus dem Glas. »Ich bin der Zusammenhang.« Er stellte das Glas auf die Anrichte und ging.

Ich bin mir sicher: In jenem Augenblick, bei jenem harten Schluck, hat er seinen Entschluß gefaßt.

Eine Woche später bekamen wir wieder einen Brief vom Schulamt. Vicki Pagorski, die zu Beginn der Anschuldigungen bereits vom Unterricht befreit worden war, war inzwischen endgültig für Verwaltungstätigkeiten abgestellt worden und durfte nie wieder mit Schülern arbeiten. Doch angesichts des Beweismangels und weil die Aussage der Jungen gegen ihre Aussage stand, wurde sie nicht entlassen. Wir fanden beide die Entscheidung feige, wenn auch aus unterschiedlichen Gründen. Meiner Ansicht nach war sie entweder schuldig oder unschuldig, und es gab keinen Grund, warum man einer Unschuldigen eine Beschäftigung vorenthalten sollte, die sie eindeutig liebte. *Du* dagegen warst empört, daß man sie nicht entlassen hatte und niemand von den Eltern sie anzeigen wollte.

Nachdem er – sozusagen nach vollbrachter Tat – demonstrativ zu Hause herumgehangen hatte, vertraute Kevin dir an, daß er depressiv sei. Du sagtest, du wüßtest, warum. Niedergeschmettert über die symbolische Ohrfeige des Schulamts, fühlte Kevin sich gedemütigt. Kein Wunder, daß er depressiv war. Außerdem sorgtest du dich, daß er unsere bevorstehende Scheidung ahnte, die wir eigentlich erst offiziell machen wollten, wenn es soweit war.

Er wollte Prozac einnehmen. Soweit mir bekannt war, nahm die Hälfte seiner Mitschüler irgendwelche Antidepressiva, wobei er explizit *Prozac* verlangte. Mir waren diese legalen Aufheller nie geheuer gewesen, und ich sorgte mich um den angeblich abstumpfenden Effekt des Mittels; die Aussicht auf einen Sohn, der der Welt noch gleichgültiger gegenüberstand, erschreckte mich. Aber ich war inzwischen so selten außerhalb der Vereinigten Staaten und wunderte mich nicht mehr über die Vorstellung, daß in einem Land mit mehr Geld, größerer Freiheit, geräumigeren Häusern, besseren Schulen, umfassenderer Gesundheitsfürsorge und uneingeschränkteren Möglichkeiten als sonstwo auf Erden natürlich ein Großteil der Bevölkerung vor lauter Kummer ganz verrückt werden mußte. Also machte ich mit, und der Psychiater, den wir aufsuchten, war nur zu bereit, uns haufenweise Pharmazeutika zu geben, so wie der Zahnarzt sonst kostenlose Dauerlutscher verteilt.

Die meisten Kinder entsetzt die Vorstellung, daß ihre Eltern sich scheiden lassen wollen. Und ich streite nicht ab, daß dieses Gespräch, das Kevin im Flur belauscht hatte, ihn aus dem Gleichgewicht warf. Dennoch war ich irritiert. Dieser Junge hatte seit fünfzehn Jahren versucht, uns zu trennen. Warum war er nicht zufrieden? Und wenn ich wirklich so ein Graus war, warum warf er seine schreckliche Mutter nicht mit Vergnügen über Bord? Rückblickend kann ich nur vermuten, daß es furchtbar genug war, mit einer Frau zusammenzuleben, die kalt, mißtrauisch, übellaunig, anklagend und unnahbar war. Nur eine Variante schien wohl noch schlimmer, und die war, mit dir zu leben, Franklin. Gefangen bei Dad.

Gefangen bei Dad, dem Deppen.

Eva

25. März 2001

Lieber Franklin,

ich muß dir etwas beichten. Dafür, daß ich in diesen Tagen immer auf dir rumhacke, bin ich beschämend abhängig vom Fernsehen geworden. Und da ich schon mal alles auf den Tisch lege: Eines Abends letzten Monat, mitten in einer *Frasier*-Folge, verabschiedete sich plötzlich die Röhre, und ich fürchte, ich bin ziemlich ausgerastet – ich schlug auf den Apparat ein, riß den Stecker raus, schob ihn wieder rein, drückte und drehte alle Knöpfe. Ich weine schon lange nicht mehr jeden Tag über *Donnerstag*, aber es macht mich rasend, wenn ich nicht erfahren kann, wie Niles die Nachricht aufnimmt, daß Daphne Donnie heiraten will.

Heute abend jedenfalls, nach der üblichen Hähnchenbrust (etwas zu durchgebraten), zappte ich durch die Kanäle, als sich der Bildschirm plötzlich mit dem Gesicht unseres Sohnes füllte. Du denkst sicher, daß ich mich inzwischen daran gewöhnt habe, aber das stimmt nicht. Es war nicht das Foto aus der neunten Klasse, das alle Zeitungen brachten – veraltet, schwarzweiß, mit diesem bissigen Grinsen –, sondern Kevins kräftigeres Gesicht mit siebzehn. Ich erkannte die Stimme des Interviewers. Es war der Dokumentarfilm von Jack Marlin.

Marlin hatte den trockenen Titel »Außerhalb des Lehrplans« zugunsten des knalligeren »Böser Junge« fallengelassen, der mich an dich erinnerte. *Diesen bösen Jungen mache ich in ein paar Stunden fertig*, hast du immer gesagt, wenn du einen leichten Scouting-Auftrag hattest. Du hast diesen Ausdruck für fast alles benutzt, nur nicht für deinen Sohn.

Jack Marlin benutzte ihn dagegen ganz selbstverständlich.

Kevin war der Star, verstehst du? Marlin muß die Erlaubnis von Claverack eingeholt haben, denn er brachte, angereichert mit Material der tränenreichen Zeit danach – die Blumenberge draußen vor der Turnhalle, der Gedenkgottesdienst, die »Nie wieder«-Gemeindeversammlungen –, ein Exklusivinterview mit *KK* persönlich. Ich war so erschrocken, daß ich fast abgeschaltet hätte. Ein oder zwei Minuten später aber war ich gefesselt. Kevins Verhalten war tatsächlich so eindrucksvoll, daß ich mich zunächst gar nicht darauf konzentrieren konnte, was er sagte. Er wurde in seiner Zelle interviewt – wie früher sein Zimmer war sie pedantisch ordentlich, ohne schmückende Poster oder Schnickschnack. Er kippelte auf zwei Stuhlbeinen, einen Arm hinter die Lehne gehakt, und war offensichtlich in seinem Element. Er schien noch gewachsen zu sein, strotzte vor Selbstbewußtsein, sprengte fast seinen winzigen Trainingsanzug, und ich habe ihn noch nie so lebhaft und locker gesehen. Er sonnte sich im Fokus der Kamera wie im Schein einer UV-Lampe.

Marlin war nicht im Bild, und seine Fragen waren respektvoll, fast zärtlich, als wollte er Kevin nicht verprellen. Als ich einschaltete, fragte Marlin gerade behutsam, ob Kevin immer noch daran festhalte, zu dem winzigen Prozentsatz von Prozac-Patienten zu gehören, die eine extreme, der angestrebten Wirkung von Prozac zuwiderlaufende Reaktion zeigten.

Kevin hatte bereits mit sechs gelernt, wie wichtig es war, bei einer Version der Geschichte zu bleiben. »Nun, ich habe mich mit Sicherheit etwas seltsam gefühlt.«

»Aber laut dem *New England Journal of Medicine* und dem *Lancet* ist ein ursächlicher Zusammenhang zwischen Prozac und einer Mordpsychose reine Spekulation. Glaubst du, daß weitere Forschung –?«

»He«, Kevin hob abwehrend eine Hand. »Ich bin kein Mediziner. Diese Verteidigung war die Idee meines Anwalts, und er hat seinen Job gemacht. Ich habe gesagt, daß ich mich etwas seltsam gefühlt habe. Aber ich bin nicht auf eine Entschuldigung aus. Ich mache keinen Satanskult verantwortlich, keine zickige Freundin, keinen brutalen Schläger, der mich als Tunte bezeichnet hat. Wenn es etwas gibt, was ich an diesem Land nicht ausstehen kann, ist es der Mangel an *Verantwortlichkeit.* Alles, was Amerikaner machen und was sich dann als nicht so großartig herausstellt, muß der Fehler von jemand anders gewesen sein. Aber ich, ich stehe zu dem, was ich getan habe. Es war ganz allein meine Idee.«

»Wie war das mit diesem sexuellen Mißbrauch? Fühltest du dich dadurch nachhaltig beschädigt?«

»Gut, an mir wurden *gewisse Handlungen* vollzogen. Aber verdammt«, fügte Kevin mit einem verschwörerisch-bösen Seitenblick hinzu, »das war *nichts,* verglichen mit dem, was *hier* passiert.« (Schnitt auf ein Interview mit Vicki Pagorski, deren aufgebrachtes Leugnen eine Die-Dame-wie-mich-dünkt-gelobt-zu-viel-Vehemenz aufwies. Natürlich hätte eine zu schwache Empörung genauso belastend geklungen, sie hatte also keine Chance. Und sie sollte wirklich etwas mit ihren Haaren machen.)

»Können wir ein bißchen über deine Eltern sprechen, Kevin?« fuhr Marlin fort.

Hände hinterm Kopf: »Schießen Sie los.«

»Dein Vater. Seid ihr miteinander ausgekommen, oder habt ihr euch gestritten?«

»Mister Plastic?« Kevin schnaubte. »Ich wäre so glücklich gewesen, wenn wir uns mal gestritten hätten. Nein, alles war immer eitel Sonnenschein, Hot Dogs und Käsecracker. Ein absoluter Heuchler. Verstehen Sie? Immer nur: *Wollen wir ins Natural History Museum, Kev, die haben da ein paar richtig schicke Steine!* Er war auf einem Pfadfindertrip in den fünfziger Jahren steckengeblieben. Von ihm bekam ich immer so Zeugs zu hören wie: *Ich hab dich ja so liiiiieb, Kleiner,* und ich sah ihn immer nur an und dachte: *Meinst du mich, Mann*? Was soll denn das heißen, dein Dad ›liebt‹ dich und hat absolut keine *be*[Pfeifton] Ahnung, wer du bist? Wen hat er denn geliebt? Irgend so einen Jungen aus *Happy Days*. Mich nicht.«

»Und was ist mit deiner Mutter?«

»Was soll mit ihr sein?« fragte Kevin scharf, obwohl er bis jetzt liebenswürdig gewesen war, mitteilsam.

»Nun, es hat ja diesen Zivilprozeß gegeben, wegen elterlicher Vernachlässigung –«

»Völliger Schwachsinn«, sagte Kevin nüchtern. »Krasser Opportunismus, offen gesagt. Reine Entschädigungskultur. Nächstens werden die alten Gockel die Regierung verklagen, weil sie altern, und Kinder werden ihre Mommies vor Gericht bringen, weil sie häßlich auf die Welt gekommen sind. Ich sehe es so: Das Leben ist hart. *Pech gehabt.* Tatsache ist, die Anwälte wußten, daß Mumsey Kohle hat, und diese Kuh von Woolford kann keine schlechten Nachrichten vertragen.«

Genau in dem Moment schwenkte die Kamera um neunzig Grad und zoomte auf die einzige Dekoration in der Zelle, die über dem Bett mit Klebestreifen befestigt war. Sehr zerknittert, weil es ganz klein zusammengefaltet worden war, um in eine Hosentasche oder ein Portemonnaie zu passen, hing da ein Foto von mir. Großer Gott, es war das Porträt von mir auf dem Hausboot in Amsterdam, das nach Celias Geburt plötzlich verschwunden war. Ich war sicher gewesen, daß er es in Fetzen gerissen hatte.

»Aber ob deine Mutter nun nach Recht und Gesetz freigesprochen wurde oder nicht«, machte Marlin weiter, »vielleicht hat sie sich zu wenig um dich gekümmert –?«

»Ach! Lassen Sie meine Mutter aus dem Spiel.« Diese scharfe drohende Stimme war mir fremd, aber wahrscheinlich ist sie dort drinnen sehr nützlich. »Die Seelenklempner hier versuchen den ganzen Tag lang, mich dazu zu kriegen, meine Mutter schlechtzumachen, und ich habe langsam genug davon, wenn Sie die Wahrheit wissen wollen.«

Marlin schwenkte um. »Würdest du euer Verhältnis also als eng beschreiben?«

»Sie war schon überall auf der Welt, müssen Sie wissen. Sie

werden kaum ein Land finden, aus dem sie noch kein T-Shirt mitgebracht hat. Sie hat ihre eigene Firma aufgebaut. Gehen Sie in jede beliebige Buchhandlung, und Sie werden ihre Buchreihen sehen. Kennen Sie *Stinkende exotische Müllkippen mit A Wing and a Prayer*? Früher bin ich immer im Einkaufszentrum zu Barnes and Noble gegangen, nur um einen Blick auf ihre vielen Bücher zu werfen. Ganz schön cool.«

»Du glaubst also nicht, daß sie möglicherweise –«

»Hören Sie, ich konnte ein ziemliches Arschloch sein, okay? Und sie konnte auch ein ganz schönes Ekel sein, also sind wir quitt. Ansonsten – das ist *privat,* okay? Gibt es in diesem Land keine *Privatsphäre* mehr? Oder wollen Sie auch die Farbe meiner Unterwäsche wissen? Nächste Frage.«

»Ich denke, daß es nur noch eine gibt, Kevin – die Frage aller Fragen. Warum hast du es getan?«

Es war ganz klar, daß Kevin sich darauf vorbereitet hatte. Er legte eine Kunstpause ein, dann knallte er mit den vorderen Beinen seines Plastikstuhls auf den Boden. Stützte die Ellbogen auf die Knie, wandte sich von Marlin ab und sprach direkt in die Kamera.

»Okay. Es ist so. Du wachst morgens auf, du *siehst* fern, und du steigst ins Auto, und du *hörst* Radio. Du fährst zu deinem kleinen Job oder zu deiner kleinen Schule, aber das wird in den Sechs-Uhr-Nachrichten nicht berichtet. Raten Sie mal, warum. *Weil nichts wirklich passiert.* Du *liest* die Zeitung, oder, wenn du darauf stehst, *liest* du eben ein Buch, was genauso ist wie Fernsehen, nur langweiliger. Du *siehst* den ganzen Abend lang fern, oder vielleicht gehst du weg und *siehst* dir einen Film an. Oder vielleicht rufen Freunde an, dann kannst du ihnen erzählen, was du *gesehen* hast. Und wissen Sie was? Es ist schon so schlimm, daß die Leute im Fernsehen, *im* Fernsehen – die Hälfte der Zeit *fernsehen.* Oder wenn du in einen Liebesfilm gehst – was machen sie da? Sie gehen im Film ins *Kino.* All diese Menschen, Marlin«, er bezog den Interviewer mit einem Kopfnicken ein. »Was sehen sie sich alle an?«

Nach einem ungemütlichen Schweigen entgegnete Marlin: »Sag du es uns, Kevin.«

»Menschen wie mich.« Er lehnte sich zurück und verschränkte die Arme.

Marlin war bestimmt glücklich mit diesem Material und würde nicht dran denken, jetzt aufzuhören. Kevin war in Fahrt gekommen und sah aus, als finge er erst richtig an. »Aber die Leute sehen sich doch nicht nur Killer an, Kevin«, stachelte Marlin ihn an.

»Hühnerkacke«, sagte Kevin. »Sie wollen sehen, daß was passiert, und ich habe es recherchiert: Daß etwas passiert, ist eine ziemlich eindeutige Umschreibung dafür, daß etwas Schlimmes passiert. Die Welt ist eingeteilt in Gaffer und Angegaffte, und es gibt immer mehr Publikum und immer weniger zu sehen, so sehe ich das. Die Menschen, die wirklich was unternehmen, gehören zu einer verdammt bedrohten Art.«

»Ganz im Gegenteil, Kevin«, bemerkte Marlin traurig, »es gibt viel zu viele junge Leute wie dich, die sich in den letzten Jahren einen Spaß daraus gemacht haben, ein bißchen zu morden.«

»Wie schön für euch! Ihr braucht uns! Was würden Sie ohne mich machen, einen Dokumentarfilm über Farbe, die trocknet? Was machen denn all diese Leute da anderes«, er winkte mit einem Arm in die Kamera, »als mich *anzugaffen*? Glauben Sie nicht, die hätten inzwischen längst den Kanal gewechselt, wenn ich nicht mehr gebracht hätte als eine Eins in Geometrie? Blutsauger! Ich nehme denen die Drecksarbeit ab!«

»Aber der ganze Sinn meiner Fragen an dich ist doch«, sagte Marlin beruhigend, »daß wir alle herausbekommen wollen, wie wir *Columbine* in Zukunft verhindern können.«

Bei der Erwähnung von *Columbine* verdüsterte sich Kevins Miene. »Ich möchte hier mal festgehalten haben, daß diese beiden Heulsusen keine Profis waren. Ihre Bomben waren Blindgänger, und sie haben wahllos um sich geballert. Keine Auswahlkriterien. Meine Leute waren alle handverlesen. Die

Videos, die diese Trottel hinterlassen haben, waren einfach bloß peinlich. Sie haben mich kopiert, und die ganze Operation war offensichtlich darauf zugeschnitten, Gladstone zu übertreffen …«

Marlin versuchte leise, etwas einzuwerfen wie: »Aber die Polizei behauptet, daß Klebold und Harris ihren Angriff seit mindestens einem Jahr geplant hatten«, doch Kevin ließ sich nicht beirren.

»Nichts, aber auch gar nichts in dieser Vorstellung verlief nach Plan. Es war ein hundertprozentiger Fehlschlag, von vorn bis hinten. Kein Wunder, daß diese elenden Stümper sich umgebracht haben – und das fand ich feige. Es gehört zum Gesamtpaket, daß man dazu steht. Am schlimmsten war, daß sie hoffnungslose Weichbirnen waren. Ich habe Auszüge von Klebolds weinerlichem, rotznasigem Tagebuch gelesen. Wissen Sie, an welcher Truppe der Dummkopf sich rächen wollte? *An den Leuten, die sich anmaßen, das Wetter voraussagen zu können*. Sie hatten keine Ahnung, welches Statement sie überhaupt abgeben wollten. Oh, und noch was. Am Ende des glorreichen Tages hatten diese beiden Verlierer eigentlich geplant, *ein Flugzeug zu entführen und es ins World Trade Center zu steuern*. Daß ich nicht lache!«

»Du, äh, du hast betont, daß deine Opfer ›handverlesen‹ waren«, sagte Marlin, der sich gefragt haben wird: *Worum ging's da denn eben?* »Warum gerade diese Schüler?«

»Weil das zufällig die waren, die mir auf die Nerven gingen. Ich meine, wenn *Sie* einen großen Einsatz wie diesen planen, würden Sie sich nicht die Widerlinge, die Schwuchteln, alle, die Ihnen ein Dorn im Auge sind, zuerst holen? Das ist doch wohl, worauf es ankommt, wenn man so was auf sich nimmt. Sie und Ihre Kameramänner hier saugen wie Vampire meine Leistungen auf, und Sie bekommen ein tolles Honorar, und Ihr Name steht im Abspann. Aber ich, ich muß Zeit absitzen. Irgendwas muß doch auch für mich dabei rausspringen.«

»Eine Frage habe ich noch, Kevin, obwohl du sie wahrscheinlich schon beantwortet hast«, sagte Marlin mit tragischem Unterton. »Verspürst du Reue? Mit deinem Wissen von heute, wenn du zu jenem 8. April 1999 zurückkehren könntest, würdest du all diese Menschen wieder töten?«

»Ich würde nur eine Sache anders machen. Ich würde einen Pfeil genau zwischen die Augen von diesem Trottel Lukronsky schießen, der seitdem mit seiner *furchtbaren Heimsuchung* massig Kohle macht. Ich habe gelesen, daß er jetzt in diesem Miramax-Streifen *auftreten* soll! Mir tun die Schauspieler jetzt schon leid. Er wird »Let's get in character« aus *Pulp Fiction* zitieren, seine Harvey-Keitel-Imitationen abziehen, und ich wette, in Hollywood hat dieser Scheiß schnell einen Bart. Und weil wir schon dabei sind, ich verlange, daß Miramax und Konsorten mir so was wie ein Honorar zahlen. Sie stehlen meine Geschichte, und die hat eine Menge Arbeit gemacht. Ich glaube nicht, daß es rechtens ist, sie einfach so zu klauen, ohne zu löhnen.«

»Aber die Gesetze dieses Bundesstaates verbieten, daß Verbrecher Profit schlagen aus ihrer –«

Wieder wandte sich Kevin direkt an die Kamera. »Es ist meine Geschichte, und sie ist so ziemlich alles, was meinen Namen ausmacht, und deshalb fühle ich mich bestohlen. Aber eine Geschichte ist sehr viel mehr, als die meisten Menschen je zustande bringen. Ihr alle da draußen, die ihr mich angafft, ihr hört mir zu, weil ich etwas habe – und ihr nicht: Ich habe eine Story. Gekauft und bezahlt. Genau das wollt ihr da draußen alle, und deshalb saugt ihr mich aus. Ihr wollt meine Geschichte. Ich weiß auch, wie ihr euch fühlt, denn, he, ich habe mich genauso gefühlt. Fernsehen und Videospiele und Filme und Computerbildschirme ... Am 8. April 1999 bin ich *in* den Bildschirm gesprungen, ich habe die Seite gewechselt und wurde zum *Begafften*. Seitdem weiß ich, warum ich lebe. Ich gebe eine gute Geschichte ab. Sie ist vielleicht ein bißchen blutrünstig, aber, gebt es zu, *ihr liebt sie doch alle*. Ihr habt sie *verschlungen*. Verrückt, ich sollte auf einer Gehaltsliste der Regierung stehen. Ohne Leute wie mich würde das ganze Land von der Brücke springen, weil das einzige, was sie in der Glotze sehen, irgendeine Hausfrau bei *Wer wird Millionär* ist, die 64 000 Dollar einstreicht, weil sie weiß, wie der Hund des Präsidenten heißt.«

Ich schaltete den Fernseher aus. Ich ertrug es nicht mehr. Ich sah schon ein weiteres Interview mit Thelma Corbitt kommen, unweigerlich mit einem Spendenaufruf für die Stiftung »Liebe für Kinder mit einem Zukunftstraum«, die sie Denny zu Ehren gegründet hatte und der ich schon mehr, als ich mir leisten konnte, gespendet hatte.

Offensichtlich war diese schillernde These über die passive Zuschauerhaltung der modernen Welt vor zwei Jahren nur in ihrer Rohform aufgeblitzt. Er hat in Claverack viel Zeit, und er hatte sich dieses schicke Motiv auf die gleiche Art zurechtgehauen, wie ältere Verurteilte Autonummernschilder für Angeber herstellen. Trotzdem muß ich widerstrebend zugeben, daß seine nachträgliche Auslegung einen Funken Wahrheit enthielt. Wenn die NBC sich einfallen ließe, endlose Dokumentarserien über das Paarungsverhalten von Seeottern zu senden, würde die Einschaltquote sinken. Als ich Kevins Attacke zuhörte, war ich widerwillig verblüfft, welch große Zahl unserer Zeitgenossen sich an der Verworfenheit einer Handvoll Taugenichtse weidet, wenn nicht, um den Lebensunterhalt zu verdienen, dann als Freizeitbeschäftigung. Es sind nicht nur die Journalisten. Denkfabriken stoßen Berge von Papier über die Unabhängigkeitsbestrebungen der streitlustigen kleinen Provinz Osttimor aus. Konfliktforschungsinstitute der Universitäten veröffentlichen endlose Doktorarbeiten über die knapp hundert ETA-Terroristen. Filmemacher scheffeln Millionen mit der Dramatisierung der Raubzüge einsamer Serienmörder. Und wenn man bedenkt: Gerichte, Polizei, Nationalgarde – wieviel staatliche Arbeit braucht es, um mit diesem einen ungeratenen Prozent fertig zu werden? Die Errichtung und Bewachung von Gefängnissen gehört zu den Wirtschaftszweigen mit den höchsten Wachstumsraten in den Vereinigten Staaten. Eine plötzliche Bekehrung der Allgemeinheit zu Sitte und Anstand würde eine Rezession auslösen. Da ich selbst danach gegiert hatte, *eine neue Seite aufzuschlagen,* ist es da wirklich so weit hergeholt von *KK,* zu sagen, daß wir ihn brauchen? Unter seiner Maske aus falschem Pathos schien Marlin dankbar. Er war nicht am Paarungsverhalten der Seeotter interessiert, und er war *dankbar.*

Ansonsten verwirrt mich meine Reaktion auf das Interview. Das gewohnte Entsetzen mischt sich mit so etwas wie – Stolz. Er war klar, selbstsicher und fesselnd. Das Foto über seinem Bett rührte mich, und ich war mehr als froh, daß er es letztlich doch nicht zerrissen hatte (ich habe wohl immer das Schlimmste angenommen). Daß ich in seinem Monolog Schnipsel meiner eigenen Tiraden bei Tisch erkannte, kränkte mich nicht nur, ich war auch geschmeichelt. Und ich bin wie vom Donner gerührt, daß er je Barnes and Noble betreten hat, um die Früchte meiner Arbeit zu besichtigen, für die er in seinem Aufsatz »Darf ich vorstellen: Meine Mutter« so wenig Respekt gezeigt hatte.

Aber seine harten Bemerkungen über dich bedrücken mich, ich hoffe, du nimmst sie dir nicht zu Herzen. Du hast dir so große Mühe gegeben, ein aufmerksamer, liebevoller Vater zu sein. Ich habe dich immer gewarnt, daß Kinder eine ungewöhnliche gute Antenne für Künstlichkeit haben, also ist es nur logisch, daß er deine Anstrengungen so verhöhnt. Und du kannst verstehen, warum er sich ausgerechnet in seinem Verhältnis zu dir als Opfer darstellt.

Marys Anwälte haben mich in ihrem strengen Kreuzverhör ganz schön gequält mit den »Warnzeichen«, die ich lange vorher hätte erkennen müssen, um das Unglück abzuwenden, aber ich glaube, daß die meisten Mütter sich schwergetan hätten, die greifbaren Anzeichen zu erkennen. Ich hatte Kevin immerhin gefragt, wozu er die fünf Kryptonite-Bügelschlösser samt Ketten brauchte, die von FedEx geliefert wurden, denn er hatte ein Fahrradschloß sowie ein Fahrrad, das er nie benutzte. Doch seine Erklärung erschien mir glaubhaft: Er war auf ein Supergeschäft im Internet gestoßen, und er hatte vor, die Schlösser für ungefähr 100 Dollar das Stück mit Profit an der Schule weiterzuverkaufen. Selbst wenn er vorher nie einen derartigen unternehmerischen Schwung gezeigt hatte, ist diese Abweichung von der Regel erst jetzt verdächtig, da wir wissen, wozu die Schlösser gedacht waren. Wie er an das Briefpapier der Schule gekommen ist, weiß ich nicht, und ich habe es nie bei ihm gesehen. Und wenn er sich auch über mehrere Monate hinweg einen üppigen Vorrat an Pfeilen für seine Armbrust angelegt hatte, so bestellte er nie mehr als ein halbes Dutzend auf einmal. Er bestellte dauernd Pfeile, und der Vorrat draußen im Schuppen hat meine Aufmerksamkeit nicht erregt.

Nur eine Kleinigkeit ist mir gegen Ende Dezember und in den Frühjahrsmonaten von 1999 aufgefallen: Sein routiniertes *Ach-herrje-Dad*-Gerede weitete er jetzt auf mich aus: *Ach-herrje-Mumsey.* Ich weiß nicht, wie du das ausgehalten hast. *»Wahnsinn, gibt es heute abend wieder so ein tolles armenisches Gericht? Super! Ich möchte wirklich mehr über mein ethnisches Erbe wissen. Viele Typen an meiner Schule sind nichts als langweiliges dröges Weißbrot, und sie sind tierisch neidisch, daß ich zu einer echt verfolgten Minderheit gehöre!«* Sofern ihm überhaupt irgend etwas geschmeckt hat – die armenische Küche hat er jedenfalls immer gehaßt, und dieser unaufrichtige plötzliche Sinneswandel verletzte mich. Bisher war Kevins Verhalten mir gegenüber genauso schmucklos wie sein Zimmer gewesen – steif, schwunglos, manchmal hart und aggressiv, aber (dachte ich jedenfalls) wenigstens ehrlich. Das war mir lieber. Und es war eine Überraschung, als ich entdeckte, daß mein Sohn sich sogar noch weiter von mir entfernen konnte.

Ich wertete diese Veränderung als Folge jener Unterhaltung in der Küche, die er mitbekommen hatte – auf die weder du noch ich je wieder angespielt hatten, auch nicht im Schlafzimmer. Unsere in Aussicht stehende Trennung war tabu; sie stand im Raum wie ein riesiger stinkender Elefant, den wir nicht sehen wollten, manchmal trompetete er oder hinterließ große Dunghaufen, über die wir stolperten.

Trotzdem erblühte unsere Ehe erstaunlicherweise zu einem zweiten Honeymoon, erinnerst du dich? Wir begingen das Weihnachtsfest in ungewöhnlich herzlicher Wärme. Du hast für mich ein Exemplar mit Widmung von Peter Balakians *Die Hunde von Ararat* besorgt und *Passage nach Ararat* von Michael J. Arlen, beides armenische Klassiker. Ich habe dir Alistair Cookes *Amerika* und eine Biographie von Ronald Reagan geschenkt. Wenn wir uns gegenseitig aufgezogen haben, dann immer nur zärtlich. Wir verwöhnten Kevin mit Sportkleidung, die grotesk zu klein war, während Celia, typisch für sie, von der Knallfolienverpackung, in der sie geliefert wurde, ebenso entzückt war wie von der antiquarischen Puppe mit Glasaugen. Wir liebten uns so oft wie seit Jahren nicht mehr, um der guten alten Zeiten willen.

Ich war mir nicht sicher, ob du über eine Trennung im Sommer noch einmal nachdachtest oder ob Schuld und Kummer dich einfach anspornten, aus dem Unwiderruflichen noch möglichst viel herauszuholen. Jedenfalls ist es irgendwie entspannend, ganz unten angekommen zu sein. Wenn wir die Scheidung wirklich einreichten, konnte uns nichts Schlimmeres mehr passieren.

Dachten wir.

Eva

5. April 2001

Lieber Franklin,

ich weiß, daß das ein heikles Thema für dich sein muß, aber ich versichere dir, wenn du ihm die Armbrust nicht geschenkt hättest, wären es eben ein Langbogen oder vergiftete Dartpfeile gewesen. Was das betrifft, war Kevin erfinderisch genug, um aus dem Zweiten Verfassungszusatz, der das Recht auf Waffenbesitz garantiert, Nutzen zu ziehen, und hätte sich für die konventionelleren Waffen wie Pistolen und Jagdgewehre entschieden, die seine moderner ausgerichteten Kollegen bevorzugen. Offen gesagt hätten traditionelle Schulmassakerwaffen nicht nur seine Fehlerquote verringert, sie hätten auch die Wahrscheinlichkeit erhöht, daß er die Nase im Wettbewerb um die meisten Todesopfer vorn gehabt hätte – was eindeutig zu seinen Zielen gehörte, da er, ehe diese Columbine-Emporkömmlinge zwölf Tage später zuschlugen, die Charts anführte. Und du kannst sicher sein, daß er darüber sehr lange nachgedacht hat. Mit vierzehn hat er selbst gesagt: »Die Wahl der Waffen ist die halbe Schlacht.« Oberflächlich betrachtet, ist also die archaische Wahl bemerkenswert. Ein Handicap, könnte man denken.

Vielleicht hat ihm das gefallen. Vielleicht habe ich ihm meine Neigung vererbt, an einer Herausforderung zu wachsen, der gleiche Impuls, der mich dazu brachte, mit Kevin schwanger zu werden. Und obwohl es ihm möglicherweise Spaß machte, seine Mutter, die sich so »besonders« vorkam, als klischeehaft zu beleidigen – ob es ihr gefiel oder nicht, unsere kleine Miss Globetrotter würde eine weitere Fließbandmutter eines typischen Amerikaners werden, und er wußte, wie sehr es mich quälte, daß mein frecher VW-Beetle jetzt zum fünfthäufigsten Auto im Nordosten avanciert war –, liebte er doch die Vorstellung, sich abzugrenzen. Seit er nach Columbine in Claverack grollend sagte, »jeder Idiot kann ein Gewehr abfeuern«, muß er gemerkt haben, daß seine Identität als »der Armbrustjunge« dazu beigetragen hat, seinen kleinen Schelmenstreich im öffentlichen Bewußtsein zu verankern. Tatsächlich war das Terrain im Frühling 1999 überfüllt, und die einmal unauslöschlich eingeprägten Namen von Luke Woodham und Michael Carneal verblaßten bereits.

Außerdem hat er mit Sicherheit angegeben. Mag ja sein, daß Jeff Reeves einen wunderbaren Riff auf der Gitarre spielte, daß Soweto Washington ein begnadeter Werfer war, daß Laura Woolford das ganze Football-Team dazu brachte, ihrem zierlichen Hintern hinterherzustarren, wenn sie über den Flur tänzelte, aber Kevin Khatchadourian konnte einen Pfeil aus fünfzig Meter Entfernung durch einen Apfel – oder ein Ohr – schießen.

Trotzdem bin ich überzeugt, daß seine Motivation in erster Linie ideologisch war. Nicht dieser »Ich habe eine Story«-Unsinn, den er Jack Marlin angedreht hat. Ich denke eher an die »Reinheit«, die er an einem Computervirus bewunderte. Nachdem er den gesellschaftlichen Drang registriert hatte, eine weitreichende tiefschürfende Lehre aus jedem idiotischen Mordvergnügen zu ziehen, muß er den zukünftigen Fallout seiner eigenen Tat gewissenhaft berechnet haben.

Wenigstens hatte sein Vater ihn andauernd in irgendein vollgestopftes Museum über amerikanische Ureinwohner geschleppt oder auf ein trübseliges Schlachtfeld aus dem Unabhängigkeitskrieg, so daß jeder, der ihn als vernachlässigtes Opfer egozentrischer, karrieregeiler Eltern hinstellen wollte, scheitern mußte, und was immer er geahnt haben mag, wir waren nicht geschieden: keine Klischees in dieser Hinsicht. Er war kein Mitglied eines Satanskults, und genau wie er gingen die meisten seiner Freunde ebenfalls nicht in die Kirche, so daß

Gottlosigkeit kaum als bedenkliches Thema in Betracht kommen würde. Er wurde nicht gehänselt – er hatte seine widerlichen Freunde, seine Altersgenossen gaben sich große Mühe, ihn in Ruhe zu lassen –, also käme man mit der Armer-verfolgter-Außenseiter-, der Wir-müssen-etwas-unternehmen-um-Schikanierungen-an-Schulen-zu-stoppen-Nummer auch nicht weiter. Anders als die mental Inkontinenten, die er so verachtete, die bösartige Zettelchen in der Klasse herumgehen ließen und ihren Vertrauten große Versprechungen machten, hielt er die Klappe; er hatte weder eine Haßwebsite, noch verfaßte er Aufsätze, in denen er die Schule in die Luft sprengte, und der kreativste Gesellschaftskolumnist müßte sich schon sehr verrenken, um eine Satire über Geländefahrzeuge als eines dieser untrüglichen »Warnsignale« hinzustellen, die wachsame Eltern und Lehrer jetzt dazu bringen sollen, vertrauliche Notrufnummern anzurufen. Aber das beste überhaupt war: Wenn er sein Vorhaben allein mit einer Armbrust ausführen konnte, dann wäre seine Mutter mitsamt ihren dämlichen liberalen Freundinnen nicht mehr in der Lage, ihn vor dem Kongreß auf einem neuen Plakat für Waffenbeschränkungen spazierenzutragen. Kurz, seine Wahl der Waffe sollte auf der Basis seiner bestmöglichen Leistung sicherstellen, daß *Donnerstag* absolut gar nichts zu bedeuten hatte.

Als ich am 8. April wie immer um 6.30 Uhr aufstand, gab es noch keinen Grund, diesen Wochentag kursiv zu schreiben. Ich wählte eine Bluse, die ich selten anzog; als ich sie vor dem Spiegel zuknöpfte, beugtest du dich zu mir und sagtest, daß ich es vielleicht nicht gern zugäbe, aber Rosa stehe mir gut, und du küßtest mich auf die Schläfe. Zu jener Zeit schrieb ich jede Zärtlichkeit von dir in Großbuchstaben, und ich errötete vor Freude. Wieder hoffte ich, du würdest über eine Trennung vielleicht noch einmal nachdenken, aber ich zögerte, dich direkt zu fragen, um nicht etwa meine Illusion zu zerstören. Ich machte Kaffee, weckte dann Celia, half ihr, die Prothese zu säubern und wieder einzusetzen. Sie hatte immer noch Probleme mit dem Ausfluß, und das Entfernen der gelben Kruste vom Glas sowie aus Wimpern und Tränenkanal konnte gut zehn Minuten dauern. Obwohl es erstaunlich ist, woran man sich gewöhnen kann, war ich immer erleichtert, wenn das Glasauge eingesetzt und ihr wasserblauer Blick wiederhergestellt war.

Abgesehen von der Tatsache, daß Kevin aufstand, ohne dreimal geweckt werden zu müssen, begann ein normaler Morgen. Wie immer bewunderte ich deinen Appetit, den du vor kurzem wiedergefunden hattest. Du warst vielleicht der letzte WASP in Amerika, der täglich zum Frühstück zwei Eier, Schinken, Würstchen und Toast verspeiste. Ich schaffte nie mehr als einen Kaffee, aber ich liebte die Atmosphäre in der Küche, das Brutzeln von geräuchertem Schinken, den Duft von röstendem Toast, die Einstimmung auf den beginnenden Tag, die mit diesem Ritual gepflegt wurde. Allein schon die Tatkraft, mit der du dieses Mahl immer zubereitet hast, muß deine Arterien von allen Konsequenzen freigeblasen haben.

»Was für ein Anblick«, rief ich, als Kevin erschien. Sorgfältig briet ich Celias French Toast völlig durch, selbst das winzigste Fitzelchen von nicht gestocktem Ei war für sie *Schleim*. »Was ist los, sind deine Klamotten in Größe S alle in der Waschmaschine?«

»Es gibt Tage«, sagte er und steckte sein bauschiges weißes Fechterhemd in die engen schwarzen kunstseidenen Hosen, die er auch im Hudson House getragen hatte, »da wacht man einfach auf mit dem Gefühl, heute ist ein besonderer Tag.«

Ungeniert packte er die fünf Kryptonite-Schlösser und die Ketten in seinen Rucksack. Ich nahm an, daß er in der Schule Abnehmer gefunden hatte.

»Kevin sieht wirklich schön aus«, sagte Celia schüchtern.

»Ja. Dein Bruder ist ein Herzensbrecher«, sagte ich. Und was für einer.

Ich stäubte großzügig Puderzucker über den Toast, beugte

mich zu Celias blondem Kopf hinunter und murmelte: »Nun trödle nicht, du willst doch nicht wieder zu spät zur Schule kommen. Du sollst das Brot essen, nicht mit ihm Freundschaft schließen.«

Ich strich ihr das Haar hinter die Ohren und küßte sie auf den Scheitel, und als ich das tat, warf mir Kevin einen Blick zu, während er noch eine Kette in seinen Rucksack lud. Obwohl er die Küche mit seltener Energie betreten hatte, waren seine Augen jetzt wie tot.

»He, Kev«, hast du ausgerufen, »habe ich dir je gezeigt, wie diese Kamera funktioniert? Ein paar Kenntnisse in Fotografie haben noch keinem geschadet; bei mir hat es sich jedenfalls ausgezahlt. Komm mal hier rüber, wir haben noch Zeit. Ich weiß nicht, was mit dir los ist, aber du hast noch fünfundvierzig Minuten.« Du schobst deinen fettigen Teller zur Seite und öffnetest die Kameratasche zu deinen Füßen.

Unwillig rutschte Kevin zu dir hin. Er schien heute morgen nicht in *Ach-herrje-Daddy*-Laune zu sein. Und als du ihm die Belichtungs- und Autofokuseinstellungen erklärtest, fiel mir schlagartig eine Familienähnlichkeit auf. Deines Vaters Vorstellung von Nähe war immer die, eine Gerätefunktion viel detaillierter zu erklären, als irgend jemand wissen wollte. Du hast Herberts Überzeugung nicht geteilt, daß man, wenn man das Uhrwerk des Universums auseinandernahm, auch all seine Mysterien offenlegte, aber geerbt hattest du von ihm, zu technischen Details als emotionaler Stütze zu greifen.

»Wobei mir einfällt«, sagtest du mitten in deiner Unterweisung, »daß ich einen Film von dir beim Bogenschießen verknipsen will. Deinen stählernen Blick, deinen sicheren Arm für die Nachwelt einfangen. Was hältst du davon? Wir könnten eine Fotomontage fürs Foyer machen: Braveheart von den Palisades!«

Daß du ihm auf die Schulter geklopft hast, war vielleicht ein Fehler. Er zuckte zurück. Und für den allerkürzesten Moment genoß ich einen einmaligen kleinen Einblick in das, was in Kevins

Kopf vor sich ging, denn für eine Sekunde fiel seine Maske ab, und sein Gesicht erstarrte vor – ja, vor Abscheu, fürchte ich. Daß er sich überhaupt kurzzeitig in die Karten gucken ließ, konnte nur heißen, daß er gerade mit anderen Dingen beschäftigt war.

»Ja, *Dad*«, sagte er bemüht. »Das wäre … *großartig*.«

Trotzdem suchte ich mir ausgerechnet diesen Morgen aus, um unser häusliches Tableau in einem milden Licht zu sehen. Alle Teenager hassen ihre Eltern, dachte ich, und es war etwas Unbezahlbares an dieser Animosität, wenn man sie ertrug. Die Sonne verfing sich in dem hellen Gold von Celias Haar, während sie sich den French Toast in lächerlich kleine Stückchen schnitt und du schwungvoll anfingst, über die Gefahren des Gegenlichts zu referieren, und Kevin voller Ungeduld zappelte, und ich fand diesen Norman-Rockwell-Moment so herzerquickend, daß ich mit dem Gedanken spielte, noch zu bleiben, bis die Kinder zur Schule aufbrechen mußten, und vielleicht Celia selber mitzunehmen, statt dir das Hinbringen zu überlassen. Hätte ich doch dieser Versuchung nachgegeben! Aber Kinder brauchen Gleichmaß, sagte ich mir, und wenn ich nicht vor der morgendlichen Rush-hour losfuhr, würde es mir auf der Brücke heimgezahlt werden.

»Halt die Klappe!« bellte Kevin plötzlich neben dir los. »Das *reicht*. Halt die *Klappe*!»

Alarmiert verfolgten wir drei diese spontane Aufsässigkeit.

»Es ist mir *egal*, wie deine Kamera funktioniert«, fuhr er in gleicher Lautstärke fort. »Ich *will* kein Location Scout für minderwertige Produkte werden. *Es interessiert mich nicht*. Ich interessiere mich nicht für *Baseball* oder die *Gründerväter* oder die *entscheidenden Schlachten* des *Bürgerkriegs*. Ich hasse *Museen* und *Nationaldenkmäler* und *Picknicks*. Ich will in meiner Freizeit nicht die *Unabhängigkeitserklärung* auswendig lernen oder *Tocqueville* lesen. Ich kann Wiederholungen von *Tora, Tora, Tora!* nicht ausstehen! Oder Dokumentarfilme über *Dwight Eisenhower*. Ich will nicht hinterm Haus *Frisbee* spielen und nie wieder *Monopoly* mit einem schniefenden ängstlichen einäugigen Zwerg. Ich scheiße auf *Briefmarkensammeln* oder *seltene Münzen* oder das Pressen von *buntem Herbstlaub* in dicken Wälzern. Ich habe es bis über beide Ohren satt, dieses *vertrauliche Vater-Sohn-Gesülze* über Aspekte meines Lebens, die *dich nichts angehen.*«

Du warst verblüfft. Ich begegnete deinem Blick und schüttelte kaum wahrnehmbar den Kopf. Es war ungewöhnlich für mich, zur Zurückhaltung zu mahnen. Aber in der Generation meiner Mutter war der Dampfkochtopf sehr beliebt. Nach einem Zwischenfall, mittlerweile ein Familienmythos, zu dem gehörte, daß wir *madagh* mit dem Besen von der Decke kratzen mußten, weiß ich nur zu gut, daß es nichts Schlimmeres gibt, als den Topf aufzumachen, wenn die zischende runde Pfeife des Ventils Dampf abläßt.

»Okay«, sagtest du angespannt und stecktest deine Objektive wieder ins Futteral. »Gebongt.«

So abrupt, wie Kevin explodiert war, so abrupt zog er sich wieder in sich zurück, war wieder der selbstgefällige phantasielose Zehntkläßler, der sich auf einen weiteren öden Schultag vorbereitete. Ich konnte sehen, wie er deine verletzten Gefühle abprallen ließ, noch etwas, das ihn wohl *nicht interessierte.* Ungefähr fünf Minuten lang sagte niemand etwas, und dann fingen wir ganz vorsichtig an, so zu tun, als ob es ein völlig normaler Morgen wäre, kamen nicht auf Kevins Ausbruch zurück, ähnlich wie höfliche Leute, die so tun, als hätten sie einen besonders lauten Furz nicht gehört. Der Gestank hing noch in der Luft, aber es roch weniger nach Gas als nach Schießpulver.

Obwohl ich es jetzt eilig hatte, mußte ich mich zweimal von Celia verabschieden. Ich blieb stehen, strich ihr übers Haar, zupfte ihr einen winzigen Rest Kruste aus den unteren Wimpern, erinnerte sie an die Bücher, die sie heute mitnehmen mußte, und dann umarmte ich sie lange, aber nachdem ich meine Sachen zusammengesucht hatte und gehen wollte, stand sie immer noch völlig verschreckt da, die Hände steif von sich gestreckt, als wären sie mit *Trockendreck* kontaminiert. Ich hob sie an den Achseln hoch zu mir, obwohl sie jetzt schon acht war und ihr Gewicht meinem Rücken nicht guttat. Sie schlang ihre Beine um meine Taille, vergrub ihren Kopf an meinem Hals und sagte: »Du wirst mir fehlen.« Ich sagte, sie würde mir auch fehlen, obwohl ich keine Ahnung hatte, wie sehr.

Vielleicht hatte dich Kevins ungerechter Wortschwall verstört und du brauchtest einen sicheren Hafen, jedenfalls war dein Abschiedskuß ausnahmsweise kein gedankenloses Küßchen auf die Wange, sondern ein leidenschaftlicher Zungenkuß. (Danke, Franklin. Ich habe diese Momente so viele Male wieder durchlebt, daß meine Erinnerungszellen ausgeblichen und zerrissen sein müssen wie der Stoff von heißgeliebten Jeans.) Was meine frühere Unsicherheit betrifft, ob Kinder es mögen, ihren Eltern beim Küssen zuzusehen – ein Blick in Kevins Gesicht beantwortete die Frage: Sie mögen es nicht.

»Kevin, ihr habt heute nachmittag Bogenschießen in der Turnhalle, oder?« erinnerte ich ihn, erpicht, wie ich war, zur Normalität zurückzukehren, während ich mich ungeschickt in meinen Frühlingsmantel fädelte. »Vergiß deine Ausrüstung nicht.«

»Worauf du dich verlassen kannst.«

»Außerdem solltest du dich entscheiden, was du an deinem Geburtstag machen willst«, sagte ich. »Bis dahin sind es nur noch drei Tage, und Sechzehn ist so was wie ein Meilenstein, findest du nicht?«

»In gewisser Hinsicht«, sagte er kurz angebunden. »Schon mal gemerkt, daß *Meilenstein* ähnlich klingt wie *Mühlstein*?«

»Was hältst du von Sonntag?«

»Da bin ich vielleicht verhindert.«

Ich war genervt, daß er es einem immer so schwer machte, freundlich zu ihm zu sein, aber ich mußte weg. Ich küßte Kevin in letzter Zeit nicht mehr – Teenager mochten das nicht –, deshalb fuhr ich ihm mit dem Handrücken sanft über die Stirn, die zu meiner Überraschung kalt und feucht war. »Du fühlst dich ein bißchen verschwitzt an. Geht es dir gut?«

»Ging mir nie besser«, sagte Kevin. Ich war schon fast aus

der Tür, als er mir hinterherrief: »Bist du sicher, daß du dich nicht *noch ein drittes Mal* von Celie verabschieden willst?«

»Sehr komisch«, rief ich zurück und machte die Tür hinter mir zu, fühlte mich bloß verspottet. Im nachhinein weiß ich, daß er mir einen guten Rat gegeben hat, und ich hätte wirklich besser daran getan, ihn zu befolgen.

Ich kann mir einfach nicht vorstellen, wie es ist, mit einem so schrecklichen Entschluß aufzuwachen. Immer wenn ich daran denke, sehe ich mich, wie ich mich auf dem Kissen herumwälze und mir sage: *Bei nochmaliger Überlegung muß es doch nicht sein.* Oder zumindest: *Scheiß drauf, morgen ist auch noch ein Tag.* Und morgen und morgen. Zugegeben, die Schrecken, die wir gern als »unvorstellbar« bezeichnen, sind allesamt vorstellbar, und zahllose Kids hegen vermutlich Rachephantasien wegen der zigtausend unvermeidlichen Schockerlebnisse, denen Zehntkläßler ausgesetzt sind. Nicht die Tagträume, noch nicht mal die halbgaren Pläne sind es, die unseren Sohn von anderen unterschieden. Sondern die erschütternde Fähigkeit, vom Plan zur Tat zu schreiten.

Ich habe mir das Hirn zermartert, aber die einzige Übereinstimmung mit meinem eigenen Leben ist ziemlich weit hergeholt: meine vielen Reisen in fremde Länder, die ich eigentlich gar nicht antreten wollte. Ich machte es mir leichter, indem ich einen ziemlich monumentalen Ausflug in seine kleinsten Bestandteile zerlegte. Statt es zu wagen, zwei Monate in Marokko zu verbringen, wo es von Dieben nur so wimmelte, überwand ich mich erst mal, den Hörer abzuheben. Das ist nicht so schwer. Aber dann mußte ich dem dienstbaren Geist am anderen Ende der Leitung etwas sagen, also bestellte ich ein Flugticket und suchte Zuflucht in dem gnädig theoretischen Charakter von Flugplänen und so wunderbar weit in der Zukunft liegenden Terminen, daß sie nie Wirklichkeit werden konnten. Siehe da, die Post schickt das Ticket. Der Plan nimmt Gestalt an. Zunächst wage ich es, eine Geschichte Nordafrikas zu kaufen, und später wage ich es, Koffer zu packen. Die Herausforderungen, einmal entzerrt, lassen sich meistern. Denn wenn ich erst mal im Taxi sitze und auf dem Weg bin, dann ist es zum Umkehren ein wenig zu spät. Große Taten sind viele kleine Taten nacheinander. Und genau so hat Kevin sich mit seiner Tat angefreundet – er hat seine Kryptonite-Schlösser bestellt, das Briefpapier geklaut, die Ketten, eine nach der anderen, in seinen Rucksack gepackt. Kümmere dich um die Bausteine, und die Summe der Teile entfaltet sich wie durch Zauberkraft.

Ich selbst hatte an jenem Donnerstag – immer noch ein ganz gewöhnlicher Donnerstag – viel zu tun; wir mußten uns ranhalten, um einen Termin bei der Druckerei einzuhalten. Aber wenn ich mal eine Minute Zeit hatte, dachte ich über Kevins sonderbaren Ausbruch vom Morgen nach. Seinem beleidigenden Geschimpfe fehlten die klassischen Vokabeln – *irgendwie, ich glaub, oder so, vielleicht* –, die sonst seine ganz passable Nachahmung eines typischen Teenagers würzten. Er hielt sich nicht krumm, sondern kerzengerade, und als er sprach, verzog er den Mund nicht nach einer Seite. Natürlich war ich beunruhigt, weil er die Gefühle seines Vaters mit seiner Unbeherrschtheit verletzt hatte, aber der junge Mann, der diese harte unvermittelte Erklärung abgegeben hatte, schien ein ganz anderer Junge zu sein als der, mit dem ich Tag für Tag lebte. Ich ertappte mich bei dem hoffnungsvollen Gedanken, daß ich diesen jungen Mann wiedertreffen könnte, besonders zu einem Zeitpunkt, an dem dieser mir fremde Sohn besserer Stimmung wäre – eine unwahrscheinliche Aussicht, der ich bis heute erwartungsvoll entgegensehe.

Gegen 18.15 Uhr hörte ich vor meinem Büro meine Mitarbeiter verschwörerisch miteinander reden, eine freundschaftliche Unterhaltung, ehe sie für den Tag Schluß machten, dachte ich. Also würde ich wieder allein bis in die Nacht weiterarbeiten. Da klopfte Rose, offenbar ihre Abgesandte, zaghaft an meine Tür: »Eva«, sagte sie ernst. »Ihr Sohn besucht die Gladstone Highschool, oder?«

Es stand schon im Internet.

Noch ohne genaue Einzelheiten. »Todesopfer bei Gladstone-High-Schießerei befürchtet.« Wie viele erschossen wurden und wer, war unklar. Der Täter war unbekannt. Tatsächlich war der Nachrichtenschnipsel empörend kurz. »Sicherheitskräfte« hatten ein »Blutbad« in der Turnhalle der Schule entdeckt, zu der die Polizei sich jetzt »Zugang zu verschaffen suchte«. Ich weiß, daß ich beunruhigt war, aber das Ganze ergab für mich überhaupt keinen Sinn.

Ich rief sofort dein Handy an, fluchte, weil es abgestellt war; das machtest du viel zu oft, weil du die ungestörte Einsamkeit in deinem Wagen liebtest, wenn du auf der Suche nach Kühen in den richtigen Farben durch New Jersey tourtest. Es gefiel mir, daß du weder etwas von einem Vertreter von Kraft noch von deinen Madison-Avenue-Aufpassern hören wolltest, aber du hättest daran denken können, es für mich anzuschalten. Wozu *hat* man denn dieses verdammte Ding? Ich war gereizt. Ich probierte es zu Hause, aber unser Anrufbeantworter sprang an; der Frühlingsabend war mild, und Robert war bestimmt mit Celia zum Spielen in den Garten gegangen. Die Tatsache, daß Kevin nicht abnahm, war wie ein Schlag in die Magengrube, aber ich legte mir fieberhaft zurecht, daß er sich natürlich mit Lenny Pugh aus dem Haus gestohlen hatte, mit dem er sich unerklärlicherweise nach der Pagorski-Anhörung wieder zusammengetan hatte. Vielleicht lief das Geschäft mit sklavischen Jüngern nicht so schwungvoll, daß ein Speichellecker leicht zu ersetzen war.

Also nahm ich meinen Mantel und beschloß, direkt zur Schule zu fahren. Als ich losging, sahen mich meine Mitarbeiter schon mit der Ehrfurcht an, die jenen zuteil wird, die auch nur die entfernteste Verbindung mit einer kurzen Eilmeldung auf der America-Online-Homepage haben.

Während wir beide jetzt noch einmal in das Parkhaus zu meinem VW rennen und durch Midtown schießen, um dann auf dem West Side Highway im Stau steckenzubleiben, möchte ich eine Sache klarstellen: Ich war tatsächlich überzeugt davon, daß Kevin in der Wiege vor unbändiger Wut schrie und nicht, weil er Hunger hatte. Ich denke, daß er, als er sich über das »Gesicht voller Aa« der Kellnerin lustig machte, genau wußte, daß er sie damit verletzte, und die Karten an der Wand meines Arbeitszimmers hat er absichtlich bis zur Unkenntlichkeit verschmiert, aus Bosheit, nicht aus fehlgeleiteter Kreativität. Ich war mir weiterhin sicher, daß er Violetta überredet hatte, sich den ganzen Schorf am Körper abzukratzen, und bis zum sechsten Lebensjahr brauchte er Windeln, weil er auf Dauerkriegsfuß mit seiner Mutter stand, und nicht, weil er traumatisiert war oder verwirrt oder ein Spätentwickler. Die Spielsachen und Kinderbücher, die ich so sorgfältig für ihn angefertigt hatte, zerstörte er, weil sie für ihn eher einen Wert als Zeichen seiner Steck-sie-dir-sonstwohin-Undankbarkeit hatten denn als rührseliges Spielzeug, und ich bin mir ganz sicher, daß er einzig deshalb insgeheim Rechnen und Schreiben lernte, um mir das Gefühl völliger Nutzlosigkeit als Mutter zu geben. Immer noch war ich felsenfest davon überzeugt, daß er den Schnellspanner an Trent Corleys Fahrrad gelöst hatte. Ich gab mich nicht der Illusion hin, daß das Nest mit den Raupen von selbst in Celias Rucksack gefallen war oder daß sie ganz allein die sieben Meter in unsere weiße Eiche hochgeklettert war und sich dann nicht zu helfen wußte; ich bin überzeugt, daß es ebensowenig ihre Idee war, sich zum Lunch Vaseline mit Thai-Curry-Paste anzurühren, wie »Kidnapping« oder »Wilhelm Tell« zu spielen. Und ich war mir verdammt sicher, daß er auf dem Schulball in der achten Klasse Nennen-wir-sie-Alice nichts Bewunderndes über ihr Kleid ins Ohr geflüstert hatte, und wie der Rohrreiniger auch in Celias linkes Auge gekommen sein mag, ich wußte mit tödlicher Sicherheit, daß ihr Bruder etwas damit zu tun hatte, was über seine Rolle als edler Retter hinausging. Ich empfand sein Wichsen zu Hause bei weit geöffneter Tür als sexuellen Mißbrauch – und zwar seiner Mutter –, nicht als unkontrolliertes pubertäres Hormongesprudel. Obwohl ich zu Mary vielleicht gesagt habe, daß Laura *es runter-*

schlucken sollte, fand ich es absolut glaubwürdig, daß unser Sohn ihrer zerbrechlichen, unterernährten Tochter gesagt hatte, sie sei fett. *Ich* fand es nicht rätselhaft, daß eine Hitliste in Miguel Espinozas Spind aufgetaucht war, und obwohl ich die volle Verantwortung dafür übernahm, einen Virus in meine eigene Firma eingeschleppt zu haben, konnte ich das Sammeln von Computerviren lediglich als degeneriertes Hobby eines Gestörten betrachten. Es bleibt meine feste Überzeugung, daß Vicki Pagorski wegen Kevin Khatchadourians persönlicher Erfindungsgabe an den Pranger gestellt worden war. Von mir aus räume ich ein, daß ich mich hinsichtlich der Verantwortung unseres Sohnes für das Schleudern von Schuttbrocken auf den fließenden Verkehr auf der 9 W geirrt habe, und bis vor zehn Tagen habe ich ihm das Verschwinden eines von mir sehr geschätzten Fotos aus Amsterdam angelastet, ein weiteres Opfer der unvergleichlichen Bösartigkeit meines Sohnes. Ich habe also immer das Schlimmste angenommen. Aber sogar mein unnatürlicher mütterlicher Zynismus hatte seine Grenzen. Als Rose mir sagte, es habe in Kevins Highschool einen heimtükkischen Angriff gegeben und es seien Todesopfer zu befürchten, hatte ich Angst um ihn. Nicht eine Sekunde kam mir der Gedanke, daß Kevin der Täter war.

Aussagen von Zeugen über ein Geschehen sind zwangsläufig konfus, besonders die ersten. Am Schauplatz selbst herrscht Verwirrung. Erst später kommt Ordnung in das Chaos. So brauche ich heute nur auf ein paar Tasten zu drücken, um Zugang zu bekommen zu zahlreichen Versionen der Taten unseres Sohnes an jenem Tag, und sie ergeben immerhin einen groben chronologischen Sinn. Ich hatte das Radio an, als ich mit quietschenden Reifen auf den Schulparkplatz fuhr. Ich kannte nur wenige Einzelheiten des Geschehens, aber Jahre ausgiebiger Reflexion lagen noch vor mir für das gemächliche Zusammensetzen dieses amateurhaften Puzzles, so wie Kevin noch auf Jahre hinaus Zutritt haben wird zu schlecht ausgestatteten

Tischlereien, in denen er an seiner Rechtfertigung feilen, schmirgeln und polieren kann.

Schulen betrachten ihr Briefpapier nicht unbedingt als Schlüssel zum Königreich, und ich bezweifle, daß es unter Verschluß gehalten wird. Wie Kevin es sich auch beschafft haben mag, er war in Dana Roccos Englischunterricht aufmerksam genug, um zu verinnerlichen, daß die Form den Ton diktiert. So wie man keine saloppe Umgangssprache in einem Artikel für die Schülerzeitung verwendet, so läßt man sich auch auf keine nihilistischen Spielchen mit Drei-Buchstaben-Wörtern ein, wenn man auf Papier mit Briefkopf schreibt. Also dokumentiert das offizielle Schreiben, das zum Beispiel an Greer Ulanov geschickt wurde – mit genug Vorlauf, um Nyacks glanzlosem Postdienst eine Chance zu geben –, das gleiche scharfe Ohr für Authentizität, das Kevin bewies, als er dir Ron Howard vorspielte und Alan Strickland das scheue, verwirrte Opfer.

Liebe ________*Greer*________,

das Lehrerkollegium der Gladstone Highschool ist stolz auf *alle* seine Schüler, denn jeder und jede steuert seine und ihre individuellen bemerkenswerten Fähigkeiten zur Gemeinschaft bei. Dennoch erregen einige Schüler unsere besondere Aufmerksamkeit, sei es, daß sie sich im künstlerischen Bereich hervortun, sei es, daß sie überdurchschnittlich viel zu einem dynamischen pädagogischen Umfeld beitragen. Wir freuen uns, diese ungewöhnlichen Leistungen am Ende des Schuljahrs auszeichnen zu können.

Nach Beratungen mit den Fachlehrern und dem Gesamtkollegium habe ich eine Liste von neun vorbildlichen Schülern zusammengestellt, die unseren neuen Preis für Vielversprechende und Herausragende Leistungen (PVHL) verdientermaßen in Empfang nehmen werden. Ich freue mich, Dir mitteilen zu dürfen, daß Du einer dieser neun Schüler bist. Wir haben Dich ausgewählt für deine besonderen Leistungen in

Politik und sozialem Bewußtsein .

Zur Vorbereitung der Preisverleihung bitten wir alle Preisträger, am Donnerstag, dem 8. April, um 15.30 Uhr in die Turnhalle zu kommen. Wir hoffen, daß Ihr damit beginnen könnt, ein Programm zur Preisverleihung Anfang Juni zusammenzustellen. Einige Darbietungen Eurer herausragenden Begabungen sind willkommen. Diejenigen unter Euch, die sich im künstlerischen Bereich hervortun, können ihre Werke ausstellen, andere, deren Fähigkeit eher im wissenschaftlich-akademischen Bereich liegen, werden sich zweifellos etwas einfallen lassen, um ihr Spezialgebiet zu vertreten.

Obwohl wir unsere Entscheidung ausschließlich nach Leistungskriterien getroffen haben, waren wir bemüht, eine repräsentative Mischung aus Geschlecht, Rasse, Herkunft, Religion und sexueller Neigung zu erstellen, die die Vielfalt unserer Schülerschaft spiegelt.

Abschließend ersuche ich Dich dringend, für Dich zu behalten, daß Du Preisträger sein wirst. Jedwede Prahlerei, die mir zu Ohren kommt, könnte mich zwingen, Deine Empfehlung zu widerrufen. Wir wünschten aufrichtig, *alle* Schüler auszeichnen zu können, denn jeder Mensch verfügt über eine einzigartige Begabung. Da dies nicht möglich ist, wollen wir keine unnötige Eifersucht schüren, bevor die Preisträger bekanntgegeben werden.

Mit aufrichtigen Glückwünschen und herzlichen Grüßen
Donald Bevons
Direktor

Identische Briefe wurden an acht weitere Schüler geschickt, die freigelassenen Stellen entsprechend ausgefüllt.

Denny Corbitt wurde wegen seiner schauspielerischen Begabung empfohlen, Jeff Reeves für sein klassisches Gitarrenspiel, Laura Woolford für »Eleganz«, Brian »Mouse« Ferguson für seine Computerkenntnisse, Ziggy Randolph nicht nur für Ballett-Tanz, sondern dafür, »Toleranz gegenüber Andersartigkeit zu ermutigen«. Miguel Espinoza für akademische Leistungen und seinen »Wortschatz«, Soweto Washington für Sport, Joshua Lukronsky für »cineastische Studien« und – hier muß ich Kevin tadeln, weil er nicht an sich halten konnte – für das »Auswendiglernen ganzer Drehbücher von Quentin Tarantino«. Aber die meisten Menschen sind ja nicht willens, Schmeicheleien mit Argwohn zu betrachten. An Dana Rocco schickte er einen anderslautenden Brief, in dem sie gebeten wurde, an diesem Donnerstag die Leitung des Treffens zu übernehmen. Sie, die den Preis für die »Beliebteste Lehrerin« erhalten sollte, war ebenfalls ausdrücklich angehalten, Stillschweigen zu bewahren, da *alle* Lehrer sehr beliebt seien.

War die Falle auch gut konstruiert, so war sie doch nicht gefeit gegen Störungen. Dana Rocco hätte das Treffen Bevons gegenüber ansprechen können, der hätte feststellen müssen, nichts davon zu wissen, und das Ganze wäre vielleicht geplatzt. Können wir Kevin also einen *Glückspilz* nennen? Sie hat nicht geredet.

Am 7. April stellte Kevin seinen Wecker auf eine halbe Stunde früher als sonst und legte sich Kleidung zurecht, die ihm genug Bewegungsfreiheit ermöglichte. Er wählte das tolle weiße Fechthemd mit den weiten Ärmeln, das sich gut auf Fotos machen würde. Ich hätte mich in so einer Nacht vor Angst hin und her gewälzt, aber ich hätte mir diesen grotesken Plan sowieso nie ausgedacht, deshalb nehme ich an, wenn Kevin nicht gut schlief, dann vor Aufregung.

Als er am nächsten Morgen mit dem Bus zur Schule fuhr, war er schwer beladen – die Fahrradschlösser wogen drei Kilo das Stück –, aber Kevin hatte sich am Anfang des Schuljahrs diesen nicht angeleiteten Kurs für Bogenschießen genehmigen lassen. Das Interesse für den unpopulären Zeitvertreib war zu gering, um ein reguläres Unterrichtsfach daraus zu machen. Die anderen Schüler hatten sich daran gewöhnt, daß er seine Bogenschießausrüstung mit in die Schule brachte. Niemand hatte genug Ahnung von den Feinheiten dieses blödsinnigen

Sports, um beunruhigt zu sein, daß Kevin nicht seinen Standardbogen oder seinen Langbogen, sondern seine Armbrust mitschleppte, von der die Schulleitung später im Zeugenstand nach allen Seiten hin versicherte, sie wäre auf dem Schulgelände nie erlaubt worden. Obwohl er im Besitz einer beträchtlichen Anzahl von Pfeilen war – er transportierte sie in seiner Sporttasche –, gab es keine Kommentare bezüglich seines Gepäcks; der weite Bogen, den seine Klassenkameraden in der achten um ihn gemacht hatten, hatte sich bis zur zehnten Klasse nur vergrößert.

Nachdem er seine Ausrüstung in der Gerätekammer der Turnhalle untergebracht hatte, nahm er an allen Unterrichtsstunden teil. Im Englischunterricht fragte er Dana Rocco, was *Malefiz* heiße, und sie strahlte.

Sein Bogenschießkurs lag in der letzten Unterrichtsstunde am Nachmittag, und seine Sportlehrer – von seinem gleichbleibenden Eifer überzeugt – überwachten ihn nicht mehr, wenn er seine Pfeile in ein Ziel aus Sägespänen schoß. So hatte Kevin reichlich Zeit, die Turnhalle von Geräten wie Punchingbällen, Pferden oder schweren Matten freizuräumen. Es war bequem, daß die Zuschauerbänke schon hochgezogen waren, und um sicherzustellen, daß sie oben blieben, befestigte er mehrere Vorhängeschlösser zwischen den Stützstangen der beiden Bankreihen, damit sie sich keinesfalls herunterklappen ließen. Als er fertig war, befand sich absolut nichts mehr in der Turnhalle, bis auf sechs blaue Matten – die dünne Sorte –, die er in der Mitte der Halle zu einem einladenden Kreis arrangiert hatte.

Die Logistik, falls sich jemand von solchen Dingen beeindrucken läßt, war tadellos ausgetüftelt. Die Sporthalle ist ein frei stehender Bau, etwa drei Gehminuten vom Hauptcampus entfernt. Es gibt fünf Eingänge in die Zentrale Sportarena – einen vom Jungs-, einen vom Mädchenumkleideraum her, einen vom Geräteraum sowie einen von der Vorhalle; eine Tür im ersten Stock führt auf eine Empore, die für Fitneßgeräte genutzt wird. Von dort oben kann man die ganze Halle überblicken. Keiner der fünf Eingänge führt direkt ins Freie. Eine Turnhalle ist immer hoch, in diesem Fall zwei ganze Stockwerke, und da die Fenster oben angebracht sind, kann man von draußen nicht ohne weiteres hineinsehen. An diesem Nachmittag fanden in der Halle keine weiteren Sportveranstaltungen statt.

Um 15:00 Uhr klingelte die Schulglocke, und um 15.15 Uhr verebbte der ferne Lärm sich verabschiedender Schüler. Die Turnhalle lag verlassen da, aber Kevin wird sich immer noch sehr vorsichtig bewegt haben, als er in die Jungsumkleide glitt und dort sein erstes Kryptonite-Kettenschloß von der Schulter nahm. Er ist ein methodischer Mensch, wenn es um einfache Dinge geht, also können wir sicher sein, daß er den passenden Schlüssel an jedes der mit gelbem Nylon überzogenen Fahrradschlösser gebunden hatte. Er wand die schwere Kette um die Griffe der Schwingtüren und zog sie dann straff. Nachdem er die Nylonummantelung beiseite geschoben hatte, hakte er das sonnengelbe Bügelschloß in ein mittleres Kettenglied, ließ das Schloß zuschnappen, zog den runden Schlüssel mit einer Drehung aus dem Schlüsselloch und steckte ihn in die Tasche. Ich wage zu behaupten, daß er die Türen überprüfte, die sich jetzt nur noch einen Spaltbreit öffneten, ehe sie sich wieder schlossen. Er wiederholte die Übung in der Mädchenumkleide, dann an der Schwingtür zum Geräteraum, von dem aus er schließlich durch die hintere Tür in den Raum mit den Gewichten ging.

Heute weiß ich, daß diese Schlösser der letzte Schrei der Technik in puncto Fahrradsicherung sind. Das U-förmige widerstandsfähige kleine Stahlschloß ist nur fünf Zentimeter hoch und hindert Diebe daran, eine Brechstange anzusetzen. Die Kettenglieder sind etwa anderthalb Zentimeter dick. Fahrradschlösser von Kryptonite sind berühmt für ihre Hitzebeständigkeit, da professionelle Fahrraddiebe auch mit Schweißgeräten arbeiten, und die Firma hat soviel Vertrauen in ihre Technologie, daß sie garantiert, bei Diebstahl den Kaufpreis des Rades zu erstatten. Im Gegensatz zu Modellen der Konkurrenz ist die Garantie sogar in New York gültig.

Trotz seines oft beteuerten Desinteresses an deiner Arbeit, Franklin, stand Kevin kurz davor, die bis heute erfolgreichste Werbekampagne für Kryptonite in Gang zu setzen.

Gegen 15.20 Uhr kamen die ersten Aspiranten des PVHL-Preises frohgemut kichernd und mit selbstgefälligem Grinsen durch die Eingangstür der Vorhalle, die unverschlossen geblieben war.

»*Eleganz, Mamma mia!*« erklärte Soweto.

»He, wir sind *herausragend und vielversprechend*«, sagte Laura und schüttelte ihr seidiges braunes Haar. »Bekommen wir keine Stühle?«

Mouse ging quer durch die Halle zum Geräteraum, um ein paar Klappstühle zu holen, aber als er zurückkam und sagte, der Raum sei bereits abgeschlossen, meinte Greer: »Ich weiß nicht, ich finde es so irgendwie nett. Wir können uns ja im Schneidersitz hinsetzen, wie um ein Lagerfeuer.«

»Also *bitte*«, sagte Laura, die einen Hauch von nichts trug. »Schneidersitz in diesem Rock? Der ist von Versace, Herrgott noch mal. Ich will ihn nicht mit Schweiß von Sit-ups versauen.«

»Yo, Mädchen«, Soweto betrachtete ihren spindeldürren Körper und nickte. »Näher wirst du nie an *Sit-up-Schweiß* herankommen.«

Kevin konnte seine Preisträger von der Empore aus hören, einem nach hinten versetzten Podest im oberen Stock; solange er an der Rückwand lehnte, konnte er von unten nicht gesehen werden. Die drei Fahrräder, die sonst dort standen, das Laufband und eine Rudermaschine hatte er bereits vom Geländer der Empore weggezogen. Er hatte seinen Vorrat von mehreren hundert Pfeilen aus der Sporttasche genommen und in zwei Löscheimer gesteckt.

Von dem herrlich widerhallenden Klang verführt, deklamierte Denny aus voller Lunge ein paar Zeilen von *Don't*

Drink the Water, während Ziggy, der sich angewöhnt hatte, in ärmellosen Trikots und Leggings in der Schule herumzuflanieren, um mit seinen Muskeln anzugeben, nicht widerstehen konnte und einen »großen tuntigen Auftritt« hinlegte, wie Kevin später dazu sagte; er tanzte einige Drehungen auf der Spitze durch die Länge der Halle und endete mit einem *grand jeté.* Aber Laura, die es zweifellos uncool fand, Tunten anzustarren, hatte nur Augen für Jeff Reeves – der zwar ein stiller, immer ernster Junge war, aber schöne blaue Augen und einen langen blonden Pferdeschwanz hatte und in den ein Dutzend Mädchen nachweislich verliebt war. Unter Jeffs lechzenden Fans war – laut einem Interview der NBC mit einer ihrer Freundinnen – auch Laura Woolford, was möglicherweise, eher als seine meisterliche Handhabung der zwölfsaitigen Gitarre, erklärte, warum auch er zu Kevins Preisträgern gehörte.

Miguel, der sich seine Unbeliebtheit sicher damit erklärte, daß er klug oder Latino war – aber bestimmt nicht damit, ein bißchen dicklich zu sein –, ließ sich prompt auf eine der blauen Matten plumpsen, um sich dann mit zusammengezogenen Brauen ernsthaft durch eine zerfledderte Ausgabe von Alan Blooms *The Closing of the American Mind* zu wühlen. Greer setzte sich neben ihn, versuchte, ihn in eine Diskussion über die Intervention der NATO im Kosovo zu verwickeln, machte aber den üblichen Fehler aller Ausgestoßenen dieser Welt, davon auszugehen, daß sich Außenseiter zwangsläufig mögen.

Dana Rocco kam gegen 15.35 Uhr. »Los Leute«, rief sie alle zusammen. »Ziggy, das ist ja alles sehr theatralisch, doch wir sind hier nicht beim Ballettunterricht. Können wir anfangen? Dies ist ein glücklicher Anlaß, aber trotzdem, ich habe eigentlich Feierabend, und ich würde gern noch vor Letterman zu Hause sein.«

In diesem Moment kam ein Mitarbeiter der Cafeteria mit einem Tablett Sandwiches in Cellophanpapier. »Wo soll ich sie hinstellen, Ma'am?« fragte er Ms. Rocco. »Mr. Bevons hat uns beauftragt, Erfrischungen bereitzustellen.«

»Wie aufmerksam von Don!« rief sie aus.

Nun. Es war aufmerksam, wenn auch nicht von Don. Und ich muß sagen, die Sandwiches waren eine nette Geste, genau die richtige Dekoration für einen offiziellen Termin der Schule. Aber vielleicht hatte Kevin den Pudding etwas zu reichlich verziert, und die Geste verursachte einen *Kollateralschaden.*

»Ma'am, meine Schicht ist jetzt zu Ende. Darf ich ein paar Körbe werfen? Ich bin da hinten, in der äußersten Ecke, und werde Sie nicht stören. Wo ich wohne, ist kein Basketballkorb. Ich wäre Ihnen sehr dankbar.«

Normalerweise hätte Ms. Rocco gezögert – der Krach war eine Ablenkung –, aber der Mitarbeiter der Cafeteria war ein Schwarzer.

Kevin muß sich selbst geohrfeigt haben, weil er den Basketballständer hinten in der Ecke hatte stehenlassen, doch zu diesem Zeitpunkt – 15.40 Uhr – wird ihn das Fehlen einer Person stärker beschäftigt haben. Nur neun seiner zehn Partygäste waren zum Dienst erschienen, dazu ein ungebetener Gast. Diese Operation war nicht auf Zuspätkommer angelegt, und während das Treffen seinen Lauf nahm, muß er hektisch einen Ersatzplan erstellt haben, der sich mit dem verspäteten Auftritt von Joshua Lukronsky vereinbaren ließ.

»Oh, wie eeeklig«, sagte Laura und reichte das Tablett weiter. »Truthahn*brötchen.* Absolut überflüssige Kalorien.«

»Leute«, fing Rocco an, »zunächst will ich euch gratulieren, daß ihr für diesen besonderen Preis ausgewählt worden seid.«

»O-kay«, die Tür in der Lobby wurde weit aufgestoßen. *»Let's get in character!«*

Kevin wird nie glücklicher gewesen sein, den unfaßbar lästigen Joshua Lukronsky zu sehen. Als der Kreis erweitert wurde, um Josh Platz zu machen, schlich sich Kevin von der Empore und stahl sich mit einem weiteren Kryptonite-Kettenschloß nach unten. Obwohl er so leise war wie möglich, verursachte er ein Geräusch, und vielleicht war er dankbar für den Lärm, den der Cafeteria-Mitarbeiter am Basketballkorb machte.

Wieder zurück auf der Empore, schlang er das letzte Bügelschloß mit der Kette von innen um die Griffe der Schwingtüren auf der Empore.

Voilà. Der Fisch zappelte im Netz.

Hatte er Zweifel, oder amüsierte er sich prächtig? Das Treffen ging noch ungefähr fünf Minuten so weiter, dann trat Kevin verstohlen mit seiner geladenen Armbrust an das Geländer. Er hätte jetzt von unten gesehen werden können, aber die Gruppe war viel zu beschäftigt mit der Planung ihres Ritterschlags, um einen Blick nach oben zu werfen.

»Ich könnte eine Rede halten«, schlug Greer vor. »Zum Beispiel darüber, daß man das Amt des Sonderermittlers abschaffen sollte. Denn ich finde, Kenneth Starr ist die Inkarnation des Bösen!«

»Wie wäre es mit etwas weniger Strittigem?« schlug Dana Rocco vor. »Du willst doch nicht die Republikaner verärgern –«

»Und ob!«

Ein leises, sirrendes Geräusch. So wie eine Pause zwischen Blitz und Donnerschlag liegt, gab es einen Augenblick intensiver Stille zwischen dem *Swisch-tonk* durch Laura Woolfords Versace-Bluse und dem Moment, als die anderen Schüler zu schreien begannen.

»O mein Gott!«

»Wo kam das her!«

»Sie blutet ÜBERALL!«

Swisch-tonk. Miguel stand noch nicht ganz, als er einen in den Bauch bekam. Jeff wurde zwischen den Schulterblättern getroffen, als er sich über Laura Woolford beugte. Ich kann – denke ich an die vielen Stunden, die Kevin im Garten hinter unserem Haus verbrachte – nur vermuten, daß der schwarze Punkt in der Mitte der konzentrischen Kreise auf der Zielscheibe in seinem Kopf ein perfekter Kreis aus Versace-Viskose gewesen ist. Mitten ins Herz getroffen, war sie sofort tot.

»Er ist da oben!« Denny zeigte zur Empore.

»*Kinder, raus hier! Rennt!*« befahl Ms. Rocco, was nicht nötig war. Die Unverletzten stürmten schon zum Hauptausgang, wo sie jetzt dem Begriff Panikriegel eine neue Bedeutung gaben. Von der Empore aus gab es keine Stelle in der Turnhalle, die nicht eingesehen werden konnte, wie sie alle schnell merkten.

»Mann, Scheiße, das hätte ich mir denken können!« schrie Joshua mit einem Blick nach oben und rüttelte an der Tür zum Geräteraum, die Mouse schon probiert hatte. »Es ist *Khatchadourian*!«

Swisch-tonk. Als Jeff Reeves an die Schwingtür des Haupteingangs hämmerte und um Hilfe rief, während der Pfeil in seinem Rücken zitterte, zischte ein anderer in seinen Nacken. Als Mouse zur Tür der Jungsumkleide rannte und die Flügel ein wenig nachgaben, sich aber nicht öffnen ließen, bekam er einen Pfeil in den Hintern. Daran würde er nicht sterben. Doch als er zu dem letzten Ausgang auf der Seite der Mädchen humpelte, wird ihm klar geworden sein, daß noch reichlich Zeit für einen Pfeil war, der ihn töten würde.

Dana Rocco erreichte die Tür der Mädchen ungefähr zur gleichen Zeit, Lauras Körper in ihren Armen zog sie nieder – eine fruchtlose, aber heldenhafte Anstrengung, die sich im Gedenkgottesdienst hervorragend machen sollte. Mouse begegnete Dana Roccos Augen und schüttelte den Kopf. Während seine schreienden Mitschüler von Tür zu Tür kreisten, sich wie Teig in der Rührschüssel drehten, übertönte Mouse das Durcheinander mit dem Schrei: »Die Türen sind alle zu. Alle abgeschlossen! Geht in Deckung!«

Nur *wo*?

Der Mitarbeiter der Cafeteria – weniger vertraut mit Schulmassakerabläufen als die Schüler, die ganze vorbereitende Versammlungen durchgemacht hatten und sofort *im Bild waren* – hatte sich an den Wänden entlangbewegt, als tastete er, wie in einem Krimi, nach einem geheimen Ausgang; er bewegte sich langsam, um möglichst wenig Aufmerksamkeit zu erregen. Als die Hohlziegelwand nicht nachgab, rollte er sich zusammen wie ein Fötus und hielt den Basketball zwischen sich und den Schützen. Kevin war zweifellos verärgert, daß er überhaupt ein Hindernis in der Halle gelassen hatte, auch wenn es noch so klein war, und der unwirksame Schutz zog einfach das Feuer auf sich. *Swisch-pffff*. Der Ball wurde aufgespießt.

»Kevin!« schrie seine Englischlehrerin, breitete die Arme aus und drängte Mouse mit ihrem Rücken in die Ecke, die am weitesten von der Empore entfernt war. »Bitte hör auf! Bitte, bitte hör auf!«

»Malefiz«, zischte Kevin vernehmlich-leise; Joshua sagte später, es sei gruselig gewesen, dieses Wort über all den Lärm hinweg zu hören. Das war alles, was Kevin während der ganzen Zeit sagte. Dann nahm er seine treueste Verbündete im Lehrerkollegium von Gladstone ruhig ins Visier und setzte einen Pfeil genau zwischen ihre Augen.

Als sie fiel, stand Mouse ohne Deckung in der Ecke, und obwohl er sich hinter ihrem Körper zusammenkauerte, durchbohrte der nächste Pfeil seine Lunge. Das würde ihn lehren, die Geheimnisse der Computerviren mit Cyberdilettanten zu teilen, die in Wirklichkeit viel mehr Interesse an der Kunst des Bogenschießens hatten.

Aber Mouse hatte, wie Joshua fand, die richtige Idee; bis jetzt hatte Lukronsky die blauen Matten aufgestellt und versucht, damit so etwas wie einen Schild zu errichten, was nicht im entferntesten so gut funktionierte, wie es das wahrscheinlich im Kino getan hätte, und zwei Pfeile waren schon haarscharf an seinem Kopf vorbeigezischt. Als Kevin damit beschäftigt war, Soweto Washingtons kräftige Schenkel zu durchbohren, sauste Joshua zu Mouse in die Ecke und baute sich eine improvisierte Barrikade aus blauem Schaumstoff, Dana Rocco, Laura Woolford und dem Körper des stöhnenden, fast ohnmächtigen Mouse Ferguson. Hinter dieser bedrückenden Deckung beobachtete er den Ausgang des Dramas, spähte unter Lauras Achselhöhle hindurch, während der Atem von Mouse blasig schäumte. Es war heiß, durchdringende Schwaden aus Angstschweiß und ein noch beunruhigenderer, Übelkeit erregender Geruch erfüllten die Halle.

Greer Ulanov suchte nicht mehr nach einem sicheren Hafen, sondern marschierte schnurstracks zur Wand genau unterhalb des Geländers der Empore und stand sechs Meter unter dem feindseligen Cupido. Sie hatte endlich ein Schreckgespenst gefunden, das noch ungeheuerlicher war als Kenneth Starr.

»Ich hasse dich, du dummes Schwein!« kreischte sie. »Ich hoffe, du wirst in der Hölle schmoren! Ich hoffe, sie geben dir die Giftspritze, und ich werde zusehen, wie du stirbst!« Das war eine schnelle Bekehrung. Nur einen Monat zuvor hatte sie einen leidenschaftlichen Aufsatz gegen die Todesstrafe verfaßt.

Kevin beugte sich über die Brüstung, schoß senkrecht nach unten und traf ihren Fuß. Der Pfeil ging durch bis in den Holzboden und nagelte sie fest, wo sie stand. Sie wurde bleich, versuchte den Pfeil herauszuziehen, da jagte er auch durch ihren anderen Fuß einen Pfeil. Er konnte sich den Spaß leisten; er hatte noch fünfzig, sechzig Pfeile in Reserve.

Inzwischen waren die anderen Verletzten zur hintersten Wand gekrochen, wo sie wie mit Nadeln gespickte Voodoopuppen zusammensackten. Die meisten krümmten sich, versuchten sich so klein wie möglich zu machen. Aber Ziggy Randolph, der noch keine Schramme abbekommen hatte, schritt jetzt langsam genau in die Mitte der Turnhalle, wo er sich mit geschwellter Brust positionierte, Hacken zusammen, Zehen leicht nach außen. Mit seiner dunklen Haut und den feinen Gesichtszügen war er ein hinreißend schöner Junge von großer Präsenz, auch wenn er leicht feminin wirkte; ich war mir nie sicher, ob die weichen Gesten von Homosexuellen angeboren waren oder einstudiert.

»Khatchadourian!« Ziggys Stimme übertönte das Schluchzen. »Hör mich an! Du mußt das nicht machen! Leg einfach den Bogen auf den Boden und laß uns reden. Von den anderen hier kommen viele wieder auf die Beine, wir müssen nur sofort ärztliche Hilfe holen!«

Es lohnt sich, hier eine Erinnerung einzufügen: Als Michael Carneal 1997 in Paducah, Kentucky, den Gebetskreis zusammengeschossen hatte, wurde ein gläubiger Absolvent der Heath Highschool mit dem romanhaften Namen Ben Strong, der Sohn eines Predigers, von einer Küste zur anderen gefeiert, weil er sich in Todesgefahr begeben hatte, indem er beruhigend auf den Angreifer zugegangen war und den Jungen beschworen hatte, die Waffe niederzulegen. Die Legende sagt, daß Carneal die Pistole fallen ließ und zusammenbrach. Angesichts des landesweiten Hungers nach Helden bei Ereignissen, die nicht zu dämpfende internationale Bestürzung hervorriefen, wurde diese Geschichte sehr populär. Strong wurde im *Time*-Magazin porträtiert und in der Larry-King-Show interviewt. Ziggys Vertrautheit mit dieser Parabel mag seinen Mut geschürt haben, den Angreifer zur Rede zu stellen, und die beispiellose Bewunderung, die man Ziggys »Coming out« vor einer Versammlung zu Beginn des Semesters entgegengebracht hatte, wird sein Vertrauen in seine Wortgewalt noch gestärkt haben.

»Ich weiß, daß du auf irgend etwas sehr wütend bist, okay?« fuhr Ziggy fort; die meisten von Kevins Opfern waren noch nicht tot, und schon tat er jemandem leid. »Ich bin sicher, daß du innerlich leidest, aber das ist kein Ausweg –«

Pech für Ziggy, daß die Verlogenheit von Ben Strongs ernstem, hypnotisierendem *Michael? Leg die Waffe nieder!* erst im Frühjahr 2000 ans Licht kam, als ein Gerichtsverfahren eröffnet wurde, das die Eltern der Opfer gegen mehr als fünfzig Parteien anstrengten – darunter Eltern, Lehrer, Vertreter der Schulbehörde, andere Jugendliche, Nachbarn, die Hersteller von »Doom«- und »Quake«-Videospielen sowie die Filmproduzenten von *In den Straßen von New York*. Unter Eid bekannte Strong, daß seine ungenaue erste Wiedergabe des Geschehens gegenüber seinem Rektor von den Medien weiter ausgeschmückt worden war und ein Eigenleben zu führen begonnen hatte. Er war in einer Lüge gefangen gewesen und hatte sich seither hundeelend gefühlt. Offenbar hatte Michael

Carneal, als unser Held sich ihm näherte, schon aufgehört zu schießen und war bereits zusammengebrochen, er ergab sich ohne einen mutigen, dem Tod trotzenden Appell. »Er war einfach fertig«, sagte Strong im Zeugenstand aus, »und er ließ die Pistole fallen.«

Swisch-tonk. Ziggy taumelte zurück.

Ich hoffe, ich habe diese Chronologie nicht so leidenschaftslos erzählt, daß es unbeteiligt wirkt. Es ist einfach so, daß die Tatsachen größer, unvorstellbarer und blutiger bleiben als das, was die Trauer eines einzelnen umfassen könnte. Ich wiederhole die Abfolge der Ereignisse so, wie *Newsweek* sie recherchiert hat.

Doch indem ich diese Daten nachplappere, gebe ich nicht vor, auch nur die geringste tiefere Einsicht in Kevins Geisteszustand zu haben – das einzige fremde Land, in das ich nur äußerst widerstrebend einen Fuß setze. Joshuas und Sowetos Schilderungen des Gesichtsausdrucks unseres Sohnes weichen von den Berichten über ähnliche Ereignisse ab. Diese Columbine-Kinder zum Beispiel waren manisch: glasige Augen, irres Grinsen. Kevin dagegen wurde als »konzentriert« beschrieben, sein Gesicht als »leer«. Aber er hat beim Bogenschießen immer so ausgesehen. Wenn ich jetzt darüber nachdenke, sah er aus, als würde er selber zum Pfeil werden und in dieser Verkörperung einen Sinn entdecken, der seiner phlegmatischen Alltagspersönlichkeit völlig fehlte.

Doch ich habe über die Tatsache nachgedacht, daß es für die meisten von uns zwischen einer in der Phantasie ausgemalten Schlechtigkeit und ihrer realen Ausübung eine starre, unüberwindliche Grenze gibt. Es ist die gleiche solide Stahlwand, die sich zwischen ein Messer und mein Handgelenk schiebt, selbst wenn ich völlig verzweifelt bin. Wie war es also möglich, daß Kevin die Armbrust heben, auf Lauras Brustbein zielen und dann – wirklich, tatsächlich, hier und jetzt – den Abzug drükken konnte? Er wird entdeckt haben, was ich nie entdecken möchte: Daß es keine Grenze gibt. Daß wie bei meinen Auslandsreisen oder diesem absurden Plan mit Fahrradschlössern und Einladungen auf Schulbriefbögen das Abschießen von Pfeilen in eine Reihe von einfachen Bestandteilen gehört. Vielleicht ist es gar nicht schwerer vorstellbar, eine Armbrust oder eine Pistole zu laden und abzudrücken, als nach einem Glas Wasser zu greifen. Ich fürchte, das Überwechseln in das »Undenkbare« verlangt nicht mehr sportliche Aktivität als der Schritt über die Schwelle in ein ganz gewöhnliches Zimmer; und das, wenn man so will, ist der Trick. Das Geheimnis. Wie immer besteht das Geheimnis darin, daß es kein Geheimnis ist. Er hätte vielleicht gern gekichert, aber das ist nicht sein Stil. Diese Columbine-Kinder, die *haben* gekichert. Und wenn ein Mensch erst einmal entdeckt hat, daß es nichts gibt, was ihn aufhält – daß die Grenze, die bisher so unüberwindlich schien, *nur im Kopf existiert* –, muß es möglich sein, über die Schwelle und wieder zurück zu gehen, vor und zurück, Schuß für Schuß, als hätte ein kleiner Knirps, der niemandem Angst einjagt, eine Linie über den Teppich gezogen, die man nicht überschreiten darf, und man übertritt sie höhnisch und springt wieder zurück, vor und zurück, vollführt einen spöttischen kleinen Tanz.

Soweit habe ich nun alles erzählt, aber es ist der letzte Teil, der mich am meisten quält. Hier habe ich keine Metaphern, die uns helfen.

Es klingt zunächst ungewöhnlich, daß niemand auf die Hilfeschreie reagierte, aber die Turnhalle liegt abseits, und die Nachzügler auf dem Schulgelände, die später zugaben, Schreie und Rufe gehört zu haben, nahmen verständlicherweise an, daß in der Halle gerade ein aufregendes oder erbittertes Spiel stattfand. Es gab keine verräterischen Schüsse. Und die einleuchtende Erklärung dafür, daß niemand Alarm schlug, ist, daß der Tumult, anders als die Zeit, die zum Berichten notwendig ist, kaum länger als zehn Minuten gedauert haben kann. Aber falls Kevin in so etwas wie einen veränderten Geisteszustand geraten war, dann für viel länger als zehn Minuten.

Soweto verlor das Bewußtsein, was ihn vielleicht gerettet hat. Joshua rührte sich nicht, sein fleischiger Schutzwall wakkelte unter einem Dauerbeschuß von Pfeilen, einer erledigte schließlich Mouse Ferguson. Hilferufe oder Schmerzensschreie wurden durch weitere Pfeile erstickt. Kevin nahm sich Zeit, Franklin – er leerte beide Eimer, bis diese Linie schlaffer Körper mit Pfeilen gespickt war wie eine Gruppe Stachelschweine. Aber noch abstoßender als diese billige Bogenschießübung – seine Opfer konnten nicht länger als bewegliche Ziele gelten – war die Art und Weise, wie er zum Schluß kam. Es ist überraschend schwierig, Menschen mit einer Armbrust zu töten. Das wußte Kevin. Also wartete er. Um 17.40 Uhr kam endlich ein mit den Schlüsseln rasselnder Wachmann vorbei, um abzuschließen, ärgerte sich über die Kryptonite-Schlösser, spähte durch den Türspalt und sah rot. Kevin wartete. Als die Polizei mit schweren, aber unwirksamen Bolzenschneidern eintraf (die Ketten bekamen lediglich Dellen) und schließlich gezwungen war, eine elektrische Metallsäge zu organisieren, die sich kreischend und funkensprühend durch die Ketten fraß – was alles Zeit kostete –, stellte Kevin oben einen Fuß auf das Geländer und wartete. Das lange Zwischenspiel zwischen seinem letzten Pfeil und dem endgültigen Durchbruch der Spezialeinheit durch die Lobbytür um 18.55 Uhr war genau eine jener Leerzeiten, die ich meinte, als ich dem sechsjährigen Kevin sagte, er würde noch mal dankbar sein für ein Buch.

Laura Woolford und Dana Rocco wurden direkt durch die Pfeile getötet. Ziggy, Mouse, Denny, Greer, Jeff, Miguel und der Angestellte der Cafeteria waren langsam, Tropfen für Tropfen, verblutet.

(6. April 2001 – Fortsetzung)

Als ich aus dem Auto stieg, war der Parkplatz bereits voller Rettungswagen und Polizeiautos. Gelbes Absperrband markierte das Areal. Es wurde schon dunkel, und das erschütterte medizinische Personal wurde von einer geisterhaft flackernden

Mischung aus Rot und Blau angestrahlt. Eine Rollbahre nach der anderen wurde auf den Parkplatz geschoben – ich war entsetzt. Es war kein Ende abzusehen. Doch selbst inmitten eines Infernos wird ein vertrautes Gesicht heller leuchten als Notarztwagen, und meine Augen entdeckten Kevin in Sekunden. Es war eine klassische Spätzündung. Obwohl ich große Schwierigkeiten mit unserem Sohn hatte, war ich sehr erleichtert, daß er lebte. Aber mir wurde der Genuß verwehrt, in meinen gesunden mütterlichen Instinkten zu schwelgen. Auf den ersten Blick war erkennbar, daß er nicht freiwillig den Weg von der Turnhalle herunterkam, sondern von zwei Polizisten abgeführt wurde; und daß er seine Arme nicht wie sonst bei seinem typisch aufsässigen Gang hin- und herschwenkte, sondern die Hände hinter dem Rücken hielt, lag daran, daß er keine andere Wahl hatte.

Mir wurde schwindlig. Einen Moment lang verschwammen die Lichter auf dem Parkplatz zu sinnentleerten Klecksen, wie die Muster hinter den Lidern, wenn man sich die Augen reibt.

»Ma'am, ich fürchte, Sie können hier nicht stehenbleiben –« Es war einer der Polizisten, die nach dem Zwischenfall auf der Fußgängerbrücke bei uns gewesen waren, der schwerere, zynischere von den beiden. Sie müssen wohl zu oft erstaunte Eltern lieber kleiner Sünder »aus gutem Hause« aufsuchen, denn er schien mich nicht zu erkennen.

»Sie verstehen nicht«, sagte ich und fügte den schwersten Treueschwur hinzu, den ich je geleistet hatte. *»Das ist mein Sohn.«*

Sein Gesicht verhärtete sich. Ein Ausdruck, an den ich mich gewöhnen würde. Dieser und der dahinschmelzende Meine-Ärmste-mir-fehlen-die-Worte-Ausdruck, der schlimmer war. Aber ich hatte noch keine Ahnung, und als ich ihn fragte, was passiert sei, erkannte ich schon an seinem grausamen Blick, daß ich von nun an indirekt verantwortlich war, und zwar für etwas Böses.

»Wir haben hier Tote, Ma'am«, war alles, was er zu erklären geruhte. »Das beste wäre, Sie kämen ins Präsidium. Nehmen Sie einfach die 59 und fahren Sie auf die 303, dann Ausfahrt Orangeberg Road. Biegen Sie in die Town Hall Road ein, dort ist der Eingang. Vorausgesetzt, Sie waren noch nie dort.«

»Kann ich – mit ihm sprechen?«

»Da müssen Sie den Polizisten dort fragen, Ma'am. Den mit der Mütze.« Er eilte davon.

Ich bahnte mir den Weg zu dem Streifenwagen, auf dessen Rückbank ein Polizist unseren Sohn, eine Hand auf seinem Kopf, bugsiert hatte. Mir blieb nichts anderes übrig, als zu schreien, mit wachsender Müdigkeit erklärte ich mehreren Polizeibeamten nacheinander, wer ich war. Endlich verstand ich die Geschichte des heiligen Petrus im Neuen Testament und was ihn dazu getrieben haben mochte, dreimal seine Verbindung zu einem Ausgestoßenen der Gesellschaft zu verleugnen, der vom Pöbel fast gelyncht wurde. Die Verleugnung war für mich vielleicht noch verführerischer als für Petrus, weil der Junge, wie immer er sich auch gestylt hatte, nicht der Messias war.

Endlich hatte ich mich durchgekämpft zu dem schwarzweißen Wagen der Orangetown-Polizei, dessen seitliche Aufschrift »Ihre Polizei – In Partnerschaft mit der Gesellschaft« mich schon nicht mehr einschloß. Ich starrte durch das hintere Seitenfenster und konnte zunächst nichts erkennen, weil die Blinklichter so stark reflektiert wurden. Ich legte die Hand schützend an die Scheibe. Er weinte nicht und ließ auch nicht den Kopf hängen. Er drehte sich zum Fenster. Er sah mir seelenruhig in die Augen.

Ich wollte ihn anschreien: *Was hast du getan?* Aber dieser abgedroschene Aufschrei wäre rein rhetorisch gewesen, wie eine inszenierte elterliche Distanzierung. Ich würde die Einzelheiten früh genug erfahren. Und ich konnte mir kein Gespräch vorstellen, das nicht lächerlich gewesen wäre.

Also starrten wir uns schweigend an. Kevins Gesicht wirkte gelassen. Es zeigte immer noch etwas Resolutes, aber die Entschlossenheit wandelte sich schon in die stille, selbstzufriedene Freude über eine Aufgabe, die man gut erledigt hat. Seine Augen waren seltsam klar – ruhig, fast friedlich –, und ich erkannte darin die wasserhelle Transparenz vom Morgen, obwohl es mir so vorkam, als wäre unser Frühstück schon zehn Jahre her. Das war wieder der fremde Sohn, der Junge, der seine alberne, unaufrichtige *Ich-glaub-* und *Vielleicht*-Maske zugunsten der schnörkellosen Haltung und Klarheit eines Mannes mit einer Mission abgelegt hatte.

Er war mit sich zufrieden, das sah ich. Und mehr brauchte ich nicht zu wissen.

Doch wenn ich mir jetzt sein Gesicht auf dem Rücksitz wieder vergegenwärtige, erinnere ich mich noch an etwas anderes. Er suchte. Er forschte nach etwas in meinem Gesicht. Er forschte sehr genau danach, sehr intensiv, und dann lehnte er sich ein wenig in den Sitz zurück. Wonach er auch gesucht haben mochte, er hatte es nicht gefunden, und das schien ihn in gewisser Weise zu befriedigen. Er lächelte nicht. Aber er hätte genausogut lächeln können.

Als ich zum Polizeipräsidium nach Orangetown fuhr, wurde ich leider wütend auf dich, Franklin. Das war ungerecht, aber dein Handy war immer noch abgestellt, und du weißt, wie man sich auf diese kleinen logistischen Dinge fixiert, schon um sich abzulenken. Ich konnte nicht auf Kevin wütend werden, noch nicht, und es schien sicherer zu sein, meine Frustration an dir auszulassen, da du nichts angestellt hattest. Immer wieder drückte ich auf die Wiederwahltaste und brüllte dich am Steuer sitzend an. »Wo *bist* du? Es ist schon gleich 19.30 Uhr! Stell das verdammte Telefon an! Um Himmels willen, warum mußt du ausgerechnet *heute* abend lange arbeiten? Und hast du keine *Nachrichten* gehört?« Aber du hörtest ja in deinem Geländewagen nie Radio, sondern lieber CDs von Bruce Springsteen oder Charlie Parker. *»Franklin, du Blödmann!«* schrie ich, meine Tränen waren immer noch Tränen der Wut, die reichlich flossen und brannten. »Warum mutest du mir zu, das alles allein durchzustehen?«

Ich übersah die Town Hall Road zunächst, denn das glatte, ziemlich grell gestrichene grünweiße Haus wirkte mehr wie ein Steakhaus oder ein Fitneßcenter. Bis auf den plump gestalteten Bronzefries in Erinnerung an vier Polizeibeamte von Orangetown, die im Dienst zu Tode gekommen waren, bestand das Foyer aus hohen weißen Wänden und unauffälligem Linoleum, und man hätte durchaus auch Richtungspfeile zum Pool erwarten können. Der Empfangsraum selbst war grauenhaft klein, sogar noch klaustrophobischer als die winzige Notaufnahme im Nyack-Krankenhaus.

Man behandelte mich alles andere als zuvorkommend, doch die Frau in der Aufnahme informierte mich wenigstens kühl durch die Scheibe, ich könne meinen »Minderjährigen« begleiten – das Wort kam mir vor wie eine unangemessene Verniedlichung –, während er vernommen werde. Ich geriet in Panik und fragte flehend: »Muß ich?« Und sie sagte: »Das bleibt Ihnen überlassen.« Sie zeigte auf ein schwarzes Vinylsofa, auf dem ich unbeachtet sitzenblieb, während Polizeibeamte hin und her rannten. Ich war in etwas verwickelt und gleichzeitig unbedeutend. Ich wollte nicht dort sein. Falls sich das wie eine klägliche Untertreibung anhört – ich meine damit, daß ich die für mich neue Erfahrung machte, auch nirgendwo anders sein zu wollen. Kurz gesagt: Ich wünschte, ich wäre tot.

Für kurze Zeit saß am anderen Ende des klebrigen schwarzen Vinylsofas ein Junge, der, wie ich später erfuhr, Joshua Lukronsky war. Selbst wenn er mir schon einmal vorgestellt worden wäre, bezweifle ich, daß ich ihn in dem Moment wiedererkannt hätte. Der Junge war klein und ähnelte weniger einem Jugendlichen als einem Kind in Celias Alter, und er hatte seine Schlaumeierattitüde, für die er in der Schule offensichtlich berühmt war, abgelegt. Er ließ die Schultern hängen, die kurzen schwarzen Haare waren verstrubbelt. Seine verschränkten Hände lagen im Schoß, und seine Handgelenke waren merkwürdig verdreht, wie bei Kindern mit fortgeschrittenem Muskelschwund. Er saß ganz still. Er blinzelte nicht einmal. Ihm war ein Beamter an die Seite gestellt worden, was meine eigene Rolle nicht erforderte – ich hatte bereits das Gefühl, infiziert zu sein, vergiftet, unter Quarantäne gestellt –, aber er antwortete nicht, als der uniformierte Mann neben ihm versuchte, ihn für die Polizeifahrzeug-Modelle in einer Glasvitrine zu interessieren. Eine sehr hübsche kleine Sammlung, alles aus Metall, manche ziemlich alt – Lastwagen, Pferdekutschen, Motorräder, 49er Fords aus Florida, Philadelphia, L. A. Mit väterlicher Zuwendung erklärte der Polizist, daß ein Auto besonders selten sei, noch aus der Zeit, als die Wagen der New Yorker Polizei grünweiß waren – vor dem NYPD-Blau. Joshua starrte blicklos geradeaus. Wenn er mich überhaupt bemerkt hatte, dann schien er nicht zu wissen, wer ich war, und ich würde mich ihm nicht vorstellen. Ich fragte mich, warum dieser Junge nicht wie alle anderen ins Krankenhaus eingeliefert worden war. Ich konnte nicht wissen, daß das Blut, mit dem seine Kleidung getränkt war, nicht sein eigenes war.

Nach wenigen Minuten stürzte eine unförmige große Frau durch die Tür der Aufnahme, beugte sich zu Joshua hinunter und riß ihn mit einer einzigen Bewegung in ihre Arme. »Joshua!« rief sie. Er hing schlaff in ihrer Umklammerung, aber dann legten sich seine dünnen Muskelschwund-Handgelenke um ihre Schultern. Seine Hemdsärmel hinterließen rote Schmierstreifen auf ihrem hellen Regenmantel. Das kleine Gesicht vergrub sich in ihrem weichen Hals. Ich war gerührt und gleichzeitig eifersüchtig. Das war die Wiedervereinigung, die mir versagt worden war. *Ich habe dich so lieb! Ich bin so erleichtert, daß es dir gutgeht!* Aber ich, ich war nicht mehr ganz so erleichtert, daß es unserem Sohn *gutging*. Seit meinem Blick durch das Autofenster war es gerade dieser Anschein von *Gutgehen,* der mich zu quälen begann.

Das Trio ging schleppend zur Tür zum inneren Bereich. Die Empfangsbedienstete hinter der Scheibe ignorierte mich. Ich war mit meinem Latein am Ende. Vielleicht war ich dankbar für meine kleine Aufgabe mit dem Handy, das ich sorgenvoll mit den Fingern bearbeitete wie einen Rosenkranz. Das Drükken der Tasten war eine Beschäftigung. Zur Abwechslung versuchte ich eine Zeitlang unsere Festnetznummer, aber ich erreichte immer nur den Anrufbeantworter und legte mitten in der gestelzten Ansage auf, haßte den Klang meiner eigenen Stimme. Ich hatte schon drei, vier Nachrichten hinterlassen, meine ersten schon abgehört, mein Weinen auf der letzten – was für ein Band, das mich da zu Hause erwartete. Robert, der begriffen habe würde, daß wir beide später kämen, war offenbar mit Celia zu McDonald's gegangen, wo sie so gern heiße Apfeltaschen aß. Warum hatte *er* mich nicht angerufen? Er hatte meine Handynummer. Hatte Robert keine *Nachrichten* gehört? Ja, ich weiß, McDonald's beschallt mit Muzak, und er würde auf der kurzen Fahrt dorthin nicht unbedingt das Radio anschalten. Aber würde nicht jemand darüber reden, während sie in der Schlange standen? Wie konnte irgend jemand in Rockland County über irgend etwas anderes reden?

Endlich kamen zwei Polizeibeamte und führten mich in einen einfachen kleinen Raum, um meine Aussage aufzunehmen. Ich war so aufgewühlt, daß ich ausgesprochen unhöflich war. Ich machte vielleicht auch einen begriffsstutzigen Eindruck. Ich konnte keinen Sinn darin sehen, einen Anwalt unseres Vertrauens anzurufen, wenn es offenbar außer Frage stand, daß Kevin es getan hatte. Und dies war das erste Mal, daß irgend jemand sich dazu herabließ, seiner Mutter andeutungsweise mitzuteilen, *was* er getan hatte. Die geschätzte Zahl der Todesopfer, die ein Beamter sachlich herunterrasselte, erwies sich später als übertrieben, aber damals wußte ich noch nicht, daß die ersten Zahlen von Greueltaten fast immer zu hoch sind, wenn sie bekanntgegeben werden. Außerdem, ist es denn wirklich ein Unterschied, ob ich einen Sohn geboren habe, der *nur* neun Menschen umgebracht hat und nicht dreizehn? Und ich fand ihre Fragen unanständig oberflächlich: wie

Kevin in der Schule mitkam, in welcher Stimmung er heute am morgen gewesen war.

»Er war etwas frech zu meinem Mann! Ansonsten, nichts Besonderes! Was hätte ich denn tun sollen? Mein Sohn war ungezogen zu seinem Vater, hätte ich die Polizei anrufen sollen?«

»Beruhigen Sie sich, Mrs. Kachourian –«

»Khatchadourian!« beharrte ich. »Würden Sie, *bitte*, meinen Namen richtig aufnehmen?«

Ja, das würden sie.

»Mrs. *Khadourian* also. Wissen Sie, woher Ihr Sohn diese Armbrust hat?«

»Sie war ein Weihnachtsgeschenk! Oh, ich habe Franklin *gesagt*, das ist ein Fehler. Ich habe es ihm *gesagt*. Dürfte ich bitte noch einmal bei meinem Mann anrufen?«

Sie erlaubten es, und als ich wieder ergebnislos die Wiederwahl gedrückt hatte, machte ich schlapp: »Es tut mir so leid«, flüsterte ich. »Es tut mir so leid, es tut mir so leid. Ich wollte nicht unfreundlich zu Ihnen sein. Mein Name ist mir egal, ich hasse meinen Namen. Ich will meinen Namen nie wieder hören. Es tut mir so leid –«

»Mrs. Khadarian«, ein Beamter klopfte mir sanft auf die Schulter, »vielleicht sollten wir eine umfassende Aussage ein andermal aufnehmen.«

»Es ist nur, wissen Sie, ich habe eine Tochter, ein kleines Mädchen, Celia, sie ist zu Hause. Könnten Sie –?«

»Ich verstehe. Also, ich fürchte, Kevin muß hierbleiben. Möchten Sie mit Ihrem Sohn sprechen?«

Ich stellte mir den widerlichen, ungerührten Ausdruck stoischer Zufriedenheit vor, den ich durch das Fenster des Polizeiautos gesehen hatte, und mir schauderte, ich bedeckte mein Gesicht mit den Händen. »Nein. Bitte, nein«, bettelte ich und kam mir wie ein jämmerlicher Feigling vor. Ich hatte nicht anders als Celia geklungen, die mich mit schwacher Stimme anflehte, nicht in die Badewanne zu müssen, solange da noch dunkle klebrige Schrecken im Abfluß lauerten. »Bitte zwingen

Sie mich nicht. Bitte nicht. Ich ertrage die Gegenüberstellung nicht.«

»Dann ist es jetzt vielleicht am besten, wenn Sie nach Hause gehen.«

Ich starrte ihn dümmlich an. Ich schämte mich so sehr, ich hatte tatsächlich geglaubt, daß sie mich ins Gefängnis stecken würden.

Vielleicht wollte er nur die peinliche Stille überbrücken, als ich ihn so anstarrte, denn er fügte hinzu: »Wenn wir die richterliche Anordnung haben, werden wir Ihr Haus durchsuchen müssen. Wir kommen vielleicht morgen, aber Sie brauchen sich keine Sorgen zu machen. Unsere Beamten sind sehr umsichtig. Wir werden Ihr Haus nicht auf den Kopf stellen.«

»Von mir aus können Sie das Haus abbrennen«, sagte ich. »Ich hasse es. Ich habe es immer gehaßt.«

Die beiden Beamten sahen sich an: *Hysterisch*. Und sie brachten mich zur Tür.

Wieder frei – ich konnte es nicht fassen –, lief ich in meiner Verzweiflung draußen auf dem Parkplatz an meinem Auto vorbei, ich hatte es das erste Mal in der Reihe der Wagen nicht entdeckt. Alles, was zu meinem inzwischen alten Leben gehörte, war mir fremd geworden. Und ich war wie vom Donner gerührt. Warum ließen sie mich einfach gehen? Selbst zu diesem frühen Zeitpunkt muß ich bereits das Bedürfnis gehabt haben, zur Rechenschaft gezogen zu werden und zu bezahlen. Ich mußte mich zwingen, nicht an die Tür des Präsidiums zu klopfen und beim Empfang hartnäckig zu verlangen, mich für die Nacht in eine Zelle zu sperren. Wohin ich mit Sicherheit gehörte. Ich war überzeugt davon, daß das einzige Lager, auf dem ich in dieser Nacht friedlich ruhen könnte, eine klumpige Matratze mit einem kratzigen Gefängnislaken war und das einzige Schlaflied, das mich in den Schlaf singen könnte, das Knirschen von Turnschuhen auf Beton und das ferne Rasseln von Schlüsseln.

Aber als ich endlich das Auto gefunden hatte, wurde ich seltsam ruhig. Wie betäubt. Methodisch. Wie Kevin. Schlüssel. Licht. Sicherheitsgurt. Scheibenwischer, Intervalleinstellung, denn es war leicht neblig. Mein Kopf war leer. Ich hörte auf, Selbstgespräche zu führen. Ich fuhr sehr langsam nach Hause, bremste bei Gelb. Hielt vorschriftsmäßig an einer gleichberechtigten Kreuzung mit vier Straßen, obwohl kein Auto kam. Und als ich in unsere lange Einfahrt bog und sah, daß nirgendwo Licht brannte, dachte ich mir nichts dabei. Ich wollte nicht.

Ich parkte. Dein Geländewagen stand in der Garage. Ich bewegte mich sehr langsam. Ich stellte die Scheibenwischer ab und machte das Licht aus. Ich verriegelte das Auto. Ich steckte die Autoschlüssel in meine Tasche aus Äypten. Ich blieb stehen und dachte an irgendeine kleine alltägliche Sache, die ich erledigen wollte, ehe ich ins Haus ging; ich pflückte ein Blatt von der Windschutzscheibe, nahm dein Springseil vom Boden der Garage und hängte es an den Haken, wo es hingehörte.

Als ich in der Küche Licht anmachte, dachte ich, daß es dir nicht ähnlich sah, das fettige Frühstücksgeschirr auf dem Tisch stehenzulassen. Deine Würstchenpfanne klemmte mit dem Stiel nach oben auf dem Abtropfgestell, nicht aber die für den French Toast, und die Teller und Saftgläser standen immer noch auf der Anrichte. Teile der *Times* waren über dem Tisch verteilt, obwohl es zu deinem Ordnungsfimmel gehörte, jeden Morgen ein Bündel Papier in die Garage zu bringen. Als ich den nächsten Lichtschalter anmachte, sah ich, daß niemand im Eßzimmer war, auch nicht im Wohnzimmer oder im Fernsehzimmer. Trotzdem ging ich in jeden Raum. Langsam.

»Franklin?« rief ich. »Celia?« Der Klang meiner Stimme machte mich nervös. Sie hörte sich so dünn und blechern an, und niemand antwortete.

Als ich durch den Flur ging, blieb ich vor Celias Zimmer stehen, und ich mußte mich zwingen einzutreten. Es war dunkel. Ihr Bett war leer. Genau wie unser Schlafzimmer, die Badezimmer und die Terrasse. Nichts. Niemand. Wo seid ihr? Sucht ihr mich? Ich habe doch ein Handy. Du weißt die Nummer. Und warum hast du nicht dein Auto genommen? Ist das ein Spiel? Steckst du kichernd mit Celia in einem Schrank? Ausgerechnet heute abend willst du ein Spiel mit mir spielen?

Das Haus war leer. Ich spürte den brennenden, kindlichen Drang, meine Mutter anzurufen.

Ich bin zweimal durch das ganze Haus gegangen. Obwohl ich schon in jedem Zimmer nachgesehen hatte, empfand ich beim zweiten Mal nur noch größere Angst. Ich hatte das Gefühl, als wäre noch jemand im Haus, ein Eindringling, ein Einbrecher, der mich verfolgte, sich hinter Schränken versteckte, mit einer Brechstange in der Hand. Ich zitterte und ging schließlich zurück in die Küche.

Die früheren Besitzer müssen dieses Flutlicht hinter dem Haus in Erwartung üppiger Gartenfeste installiert haben. Wir neigten nicht zu Gartenfesten und machten die Schweinwerfer selten an, aber ich wußte, wo die Schalter waren: gleich links von der Speisekammer, neben den Schiebeglastüren, durch die man in unseren hügeligen Garten mit der Böschung gelangte. Dort habe ich immer gestanden, wenn ich zusah, wie du mit Kevin Baseball spieltest, ich war traurig, kam mir ausgeschlossen vor. Ein bißchen kam ich mir jetzt auch so vor – ausgeschlossen. Als ob du ein Familienfest feiertest, das dir sehr viel bedeutete, zu dem du aber ausgerechnet mich nicht eingeladen hattest. Ich muß meine Hand mindestens dreißig Sekunden auf dem Schalter gelassen haben, ehe ich ihn umlegte. Wenn ich es noch mal tun müßte, würde ich noch etwas länger warten. Ich würde sehr viel bezahlen für jeden Moment meines Lebens ohne dieses Bild.

Der Scheinwerfer über dem Bogenschießstand oben auf dem Hügel ging an. Bald würde ich den Witz verstehen, der sich in Kevins Anruf in Lamont um die Mittagszeit versteckte. Offenbar hatte er Robert gesagt, er brauche sich nicht die Mühe zu machen, Celia von der Schule abzuholen, denn sie »fühle sich nicht wohl«. Celia stand mit dem Rücken zur Zielscheibe – in Habtachtstellung, ruhig und vertrauensvoll, als wollte sie unbedingt »Wilhelm Tell« spielen.

Ich riß die Tür auf und rannte den Hang hoch, aber meine Hast war unnötig. Celia würde warten. Ihr Körper war mit fünf Pfeilen an die Zielscheibe genagelt, sie hielten ihren Körper aufrecht wie Stecknadeln ihre kruden Selbstporträts an der Pinnwand im Klassenzimmer. Als ich stolpernd näher kam und ihren Namen rief, blinzelte sie mir mit nach hinten geworfenem Kopf grotesk zu. Obwohl ich genau wußte, daß ich ihr das Glasauge heute morgen eingesetzt hatte, fehlte es jetzt.

Es gibt Dinge, die wir mit jeder Faser unseres Körpers wissen, ohne sie jemals aktiv denken zu müssen, jedenfalls nicht mit dem verbalen, seiner selbst gewahren Gezwitscher, das sich auf der Oberfläche unseres Geistes abspielt. Es war genau so; ich wußte, was ich noch finden würde, ohne daß ich es mir klarmachen mußte. Als ich weiter hinauf zum Bogenschießstand stürmte, stolperte ich über etwas, das aus den Büschen herausragte. Vielleicht wurde mir schlecht, aber ich war nicht überrascht. Ich erkannte das Hindernis sofort. Ich hatte dir oft genug diese derben schokoladenbraunen Schuhe bei Banana Republic gekauft.

O mein Liebster. Vielleicht habe ich es nur allzu nötig, mir selber eine Geschichte zu erzählen, aber ich hatte das dringende Bedürfnis, einen verbindenden Faden zu weben zwischen diesem so sinnlosen Chaos im Garten hinter unserem Haus und dem Besten in dem Mann, den ich geheiratet habe.

Da noch gut zwanzig Minuten Zeit waren, bis sie zur Schule mußten, hattest du den Kindern erlaubt, draußen zu spielen. Es dürfte dich sogar ermuntert haben, daß die beiden endlich mal zusammen herumtollten – sich *verbündeten*.

Du hast gelangweilt in der *Times* geblättert, zumal am Donnerstag die Haus- und Gartenbeilage erscheint, die dich nicht besonders fesselt. Deshalb hast du schon mal angefangen, den Tisch abzuräumen. Du hörtest einen Schrei. Zweifellos bist du wie der Blitz aus der Tür in den Garten gestürzt. Du bist am Hügel von unten auf ihn losgegangen. Du bist ein kräftiger Mann, auch in deinen Fünfzigern, du springst immer noch jeden Morgen fünfundvierzig Minuten seil. Es müßte schon viel passieren, um einen Mann wie dich aufzuhalten. Und du hast es auch fast geschafft. Bis auf wenige Meter – unter dem Hagel der Pfeile.

Meine Theorie geht so: Ich glaube, du bist stehengeblieben. Draußen, auf der Terrasse. Deine Tochter war mit einem Pfeil durch die Brust an die Bogenschießscheibe genagelt worden, während unser Erstgeborener sich oben auf seinem Hügel umdrehte und seinen eigenen Vater ins Visier nahm, dessen Weihnachtsgeschenk, die Armbrust, spannte. Nein, das hast du einfach nicht glauben können. Es gab so etwas wie ein gutes Leben. Es war möglich, ein guter Dad zu sein, der Zeit hatte für Wochenenden und Picknicks und Gutenachtgeschichten und auf diese Weise einen anständigen tüchtigen Sohn großzog. Das hier war Amerika. Und du hattest alles richtig gemacht. Also konnte das nicht passieren.

Und so hat in einem einzigen tödlichen Augenblick diese arrogante Überzeugung – du sahst, was du sehen wolltest – die Oberhand gewonnen. Es ist möglich, daß dein Großhirn es sogar geschafft hat, das Bild neu zu konfigurieren und auch den Ton neu zu mischen: Celia, die Süße, die Mach-das-Beste-draus-Celia, unser Sieh-doch-die-Sonnenseite-Liebling, gewöhnt sich wieder ein bißchen mehr an ihre Behinderung und läßt ihr feines goldenes Haar fröhlich in der Frühlingsbrise wehen. Sie schreit nicht, sie lacht. Sie *kreischt* vor Lachen. Der einzige Grund, warum Kevins hilfreiche kleine Assistentin genau vor der Zielscheibe steht, ist der, daß sie vertrauensvoll die verschossenen Pfeile ihres Bruders einsammelt – ach Franklin, hätte es nicht so sein können? Und was deinen schönen jungen Sohn angeht, so trainiert er den Sport seit sechs Jahren. Er wurde bis ins kleinste Detail von gut ausgebildeten Profis unterwiesen, und wenn er auch vieles nicht ist, so ist er doch sehr auf Sicherheit bedacht. Er würde nie eine gespannte Armbrust auf den Kopf eines anderen Menschen richten, am wenigsten auf den seines eigenen Vaters.

Offensichtlich hat die Sonne dir einen optischen Streich gespielt. Er winkt lediglich mit dem hoch erhobenen Arm. Er hofft wohl, ohne es zu sagen – schließlich ist er noch ein Teenager –, sich für seine Beschimpfungen beim Frühstück, seine harte häßliche Ablehnung all der Dinge, die sein Vater für ihn getan hat, entschuldigen zu können. Er interessiert sich *doch* für die Canon, und er hofft, daß du ihm ein andermal erklärst, wie die automatische Scharfeinstellung funktioniert. In Wahrheit bewundert er den ausgefallenen Beruf seines Vaters zutiefst, der ihm soviel kreativen Spielraum und Unabhängigkeit gibt. Es ist nur schwer für einen Jungen in der Pubertät. Sie sehen in diesem Alter überall Konkurrenz. Sie möchten sich mit dir messen. Doch jetzt ist dem Jungen schrecklich zumute, weil er sich hat gehenlassen. Daß er dich gekränkt hat, war Mittel zum Zweck. Er hat diese Ausflüge zu den Bürgerkriegsgedenkstätten geliebt, schon allein deshalb, weil es reine Männersache war, und in den Museen hat er *richtig* viel gelernt. Manchmal hat er abends in seinem Zimmer die Herbstblätter herausgenommen, die ihr beide letztes Jahr auf dem Familiensitz von Theodore Roosevelt gesammelt und in die *Encyclopaedia Britannica* gelegt habt. Er sieht, daß die Farben langsam verblassen, das erinnert ihn an die Sterblichkeit aller Dinge, besonders an die seines Vaters, und er weint. *Weint.* Du wirst es nie sehen; er wird es dir nie sagen. Aber das ist auch nicht nötig. Siehst du das? Das Winken? Er winkt dir, du sollst die Kamera holen. Er hat seine Meinung geändert, und fünf Minuten bevor er losgehen muß, um den Schulbus nicht zu verpassen, will er, daß du doch noch die Fotos von ihm machst – für die Fotomontage. Braveheart von den Palisades. Für das Foyer.

Dieses meisterliche Remake hat vielleicht nicht länger als eine oder zwei Sekunden gedauert, ehe es in sich zusammenfiel, so wie ein Dia vor der heißen Projektorlampe blasig und löchrig wird. Aber lange genug, daß Kevin seinen ersten lähmenden Pfeil abschießen kann – vielleicht den, der in deinem Hals steckt und hinten im Nacken wieder rauskommt. Er muß eine Arterie verletzt haben; im Flutlicht war das Gras unter deinem Kopf schwarz. Die drei anderen Pfeile – einer steckte in der Vertiefung zwischen deinen Brustmuskeln, dort, wo ich so gern meinen Kopf hinlegte, einer saß fest in dem sehnigen Muskel deiner vom Seilspringen gut entwickelten Wade, einer in deiner Lende, deren Freuden wir erst kurz zuvor zusammen wiederentdeckt hatten – waren nur zusätzliche Tupfer, nur zur Sicherheit, wie ein paar Extraheringe bei einem perfekt gespannten Zelt.

Dennoch frage ich mich, wie zäh du dich wirklich den Hügel hinaufgekämpft hast – keuchend, langsam an deinem eigenen Blut erstickend. Nicht, daß du sie nicht geliebt hättest, aber vielleicht hast du mit einem Blick erkannt, daß für Celia jede Hilfe zu spät kam. Die Tatsache, daß sie nicht mehr schrie, war ein schlechtes Zeichen. Und dich selbst zu retten, das war dir vielleicht nicht gegeben. Deutlich erkennbar im gleißenden Flutlicht, verschärft durch den Schatten, den der Schaft des Pfeils in deinem Hals warf, zeugte der Ausdruck in deinem Gesicht – er zeugte von tiefster Enttäuschung.

Eva

8. April 2001

Liebster Franklin,

ich weiß nicht, ob du über diese Ereignisse informiert bist: Vor zwei Wochen ist ein chinesischer Kampfjäger über dem Südchinesischen Meer mit einem amerikanischen Überwachungsflugzeug zusammengestoßen. Der chinesische Pilot ist wahrscheinlich ertrunken, das beschädigte amerikanische Spionageflugzeug landete auf der Insel Hainan. Es ist noch ungeklärt, wer wen rammte. Jedenfalls ist der diplomatische Wirbel groß, und China hält jetzt die vierundzwanzig Mitglieder der amerikanischen Besatzung als Geiseln fest – und verlangt eine Entschuldigung, ausgerechnet. Ich hatte nicht die Kraft, zu verfolgen, wer nun schuld hat, aber ich bin fasziniert, daß der Weltfrieden wegen einer Frage der Reue (wird jedenfalls behauptet) am seidenen Faden hängt. Vor meiner Erziehung in diesen Dingen hätte ich mich vielleicht darüber aufgeregt. Sagt doch einfach, daß es euch leid tut, wenn ihr sie dafür zurückbekommt! Aber jetzt hat sich das Problem des Reuezeigens drohend über mich gestülpt, und ich finde es weder überraschend noch frustrierend, daß Ereignisse von großer Tragweite mitunter in Abhängigkeit davon geregelt werden. Außerdem ist das Problem in Hainan relativ einfach. Viel häufiger ist es doch so, daß eine Entschuldigung niemanden mehr zurückbringt.

In letzter Zeit scheint die Politik für mich sowieso in viele winzig kleine persönliche Geschichten zu zerfallen. Ich glaube offenbar nicht mehr an sie. Für mich gibt es nur noch Menschen und das, was ihnen widerfährt. Sogar dieses Spektakel in Florida – für mich ging es dabei um einen Mann, der, seit er ein kleiner Junge war, Präsident werden wollte. Der so nah dran war, daß er das Amt schon schmecken konnte. Um einen Mann und seine Trauer und seine Verzweiflung, weil er die Uhr nicht zurückstellen kann, weil er immer wieder zählen muß, bis die Nachricht schließlich feststeht – seine bittere Niederlage. Entsprechend denke ich jetzt weniger über Handelsrestriktionen und zukünftige Waffengeschäfte mit Taiwan nach als vielmehr über die vierundzwanzig jungen Menschen in einem fremden Gebäude mit fremden Gerüchen und Mahlzeiten, die nichts mit dem chinesischen Fast-food gemein haben, mit dem sie aufgewachsen sind, die schlecht schlafen und sich das Schlimmste ausmalen – der Spionage angeklagt zu sein und in einem chinesischen Gefängnis zu verfaulen, derweil die Diplomaten scharfe Kommuniqués austauschen, die ihnen niemand zu lesen gibt. Junge Menschen, die sich nach Abenteuern sehnten, bis sie eins bekamen.

Manchmal bin ich beeindruckt von meiner eigenen Naivität als Jugendliche – enttäuscht, daß in Spanien Bäume stehen, verzweifelt, daß es an jeder neuen Grenze auch Essen und Wetter gibt. Ich wollte *woandershin,* dachte ich damals. Dumm, wie ich war, sah ich mich als Frau, die einen unstillbaren Appetit auf das Exotische hat.

Jetzt hat Kevin mich in ein absolut fremdes Land mitgenommen. Dessen kann ich gewiß sein, denn die Definition eines wirklich fremden Ortes ist, daß man sich schmerzlich und unaufhörlich danach sehnt, nach Hause zu kommen.

Ein paar dieser wirklich fremden kleinen Erlebnisse habe ich nicht erzählt. Was mir nicht ähnlich sieht. Erinnerst du dich, wie ich früher so gern von einer Auslandsreise zurückkam und dir meinen kulturellen Nippes auftischte, diese weltläufigen Wie-sie-es-woanders-machen-Entdeckungen, auf die man nur stößt, wenn man wirklich dort ist, wie die komische kleine Tatsache, daß in Thailand die Toastbrottüten nicht an einem Ende zugeschnürt werden, sondern oben, auf dem Rücken.

Mit dem ersten Fitzelchen, das ich zurückhielt, habe ich mich vielleicht der Herablassung schuldig gemacht. Ich hätte dir mehr vertrauen sollen, denn Kevins Eskapade war definitiv wohlüberlegt. In einem anderen Leben hätte er sich vielleicht gut entwickelt, sagen wir, er hätte große Konferenzen organisiert – hätte alles gemanagt, was »ausgeprägte organisatorische Fähigkeiten und Problemlösungsstrategien« erfordert. Selbst du mußt gemerkt haben, daß *Donnerstag* drei Tage vor dem Datum inszeniert wurde, an dem er juristisch voll und ganz zur Verantwortung gezogen werden konnte. Das war kein Zufall. *Donnerstag* war er im Prinzip sechzehn, aber dem Gesetz nach war er noch fünfzehn, das bedeutete, daß im Bundesstaat New York für ihn mildere Strafmaßrichtlinien galten. Selbst wenn sie zum Äußersten griffen und ihm als Erwachsenen den Prozeß machten. Kevin hat mit Sicherheit die Tatsache recherchiert, daß das Gesetz, anders als sein Vater, nicht *aufrundet*.

Dennoch hat sein Anwalt ein paar glaubwürdige Gutachter in den Zeugenstand berufen, die schreckliche Medizineranekdoten zum besten gaben. Ein typischer deprimierter, aber wohlerzogener Fünfzig-plus-Mann nimmt Prozac, erlebt eine akute Persönlichkeitsveränderung samt Paranoia und Unzurechnungsfähigkeit, erschießt seine Familie und dann sich selbst. Manchmal frage ich mich: Hast du dich je an diesen pharmazeutischen Strohhalm geklammert? Unser guter Sohn sei einfach einer der wenigen Unglücklichen gewesen, deren Reaktion auf Antidepressiva entgegengesetzt zur angestrebten Wirkung verläuft, so daß seine Last nicht leichter wurde, sondern er vollends in die Dunkelheit stürzte? Ich habe mir das eine Zeitlang wirklich einzureden versucht, besonders während Kevins Gerichtsverfahren.

Obwohl diese Verteidigung ihn weder ganz entlasten konnte noch, wie beabsichtigt, in die Psychiatrie brachte, fiel Kevins Urteil vielleicht ein wenig milder aus aufgrund des Zweifels, den sein Anwalt bezüglich seiner biochemischen Stabilität gesät hatte. Nach der Urteilsverkündung – Kevin bekam sieben Jahre – bedankte ich mich draußen vor dem Gerichtsgebäude bei seinem Verteidiger, John Goddard. Ich empfand damals eigentlich keine große Dankbarkeit – sieben Jahre waren mir noch nie so kurz vorgekommen –, aber ich konnte würdigen, daß John sein Bestes bei diesem unangenehmen Auftrag gegeben hatte. Ich suchte nach etwas, das ich konkret hervorheben konnte, und lobte seine einfallsreiche Vorgehensweise. Ich sagte, daß ich noch nie von nachgewiesenen psychotischen Auswirkungen von Prozac auf einige Patienten gehört habe, denn dann hätte ich Kevin niemals erlaubt, es zu schlucken.

»Da müssen Sie nicht mir danken, danken Sie Kevin«, sagte John unumwunden. »Diese Strategie war seine Idee.«

»Aber – er hatte doch keinen Zugang zu einer Bibliothek, oder?«

»Nein, nicht in der Untersuchungshaft.« Er sah mich einen Moment mit echtem Mitgefühl an. »Ich mußte kaum einen Finger krumm machen, ehrlich nicht. Er kannte alle Belegstellen. Sogar die Namen und Adressen der Experten. Sie haben einen klugen Sohn, Eva.« Aber es klang nicht begeistert. Es klang deprimiert.

Und das zweite Fitzelchen – das sich darauf bezieht, wie die Dinge so laufen in jenem fernen Land, in dem Fünfzehnjährige ihre Mitschüler ermorden – habe ich nicht mit Rücksicht auf dich zurückgehalten, sondern weil ich dachte, daß ich selbst es nicht verkraften könnte. Ich wollte einfach nicht darüber nachdenken oder dich damit belasten, obwohl ich bis heute nachmittag mit der ewigen Angst gelebt habe, daß sich die Episode wiederholen würde.

Es war vielleicht drei Monate nach *Donnerstag*. Kevin hatte bereits vor Gericht gestanden und war rechtskräftig verurteilt, und ich hatte gerade diese roboterhaften Samstagsbesuche in Chatham in meine Alltagsroutine integriert. Wir konnten immer noch nicht miteinander reden, und die Zeit schleppte sich dahin. Damals war er selbstgefällig und tat so, als wären meine Besuche eine Zumutung, als fürchtete er meine Ankunft und applaudierte innerlich, wenn ich ging, und als wäre seine wahre Familie drinnen, seine bewundernden jugendlichen Anhänger. Als ich ihm sagte, daß Mary Woolford gerade eine Klage gegen mich eingereicht hatte, war ich überrascht, daß er sich nicht daran ergötzte, sondern noch mürrischer wurde; später würde Kevin sich beschweren, *warum ich die ganzen Lorbeeren ernten sollte*. Also sagte ich: Ist das nicht eine freundliche Frage nach meinem Befinden, nachdem ich meinen Mann und meine Tochter verloren habe? Verklagt zu werden? Er grunzte etwas von zuviel Selbstmitleid.

»Und *du*?« fragte ich. »Hast du kein Mitleid mit mir?«

Er zuckte die Achseln: »Du bist doch heil und gesund aus dem Ganzen herausgekommen, oder? Ohne einen Kratzer.«

»Bin ich das?« schob ich hinterher. »Und warum eigentlich?«

»Wenn du eine Show abziehst, erschießt du nicht das Publikum«, sagte er glatt und rollte etwas in seiner linken Hand.

»Du meinst, daß du mich am Leben gelassen hast, war die beste Rache.« Wir diskutierten schon längst nicht mehr über »Rache wofür«.

In jenem Moment konnte ich es nicht mehr ertragen, über irgend etwas zu reden, was mit *Donnerstag* zu tun hatte, und ich wollte schon auf das bewährte Geben-sie-dir-ausreichend-zuessen ausweichen, als mein Auge wieder von dem Objekt angezogen wurde, das er von einer Hand in die andere gleiten ließ und rhythmisch mit den Fingern befühlte wie orientalische Sorgenperlen. Ehrlich, ich wollte einfach das Thema wechseln. Mir war völlig egal, womit er spielte, aber hätte ich sein nervöses Gefummel als Zeichen gedeutet für sein moralisches Unbehagen in Gegenwart der Frau, deren Familie er abgeschlachtet hatte, dann hätte ich traurig danebengetippt.

»Was ist das?« fragte ich. »Was hast du da?«

Mit einem verschlagenen Lächeln öffnete er die Hand und präsentierte seinen Talisman mit dem scheuen Stolz eines Jungen, der seine soeben gewonnene Murmel zeigt. Ich stand so schnell auf, daß mein Stuhl umkippte. Es passiert nicht oft, daß man sich einen Gegenstand anguckt, und er guckt zurück.

»Zeig mir das nie wieder«, sagte ich heiser. »Wenn du das noch einmal machst, werde ich nie mehr kommen. Nie mehr. Hast du mich verstanden?«

Ich glaube, er wußte, daß ich es genau so meinte. Damit hatte er ein unfehlbares Zaubermittel in der Hand, um diese angeblich scheußlichen Besuche von *Mumsey* abzuwehren. Die Tatsache, daß ich Celias Glasauge seither nicht mehr gesehen habe, kann nur bedeuten, daß er im Grunde doch froh ist, daß ich komme.

Du denkst möglicherweise, daß ich dir einfach noch ein paar Geschichten mehr erzähle, je gemeiner, desto besser. Was für einen monströsen Sohn wir haben, scheine ich dir zu sagen, der seine Mutter mit einem so grausigen Souvenir quält. Nein, das ist es nicht. Ich mußte dir diese Geschichte erzählen, damit du die nächste besser verstehst, die von heute nachmittag.

Dir ist das Datum bestimmt aufgefallen. Es ist jetzt genau zwei Jahre her. Das bedeutet auch, daß Kevin in drei Tagen achtzehn wird. Er wird dann, juristisch gesehen, ein Erwachsener sein, er dürfte wählen (als verurteilter Kapitalverbrecher ist er davon allerdings ausgeschlossen, mit Ausnahme von zwei Bundesstaaten) und könnte zur Armee gehen. Was diesen Punkt betrifft, schlage ich mich eher auf die Seite der Justiz, die ihn vor zwei Jahren als Erwachsenen verurteilt hat. Für mich wird der Tag, an dem wir alle erwachsen geworden sind, immer der 8. April 1999 sein.

Ich habe mich also um einen zusätzlichen Besuchstermin bei meinem Sohn heute nachmittag bemüht. Obwohl sie regelmäßig Gesuche ablehnen, wenn es darum geht, Insassen an Geburtstagen zu besuchen, wurde meiner Bitte stattgegeben. Vielleicht ist das die Art von Sentimentalität, die Gefängniswärter mögen.

Als Kevin hereingeführt wurde, bemerkte ich eine Veränderung in seiner Haltung, noch ehe er ein Wort gesagt hatte. All die aufgesetzte Herablassung war von ihm abgefallen, und ich erkannte plötzlich, wie ermüdend es für Kevin gewesen sein muß, diese lebensüberdrüssige Wen-kümmert-der-Scheiß-Haltung den lieben langen Tag durchzuziehen. Angesichts des epidemischen Klauens von Trainingssachen und T-Shirts in Größe S hatte Claverack sein Experiment aufgegeben, im Gefängnis Privatkleidung zu erlauben, und so trug er einen orangefarbenen Overall – diesmal einen, der nicht nur normal groß, sondern sogar zu groß für ihn war: Er wirkte darin wie ein Zwerg. Drei Tage, bevor er offiziell volljährig wurde, agierte Kevin plötzlich wie ein kleiner Junge – verwirrt und verlassen. Seine Augen hatten ihren Glanz verloren und lagen tief in den Höhlen.

»Du siehst nicht sehr glücklich aus«, sagte ich versuchsweise.

»Hast du mich schon mal glücklich gesehen?« Seine Stimme klang traurig.

Neugierig fragte ich: »Bedrückt dich etwas?«, obwohl die Regeln unserer Beziehung eine so direkte und mütterliche Belästigung verboten.

Um so außergewöhnlicher war es, daß er mir antwortete: »Ich bin fast achtzehn, oder?« Er rieb sein Gesicht. »Ich muß dann hier raus. Man sagt, ohne viel Federlesens.«

»In ein richtiges Gefängnis«, sagte ich.

»Keine Ahnung. Das hier jedenfalls reicht mir schon völlig.«

»... Macht dich die Verlegung nach Sing Sing nervös?«

»*Nervös?*« fragte er ungläubig. »*Nervös!* Hast du überhaupt eine *Vorstellung* davon, wie es in diesen Gefängnissen zugeht?« Er schüttelte mißmutig den Kopf.

Verwundert sah ich ihn an. Er zitterte. In den letzten zwei Jahren hatte sich ein Labyrinth aus kleinen Kampfnarben in seinem Gesicht ausgebreitet, und seine Nase war nicht mehr ganz gerade. Das Resultat ließ ihn nicht tougher wirken, sondern verunstaltet. Die Narben entstellten seine früher scharfen, armenisch geschnittenen Züge, sie sahen teigiger aus, verwaschen. Er wirkte wie das Porträt eines unsicheren Zeichners, der ständig zum Radiergummi greift.

»Ich werde dich weiter besuchen kommen«, versprach ich und wappnete mich gegen eine sarkastische Zurückweisung.

»Danke. Das habe ich gehofft.«

Ich fürchte, ich habe ihn ungläubig angestarrt. Um ihn zu testen, kam ich ihm mit der Nachricht vom März. »Du bist in diesen Dingen ja immer auf dem laufenden. Deshalb nehme ich an, daß du die Geschichten aus San Diego letzten Monat gesehen hast? Du hast zwei *Kollegen* mehr.«

»Du meinst Andy, ah – Andy Williams?« Kevin erinnerte sich vage. »Was für ein Idiot. Willst du die Wahrheit hören? Der dumme Kerl hat mir leid getan. Der ist fertig.«

»Ich habe dich gewarnt, daß die Mode irgendwann passé ist«, sagte ich. »Andy Williams hat es nicht in die Schlagzeilen geschafft, ist dir das aufgefallen? Dick Cheneys Herzprobleme, der gewaltige Sturm-der-nicht-eintrat, über beides wurde in der *New York Times* ausführlicher berichtet. Und die zweite Schießerei gleich danach – mit einem Toten, auch in San Diego? Darüber wurde fast gar nicht mehr berichtet.«

»Teufel auch, der Typ war *achtzehn*.« Kevin schüttelte den Kopf. »Ich meine, also wirklich. Findest du nicht, daß er ein bißchen zu alt für so was war?«

»Du weißt, daß ich dich im Fernsehen gesehen habe?«

»Ach, das.« Er wand sich, als wäre es ihm etwas peinlich. »Das ist vor Monaten aufgenommen worden, weißt du. Ich war – ich hatte mir da was überlegt.«

»Ja. Ich hatte nicht viel Zeit für deine *Überlegung*«, sagte ich. »Aber trotzdem – du hast sehr gut formuliert. Du kannst dich sehr gut darstellen. Jetzt mußt du noch etwas zu sagen haben.«

Er lachte in sich hinein. »Du meinst etwas, das keine Hühnerkacke ist?«

»Du weißt, was heute für ein Tag ist?« fragte ich schüchtern. »Warum sie mir erlaubt haben, dich an einem Montag zu besuchen?«

»Oh. Sicher. Heute ist mein *Jahrestag.*« Endlich wandte er seinen Sarkasmus mal gegen sich selbst.

»Ich wollte dich nämlich fragen –«, fing ich an und fuhr mir mit der Zunge über die Lippen. Du wirst das seltsam finden, Franklin, aber ich habe ihm diese Frage nie gestellt. Ich bin mir nicht sicher, warum ich es nicht getan habe; vielleicht, weil ich mich nicht von einer Menge Blödsinn, wie *in den Bildschirm springen,* beleidigen lassen wollte.

»Es sind jetzt zwei Jahre vergangen«, fuhr ich fort. »Dein Vater fehlt mir, Kevin. Ich spreche immer noch mit ihm. Ich schreibe ihm sogar, ob du es glaubst oder nicht. Ich schreibe ihm Briefe. Die liegen jetzt in einem großen unordentlichen Haufen auf meinem Tisch, weil ich seine Adresse nicht weiß. Mir fehlt auch deine Schwester – sehr. Und so viele andere Familien sind immer noch sehr traurig. Ich weiß, daß die Journalisten und die Therapeuten und vielleicht sogar andere Gefangene dich das immer wieder fragen. Aber du hast es mir nie gesagt. Bitte, sieh mir in die Augen. Du hast elf Menschen umgebracht. Meinen Mann. Meine Tochter. Sieh mir in die Augen und sage mir, warum.«

Anders als an dem Tag, an dem er mich durch das Fenster des Polizeiwagens mit schimmernden Augen angesehen hatte, hielt Kevin meinem Blick heute nur mit großer Anstrengung stand. Seine Augen rutschten dauernd weg, begegneten meinen, dann flackerten sie und gingen wieder zu der fröhlich angestrichenen Hohlziegelwand. Dann gab er es auf und starrte seitlich an meinem Gesicht vorbei.

»Ich habe lange gedacht, ich wüßte es«, sagte er düster. »Jetzt bin ich mir nicht mehr so sicher.«

Ohne nachzudenken, streckte ich meine Hand über den Tisch und ergriff seine. Er zog sie nicht weg. »Danke«, sagte ich.

Ist meine Dankbarkeit unverständlich? Ich hatte mir tatsächlich vorher nicht überlegt, welche Antwort ich mir wünschte. Mir lag bestimmt nichts an einer Erklärung, die die unsagbare Ungeheuerlichkeit seiner Tat auf einen gefälligen soziologischen Aphorismus über »Entfremdung«, wie im *Time*-Magazin, reduzierte oder auf ein billiges psychologisches Konstrukt wie »Bindungsstörung«, mit dem die Therapeuten in Claverack immer hausieren gingen. Deshalb stellte ich erstaunt fest, daß seine Antwort geradezu rollengetreu war. Für Kevin bedeutete Fortschritt, die Einzelteile freizulegen. Er würde nur anfangen können, seine eigenen Tiefen auszuloten, wenn er sich selbst zunächst unergründlich fand.

Wenn er schließlich seine Hand wegzog, dann nur, um in die Tasche seines Overalls zu greifen. »Hör mal«, sagte er. »Ich habe dir etwas gebastelt. Ein – na ja – so was wie ein Geschenk.«

Als er ein ungefähr zwölf Zentimeter langes dunkles rechteckiges Holzkästchen hervorzog, entschuldigte ich mich. »Ich weiß, daß du bald Geburtstag hast. Ich habe es nicht vergessen. Ich werde dir das nächste Mal ein Geschenk mitbringen.«

»Mach dir keine Mühe«, sagte er und polierte das geölte Holz mit einem Stück Toilettenpapier. »Sie würden es mir hier sowieso klauen.«

Vorsichtig schob er das Kästchen über den Tisch, ließ aber zwei Finger auf dem Deckel liegen. Es war doch nicht ganz rechteckig, sondern eher in der Form eines Sargs, mit Scharnieren an einer Seite und winzigen Messinghaken auf der anderen. Er muß es in der Gefängniswerkstatt gemacht haben. Die morbide Form ist natürlich typisch für ihn, dachte ich. Aber die Geste rührte mich, und die Ausführung war überraschend schön. Er hatte mir in früheren Zeiten Weihnachtsgeschenke überreicht, aber ich wußte immer, daß du sie gekauft hattest. Und seit er da drinnen war, hatte er mir nichts geschenkt.

»Das ist sehr schön gemacht«, sagte ich ernsthaft. »Ist es für Schmuck gedacht?« Ich griff nach dem Kästchen, aber er legte schnell die ganze Hand darauf.

»Laß das!« sagte er scharf. »Ich meine, bitte. Alles, aber mach es nicht auf.«

Ah. Instinktiv zuckte ich zurück. In einer früheren Inkarnation hätte Kevin vielleicht dieses »Geschenk« zynisch mit rosa Satin gefüttert. Aber er hätte es mir dann fröhlich gegeben – mit einem schiefen, verkniffenen Lächeln, während ich in unschuldiger Erwartung die Haken geöffnet hätte. Heute war es seine Warnung – *mach es nicht auf* –, die vielleicht das größte Geschenk bedeutete.

»Ich verstehe«, sagte ich. »Ich dachte, das gehört zu deinen kostbarsten Besitztümern. Warum gibst du es weg?« Ich war rot geworden, ich war leicht schockiert, eigentlich war ich ziemlich entsetzt, und mein Ton war scharf.

»Na ja, früher oder später hätte irgendein Schläger es mir sowieso abgenommen, und dann würde es für billige Gags herhalten müssen – du weißt schon, es würde in einem Suppenteller auftauchen. Außerdem, es war, als wenn sie mich irgendwie die ganze Zeit ansah. Das wurde langsam gruselig.«

»Sie sieht dich an, Kevin. Genau wie dein Vater. Jeden Tag.«

Er starrte auf den Tisch und schob das Kästchen etwas mehr in meine Richtung, dann nahm er die Hand weg. »Jedenfalls habe ich mir gedacht, daß du es nimmst und, na ja, vielleicht könntest du, du weißt schon –«

»Es begraben«, beendete ich den Satz für ihn. Ich fühlte die Last auf den Schultern. Das war eine große Bitte, denn mit dem dunkel gemaserten, handgefertigten Sarg mußte ich noch sehr viel mehr begraben.

Ernst willigte ich ein. Als ich ihn zum Abschied umarmte, klammerte er sich an mich wie ein Kind, so wie er es nie in seiner Kindheit getan hatte. Ich bin mir nicht ganz sicher, weil er in meinen aufgestellten Mantelkragen gemurmelt hat, aber ich möchte gern glauben, daß er mit erstickter Stimme sagte: *»Es tut mir leid.«* Ich ließ es darauf ankommen, daß ich ihn richtig verstanden hatte, und sagte deutlich: *»Mir tut es auch leid, Kevin.* Mir auch.«

Ich werde nie vergessen, wie ich im Gerichtssaal saß und die Richterin mit den winzigen Pupillen gestelzt verkündete, das

Gericht spreche die Angeklagte frei. Ich hatte erwartet, unendlich erleichtert zu sein. Aber nein. Die öffentliche Ehrenrettung meiner Rolle als Mutter, das wurde mir klar, bedeutete mir nichts. Wenn überhaupt, war ich wütend. Wir sollten jetzt wohl alle nach Hause gehen, und ich sollte mich erlöst fühlen. Statt dessen würde ich, das wußte ich, nach Hause gehen und mich so schrecklich fühlen wie immer, verzweifelt wie immer, schmutzig wie immer. Ich wollte reingewaschen werden, aber meine Erfahrung auf der Anklagebank ähnelte ziemlich genau einem schwitzigen, klebrigen Nachmittag in einem typischen ghanaischen Hotelzimmer: Man stellt sich unter die Dusche und merkt, daß das Wasser abgestellt ist. Das verächtliche rostige Tröpfeln war die einzige Taufe, die mir das Gesetz bieten konnte.

Nur in einer Hinsicht verschaffte mir das Urteil eine winzige Befriedigung: Ich mußte meine Prozeßkosten selbst tragen. Obwohl die Richterin wahrscheinlich nicht viel von Mary Woolfords Klage hielt, hegte sie doch eindeutig eine persönliche Abneigung gegen mich, und die ablehnende Haltung einer Schlüsselfigur (frag Denny Corbitt) kann teuer für dich werden. Während des gesamten Prozesses war mir bewußt, daß ich unsympathisch wirkte. Ich nahm mich zusammen, weil ich nicht weinen wollte. Auf keinen Fall wollte ich dich und Celia als durchsichtige Ausrede benutzen, mich vor der Verantwortung zu drücken, und so ging die Tatsache, daß mein Sohn nicht nur seine Mitschüler, sondern auch meinen Mann und meine Tochter getötet hatte, in dem ganzen Theater fast verloren. Ich weiß zwar, daß deine Eltern meine Verteidigung nicht untergraben wollten, aber ihre Aussage über meine verhängnisvoll unverblümte Art bei meinem Besuch in Gloucester war katastrophal; wir mögen keine Mütter, die ihre eigenen Söhne »nicht mögen«. Ich mag diese Mütter auch nicht besonders.

Ich hatte die primitivste aller Regeln gebrochen, das heiligste Band entweiht. Hätte ich statt dessen protestiert und Kevins Unschuld trotz der gegenteiligen haushohen Beweislast beteuert, hätte ich gegen seine »Peiniger« gewütet, die ihn zum Äußersten trieben, hätte ich darauf bestanden, daß er, als er mit Prozac anfing, »ein völlig anderer Junge wurde« – ja, also ich garantiere dir, daß Mary Woolford und ihr Klägerfonds, den sie übers Internet ins Leben gerufen hatte, meine Gerichtskosten bis auf den letzten Pfennig hätten bezahlen müssen. So jedoch wurde mein Verhalten in den Zeitungen wiederholt als »trotzig« beschrieben, während meine wenig liebenswürdige Charakterisierung meines eigen Fleisch und Blutes kommentarlos wiedergegeben wurde, um mich zu diffamieren. Mit einer Schneekönigin als Mutter – kein Wunder, so bemerkte unser Lokalblättchen, die *Journal News,* daß KK zu einem *bösen Jungen* wurde.

Selbstverständlich war Harvey außer sich und flüsterte mir sofort zu, daß wir Berufung einlegen sollten. Die Kosten aufgebrummt zu bekommen ist wie ein Schuldspruch, sagte er. Er mußte es wissen; er war derjenige, der die Rechnung stellte. Aber ich, ich fühlte mich heiterer. Ich wollte ein Urteil, eine Strafe. Ich hatte bereits all unsere flüssigen Mittel für Kevins teure Verteidigung ausgegeben und auf Palisades Parade eine zweite Hypothek aufgenommen. Also wußte ich sofort, daß ich AWAPwürde verkaufen müssen, auch unser schreckliches leeres Haus. Nun, *das* war Reinigung.

Aber seither – und durch das Schreiben dieser Briefe an dich – habe ich viel gelernt, ich habe eine Reise hinter mir, die Kevins sehr ähnlich ist. Ich habe mich verdrossen gefragt, ob der *Donnerstag* meine Schuld war, ich mußte weit zurückgehen und tief graben. Gut möglich, daß ich die falsche Frage gestellt habe. Jedenfalls war ich immer hin- und hergerissen zwischen Entlastung und Zerfleischung und habe ich mich so nur völlig verausgabt. Ich weiß nicht. Am Ende des Tages verstehe ich es einfach nicht, und diese gelassene reine Unwissenheit ist zu einem komischen kleinen Trost geworden. Die Wahrheit ist, wenn ich zu dem Schluß käme, daß ich unschuldig bin, oder wenn ich zu dem Schluß käme, daß ich schuldig bin – was würde das ändern? Wenn ich die richtige Antwort fände, würdest du dann nach Hause kommen?

Das ist alles, was ich weiß. Daß mir am 11. April 1983 ein Sohn geboren wurde und ich nichts fühlte. Wieder einmal ist die Wahrheit größer als das, was wir daraus machen. Als der Säugling sich auf meiner Brust wand, vor der er sich so ekelte, habe ich ihn im Gegenzug mit Zurückweisung gestraft – er war vielleicht ein Fünfzehntel von mir, aber damals fand ich es nur gerecht. Von diesem Moment an haben wir uns gegenseitig mit einer so unbarmherzigen Grausamkeit bekämpft, daß es mir fast Bewunderung abnötigt. Aber es muß möglich sein, sich Zuneigung zu verdienen, indem man die äußersten Grenzen der Feindschaft austestet, Menschen einander näherzubringen, indem man sie trennt. Jetzt fehlen noch drei Tage, dann sind die achtzehn Jahre voll, und ich kann endlich verkünden, daß ich zu erschöpft bin und zu verwirrt und zu einsam, um weiterzukämpfen. Und sei es nur aus Verzweiflung oder sogar nur aus Faulheit: Ich liebe meinen Sohn. Er muß noch fünf bittere Jahre in einem Gefängnis für Erwachsene absitzen, und ich kann meine Hand nicht dafür ins Feuer legen, wie er auf der anderen Seite herauskommen wird. Aber inzwischen gibt es ein zweites Zimmer in meiner praktischen Behausung. Der Bettüberwurf ist schlicht. Eine Ausgabe von *Robin Hood* liegt auf dem Regal. Und die Laken sind sauber.

Für immer deine dich liebende Frau
Eva